Elisabeth Jöres

10.9.1973

Zu diesem Buch

Wilhelmine Encke, Trompeterstochter aus Berlin, war die vielbewunderte und vielgeschmähte Maitresse Friedrich Wilhelms II. Ihr Schicksal steht für die Epoche, die man die galante Zeit des sonst so asketischen Preußens nennen darf und die erst mit dem Fall ihrer heimlichen Heldin ein Ende nahm.

Der bekannte Autor vielgelesener Bücher widerlegt hier als Kenner gerade der preußischen Geschichte die landläufige Meinung, daß sich Preußens «belle époque» in suspekter Maitressenwirtschaft erschöpft und man in ihrer Protagonistin nichts anderes zu sehen habe als eine märkische Madame de Pompadour. Wilhelmine Encke war nicht nur ein Genie der Liebe, sie war auch ein Genie des Herzens, das mit unwandelbarer Ergebenheit dem einmal erwählten Geliebten, König Friedrich Wilhelms II., anhing, obwohl der «dicke Willem» es seinerseits mit der Treue nicht so genau nahm. Aber trotz seiner zahlreichen Ehefrauen und der sich häufenden außerehelichen Vergnügungen, hielt er bis zu seinem Tode zu der Trompeterstochter aus der Kutscherkneipe, der späteren Gräfin Lichtenau, immer aufs neue gefesselt von ihrer natürlichen Anmut und Frische, die sie über alle Rivalinnen triumphieren ließ.

Ernst von Salomon wurde gegen Ende der zwanziger Jahre in der deutschen Literatur bekannt als der Verfasser zeitgeschichtlicher Romane. Am 25. September 1902 als Sohn eines Polizeioffiziers in Kiel geboren und als Kadett erzogen, folgte er nach der Katastrophe des Ersten Weltkriegs nicht der Offiziers-Laufbahn, sondern geriet in den Strudel der deutschen Nachkriegszeit, deren Wirren und Probleme den Stoff zu seinen Romanen «Die Kadetten» (rororo Nr. 214), «Die Geächteten» und «Die Stadt» abgaben. Diese Werke, ins Englische, Französische, Italienische und Spanische übersetzt, überraschten durch ihre besondere literarische Note. Es sind Darstellungen autobiographischer Natur von dokumentarischem Charakter, die ein an den Ereignissen der Zeit leidenschaftlich beteiligter Betrachter zur erzählenden Kunstform erhob.

Weltbekannt wurde Ernst von Salomon durch seinen heftig diskutierten Bestseller «Der Fragebogen» (rororo Nr. 419/420/421/422), in dem er den Großen Fragebogen der Militärregierung nach dem Zweiten Weltkrieg zum Anlaß einer Gewissenserforschung für die erste Jahrhunderthälfte macht und am Beispiel eines Einzelschicksals unser aller Leben zwischen den historischen Kräften und Mächten zeigt. In dem Bericht «Das Schicksal des A. D.» erzählt er das ungewöhnliche Leben eines politischen Individualisten, der 27 Jahre lang in den Gefängnissen von vier Regimen deutsche Politik erlitt.

Ernst von Salomon

Die schöne Wilhelmine

Ein Roman aus Preussens galanter Zeit

rororo

Rowohlt

Umschlagentwurf Werner Rebhuhn
(Die für den Umschlag verwendete Abbildung stellt die Gräfin Lichtenau nach einem Gemälde von Anna Dorothea Therbusch-Liszewska dar)

Ungekürzte Ausgabe
Veröffentlicht im Rowohlt Taschenbuch Verlag GmbH, Reinbek bei Hamburg, Mai 1972

Satz Aldus (Linofilm-Super-Quick)
Gesamtherstellung Clausen & Bosse, Leck/Schleswig
Printed in Germany
ISBN 3 499 11506 9

Der König war erkältet. Er hatte seine Perücke mit dem schon angegilbten Zopf und den speckigen Bändern über einen Perückenstock gestülpt und wickelte sich nun ein wollenes Tuch um den Kopf. Dann griff der König zu seinem Hute. Es war der alte Hut, den er im Kriege immer getragen hatte. Die gekräuselten Federn waren strähnig geworden und zerschlissen, der Filz abgegriffen. Wenn es regnete, pflegte der König die Schnüre aus schwärzlich gewordenem Silber zu lösen, so daß die Krempe des Dreispitzes herunterschlappte und ihn gegen den Regen schützte. Im Kriege hatte sich der König auch angewöhnt, den Hut zum Schlafen nicht abzulegen, jetzt, ein Jahr nach dem Hubertusburger Frieden, nahm er ihn nur noch bei Tisch ab, wenn er Gäste hatte. Aber er lüpfte ihn jedesmal, wenn er gegrüßt wurde, er lüpfte ihn vor jedermann, der ihn grüßte, sehr zum Erstaunen der ausländischen Diplomaten, die ihren Majestäten von dieser erstaunlichen Tatsache berichteten.

Mit einiger Mühe drückte sich der König den Hut über dem Wollwickel zurecht. Dann griff er nach der Dose, die ihm die Zarin geschenkt hatte, eine goldene, brillantengeschmückte Dose, wie sie als Geschenk unter Fürstlichkeiten modisch war. Der König hatte eine ganze Sammlung dieser Dosen. Man pflegte in ihnen Bonbons aufzubewahren, die älteren Herrschaften Pillen gegen mancherlei lästige Krankheiten – der König füllte sie mit Schnupftabak. Er nahm eine Prise, setzte sie zwischen Daumen und Zeigefinger der rechten Hand und sog das schwärzliche Zeug mit einem schnarchenden Laut in die Nase. Sogleich darauf nieste er so heftig, daß nicht nur der lästige Schleim der Nase, sondern auch der Rest des Tabaks aus der Mulde seiner Hand über das Jabot des Königs sprühte. Er klopfte das schmutzig gewordene Seidentuch ab, klappte mit einem leichten Knall die Dose zu und nieste noch einmal.

«Möge es Ihnen bekommen, Sire», sagte der Lord Marishal Keith, der in seinem gewohnten Lehnstuhl dicht neben der offenen Flügeltür saß.

«Es bekommt, Mylord», erwiderte der König.

Der Lord Marishal Keith trug eine samtene phrygische Mütze über dem langen, schlohweißen Haar, er war in einen dunkelsamtenen Morgenmantel orientalischen Schnitts eingehüllt, eine Pelzdecke lag über seinen Knien ausgebreitet. Sein Gesicht war der blassen, kalten, gläsernen Sonne zugewandt, den Platz, an dem sein Lehnstuhl stand, hatte ihm der König zugewiesen, weil auf ihm die Sonne die längste Zeit des Tages lag, auf der nach Süden geöffneten Terrasse des ebenerdigen Schlößchens Sanssouci. Der schäbigen, bleichen Sonne wandte er sein großflächiges, weißes Gesicht zu, sie war wenigstens nicht wässerig wie die Sonne seiner Heimat Schottland, die aber doch auch kaum wärmte und niemals brannte, wie die Sonne der fernen Länder, die er immer wieder durchreist hatte. Der König hatte ihm das Häuschen am Eingang zum Park von Sanssouci geschenkt, täglich trugen den melancholischen Schotten sein tibetischer Diener und der Mohrenknabe auf der Sänfte zur Terrasse empor, die beiden exotischen Diener zur Ergötzung der Potsdamer und Berliner, jeder in der Tracht seiner Heimat – wie Keith fröstelten sie ständig in dieser wahrhaft unwirtlichen Landschaft aus Sand und Wasser, über die ständig der Wind strich und in der sich die Wärme nur im Unterholz unter den kräftig duftenden Kiefern halten konnte und im rötlichen Holz der schlankstämmigen, harzschweißenden Bäume mit dem knorrigen Geäst und dem federigen Grün. Nichts zog ihn in diese karge Landschaft als allein die Freundschaft des Königs.

Der König hatte viele Freunde in Friedenszeiten – und es waren fast alles Ausländer . . . Voltaire, d'Alembert, Lamettrie, meist freigeistige Franzosen, zum Ärger der wackeren preußischen Junker, die sich so tapfer zu schlagen wußten und so unaussprechliche Namen trugen und die der König mit allen Ehren beschenkte, wenn sie Verdienste aufzuweisen hatten, mit der einen Ausnahme der Ehre seiner Freundschaft. Aber er, Keith, war kein Franzose und kein Freigeist, er war Schotte und Katholik, und daß er in seiner Jugend für die von vornherein verlorene Sache seines Königs Jacob, des Stuart, gegen England eingetreten war und dafür mit dem Verlust all seiner Güter und der Verbannung büßen mußte, das geschah aus Treue und im Verlangen zu dienen, einem Manne oder einer Idee, gleichviel, wenn es nur um eine Sache ging, die er als gerecht empfand.

Er, Graf George Keith, Erbmarschall von Schottland, hatte mit seinem um drei Jahre jüngeren Bruder James, der wie er in die Sache der Stuart-Anhänger verwickelt wurde, oft darüber gesprochen – damals, als er noch in spanischen Diensten war, als katholischer Edelmann. Warum traten sie, er und sein Bruder, in preußische Dienste, mitten im zweiten Schlesischen Krieg, den der König gegen die katholische Majestät von Oesterreich führte – auf Grund eines höchst strittigen und anfechtbaren Erbvertrages? James war Soldat, leidenschaftlich und unbedenklich Soldat, ihn mochte der kriegerische Glanz begeistert haben, der diesen König umwitterte – dies waren James' eigene Worte, und er fiel als preußischer Generalfeldmarschall bei Hochkirch, einer Schlacht, die durch das Verschulden des kriegerischen Genies Friedrich verloren wurde. Aber er, George, war kein Krieger von Geblüt, er war Diplomat, Reisender, Weltmann. Als er dem König zum erstenmal begegnete, war er nichts als einfach ein Abenteurer, dies mußte er zugeben. Die Freundschaft, die ihm der König von der ersten Sekunde an entgegengetragen hatte, mußte ihn überwältigt haben. Woher diese Gefühle bei einem Manne, der als hart, schwierig und völlig gefühlskalt bekannt war, ein kleiner Marquis von Brandenburg, wie ihn seine Gegner nannten, ein Emporkömmling unter den alten Fürstengeschlechtern, ein Frondeur gegen das Heilige Römische Reich Deutscher Nation und seiner Kaiser. Immer wieder hatte sich Keith dieser Freundschaft zu entziehen gesucht. Er suchte die Entfernung vom König, er nahm Aufgaben an, die ihn von Potsdam wegführten, er war Gesandter in Paris, Gouverneur in Neuenburg, Gesandter in Madrid . . . und wenn er keine Aufgaben fand, hatte er sich auf Reisen begeben, die ihn in die ganze Welt führten, aber er war immer zurückgekehrt nach Potsdam, in diese groteske Residenz eines grotesken Landes aus Sand und Wasser. Sogar dieses kleine Schlößchen, ebenerdig und selbst in seinem Rokoko-Stil von einer gewissen Bescheidenheit, war auf einem aufgeschütteten Sandberg errichtet – und das Lieblingsprojekt des Königs, die Wasserspiele, auf den Stufen dieses Sandberges, funktionierten nicht, obgleich Potsdam Seen umgaben, wohin sich auch das Auge richtete. Dies ganze Preußen war auf Sand gebaut. Und vielleicht war es gerade das, was die unvermutete Freundschaft des Königs zu ihm entzündet hatte. Schottland war Hochland, gebirgig und sozusagen uneinnehmbar. Auf seinen Reisen hatte er viele Gebirgsländer kennengelernt – niemals hatten Gebirgsvölker kriegerische Absichten, niemals suchten sie aus ihren Festungen herauszutreten zu Eroberungszügen. Preußen war flach wie ein Teller, nirgends hatte es natürliche Grenzen – die großen Eroberer kamen immer aus den Ebenen, die Hunnen, die Mongolen, die Araber, aus den Wüsten, aus dem Sande – und die Engländer aus dem Wasser. Das hatte er dem König gesagt, als er ihm zum erstenmal begegnet war, und der König hatte mit einer Leidenschaft, die ihn überraschte, zugestimmt – offenbar hatte er sich zum erstenmal nicht nur verstanden, sondern auch gerechtfertigt gefühlt: «Die Grenze Preußens? – Das ist die Armee!»

Und nun waren sie verschwunden, die Franzosen – er, Keith, unbestallt und ohne eine andere Aufgabe, als dazusein, einfach für den König dazusein, er war der letzte Freund, die Wand, zu welcher der einsame König sprach, und auf deren Echo er lauerte. Der König war nicht undankbar, er hatte vor fünf Jahren bei den Engländern vermittelt, daß der Lord Marishal seine Güter und Würden in Schottland zurückerkannt bekam. Aber die Engländer waren unwillig in der Abwicklung ihrer Zusage – und der König tat kaum etwas, das Verfahren zu beschleunigen, einfach, weil er fürchtete, den Freund bald zu verlieren.

Da saß er nun also in der Sonne, der König hinter jener offenen Tür hockte gebückt an seinem Schreibtisch, der mit hochgetürmten Aktenstößen bedeckt war – sein Gänsekiel kratzte auf dem Papier. So war es immer. Es dauerte geraume Weile, bis der König begann, mit ihm zu sprechen, und jedesmal fing er mit kleinen nebensächlichen Dingen an, ging das Gespräch auf kuriosen Wegen, endete es mit einer völlig überraschenden Pointe.

Jetzt wandte der König sich um: «Sitzen Sie auch bequem, Mylord?» Keith lächelte und nickte dem König zu: «Vollkommen bequem, mein König!»

Doch der König ergriff seinen Krückstock und rief: «Nein, nein! Sie sitzen nicht warm genug!» Er wies mit dem Stock: «Der Sonnenstrahl da ist weiter gewandert!» Er ging schnell auf den Lehnstuhl Keiths zu: «Und da ich Ihm nicht befehlen kann – so muß ich Ihm gehorchen!» Dabei stellte der König den Krückstock gegen die Tür, wandte sich dem Stuhl des Lord Marishal zu und rückte ihn mit überraschender Kraft ein Stück weiter, bis der Stuhl wieder in der vollen Sonne stand.

Keith dachte: Er will etwas von mir! Sonst hätte er einem Lakaien befohlen!

Keith sagte: «Sie sind sehr gütig, mein König!»

Der König lachte auf, ergriff seinen Stock und ging, ihn in seiner typischen Manier hart auf den Boden stoßend, zu seinem Tische zurück. Dabei sagte er: «Sie stehen mit Ihrer Meinung allein, mein Freund! Meine liebe Familie mitsamt ihren Hofkreaturen nennt mich einen boshaften, alten Affen!»

In der Tat – das hatte der Bruder des Königs gesagt, der Prinz Heinrich, der selber viel mehr einem boshaften, alten Affen glich. Der König hatte es natürlich erfahren, ihm schien der Ausdruck zu gefallen, er teilte ihn mit einem gewissen Vergnügen jedermann mit.

Keith sagte ruhig: «Das Volk liebt Sie, Majestät!»

Der König hatte sich gesetzt, die Gänsefeder ergriffen und schmierte nun seine Unterschrift unter eines der Dokumente. Nun blickte er zu Keith hinüber: «Das Volk liebt die Majestät! Das tut die Canaille immer!» Dabei streichelte er ostentativ die beiden Hunde, die sich unter lebhaften Zukkungen um seine Füße wanden.

Keith sagte mahnend: «Das Volk nennt Sie nicht Majestät! Es nennt Sie den Alten Fritz!»

Der König gab den Tieren liebevolle Klapse: «Da sehen Sie es, Keith. Ich bin zweiundfünfzig Jahre alt! Ich bin für die Leute nur erträglich, weil sie auf meinen baldigen Tod hoffen! Der Alte Fritz! Ich laufe als ein Gespenst herum! Als eine Legende!»

Keith musterte den König sehr aufmerksam. Worauf wollte er hinaus? Keith sagte langsam: «Der Sieger von Leuthen ist kein Gespenst – und Schlesien ist keine Legende!»

Der König erhob sich und trat in die Tür: «Keith – als ich nach dem Tode meines Vaters in Schlesien einfiel, sagte ich, daß es um irgendeines idiotischen Erbanspruches willen geschehe – als ich Schlesien besaß, gab ich zu, daß ich Ruhm und Ehre gesucht hatte. Hat mir das Volk den Krieg übelgenommen? Hat es mir den Ruhm übelgenommen? Es hat mir übelgenommen, daß ich die Wahrheit sagte! Das Volk hat sich von mir ein Bild gemacht, und daran glaubt es!»

Der König trat auf die Terrasse und blieb vor Keith stehen, mitten in der Sonne. Unwillkürlich erblickte Keith den König, wie das Volk ihn sah: Die auf den Krückstock gestützte, magere, strenglinige Gestalt mit dem Dreispitz, die linke Hand auf dem Rücken, in der schlichtblauen, abgeschabten Uniform mit den hohen Stiefeln aus weichem Leder, die nicht mehr gewichst, nur noch gewalkt werden durften.

Keith sagte: «Sie stehen mir in der Sonne, Majestät! Ich sehe nur Ihre Kontur!»

Der König trat in den Schatten. Er sagte: «Mein Vater konnte noch sagen: ‹Ich stabilisiere die Souveränität des Königs wie einen Fels aus Bronze!› Meine Souveränität . . .? Ich präsentiere ihnen meine Souveränität durch meine Kontur!»

Keith starrte auf Friedrichs Kopf. Unter dem Hut hatte sich der Wollwickel gelöst, ein Zipfel hing dem König auf die Schulter. Keith sagte: «Ihr Vater, Sire, war ein König! Und von Ihnen sagt man, Sie seien ein Genie!»

Mit einem Ruck wandte sich der König um: «Eben! Der König hat Preußen zu Preußen gemacht! Und ich habe Preußen fritzisch gemacht! Fritzisch!!»

Er ging, den Stock hart aufsetzend, zu seinem Tisch zurück, setzte sich und nahm wieder eines seiner Dokumente zur Hand. Dabei fragte er wie nebenbei: «Was halten Sie von meinem Nachfolger . . .?»

Keith sagte langsam: «Sie wollen einstmals ihr Land einem Manne übergeben, der es wieder zu Preußen macht?»

Der König schrieb. Ohne aufzusehen sagte er: «Mein Bruder August Wilhelm war der Lieblingssohn meines Vaters. Der hätte es viel lieber gesehen, wenn dieser und nicht ich König geworden wäre. Ich auch. Er wäre ein besserer König geworden als ich – August Wilhelm war kein Genie, er war der geborene König. Er agierte niemals gegen mich, niemals, im Gegensatz zu meinen beiden anderen Brüdern, Heinrich und Ferdinand. Was auch die Leute sagen mögen, ich habe August Wilhelm sehr geliebt. Ich habe bei Colin versagt, aus purem Leichtsinn. Nach Colin hat August Wilhelm versagt, mich gehindert, zu retten, was noch zu retten war. Ich war kleinlich in meinem Zorn und jagte ihn davon. Er war groß in seiner Würde und starb darüber. Nun ist sein Sohn mein Thronfolger. Sie kennen Friedrich Wilhelm?»

Keith erwiderte vorsichtig: «Wer kennt die Keime, die in einem so jungen Menschen noch nicht entfaltet sind?»

Der König schrieb. Keith hörte, wie sein Gänsekiel über das Papier kratzte. Der König sagte: «Friedrich Wilhelm ist ein Rindvieh! Er kann keinen Satz richtig zu Ende führen, weder auf deutsch, noch auf französisch. Wenn ich mit ihm über Politik rede, schläft er darüber ein. Er fühlt sich nur in Gesellschaft von lustigen Kumpanen und Bedienten wohl, mit denen er säuft und spielt.»

«Sie sind sehr streng, Sire . . .!»

«Ja! Und ungerecht obendrein! Er ist ja noch kein Mann! Mir wird soviel zugetragen, mehr als ich hören will. Nun, ich warte auf seine großen Tollheiten, auf alle die hochfliegenden Dummheiten, die ein junger Mann begeht. Aber davon weiß niemand. Ich höre von kleinen Weiberaffairen, bei denen er mit Rage beginnt – um dann plötzlich kopfscheu zu werden.»

Keith lächelte: «Fürchtet er Sie? Ihre Strenge ...? Ihre Ungerechtigkeit?»

Der König sagte gleichmütig: «Ich habe ihm bei solchen Dingen noch nie hineingeredet. Mag er sich doch eine Maitresse zulegen! Die Herrschaft einer Maitresse ist nicht so schlimm, Maitressen kommen und gehen, sie können auch abgeschafft oder abgefunden werden.» Die Feder kratzte. Der König fuhr fort: «Da mein Herr Neveu jedoch nicht den Mut zu seinen Neigungen hat, werde ich ihn verheiraten.» Mit einer raschen Bewegung schüttete er Streusand über das Papier.

Keith erwiderte vorsichtig: «Doch nicht gegen seinen Willen ...?»

Der König schrieb weiter: «Ich kenne seinen Willen nicht. Also muß er sich an das Herkömmliche gewöhnen. Die Fürsten Europas führen heute ihre Kriege auf Grund von Erbansprüchen. Sie betreiben ihre Politik, wie man ein Gestüt betreibt. Das ist gar nicht einmal so unklug. So können auch kleine Fürsten viele politische Eisen im Feuer haben, wenn sie nur über genügend Prinzessinnen verfügen. Mit den Fürstinnen ist es anders als mit den Maitressen. Sie bleiben und sind in ihren Interessen unbestechlich. Ich habe Friedrich Wilhelm seine Cousine zugedacht, die Elisabeth von Braunschweig. Die Braunschweiger ...? Nun, es bleibt alles in der Verwandtschaft. Seine Mutter und meine Frau waren Schwestern, die Braunschweiger Damen sind karge Revenuen und ein zurückgezogenes Leben gewöhnt. Die Elisabeth wird das Schicksal ihrer Tanten im Auge haben, wenn sie versuchen wollte, eine Weiberherrschaft zu errichten oder sich in die Staatsangelegenheiten zu mischen ...!» Der König beendete seine Schreiberei. Er erhob sich und trat auf die Terrasse. «Ich habe meinen Herrn Neveu nach Braunschweig geschickt. Dort soll er sich seine Zukünftige ansehen.»

Keith zögerte, er sagte: «Und wenn sie ihm nicht gefällt?»

Der König tat erstaunt: «Da er ihr bestimmt nicht gefallen wird, ist das belanglos. Sie ist übrigens ganz hübsch, munter – ein Kind. Das Beste an ihr ist, sie ist in keiner Weise verwöhnt. Sie sehen, Mylord, ich habe vorgesorgt!»

Er sah Keith erwartungsvoll an. Doch der alte Freund wiegte skeptisch den Kopf.

Der König sagte: «So verstehen Sie doch! Alles wartet doch nur darauf, daß der alte Zänker bald stirbt. Was erhoffen sich die Leute von meinem Nachfolger? Sie hoffen, nach meinem Tode werde Preußen aufgehen wie ein Schwamm – nicht mit solidem Knochengerüst und kräftigen Muskeln, sondern wie die anderen Staaten alle, prächtig anzuschauen in Reichtum und Wohlleben, in Wollust und Laster, nur, Preußen kann es sich nicht leisten, es ist arm, aus guten Gründen nüchtern, tugendhaft und eng!»

Wieder stand der König dem Freunde in der Sonne. Der Lord Marishal sagte: «Arm, nüchtern, tugendhaft und eng...! Sire, wollen Sie so das Volk haben, so Ihren Nachfolger...?»

Der König erwiderte rasch: «Ich möchte es zur Einsicht in die eigene Lage und in den eigenen Charakter zwingen. Das könnte ich, wenn es revoltiert. Aber die Preußen revoltieren nicht. Und Friedrich Wilhelm hat noch nicht revoltiert. Er weiß so wenig wie das Volk, was er will. Und wenn er es weiß, sagt er es so wenig, wie es das Volk sagt, wenn es weiß, was es will. Die Canaille weicht einfach aus und denkt sich ihr Teil. Und dieser Teil ist zuwenig. Es muß alles anders werden, so denken sie alle, sie denken einfach, alles wird anders, wenn sie genau das Gegenteil tun von dem, was ich getan habe oder tun würde...!»

Der König klopfte erbittert mit dem Stock auf den Boden. «Ich werde Ihnen sagen, Mylord, wie es gehen wird, wenn ich heute sterbe. Es wird ein lustiges Leben bei Hofe werden. Mein Neffe wird den Schatz verschwenden, den ich aus diesem ausgepowerten Volk quetschen muß. Er wird die Armee ausarten lassen, die ich so mühsam hochkujoniert habe! Nicht er wird regieren, sondern Klugschwätzer und Weiber...! Und der Staat wird zugrunde gehen!» Der König rief: «Ach, Keith...! Keith! Ich träume nachts davon! Und die Leute wundern sich, daß ich tags so gallig bin!»

Keith lächelte: «Sire...! Der freieste Geist unserer Zeit glaubt an die Erfüllung von Träumen...?»

Doch der König sagte verwundert: «Ich habe als Jüngling vom Ruhm geträumt – und er ist gekommen, in höherem Grade, als mir schließlich willkommen war. Ich habe von einem Hause geträumt, schöner, als es jemals erbaut worden ist!» Er machte eine umfassende Handbewegung: «Hier ist es! Sie sehen, Keith, Träume erfüllen sich! Wenn sie sich verwirklichen, ist freilich immer auch ein wenig Schaum dabei...!»

Keith rückte mit seinem Sessel der Sonne nach, er wehrte dem König mit einer leichten Handbewegung, ihm dabei zu helfen. Er sagte: «Ich werde mit dem Thronfolger sprechen. Er soll mir von seinen Träumen erzählen!»

«Und wenn er keine hat...?»

«In meiner Macht steht es nicht, ihm welche zu schenken», sagte Keith. «Aber ich bete zu Gott darum!»

«Wenn es einen gibt», sagte der König und blickte mit einem kleinen Lächeln zu seinem Freunde hinüber.

Aber Keith erwiderte das Lächeln nicht. Er sagte: «Alles, was Ihnen begegnete, Sire, fügte sich zusammen, um zu erfüllen, was der König träumte, und wurde Geschichte. Warum soll sich nicht dem Menschen, der einmal über Preußen herrschen soll, auch alles zusammenfügen, wovon er träumt – auch wenn es nicht Geschichte wird, sondern...»

«Sondern...?» fragte der König.

«Sondern Friede, Wohlstand, Wärme... Liebe am Ende...!»

Der König trat dicht an seinen alten Freund heran, betrachtete ihn nachdenklich und sagte schließlich: «Diese Worte in Gottes Ohr!»

Jetzt lächelte auch Keith. «Wenn er welche hat!» sagte er.

Die Spandauer Strasse in Berlin führte nicht von Spandau nach Berlin oder umgekehrt, sie lag im innersten Kern der Stadt, gleich hinter Marstall und Schloß, eine schlichte Straße mit kleinen, einstöckigen Häusern, zu deren Haustüren drei oder vier Stufen einer Steintreppe führten. Der obere Teil der Straße war von Kleinbürgern bewohnt, den Bediensteten des Schlosses, Beamten und Handwerkern, der untere Teil, dem Rathaus zu, gab sich Mühe, weltstädtisches Gepräge zu zeigen, die Posthalterei lag dort, und ihr gegenüber die Nicolaische Buchhandlung – an den Straßenecken blühten die Kneipen, in denen Weißbier ausgeschenkt wurde, klarer Korn, es standen Fleischfrikadellen, Bouletten genannt, zum Verzehr bereit, Würste und Heringe – es konnte dort geraucht werden, was auf den Straßen verboten war.

Eine Kneipe aber, die kleinste ihrer Art, lag nicht an einer der Ecken der Spandauer Straße, sondern mitten in ihrer Flucht aus einstöckigen Häusern, eine Laterne hing über der Haustür, sie beleuchtete, mit Walöl gespeist, des Abends flackernd ein Schild. Die Kneipe nannte sich ‹Zum kleinen Trompeter›, und ein kleiner Trompeter mit großem Kopf und winzigen Beinen lud auf dem Schilde zum Besuch. Das Lokal gehörte Elias Encke, einem echten Berliner, der in Thüringen geboren war, in Hildburghausen. Er war in mancherlei ehrsamen Berufen gescheitert und hatte sein Glück in aller Welt gesucht, in der Allerweltsstadt Berlin, wie seine Frau, die aus Freiburg in Baden stammte. Elias Encke war Trompeter der Königlichen Hofkapelle, er blies das Waldhorn bei den Hofkonzerten und bei mancherlei anderen Gelegenheiten, und seine Frau war die Seele des Geschäftes, wie die Berliner zu sagen pflegten, in der kleinen Kneipe der Spandauer Straße.

Zur gleichen Stunde, als vier Meilen von der Spandauer Straße entfernt der König auf der Terrasse von Sanssouci das Gespräch mit seinem alten Freunde führte, hockte auf den Steinstufen des Aufganges zur Kneipe ein kleines Mädchen und träumte. Es hatte tiefbraunes Haar, das in zwei Stummelzöpfen von ihren Ohren abstand, eine kleine, in der Spitze ein wenig nach oben geknickte Nase, einen ziemlich großen Mund mit weißen, etwas spitzen Zähnen, Sommersprossen und überaus schmutzige Hände. Es trug ein Kleid, das offenbar aus einem ehemals guten Kleid der Mutter zurechtgeschneidert war, weiße, rutschende, schon recht angeschmuddelte Strümpfe mit schwarzen Tuchschuhen und durchaus keine Hosen.

Das Kind hatte die Arme auf die Knie gestützt und das Kinn in die Hände. Es starrte unbeweglich vor sich hin. Aus der Gaststube drangen die Töne des Waldhorns, auf dem Vater Elias Encke übte, weil gerade keine

Gäste da waren. Das Kind wandte sich nicht um, als plötzlich die Töne des Waldhorns lauter erschallten. Die Tür zur Gaststube hatte sich geöffnet und Christiane Encke trat heraus, eine junge Dame, die bildhübsch war und es wußte, mit wallenden, gepflegten Locken und in einem Kleide, das in der Andeutung eines Reifrockes geschnitten war, in der Andeutung nur, es fehlten die Fischbeinstäbe, die dem Kleide erst die Rundung und pompöse Würde gegeben und die Trägerin als eine Dame der Gesellschaft ausgewiesen hätten. Dafür aber hatte das Kleid der Mode gemäß ein breites Decolleté, aus dem nicht nur der noch kindlich schlanke Hals, sondern auch der gute Teil eines Busens empordrängte, den Kenner als knospend zu bezeichnen pflegten. Die junge Dame stieg vorsichtig und mit gerafften Röcken über das Kind hinweg, ließ aber dann die Röcke nicht fallen, sondern streckte dem Mädchen den Fuß hin: «Richt mir mal das Band, Line . . .!» Jetzt sah das Kind auf und sagte mit einer kleinen, rauhen, etwas heiseren Stimme in reinstem, eckigem Berliner Dialekt: «Schimpfst du mir Line, schimpf ich dir Stine!»

Christiane vergaß sofort ihre Damenhaftigkeit: «Mine! Riecke! Line!»

Und das Kind antwortete: «Stine! Tine! Ballerine! Olle! Dämliche!»

Christiane sagte: «Du sollst doch nicht immer so ordinär reden!»

Doch das Kind setzte fort: «Ich heiße Wilhelmine! Merk dir's endlich, dumme Zicke!»

Hinter ihr wurde das Fenster aufgerissen, Mutter Encke blickte heraus und rief mahnend: «Rieckchen!»

Christiane sagte gutmütig: «Also, Wilhelmine, mach zu, ich muß ins Theater! Zur Probe!»

Christiane war Figurantin in der Italienischen Oper, die sich die zur Weltstadt bereite Stadt Berlin zugelegt hatte – der König bezahlte sie.

Aber Wilhelmine blieb eigensinnig: «Gar nischt mußte! Zu deinem Rußki gehste! Bloß weil er sagt, er is ein Graf!»

«Minchen!» sagte Mutter Encke noch einmal mahnend, schloß aber das Fenster wieder, die Kinder stritten sich immer.

Wenn Wilhelmine es nicht vertragen wollte, immer mit einem anderen Namen angeredet zu werden, so war auch Christiane in gewissen Punkten empfindlich. «Mach zu! Sonst sag ich Muttern, daß du wieder mit 'm Nackten auf den Steinstufen sitzt.»

Wilhelmine begann, das Band um die Wade ihrer Schwester zu knüpfen. Sie sagte: «Wo ich doch gerade so schön geträumt habe! – Stell dir vor – ich war in einem großen Saal mit lauter Säulen aus Marmor und an den Wänden Purpurtuch! Und neben mir standen livrierte Lakaien und hielten Kerzenleuchter, und die Kerzenleuchter waren aus Gold und Gold war überall, und die Lakaien hatten weiße, seidene Strümpfe an und Schnallenschuhe, und ich stand da und hatte ein großes Kleid an, mit Reifen drinnen und ganz offenem Hals, und am Hals, da trug ich lauter Klunkern, und am Ohr lauter Klunkern, so lang, und lauter Ringe an den Fingern, und einen

Fächer hatte ich, in dem waren lauter Brillanten, und ganz lange weiße Handschuhe hatte ich an, bis oben hin aus Leder, und die eine Hand, die hielt ich vorgestreckt.» Sie unterbrach sich und streckte die rechte Hand mit einer eleganten Geste aus; sie blickte hoch ins Antlitz ihrer Schwester und setzte mit großem Ernst fort: «Und der ganze Saal war voll von Fürsten und Grafen und vielen Damen, die waren angetreten wie zu 'ner Parade, und dann kamen sie paarweise ... und dann küßten die Herren mir die Hand ... und die Damen machten einen großen Knicks ... und da wußte ich mit einemmal: Ich bin die Königin ...! Und dann ... und dann ...»

«Und dann kam ich, du dumme Göre ...! Nun bind schon zu! Du und Königin! Möchtste!»

Wilhelmine erhob sich mit einem Ruck. Sie sagte erregt: «Möcht ich auch! Werd ich auch! Eher, als du Gräfin wirst! Olle Zicke!»

Christiane holte aus und klebte ihrer Schwester eine, und augenblicks sprang Wilhelmine ihrer Schwester an den Hals und riß ihr die Spitzen vom Decolleté, zerkratzte ihr die Nase und den Busen, zerrte an den Lokken, trat der Schwester gegen das Schienbein und schrie bei jedem Schlag: «Königin werd ich! Königin ...!!»

Zur gleichen Stunde mahlten sich die Räder einer Kutsche auf der Straße von Spandau nach Berlin durch den märkischen Sand. Der Kutschkasten hing an Lederriemen, die schon oft zerrissen und wieder geflickt waren, er schaukelte beträchtlich hin und her, der Passagier mußte sich an der Schlaufe festhalten, die an dem einen Fensterrahmen niederhing. Mißmutig blickte er aus dem halb offenen Fenster.

Fahren, fahren, fahren ...! dachte er. An Schlafen war nicht zu denken, die erbärmlichen Wege auf dem preußischen Sandboden waren schuld, daß der Reisende drei Tage brauchte, um achtzehn deutsche Meilen zurückzulegen. Die Kutsche, geschüttelt und gerüttelt, dann wieder rutschend und schleudernd, ließ für den Reisenden keine andere Tätigkeit zu, als stillzusitzen, sich festzuhalten und in die Gegend zu blicken. Das also tat der Passagier, er blickte rechts und links aus dem Fenster und notierte sich im Geiste, was ihm auffiel. ‹Preußen ist ein Land›, so notierte er sich im Geiste, ‹wo Gewerbefleiß und Gold Wunder wirken könnten; aber ich bezweifle, daß man jeweils ein wohlhabendes Land daraus machen wird.›

Der Kutscher auf dem hohen Bock dachte über seinen Passagier nach. Das mußte ein großer Herr sein, sein Rock war modisch geschnitten und seine Schließen und Agraffen blitzten von Brillanten. Seine Art, mit dem gemeinen Volk zu reden, war die eines hohen Herrn, auch hatte er überhaupt nicht um den Preis gefeilscht. Aber warum fuhr der Herr nicht in der Extra-Post? Er hatte keinen Bedienten, und sein Gepäck bestand aus wenigen, ledernen Stücken – aber es war gutes Leder, der Kutscher verstand etwas davon. In Magdeburg, am Tor der Festung nach seinem Passe gefragt, hatte der Herr nur lässig und von weitem ein Papier vorgezeigt, dem Torwächter eine Dublone zugeworfen und mit einem Wink geboten, weiterzufahren. Aber warum nächtigte der Herr in Brandenburg im gleichen Posthof, in welchem auch der Kutscher verblieb?

Der Passagier beugte sich vor. In der alten Kutsche mit ihren zerschlissenen Bezügen hing noch immer ein halbblinder Spiegel, dem sich nun das Gesicht des Reisenden forschend und prüfend näherte, das Gesicht eines blühend schönen Mannes, ein sehr männliches Gesicht, mit zwingenden Augen und scharfen Konturen – aber die Haut war nicht sehr straff, sie zeigte hier und da kleine Runzeln, Falten, besonders am Hals, die Haut dort war körnig, nicht mehr glatt. Er wußte nun, er war alt geworden – er war genau vierzig Jahre alt. Aber er wußte, daß die Wende eingetreten war. Es glückte ihm nichts mehr. Aus dem Jäger war der Gejagte geworden. Kein Grund zu verzweifeln, aber auch keiner, sich etwas vorzumachen. Es galt, klar zu sehen und zu handeln. Es blieb die Frage, in welchem Land er eine sichere Anstellung erhalten könne. Die Anstellung war die letzte Zuflucht des Gejagten, der nicht mehr Jäger sein konnte.

Die Auswahl blieb gering, da war der Herzog von Braunschweig, ein edler Herr und wahrhaftig ein Fürst – aber Braunschweig blieb eine Enttäuschung. Der Thronfolger von Preußen war gekommen, sich der ihm bestimmten Braut vorzustellen, es waren viele Personen von Welt zusammengekommen, aber bevor sich ein Weg richtig öffnen wollte, in die Hofgesellschaft zu gelangen – da kam diese leidige Geschichte mit dem falsch girierten Wechsel – also blieb nur Preußen.

In Wesel war er zum erstenmal mit Preußen in Verbindung gekommen. Dies merkwürdige Land des Großen Königs war in hundert kleine Fetzchen aufgeteilt. In Wesel, da hatte er dem Gouverneur der Festung, dem General von Salenmon, im Spiel einige hundert Friedrichsdor abgenommen – und war auf dem Heimweg von betrunkenen Soldaten überfallen und verprügelt worden und beraubt! Seine Beschwerde beim General – nun, dieser pfiffige Haudegen hatte ihn herzlichst bemitleidet und sich großmütig bereit erklärt, dem armen Überfallenen, dem so übel mitgespielt worden war, auf Kosten des Staates im Garnisonslazarett seine Wunden ausheilen zu lassen, und hatte dabei vergnüglich mit Goldstükken in seiner Tasche geklimpert, kein Zweifel, daß es die geraubten Goldstücke waren. Aber immerhin: In Preußen kannte ihn niemand, und das war im Augenblick wichtiger, als daß *er* Preußen gekannt hätte.

Da saß er nun in diesem scheußlichen Kutschkasten, in seinem rehfarbenen Rock aus geschorenem Samt, aber die Schnallen und Schließen hatten noch ihre echten Steine, der flohfarbene Rock aus Taft mit den weinroten Hosen lag wohlverpackt im größeren der beiden Koffer – und vier Dublonen hatte er noch in der Geldkatze –, und jetzt rumpelte der Wagen über Steinkopfpflaster . . . und da war wieder ein Tor und ein Schlagbaum . . .

Der Torhüter, ein mächtiger Kerl mit einem Holzbein, wohl einer der Helden aus der fritzischen Armee, trat an das Kutschfenster. Der Passagier wedelte mit seinem Papier und drückte dem Wächter eine Dublone in die Hand, bereit, den Kutscher durch einen Zuruf zum Weiterfahren zu bewegen.

Doch der Wächter steckte die Dublone ein, ergriff des Reisenden Papier und musterte es. Und fragte: «Hat Er keinen anderen Paß?»

Der Reisende erwiderte: «Nenn Er mich nicht Er! Den Postpaß da gab mir der General von Salenmon in Wesel! Das wird Ihm wohl genügen!»

Der Torwächter sagte: «Da hat Er aber Glück gehabt!» und ging mit dem Papier in seine Stube. Dort schrieb er in ein Register: ‹Graf Jacob de Faroussi›, hob das Papier, hielt es gegen das Licht, nahm ein Fläschchen und bepinselte die Rückseite des Papiers. Dabei erschienen flüchtig einige Zeilen.

Der Torwächter schrieb ins Register: ‹. . . alias Chevalier de Seingalt . . . alias Casanova aus Venedig . . .›, goß Sand über das Geschriebene und hauchte die Rückseite des Papiers trocken, so daß die Zeilen verschwanden. Dann humpelte er gemächlich zur Kutsche, gab das Papier dem Chevalier und sagte fröhlich: «Na, denn viel Glück in Preußisch-Berlin, Herr Alias . . .!»

Als die Kutsche die Spandauer Straße hinaufrollte, rief Casanova dem Kutscher zu: «Fahr Er mich zum besten Hotel der Stadt!»

Der Kutscher wandte sich um: «Ich weiß hier nicht Bescheid, Herr!»

Casanova sah in der sonst menschenleeren Straße einen etwa zwölfjährigen Jungen mit einem Handkarren, auf dem Sträucher und Staudengewächse lagen. In der Hand trug der barfüßige Knabe einen Krug, er ging, den Karren hinter sich her zerrend, auf den ‹Kleinen Trompeter› zu.

Casanova rief: «Frag Er den Jungen da!»

Aber der Knabe ließ gerade seinen Karren stehen und ging die Stufen zur Schänke hinan. In diesem Augenblick öffnete sich die Tür und Wilhelmine Encke kam herausgefegt – sie heulte und entwischte gerade noch der Hand ihrer Mutter, die nach ihren Zöpfen faßte. Der Knabe breitete beide Arme aus und fing Wilhelmine auf. Er sagte: «Erst 'n Kuß, Line!»

Die Kutsche hielt vor dem Hause an. Casanova blickte interessiert auf die kleine Szene. Das Mädchen, es mochte dreizehn Jahre alt sein, hatte ihr verheultes Gesicht gehoben und sagte jetzt mit einer etwas rauhen, aber angespannten und entschlossenen Stimme: «Du sollst mich nicht Line nennen, Hannes, und wenn du mich nicht gleich losläßt, dann kleb ich dir eine!»

Hannes lachte und ließ Wilhelmine los, er schwenkte seinen Krug und rief: «Du weißt noch nicht, was gut ist!» und trat gegen die Tür der Kneipe, um gleich darauf mit Christiane Encke zusammenzuprallen, die das Haus verlassen wollte – eine Stimme rief hinter ihr her: «Daß du mir nach Hause kommst, wenn es dunkel wird!»

Casanova öffnete den Schlag der Kutsche und tastete sich, den Blick auf Christiane gerichtet, über das federnde Trittbrett auf das kotige Pflaster.

Wilhelmine starrte fasziniert auf den eleganten und schönen Mann, der da plötzlich vor ihr stand.

Auch Christiane hatte ihn bemerkt. Schnell fuhr ihre Zunge über die geröteten Lippen, sie senkte den Kopf, um ihn gleich wieder etwas schräge zu erheben, sie hatte diese Haltung studiert und als anziehend befunden. Sie war in diesem Augenblick sehr froh, alle Spuren ihres Kampfes mit Wilhelmine beseitigt zu haben.

Casanova lächelte und sagte mit seiner angenehmsten Stimme: «Sicher kann mir die Demoiselle den Weg zum besten Hotel der Stadt weisen!»

‹Weisen . . .! hat er gesagt›, dachte Wilhelmine. Ihr Kopf fuhr zu ihrer Schwester herum. ‹Jetzt macht sie gleich ihr Theater›, dachte sie.

Christiane hatte den Blick gesenkt, jetzt schlug sie die Wimpern auf.

‹Schon klimpert sie mit den Wimpern›, dachte Wilhelmine, ‹gleich wird sie ihre Zähne blecken.›

Christiane lächelte, sie zog ihren hübschen Mund ganz in die Breite, so daß sie die Reihe ihrer Zähne ahnen ließ, dann lachte sie klingend auf, wie sie es als Figurantin gelernt hatte, die ganze rosige Höhle ihres Mundes zeigend – und die schönen, großen, schneeweißen Zähne, und sagte: «Gewiß kann ich das! Es ist das Hôtel de Paris!» Sie warf den Kopf zurück, sie hob den Busen, der sich nun ein wenig aus den Spitzen des Decolletés reckte, gerade so viel, daß sich die Knospen an den Enden des durchsichtigen Stoffes rieben und durchschimmerten.

Casanova lächelte: «Ich sehe, die Demoiselle schickt sich an, auszugehen – darf ich Sie mit meinem Wagen bringen, wohin Sie will?»

Christiane hob zierlich ihren weiten Rock, um die Stufen hinabzuschreiten, und sagte: «Wie gut sich das trifft! Auch mein Weg führt ins Hôtel de Paris!»

Da bemerkte eine heiße und trockene Stimme: «Du lügst! Vorhin hast du gesagt, du mußt zur Probe!»

Casanova besichtigte das merkwürdige Kind durch sein Lorgnon. So schön die Schwester war – mit allen Formen, die rundlich waren, wo sie rundlich sein mußten, bezaubernd in ihrer Naivität, zu glauben, ihr Reiz läge im billigen Angelernten, wo er doch gerade in diesem Glauben lag –, so unansehnlich war die Kleine – mager, mit ihren schlaksigen Beinen, den kurzen Zöpfen – aber die Augen! Was hatte das Kind für wache Augen, einen schnellen, ernsten Blick, und was für eine Stimme, melodisch in ihrer Rauheit! Hoppla! Dies Kind in wenigen Jahren . . .!

Casanova beugte sich ein wenig zu Wilhelmine hinunter, er nahm wahr, daß die Hand der großen Schwester klauenartig nach dem Ohr der Kleinen gefahren war, um es zu zwicken, nun aber zurückfuhr – er sagte: «Aber mein hübsches Kind, man kann beides verbinden!»

Er erschrak fast vor dem brennenden Ernst, der ihn jetzt aus diesen kindlichen Augen traf. Die kleine, heisere Stimme fragte begierig: «Ist das wahr?»

Casanova wußte nicht recht, was er antworten sollte, die Kleine spürte das offenbar und setzte fort: «. . . daß ich hübsch bin!»

Casanova lächelte: «Ich schwöre es dir!»

Ein triumphierender Blick fuhr zur großen Schwester. Dann sagte die Kleine: «Mein Herr, das Hôtel de Paris ist gar nicht weit, an der vierten Querstraße links. Ich kann es Ihnen empfehlen, die Küche der Madame Rufin ist ausgezeichnet.» Wieder ein schneller Blick zur Schwester: «Distinguierte Fremde steigen nur dort ab. Und der Graf Matuschkyn wohnt auch da!»

Casanova ergriff die Hand Christianes: «Darf ich der Demoiselle behilflich sein?»

Christiane bestieg die Kutsche, hinter ihr Casanova. Aber bevor er den Schlag schließen konnte, hatte sich Wilhelmine dazwischengeschoben. Und Casanova hörte zu seinem Vergnügen die Kleine zu ihrer Schwester sagen: «Daß du dich unterstehst! Der Herr gehört nir!»

Der Schlag fiel zu, die Kutsche rollte. Wilhelmine Encke schaute ihr nach.

ZUR GLEICHEN STUNDE bereitete sich Elisabeth von Braunschweig vor, ihren Vetter, den Prinzen Friedrich Wilhelm von Preußen, zum erstenmal zu treffen, seit er als ‹Werber› um ihre Hand nach Braunschweig an den Hof gekommen war. Sie kannte ihn nicht. Ihre Mutter, eine Schwester des preußischen Königs, behauptete zwar, sie habe irgendwann vor dem letzten Krieg einmal mit Friedrich Wilhelm Federball gespielt, aber sie konnte sich einfach nicht dessen erinnern. Sie hatte ihrer Mutter mit schneller Zunge geantwortet: «So? Und seit damals ist er in heißer Liebe zu mir entbrannt?» Ihre Mutter ließ das offen, sie versuchte nur, zu erklären, daß während des Krieges keine Gelegenheit gewesen wäre, ‹die lieben Kinder› zueinanderzubringen. Elisabeth war sich keinen Augenblick darüber im unklaren, daß diese ganze Verlobung eine abgekartete Sache war zwischen den Häusern Braunschweig und Brandenburg, zwischen dem ältesten regierenden deutschen Fürstengeschlecht, den Welfen, und dem jüngsten, den Hohenzollern. Ihr waren die Welfen so gleich wie die Hohenzollern, die Braunschweiger waren ebenso arm wie die Preußen, ihr Vater war dem König von Preußen angenehm, weil er die Verbindung mit der englischen Verwandtschaft hatte und dem König für seine ewigen Kriege die englischen Subsidien vermitteln konnte, ihre Brüder Ferdinand und Wilhelm waren preußische Generale und durften mit ihren Soldaten ‹die Operationen des Königs gegen den Westen abdecken›, was auch immer das heißen mochte, außer, daß da wenig Ruhm und gar keine Beute zu gewinnen war. Im übrige waren alle Tanten irgendwie mit Preußen liiert, die Mine von

Bayreuth, die spinnige Amalie waren die Schwestern der Mutter und des Königs, der König selbst und der Vater des Bräutigams waren wiederum mit Schwestern ihres Vaters verheiratet, beide höchst unglücklich – kein Mensch vermochte mehr sich die Grade der Verwandtschaft auszurechnen, und niemand versuchte es auch. Sie selbst war eine von tausend deutschen Prinzessinnen, die an den Mann gebracht werden mußten, nichts weiter. Wenn Elisabeth manchmal in heißen Nächten dieses stickigen Schlosses, das mit all diesem Familienmuff angefüllt war, davon träumte, sie werde selber einmal eine regierende Fürstin sein, etwa in Petersburg oder London, und das war schon das höchste aller Gefühle, nach Paris bestand sowieso wenig Aussicht – dann schreckte sie, von Angstzuständen geplagt, hoch. Ihr Auftreten war linkisch, so etwa, als habe sie in vollem Staatsornat plötzlich bemerkt, daß sie vergessen hatte, den Reifrock überzuziehen und stünde nun mit den Glockenschwengeln der Beine ganz ohne Glocke da, alle lachten über sie, es kicherte noch beim Erwachen in den Wänden ihres dumpfen Schlafzimmers nach. Mit keinem Gedanken noch hatte sie sich den Mann vorgestellt, den sie einmal heiraten würde, die Männer, die sie kannte, waren, auch wenn sie nicht fürstlichem Geschlecht entstammten, nicht danach, sie überhaupt in Erwägung zu ziehen, vor allem nicht, wenn sie bedachte, was diese alles mit ihr anfangen würden – und sie mit ihnen. Was also? Was blieb, war der Gedanke: Heraus! Heraus aus diesem alten, gräßlichen Schloß! Weg von dieser Familie, von der betulichen Mutter, dem steifen Vater, den groben Brüdern – was hatte sie vom Leben? Säuerliche Erzieherinnen, Federballspiel mit betagten Hoffräuleins, die Hoffräuleins geblieben waren, weil sie keinen Mann bekommen hatten, so sehr sie auch einen gewollt hatten – zur Jagd wurde sie nicht mitgenommen, auf den Bällen durfte sie höchstens mit knickebeinigen Hofbeamten tanzen, und dann die langen, diese endlosen Abende beim Lottospiel, bei dem sich immer dieselben Leute immer dasselbe Geld gegenseitig abnahmen, und als Lektüre diesen tödlichen Klopstock, diesen unsäglich albernen Gottsched und – heimlich: die Zeitschrift: *Briefe, die neueste Literatur betreffend*, von Lessing herausgegeben, eine große Enttäuschung, sie machte auf diesen Wieland neugierig, aber den Wieland selber in die Hand zu bekommen, gelang ihr nicht, so wenig wie die berühmten Franzosen, von denen man wenigstens etwas über die Liebe erfahren konnte, dem Vernehmen nach.

Also her mit dem Prinzen von Preußen!

Sie selber war stolz darauf, die ganze Sache ziemlich kühl betrachten zu können. Aber es ärgerte sie doch, daß der Prinz von Preußen die Sache ebenfalls recht kühl anzusehen schien. Nun war er schon vier Tage in Braunschweig, jedermann wußte, zu welchem Zwecke – aber der Prinz kam zur Parade, er kam zum Feuerwerk, er kam zur Soirée, er kam zum ‹Großen Ball› – zu ihr kam er nicht. Zu ihr kam der gemessene Befehl ihres gemessenen Vaters, sich zu dieser Stunde an diesem Ort bereitzuhalten.

Als die Damen ihr das große Staatskleid überstülpen wollten, hatte sie sich gesträubt, es war zur Hochzeit bestimmt und schon fertig. Sie verlangte nach dem Verlobungskleide, an dem noch genäht werden mußte, aber es war wunderbar, sie hatte weinend und mit allem Trotz, für den sie bei Hofe berüchtigt war, darauf bestanden, daß das Decolleté noch erweitert wurde. Nun war es herrlich weit, und Elisabeth übte heimlich, was sie sich bei der Signora Anna Nicolini abgesehen hatte, der Tochter des Hoftheater-Intendanten und Geliebten des regierenden Fürsten, ihres Vaters Karl von Braunschweig. Die Nicolini war ihr heimliches Idol. Sie konnte so mit den Schultern arbeiten, daß alle Augenblicke die Spitzen der Brüste aus dem Mieder sprangen und dort wieder verschwanden, ein Spiel, das Papa sehr zu goutieren schien, er war in Gesellschaft der Nicolini immer so aufgekratzt, wie er es bei Mama – Gott behüte – nie war.

Als Elisabeth den Prinzen kommen hörte, stellte sie sich an ein offenes Fenster und hielt sich, die Hand an der Portiere, gerade, aber lässig, als sei sie nur am Anblick des Gartens interessiert. Von hier aus hatte sie den Prinzen schon einmal gesehen. Er hatte ihr sogar gefallen, ein großer, etwas dürrer junger Mensch – sie hatten ihn im Kadettencorps, von dem man in Braunschweig erzählte, wohl kräftig hergenommen. Seine Stirn zog sich ein wenig nach hinten weg, aber das tat sie bei dem königlichen Onkel dieses Herrn auch, und das galt seit jenem als Zeichen von Genie. Des Großen Königs Augen waren blau wie die des Neffen, aber waren sie beim König stahlbau, hier waren sie blau wie Wasser. Und er sollte entsetzlich dumm sein. Eine Tür wurde geöffnet.

Und eine Stimme sagte: «Cousine, ich will Ihnen gleich sagen, daß ich gar nicht gerne hierhergekommen bin!»

Elisabeth vergaß ihre Haltung, sie fuhr herum und starrte den Prinzen an. ‹Er ist nicht nur dumm, er ist ein Tölpel›, sagte sie sich. Sie zwang sich zur äußersten Kühle und erwiderte: «Glauben Sie ja nicht, mein Cousin, daß ich mich vor Freude nicht lassen kann.»

Der Prinz hob plötzlich die Hände vor die Brust und sagte stotternd: «Ach, seien Sie doch nicht so ... ich meine doch ...» Er raffte sich zusammen: «Elisabeth! Wir müssen doch beide ...» und fiel wieder in sich zusammen, ohne seinen Satz zu beenden.

Elisabeth musterte ihn erstaunt. Zum erstenmal in ihrem Leben sah sie, wie eines Mannes Ohren rot wurden bei bleichem Gesicht. Sie legte alle Schärfe in ihre Stimme: «Was ...» fragte sie, «was müssen wir beide ...?»

Der Prinz wendete den Kopf hin und her: «Nun – heiraten ...!» und setzte eilig hinzu: «Und ich mag doch gar nicht!»

«Ich auch nicht!» sagte die Prinzessin.

Der Prinz blickte sie selig an: «Nicht wahr? Nun sagen Sie bloß, was machen wir denn da ...?»

Das warf Elisabeth um. Bislang hatte sie noch keiner gefragt, was irgendwann oder irgendwo zu machen sei. Und hier handelte es sich um ihren zukünftigen Ehemann. Der fragte sie! Mit dem würde sie auskommen, mochte er noch so troddelig sein oder vielleicht gerade deswegen.

‹Ja, was machen wir denn da?› fragte sie sich. Sie gab ihre gezwungene Haltung auf, sie bemühte sich, einfach nett und freundlich zu sein: «Prinz», sagte sie nahezu herzlich, «das müssen wir uns wirklich überlegen! Wie zwei Freunde, die sich in der gleichen Notlage befinden! Wir können doch nicht an gegen das, was die alten Herrschaften über uns verhängt haben. Aber wir können es doch miteinander versuchen! Machen wir doch, was *wir* wollen! Machen wir's uns leicht! Jeder soll so leben, wie er will – wir wollen einander nichts vorwerfen . . .!»

Der Prinz starrte auf ihren Busen: «Schön!» sagte er. Elisabeth reckte sich ein wenig. Die Spitze der linken Brust hob sich aus dem Gekräusel. Aufmerksam sah Elisabeth ihn an. Der Prinz wandte den Kopf weg. Er wandte den Kopf weg!

«Aber . . .?» fragte die Prinzessin scharf.

«Aber . . .» sagte der Prinz hilflos. «Wir sollen doch miteinander Kinder kriegen!»

Elisabeth starrte ihn an. Eigentlich war er liebenswert in seiner Hilflosigkeit. Man mußte ihm wirklich beistehen. Sie sagte: «Mein sehr lieber und werter Prinz und künftiger Gemahl, ich sehe da keine allzu großen Schwierigkeiten . . .!»

Der Prinz schaute weg: «Ich doch!» sagte er.

Jetzt erschrak Elisabeth wirklich. Also so stand es! Man hatte da munkeln gehört! Er war sozusagen mit Leib und Seele bei seinen Kadetten gewesen, sagte man. Und er hatte immer einen Knaben um sich, einen Gärtnerburschen, kaum zwölf Jahre alt, der ihn bediente und an ihm hing . . . sagte man.

Sie lächelte, sie kam ihm noch einen Schritt näher. Jetzt reizte sie nicht nur die Aufgabe, sie fühlte sich wirklich ein bißchen aufgeregt. Das war doch interessant! «Mein Prinz», sagte sie und kuschelte sich an ihn, blickte mit aller Zärtlichkeit, deren sie fähig war, zu ihm auf und sagte: «Haben Sie Mut! Wir beide . . . wir werden uns Mühe geben! Wir werden schon darauf kommen, wie es gemacht wird, und wir werden unseren Spaß daran haben . . .!»

Der Prinz blickte uninteressiert in ihren Busen, der nun so aus- und einladend vor ihm gebreitet war, und sagte dabei in aller Ruhe: «Ach, Cousine, das ist es nicht! Ich weiß ganz gut Bescheid!» Er lachte sogar ein bißchen, ohne daß seine Ohren rot wurden. Aber dann sagte er, ganz plötzlich in sein voriges, tölpelhaftes Wesen zurückfallend: «Aber ich liebe Sie eben nicht, und wo ich nicht lieben kann, kann ich auch nicht lieben und so . . .!»

Elisabeth flüsterte: «Ich verstehe!» Und verstand gar nichts.

Doch dem Prinzen schien das zu genügen. Er atmete auf, als sei ihm eine

Riesenlast genommen. Er sagte: «Ah, dann ist es gut! Dann ist ja alles gut! Ich hatte nur Furcht, Sie verstehen mich nicht.» Er sagte beinahe herzlich: «Dann können wir ja ruhig heiraten! Ich wollte Ihnen nur nichts vormachen! Ich bin so froh, daß Sie mich verstehen!»

Elisabeth war noch sehr jung, noch keine neunzehn Jahre alt. Der einzige Mann, den sie liebte, wie sie es kindlich auffaßte, war ihr Bruder Carl Wilhelm Ferdinand, von dem sie schmollend sagte: «Er denkt immer nur an seine Ehre!» – indes ihr Bruder von ihr sagte: «Sie denkt immer nur an ihr Vergnügen!»

Elisabeth hörte Schritte. Man kam!

Elisabeth richtete sich hoheitsvoll auf und sagte laut: «Mein Prinz! Unsere Ehe wird beiderseits eine Ehre und ein Vergnügen sein!»

Man war da. Man gratulierte. Abends Feuerwerk.

Fast erschien es dem Chevalier de Seingalt – ein Name, in der Gesellschaft recht brauchbar, weil er sich anhörte, als schriebe er sich St. Gall und sein Träger sei zumindest ein Ritter des Ordens vom Heiligen Ludwig von Frankreich –, fast also erschien es Casanova, er sei bereits in der ersten Stunde in Berlin in einen Zauberkreis getreten, in dem sich alles zum Besten aneinanderfügte. Zufall, dachte der Chevalier, ist, was einem zufällt. Nun, dies reizende Mädchen war ihm sogleich zugefallen und mit ihr war ihm zugleich zugefallen eine Verbindung zum hiesigen Theater, von dem, wie von allen Theatertruppen, Verbindungen nach allen Seiten der Gesellschaft ausgingen. Und hatte die ruppige kleine Schwester des Mädchens nicht schon in der ersten Minute von einem Grafen Matuschkyn gesprochen – einem Fremden von Distinction ohne Zweifel, mit dem er, Casanova, erfahrungsgemäß leichter ins Gespräch kommen wird als mit einem Mitglied der sich als steif und nüchtern rühmenden preußischen Hofgesellschaft? Der Chevalier hatte noch drei Dublonen in der Tasche, aber das störte ihn nicht so sehr, er wußte, neues Geld kommt immer erst, wenn das alte ausgegeben ist. Es galt immer nur, jede Gelegenheit, die sich bot, zu nutzen – und hier, in der alten, zerschlissenen Kutsche, die er zu mieten gezwungen war, weil er sich keine Extra-Post leisten konnte, geschweige denn eine eigene Reisekutsche mit Bedienten – hier also bot sich eine Gelegenheit, sie saß neben ihm und geriet bei jedem Rumpler des Wagens auf diesem unsäglichen Berliner Pflaster mit ihm in die angenehmste Verbindung. Nichts war von größerer Verständlichkeit, als daß der Chevalier einige Griffe wagte, die kühn waren, aber hier von dem Mädchen als zufällige Begleitumstände der Fahrt in dem engen Kutschkasten gewertet werden konnten. Und Christiane Encke reagierte genauso, wie es Casanova willkommen war, sie entschuldigte sich bei jedem kleinen Zusammenprall, der den Chevalier vielleicht gezwungen haben konnte, sich an ihr unziemlich festzuhalten, gab aber gleichzeitig mit allen ihren rührend kleinen Mitteln, als da waren schräge Blicke mit Klimpern der Wimpern und klingendem Lachen zu verstehen, daß sie keineswegs ernsthaft böse geworden wäre, hätte die Unziemlichkeit andere Ursachen gehabt als das Rütteln des Wagens und die Enge des Kutschkastens.

Das Hôtel de Paris hatte – o Glück für den Ritter des Glücks – als Besitzer keinen geldgierigen und groben Gastwirt, sondern, wie die ruppige kleine Schwester Christianes ausgeplaudert hatte, eine sicherlich charmante Französin, Madame Rufin, deren Geldgier mit Gewißheit durch französische Liebenswürdigkeit ummantelt war, wie ihre *petits fours* durch Papierfilets.

Kaum hielt die Kutsche, war Christiane mit einem höflichen, aber kindlichen Knicks weggehuscht, der Chevalier konnte nur noch beobachten, daß sie in einen zur ebenen Erde liegenden Raum eintreten wollte, aber von einer Dame mittleren Alters aufgehalten wurde.

Schnell warf der Chevalier dem Kutscher zum Abschied eine Dublone zu und ließ dem herbeigeeilten Hausdiener des Hotels, der sich des kleinen Gepäcks annahm, eine zweite Dublone in die Hand fallen. Im Eintreten hörte er die Dame sagen: «Es tut mir leid, *mon enfant*, der Herr Graf hat das Haus schon verlassen!»

Christiane Encke stand vor der gestrengen Dame wie ein beim Naschen ertapptes Kind. Sogleich sagte der Chevalier: «Madame ...» neigte wie fragend den Kopf: «Rufin ...? Mademoiselle speist heute mit mir!» Madame Rufin hatte ihr Beruf gelehrt, rasch und richtig zu kombinieren. Sie hatte mit einem Blick die beiden kleinen Gepäckstücke gestreift, die alte Mietskutsche, die beiden Dublonen, sie sah sofort den schon etwas abgeschabten Samt und die Schließen und Schnallen mit echten Steinen. Sie sagte gewinnend: «Mein Herr, unsere Küche hat einen guten Ruf! Ich halte eine ‹Table d'hôte›, und die Gäste, die auf ihrem Zimmer speisen, zahlen das Doppelte!»

Der Chevalier erwiderte: «Wir speisen an der ‹Table d'hôte›!» und wandte sich an Christiane: «Ich bitte, hier zu warten und mich zu entschuldigen, bis ich mich vom Staub der Reise gereinigt habe!»

Christiane war für dieses Wort dankbar. ‹Vom Staub der Reise ...!› Der Chevalier sprach genauso, wie sie glaubte, daß hohe und höchste Herrschaften zu sprechen gewohnt waren. Sie warf Madame einen triumphierenden Blick zu und ließ sich auf ein Sesselchen nieder, wie sie es auf der Bühne gelernt hatte.

Madame aber sagte zum Hausburschen, der immer noch wartete: «Ins Zimmer, das Graf Matuschkyn bewohnte ...» wandte sich zu ihrem neuen Gast und bemerkte, es sei dies das hübscheste Zimmer des Hauses, nahm die Karte, die ihr der neue Gast gereicht hatte, ein schmales Blättchen aus starkem Papier, auf dem zierlich graviert war: CHEVALIER DE SEINGALT, RITTER ZUM ORDEN VOM GOLDENEN SPORN. Madame las und blickte auf. Sie sagte mit Wärme: «Ich bin so glücklich, Chevalier! Nicht wahr, Sie werden mir von Ihrer Flucht aus den Bleikammern von Venedig erzählen ...?!»

Als Casanova zur ‹Table d'hôte› im kleinen Saal des Hotels erschien, wußte jedermann vom Küchenjungen bis zum Fremden von Distinction, wer er war. Aber auch Casanova wußte von jedem, was ihm wissenswert war.

Er wußte, daß Monsieur Rufin selber kochte und nie zu sehen war, er wußte, daß der Küchenjunge der Sohn von Madame Rufin war und wer Monsieur Noël war, der vornehme und behäbige Bonhomme, der sich sofort erhob, als der Chevalier den Raum betrat, und in die Küche eilte, um heute für den illustren Gast an Stelle von Monsieur Rufin das Mahl zu bereiten. Monsieur Noël war der Leibkoch des Großen Königs, nicht mehr und nicht weniger als das. Aber er trat als solcher nur in Erscheinung, wenn der Hof in Berlin war – weilte der König in Potsdam, so hatte Monsieur Noël nichts zu tun, der König tat Pfeffer in den Kaffee und trank die Bouillon glühend heiß, sich ein wenig Brot dreinbrockend. Galt es aber, in Berlin Ehre einzulegen bei fremden Fürstlichkeiten oder einflußreichen Gesandten, dann brillierte Monsieur Noël mit seiner Kunst. Hatte er nicht zum Entzücken aller Kenner bei einem politisch bedeutsamen Galamahl das ‹Hinterteil der Pompadour› serviert, Spanferkelkeulen in Gelee?

Und da war der Baron Treidel, ein baltischer Grundherr, dessen Schwester mit Herzog Biron von Kurland verheiratet war, ein gemütlicher, aber sehr interessanter Mann, sehr geeignet, fahrende Ritter an den Hof der Zarin zu dirigieren. Und da war noch ein interessanter Gast, ein Hamburger Kaufmann namens Greve, der auf der Hochzeitsreise seiner jungen Frau die Wunder des berühmt-berüchtigten Hofes eines kriegerischen Königs zeigen wollte, zumal dieser im Begriff war, nach dem Siege seine Handelsbeziehungen etwas auszudehnen. Casanova saß zwischen den beiden Damen, wie konnte es anders sein. Zu seiner Rechten Madame Greve, die ihn fasziniert betrachtete, und deren kleine und heiße Hand nervös zusammenzuckte, wenn ihr Gatte sie mahnend berührte, um sie auf die Gegenwart des glücklichen Ehemannes aufmerksam zu machen, und zu seiner Linken Christiane Encke, von der alle Gäste wußten, daß die kleine, mollige Berlinerin den bislang schönsten Tag ihres Lebens wahrhaft genoß, in einer frischen und kindlichen Unbefangenheit. Wenn Madame Rufin geäußert hatte, ihre Küche habe einen guten Ruf, so hatte sie nicht übertrieben – kein Mahl in Paris konnte köstlicher sein als dies, das Monsieur Noël bereitet hatte, und das von Christiane so herrlich unbefangen genossen wurde: sie aß nicht, sie fraß! Nicht der Chevalier war, so schien es, der Mittelpunkt des heiter festlichen Mahles, sondern die Tochter des Kneipenwirtes und Trompeters, das Berliner Kind, das mit Jubel einhieb in die seltenen Gerichte. Casanova sah es mit Vergnügen. Wer so mit Leib und Seele aß, war auch, dessen war der Chevalier aus langer Erfahrung gewiß, im Bette mit Leib und Seele dabei. Immer wieder sorgte der Chevalier dafür, daß Christiane eingeschenkt wurde, jedes der vielen Gläser und Gläschen, die zum Gedeck der ‹Table d'hôte› gehörten, füllten sich mit den passenden Getränken, deren Namen Monsieur Noël mit verzücktem Schließen der Augen sanft über die Zunge gleiten ließ. Und Christiane trank nicht, sie soff, rasch, gierig, mit glänzenden Backen so gänzlich dem Genuß hingegeben, daß es sie durchaus nicht zu kränken schien, wenn der Chevalier sich immer wieder zu der erglühenden Dame aus Hamburg neigte, ihr tief in die Augen sah und dabei lächelnd seine Neigung zu dem Kind des Volkes auf seiner anderen Seite bekannte, dies Kind dadurch ebenso zu loben, wie zu verraten. Madame Greve trug um den Hals ein Collier, das der Chevalier mit einem einzigen Blick abzuschätzen imstande war, und das ihm einen kleinen, neidischen Stich ins Herz gab, indes der würdevolle Kaufmann aus Hamburg lächelnd, aber mit einiger Sorge bei seiner ihm eben erst angetrauten Gemahlin Möglichkeiten der Leidenschaft festzustellen nicht umhinkonnte, die ihm bislang verborgen geblieben waren.

Dann aber ließ Madame Rufin die Pastete des Monsieur Noël auftragen, die Trüffel-Pastete, an der sich der berühmte Arzt und Atheist de Lamettrie so überfressen hatte, daß er daran starb, de Lamettrie, dessen Leichenrede in der Akademie der König selber zu halten sich nicht nehmen ließ und dabei zum Entsetzen der hohen Geistlichkeiten sagte, es sei nicht zu verwundern, daß Lamettrie nur die Materie habe gelten lassen, denn allen Geist, der vorhanden sein könnte, habe Lamettrie selber besessen.

Christiane aß auch von dieser Pastete, angefeuert von dem Chevalier, der den Tod durch diese Pastete für ein eines zivilisierten Menschen würdiges Ende erachtete, im Range gleich dem Tode in den Armen einer geliebten Partnerin.

Christiane aß und trank nach Herzenslust. Sie lachte und sang, mit sich immer mehr entblößendem Busen und schwimmenden Augen und erhob sich plötzlich, breitete die Arme aus, in der einen Hand ein großes Stück Pastete schwingend, in der anderen ein Glas blutroten Weines, und rief so laut, daß Monsieur Rufin in der Küche besorgt zu dem kleinen Fenster der Anrichte eilte, und so voll aufquellenden Jubels, daß die Gäste an der ‹Table d'hôte› der Madame Rufin emporfuhren, aus tiefstem Grunde der Berliner Seele: «Im Himmel ist Hochzeit! Ick wer verrückt!»

In der Tür zu dem kleinen Saal stand im Halbdunkel plötzlich ein Mann, belichtet und beschattet von den flimmernden Kerzen, in einen weiten Mantel gehüllt.

Casanova wußte sofort, wer es war.

Der Mann im Mantel wußte sofort, wer der Herr im flohfarbenen Taftrock mit den Brillantschließen war.

Beide Herren bewegten sich gemessen aufeinander zu.

Es herrschte eine vollkommene Stille, als diese beiden Gestalten, diese beiden schönen, eleganten Männer mit ernsten Gesichtern aufeinander zuschritten, sie blieben voreinander stehen und verbeugten sich gleichzeitig, der eine genauso tief wie der andere, sich einander nicht aus den Augen lassend. Dann sagte Casanova mit einem leichten Lächeln in den Mundwinkeln: «Graf Matuschkyn ...?» wobei er den Druck einer fast unmerklichen Betonung auf das erstere Wort legte. Graf Matuschkyn erwiderte mit genau dem gleichen Lächeln: «Chevalier de Seingalt?» und legte die leichte Betonung auf den Chevalier.

Madame Rufin rauschte allsogleich herbei. «Die Herren kennen sich?» fragte sie und tat, als sei sie überrascht.

Der Chevalier sagte: «Wir haben voneinander gehört.»

Der Graf sagte: «Es steht in den Sternen, daß wir einander begegnen müssen!»

Christiane Encke wurde müde. Vor ihren Augen begannen die Bilder zu verschwimmen. Graf Matuschkyn hatte sie zwar begrüßt wie immer, mit einer Art flüchtiger Zärtlichkeit, als denke er an ganz andere Dinge, die Backe getätschelt und ihr lächelnd ins Ohr geflüstert, er habe eine kleine Wohnung – endlich ein Nest für die Liebe, wie er sagte –, aber dann mußte Christiane sehen, wie der Graf mit tiefem Blick in den Busen der hübschen Madame Greve versank und der erhitzten und erröteten Dame aus Hamburg die Hand zu küssen begann, von den Fingerspitzen an, bis zum Gelenk, wobei die hochblonde Dame wie im Frost die Schultern zusammenzog, indes ihr Gemahl, der königliche Kaufmann, wie er sich im Verlauf des Abends selber genannt hatte, trotz seiner Jugend schon etwas behäbig, mit einem seligen Lächeln zusah, sehr aufmerksam dabei, als gälte es, hier viel zu lernen. Aber leider schien sich der Chevalier ebenfalls mehr auf die Gruppe um Madame Greve zu konzentrieren, er streichelte zwar von Zeit zu Zeit begütigend Christianes Hand, hörte aber angestrengt zu, als Graf Matuschkyn dem begüterten Kaufmann aus Hamburg die Vorzüge einer Lotterie in einem kreditbedürftigen Lande klarzumachen suchte – und hier nahm die Miene des Hamburgers plötzlich die Züge einer gewissen luchsohrigen Wachheit an. Als der Baron Treidel schließlich vorschlug, eine kleine Bank aufzulegen und – nach begeisterter Zustimmung aller Gäste mit Ausnahme des Chevaliers – sich eben dieser Chevalier zu der so arg vernachlässigten Christiane beugte und sie fragte, was sie gerne möchte, erwiderte Christiane mit lauter Stimme, sie möchte einmal kräftig in die Suppe hauen – welcher Wunsch von alters her die Stimmung aufkeimenden Trotzes der Berlinerin zum Ausdruck brachte. Worauf Madame Rufin, immerwährend aufmerksam, Christiane unter den Arm nahm, «Kindchen, Sie müssen an die frische Luft!» sagte und sie hinausführte.

Die frische Luft tat Christiane wohl, aber als sie bemerkte, daß Madame sie einfach im Empfang in den kleinen Sessel neben der staubigen Palme abgeladen hatte und wieder zu den Gästen der ‹Table d'hôte› zurückgekehrt war, ging sie nicht zu den nunmehr eifrig spielenden Gästen des Hotels zurück, sondern sie befahl, als sie bemerkte, daß sie nicht mehr ganz sicher auf den Beinen war, dem schläfrigen Hausburschen, sie zu ihrem Zimmer zu führen. «In welches Zimmer?» fragte der, und sie sagte schlicht: «In das Zimmer des Grafen Matuschkyn natürlich!»

Casanova hatte seine letzte Dublone gesetzt und gewann. Er spielte ruhig und überlegt.

Er kannte das Sprichwort: Glück in der Liebe, Unglück im Spiel – und er verachtete es. Er war gewohnt, methodisch zu denken, er wußte, daß Glück einfach Glück bedeutete, wer Glück hatte, hatte es überall, und er wußte ebenfalls, daß sich das Glück nur im Maßhalten bewegte. Sein Ruf, ein guter Verlierer zu sein, war ebenso einkalkuliert wie die Erfahrung, daß er eben wegen dieses Rufes an jedem Spieltisch willkommen war. Er führte genau Buch über Gewinn und Verlust, er rechnete jedes Jahr einmal mit sich selber ab und gelangte stets zu dem Resultat: Plus minus Null! Er spielte nicht, um reich zu werden, sondern um ohne Reichtum zu leben wie ein Reicher. Es mußte Reiche und Arme geben, möglichst wenige Reiche über möglichst viele Arme, es machte das reiche Leben überhaupt keinen Spaß, wenn alle reich wären. Er genoß den Reichtum der Reichen über viele Arme, ohne selber die Sorge des Reichen zu teilen, seinen Reichtum zu verlieren. Das einzige, was er wirklich verlieren mußte, war die Jugend, die es ihm erlaubte, das Leben zu genießen. Er fürchtete das Alter, er hatte begonnen, an seine Memoiren zu denken – was sich bislang in seinem Gedächtnis aufbewahrt hatte, versuchte er, sich systematisch zu erhalten, vorsorglich achtete er seit einiger Zeit auf die Dinge, die er sich für seine Memoiren aufbewahren wollte, er formulierte sie sofort, da er gemerkt hatte, Gedächtnis hinge intensiv mit Produktivität zusammen: Er behielt weder Bilder noch Worte klar im Gedächtnis, wohl aber stets seine eigenen Formulierungen, die sich in dem Augenblick, da er sie niederschrieb, ebenso pünktlich einstellten wie in jenem Augenblick, da er sie formulierend erlebte. Seine Memoiren mußten ihm die notwendige Altersrente verschaffen.

In seinem reichen, abenteuerlichen Leben hatten vorwiegend Frauen eine Rolle gespielt, niemals das Geld wie offenbar bei diesem Tropf, dem Grafen Matuschkyn, der ein Vetter im Beruf, aber keineswegs ein Bruder im Geiste war. Auch Graf Matuschkyn gewann, auch er hatte Glück, aber sein Glück lag im Gelde, in der Erwartung des Geschäftes, das er sofort anzubahnen entschlossen war, als er das Collier der Madame Greve gewahrte. Des Grafen Matuschkyns Weg ging über die Frauen zum Gelde, Casanovas Weg über das Geld zu den Frauen, das war der Unterschied. Baron Treidel und Monsieur Noël spielten ruhig und mit Genuß, Leute, die weder nach Geld noch nach den Frauen fragten, die einfach Freude hatten am Phantasiespiel der Karten. Der Kaufmann aus Hamburg verlor. Er spielte mit sturer Verbissenheit, als ob er sich seine Chancen ausgerechnet hätte, er starrte in die Karten mit seinen hervorstehenden, etwas fischigen Augen und hatte weder Auge noch Ohr für seine ihm eben angetraute

Frau, die neben ihm saß und ihn besorgt beobachtete bei jedem Verlust, während Graf Matuschkyn in den kurzen Pausen des Spiels ruhig und mit angenehmer Stimme immer neue Vorteile des Lotterie-Systems erklärte, das seinen Aktionären so sichere und mühelose Gewinne versprach – eine wahrhaft einschmeichelnde Stimme, die unbekümmert dahinplätscherte, nachdem sich der Graf überzeugt hatte, daß der Chevalier de Seingalt für die Lotterie keinerlei Interesse aufzubringen schien.

Als Casanova genug gewonnen zu haben glaubte, um in nächster Zeit nicht mehr an das schmutzige Geld denken zu müssen, weigerte er sich mit dem Hinweis auf sein geradezu unglaubhaftes Glück, dem Kaufmann aus Hamburg Revanche zu geben, zuerst sozusagen aus Höflichkeit, dann aber, auf einen flehenden Blick der Madame Greve hin, die ebenso wie er selber fürchtete, der Kaufmann werde aus sturer Verbissenheit zu selbst ihm ärgerlichen Verlusten kommen, wurde er energisch und erklärte, die lange Reise habe ihn ermüdet, er müsse sich jetzt zu Bett begeben.

Ein gewissermaßen fließender Blick der Madame Greve begleitete ihn.

Christiane war auf das Bett gefallen, aber nicht in den Schlaf. Sie weinte vor sich hin. Sie war sehr unglücklich und wußte doch nicht genau, warum. Der schöne Graf war ihr sicherlich böse, weil sie sich von dem unbekannten Herrn, den sie drunten mit soviel Respekt Casanova genannt hatten, zum Essen einladen ließ. Aber was hätte sie machen sollen, diese alte Ziege, die Rufin, hatte sie ja so gemein behandelt – und nachher war sie richtig die Königin des Festes gewesen, alle waren so nett zu ihr.

Was hatte sie sich eigentlich erhofft? Sie wollte raus aus der Kneipe des Vaters, aus der Küche der Mutter – der Graf hatte sich für sie interessiert, und nun war er böse mit ihr, hatte es ihr gezeigt, mit dieser blonden Frau poussiert . . . Wenn er jetzt käme, müßte sie alles tun, damit er wieder gut wäre mit ihr – aber er kam nicht.

Er kam doch! Sie fuhr hoch.

Kaum hatte Casanova sein Zimmer betreten, fühlte er sich umschlungen. Ein nasses Gesicht preßte sich an das seine, nackte Arme umfingen ihn, und eine Stimme flüsterte: «Duchen!»

Das Glück war wieder bei ihm! Er küßte einen halb geöffneten Mund. Seine in dieser Kunst erfahrenen Hände umspannten den bebenden Körper, tasteten und suchten und fanden, daß, wo er die Haut des Mädchens berührte, diese heiß und trocken war. Im Geiste notierte er die kleinen Zeichen – jede Frau war anders in ihrer Bereitschaft, diese hier eine leichte Beute –, er packte zu und hob das Mädchen, um es zum Bette zu tragen. Da flüsterte sie abermals: «Duchen . . . Duchen . . . !» Ein Ausdruck, der ihn ein wenig schockierte, doch die kleine Stimme setzte fort: «Sag, kriege ich die Rolle, die du mir versprochen hast?»

Der Chevalier ließ seine Last augenblicklich los. Er schluckte einmal, aber dann sagte er laut und mit fester Stimme: «Ich habe dir nichts versprochen, mein Kind!»

Das Zimmer war vollkommen dunkel. Er hörte ein hastiges Atmen, dann das Krachen des Bettes und heißes, unterdrücktes Weinen. Casanova rührte sich nicht. Er dachte: ‹Sie hat mich für diesen Matuschkyn gehalten. Diesen Irrtum nütze ich nicht aus! Diesen nicht! Sie hat ihr Glück auf einen anderen gesetzt, ich habe noch keine von dieser Art um ihr Glück gebracht!›

Er sagte laut: «Beruhigen Sie sich, mein Kind! Ich will Sie nicht betrügen!»

Vom Bette her kam: «Entschuldigen Sie!»

Casanova tastete sich zum Fenster, öffnete es und löste die Läden. Das Fenster ging auf die Straße hinaus. Es dämmerte schon, ein Laternenanzünder mit Leiter und Ölfunzel war unterwegs, um die wenigen Lampen zu entzünden. An der Ecke stand ein Stadtpolizist und starrte auf die erleuchteten Fenster des kleinen Saales vom Hôtel de Paris.

Casanova wandte sich zum Zimmer zurück.

Christiane lag auf dem Bett, den Kopf in die Kissen gedrückt. Ihr Rock hatte sich verschoben.

Casanova lächelte, ging auf Zehenspitzen zum Bett, setzte sich und legte Christiane die Hand auf die Locken. Sogleich wandte sie ihm ihr verheultes Gesicht zu.

Casanova sagte: «Du liebst ihn wohl sehr, deinen Matuschkyn?»

Christiane sagte, ohne zu nicken, aber mit einem kleinen Schluchzer: «Er will mich heiraten . . .!»

Casanova sagte: «Soso . . .!» Er betrachtete sich das Mädchen, das nun bemüht war, den Rock zurechtzuschieben, er sagte: «Und dann . . .?»

Christiane erwiderte mit einem gewissen Stolz: «Und dann fahren wir auf seine russischen Güter!»

Wieder sagte Casanova: «Soso!» Er streichelte sie: «Und warum hat er dich noch nicht geheiratet?»

Christiane erwiderte, die Nase hochziehend, zutraulich: «Erst muß er doch seine Lotterie eingeführt haben! Deswegen ist er doch hier!»

Casanova fragte: «Und was ist das mit dieser Lotterie . . .?»

Christiane sagte trotzig: «Das weiß ich doch nicht! Immer hockt er mit diesem Calzabigi zusammen!»

Casanova fragte: «Mit wem?»

Christiane: «Mit Calzabigi, der hier die Lotterie macht!»

Casanova sagte: «Soso . . .!» und beugte sich über sie. Unwillkürlich rückte Christiane von ihm ab.

Casanova lächelte: «Ich tu dir nichts! Aber erzähl mir was von deinem Matuschkyn und seiner Lotterie und diesem Calzabigi . . .» Er beugte sich wieder über sie und fragte leise: «Oder glaubst du noch immer, daß ich dir was tun will . . .?»

Christiane sah ihn an und schüttelte die Locken.

So stark war die Ausstrahlung des Namens Casanova, daß die blonde junge Frau aus Hamburg keinen Augenblick auf den Gedanken kam, der berühmte Liebesheld könnte ihren Blick nicht verstanden haben. Sie blieb nur einige Augenblicke bei den Spielern, dann, als sie sah, daß die Herren nur noch Auge und Ohr für ihr Spiel hatten, erhob sie sich und ging. Im Spiegel sah sie, daß kein Blick ihr folgte. Madame Rufin war schon vorher gegangen, die Herren blieben allein, von den Karten beherrscht.

Als der Stadtsoldat an der Ecke sah, daß alle Lampen angezündet waren, schlug er Feuer und machte auch Licht in seiner kleinen Öllampe, die er vor der Brust im Säbelgehänge trug. Er ging auf das Hotel zu – zwei Kinder hatten sich am Sims des einen Fensters hochgezogen und starrten in das erleuchtete Gemach. Der Stadtpolizist kannte die beiden, der Junge war der Sohn des Hofgärtners Rietz, der seine Gärtnerei vor dem Berliner Tor in Potsdam hatte, aber auch die Anlagen am Berliner Schloß versorgte; wenn der Prinz von Preußen nicht in Potsdam war, schickte Rietz seinen Sohn Hannes nach Berlin, damit er sich dort um die Gärten kümmere. Es gab einiges Gemunkel um den Prinzen und diesen Hannes Rietz – ein hübscher Bengel war er ja, aber das Ganze ging einen invaliden Stadtsoldaten nichts an. Das Mädchen mit den kurzen, braunen Zöpfen war die Tochter des Hoftrompeters Elias Encke, in dessen Kneipe der Stadtsoldat zuweilen sein Weißbier trank. Jetzt trat er dicht hinter die beiden, packte die Kleine am Zopf, den Jungen am Hosenbund und sagte: «Na, wat jibt's denn da zu kieken?» Die beiden Kinder reagierten nicht, erst nach einer kleinen Weile bemerkte Wilhelmine Encke: «Der Lange da, der mit den Schlitzaugen, das ist der Rußki von der Stine, aber die Stine is nich da . . . und der Herr aus der Kutsche auch nich!»

Wilhelmine wandte den Kopf zu Hannes und setzte fort: «Merkste was?»

Hannes sagte: «Es stinkt!»

Der Stadtsoldat zog Wilhelmine am Zopf: «Na, klebt man nich hier ans Fenster!»

Wilhelmine erwiderte gleichmütig: «Wo ich doch die Stine nach Hause rufen soll, weil es dunkel wird!»

Der Stadtsoldat sagte: «Denn geh doch rein und hol sie!»

Doch Wilhelmine sah ihn verächtlich an: «Was versteht Er denn davon?» um plötzlich aufgeregt zu rufen: «Da . . .! Was tut er denn, der Rußki . . .!»

Nun blickte auch der Stadtsoldat interessiert in das Gemach. Der Graf Matuschkyn hatte sich erhoben und ging nun mit nicht ganz sicheren Schritten zur Tür, wo er nach seinem Degen griff, den er dort abgelegt hatte.

Wilhelmine rutschte vom Sims. «Jetzt geht's los!» rief sie und rannte ins Haus.

Madame Rufin hatte ihre gewohnte Runde durch das Haus vollendet und wollte sich gerade wieder in das ‹Table d'hôte›-Zimmer begeben, wo ihre Gäste wohl noch beim Spiel saßen, als plötzlich ein kleines Mädchen auf sie zurannte und rief: «Schnell! Er bringt ihn um!»

Madame Rufin erschrak: «Was ist los?»

Die Kleine rief: «Na, der Rußki doch, den Herrn, der mit der Stine gekommen ist!» Eine kleine Hand packte die Hand der Madame Rufin, das Kind zerrte und lief auf die Treppe zu, die nach oben führte.

Madame Rufin verstand nichts, aber sie wußte, daß es oftmals schnell zu handeln galt. Sie folgte, ebenso schnell kombinierend, und eilte mit dem Kind auf das Zimmer zu, in das sie den Chevalier de Seingalt eingewiesen hatte. Bevor sie die Tür öffnete, ergriff sie einen Leuchter, der auf einem Tischchen im Gange stand und dessen Kerzen sie soeben auf ihrem Rundgang angezündet hatte. Die Tür war nicht verschlossen. Madame Rufin, das Kind an der einen Hand, den Leuchter hoch erhoben in der anderen, betrat das Zimmer.

Der Chevalier de Seingalt saß auf dem Bett und blinzelte in das Licht – auf dem Bett hockte, nur leicht derangiert, Christiane Encke und hatte ein vom Heulen und von der Schminke verschmiertes Gesicht.

Als Graf Matuschkyn gemächlich die Tür des Zimmers öffnete, stand mitten im Raume der Chevalier de Seingalt in inniger Umarmung mit Madame Rufin, die sich nun von einem langen Kuß löste und über die Schulter des Chevaliers hinweg mit sonorer Stimme sagte: «Darf ich Sie daran erinnern, Graf, daß Sie heute morgen Ihr Zimmer aufgegeben haben?»

Graf Matuschkyn erschrak, er erinnerte sich. Er sagte: «Entschuldigen Sie tausendmal, Madame . . . ich hatte . . .»

Aber jetzt drehte sich der Chevalier zu ihm um und sagte: «Wenn Sie Demoiselle Encke suchen, Graf – sie muß noch im Hause sein!»

Der Graf zog sich verwirrt zurück. Sein Degen schlug gegen das Tischchen, auf dem der Leuchter gestanden hatte. Der Flur war vollkommen dunkel. Nur ein schwacher Lichtschein zeichnete die Umrisse einer Tür.

Der Graf taumelte gegen diese Tür.

Sie öffnete sich, ein weißer Arm winkte.

Im nächsten Augenblick lag der Graf Matuschkyn in den Armen der ehrbaren Hamburger Kaufmannsfrau Greve.

Madame Rufin löste sich durchaus noch nicht sogleich von dem Mann, in dessen Armen zu liegen der Traum so vieler Frauen war, sie wandte ihr Gesicht, reif und schön, dem Chevalier zu und sagte mit einem tiefen Gurren in der Kehle: «Die Pflichten einer Wirtin sind von vielerlei Art!»

Casanova drückte sie zärtlich wieder an sich: «Auch die Rechte!» rief er. «Auch die Rechte!»

Dann drehte er sich nach den beiden Kindern um, die zwischen Schrank und Tür verschreckt und steif aufgereiht standen, Hand in Hand.

Casanova sagte: «Ich will sehen, ob die Luft rein ist!»

Er ging zur Tür, öffnete sie und blickte auf den Gang hinaus.

Plötzlich wandte er sich um. Er flüsterte Christiane zu: «Er ist nebenan! Nutzen Sie Ihre Chance, mein Kind! Spielen Sie die Rolle Ihres Lebens!» Dabei schob er sie zur Tür.

Christiane, neugierig verfolgt von den Blicken Casanovas und Wilhelminens, ging auf die Nebentür zu und öffnete sie.

Das Licht einer Kerze erleuchtete den Grafen Matuschkyn, der sich erschrocken von dem Bette erhob, auf welchem Madame Greve lag.

Christiane sagte prononciert und genau: «Graf Matuschkyn! Sie sind mir eine Erklärung schuldig!» Sie wartete eine Sekunde, dann schnickte sie den Kopf stolz zurück, warf die Tür zu und ging zur Treppe.

Wilhelmine rannte ihr nach. Sie packte die Hand ihrer Schwester und sagte bewundernd: «Au weia! Jetzt hast du ihn aber am Wickel!»

Der Geheime Staatsrath Calzabigi bewohnte ein prächtiges Haus Unter den Linden. In der Vorhalle, die ganz modern im Stil Ludwig XV. eingerichtet war, übergab der Chevalier de Seingalt einem der zahlreichen Bedienten seine Karte und wartete, indem er sich die Stiche und Gravuren betrachtete. Er lächelte vor sich hin und dachte an den Calzabigi aus Paris, den talentvollen und kenntnisreichen Mann, der all sein Glück seinem älteren Bruder verdankte. Der hatte freilich ganz abgeschlossen gelebt, niemand wußte von seiner Existenz, was dem jüngeren Bruder sehr zustatten kam. Die Talente und Kenntnisse, mit denen Calzabigi sein Glück machte, waren die seines unbekannten Bruders, eines großen Mathematikers, gewandt in allen Finanzspekulationen, aber er war von einem greulichen Aussatz bedeckt, der durch ständiges Kratzen immer schlimmer wurde. Er glaube an Gott, hatte der originelle Mann Casanova versichert, und er sei überzeugt, Gott habe ihm die Fingernägel nur gegeben, um sich durch sie die einzig mögliche Erleichterung zu schaffen. Casanova war neugierig, in welchem abgelegenen Raum dieses prächtigen Hauses wohl dieser Philosoph nun hause.

Der Geheime Staatsrath Calzabigi segelte auf den Chevalier de Seingalt zu und begrüßte ihn so herzlich, daß dieser sich geradezu nach Paris zurückversetzt glauben mußte. Calzabigi war dicker geworden, seine Kleidung prunkvoller als je, er war geradezu mit Juwelen bestickt, trug Ringe mit kostbaren Edelsteinen an allen Fingern und küßte Casanova herzlich auf beide Wangen, während eine stattliche Dame im Hintergrund der rührenden Szene leicht amüsiert zuschaute.

Casanova blickte in gewohnter Routine der Gemahlin des alten Geschäftsfreundes in die Augen und war nicht überrascht, in den ihren ein spöttisches Blinzeln wahrzunehmen. Sie reichte ihm eine Hand, die mit größeren Juwelen geschmückt war als die ihres Gatten, und sie trug um Hals und Busen ein Collier, welches sich durchaus mit dem der Madame

Greve aus Hamburg messen konnte. Aber sie sagte: «Selbst ein Casanova darf mich nicht davon abhalten, mein Publikum im Theater zu entzücken», und rauschte davon.

«Meine Frau ist die Primadonna der hiesigen Oper», erklärte Calzabigi, indes er den Chevalier in den Salon dirigierte, und setzte hinzu: «Sie ist der Liebling der Berliner Theaterwelt!»

«Ich verstehe», bemerkte Casanova und verstand sofort, daß auch Calzabigi verstand. «Sie ist mein Kredit!» sagte Calzabigi und schlug Casanova, die Augen zukneifend, auf die Schulter. «Ich bin froh, daß Sie hierhergekommen sind», sagte er, «ich brauche Sie!» Mit den gleichen Worten hatte er ihn seinerzeit in Paris begrüßt, es waren sechs Jahre her.

Während die Herren sich niedersetzten – Lakaien reichten Liköre und *petits fours* –, blickte sich Casanova im Salon Ludwig XV. um und erwiderte: «Sie verstehen zu leben, Herr Geheimer Staatsrath!»

«Geheim ist», sagte Calzabigi, «daß ich keinem Staat rate!»

«Sondern ...?» fragte Casanova.

«Sondern dem König, der mein Geschäftspartner ist – nur darf es niemand wissen!»

«Reden wir vom Geschäft!» sagte Casanova.

Damals in Paris hatte Calzabigi eine Lotterie einrichten wollen nach dem System des sogenannten ‹Genueser Lottos› – er war Italiener wie Casanova –, aber er hatte kein Kapital und keinen Kredit für sein Unternehmen, das er natürlich in seinen privaten Händen behalten wollte. Finanzexperten hatte ihm erklärt, daß nur der stets geldbedürftige König Ludwig XV. soviel Vertrauen beim spielenden Publikum durch seinen Kredit erwarten konnte – und der König fürchtete, daß das einzige Ergebnis einer von ihm eingeführten Lotterie nur dazu führen könnte, Verluste zu erleiden statt Gewinne. Ihn, den König, vermittels seiner Finanzberater dazu zu bewegen, dennoch in die Lotterie einzusteigen, sollte Casanovas Aufgabe sein, der nichts von diesen Dingen verstand, aber im Gegensatz zu Calzabigi gewohnt war, sich anmutig in der Gesellschaft zu bewegen. Calzabigis Bruder, der Philosoph, bemerkte: «Mathematik ist die Sprache Gottes! Sie stimmt immer!» und verfertigte auf Grund einer Wahrscheinlichkeitsrechnung einen Plan, aus dem ersichtlich wurde, daß auf die Dauer diese Lotterie Gewinn bringen mußte und sogar erheblichen. Mit einer anderen Weisheit des kauzigen Gelehrten: «Die Rechnung stimmt immer, wenn Gott neutral bleibt!» und mit der Sicherheit des Auftretens: «Zwanzig von Hundert Gewinn sagt die Mathematik» gelang es Casanova, die Lotterie durchzudrücken.

«Durch Ihr diplomatisches Talent!» lobte Calzabigi.

«Durch die Pompadour», bemerkte Casanova trocken, worauf ihm Calzabigi wieder herzlich auf die Schulter schlug.

Calzabigi und Casanova waren Direktoren der französischen Lotterie geworden, wenn auch die Herrlichkeit nicht lange dauerte. Casanova, nun als Finanzgenie angesehen, bekam einen diskreten Handelsauftrag nach Holland, es waren die Frauen, die ihn vom rechten Pfade eines erfolgreichen Finanzmannes auf ihre verschlungenen Wege lockten.

Calzabigi legte bald seine Direktion nieder und machte sich auf den Weg in andere Länder.

«Intrigen!» sagte Calzabigi düster.

«Und Ihr Bruder?» fragte Casanova.

«Der sitzt in Pisa. Heimlich! Und schreibt für mich die Textbücher für den Ritter von Gluck!»

Casanova betrachtete belustigt den amüsanten Fettkloß, dieses Phänomen eines Lebenskünstlers, der immer wieder auf die Beine fiel. Bislang hatte selbst Casanova angenommen, die Texte der Opern *Orfeo ed Euridice* und *Alceste* des berühmtesten Komponisten seiner Zeit, des edlen, aber schwierigen Ritter von Gluck, seien wirklich von Calzabigi – nein, Calzabigi war konsequent, alles, was er zu tun vorgab, war das Werk seines genialen, aber vom Aussatz zerfressenen Bruders, den er schamlos ausbeutete. Würde Calzabigi versuchen, auch ihn auszubeuten, ihn, Casanova, der selber von der Dummheit der Hochgestellten lebte? Aber der Mann da mit seinen prächtigen Juwelen und der prächtigen Frau hatte die Nase für das Geld. Wenn es gelang, die Lotterie in Preußen zu halten, mußte es ihm, der sich nach einer sicheren Anstellung umsah, einen Glücksfall bedeuten, sich in den Geschäften dieses Mannes anzusiedeln.

Aber wie war die Lage in Berlin? Nun, Calzabigi hatte Erfolg. Der König gab ihm die Erlaubnis, die Lotterie zu betreiben – sie war teuer.

«Der König handelte mit mir wie ein Italiener!» sagte Calzabigi. «Und jetzt will er mir die Lizenz kündigen!»

«Wieviel haben Sie ihm gezahlt?» fragte Casanova.

«Zweihunderttausend Thaler!» sagte Calzabigi mit trübem Blick.

«Dann will er vierhunderttausend!» sagte Casanova.

Calzabigi erwiderte, der König habe nichts dergleichen geäußert. «Er glaubt nicht, daß es auf die Dauer gut geht. Er will nicht, weil ich vor einem Jahr in Brüssel Bankrott gemacht habe.»

Casanova wiegte bedauernd den Kopf hin und her. Er sagte: «Der König von Preußen ist ein freier Geist. Er war der Freund Voltaires. Er handelt nicht gegen die Vernunft. Außerdem muß er das Geld nehmen, wo er es herkriegt – die verwüsteten Provinzen, die Armee –, soviel Steuern können die Leute gar nicht zahlen; zahlen soll, wer in der Lotterie spielen kann! Warum nimmt der König die Lotterie nicht in eigene Regie?»

Calzabigi war begeistert: «Sagen Sie ihm das, Chevalier! Mir will er nicht glauben! Dabei ging die Lotterie ganz gut! Vom System des ‹Genueser Lotto› versteht der König nichts, will nichts davon verstehen! Aber sein Hof ... oder die Höfe seiner Brüder und der Weiber, was machen die Leute an den langen Winterabenden? Sie spielen Lotto! Nach dem ‹Genueser› System! Neunzig zu fünf! Und nehmen sich gegenseitig das Geld ab, das sie anderntags wieder setzen! Sie verstehen nicht, daß es die Menge bringt!»

Casanova sagte langsam: «Und... dieser... Graf... Matuschkyn?»

Calzabigi nickte traurig: «Das wissen Sie also auch schon! Der ist bei mir in Vertrag! Weil ich jemand brauchte, der es verstand, sich in der Gesellschaft zu bewegen.»

«Seine südrussischen Güter liegen auf dem Mond!» sagte der Chevalier de Seingalt voller Verachtung. Er erhob sich. Er sagte: «So bleibt mir nichts anderes übrig...»

Entsetzt sprang Calzabigi auf: «Sie wollen mich doch nicht verlassen?»

Casanova lächelte: «Im Gegenteil! Meinen Vertrag mit Ihnen machen!»

Auf dem Heimweg bemerkte der Chevalier de Seingalt vor dem Hôtel de Paris einen kleinen Auflauf. Vor dem Hotel stand eine Sänfte, die von zwei stämmigen Lakaien getragen und von zwei wunderlichen Figuren in wunderlichen Trachten bewacht wurde, einem Mohren mit einem großen Turban aus rotgolden gewirktem Tuch, rotem Jäckchen und weißen, weiten Pluderhosen, und einem Asiaten, der durch seine gelben, faltigen Gewänder und eine reich mit sonderbaren Amuletten gezierten Lammfellmütze als Tibeter zu erkennen war. Mylord Keith, der Marishal von Schottland und Freund des Königs, hatte begehrt, im Hôtel de Paris, wie er dies des öfteren zu tun pflegte, bei Monsieur Noël, dem Leibkoch des Königs, ein wenig, aber erlesen zu speisen.

Casanova hatte den greisen Lord in London einmal gesehen, vor einem Jahr, als dieser seine Familiengüter wieder erhalten sollte – für den Chevalier ein Reisender in Glück wie er selber, nur mit dem Vorteil, wirklich von hoher Geburt zu sein. Casanova beeilte sich, den Gasthof zu betreten.

Mylord war in keiner Weise erstaunt, als sich ihm der Chevalier de Seingalt vorstellte. Er freue sich, sagte der freundliche Greis, den berühmten Reisenden wiederzusehen und fragte ihn, ob er einige Zeit in Berlin zu bleiben gedenke, wobei er den Chevalier mit einer Handbewegung einlud, an seinem Tisch Platz zu nehmen.

Gewohnt, den Mantel Gottes am Zipfel zu ergreifen, wann und wo auch immer er vorüberwehte, erklärte Casanova, er würde sich gern in Berlin niederlassen, wenn der König ihm eine seinen Fähigkeiten entsprechende Anstellung geben wolle, und ließ, durch die milde Freundlichkeit des Marishal verführt und noch ganz angefüllt von den Aussichten, die sich ihm soeben erst eröffnet hatten, einige Worte fallen über Pläne, die mit der Fortführung der Lotterie des Geheimen Staatsrathes Calzabigi zusammenhingen, er glaube, dem Projekt einige interessante neue Seiten abgewinnen zu können.

Mylord Keith gab ihm lächelnd den Rat, doch bei Seiner Majestät brieflich um eine Audienz nachzusuchen, der König antworte auf jeden Brief, der an ihn gerichtet werde – was deutlich zeige, setzte der Marishal vergnügt hinzu, daß der König nicht befürchte, irgend jemand könne ihm etwas vormachen.

So zog sich der Chevalier sogleich, nachdem er sich von dem gütigen Marishal respektvoll verabschiedet hatte, in sein Zimmer zurück und formulierte lange an dem kurzen und ebenso einfachen wie ehrfurchtsvollen Brief. Er siegelte ihn sorgfältig mit dem selbsterfundenen Wappen und machte sich auf den Weg, das Schreiben selber auf der nächsten Posthalterei abzugeben. Die aber war in der Spandauer Straße.

Als der Chevalier die Kneipe ‹Zum kleinen Trompeter› erblickte, gelüstete es ihn, sich nach dem Befinden der Demoiselle Christiane Encke zu erkundigen. Auf den Stufen zur Haustür hockte das kleine, sonderbare Mädchen mit den Rattenschwänzen von Zöpfchen, mit einwärts gestellten Füßen, ein Buch und die Ellbogen auf den Knien, das Kinn auf die Hände gestützt. Das Kind bemerkte ihn nicht, es blickte erst hoch, als er es an einem der Zöpfchen zupfte. Es sah auf und sagte mit verschleierten Augen in bestem, fast akzentfreiem Französisch: *«Qu'est-ce que vous voulez, mon papa?»* Dabei fiel das Buch herunter.

Der Chevalier hob es geschwinde auf: «Du sprichst Französisch, *ma petite . . .?*»

Doch Wilhelmine sagte, und ihr Blick wurde klar: «Nein, ich lerne es bloß!»

Casanova betrachtete das Buch, ein Textbuch – französisch – der Molièreschen Komödie *Der eingebildete Kranke . . .*

Casanova lachte: «Ah, du willst wohl zum Theater?»

Doch Wilhelmine erwiderte ernsthaft: «Ich doch nicht! Die Stine!» und setzte schnell fort: «Was hast du da für 'n Brief?» Sie grapschte nach dem Brief und las die Aufschrift: An Seine Majestät . . .

Sie sagte: «Du schreibst an den König? Kennst du ihn?»

Casanova erwiderte ernsthaft: «Ich will ihn kennenlernen!»

Da sagte die Kleine: «Wenn du nach Potsdam fährst, nimmst du mich dann mit?»

Harmlos erwiderte Casanova: «Ah, ich sehe schon, du willst Königin werden!» und lächelte.

Aber er erschrak, als er den Blick der Kleinen sah, der ihn traf wie ein Schuß.

Plötzlich erhob sich Wilhelmine, sah ihn unter zusammengezogenen Augenbrauen an und sagte: «Ich will zu Hannes Rietz in Potsdam. Und du nimmst mich mit! Abgemacht?»

Als der Chevalier de Seingalt durch einen Königlichen Boten die Anweisung erhalten hatte, sich zu bestimmter Stunde an bestimmtem Orte einzufinden, mietete er sich einen Wagen und fuhr beim ‹Kleinen Trompeter› vor – er hielt es für unverzeihlich, einem Kinde gegenüber Versprechen nicht zu halten.

Wilhelmine saß wieder auf ihrem Lieblingsplatz auf den Treppenstufen; als sie den Wagen heranrollen hörte, erhob sie sich und trat an den Schlag wie selbstverständlich. Auf der Fahrt respektierte sie das Schweigen ihres Cavaliers und blickte aufmerksam zum Fenster hinaus. Sie trug ihr gewöhnliches, ihr viel zu großes Kleid und setzte ihre Füße fest, aber einwärts gestellt auf den Boden der Kutsche. Das erste Wort sagte sie, als sie im Park von Sanssouci bei den Treibhäusern angelangt waren. «Hier bleibe ich!» sagte sie und löste ihre kleine Hand aus der Casanovas. Sie blickte zu einem Knaben hinüber, der über ein Beet gebeugt hockte. Es war der Bursche, der auf der Treppe ‹Zum kleinen Trompeter› versucht hatte, Wilhelmine zu küssen.

Casanova lächelte: «Hier wartest du auf mich!» sagte er und ging auf das Schloß zu, in seinem neuen, schwarzen Anzug, den Degen an der Seite, einen schlichten Federhut über dem wohlfrisierten, nach preußischer Sitte straff gehaltenen und gewichsten Zopf. Es war erst drei Uhr, für vier Uhr war er bestellt.

Niemand war am Schlößchen zu sehen, nicht einmal eine Schildwache. Casanova öffnete die Tür, die er am nächsten fand. Sie führte in ein ärmliches Zimmer mit einem schmalen Eisenbett hinter einem Wandschirm, er sah sich um: Ein kleiner Waschtisch, ein Handtuch, kein Schlafrock, keine Pantoffeln. Casanova schloß die Tür und öffnete die nächste. Er notierte sich alles im Geiste. Er sah ein Sofa, davor einen Tisch, darauf Papiere, Gänsekiele, ein Tintenfaß, einen Perückenstock. Und einen Kammerdiener. Der wandte sich um und sagte, ohne überrascht zu sein: «Sie wollen zur Bildergalerie? Ich zeige Ihnen den Weg, dies ist das Arbeitszimmer Seiner Majestät!»

Casanova erwiderte: «Ich bin nicht gekommen, um Meisterwerke der Malerei zu bewundern, sondern um den König zu sprechen!»

Der Diener erwiderte: «In diesem Augenblick hält er sein kleines Konzert ab, in dem er die Flöte spielt. Das ist täglich nach Tisch sein Dessert. Hat er Ihnen eine Stunde bestimmt?»

«Ja, vier Uhr, er wird es aber vergessen haben.»

«Der König vergißt nie etwas. Er wird sich pünktlich einfinden. Sie werden guttun, ihn im Park zu erwarten.»

So erging sich der Chevalier im Park.

Gerade als Wilhelmine den Hannes Rietz anrufen wollte, sah sie einen jungen Mann in ganz einfacher Uniform und eine Dame im weitesten Reifrock, den sie je gesehen. Sofort hockte sich Wilhelmine hinter den großen Kübel eines Oleanderbaumes auf einen Stein, der sie angenehm kühlte, setzte ihre Füße einwärts, stützte die Ellbogen auf die Knie und das Kinn in die Hände.

Hannes blickte auf und rief zu Wilhelmine hinüber: «Das ist der Prinz von Preußen mit seiner Braut, der Elisabeth von Braunschweig!» Wilhelmine nickte nur und blickte ernsthaft auf das Paar, das sich dem Beet näherte, an dem Hannes gebeugt arbeitete.

Hannes hatte ihr viel von dem jungen Prinzen von Preußen erzählt. Sie hatte ihn noch nie gesehen, aber sie träumte von ihm, Tag und Nacht, und wie es im Traume geschieht, von einer anderen Welt, als es die ihre war. Aber Hannes hatte ihr lachend versichert, daß der Prinz von Preußen, der Kronprinz, der künftige König, ‹ein Mensch wie jeder andere› sei. Das konnte sie nicht glauben. Sie träumte nicht von Menschen, die waren wie jeder andere. Sie konnte von sich selber auch nicht glauben, daß sie ein Mensch sei wie jeder andere. In ihren Träumen wurden der Prinz und sie zusammengeführt, weil sie eben nicht waren wie jeder andere.

Jetzt sah sie dem Prinzen entgegen, und in ihr brannte die Gewißheit, daß der Prinz, wenn er sie sehen werde, sogleich erkennen mußte, wer sie war.

Der Prinz ging an der Seite Elisabeths, doch er sprach nicht mit ihr. Der König hatte sich, als er ihn in dem kleinen Saal sah, in dem die Konzerte stattfanden, an ihn gewandt: «Gehen Sie und unterhalten Sie sich mit Ihrer Durchlauchtigen Braut – Sie finden ja mein Flötenspiel miserabel ...!»

Also ging der Prinz mit der Prinzessin durch den Park. Anfangs stellte Elisabeth einige Fragen: Warum die Fontainen nicht im Betrieb waren, ob sich die Oleanderbäume auch im Winter hielten, ob in der Orangerie auch richtige Orangen wüchsen – und der Prinz hatte nach seiner Art geantwortet: Wasserspiele funktionieren nicht – Oleanderbäume halten sich, aber nur auf der Südseite, in den Treibhäusern blühten auch Orangen und Zitronen ... bis die Prinzessin durch ein kräftiges Gähnen anzeigte, daß sie sich langweilte.

Auch der Prinz langweilte sich.

Als er Hannes sah, ging er seiner Dame einige Schritte voraus, dann schlich er sich an Hannes heran, hob den Fuß und trat ihm kräftig in das Hinterteil.

Hannes fuhr herum.

Der Prinz begann zu lachen: «Es war nur Spaß!» sagte er. Sofort drehte sich Hannes wieder um, beugte sich und wies mit den Worten: «Wenn es Spaß war, bitte bedienen Sie sich!» abermals sein Hinterteil. Der Prinz bediente sich.

Die Prinzessin war stehengeblieben und betrachtete sich angewidert die kleine Szene.

Wilhelmine hinter ihrem Kübel starrte unter zusammengezogenen Brauen auf die Dame, die sich nun mit einem Ruck umwandte und mit einem derart wiegenden Schritt davonging, daß ihr Reifrock auf und nieder wippte.

Der Prinz fragte: «Was machen die Rosen, Hannes?»

«Die sind gut gekommen!» sagte Hannes.

Der Prinz hockte sich zu Hannes ans Beet: «Die meine ich nicht! Meine!»

Jetzt erhob sich Wilhelmine, ging auf den Prinzen zu und machte einen Knicks. Sie sagte: «Guten Tag, Hoheit!»

Der Prinz musterte sie erstaunt, er sagte: «Nennen Sie mich nicht Hoheit!»

Wilhelmine sah ihn ernsthaft an: «Sie haben zu mir *Sie* gesagt?»

Hannes richtete sich auf, er sagte gleichmütig zu Wilhelmine: «Er nennt alle Leute Sie! Weil der König alle Leute Er nennt.»

Der Prinz sagte, ohne sich weiter um Wilhelmine zu kümmern: «Was meine Rosen machen, habe ich dich gefragt, du Tölpel!»

Hannes grinste und erwiderte: «Die Sie gezüchtet haben? Die wollen nicht kommen!»

Die Prinzessin wippte durch einen Gang zwischen Taxushecken. Plötzlich blieb sie stehen: Ein Mann in schwarzer Kleidung schlenderte auf sie zu. Als er sie sah, blieb er stehen, riß den Hut vom Kopf und verneigte sich auf höfische Manier.

Die Prinzessin sagte: «Wir haben uns in Braunschweig gesehen! Das heißt, ich Sie! Ich erkenne Sie sehr wohl. Sie sind der Chevalier de Seingalt!»

Casanova sagte: «Es erfüllt mich mit großem Stolz, daß ich Eurer Hoheit aufgefallen bin.»

Die Prinzessin lächelte: «Nennen Sie mich nicht Hoheit! Noch nicht! Ich bin Durchlaucht, wenn Sie sich darunter etwas vorstellen können! Das ist nicht viel, das ist so gut wie nichts, das darf einen Casanova nicht stören!»

Der Chevalier de Seingalt verneigte sich nochmals, ergriff die Hand, die wie bereit auf dem Reifrock lag, hob sie dicht an seine Lippen, blickte der Prinzessin tief in die lachenden Augen und sagte mit dem wärmsten Ton in der Stimme, der ihm für solche Fälle zur Verfügung stand: «Sie werden nicht von mir verlangen, Durchlaucht, daß ich Ihnen von meiner Flucht aus den Bleikammern von Venedig erzähle . . .!» Und küßte die Hand, die ihm willig gelassen wurde.

Die Prinzessin sagte lächelnd: «Das ist gewiß das mindeste, was mich von Ihrem Leben interessiert!»

Casanova sah sich um. An den Beeten vor den Treibhäusern werkten der Prinz von Preußen, Hannes Rietz und Wilhelmine Encke.

Sie steckten kleine Schößlinge, sie knieten alle drei in der weichen, durchwühlten, schwarzen Erde. Sie waren ganz bei der Sache. Ihre schmutzigen Hände berührten sich.

Der Prinz sagte: «Die Hacke da!» Wilhelmine richtete sich auf, um die kleine Hacke zu ergreifen, ihre Füße verwickelten sich in ihrem langen Rock, sie schlug lang hin, die Röcke rutschten hoch. Der Prinz lachte auf:

«Bitte bedecken Sie sich, Madame!»

Schnell warf Wilhelmine ihre Röcke zurück, blickte mit heißen Augen zum Prinzen, aber der grub wie ein Maulwurf mit der Hacke ein kleines Loch in die Erde und steckte ein Pflänzchen hinein.

Zwischen den Taxuswänden dehnte sich die Prinzessin in den Schultern. Sie sagte: «Ich werde hier sehr unglücklich sein! Aber ich will nicht so ein Leben führen wie die Frau des Königs und die Mutter des Prinzen! Sie müssen kommen, so oft wie möglich, und mir von Paris erzählen! Von den Geliebten des Königs! Und von den Geliebten der Königin!» Und setzte schnell hinzu: «Achtung! Der König!» Drehte sich um und war im Seitenweg verschwunden.

Der König trug kleine Uniform ohne Epauletten und Orden und war in Stiefeln, wie sich Casanova notierte. Sobald er Casanova sah, kam er rasch auf ihn zu, zog seinen alten Hut und sagte in barschem Ton: «Sie sind Herr Casanova! Was wollen Sie von mir?»

Casanova, für einen Augenblick verwirrt, verbeugte sich tief, war aber noch nicht mit seiner Verneigung zu Ende, als der König schon fortfuhr: «Was sagen Sie zu meinem Garten?» und gleich weiter: «Sie werden mir sagen, die Gärten von Versailles sind viel schöner!»

Jetzt erwiderte Casanova: «Sire, das liegt hauptsächlich an den Wasserkünsten!»

Der König sagte: «Hier gibt's kein Wasser! Ich habe mehr als dreihunderttausend Thaler aufgewendet, um Wasser zu bekommen, doch vergebens!»

«Dreimalhunderttausend Thaler!» rief Casanova aus. «Sire! Wenn Eure Majestät diesen Betrag auf einmal ausgegeben hätte, müßte das Wasser da sein!»

«Auf einmal ausgeben!» rief der König. «Was wissen Sie von Steuern?»

Casanova wußte gar nichts von Steuern, er hatte noch nie und nirgendwo welche bezahlt. Aber er sagte: «Die Königliche Steuer, Sire, ist diejenige, die die Taschen der Untertanen leert, um die Kasse des Herrschers zu füllen! Eine Steuer im Interesse des Volkes ist vortrefflich, denn der König nimmt mit der einen Hand seinen Untertanen weg und gibt es ihnen mit der anderen Hand wieder, indem er die Steuer so verwendet, wie sie dem Volk am meisten nützt!»

Der König kniff die Augen zusammen: «Sie kennen gewiß Calzabigi?»

Da wären wir, dachte Casanova. Er sagte: «Vor sieben Jahren haben wir zusammen in Paris die ‹Genueser Lotterie› eingeführt!»

«Und Sie halten die Lotterie für eine Steuer?»

«Ja, Sire, eine von der guten Art!»

«Der König kann aber dabei verlieren!»

«Einmal auf fünfzig!»

«Sichere Berechnung?»

«Ebenso sicher, wie es alle politischen Berechnungen sind!»

«Die sind oft irrig!»

«Sie sind es nie, Sire, wenn Gott neutral bleibt!»

«Mischen Sie Gott nicht hinein!»

Casanova schwieg.

Der König blieb stehen. Er starrte auf den Prinzen von Preußen, der mit einem Gärtnerburschen und einem kleinen Mädchen in der Erde wühlte. Dann musterte er Casanova von Kopf bis zu den Füßen und sagte: «Wissen Sie, daß Sie ein sehr schöner Mann sind?»

Casanova sagte etwas mühsam: «Ist es möglich, Majestät, daß Ihnen an mir der geringste der Vorzüge auffällt, die Euer Majestät Grenadiere auszeichnen?»

Der König lächelte. Er sah noch einmal zum Prinzen von Preußen hinüber, schnaubte durch die Nase, nahm eine Prise, nieste – dann wandte er sich Casanova zu und sagte nicht unfreundlich: «Ich werde mit Marishal Keith über Sie sprechen!» nahm den Hut ab und grüßte.

Dann ging er, leicht gebeugt, die linke Hand auf dem Rücken, mit dem Krückstock aufschlagend.

Langsam wandte sich Casanova und ging zu den Treibhäusern. Er nahm den Hut ab, grüßte den Prinzen von Preußen tief und rief: «Line! Wir fahren nach Hause!»

Das Mädchen richtete sich auf: «Nennen Sie mich nicht Line! Ich heiße Wilhelmine!» und machte einen Knicks zum Prinzen hin, als sei ihre Bemerkung für ihn gedacht.

Auch der Prinz hatte sich aufgerichtet. Er starrte dem eleganten Cavalier mit leicht hervorquellenden Augen nach, der nun, Wilhelmine an der Hand, davonging.

Hannes sagte: «Das war der Casanova, Prinz!»

Auf dem Heimweg von Potsdam nach Berlin wurde Casanova in seinen Gedanken durch Wilhelmine unterbrochen.

Sie fragte plötzlich: «Warum hast du mich angelogen?»

Casanova schrak auf: «Aber ich habe doch gar nichts gesagt!»

«Doch!» sagte Wilhelmine. «Ich habe die Prinzessin gesehen. Die ist hübsch! Und du hast gesagt, ich bin hübsch! Du hast es sogar geschworen!»

Casanova legte ihr beruhigend die Hand auf das kleine eckige Knie, von dem das lange Kleid herniederhing. Er sagte abwesend: «Du bist ein hübsches Kind!» Er dachte: Der König hatte das Gespräch selber auf die Lotterie gebracht. Also mußte er zumindest in seinen geheimen Gedanken das Projekt noch nicht ganz aufgegeben haben.

Wilhelmine sagte: «Aber ich bin doch kein Kind mehr! Sieh her!» Casanova blickte auf. Wilhelmine hatte das Kleid, das viel zu große Kleid, von den Schultern gestreift! Nun sah sie an sich hernieder und zog die

Schultern nach vorn, damit ihre kleinen Brüste sich vielleicht doch, vielleicht noch ein bißchen mehr nach vorn wölbten – und blickte Casanova mit einem solchen brennenden Ernst an, daß der Chevalier es nicht wagte, auszuweichen. Er betrachtete Wilhelmine genau. Ernsthaft vor Wilhelminens ernsthaftem Blick sagte er: «Du wirst einmal eine sehr hübsche Frau! Bald! Du wirst wunderbar geformte Arme und Schultern haben!»

«Ja?» fragte Wilhelmine mit heißem, trockenem Ton, so daß ihre angerauhte Stimme wie gepreßt klang.

Und sofort entfaltete sich das kleine, rosige Pünktchen, das wie ein Insektenstich auf dem kaum gewölbten Busen saß.

Casanova nickte lächelnd, dann legte er die warme, trockene Hand auf den flachen Busen und fuhr von ihm langsam über die Haut des Mädchens, sachlich wie ein Arzt, tastete streichelnd die Konturen dieses kleinen nackten Oberkörpers ab und sah dem Kinde dann ins Gesicht.

Es war ihm ganz zugewandt, aber es war kein Lächeln, keine Reaktion auf diesem Gesicht, es war nur eine einzige Frage.

Casanova sagte: «Du hast eine wunderbare Haut! Mit deiner Haut wirst du in der Liebe dein Glück machen!»

«Ja?» fragte Wilhelmine. «Was ist Liebe?»

Casanova sagte: «Liebe ist die Berührung von zweierlei Haut und der Austausch von zweierlei Phantasie!»

«Zweierlei Haut und zweierlei Phantasie!» wiederholte Wilhelmine.

«Ja», sagte Casanova und setzte in einem ganz anderen Tone fort: «Du mußt deine Haut aber mehr pflegen! Mehr waschen! Kalt! Und dann salben und ölen – auch die Haare! Und du mußt auch hübschere Kleider tragen und die Beine nicht so schief stellen . . .!»

Sofort stellte Wilhelmine die Füße nebeneinander auf den Boden. Und sagte noch einmal: «Ja?»

Wenn der König, überlegte Casanova, in Gedanken noch mit der Lotterie spielt, dann muß ich mich an die Stelle des Calzabigi empfehlen, denn dem traut er nicht – wenn nicht . . .

Wilhelmine sagte: «Schenkst du mir hübsche Kleider, wenn ich dir was Wichtiges sage?» Wilhelmine hatte das Kleid wieder hochgezogen, sie saß ernst und sittsam da.

Casanova sagte: «Weißt du denn, was mir wichtig ist?»

Wilhelmine nickte. Sie sagte: «Der Rußki weiß auch ganz genau, daß der König die Lotterie nicht mehr erlauben will – er sammelt trotzdem Geld bei allen Leuten. Gib ihm keins!»

«Und woher weißt du das?»

«Hat mir die Stine doch gesagt!»

Der Wagen rollte durch die Straßen Berlins.

Casanova blickte aufmerksam aus dem Fenster. Dann rief er dem Kutscher zu, er solle anhalten. Der Wagen hielt vor Paskels Laden, wo Kleider ausgestellt waren.

In dem kleinen, aber gut ausgestatteten Laden – er gehörte einer ältlichen Französin, die Casanova entzückt bediente – wunderte sich der Chevalier, mit welcher Sicherheit des Geschmacks die kleine Wilhelmine sich für das Kleid entschied, das ihr am besten stehen mußte, ein im Mieder knappes, im sich weitenden Rock wie eine Glocke schwingendes Kleid aus apart gemusterter rosa Seide, an den Schultern freier als am Busen ...

Ungeniert hatte sie sich ausgezogen und stand nun schlank und gerade da – Casanova griff nach dem Stapel Wäsche und sagte: «Und diese Hosen passen dazu!»

Schnell streifte sie, die nun plötzlich ein ganzes Stück größer schien, Hosen und Kleid über. Casanova packte die beiden Rattenschwänze der Zöpfe, löste die Haare auf und drehte sie geschickt zur Schnecke und steckte sie fest.

«So!» sagte er. «Jetzt bist du die kleine Louison aus dem *Eingebildeten Kranken*!»

Wilhelmine betrachtete sich im Spiegel, nickte sich zu und begann sogleich, sich wieder auszuziehen.

«Aber willst du das Kleid nicht anbehalten?» fragte die Französin.

Wilhelmine schüttelte den Kopf: «Da wird Muttern nur dumm fragen!» sagte sie.

Schnell suchte der Chevalier noch Strümpfe aus, Schuhe, Handschuhe, die bis zum Oberarm reichten: «Solche Handschuhe sind wichtig!» sagte er zu Wilhelmine. «Besonders, wenn sie einen Streifen der Haut am Oberarm frei lassen!» und gebot, alles einzupacken. Und zahlte. Im Wagen sagte Wilhelmine plötzlich: «Was muß eine Frau tun, um zu zeigen, daß sie jemanden wirklich lieb hat?»

Er sagte vorsichtig: «Sie muß alles tun, was dem Geliebten Freude macht ...»

Wilhelmine senkte den Kopf und dachte nach. Dann sagte sie, ihn voll anblickend: «Und wenn er nicht weiß, was er will? Oder er will was Falsches?»

Casanova sagte: «Dann muß sie ihm beibringen, daß das Richtige besser ist!» und setzte schnell fort: «Und ihn immer glauben lassen, er sei selbst auf das Richtige gekommen!»

Wilhelmine nickte, sie blickte zum Fenster der Kutsche hinaus und sagte nach einer kleinen Weile: «Bitte zum Gendarmenmarkt!»

Casanova fragte: «Wohnt dort jetzt deine Schwester?»

Wilhelmine sagte: «Ja, die Stine. Sie soll mir die Sachen da aufbewahren!» Und begann, sich wieder die Schnecken am Ohr aufzumachen, die Schleifen sorgfältig zusammenwickelnd.

‹Dem König›, dachte Casanova, als die Kutsche vom Gendarmenmarkt dem Hôtel de Paris zurollte, ‹dem König habe ich einen Floh ins Ohr gesetzt.›

Die fahrenden Ritter des Glücks jedenfalls sah der König nie als reine Parasiten an, niemand tat dies, sie waren gewissermaßen das Salz der Erde, die sonsthin so langweilig war, sie stellten so mancherlei Beziehungen und Verbindungen her, jene der Ideen und jene der Mächte. Was wollte er, Casanova, beim König? Wie konnte er sich ihm vertrauenswürdig machen? Nun, er durfte keinesfalls versuchen, den König zu betrügen. Er, Casanova, glaubte an die Lotterie, und die großen Versicherungsgesellschaften, dem gleichen Glauben unterworfen, blühten überall. Aber er war auch davon überzeugt, daß die Lotterie für den Privatmann eine beschwerliche Last war, die Lockmittel, mit denen sie arbeitet, verschlingen zuviel Geld, sie entbehren jeden tatsächlichen Inhaltes. Etwas anderes war die Lotterie des Staates, des Königs, der in aller Bequemlichkeit die Habsucht und Begehrlichkeit des Publikums ausbeuten konnte, seine Lockmittel kosteten nichts, sie bestanden im Vertrauen des Volkes zum Staate, zum Könige. Wenn er, Casanova, jemanden betrog, so war es vielleicht Calzabigi, bestimmt Matuschkyn, nicht aber der König, den es einfach zu besserer Einsicht zu bringen galt. Und Casanova fürchtete, es werde sehr schwer sein, diesen skeptischen durch den Bankrott Calzabigis doppelt mißtrauisch gewordenen Mann zu bewegen, ihn, den fahrenden Abenteurer, zum Direktor seiner neu einzurichtenden Königs- oder Staatslotterie zu machen.

Als die Kutsche am Hôtel de Paris angelangt war, sah Casanova die Sänfte des Lord Marishal Keith vor der Tür, nebst Mohren und Tibeter. Aber sollte Mylord schon über die Unterredung mit dem König informiert sein?

Sowie der Chevalier den kleinen Raum betrat, der als Speisesaal diente, nun aber mit kleinen Tischen bestückt war, wie immer, wenn der Lord Marishal dort speiste, wurde er an den Tisch des alten Herrn gebeten.

Und der Lord Marishal erklärte gleich bei der Begrüßung, der Chevalier habe auf den König einen guten Eindruck gemacht. Die beiden Herren speisten mit außergewöhnlichem Genuß unter anregenden Gesprächen, wobei der Chevalier Gelegenheit hatte, von seiner Flucht aus den Bleikammern zu erzählen, über die sich Mylord höchlichst amüsierte, es war für ihn ein besonderes Vergnügen, zu erfahren, wie der hohe und gestrenge Rat von Venedig in seinen Gewaltmethoden übertölpelt worden war. Zwischen den auserlesenen Hors d'œuvres, die Monsieur Noël am Tische präparierte, und der neuartigen, von Monsieur Noël als besonders bekömmlich gepriesenen Schildkrötensuppe erwähnte Keith beiläufig, der König werde eine neue Ziehung der Lotterie genehmigen, um zwischen der gebackenen Muräne und den Kalbsmedaillons auf Artischockenböden hinzuzufügen, der König wolle sich selber aber an der Lotterie nicht engagieren, vielmehr . . . zwischen der Poularde und dem Nachtisch, geeiste Birne mit heißer Schokoladensauce . . . dem Chevalier de Seingalt als besonderes Zeichen des königlichen Vertrauens eine Anweisung über zwanzigtausend Thaler überreichen.

Casanova saß wie betäubt, die kaltheiße Birne verging ihm auf der Zunge, er vernahm wie aus weiter Ferne die Worte Mylords, der König erwarte, der Chevalier werde die Summe in eben dem Falle einschießen, wenn der Chevalier selber die Überzeugung habe, daß die Ziehung keinerlei betrügerischen Mitteln unterworfen sei.

Zwischen dem Kaffee aber und der Obstschale mit Marons glacés erfuhr der Chevalier ein weiteres Zeichen der hohen Gnade des Königs. Majestät hatten sich offenbar in jener blitzartigen Geschwindigkeit, die seine kriegerischen Operationen auszeichnete, Gedanken über alles gemacht, was im Falle Casanovas und der Lotterie nur irgend von Belang sein konnte. Gleichwie der König Calzabigi in seinem geschäftlichen Vorhaben einfach dadurch unterstützt hatte, indem er ihm den Titel eines Geheimen Staatsrathes verlieh, so dachte er daran, auch den Chevalier in der Seriösität seines Auftretens zu unterstützen und bot ihm eine Anstellung im Königlichen Dienst an.

Das war es, was Casanova erhofft hatte, als er nach Berlin kam und bevor er von der Anwesenheit Calzabigis und seiner Pläne, die Lotterie betreffend, erfahren hatte.

Gespannt neigte er sich vor, um kein Wort des Lord Marishal zu verlieren – an einem entfernten Tische speiste mit viel Lärm und Gelächter eine Runde preußischer Gardeoffiziere.

Der König, sagte Keith, beeindruckt von den weltmännischen Formen und den weitreichenden Kenntnissen des Chevalier de Seingalt, wünsche, daß der Chevalier als Erzieher preußischer Adelssöhne im Berliner Kadettencorps Dienst tue – launig fügte Keith hinzu, die künftigen Herren Offiziere der ruhmreichen preußischen Armee möchten durch den weltläufigen und weitgereisten Mann einen Weitblick gewinnen, der über die arme Sandwüste der Mark und die Kohlfelder Pommerns hinweg in Gefilde besserer Kulturen schweife, und – hierbei schweifte der Blick Mylords zu der fröhlichen Tafelrunde in der Ecke – es könne außerdem gar nichts schaden, wenn die jungen Herren sich etwas besserer Manieren zu befleißigen gelehrt werden . . . Als sich der Lord Marishal mit seiner Sänfte entfernte, glaubte Casanova, auf dem Gipfel seines Glückstraumes angekommen zu sein. Er setzte sich zu einem kleinen Spiel mit den Herren Baron Treidel, Monsieur Noël, der schwitzend, aber äußerst geehrt aus der Küche zurückkehrte, sowie dem Hamburger Ehepaar Greve und dem Grafen Matuschkyn. Bald gesellten sich die Herren Offiziere vom Corps des Gend'armes der Runde zu, und der Chevalier de Seingalt übernahm die Bank. Er gewann. Er gewann allein und alles.

Madame Greve, die von Zeit zu Zeit mit flammenden Augen ihren Gemahl auf besonders lukrative Hinweise, die Graf Matuschkyn bezüglich einer Einlage in die künftig mit einer besonders vorteilhaften Ziehung verbundenen Lotterie aufmerksam machte, flehte diesmal den Chevalier de

Seingalt keineswegs an, sich einer Revanche zu entziehen, und Graf Matuschkyn forderte den glücklichen Gewinner Casanova auf, sich ebenfalls mit einer Einlage an der geplanten Lotterie zu beteiligen, die außergewöhnlichen Gewinn verheiße – indes die Herren Offiziere mit dem Mute, der sie auch in der aussichtslosesten Schlacht gegen unüberwindliche Hindernisse auszeichnete, immer wieder setzten und einen Point nach dem anderen verloren, die Erträgnisse vieler väterlicher Kartoffelfelder.

Als sich der Chevalier erhob, taumelte er in einer Art von himmlischer Benommenheit über allen Wolken irdischer Trübsal. Er stieg mit einem Herzen voller Jubel die Treppe zu seinem Zimmer hoch. Dort erwartete ihn Madame Rufin, nackt, reif und prangend.

Der Chevalier notierte: Die Zahl der Kadetten war auf fünfzehn festgesetzt, und der König wollte ihnen fünf Erzieher geben; jeder sollte also drei Zöglinge haben und sechshundert Thaler Gehalt und gemeinsame Verpflegung mit den Kadetten erhalten. Die Erzieher hatten die Verpflichtung, ihre Zöglinge überallhin zu begleiten, und wenn sie mit den Kadetten zu Hofe gingen, mußten sie einen Tressenrock anlegen. Ich sollte mich unverzüglich entschließen, denn die vier anderen Erzieher waren bereits in Amt und Würden, und seine Majestät liebten nicht zu warten. Bevor ich mich aber für einen Posten entschied, dessen einziger Vorteil der freie Zutritt bei Hof und zum König war, bat ich Mylord Marishal, die Anstalt besichtigen zu dürfen. Aber wie groß war mein Erstaunen, als ich feststellte, daß die Anstalt hinter den Pferdeställen lag, und sah, wie die Unterkunft dieser fünfzehn Edelleute aus dem reichen Pommerland beschaffen war. Drei oder vier große Säle, fast ohne Möbel, mehrere Zimmer mit geweißten Wänden, in jedem ein elendes kleines Bett, ein Tisch und zwei Stühle aus Fichtenholz. Die jungen Kadetten, alle im Alter von zwölf bis dreizehn Jahren, waren schmutzig, schlecht frisiert, eingezwängt in armselige Uniformen, die ihre bäuerlichen Gesichtszüge besonders hervortreten ließen. Sie standen herum und zwischen ihnen die vier Erzieher, die ich für ihre Bediensteten hielt, sie sahen mich stumpfsinnig an und konnten sich offenbar nicht vorstellen, daß ich ihr Kollege werden sollte.

Im Augenblick, als ich diesen armen Tröpfen für immer Lebewohl sagen wollte, steckte einer der Erzieher den Kopf zum Fenster hinaus und rief: «Da kommt der König angeritten!»

Nun konnte ich ihm unmöglich aus dem Wege gehen, und übrigens war es mir auch erwünscht, ihm noch einmal und besonders an einem solchen Ort zu begegnen.

Ich war vom Kopf bis zu den Füßen in neuer Kleidung, trug einen flohfarbenen Taftrock, Ringe an allen Fingern, hatte meine beiden goldenen Uhren eingesteckt und mein Ordenskreuz umgehängt.

Der König trat ein, beehrte mich mit einem Lächeln, packte mich am Kragen und fragte: «Was ist denn das für ein Orden?»

«Der Orden vom Goldenen Sporn.»

«Welcher Herrscher hat Ihnen diesen verliehen?»

«Der Heilige Vater!»

Während der König mit mir redet, blickt er umher. Plötzlich blitzt sein Auge zornig, er beißt sich auf die Lippen, hebt den Stock und schlägt auf ein Bett.

Ich hatte Mühe, das Lachen zu unterdrücken. Friedrich der Große hatte ein Nachtgeschirr bemerkt, das unter einem Holzbett hervorlugte und noch die Spuren gewisser Unsauberkeiten trug.

«Wem gehört dieses Bett?» rief der Monarch aus.

«Mir, Euer Majestät», antwortete ein Kadett, am ganzen Leibe zitternd.

«Gut, nicht mit Ihm habe ich das auszumachen; wo ist Sein Erzieher?» Dieser bemitleidenswerte Sterbliche tritt vor, und seine milde Majestät nennt ihn einen Tölpel und wäscht ihm gehörig den Kopf. Zum Schluß seiner Strafrede hatte der König indes die Gnade, ihm zu sagen, er habe doch einen Bedienten zur Verfügung und müsse auf Reinlichkeit achten.

Hier hatte es der Chevalier de Seingalt an der Zeit gehalten, sich leise davonzumachen, zuerst, möglicherweise noch in der Sicht des Königs, langsam, dann immer eiliger, in der Breiten Straße schließlich lief er fast. Bei den Treibhäusern der Hofgärtnerei Rietz am Berliner Schloß angelangt, wurde er angerufen.

Der Prinz von Preußen stand in der Tür eines der Gewächshäuser. Er trug die einfache Kadettenuniform mit den Tressen eines Obersten und rief: «He ...!»

Casanova bremste seinen Schritt. Der Prinz wies mit dem Daumen in Richtung der Marställe und fragte: «Ist er noch da?»

Casanova begriff, daß der König gemeint war. Er erwiderte: «Seine Majestät besichtigen noch, Hoheit!»

«Nennen Sie mich nicht Hoheit», sagte der Prinz. «Kommen Sie!» Er winkte Casanova ins Gewächshaus und schloß die Tür.

Der Prinz fragte: «Hat er Sie auch kujoniert?»

Casanova erwiderte mit Würde: «Um über den seltsamen Antrag, der mir von seiten eines sonst so klugen Mannes gemacht wurde, nicht laut aufzulachen, bedurfte ich einer Kaltblütigkeit, die nicht gerade in meinem Charakter liegt!»

Der Prinz hatte ihn von oben bis unten gemustert. Er blickte nun schräge zu ihm auf und sagte: «Sie haben ihn verehrt, und er hat Sie zu seinem Feind gemacht! Das tut er immer! Wollen Sie mein Freund sein?»

Die Freundschaft mit dem Prinzen kostete Casanova viel Zeit, aber diese Zeit war ihm billig, da er nichts mehr zu tun hatte, als zu warten. Er hatte die Königliche Anweisung schweigend eingesteckt, war sofort zu Calzabigi geeilt und hatte den über eine mögliche Zurücknahme des königlichen Verbotes der Lotterie freudig überraschten Geschäftsfreund ohne weitere Schwierigkeiten zu einer Ergänzung des Vertrages mit ihm bewogen. Danach sollte der Staatsrath dem Chevalier für den Fall, daß es ihm gelänge, noch eine Ziehung durchzudrücken, zwanzigtausend Thaler vorschießen, die dieser wiederum als seinen Anteil an der Vorfinanzierung der Lotterie in diese einzahlen werde. Und Calzabigi machte sich sofort daran, alles vorzubereiten, um mit der Propaganda für die Lotterie einsetzen zu können, sobald die Königliche Erlaubnis kam. Sie kam bereits am übernächsten Tag und Calzabigi begriff sehr wohl, daß Casanova die Erlaubnis des Königs schon in der Tasche hatte, als er den Vertrag schloß. Aber da der Schritt Casanovas durchaus zu den Usancen gehörte, die bei diesem Geschäft üblich waren, rechnete sich Calzabigi noch genügend Vorteile durch Casanovas Tätigkeit aus, und nichts minderte die Freundschaftlichkeit der Beziehungen zwischen diesen beiden nach Berlin verschlagenen Söhnen einer schöneren Heimat.

Der Prinz von Preußen lud den Chevalier de Seingalt durch Hannes Rietz ein, nach Potsdam zu kommen, er zeigte ihm das armselige Zimmerchen, in welchem er, der Thronfolger, auf Königlichen Befehl zu hausen gezwungen war, und das in jeder Beziehung der Kammer glich, in der ein Kadett zu wohnen gehalten war – und der Prinz war nominell doch immerhin schon Oberst!

Am Abend ruderte der Prinz seinen neugewonnenen Freund in einem Boot über den Heiligen See. Das Fahrzeug glitt über die glatte Wasserfläche, eine breite Spur hinterlassend, die in der Abendsonne glitzerte. Casanova saß still und erwartungsvoll dem Prinzen gegenüber und beobachtete dessen überraschend kraftvoll geführte, ruhige Ruderschläge. Von Punschels Gasthaus drang Johlen und Grölen herüber.

«Das sind meine Kameraden!» sagte der Prinz. Er ließ plötzlich die Riemen sinken, formte die Hände um den Mund zu einem Trichter und rief: «Der König kommt!»

Sofort verstummte der Lärm.

Der Prinz griff wieder zu den Riemen. Er sagte lakonisch: «Die Herren Offiziere der Garde haben Angst vor ihm!» Er trieb das Boot unter das Laubgewölbe einiger Trauerweiden. Er sagte: «Da, wo Punschels Gasthaus steht, werde ich mir ein Palais bauen, wenn ich erst König bin. Ganz aus Marmor.»

Der Prinz ließ das Boot treiben, es glitt sacht und langsam unter den schwankenden, grünen Ästen. «Erzählen Sie!» forderte er Casanova auf.

Casanova begann mit seinem Paradestück, der Flucht aus den Bleikammern, aber bemerkte, daß der Prinz die Augenlider senkte und unbeteiligt vor sich hin sah. Er ist zu höflich, mich zu unterbrechen, dachte Casanova, oder es ist wahr, was die Leute sagen, er ist nicht fähig, sich eine halbe Stunde zu konzentrieren! Er sagte: «Interessiert es Sie nicht, Prinz?»

Der Prinz schreckte auf. Er sagte: «Nein! Von Heldentaten höre ich soviel! Sie sind Casanova! Sie müssen doch Bescheid wissen! Sagen Sie mir, wie erobert man Frauen?»

Casanova dachte an die hübsche Elisabeth, des Prinzen hohe Braut. «Welche Frauen?» fragte er vorsichtig.

«Alle Frauen», erwiderte der Prinz sofort. Er setzte eilig hinzu: «Sagen Sie nicht, eine sei wie die andere! Das wäre entsetzlich!»

Casanova lächelte. Er sagte begütigend: «Wer das sagt, beraubt sich des Schönsten, was es in der Welt gibt!»

«Ja, nicht wahr!» rief der Prinz enthusiastisch, senkte aber sogleich seine Stimme: «Das heißt ... eine ist wie die andere, das sagt der König! Wie kann er das wissen? Er lebt wie ein Mönch!»

Jetzt war sich Casanova sicher, der Prinz meinte die Prinzessin.

Er sagte: «Fürsten heiraten oft aus Gründen der Politik!»

«Der Staatsraison», sagte der Prinz sofort.

«Aber warum sollen solche Ehen durchaus unglücklich sein?»

«Ja?» fragte der Prinz mit großer Aufmerksamkeit.

«Die Frauen kann man zur Liebe erziehen!» setzte Casanova fort.

«Aber wie – wie ...?» fragte der Prinz.

Casanova sagte: «Der Mann – muß selber lieben, wenn er Liebe erwarten will!»

«Erzählen Sie!» sagte der Prinz. «Wie machen Sie das?»

Casanova begann zu erzählen, er fühlte, wie er selber erstarkte bei seinen Geschichten. Die Fragen des Prinzen regten ihn an, sich über neue Seiten seiner Verführungskunst klarzuwerden, die so oft geprobte Praxis jetzt behutsam in Theorie zu verwandeln, er erzählte fast die ganze Nacht hindurch. Der Prinz hatte schon viele Erlebnisse gehabt, das ging aus seinen Fragen hervor, aber das eine, das entscheidende noch nicht. Er hatte bislang ohne Liebe geliebt.

Aber hatte Casanova mit Liebe geliebt? Mitten in seinen Erzählungen begann er zu zweifeln. Er bemerkte, daß ein anderes Mittel, als aus seinen Erfahrungen zu erzählen, ihm nicht zu Gebote stand. Das Unsagbare, das der Prinz offenbar in der Liebe suchte, das war ihm, Casanova, in der Tat unbekannt geblieben. Vielleicht, so deutete er an, muß die Liebe durchaus in der Gegenwart wurzeln, beginnend mit der ungeheuren Neugierde nach dem anderen Menschen und endend mit der restlosen Hingabe an den Augenblick.

«Liebe», sagte Casanova, «Liebe ist die Berührung von zweierlei Haut und der Austausch von zweierlei Phantasie!»

«Zweierlei Haut und zweierlei Phantasie!» wiederholte der Prinz und starrte über den nachtdunklen See. Dann fragte er, stockend und nach Worten suchend, ob er recht habe, wenn er glaube, daß die Liebe zu den Elementen gehöre – als fünftes Element zu Feuer, Luft und Erde und Wasser ...? Er sagte: «Der König, der liebt die Geister des Feuers und der Luft

– und ich die des Wassers und der Erde!»

Der König! Immer der König! Was auch immer der König will und tut, der Prinz will und tut das Gegenteil.

Der König lebte im Geiste der Ideen der Aufklärung, in seiner Staatsraison hatten mit Sicherheit die Geister des Feuers und der Luft keinen Platz. Aber hatte nicht gerade der Geist der Aufklärung die Fesseln gelockert, die das strenge und logische Gesetz der Kirche über Europa geworfen hatte? Und hatte sich etwa der Geist befreit und heiter in die Lüfte geschwungen? Im Gegenteil, überall wucherte an Stelle der Logik, der strengen Gesetzlichkeit das Niedergehaltene, an Stelle des Glaubens der Aberglaube, an Stelle des Heiligen Geistes der spekulierende Geist, an Stelle des dogmatischen Denkens die träumerische Weitschweifigkeit, der Wunderglaube, die Geisterwelt, die Welt der Magie – und ritt nicht er selber, er, Casanova, der Ritter des Glückes, auf dem schmalen Grat, der die Zeit des Glaubens von jener der Aufklärung schied? Sein Weg und der des Cagliostro, auch des Calzabigi und des Grafen Matuschkyn, war der Irrweg, auf den es die Zweifelnden wie die Hoffenden zu verlocken galt, um ihnen zu entlocken, was man selber brauchte. Diese dürre Sandwüste Preußen, die sich bislang der Gaukelei versperrte, sollte sie das Feld werden, auf dem der Weizen für die Fahrenden blühte, für die Schweifenden, die Zauberer und Goldmacher? Sie kamen ja schon! Sie sammelten sich ja schon! Preußen war zu erobern! Und wenn nicht von den Parasiten dieses Zustandes zwischen zwei Zeiten und zwei Welten – vielleicht von ihm, Casanova, der mit den Parasiten nicht gleichen Weges gehen wollte, von ihm allein durch diesen Prinzen, der so hingegeben seinen Worten lauschte, so rührend gläubig und begierig!

Aber so einfach, wie es sich Casanova dachte, den Prinzen in seinen geheimen Tiefen zu erforschen, war es nicht. Dieser seltsame junge Mensch machte es dem Erfahrenen schwer, ihm so verständlich zu sein, daß er ihn beherrschen konnte. Der gewandte Chevalier in der verlorenen Kadettenstube, der Residenz des künftigen Königs, suchte den Prinzen in alle die Geheimnisse einzuweihen, welche in der Luft der Zeit ihren Tanz vollführten – aber immer, wenn der fahrende Ritter versuchte, das Geheimnis der Geheimnisse zu lüften, mußte er bemerken, daß der Prinz nicht die Entschleierung wünschte, sondern einzig die Beschreibung. Der Prinz wollte die Geisterwelt beherrschen, die Geister sollten ihm dienen, aber er selber wollte ein Geist nicht sein, nicht die Mittel der Geister anders verwenden als diese selber. Casanova lehrte ihn die Kunststücke der Kabbala, so wie er sie vom aussätzigen Bruder Calzabigi gelernt, mit dem magischen Dreieck, der Zahlenkabbala, deren Geheimnis nun auch den Prinzen entzückte. Aber da es im Überschwang des Lehrenden Casanova geschah, daß er dabei auch den Trick verriet, nachwies, daß die Zahlen nicht lügen, ihre Kombinationen aber ein Spiel erlauben, das in den Resultaten verblüffend wirkte – da weigerte sich der Prinz, er hielt genau die

Wahrheit für eine Lüge, das Spiel für eine Entweihung der Geistertätigkeit, er glaubte fest an die Realität der Geister, in ihrer Entlarvung erblickte er einen Betrug.

«Sie lieben die Geister des Wassers und der Erde!» rief Casanova aus. «Die mütterlichen Elemente! Die der Liebe, die bei den Elementen der Fruchtbarkeit sind, nicht bei denen der Verzehrung, dem Feuer und der Luft!»

«Sie verstehen mich, Chevalier!» sagte der Prinz beglückt. Und setzte fort: «Ich will nämlich Kinder haben!»

Sofort kehrte Casanova zur Realität zurück und verwandelte sie: «Mein Prinz! Kinder sind das einzig sichere Mittel, unsterblich zu sein!»

Als der König, seine Schwester, die Herzogin von Braunschweig, an der Hand, das Charlottenburger Theater betrat, begann ein erregtes Gemurmel im Zuschauerraum. Der König trug einen seidenen Rock, dessen Nähte mit Goldstickereien besetzt waren, und schwarzseidene Strümpfe.

Seine Erscheinung hatte geradezu etwas Komisches, notierte Casanova, er glich in diesem Aufzug mehr einem Theatergroßpapa als einem Monarchen. Er trat in den Saal mit dem Hut unter dem Arm und führte seine Schwester an der Hand. Alle Blicke waren erstaunt auf ihn gerichtet, denn nur die ältesten Leute konnten sich erinnern, ihn anders als in Uniform und Stiefeln gesehen zu haben.

Der Prinz von Preußen und die Prinzessin Elisabeth saßen in der Nebenloge des Königs. Im Hintergrund der Loge des Prinzen aber saß Casanova, der, wenn er sich ein wenig vorbeugte, einen erstaunlichen und anregenden Ausblick in den Busen der schönen Prinzessin hatte – wenn sich der Prinz vorbeugte, so sah er drunten im Parkett ein Meer von solchen Schaustücken, auch in Berlin mühte man sich, auf der Höhe der Zeit zu sein.

In der Loge neben der des Prinzen saßen der Geheime Staatsrath Calzabigi, dessen Frau, der Liebling des Publikums, heute in ihrer Paraderolle agierte, und der Graf Matuschkyn, dieser aber zur Seite der Prinzessin Elisabeth, nur durch die Logenwand von ihr getrennt. Ihre Durchlaucht unterhielt sich fast ausschließlich mit ihm, die Sprache des Fächers gebrauchend, wenn es das Wort abzuschirmen galt. Im Parkett saß der Kaufmann Greve aus Hamburg mit seiner jungen Frau.

«Wer ist die Dame im Parkett, siebte Reihe, die immer zu Ihnen aufschaut, Graf?» fragte die Prinzessin hinter dem hochgehaltenen Fächer. «Ja, ja, die Blonde, tun Sie nicht so, Graf, als ob Sie sie nicht kennen! Sie hat eine unverschämt weiße Haut! Errötet sie am ganzen Leibe, wenn sie sich schämt?»

Die Herzogin blickte zu ihrer Tochter hinüber, dann wandte sie sich an den König: «Glauben Sie, Sire, daß die Kinder glücklich sind?»

Der König sah kurz zu der Loge des Prinzen und sagte: «Wenn sie es nicht sind, wäre es wider jeden Anstand, es zu zeigen!»

Man gab *Der eingebildete Kranke* von Molière, ein Stück, das den Ruf hatte, aufklärerisch zu sein, obwohl es schon fast hundert Jahre alt war. Eine französische Truppe, ergänzt durch Madame Calzabigi und durch Figuranten und Figurantinnen der Italienischen Oper des Königs spielte es in französischer Sprache. Im Theater war niemand zu vermuten, der nicht Französisch verstand.

Natürlich war die weibliche Hauptrolle, die der derblustigen Magd Toinette, eine wahre Verkörperung der Opposition des Volkes gegen alle herrschenden Vorurteile, von einem Volksliebling besetzt, der Calzabigi, es förderte ihre Popularität, daß sie den Ruf genoß, ihrem Dicken viel Geld zu kosten. Die Toinette also konnte eines wohlgefälligen Beifalls sicher sein. Aber es ging wie ein Raunen durch das Theater, als Louison auftrat, die kleine Christiane Encke, Tochter des Kneipenbesitzers Elias Encke – der übrigens als Waldhornist im Orchester saß –, ein Kind noch der Rolle nach. Das Publikum wußte, daß dies die erste Rolle einer bis dahin ganz unbekannten Figurantin der Oper war. Nur Protektion konnte diesem Mädchen die Rolle verschafft haben, es fragte sich nur, welche. Hellwach saßen die Berliner, kritisch bis zum äußersten. Es mußte schon eine ganz exquisite Leistung sein, mit der die Kleine aufwartete, um vergessen zu machen, daß die Berliner gegen Protektion sind, sei sie von wem auch immer.

Casanova beugte sich vor. Die Kleine war nicht schlecht. Schade, daß sie sogar recht gut war, aber sie konnte eben zuviel, sie spielte ihre Rolle mit Charme und präzise, aber es fehlte ihr ganz die Naivität des Kindes, was die Rolle des Kindes erst über alle anderen Rollen hinausgehoben hätte.

Da bemerkte Casanova, daß der Prinz die Worte des Textes leise mitsprach, lächelnd und nickend.

«Sie kennen das Stück, Prinz?» fragte Casanova, vorgebeugt.

Der Prinz wandte den Kopf: «Auswendig! Ich habe daran Französisch gelernt!» Der Prinz wandte sich wieder der Bühne zu.

Jetzt kam die Szene, in welcher der Vater sein Töchterchen übers Knie legt und mit der Rute prügelt. Christiane-Louison zeigte dabei mit Geschick, was an intimen Reizen zu zeigen war.

Dann stellte sie sich der Rolle gemäß tot.

Casanova flüsterte: «Gefällt Ihnen die Kleine?»

Der Prinz warf einen Blick zur Prinzessin Elisabeth, die jetzt ungeniert und ohne die Wand des Fächers mit dem Grafen Matuschkyn plauderte, dann sagte der Prinz heiser: «Ja, sehr!»

Casanova nickte ihm lächelnd zu.

Mit dem für Berliner Verhältnisse stark aufbrausenden Beifall bei Louisons: «O Papa, dein kleiner Finger lügt ja!» erhob sich Casanova und verließ die Loge – gleich darauf Christiane-Louison die Bühne. Der Beifall erstickte die Worte des eingebildeten Kranken: «Ach, es gibt keine rechten Kinder mehr!»

Der Chevalier de Seingalt fand den Weg zu den Garderoben instinktiv. Christiane Encke lag auf einem mit Kleidungsstücken bedeckten Sofa, sie hatte den Kopf in ein Kissen gebohrt und weinte.

Als der Chevalier eintrat, sagte sie mit erstickter Stimme: «Nun sag doch gleich, daß ich schlecht war!»

Casanova ging mit schnellen, leisen Schritten an ihr Lager und setzte sich. Er strich die gelösten Locken beiseite und legte die Hand auf die bloße Schulter des Mädchens. Er sagte sanft: «Du warst bezaubernd, mein Kind!»

Christiane wälzte sich, nicht ohne Anmut, herum: «Ach, Sie sind's!» Das klang enttäuscht, aber nicht überrascht.

Der Chevalier lächelte und sagte: «Graf Matuschkyn ist leider unabkömmlich, die Prinzessin Elisabeth geruhte, ihre Hand auf ihn zu legen.»

Christiane zog die Nase hoch. Die Tränen hatten die Schminke verschmiert. Casanova nahm ein Tuch und begann sachkundig das Mädchen abzuschminken. Er sagte dabei: «Ich weiß aber auch, daß es andrerseits der Prinz von Preußen ist, der seine Hand auf dich legen möchte.»

Jetzt richtete sich Christiane schnell auf, ihr auf Schmollen vorzüglich eingespielter Mund stand dümmlich offen. Nun schüttelte sie die Locken und sagte, was die Berlinerinnen in solchen Fällen immer zu sagen pflegten: «Für was halten Sie mich eigentlich?»

Casanova wischte die Schminke auch vom Hals des Mädchens. Er sagte: «Für eine junge Dame, die genau weiß, was sie will! Du willst doch Gräfin Matuschkyn werden? Der Prinz ist der einzige Mensch, der das bewirken kann!»

Die Tür öffnete sich, und Graf Matuschkyn trat ein. Er schloß die Tür nicht, als er den Chevalier sah. Er sagte: «Ich hoffe, Sie haben sich in der Tür geirrt, Chevalier!»

Casanova dehnte sich behaglich: «Aber nicht doch, Graf! Das pflegen *Sie* doch zu tun! Ich kam hierher, um Ihnen ein Spielchen vorzuschlagen!»

Der Graf schloß die Tür. «Ich bin für ein Spiel mit Ihnen nicht in Stimmung!» sagte er.

Casanova lachte amüsiert: «Mit mir? Der Prinz von Preußen bemerkte mit Unbehagen Ihr Spiel mit der Prinzessin Elisabeth, Graf. Nun wünscht er ein Spiel mit Ihnen! Einsatz: Hier!» Dabei legte Casanova den Arm um Christiane, drückte sie einen Augenblick an sich und wandte sich dann gleichmütig wieder dem Grafen zu.

Matuschkyn riß den Degen aus der Scheide, und Christiane schrie auf. Doch Casanova sagte: «Nur Ruhe, mein Kind! Der Graf verwechselt die Garderobe mit der Bühne! Dabei weiß er ganz genau, daß bei unsereinem es nicht Sitte ist, sich mit dem Degen zu begegnen! Leider weiß er offenbar nicht, daß unsereiner auch nicht versucht, unsereinen zu betrügen! Was haben Sie sich eigentlich dabei gedacht, Graf, als Sie mich aufforderten, in die Lotterie einzuschießen, wenn Sie bereits wußten, daß der König sie nicht erlauben will?» Casanova erhob sich: «Graf, es stand in den Sternen geschrieben, daß wir einmal einander begegneten! Seine Hoheit, der Prinz von Preußen, wünscht nicht, ein Kind des Volkes mit seiner Gunst zu beehren, Sie verstehen, das Volk nimmt so etwas übel! Seine Hoheit wünscht, seine Gunst einer Gräfin Matuschkyn zu schenken! Das ist eine hohe Ehre für Sie! Sollten Sie das nicht einsehen, so werden Sie in Preußen kein Glück haben! Dafür wird der Prinz sorgen. Aber Sie werden auch auf allen Ihren Kreuz- und Länderfahrten kein Glück haben! Dafür werde ich sorgen! Stecken Sie Ihren Zahnstocher da ein, Graf, Sie machen sich lächerlich, und das ist das einzige, was unsereinem unter keinen Umständen gestattet ist!»

Der Graf blickte Christiane an. Sie warf sich herum und bohrte ihren Kopf in die Kissen.

Casanova sagte: «*Au revoir*, Gräfin! Auch daß *wir* uns einmal begegnen würden, stand in den Sternen! Es waren gute Sterne! Kommen Sie, Graf, Baron von Treidel hat aus Kurland einen großen Wechsel bekommen und will die Bank halten!»

Der Prinz lag ausgestreckt auf dem Rücken, er hatte die Arme unter dem Kopf verschränkt und fühlte sich sehr unbehaglich. Neben ihm unter der gleichen Decke hatte sich Christiane zusammengekuschelt, nur ein Schopf ihres zerzausten Haares lugte hervor. Je länger der Prinz über das Geschehene nachdachte, desto schneller wechselten seine Gefühle, die des Hasses gegen das Mädchen und des Mitleids mit sich selber – und die des Mitleids mit dem so folgsamen Mädchen und des Hasses gegen sich, dem natürlich alle Schuld beizumessen war. Die Kleine hatte sich solche Mühe gegeben, war auf alles eingegangen, was er versuchte, und hatte geplaudert, um ihre und seine Verlegenheit zu verdecken. Aber der Prinz hatte sich instinktiv gegen jede Berührung gewehrt. Und dann hörte er das Geplapper des Mädchens über schreckliche Banalitäten des Alltages und schreckte zurück. Schließlich hatte ihn alles irritiert, die zerwühlten seidenen Decken mit dem viel zu strengen Parfumgeruch, der Puder, der ihm trocken in die Nase stieg, die schwellenden Möbel und die vielen Spiegel, die dazu bestimmt waren, das Licht der Kerzen zu verdoppeln und nun nichts verdoppelten als das peinliche Bild des unfähigen Prinzen, der dalag wie ein Stock, in dem zerknüllten Taghemd, das sorgsam gefältelt zum Theateranzug gehörte. Das Liebesnest, nun, es entsprach nicht seinem Geschmack, es war so auf den Zweck gestellt eingerichtet – dieser Matuschkyn mochte es galanten Salons in Warschau oder Petersburg abgesehen haben. Freilich, wenn er an sein eigenes armseliges Kämmerchen dachte, das ihm der König zugewiesen hatte – der König schlief nicht anders, was nützte ihm sein ganzes Sanssouci, wenn er eigentlich nichts anderes bewohnte, als die

Terrasse des Schlößchens im Sommer und im Winter das kalte, ungemütliche Stadtschloß?

Der Prinz starrte zur Decke. Die war nicht mit galanten Bildern geschmückt, dazu hatte es wohl dem Matuschkyn nicht gereicht, der Plafond bestand aus Gips. Figuren von pausbäckigen Putten, oder was sie sonst darstellen mochten, wechselten mit Blumengirlanden. Diese Blumen da, das wußte der Prinz, waren unmöglich – und jetzt, im Schattenspiel der Kerzen, bemerkte der Prinz, war es überhaupt viel leichter, sich das ganze wirre Gebilde da oben als Gelände vorzustellen – als Gebirge und Tal, Fluß und See, Erde und Wasser! Da in der Ecke, wahrhaftig, das konnte das Gelände um Hohenfriedberg sein! Wie oft hat er es studieren müssen! Richtig, der Gebirgszug da, vielfältig gebuckelt und zerklüftet – das mochte die Stelle sein, das Tal zwischen dem Landeshuter Kamm und dem Waldenburger Bergland, aus dem mit der ganzen oesterreichisch-sächsischen Heeresmacht der Prinz Karl von Lothringen herauszutreten wagte, ohne sich aus dem Defilee zur Schlachtordnung entwickeln zu können – zur großen Freude des Königs, der auf dem Fuchsberg bei Striegau stand und mit seinem Perspektiv die Weißröcke aus dem dunklen Hintergrund von Wald und Berg anmarschieren sah. Und dann das Perspektiv zusammengeschoben und den Befehl zum Angriff gegeben! Und die Artillerie fuhr auf, zu jenem runden Buckel da, es mochte wohl das Hinterteil einer Putte sein – und die preußische Infanterie rückte vor, in geschlossenen Reihen, die Fahnen vorneweg, und im ruhigen Gleichschritt anfangs, *tambours battant*, dann immer schneller, bum bum bum bumbumbum . . . wie es sich gehörte, und da das Striegauer Wasser, hübsch bestanden mit Erlenbusch, wo Zieten mit seinen Husaren sich in die Flanke der Oesterreicher tastete, und endlich, als die sich kaum entwickelte Front der Feinde schon in Verwirrung geriet, wenn nicht gar ins Wanken, der General Gessler mit seinem Regiment Ansbach-Bayreuth . . . Auf, auf Dragoner . . . ! Und sechsundzwanzig Fahnen und Standarten erobert – oder waren es Pauken, es ist nicht der Rede wert. Feuer und Luft über Erde und Wasser . . . Kampf der Elemente gegeneinander!

Der Prinz lag in Schweiß. Das da mochte das Schlachtfeld des Königs sein – seines war es nicht.

Sein Schlachtfeld war das Bett – und gesiegt hatte er da nicht. Er warf einen Blick auf das Mädchen, das sich unter der Decke geregt hatte, es war ein braves und hübsches Mädchen, heiß und trocken, und hatte sich solche Mühe gegeben! Natürlich wird er sie belohnen müssen, wenn er nur wüßte, wie? Er konnte ihr doch nicht einfach ein Goldstück auf den Nachttisch legen – außerdem hatte er kein Goldstück bei sich. Das Mädchen hatte so etwas angedeutet wie einen Befehl von ihm, dem Prinzen, an diesen Matuschkyn, der solle sie heiraten – nun, wenn der Chevalier de Seingalt so etwas versprochen, so mochte er es auch nach seiner Art arrangieren, wie er alles arrangiert hatte, sogar das Tablett mit den erlesenen pikanten

Salaten hatte er nicht vergessen. Da stand es, noch unberührt.

Vielleicht hatte das Fiasko der Nacht eben daran gelegen? Hatte der Chevalier nicht immer wieder eindringlich geraten, vor der Liebesnacht mit der Auserwählten nach raffinierten Rezepten zu soupieren, mit anregenden, entsprechend gewürzten Speisen? Nun, da stand das Tablett, unberührt. Er hatte im Fieber der Erwartung einfach nicht daran gedacht.

Jetzt verspürte der Prinz Hunger. Er richtete sich auf. Es war, als hätte diese Bewegung einen Luftzug verursacht, der die Kerzen flackern ließ.

Der Prinz erschrak. Plötzlich stand mitten im Raum ein Kind. Ein Kind in einem rosa Kleid, die Haare zu Schnecken an die Ohren gelegt, Schleifchen in den Haaren und eine kleine Nase, die mit einem Knick nach oben ging – das blasse Gesicht mit sehr dunklen Augen war ihm zugewandt. Es war die Louison aus dem Theaterstück. Der Kopf des Prinzen zuckte zur Seite. Aber Christiane-Louison lag neben ihm unter der Decke, deutlich waren die Umrisse ihres Leibes zu sehen.

Der Prinz spähte zögernd zu der Erscheinung.

Louison faßte den weiten Rock, so daß die weißen Spitzenhöschen unter dem Saum zu erblicken waren, machte ein schnelles Knickschen und sagte mit heller, etwas angerauhter Stimme: «*Qu'est-ce que vous voulez, mon papa? Ma belle maman m'a dit que vous me demandez.*» Das waren die Auftrittsworte der Louison. Unwillkürlich antwortete der Prinz mit den Worten des eingebildeten Kranken: «*Oui. Venez çà. Avancez là. Tournez-vous. Levez les yeux. Regardez-moi. Eh!*» Und die kleine Louison tat, was ihr geboten war, kam heran, sie trat noch näher, sie drehte sich um, sie schaute den Prinzen an, sie schlug groß die Augen zu ihm auf. Und jetzt?

Der Prinz war entzückt. Die Kleine da, die war viel besser als die Louison auf der Bühne, als Christiane Encke, die eine Gräfin Matuschkyn werden wollte über das Bett des Prinzen. Die Kleine da war die Schwester der Christiane, das sonderbare Kind mit den Rattenschwänzchen von Zöpfen und dem viel zu langen Kleid – ohne Beinkleider . . . das vor wenigen Tagen neben ihm in den Beeten von Sanssouci in der Erde gewühlt.

Na? Was?

«Hast du mir nichts zu sagen?»

Wie sie das brachte, die Kleine, Wilhelmine hieß sie ja wohl, so naiv kindlich und kokett und verlogen dabei! «Wenn du willst, sage ich dir zum Zeitvertreib das Märchen vom Aschenbrödel oder die Fabel vom Fuchs und dem Raben auf. Ich habe es erst kürzlich lernen müssen!» Wahrhaftig, das Märchen vom Aschenbrödel Wilhelmine, die Fabel vom Fuchs Casanova und dem Raben Friedrich Wilhelm . . .

«Danach frage ich dich nicht!»

«Wonach denn, Papa?»

Aus der Decke schob sich ein Kopf. Zwei Augen lugten fassungslos in das kleine Kabinett. Christiane horchte und spähte.

Der Prinz hatte sich erhoben. Da stand er in seinem viel zu kurzen Hemd und dem gefältelten, nun arg zerknüllten Einsatz, und vor ihm spreizte sich Wilhelmine mit blanken, aufmerksamen Augen, in die das Licht der Kerzen fiel und einen kleinen, goldenen Flecken zauberte. Und weiter ging das Frage- und Antwortspiel, der Dialog Molières.

Sollte sie ihm nicht immer alles erzählen, was sie gesehen hatte? – Gewiß, Papa ...! Und heute? Nichts gesehen? ... – Nein, Papa!

Sie war viel besser als Christiane am Abend auf der Bühne. Christiane sah es sofort.

«Oh, dann will ich dir einmal etwas zeigen! Komm her!» rief der Prinz und griff nach seinem Degen, zog ihn aus der Scheide und benutzte diese als Rute, schwang sie drohend vor Wilhelmine-Louison hin und her.

Wie sie jetzt Angst heuchelte! Sie heuchelte eben nicht! Sie hatte wirklich Angst vor der Rute! Wie sie zu weinen begann, echte Tränen liefen ihr die Backen herunter!

«Soso, du kleine Hexe, du sagst mir also nicht, daß du heute einen Mann im Zimmer bei deiner Schwester gesehen hast?»

Und hier mußte der Prinz lachen.

Christiane fühlte, wie sie vor Wut erstarrte. Es würgte sie, sie zitterte. Jetzt fiel Wilhelmine-Louison auf die Knie, jetzt bat sie um Verzeihung, und wie ...! Christiane hatte das so hübsch gemacht, mit einem koketten Knicks, mit einem listigen Seitenblick – diese da, bei der brüllte die Angst aus den Augen: «Lieber, lieber Papa, gib mir nicht die Rute ...! Bitte nicht!»

Christiane sprang aus dem Bett. «Um Gottes willen, Papa, gib mir nicht die Rute ...!»

Der Prinz lachte, er lachte und griff nach ihr: «Doch, doch! Über's Knie mit dir!»

Da war Christiane heran wie ein Sturmwind, sie war nackt wie ein Frosch, sie stürzte sich mit einem Wutschrei auf die Schwester, riß dem Prinzen die Degenscheide aus der Hand und drosch erbarmungslos auf die Schwester ein, die gestürzt war und nun durch ihre Kleider gehindert, sich zu wehren. «Du Biest! Du Canaille!» kreischte Christiane und schlug, wohin sie auch traf.

Der Prinz versuchte, sich dazwischenzuwerfen, aber die beiden Schwestern waren ineinander verkrallt. Jetzt wehrte sich Wilhelmine kräftig, sie biß und kratzte. Sie schrie: «Au!» Christiane schlug noch einmal zu, mit einer Wucht, die sie selber zu Boden riß. Da schrie Wilhelmine: «Jetzt hast du mich verletzt!» – und es waren die Worte der Louison, und Wilhelmine schrie, den letzten Ton wie verhauchend: «Ich bin ... tot ...»

Der Prinz war in einen Zorn geraten, den er selber bei sich noch nicht kannte. Er packte Christiane bei den Haaren und zerrte sie hoch. Sie stand keuchend vor ihm.

Wilhelmine am Boden wimmerte leise, ihr hübsches Kleid war zerrissen, die Frisur gelöst, sie blutete aus der Nase.

Der Prinz wußte einen Augenblick nicht, was er beginnen sollte. Ganz unwillkürlich richtete er sich auf, blickte Christiane strenge und sozusagen blitzend an, steckte den Degen in die Scheide und legte die linke Hand auf den Rücken: «Höre Sie!» sagte er. «Sie ist eine unmögliche Person!» Er stapfte, im kurzen Hemd, zu seinen Kleidern. Er sagte: «Bedecke Sie sich!»

Völlig eingeschüchtert knickste die nackte Stine: «Jawohl, Hoheit!» und tapste ungeschickt und sich ihrer Nacktheit bewußt zum Bett. Der Prinz zog sich an, dabei beruhigende Worte an Wilhelmine richtend: «Sei still, Kind, ich werde dich nach Hause bringen», dann wieder hoheitsvoll sich an Stine wendend: «Sie wird von mir hören! Und Sie wird schweigen über alles! Ich bin verstanden worden?» Stine in ihrem Bett piepste: «Jawohl, Hoheit!»

Der Prinz warf sich seinen Mantel über, beugte sich zu Wilhelmine, die er sachte aufhob: «Komm, kleine Louison», und setzte unwillkürlich mit den Worten seiner Rolle fort: «Ach, mein armes Kind, meine arme, kleine Louison!» Wilhelmine dabei in den Mantel hüllend.

Und aus dem Mantel hervor kam die Antwort: «Papa, Papa, weine nicht so! Ich bin ja nicht ganz tot!»

Das war nun unter allen Umständen ganz bedeutend besser, als es Christiane auf der Bühne jemals vermocht hätte.

Christiane weinte noch eine Weile in die Kissen. Dann stand sie schluchzend auf, ging zu dem unberührten Tablett mit den stark gewürzten Salaten und aß sie gänzlich auf.

Der Weg vom Gendarmenmarkt bis zur Spandauer Straße war nicht weit, aber der Prinz keuchte. Er trug Wilhelmine auf dem Arm. Sie hatte ihre Arme um seinen Hals geschlungen und ihren Kopf unter dem Mantel geborgen. So mochte die Silhouette des Prinzen wie die eines buckligen Gespenstes wirken, das Licht über der Tür zur Kneipe ‹Zum kleinen Trompeter› warf den Schatten auf eine nackte Hauswand: Auf dürren, langgeschweiften Beinen schwankte der gespenstische Buckel vorüber.

Aus der Kneipe drangen langgezogene Töne eines Waldhornes.

«Das ist der Vater», sagte die Kleine und steckte den Kopf durch den Mantel: «Er bläst immer, wenn keine Gäste da sind!»

Dann kam die Hand unter dem Umhang hervor und drückte die Klinke zur Gaststube nieder.

Die Töne brachen ab. Der Prinz setzte Wilhelmine auf einen Stuhl und blickte sich um. In der kleinen Gaststube befanden sich nur der Hornist Elias Encke, ein dürres, etwas putziges Männchen, und seine Frau Marie, eine recht stattliche, immer noch hübsche Frau, die gerade auf einem Tisch einen Teig auswalzte, und nun erstaunt hochblickte. Da war eine Theke, ein Glassturz mit Bouletten und sauren Heringen, ein Zapfhahn, viele Flaschen Weißbier und die dazugehörigen großen, bauchigen Gläser.

Der Prinz warf seinen Umhang ab, und Elias Encke stammelte: «Hoheit!»

«Nennen Sie mich nicht Hoheit!» sagte der Prinz. «Die Kleine ist verletzt!» Er wandte sich an Madame Encke: «Machen Sie ihr einen Wickel oder... also irgendwas...» Und er zeigte auf die Spuren, die Stines Schläge hinterlassen hatten: «Da... und da... und da...!» wobei der Prinz merkwürdigerweise wußte, daß auch unter der Kleidung der Kleinen an gewissen Stellen Striemen sein mußten. «Sie muß zu Bett!»

«Nein, bitte», sagte Wilhelmine. «Ich darf noch aufbleiben, ja?» Und sagte zu ihrer Mutter: «Der Prinz hat Hunger! Bestimmt! Er hat bei Stine nichts gegessen – da war 'n großes Tablett, davon hat er nichts angerührt!»

Der Prinz lachte: «Wirklich, ich habe Hunger!» Er nahm an dem runden Holztisch unter der Petroleumlampe Platz und aß Brot, Heringe und Bouletten und trank Bier. Später buk ihm Frau Marie noch aus dem Teig kleine Fleischpasteten, die sie merkwürdigerweise ‹Maultäschle› nannte, ein Gericht ähnlich den italienischen Raviolis oder den russischen Piraschkis. Der Prinz saß behaglich da und aß, selten hatte er sich so behaglich gefühlt. Ihm gegenüber hockte Wilhelmine mit glühenden Backen, sie hielt sich ein nasses Tuch über die Beule an der Stirn gepreßt.

«Was wollen Sie einmal werden?» fragte der Prinz.

Wilhelmine blickte triumphierend zu ihren Eltern: Der Prinz hatte ‹Sie› zu ihr gesagt!

Sie antwortete mit Aplomb: «Ich will alles tun, was Sie wollen!»

Einen Augenblick stockte das Gespräch, dann sagte die Mutter: «Sie ist noch ein Kind!» und der Vater mischte sich ein: «Wir dachten daran, sie solle Schauspielerin werden, wie unsere Christiane!»

Da rief der Prinz heftig: «Nein! Das nicht!» und blickte dann lange schweigend auf Wilhelmine. Schließlich sagte er, von den brennenden Augen des Mädchens etwas irritiert: «Sie müssen Französisch lernen! Ihre Aussprache war nicht ganz richtig! Die Nasallaute...!» Sein Gesicht verklärte sich. «Ich werde Ihnen Madame Girard schicken! Sie war meine Lehrerin!»

«Ja?» sagte Wilhelmine begierig. «Ja?»

Der Prinz sagte: «Wir werden miteinander lernen! Ich bin schwach in der Grammatik!» Er gab sich sichtlich einen Ruck und sagte hoheitsvoll zu den Eltern Wilhelminens: «Ich werde dem Kind eine angemessene Erziehung zuteil werden lassen...» und setzte fort: «Wenn ich darf...! Ja, wenn ich wiederkommen darf...?»

Von diesem Tage an hing über ein Jahr lang jeden Abend eine Papptafel an der Tür zum ‹Kleinen Trompeter›, auf der in der krakeligen Schrift der kleinen Wilhelmine geschrieben stand: «Geschlossen aus Familienrücksichten.»

Eine kleine, blinzelnde Ölfunzel beleuchtete das Schild.

Schon am Morgen nach dem feierlichen Versprechen des Prinzen von Preußen, für Wilhelminens Erziehung zu sorgen, erschien Madame Girard, die Hugenottin, die auch dem Prinzen die ersten Hindernisse auf dem Wege zur Bildung hinweggeräumt hatte, eine zierliche Person mit hurtigen Augen im gefälteten Gesicht, einen Charme ausstrahlend, dem sich niemand zu entziehen vermochte.

Sie fuhr beim Anblick Wilhelminens sogleich freudig betroffen zurück und sagte, das Gesicht des Kindes betrachtend, wie von Rührung übermannt: *«Oh, comme elle est mignonne . . .!»*

Wilhelmine erwiderte sofort mit guter Aussprache: *«Vous, madame, vous êtes très gentille . . .!»*

Französisch hatte Wilhelmine von Mutter Encke gelernt, die über einen bescheidenen Wortschatz dieser liebenswürdigen Sprache verfügte, in dem die Worte ‹mignonne› und ‹gentille› einen bedeutenden Platz einnahmen.

Sogleich begann Mutter Encke gegenüber Madame Girard geheimnisvolle Andeutungen über ihre Sprachübungen mit einem gewissen Baron Grechtler zu machen, wurde aber von Wilhelmine mit einem gezischelten *«Taisez-vous, Maman, je vous en prie . . .»* unterbrochen.

Madame Girard lächelte diskret, sie zupfte sich von ihrem Hals ein Seidentüchlein und verflocht es geschickt in Wilhelminens Haare, so daß diese unversehens sich sozusagen aus einer Puppe in einen Schmetterling verwandelte.

«Ah!» rief Madame Girard, wie in Bewunderung für ihr eigenes Werk ausbrechend: *«Comme un papillon . . .!»* und damit war das Stichwort für die erste Stunde in Französisch gegeben – Madame Girard sprach fortan zu Wilhelmine nur in formvollendetem Französisch –, es war die Sprache der Gebildeten in Berlin sowie am Hofe des Königs. So stellte also Madame Girard in der Atmosphäre des Französischen auf eine höchst amüsante Weise den ganzen Umfang der Unwissenheit Wilhelminens fest – ihre Methoden waren von Rousseau beeinflußt und gerade in die pädagogische Mode gekommen.

Wilhelmine hatte keine Schule besucht, Vater Encke hatte seinen Töchtern das Lesen und Schreiben beigebracht, ohne selber eine Ahnung von den Geheimnissen der Grammatik zu besitzen.

Aber Wilhelmine war eine Leseratte. Sie las, was ihr unter die Finger kam, angefangen von den *Berlinischen Nachrichten für Staats- und Gelehrte Sachen* bis zu den Traktätchen und Bilderbogen, die im Schwange waren.

Der Unsystematik machte der Prinz ein Ende. Jeden Abend kam er von seinem Viermeilen-Ritt von Potsdam nach Berlin keuchend an, Hannes begleitete ihn. Der Prinz hatte sich für diese Ritte in einen weiten Umhang gehüllt und den Hut tief in die Stirn gedrückt. Der König hatte ihm streng verboten, ohne Königliche Erlaubnis Potsdam zu verlassen – der Prinz beeilte sich, noch vor Mitternacht wieder in Potsdam zu sein und die noch lärmenden und zechenden Kameraden seines Regimentes in Punschels Gasthaus am Heiligen See aufzusuchen, so daß der König nicht auf den Gedanken kommen konnte, ihm nachzuspüren.

Gleich am ersten Tag hatte der Prinz die größte und angesehenste Buchhandlung Berlins, die Nicolaische, aufgesucht und Bücher und Karten eingekauft, obgleich Nicolai, ein Freund Mendelssohns und Lessings, ein begeisterter Verehrer des Königs war, ein Megaphon Friedrichs II. und der Aufklärung. Aber gerade die aufklärerische Tendenz des Nicolai veranlaßte den Prinzen, nicht die *Bibliothek der schönen Wissenschaften und freien Künste*, die der rührige Buchhändler herausgegeben hatte, anzuschaffen, sondern vielmehr das dicke Buch eines gewissen Sulzer, welches sich *Kurzer Bericht aller Wissenschaften* nannte, und alles in kurzer Erklärung enthielt, was nur wissenswert zu sein schien – der Prinz und Wilhelmine gewöhnten sich demzufolge bald an, den Wälzer einfach nur ‹*das* Buch› zu nennen.

Wilhelmine verschlang ‹*das* Buch› geradezu; Mutter Encke klagte über den starken Verbrauch der Wachskerzen in Wilhelminens kleiner Kammer. Wilhelmine fing bei ‹A› an und las bis gegen Morgengrauen.

Anfangs glaubte der Prinz, sich damit begnügen zu können, mit Wilhelmine die Schulaufgaben erledigen zu können, die Madame Girard des Vormittags aufgegeben hatte – aber bald hatte sich Wilhelmine angewöhnt, diese zu verfertigen, bevor der Prinz kam; so hockten die beiden Abend für Abend am Tisch und büffelten regelrecht. Der Prinz stürzte sich in seine Aufgabe, wie er sich in alles stürzte, was nur auf ihn zukam. Über das hinaus, was Madame Girard ihn hatte lehren können, begeisterte er sich für die Engländer – die der König nicht leiden mochte –, liebte er Shakespeare – mit dem der König nichts anfangen konnte – und hatte eine exemplarische Vorliebe für Geographie und Botanik.

Rechnen konnte er so wenig wie Wilhelmine, rechnen konnte nur Hannes, der dieses Fach seinerseits spielend erledigte, aber sich wohl hütete, dem Prinzen seine Überlegenheit auf diesem Gebiet allzu deutlich zu demonstrieren.

Anfangs hatte der Prinz getadelt, daß Wilhelmine gerade für die Geographie, des Prinzen Lieblingsfach, so wenig Neigung zeigte, bis er ihr erklärte, daß die Geister der Erde und des Wassers seine Geister waren: Er schien fasziniert von Inseln und Deltas, er zeigte ihr auf vielen ungefügen Karten, wie sich dort Erde und Wasser vermählten.

Und er haßte die Geister der Luft und des Feuers, Vulkane waren ihm wie eitrige Geschwüre auf der Kugel der Welt, Symbole der Vernichtung, während Erde und Wasser Symbole der Zeugung waren, die eigentlich mütterlichen Elemente – Wilhelmine lernte auf des Prinzen Verlangen, mit verbundenen Augen auf den Punkt der Karte zu verweisen, den ihr der

Prinz angegeben hatte.

Manchmal brach ihre kindliche Natur überraschend durch die Kruste ihres Lerneifers. Der Popocatepetl und der Titicacasee veranlaßten sie zu einem Ausbruch herzhaften Gelächters – wobei sie mit einem scheuen, aber listigen Seitenblick wohl zu verstehen gab, daß nicht allein die Zusammenstellung der Buchstaben ihre Heiterkeit verursachte, sondern noch etwas anderes, das sich aufdringlich als Assoziation einstellte.

Aber der Prinz wurde in solchen Augenblicken sehr ernst, er war eigentümlich keusch, Dinge, die Wilhelmine ganz natürlich waren, schienen dem Prinzen voller hintergründiger Geheimnisse, die leichtfertig anzurühren eine Verletzung ihrer und seiner Würde bedeuten mußten.

Und der Prinz gab ihr wohl die *Henriade* des übelberüchtigten Voltaire zu lesen, beileibe aber nicht dessen *Pucelle*, die viel zu unsittlich war für die kleine Wilhelmine.

Aber Shakespeare widmete sich der Prinz mit großem Eifer und übersetzte mit ihr, den Arm um Wilhelminens Schulter gelegt, so daß ihre Lokken seine Backen kitzelten, bis er eine Strähne ihres Haares in den Mund nahm: «Es ist die Nachtigall und nicht die Lerche . . .»

Der kleine Schankraum der Kneipe aber war von dem würzigen Geruch von Pomeranzen erfüllt.

Hannes hatte verstanden, die Pomeranzen, kleine, kirschgroße, harte und grünlichschwarz glänzende Früchte aus den Königlichen Treibhäusern zu einem harmlosen Nebenerwerb zu benützen, sie rochen angenehm würzig, schmeckten bitter, und ihr Öl diente Hannes zur Zubereitung eines Bitter-Likörs, der wohltätig auf die Magenwände wirkte. Abend für Abend saß Hannes in einer Ecke mit Vater Encke zusammen und benetzte dessen immer durstige Musikantenkehle mit diesem Likör, dessen Duft den ganzen Raum durchdrang.

Wilhelmine aber hatte von Hannes gelernt, in die harten, noch unreifen Früchte geschickt kleine Kerben und arabeskenhafte Schnitte zu ritzen, und die Perlen dann zu Rosenkränzen zu reihen – Hannes verkaufte sie an katholische Mitbürger, die an den Rosenkränzen besonders den angenehm kräftigen Duft schätzten.

Auch ihre Hände dufteten nun nach Pomeranzen – der Prinz schien diesen Duft gerne einzuatmen, eines Abends, als sie eng beisammensaßen, beugte er sich über ihre Hände, sie sachte und schnüffelnd mit der Nase und den Lippen zu berühren. Wilhelmine war zuerst darüber erschrocken, aber als sie begriffen hatte, daß sich der Duft dieses Öls mit dem ihrer blanken Haut zu einem Aroma vermischte, das ihr und nur ihr ur- und eigentümlich war, ließ sie sich von Hannes aus Pomeranzenöl ein Parfum destillieren, das sie fortan zu benützen beschloß.

Am Tage der Ziehung der Lotterie gab die blutjunge Gräfin Matuschkyn, erst kürzlich in aller Stille getraut, ihren ersten Empfang in ihrer schönen Wohnung am Gendarmenmarkt. Es war für Berlin, so kurz nach dem langen Krieg, ein gesellschaftliches Ereignis ersten Ranges. Die junge polnische oder russische Gräfin Matuschkyn – niemand wußte es genau, und so genau wollte es auch niemand wissen – spielte ihre Rolle als Gastgeberin mit Charme und Grazie. Es hatte sich wie durch einen Zufall alles getroffen, was sich bis dahin zu treffen kaum Gelegenheit hatte, die ausländischen Diplomaten sprachen von einem ‹Salon› – der überaus dicke und komische, aber weithin sehr angesehene Geheime Kommerzienrath Schmits, der Direktor der Königlichen Manufakturen, prägte das schöne Wort: ‹Tout Berlin war anwesend!›

Man fand die Räume von einer Eleganz, die bis dahin kaum gepflegt war, man flüsterte, Monsieur Noël, der Leibkoch des Königs, der sich sonsthin doch recht rar zu machen suchte, habe persönlich über das Kalte Buffet gewacht, man trank und tanzte.

Der Höhepunkt des Abends aber war zweifellos das Auftreten des Prinzen von Preußen, des Thronfolgers, von dem man mit Bedauern bislang nur gehört hatte, sein strenger Dienst lasse ihm nicht viel Zeit, gesellschaftliche Freuden außerhalb Potsdams zu genießen – und diese bestanden, wie konnte es anders sein, vornehmlich aus wilden Trinkgelagen in den Offizierskasinos der Garde.

Da war er nun, nachdem seine Braut, Elisabeth von Braunschweig, wieder abgereist war, ein Prinz, ein stattlicher Mann, trotz seiner großen Jugend doch voll einer gewissen Würde, natürlich in Uniform, aber diese, so schlicht sie auch war, gewebt aus bestem schlesischem Tuch aus der Königlichen Manufaktur. Man vermerkte, daß er die Gräfin mit großer Herzlichkeit begrüßte, als sie sich ehrfurchtsvoll vor ihm verneigte. «Nennen Sie mich nicht Hoheit!» bat er bescheiden und ließ sich dann die einzelnen Herrschaften vorstellen, sowohl den dicken Schmits wie auch den Chevalier de Seingalt – hier fiel auf, daß Hoheit auch den sagenhaften Chevalier zu kennen schien, die beiden Herren plauderten angeregt, und der Prinz legte ihm einmal die Hand auf die Schulter. Doch bemerkte man, daß der Chevalier, von dessen Bekanntschaft sich mancher der Herren und viele der Damen viel versprochen hatten, sich bald mit einem baltischen Grundbesitzer, einem Baron von Treidel, zurückgezogen hatte und mit ihm lange Zeit in vertrauliche Gespräche über die Höfe von Mitau und Petersburg versunken war.

Außerdem bildete ein noch ganz junges Mädchen das belebende Element des festlichen Abends. Es sollte die junge Schwester der Gräfin sein, ein schon zart entwickeltes Wesen mit klugen Augen und bereits wohlgeformten Schultern und Armen, sie bewegte sich unbefangen und strahlte bei den kleinen Dienstleistungen am Kalten Buffet eine Heiterkeit aus, die appetitanregend wirkte. Offenbar entzückte die Kleine, die übrigens mit ihrer Erzieherin gekommen war, mit Madame Girard, der Französisch-Lehrerin aus dem Hugenottenkreis, besonders die älteren Herren, die sich an der Frische und Naivität der jungen Dame labten.

Das ging so weit, daß der bereits recht angejahrte, aber immer noch lebenslustige Graf von Anhalt wie im Spiel die kleine Debütantin auf die Arme nahm und sie mit den Worten: «Ich empfehle diese Kleine Ihrer Gnade, mein Prinz!» dem Prinzen auf den Schoß hob.

Niemand aber konnte sehen, daß Wilhelmine auf dem Schoß des Prinzen diesem sofort ihren kleinen Zeigefinger auf die Lippen legte, der Prinz aber bemerkte sehr wohl, daß Wilhelmine dann verstohlen denselben Finger an ihre eigenen Lippen führte und küßte.

Als Madame Girard energisch erklärte, die kleine Wilhelmine müsse nun zu Bett, erregte dies allgemeines Bedauern, sozusagen einen kleinen Aufruhr, den der Prinz dazu benutzte, um sich ebenfalls zu entfernen – ganz unbemerkt. Er ließ eine Gesellschaft zurück, die sich beglückwünschte, an ihr teilgenommen zu haben.

Leider stand der weitere Verlauf des Abends unter einem gewissen Schatten. Der Geheime Staatsrath Calzabigi, der mit seiner schönen Gemahlin erschienen war – dem Liebling des Berliner Theater-Publikums und von oben bis unten mit Juwelen bestückt –, empfing in sich schnell abspielender Folge Kuriere und sandte sie wieder ab, in den Zwischenzeiten erregte Gespräche mit dem Grafen Matuschkyn, dem Chevalier de Seingalt, dem dicken Schmits und einem aus Hamburg stammenden Kaufmann Greve führend. Es sprach sich bald herum, daß die Ziehung der Lotterie nicht den gehofften Erfolg für die Lotterie-Unternehmer gehabt habe. Zwar waren alle großen Lose mit den Höchstgewinnen gezogen worden – aber offenbar hatte es die Berliner auf das Gerücht hin, daß der König die Ziehung zwar gestattet habe, selber aber an ihr nicht engagiert war, davon abgehalten, in genügender Anzahl Lose zu kaufen, so daß die von den Unternehmern eingeschossenen Gelder zur Auszahlung der Gewinne herangezogen werden mußten.

Dem Chevalier de Seingalt wie dem Grafen Matuschkyn schien die böse Kunde die gute Laune nicht zu vermindern, auch bewahrte der Kaufmann aus Hamburg eine gewisse stumme Würde, indes der dicke Schmits sich daranmachte, sich an vielen guten Sachen zu letzen – der Geheime Staatsrath aber redete erregt auf seine schöne Gemahlin ein, mit dem Finger des öfteren auf das brillantene Halsband der Dame deutend.

Die junge, blonde und kühle Frau des Hamburger Handelsherrn aber zog sich bald in ein kleineres Gemach zurück, wohin ihr der Graf Matuschkyn folgte, zweifellos um ihr mit sanften Worten die Sorgen auszureden.

Die junge Frau Gräfin Matuschkyn schien von alledem nicht sonderlich berührt, sie stand bis zum Schluß des wohlgelungenen Abends am Kalten Buffet und nahm von jeder Platte, sich und den dicken Schmits mit Leckerbissen fütternd.

«Die behalten Sie nur! . . .

... Die zahle ich gern, wenn ich sie mir als eine Lehre zurechnen kann.» Wenn Er's gesagt hat, dann hat Er Schopenhauer vorweggenommen, der in der 43. seiner Paränesen und Maximen schrieb: «Kein Geld ist vorteilhafter angewandt als das, um welches wir uns haben prellen lassen: denn wir haben dafür unmittelbar Klugheit eingehandelt.»

Übrigens: Die Preußische Klassen-Lotterie wurde dann doch erst 1832 gegründet. Aber Friedrich der Große hat seinen Untertanen – und der Nachwelt – einen verläßlicheren Weg eröffnet, um mit Geld zu mehr Geld zu kommen: Er hat 1769 den Pfandbrief eingeführt.

Der Chevalier de Seingalt notierte: In Potsdam sah ich den König, der in eigener Person das erste Bataillon seiner Gardegrenadiere kommandierte, das aus Mannschaften bestand, die sich sowohl durch ihre Tapferkeit als durch ihre Schönheit auszeichneten.

Die Haltung dieser Soldaten war imposant. Jeder von ihnen maß wenigstens sechs Fuß. Sehr merkwürdig war die Art ihres Exerzierens, diese Menge von Köpfen, Armen und Beinen schien einem einzigen Körper anzugehören, das ganze Bataillon bewegte sich wie ein Mann, eine Maschine hätte nicht präziser funktionieren können ...

Sobald der König mich erblickte, kam er auf mich zu und fragte: «Nun, wieviel haben Sie bei der Ziehung verloren?»

Ich erwiderte wahrheitsgemäß: «Zwanzigtausend Thaler!»

Der König lachte: «Das habe ich mir gedacht! Genauso viel wie ich!»

Da zog ich die Anweisung des Königs an mich hervor und erwiderte: «Majestät, Sie haben nichts verloren! Ich habe Ihre Anweisung nicht weitergegeben, als ich Zweifel hatte, die Lotterie werde florieren, wenn Eure Majestät an ihr nicht engagiert wären! Hier sind die zwanzigtausend Thaler!» Und ich wollte dem König die Anweisung überreichen.

Der König schien einen Augenblick überrascht, dann lachte er: «Die behalten Sie nur! Die zahle ich gern, wenn ich sie mir als eine Lehre zurechnen kann!»

Ich erwiderte: «Majestät! Die Lotterie hätte einen Gewinn gebracht, wenn sie in Ihrem Namen gelaufen wäre!»

Der König lachte abermals: «Nun – dann ist die Lehre, daß ich in Zukunft die Lotterie vom Staate aus laufen lasse! Als Preußische Staatslotterie!»

Offensichtlich weidete sich der König an meinem verblüfften Gesicht. Doch er fragte mich dann freundlich, wann ich nach Petersburg abzureisen gedenke. Wiederum war ich verblüfft, außer dem Baron von Treidel hatte ich niemandem von meinen Plänen etwas verraten. Der König sagte: «Ihr Postpaß lautet doch auf den Namen Graf de Faroussi! Gut gewählt ... für die Russen!»

Ich faßte mich und erwiderte: «Ich werde in fünf oder sechs Tagen reisen, Sire, wenn Euer Majestät gestatten!»

«Gute Reise also! Aber was erhoffen Sie sich dortzulande?»

«Was ich hierzulande erhoffte, Sire: Dem Herrscher zu gefallen!»

«Haben Sie Empfehlungen an die Kaiserin?»

«Nein, Sire, nur einen Bankier.»

«Das ist auch weit besser. Wenn Sie auf dem Rückweg wieder durch Berlin kommen, wird es mich freuen, von Ihnen Neues über Rußland zu hören. Adieu!»

«Adieu, Sire!»

Dies war meine dritte Unterredung mit dem großen König, den ich nie wiedergesehen habe.

Der Chevalier de Seingalt sah auch den Prinzen von Preußen nie wieder. Er grübelte lange, welcher Punkt seiner Laufbahn eigentlich der Wendepunkt war, von dem aus ihm nichts mehr gelang. Was hatte er sich anfangs von Preußen erhofft! Er fühlte sich leer und betrogen, ohne feststellen zu können, wo und bei wem der Betrug lag. Irgendeine geheimnisvolle Macht hatte ihn in sein Glück gewirbelt und hatte ihn auch wieder herausgewirbelt. Das Abenteuer in Preußen endete Plus minus Null. Er war mit vier Dublonen in der Tasche nach Berlin gekommen – vier Dublonen hatte er noch, als er seine Rechnung im Hôtel de Paris bezahlt hatte.

Er reiste nach Kurland, von Herrn von Treidel bei dem Herzog Biron eingeführt. Er reiste weiter nach Petersburg, der glänzendsten Hauptstadt Europas in seiner Zeit – aber es sollte ihm nichts mehr gelingen. Er hatte kein großes Liebesabenteuer mehr, kein großes Geschäft mochte ihm mehr zufallen – auch in Warschau glückte ihm nichts, und nach Venedig zurückgekehrt, öffnete sich ihm ein Abgrund der Schmach. Bis an sein Lebensende kämpfte er nunmehr gegen seinen Abstieg, doch der vollzog sich unabwendbar, langsam und mit Pausen, die ihn immer wieder hoffen ließen, doch unerbittlich. Erst kurz vor seinem Tode sollte er begreifen, daß die Spur von seinen preußischen Tagen die tiefste war, die er je in einem Lande hinterließ.

Zur bevorstehenden Hochzeit des Prinzen von Preußen mit der Prinzessin Elisabeth von Braunschweig hatte der König, weit davon entfernt, dem jungen Paar eine Wohngelegenheit in einem der Schlösser zu gewähren – ‹verführt nur zu großem Hofhalt mit dummen Intrigen und ist außerdem in der Heizung zu teuer› –, das Hofbau-Comptoir angewiesen, das sogenannte Kabinettshaus für das junge Paar herzurichten, ein schlichtes, wenn auch massiv gebautes Gebäude an der Ecke zur Schwerdtfegerstraße in Potsdam.

Der Prinz hatte viel zu tun, der König drängte auf baldige Hochzeit, der Prinz wünschte, von dem Eckhaus in der ersten Etage einen Durchbruch zu dem Nebenhaus zu vollziehen – dort, so dachte er sich, konnte Elisabeth wohnen.

Von der bevorstehenden Hochzeit wurde in Berlin viel gesprochen, der König sollte sich wenig spendabel verhalten haben, jedenfalls hatte er angeordnet, die Hochzeit finde nur innerhalb der Hofgesellschaft statt. So beschloß ‹Tout Berlin›, mit mancherlei Eigenfestlichkeiten an ihr teilzuhaben. Der Prinz von Preußen hatte ja durch seinen Besuch beim ersten Empfang der Gräfin Matuschkyn zu verstehen gegeben, daß die sauren Zeiten gesellschaftlichen Lebens spätestens am Tage seiner Thronbesteigung vorüber sein würden. Aber auch das gemeine Volk nahm Anteil. Es sprach sich herum, daß der König gewünscht habe, die Braut solle an ihrem Ehrentage einen Kranz von Rosen aus des Prinzen eigener Zucht an Stelle eines Brillantendiadems im Haar oder über dem Schleier tragen. Dieser Wunsch des Königs entsprach der königlichen Neigung sowohl zur Sparsamkeit als auch zu dem geringsten Grade von Symbolismus. Handwerker und Fabrikanten beschlossen, ein übriges zu tun und versprachen ihren Gesellen und Arbeitern Freibier.

Der Prinz ließ nicht erkennen, mit welcher Freude er seine hübsche, aparte, wohlgestaltete und, wie man sagte, auch geistreiche junge Braut erwartete. Er war emsig beschäftigt, sein Haus zu richten, das etwas sonderbare Haus mit zwei wohlgelungenen Negerhermen, die den Mittelbalkon trugen, und der eigenartigen Türverglasung, die ‹chinesisch-gotisch› vom Volksmund genannt wurde, das Volk schrieb diese Geschmacksexzesse den Bauvorschlägen des Lord Marishal Keith und seinen exotischen Neigungen zu. Tatsächlich hatte sich der Lord Marishal des öfteren dem Prinzen genähert und war auch immer höflich mit der Zusicherung des Prinzen, er sei jedem Rat des greisen Königsfreundes stets zugänglich, empfangen worden.

«Der Prinz weiß entweder genau, was er will», berichtete Keith dem König, «oder er hat überhaupt keine Vorstellung davon.» Der Prinz sei, berichtete Keith nach dessen Worten, mit der Prinzessin vollkommen einig über den Sinn ihrer Ehe und über seine diesbezüglichen königlichen Pflichten – und nach dem Konzept gefragt, nach dem er seine königlichen Pflichten dem Lande gegenüber einstmals richten werde, habe der Prinz beteuert, er werde sich die klügsten Männer Preußens als seine Minister auswählen und ihren Ratschlägen folgen! Er kenne seine Grenzen, wie er auch die Grenzen Preußens zu kennen glaube.

Der König erwiderte eine Zeitlang nichts, dann murmelte er etwas Dergleichen, er, der König, werde sich wohl beizeiten um einen brauchbaren Minister-Nachwuchs kümmern müssen ...

Prinz Friedrich Wilhelm hatte oft bei seinen Vorbereitungen im Kabinettshaus an Elisabeth gedacht. Er hatte sie in keiner schlechten Erinnerung, außer, daß es zwischen ihnen beiden in den Tagen, da sie in Potsdam und Berlin war, zu wärmeren Gefühlen nicht gekommen war – und er litt ein bißchen darunter, ja er führte das auch auf seine eigene Tölpelhaftigkeit zurück. So freute er sich im Grunde auf ein Wiedersehen und war der besten Vorsätze voll. Er hatte mit Sorgfalt die Rosen ausgewählt, die sie im Haar tragen sollte, Rosen seiner eigenen Züchtung, auf die er sehr stolz war, ungern zugebend, daß Verdienste bei dieser Züchtung auch Hannes Rietz zugeschrieben werden mußten. Es waren dunkelrote Rosen, die herrlich in der Knospe waren, aber voll erblüht doch leicht entblätterten – er suchte die schönsten für Elisabeth aus, vergaß aber nicht, durch Hannes auch Wilhelmine einige zuzusenden.

Nun kam Elisabeth und war eine strahlende Braut. Er sah sie nur für Augenblicke. Bei der Trauung trug sie dunkelrote Rosen im offenen Haar. Kein Rock war weiter, kein Busen weißer weit und breit. Wenig Schmuck, doch voll erblühte Jugend entzückte die Familie und den Hof.

Der Prinz hielt die Hand der Prinzessin während der Trauungszeremonie. Sie war heiß und trocken, er drückte sie, doch Elisabeth gab den Druck nicht zurück.

Der Prinz konnte im Spiegel das Gesicht des Königs sehen. Der Onkel starrte unbeweglich auf die Rücken des Paares vor dem Altar. Nur als der Oberhofprediger Sack von Gottes Segen sprach, der auf dieser Ehe ruhe, senkte der König die Lider.

Als der Geistliche mit seiner sonoren Stimme, die für eine weite Kirche mit schlechter Akustik bestimmt war, von der ewigen Treue sprach, die sich das Brautpaar zugeschworen, warf der Prinz einen schnellen Blick auf Elisabeth. Sie strahlte.

Er sagte mit rauher Stimme: «Ja!» und räusperte sich gleich hinterher.

Sie schmetterte ihr klares «Ja» wie ein Trompetensignal.

Im Spiegel sah der Prinz, wie die Herzoginmutter unter Tränen lächelte; die Königin, die es genoß, von ihrem Niederschönhausen einmal etwas weiter entfernt zu sein als eine Meile, ließ die Tränen achtlos auf ihren weit entblößten Busen tropfen, sie war von sehr labiler Gemütsart. Der König zog sein Döschen und schnupfte.

Das Hochzeitsmahl vereinigte nur die Familienmitglieder, zweiundzwanzig Prinzen und Prinzessinnen. Für die Gäste und den Hofstaat waren Tafeln in der Orangerie gedeckt.

Am Tisch sprach der König fast allein. Er sprach mit seiner Schwester über die schönen Tage der Jugend, als er unter der Fuchtel des gestrengen Vaters stand, und von Wilhelmine von Bayreuth, der etwas schrillen Tante, die sich mit der anderen Schwester, Amalie, überhaupt nicht vertrug. Dann sprach der König, unter achtungsvollem Schweigen, von Heinrich, dem zweiten Sohn seines Bruders August Wilhelm, dem jüngeren Bruder des Prinzen von Preußen also, der ihn kaum kannte. Der König sprach mit Wärme von diesem seinen leider erkrankten und abwesenden Neffen und betonte immer wieder, wie sehr er ihn liebe – den Heinrich!

Die Braunschweiger Prinzen lächelten ebenso maliziös wie die Brüder des Königs, Heinrich und Ferdinand, die beide von ihren Frauen getrennt lebten.

Nach dem Mahl ließ es sich der König nicht nehmen, seiner Familie, zum Dessert, wie er lächelnd bemerkte, ein kleines Flötenkonzert zu geben.

An diesem Genuß nahm das Brautpaar keinen Teil. Der König hatte zu Friedrich Wilhelm gesagt, es sei wohl auch des Prinzen Wunsch, wenn der König darauf verzichte, ihm, wie es das Zeremoniell vorschrieb, bei der Entkleidung für die Hochzeitsnacht behilflich zu sein. Es waren dies die einzigen Worte, die der König an seinen Neffen während der ganzen Festlichkeit richtete, doch mußte sich der Prinz zugeben, daß der Vorschlag des Königs tatsächlich auch seinem eigenen Wunsch entsprach.

Es fiel niemandem auf, und so wurde es wohl auch erwartet, daß sich das jungvermählte Paar sogleich bei Beginn des Konzertes zurückzog.

Im Kabinettshaus erklärte die junge Braut, daß sie sich in ihre Gemächer im neu errichteten Eckflügel zu begeben wünsche.

Der Prinz zog sich nicht um. Er stand eine Weile ziellos herum. Er gab sich zu, daß er einfach Angst hatte. Niemand half ihm, und niemand vermochte wohl auch, ihm zu helfen. Er rekapitulierte, was ihm der Chevalier de Seingalt alles zugeflüstert hatte, fand aber nichts Passendes für diese einzigartige Gelegenheit.

Schließlich raffte er sich auf. Er ging langsam in die Eckflügel hinüber. Er ging zögernd und doch wie von einer starken Gewalt getrieben. Er wußte, daß er nicht ausweichen durfte, und er wollte es auch nicht. Der nächste Augenblick mußte über sein Leben entscheiden. Er öffnete die Tür zum Schlafzimmer seiner Braut.

Inmitten des Raumes stand Elisabeth.

Und vor ihr kniete, den Kopf so in den Reifrock gepreßt, daß dieser sich zu zwei riesigen Flügeln bauschte, der Graf Matuschkyn.

Der Prinz blieb stehen.

Elisabeth hob den Kopf und sah ihn spöttisch an. Sie warf den Kopf zurück, so daß die Rosen sich lockerten und ihre Blütenblätter niederfielen. Sie lächelte.

Der Graf Matuschkyn erhob sich langsam, sein schönes, braunes Gesicht mit dem kleinen Bärtchen über der Oberlippe verzog sich nicht, nur die Fältchen an den dunklen, etwas geschlitzten Augen fügten sich zusammen.

Graf Matuschkyn sagte fragend, die Augenbrauen nun etwas gehoben und wie erstaunt: «Hoheit . . .?»

Der Prinz hatte die Tür noch in der Hand. Er blickte vom Grafen zu Elisabeth, dann zum Grafen zurück.

Er sagte: «Nennen Sie mich nicht Hoheit!» Und ging, die Tür hinter sich schließend.

Er trug noch sein Staatskleid, nun warf er einen dunklen und weiten Mantel um, den dunkelsten und weitesten, den er besaß, drückte sich seinen ältesten Hut ins Gesicht und rannte aus dem Hause. Die Straße war leer. Er lief zu den Ställen hinüber und sattelte sein Pferd. Er schwang sich auf den Gaul und galoppierte los. Wenn ihm jemand begegnete, zog er den Zipfel seines Umhanges vor das Gesicht. Er ritt in einem Galopp die vier preußischen Meilen von Potsdam nach Berlin. Er bog in das Tor zur Hofgärtnerei Rietz am Berliner Schloß ein und band das Pferd an. Dann eilte er weiter, durch den Kot der schlecht gepflasterten Straße, durch Pfützen, die seine weißen, seidenen Strümpfe bespritzten.

Aus der Kneipe ‹Zum kleinen Trompeter› drang Johlen und Gesang. Elias Encke begleitete die Grölenden auf dem Waldhorn: «Zu Straßburg auf der Schanz, da fing mein Trauern an . . .»

Der Prinz drückte die Klinke zum Gastraum nieder, warf sich den Mantelzipfel um das Gesicht, wie immer, wenn er Gäste im Schankraum vermutete, und trat ein.

Niemand beachtete ihn. Er beachtete niemanden. Er wandte sich zur Rechten und öffnete die kleine Tür, die zu den Räumen der Familie Encke führte. Ein einziges Mal hatte er einen Blick in Wilhelminens kleine, ärmliche Kammer werfen können – diese Tür da mußte es sein!

Die Kammer war hell von Kerzen erleuchtet. Das Bett war gemacht und aufgeschlagen.

Und mitten in der Kammer stand Wilhelmine, unbeweglich, in einem langen, schneeweißen, durchsichtigen Hemd, so daß die Konturen ihres Körpers zu erkennen waren. Sie hatte die Haare offen, und in den Haaren trug sie einen Kranz von dunkelroten Rosen. Sie hatte die Hände auf der Brust gefaltet und sah ihn mit Augen an, deren Schimmer nicht allein vom Glanze der Kerzen herrühren mochte.

Wilhelmine hatte sich zur Hochzeitsnacht des Prinzen mit der Prinzessin geschmückt wie im Traume, in der Gewißheit, die der Traum bietet, diese Nacht werde ihre Nacht sein.

Nun stand der Prinz vor ihr. Er legte den Finger an die Lippen, hob sie dann kurzerhand so, wie sie war – gewaschen, gesalbt, nach Pomeranzen duftend, mit gebürstetem, offenem Haar und bekleidet mit ihrem einzigen seidenen Hemd aus der Hand des Chevaliers de Seingalt, aus dem Fenster, hüllte sie in seinen Umhang, setzte sie vor sich auf das Pferd und ritt los.

Und Wilhelmine war damit ganz zufrieden. Der Prinz holte die heimliche Braut auf sein Schloß, wie im Märchen. Sie kuschelte sich eng an ihn und lauschte auf sein Keuchen – er keuchte mehr als der Gaul mit seiner doppelten Last.

Kein Zweifel, der Prinz holte sie nun in sein Liebesnest, in irgendein köstliches, von seiner Liebe vorbereitetes Nest – es war berauschend, daran zu denken. Jetzt klapperten die Hufe des Pferdes über Pflaster – jetzt zügelte der Prinz den Gaul. Sein Umhang öffnete sich.

Im ersten Morgengrauen blinkten zwei Negerhermen, eine chinesisch-gotische Wand bewachend. Sie waren vor dem Kabinettshause angelangt.

Der Prinz warf dem aus den Schatten tretenden Hannes Rietz die Zügel seines Pferdes zu, dann hob er Wilhelmine aus dem Sattel, hüllte sie abermals sorgsam in den Umhang und trug sie wie eine Beute ins Haus.

Er schleppte sie keuchend über kleine Treppenabsätze, durch Zimmer, deren Möbel ihre bloßen Füße streiften – durch einen langen Gang, dann stieß er eine Tür auf, stellte sie auf die Füße und schlug den Umhang zurück.

Da stand sie nun und musterte im Morgengrauen die Konturen des Zimmers, in dem sie sich befand. Es war kein Zimmer, es war ein Gelaß. Da war ein schmales Bett, es war gemacht und aufgeschlagen. Da war eine Art Ottomane mit Lehne, da war ein Schrank, einem Soldatenspind ähnlich, dessen Türen offen standen – der Schrank war leer. Das also war das Liebesnest. Ihr Zimmerchen zu Hause dünkte sie dagegen wie das in einem Palast.

Sie blickte zum Prinzen hin.

Der hatte sich auf die Ottomane geworfen und starrte sie mit seinen wasserblauen Augen an. Er keuchte immer noch.

Sogleich verwandelten sich alle in ihr aufkeimenden Gefühle in eine Art mütterlichen Mitleids – wie so oft bei den Sonderbarkeiten dieses merkwürdigen, knabenhaften, unausgeglichenen, scheuen und barschen jungen Mannes, der ein Prinz war und ein König werden sollte.

Wilhelmine nagte an ihrer Unterlippe, und auf der Stirn erschien eine Falte. Sie dachte nach. Aber es fiel ihr nichts ein, als zu fragen: «Was soll ich hier?»

Der Prinz richtete sich auf, er sagte erstaunt: «Ins Bett!»

Wilhelmine konnte nicht anders, die Berlinerin antwortete: «Marsch, Marsch!»

Der Prinz sagte verlegen: «Es ist kalt!»

Wilhelmine wurde es warm. Der Prinz sagte jedenfalls immer genau das, was er wirklich dachte. Ihm war kalt, und er begann tatsächlich seine Weste aufzuknöpfen, um sich baldmöglichst an ihr zu wärmen. Wilhelmine schmiegte sich an ihn, aber sie sagte ernst: «Aber doch nicht so, mein Prinz! Marsch ins Bett, weil Sie frieren!»

Und setzte ernsthaft fort: «Und außerdem müssen Sie pünktlich auf der Parade sein!»

Der Prinz sagte, indem er ungeschickt versuchte, sie zu küssen: «Wir haben noch Zeit!»

Wilhelmine entwand sich ihm: «Sie müssen gehen!»

Der Prinz gähnte: «Noch tagt es nicht . . .»

Das waren Worte Romeos – Wilhelmine blickte lächelnd zu ihm auf. In diesem Augenblick ertönte ein Signal, ferne noch, es mochte in der Kaserne der Garde du Corps geblasen werden, das Signal zur Reveille! Sie standen früh auf, die Kürassiere, die Pferde mußten gefüttert und gewartet werden.

Wilhelmine lachte, sie sagte mit den Worten der Julia: «Es ist die Lerche, die so heiser singt . . . !»

Der Prinz lauschte.

Da klang es näher: Die Garde-Feldartillerie!

Potsdam erwachte, überall erschollen die Signale.

Und jetzt setzte mit einem greulichen Mißton das Signal des 1. Bataillons Garde ein, in dem der Prinz Dienst tat.

Der Prinz küßte Wilhelmine, und sie dachte: ‹Richtig küssen kann er auch noch nicht!›

Sie küßte ihn so, wie sie dachte, daß es ‹richtig› sei.

Er tappte den Gang entlang, sie lauschte seinen Schritten nach und schlüpfte dann ins Bett.

Als sie erwachte, fand sie sich nicht gleich in dem traurigen Gelaß zurecht, das bei hellem Tageslicht noch grauer erschien als im Grauen des Morgens.

Vom Lustgarten her drangen die dumpfen Paukenschläge und das triumphierende Gezwitscher der Klarinetten und Querpfeifen eines Marsches, dem des I. Bataillons Garde – die Parade, wo der Prinz pünktlich zu sein hatte, auf ausdrücklichen Befehl des Königs an seinem Hochzeitstag.

Wilhelmine lag schmal und streng in ihrem Bett und überlegte. Sie begann, sich einen genauen Plan zu machen. Sie mußte systematisch vorgehen, denn der Prinz vermochte das offensichtlich nicht. Sie hatten beide, sie und der Prinz, noch eine Menge zu lernen. Die Parade war zu Ende, durch die Tür huschte plötzlich Hannes Rietz. Er trug einen großen, verdeckten Korb und holte umständlich aus ihm eine Menge Geschirr, darunter eines, das sehr notwendig war. Wilhelmine seufzte erleichtert auf. Der Prinz hatte weiter gedacht, als sie vermutet hatte. Wilhelmine stieg aus dem Bett, ohne sich sonderlich um Hannes Rietz zu kümmern, der Prinz und sie nannten den Hannes nur den ‹Gegenstand›.

Sie sagte: *«Crayon, Hannes!»* und er reichte ihr einen Schreibstift und Papier. Wilhelmine schrieb auf, was Hannes ihr alles besorgen sollte: Zuerst einmal Gewürze, viele pikante Gewürze, bei Monsieur Noël zu erfragen, die Gewürze, die sich der Chevalier de Seingalt ausbat, wenn er bei Madame Rufin mit einer Dame speiste. Und dann, was unbedingt nötig war, an Kleidern und Wäsche und Büchern, an Büchern besonders und darunter unbedingt eines, welches sich *Kurzer Bericht aller Wissenschaften* nannte, ‹*das* Buch› also. Und die verehrten Eltern sollte er nicht grüßen? fragte Hannes. Doch! Aber nichts sagen, als, es ginge ihr gut! Und kein Wort an Christiane Gräfin Matuschkyn.

Wilhelmine gab Hannes den Zettel. «Die Rechnungen», sagte sie, «gehen an die Gräfin Matuschkyn!» Und: «Wo sind wir hier eigentlich?»

Hannes beschrieb ihre neue geographische Position. Sie befand sich im Eckflügel Schloßstraße des Kabinettshauses am Neuen Markt. Im oberen Stockwerk; im unteren waren nur Lagerräume und Stallungen. Hannes zeigte ihr den ‹Spion›, einen Rundspiegel am Fenster, von dem aus Wilhelmine das Leben auf der Straße beobachten konnte, ohne selber gesehen zu werden.

Durch den Gang konnte sie zu der Tür gelangen, die zum Mittelbau führte, und zu dem nur der Prinz den Schlüssel hatte. Durch eine zweite, kleine Tür in diesem Gang hatte sie Verbindung über eine schmale Treppe zu dem Ausgang nach der Straße – von dort war Hannes gekommen.

Wo wohnte die Prinzessin?

Im andern Eckflügel, in der Schwerdtfegerstraße. Zur Verbindungstür dorthin hatte nur der Prinz einen Schlüssel. Ohne die Schlüssel des Prinzen konnten sich Wilhelmine und die Prinzessin niemals im Haus begegnen.

Für die leiblichen Bedürfnisse des Prinzen sorgte ein alter Diener, den er von seinem Vater geerbt hatte, ein Franzose namens Spérandieu – für die Prinzessin war eine ebenso alte Dienerin da, die ihr von Braunschweig gefolgt war.

Hannes sagte: «Der Prinz ist entsetzlich arm.»

Wilhelmine nickte.

Kaum war Hannes gegangen, zog sie ihr Hemd aus und begann, sich eingehend mit geneigtem Kopf zu betrachten. Sie dachte den ganzen Tag nur an die kommende Nacht.

Der Prinz war bei der Parade unangenehm aufgefallen.

Als der König auf seinem Schimmel im Lustgarten erschien, sah er den Prinzen, der anstatt vor seinem aufgebauten Bataillon an seinem Platze zu stehen, gerade einem stämmigen Knaben in den Hintern trat, dem Sohn des Hofgärtners.

Sofort nach der Parade wurde der Prinz zu dem König befohlen. Der militärische Gouverneur des Prinzen, der Oberst Graf Borck, stand in achtungsvoller Entfernung, doch so, daß er jedes Wort vernehmen konnte, das der König sprach.

Der König hatte die Gewohnheit, seinen Gaul ständig zu traktieren, wenn er den Anschein erwecken wollte, daß sein Zorn nur mühsam gebändigt war. Der Schimmel tänzelte, warf den Kopf hoch, richtete sich plötzlich auf und wedelte mit den Vorderhufen dicht vor dem Gesicht des Delinquenten, als solle dieser geradezu niedergetrampelt werden.

Der Prinz kannte dies Spiel des Königs schon, er stand, lang aufgeschossen und dürr, mit der hohen Blechmütze seines Regimentes auf dem lakkierten und gepuderten Zopf, unbeweglich und starrte den König aus weitaufgerissenen, wasserblauen Augen an, weil er wußte, daß der übertrieben dämliche Ausdruck seines Gesichtes in solchen Fällen den König am meisten erbitterte. Dabei gab er sich keinerlei Mühe zu verstehen, was der König in seiner leisen, angespannten Art an verletzenden Bemerkungen von sich gab – der Borck würde sich sowieso jedes Wort des Königs merken.

Der König hatte also wohl gesehen, daß sein Neveu – nie sprach der König anders zu ihm – dem Hannes in den Hintern getreten hatte. Der Prinz gab sich Mühe, sich nicht anmerken zu lassen, wie sehr es ihn amüsierte, sich vorzustellen, was der König erst sagen würde, wenn er wüßte, aus welchem Grunde er dem ‹Gegenstand› eine appliziert hatte!

Jetzt war der König endlich bei dem Hornisten des I. Bataillons Garde:

Der Kerl konnte nicht blasen! Als ob das jemand besser wüßte als er selber ... «es ist die Lerche, die so heiser singt ...!»

Die Mißtöne in des Königs Stimme waren nicht besser.

Jetzt beugte sich der König vor. Aha – er wurde ‹gnädig›! Das tat er immer, wenn er eine besondere Bosheit in petto hatte.

Der König meinte, der Prinz müsse nun, nachdem er geheiratet hatte, Freunde haben, Gesellschaft, mit der er sich aussprechen könnte, erfahrene Männer und angesehene Damen, der Prinz müsse dem Hof des Thronfolgers einen gewissen Glanz geben ...!

Der Prinz erschrak und beschwor sich, sich nichts anmerken zu lassen. Also das war es! Der König wollte ihm einen Hofstaat andrehen, die Gesellschaft seiner Kreaturen, die ihm dann berichteten! Der König selber hatte keinen Hofstaat, der wußte, warum!

Der Prinz räusperte sich und sagte heiser: «Majestät, ich wünsche keinen Hofstaat!»

Graf Borck trat unauffällig einen Schritt näher.

Der König schien verblüfft. Er sagte nach einer kleinen Pause: «Er will keine Freunde ...?»

Der Prinz sagte stur: «Die Gesellschaft meiner Gouverneure und meiner Regimentskameraden genügt mir!»

Der König hieb mit seinem Krückstock dem Schimmel zwischen die Ohren. Der Schimmel stand nun ruhig. Der König sagte gedehnt: «Aber genügt sie auch *Madame la Princesse* ...?»

Der Prinz sagte: «Der auch!» Er bemerkte mit großer Genugtuung, daß es ihm gelungen war, den König in Verlegenheit zu setzen. Der König blitzte ihn an, aber dann senkte er die Lider.

Ein ganz kleines Lächeln erschien um den Mund des Königs. ‹Aufgepaßt›, sagte sich der Prinz.

Der König sagte: «Nun – da kann ich ja die Subsidien streichen, die ich Ihm schon bewilligt habe ...!»

Wieder ein Blitz aus den Augen.

Der Prinz stand steif und starr.

Der König sagte milde: «Wenn Er also darauf besteht, mein Herr Neveu – dann mag alles so bleiben!» Er nickte dem Prinzen zu: «Ich bin Ihm wohlgewogen!» Er hob grüßend die Krücke seines Stockes bis zur Krempe seines Hutes, wandte den Gaul und ritt langsam davon.

Im Kabinettshaus wartete schon der Geheime Finanzrath de Launay, beauftragt, den Prinzen in die Geheimnisse der Staatswissenschaften einzuführen, ein Liebling des Königs, der sich tunlichst mit Franzosen umgab, deren Art ihm zu dienen ihm besonders konvenierte: sie waren unbedingt korrekt in der Ausübung ihrer Pflichten, wie die preußischen Beamten auch, aber sie dienten ihm unabdinglich, während die hohen preußischen Räthe immer geneigt waren, Gesetz und Vorschrift über den spontanen Willen des Königs zu setzen und mit ihm zu hadern. Da war auch Monsieur

Béguelin, ebenfalls Franzose, der ihn die sonstigen Wissenschaften zu lehren hatte, ein gütiger, sehr gebildeter alter Mann, der es sicherlich gut mit dem Prinzen meinte – inwieweit diese Männer Kreaturen des Königs waren, die ihm jedes Wort, das der Prinz sprach, berichteten, wußte der Prinz nicht, er tröstete sich, der König erfuhr doch so gut wie alles, Gott allein wußte von wem und warum. Zuständig für Religion war der Oberhofprediger Sack, ungewöhnlich beliebt bei den Damen der Weiberhöfe rings um Berlin, wenn seine sonore Stimme zu zittern begann, zitterten alle Weiberherzen mit. Graf Borck war dem Prinzen ins Kabinettshaus gefolgt, ein guter Offizier, aber vom König aus dem Frontdienst zurückgenommen, als er einmal bei der Tafel zu äußern wagte, er halte Kriege für eine Gottesgeißel: «Das ist eine Weisheit für Könige, nicht aber für deren Offiziere!»

Das alte Faktotum des Prinzen, Spérandieu, ein Hugenotte und wie alle Hugenotten treu und verschwiegen, Erbteil seines Vaters aus Schloß Oranienburg, wo die Mutter immer noch residierte mit ihrem kränkelnden Sohn Heinrich und mit ihren kümmerlichen Mitteln, reichte den Herren, wie gewohnt, je eine Tasse Bouillon – dem Prinzen dazu noch eine große Bockwurst –, die Vorträge konnten beginnen.

Der Prinz hatte sich zu diesen Vorträgen zweckmäßig einen Ohrenstuhl ausgesucht, den er so gegen das Licht und gegen die Reihe seiner Peiniger schob, daß diese ihn nicht genau beobachten konnten. Denn der Prinz überließ sich sofort, schon bei den ersten Worten der gelehrten Herren, angenehmen Träumen, die er offenen Auges absolvierte. Es machte ihm nichts aus, wenn der Flug seiner Phantasien auf seinem Gesicht ein Mienenspiel erzeugte, das die Herren nur schwer mit dem Fluß ihrer Gedankenreihen in Zusammenhang bringen konnten – bei gelegentlichen Fragen antwortete er wirr. Er wußte, daß diese frommen und gelehrten Herren ihn je nach Temperament entweder für einen Halbidioten oder für einen hinterlistigen Faxenmacher hielten – mochten sie!

Heute träumte er von Wilhelmine, dem geheimen Schatz in der geheimen Kammer, als der Finanzrath de Launay, dieses verkniffen-lederne Männchen von der Apanage zu reden begann – von seiner, des Prinzen Apanage!

Daher also die Bemerkungen des Königs nach der Parade! Die Streichung der Subsidien für den vom König geplanten Hofstaat präzisierte sich sofort in den Händen des Königs zu einer noch engeren Abhängigkeit des Prinzen vom König. Der König hätte die Aufwendungen des Hofstaates bis zu einer gewissen Summe je nach den eingereichten Rechnungen bezahlt – und dadurch genaue Kontrolle über alle Ausgaben des Prinzen gehabt. Nun, da er auf einen Hofstaat verzichtet hatte – was blieb ihm als die Apanage, einfach eine bestimmte Summe, mit der er auszukommen hatte? Und nun ließ ihm der König durch diesen Launay zukommen, der König habe in seiner großen Gnade dem Prinzen die Wohltat einer eigenen Ökonomie zugebilligt, dergestalt, daß der Prinz an Stelle einer jährlich zu zahlenden Summe die Einkünfte einer eigenen Herrschaft erhielt – und was für einer Herrschaft?

Der Geheime Finanzrath de Launay ließ unter dem beifällig wohlwollenden Lächeln der Gouverneure seine Worte auf der Zunge zergehen: «Die Einkünfte aus Falkenhagen, Königliche Hoheit! Aus der Königlichen Domäne Falkenhagen, nördlich Spandau, prächtiger Waldbesitz!»

Prächtiger Waldbesitz! Der Prinz kannte den Wald von Falkenhagen. Es war rundherum märkische Heide und märkischer Sand! Liebliche Seen dazwischen! Dort kamen die Berliner und die Spandauer hin, um zu angeln und die Gartenwirtschaften zu besuchen, dort konnten Familien Kaffee kochen! Prächtige Wälder aus Kiefern und dürren Kusseln – sie lieferten Brennholz vielleicht, vielleicht genügend zur Beheizung des Kabinettshauses, wenn etwas übrigblieb, was die Spandauer Kleinbürger oder die Falkenhagener Bauern noch nicht gestohlen hatten! Und Wild? Der Oberjäger und Hegemeister der Falkenhagener Wälder, der knorrige Herr von Koschembahr, hatte das Wild für den Hofhalt in Niederschönhausen zu liefern, wo die hohe Gemahlin des Königs nun schon seit dem Tage der Thronbesteigung des Königs einsam die Rolle der gedemütigten und verlassenen Königin spielte! Der Prinz versank wieder in Träumerei. Aber es war nicht mehr Wilhelmine, von der er träumte.

Die Herren beobachteten ihn aufmerksam.

Er war damals zu Besuch bei der Königin! Er entsann sich ganz genau. Die Königin hatte bei dem Widerwurz Koschembahr zwei Rehböcke verlangt. Der aber hatte sie nicht geliefert, behauptet, die Rehe hätten Pocken. Pocken! Kreaturen hatten der Königin berichtet, der Förster habe gemurrt: «Zuviel Festivitäten – mitten im Kriege! Und die Soldaten im Felde leiden Entbehrungen!» Die Königin hatte sich beim König beschwert, der ließ den Koschembahr kommen, durch den Mahlsand der Heide nach Berlin, kaum war der König aus dem Kriege zurück. Da hatte der Koschembahr ausgepackt, Furcht hatte er keine. Hatte von den fröhlichen Festen erzählt, in der Festung Magdeburg, während die Russen und dann die Oesterreicher und Sachsen in Berlin hausten und plünderten. Fröhliche Feste der königlichen Weiber in Magdeburg mit den gefangenen Offizieren, Franzosen, Oesterreichern, Russen und Sachsen – mit Tanz und Spiel und Liebelei! Der König hatte zwischen zwei Prisen, wie man es sich erzählte, gefragt, ob Koschembahr es vorzöge, statt durch seine Wälder zu streifen, in der Hausvogtei die Wände anzustieren oder in Spandau Kanonenkugeln von einem Haufen zum anderen zu schleppen? Oder nicht doch lieber das Wildbret zu liefern? Nun gut, statt zwei Rehböcken einen?

Und dann hatte der Koschembahr einen Rehbock geschickt, einen sehr dürren Bock, der, wie berichtet wurde, gar nicht geschossen worden war, sondern vor den Augen des Försters niedergefallen und vor Hunger krepiert...!

Das waren die Wälder von Falkenhagen und das Wild, das in ihnen steckte! Das waren seine Revenuen – von diesen Einkünften sollte er leben!

Der Prinz erwachte durch ein diskretes Räuspern, die Herren saßen noch immer steif und starrten ihn an, mit kalten Augen der Launay, verlegen der andere Franzose, der Graf Borck mit einem mokanten Lächeln, der Oberhofprediger Sack hatte die Augen zum Himmel erhoben und trommelte leise mit seinen weichen, fleischigen Fingern auf den Tisch.

«Nun, Königliche Hoheit?» fragte de Launay.

Der Prinz griff nach seiner Klingel. Er wartete, bis Spérandieu erschien und harrte.

Der Prinz sagte zu den Herren: «Sie haben mich gelehrt, meine Herren, daß Sparsamkeit und Genügsamkeit die Quelle aller Staatstugend sei ...» Er wandte sich zu Spérandieu: «Fortan bin ich leider nicht mehr in der Lage, diesen Herren zum Frühstück eine Bouillon servieren zu lassen ...!»

Spérandieu verneigte sich: «Sehr wohl, Hoheit!»

Die Gesichter der Herren wurden steinern.

Doch Spérandieu ging nicht, er sagte laut und feierlich: *«Madame la Princesse ...!»*

Elisabeth trat ein, rasch und frisch. Sie trug ein reiches Kleid, ihr Reifrock raschelte und wippte. Sie lächelte strahlend und streifte die Herren, die sich erhoben hatten, mit einem wachen Blick, dann ging sie flink auf den Prinzen zu. Sie reichte ihm ihre Wange zum Kuß und sagte klar und herzlich: «Guten Tag, mein süßer Schatz – hoffentlich hast du dich gut amüsiert mit den Herren ...»

Auch der Prinz erhob sich. Elisabeth küßte nunmehr ihn auf die Wange, sie strahlte ihn an, hob den Arm und zeigte ihre neueste Errungenschaft, ein Paar Handschuhe, die hoch bis zum Oberarm reichten: «Was sagst du zu meinen Handschuhen? Neueste Mode aus Paris! Ich sah sie im Laden bei Paskel – und ich konnte nicht widerstehen!»

Der Prinz murmelte: «Prächtig, prächtig ...!»

Die Prinzessin lachte hell und klingend auf, wie sie es bei der Signorina Anna Nicolini, der Maitresse ihres Vaters, gelernt hatte. «Auch prächtig teuer», zwitscherte sie. «Du bist mir doch nicht böse, mein süßer Schatz?»

Der Prinz sagte mühsam, aber lächelnd: «Nichts ist mir zu teuer für dich!» Elisabeth jubelte auf mit allen falschen Tönen, in denen sie sich geübt hatte: «Das wußte ich, mein Gebieter! Ich bin so glücklich!»

Die Herren konnten nicht umhin, beifällig zu lächeln. Oberhofprediger Sack hatte die Hände gefaltet und schien gerührt, daß es ihm gelungen war, Gottes Segen über dies Paar herabzuflehen.

Jetzt wandte sich die Prinzessin an die Herren: «Ich bin überhaupt so glücklich, hier zu sein! Nein, wie mich das Volk liebt! Überall wo ich erscheine in Berlin, da stauen sich die guten Leute und jubeln mir zu! Ich bin doch die Frau ihres geliebten Thronfolgers!» Sie sandte einen schrägen Blick zum Prinzen, der sie aufmerksam ansah und dachte: ‹Sie kann sich wirklich Tränen in die Augen machen!›

Die Prinzessin fuhr sich mit der Zunge über ihre roten Lippen und sagte zu den Herren: «Mag ich vielleicht irgendwelchen älteren Herren nicht willkommen gewesen sein ...»

Hier senkte der Oberhofprediger Sack die Augen.

«... so weiß ich doch: Das Volk liebt mich! Und die Jugend!»

Einen Augenblick erfüllte eine Art von Trauer des Prinzen Herz. Er dachte, sie ist eigentlich doch sehr nett. Wäre ich vielleicht nicht doch mit ihr zurechtgekommen? Aber dann entsann er sich ihres Blickes mit dem sie den unerhörten Affront genossen hatte – war es wirklich erst wenige Stunden her?

Die Prinzessin jauchzte: «Spérandieu! Schnell etwas zu essen! Ich habe ja solchen Hunger! Und das Beste, was Er im Speiseschrank hat! Ich habe frische Austern gesehen und diese großen Seekrebse!» Ihr jäher Blick streifte die Tassen auf dem Tisch: «Die Herren haben ja wohl schon gespeist ...! Aber mein hoher Gemahl wird mir doch wohl Gesellschaft leisten? Ich habe mich schon den ganzen Vormittag auf diese Stunde gefreut!» Und raschelte davon mit klingendem Gelächter.

Der Prinz sagte: «Fahren wir fort, meine Herren, fahren wir fort, wo wir stehengeblieben sind ...» Aber Graf Borck entschuldigte sich: «Der Dienst ...!» Auch die beiden Franzosen verständigten sich rasch, sie konnten unmöglich die so charmante Prinzessin ... und Oberhofprediger Sack legte seine beiden Hände auf des Prinzen Schulter, was dieser überhaupt nicht mochte, und sagte: «Der Herr behüte Sie, mein Prinz!»

Schon war Friedrich Wilhelm auf dem Sprung zum Trakt an der Schloßstraße, da meldete Spérandieu: «Die Herren Offiziere vom I. Garde-Regiment zu Fuß!»

Die Flügel der Tür zwischen den Negerhermen wurden auseinandergerissen – ein mächtiger Pauken- und Beckenschlag, dann trat der Schellenbaum ins Haus, der Marsch brauste auf, der Marsch des I. Bataillons Garde – das Haus erzitterte.

Posaunen und Bombardons, Klarinetten und Querpfeifen, Waldhörner und Trompeten, Trommelschlag und Triangel, die Wände schienen zu bersten.

Die Majors mit ihren Spießen, die Capitaines, die Lieutenants, die Fähnriche, die Junker – alle in Paradeuniform –, so marschierten sie gleich dem Musik-Corps im preußischen Stechschritt, die Beine in den schwarzen Gamaschen nach vorne im Schritt aufgesetzt, in jenem Stechschritt, den ihnen der Alte Dessauer beigebracht, weil vor der Gewalt seines Rhythmus und dem stets nach vorne reißenden Zwang ein Stocken des Angriffs unmöglich schien.

Der Prinz nahm unwillkürlich Haltung an. Er stand auf den Treppenstufen zum Gang, in halber Höhe und nahm sozusagen die Parade ab. Das Musik-Corps schwenkte ein, die Herren Offiziere senkten Degen und Spieße, die Augen zum Prinzen gerichtet, bis der letzte Paukenschlag verhallte.

In die plötzliche Stille hinein sagte mit zittrigem Tonfall Spérandieu: *«Madame la Princesse!»*

Sofort setzte die Musik mit dem Präsentiermarsch ein.

Die Prinzessin hatte ihren Auftritt.

Sie erschien mit blitzenden Augen auf ihrer Treppe. Sie verharrte, ließ die Zunge zwischen den roten Lippen spielen und streifte mit einem schrägen Blick die Gesichter der Offiziere.

Sie wartete.

Eine Sekunde nach dem Verhallen – das Echo scholl noch von den Wänden der Zimmer und Gänge – fand Graf Schmettau das richtige Wort.

Er sagte: «Ei Potz!»

Dann wälzte sich die Masse der Offiziere lärmend auf die Prinzessin zu. Schmettau übernahm die Vorstellung. Die Prinzessin ließ sich von jedem die Hand küssen, zuletzt kam Schmettau dran, der aber, der Prinzessin tief in die Augen blickend, vom Handrücken über das Gelenk bis in die zarte Haut in der Beuge des Ellbogens einen innigen Kuß neben den anderen setzte. Sie waren gekommen, das ‹Fest des großen Anschisses› zu feiern. Der Hornist vom I. Bataillon wurde vor die Front des Musik-Corps befohlen und blies mißtönend wie nur je das Signal zur Reveille, das dem König so unangenehm aufgefallen war.

Der Prinz rührte sich nicht.

Die Prinzessin sollte ihre Austern und ihren Hummer nicht allein essen. Die Junker stellten in Eile Tische und Stühle zusammen und Spérandieu rannte auf zitternden Beinen, endlich von den Trommlerjungen unterstützt, von Küche und Keller in die Halle, wo ein Marsch nach dem anderen erklang, das Musik-Corps hatte sich auf der Treppe zum Trakt nach der Schloßstraße aufgestellt.

Die Offiziere köpften die Flaschen, indem sie ihnen die Hälse an den Tischkanten abschlugen. Die Stimmung stieg, als ein Lieutenant auf den famosen Gedanken kam, seinen Degen quer in Höhe des Knies der eilenden Trommlerjungen zu halten, so daß diese gezwungen waren, ihren Dienst sozusagen im Hürdenlauf zu vollziehen. Es wurde mächtig gesoffen, die Humpen voll Malvasier hoben sich: «Prost Schmettau!» – «Prost Hoheit!» und senkten sich leer. Die Prinzessin trank allen Bescheid.

Der Prinz saß in seinem Ohrensessel und lächelte. Er sagte nichts, das waren seine Kameraden gewohnt.

Der Prinz dachte an Wilhelmine. Ob sie wohl den Lärm hörte in ihrem armseligen Gelaß?

Die Junker hatten – «Prost Kleist! Prost Zastrow!» – «Prost Hoheit» – die Tonpfeifen des Prinzen von den Wänden geholt und versuchten sich im

Tabakgenuß. Neue Ladungen von Flaschen schwankten heran. Der Weinkeller gehörte der Prinzessin. Sie zahlte den Luxus dieses Hauses aus der Apanage, die sie vom Haus Braunschweig bezog.

Die Herren Offiziere hatten ein neues Spiel gefunden, das ‹Potz-Spiel›. War es nicht bei Mollwitz, wo der König immer wieder seine Garden, die Potsdamer Regimenter durch den Kanonenhagel nach vorn treiben wollte? Da hatte er ‹Potsdamer ...!› rufen wollen, aber immer wieder wurde er durch einfallende Kanonenkugeln unterbrochen, so daß nur sein Potz ... Potz ... Potz ... zu hören war. Nun wurde den Herren Offizieren alles zum Potz. «Potz Prost!» hieß es und «Steig in die Potze, Schmettau!»

Schmettau übertat sich fast mit seinem Gepotze. Er galt als Seiner Majestät schneidigster Offizier, und er wußte das, der baumlange Kerl, der seine weißen Lederhosen ins Wasser steckte, bevor er sich von seinem Burschen in sie hineinzwängen ließ, damit sie an den Beinen trockneten und so prall saßen, daß jeder Muskel seiner prächtigen Potzbeine deutlich sichtbar war, und er hatte Muskeln! Soeben zeigte er sie der staunenden Prinzessin. Schmettau konnte sich auch vor dem König viel erlauben – er galt als dessen Liebling, er hatte sich im letzten Krieg die meisten Tapferkeitsorden erworben – und trug sie nie. Er verließ sich auf das Spiel seiner Muskeln. Es ging munter zu bei dem Gelage, wahrhaft einem Potz-Gelage. Potz Prinz! Der Prinz sagte: «Potz ... Potz ...!» Aber er trank nicht. Er saß oft unter ihnen, den prächtigen Kameraden, und trank nicht. Sie wußten das und nahmen es ihm nicht übel. Er fühlte sich wohl in ihrem Kreise. Er konnte nicht mit ihnen reden, er beneidete sie um ihre einfache, manchmal grobe, hauklötzige, aber ehrliche Art; er ermunterte sie: «Potz Prost, Fähnrich!» Und der geehrte Fähnrich fuhr steilgerade in die Höhe, doch Schmettau packte ihn am Schoßrock der Garde und zerrte ihn zurück auf seinen Sitz: «Ei potz, sind wir in des Alten Gesellschaft, wo wir uns benehmen müssen?»

Das Musik-Corps spielte auf – es waren nur Märsche, die sie geübt hatten. Sie soffen und potzten, bis in einer Pause der jüngste Junker, Zastrow, begeistert, aber heiser schrie: «Es potze Seine Majestät!»

Sofort trat ein Augenblick der Stille ein. Major Alvensleben fuhr sich unwillkürlich mit der Hand an die Halsbinde – die Musik setzte gewissermaßen programmgemäß mit der Königshymne ein. Schwankend erhoben sich die Offiziere, düstere Blicke zu dem vorlauten Junker werfend.

Da rettete die Prinzessin die Situation. Sie sprang, den Reifrock gerafft, über den Tisch, ergriff etwelche Stühle und begann, sie in zwei Reihen aufzubauen, Lehne an Lehne.

Schmettau begriff, er potzte die Kameraden vom Tisch.

Und zur Musik der Königshymne begann das schöne Spiel vom Stühlerücken – jedesmal, wenn die Musik aussetzte, beeilte sich jedermann, bislang im Gänsemarsch um die Stuhlreihe herumschreitend, sich auf einen der Stühle zu setzen – und jedesmal wurde ein Stuhl entfernt, so daß immer einer auszuscheiden hatte, ein Spiel, jedes Kind kannte es.

Aber die Prinzessin wandelte es ab. Kein Stuhl wurde entfernt, jedermann konnte seinen Platz finden – die Prinzessin aber, in reizend gespielter Verwirrung, warf sich auf den zunächst erreichbaren Schoß.

Die Königshymne dröhnte und brach immer wieder ab. Jubelschreie und tobendes Gelächter. Die Prinzessin wanderte von Schoß zu Schoß. Längst hatte sich schon ihr Busenschleier gelöst, längst flatterten schon die Locken, immer wieder über das erhitzte Gesicht geworfen, längst wehten lose die Bänder ihres Kleides, immer wieder bäumte sich über den strammen Männerschenkeln der stolze Reifrock, in reizender Verwirrung von den hurtigen Händen der Prinzessin kaum gebändigt, längst kannte jeder der Kavaliere die Farbe der Strumpfbänder aus dem Laden von Paskel – der jüngste Junker, der freche Zastrow, wagte es und applizierte der Erhitzten einen Kuß auf den entblößten Nacken – der Major von Alvensleben faßte daraufhin den Mut, den geschmeidig zuckenden Körper der Prinzessin einfach herumzudrehen und die Lachende auf den Mund zu küssen.

Der Prinz war in seinem Sessel sitzen geblieben. Seine wasserblauen Augen blickten unbewegt.

Jetzt warf sich die Prinzessin jauchzend Forçade in die Arme, dem Lieutenant von Forçade – dem Adjutanten des Prinzen, dem jungen Schwager des alten Herrn von Koschembahr –, und Forçade war der einzige, der von der süßen Last keinen sofortigen Gebrauch machte –, er warf einen schnellen und wie um Verzeihung flehenden Blick zum Prinzen. Der Prinz hob seinen Humpen, er sagte: «Ei potz, Forçade! Möge es Ihnen wohl bekommen!»

Da versenkte der getreue Adjutant sein Gesicht in der Prinzessin Busen.

Dies Spiel hatte aus sich heraus überhaupt kein Ende. Aber der jüngste Junker hatte etwas gutzumachen. Als er sah, daß nun schon zum drittenmal die Prinzessin auf den Schoß des Grafen Schmettau flog – und Schmettau riß sie förmlich in seine Arme, und die Prinzessin warf mit geschlossenen Augen den Kopf zurück, so daß ihre blühende Wange sich an seine muskelharte schmiegte –, da begann der Junker sozusagen aus der Reihe zu tanzen, er setzte sich umgekehrt auf seinen Stuhl und krähte: «Musik! Finnischer Reitermarsch!»

Die Königshymne brach ab. Fanfaren setzten ein.

Und nun ritten die Kavaliere auf ihren Stühlen durch die Halle. Der Schmettau hatte die Prinzessin vor sich auf dem ‹Gaul›, die betrunkenen Stimmen fielen ein mit dem Text: *«Och Frihet gar ut fram den ljungande Pol . . .»* – die Freiheit geht aus von dem leuchtenden Pol – dem Lied der finnischen Reiter in der Armee des siegreichen Protestantismus unter König Gustav Adolf von Schweden, gegen Kaiser und Reich, verbunden mit Preußen – des Schwedenkönigs Frau war eine Brandenburgerin . . .

Sie ritten unter donnerndem Getöse auf ihren Stühlen um die Tische herum, die Halle kreuz und quer, über Treppenabsätze in die Zimmer, durch die Zimmer, sie schwenkten die Flaschen wie die Degen zum Angriff, sie bliesen in die Flaschen wie zum Angriffssignal, sie johlten und schrien und ritten Parade vor dem einsamen Prinzen in seinem Sessel, immer rundherum, endlich um den Prinzen, wie um ihn besonders zu ehren, mit den Flaschen grüßend – und der Prinz leerte höflich den Humpen, in dem nichts war.

Schöner konnte das ‹Fest des großen Anschisses› nicht enden. Als sich die Prinzessin mit der Zunge über die roten Lippen fuhr und sich schrägen Blickes verabschiedete, um sich in ihre Gemächer zu begeben, noch einmal mit einem tollen, kreiselnden Wippen des Rockes die Farben ihrer Strumpfbänder zeigte, gab Schmettau die Parole aus: «Alles zu Punschels Gasthaus . . .!»

In wenigen Sekunden war der Spuk verschwunden.

Der Prinz blieb allein zurück.

Wilhelmine hatte die akustischen Begleiterscheinungen des Vergnügens in der Halle des Kabinettshauses wohl gehört, sich aber in ihrem Tun wie in ihren Gedanken nicht stören lassen. Sie richtete sich lediglich darauf ein, daß es wohl ziemlich spät werden würde, bis der Prinz zu ihr kam. Als es nach dem Gepolter des Stuhlrittes der jungen Kriegsgötter – plötzlich still wurde, war sie mit ihren Vorbereitungen genau fertig.

Als Hannes ihr im Verlauf des Nachmittages die Sachen gebracht hatte, die von ihr bestellt waren – der kräftige Hannes hatte gekeucht unter der Last –, suchte Wilhelmine zuerst ‹*das* Buch› und war befriedigt, es sogleich zu finden unter den anderen Lehrbüchern und den Bänden von Molière und Shakespeare. Sobald sie wieder allein war, nahm sie sich die Enzyklopädie vor.

Sie verbrachte Stunden mit dem Buche.

Sie ging in ihren Gedanken von jenem Augenblick aus, in dem sie zum erstenmal in ihrem jungen Leben zum Bewußtsein des Wertes der Zärtlichkeit für den eigenen Körper gekommen war. Sie hatte sich genau eingeprägt, was der Chevalier de Seingalt, ein Fachmann auf diesem Gebiete, ihr gesagt hatte. Zweierlei Haut und zweierlei Phantasie – davon hatte sie auszugehen. Nachdem ihr der Chevalier diesen bedeutenden Hinweis gegeben hatte, beschäftigte sie sich mit ihrer Haut, zunächst, indem sie begann, ihren eigenen Arm zu küssen, immer und immer wieder. Sie wusch ihre Haut, salbte sie und ölte sie und versah sie mit dem Geruch von Pomeranzen.

Vom Arm aus ging sie systematisch vor, um zu erfahren, welche Stellen ihres Körpers der besonderen Zärtlichkeit bedurften, ja, nach ihr verlangten – es waren die weichsten Stellen ihrer Haut. Nun las sie beim Sulzer nach, das Kapitel über die Haut.

Zuerst konnte sie mit solchen Begriffen wie Epidermis und Kutikula, mit Oberhautzellen und Interzellularräumen nicht zurechtkommen, auch Membrane, Sehnen-Faser- und Knochenhaut besagten ihr wenig. Sie studierte eifrig die Papillare auf ihrer Brust, beobachtete mit Entzücken, wie das Ding, welches sich widerlicherweise ‹Warze› nannte, auf den zartesten Hauch schon reagierte, kam logischerweise auch auf die Papillare in der Handfläche und an den Fingerspitzen, welche in der Berührung mit der Haut der Brust das gleiche hohe Maß an Lustempfindungen vermittelte.

Sie entdeckte in ihrem Eifer, den ein wenig unappetitlichen Begriffen nachzuspüren, an ihrem eigenen Körper die erogenen Zonen. Sie entdeckte die Wohltätigkeit des Tastsinnes, also des Gefühles, und entschlossen, ihr Liebesleben systematisch aufzubauen, ihres und das des so unerfahrenen Geliebten, freute sie sich schon auf die Entdeckungen, welche ihr die anderen vier Sinne versprachen, die Entdeckung der Formen durch das Auge, dann die des Geruchs, die des Gehörs, des Geschmacks nicht zu vergessen – um endlich zu begreifen, daß der Chevalier de Seingalt eben doch in dem einen Punkt recht gehabt habe: Schließlich geschahen alle Reize aller Sinne eben doch durch Reize der Haut, durch die zarte Oberfläche aller Organe. Sie würde also, beginnend mit der Haut und dem Tastsinn, alle fünf Stationen der Wahrnehmungen in der Liebe mit dem Prinzen durchgehen, wie er mit ihr die französische Grammatik, Shakespeare und die Geographie durchgegangen war – und sie war glücklich, ein so reiches Programm gefunden zu haben, insbesondere, da sie entschlossen war, den zweiten wichtigen Teil der Liebe, die Sache mit der Phantasie, mit der gleichen Sorgfalt zu ergründen.

Sie hörte die Schritte des Prinzen.

Der Prinz tastete sich im Dunkeln durch den Gang. Er hatte sich, nachdem er noch eine Weile allein in der Halle gesessen hatte, aufgerafft, um Wilhelmine wenigstens mitzuteilen, daß er müde sei und allein schlafen wolle. Aber er war nicht müde, nur war sein Geist derart von den Eindrükken und Gedanken des Abends absorbiert, daß er fürchtete, in Gesellschaft Wilhelminens in Verlegenheit zu sein.

Seine Hand stieß die Tür auf. Er trat ein. Zwei nackte, warme Arme umschlangen ihn. Er sah in Wilhelminens Augen, sie waren voll glänzender Pünktchen, ganz nahe vor seinem Gesicht. Jetzt senkten sich ihre Lider, sie hob den Kopf und küßte ihn, sehr zart und als ob sie mit ihrer weichsten Haut seine Lippen betaste. Aber seine Lippen blieben hart und geschlossen und seine Augen offen.

Er blickte über ihren Kopf in das Zimmer.

Überall waren Kerzen, vor der dunklen Scheibe des Fensters hingen geraffte Vorhänge, auf dem Schrank prangte ein Riesenstrauß dunkelroter Rosen. Ein Teppich war im Zimmer, ein Tisch, zierlich gedeckt. In der Ecke neben der Tür stand ein kleiner Herd mit zwei Kochlöchern, auf denen kleine, kupferne Kasserollen standen. Und es roch herrlich nach Gebackenem.

Der Prinz schnaufte. Mit einem Schlag überfiel ihn ein wütender Hunger. Ein richtiger, grollender Hunger nach guten, festen Sachen, diese Schleimtiere, die Austern, die Krebse – sie hatten den Hunger nur vorbereitet. Er schluckte schwer, seine Augen traten hervor, als er wieder auf Wilhelmine blickte.

Sie lächelte zu ihm empor. Noch immer hielt er sie umschlungen. Von ihren bloßen Armen fielen die seidenen Ärmel eines kostbaren Morgenrokkes weich über ihre Ellbogen, unter dem Morgenrock trug sie nichts als ihre Haut.

Nun suchten ihre Lippen sein Ohr. Und sie flüsterte zärtlich: «Aalpastete!»

Die Aalpastete war heiß und würzig, sie strömte einen Duft aus, der den Prinzen fast betäubte.

Wilhelmine bediente ihn, sie kniete vor dem Tischchen, sie legte ihm auf, sie sah ihn lächelnd an. Er aß und aß, mit einer wütenden Gier. Er schaufelte stöhnend in sich hinein, er kaute und schmatzte. Er blickte suchend auf dem Tisch umher – schon schenkte sie ihm ein schäumendes Weißbier in das große, gebauchte Glas und tat einen Schuß Himbeersaft hinein. Er trank wie ein Verdurstender, der Schaum spülte um seinen Mund, seine Augen suchten über das Glas hinweg Wilhelmine, die den Blick mit einem aufmunternden Lächeln erwiderte. Er setzte ab und aß und aß.

Er sagte während der ganzen Mahlzeit nur ein Wort. Zwischen zwei Bissen zeigte er mit der Gabel nach Wilhelminens Morgenrock, der sich über der Brust geöffnet hatte, und fragte: «Paskel ...?»

Wilhelmine nickte.

Er machte «Mhmm!» und aß weiter.

Als sie abräumte, folgte er ihr mit den Augen. Sie hatte goldene, mit weißem Pelz gefütterte Pantöffelchen an den nackten Füßen. Sie tat unbefangen, was ihres Amtes als Hausfrau war. Als sie sich wieder zu ihm wandte, hatte er die Augen geschlossen und den Kopf auf die Lehne seiner Ottomane gelegt.

Sie löschte alle Kerzen außer der einen auf dem kleinen Nachttisch neben ihrem Bett.

Aber vor den geschlossenen Augen des Prinzen hatte sich nun über dem Bilde Wilhelminens das der Prinzessin kopiert. Er stöhnte leise und drückte beide Hände vor seine geschlossenen Augen, wie um das Bild der Prinzessin auszulöschen, es gelang ihm nicht.

Er spürte die tastenden Hände Wilhelminens, die ihm den Bund der Halskrause lösten. Er ließ die Hände gewähren.

Er sah sich in der Umarmung mit Elisabeth, so wie er sie in der Umarmung Schmettaus sah.

Wilhelmine kauerte vor ihm und knüpfte seine Gamaschen und Schuhe auf, sie hörte einen kleinen Laut und blickte hoch. Der Prinz weinte.

Als er merkte, daß Wilhelmine ihn weinen ließ, verlor er die letzte Hemmung. Er ließ sich gehen, er heulte auf und schluchzte und stöhnte, er gab sich ganz dem Genuß des hemmungslosen Ausströmens hin, er weinte um den Verlust Elisabeths, von einem brennenden Mitleid mit sich selbst gepackt, ohne daß sich auch nur von fern das Mitleid mit Wilhelmine darein mischte.

Wilhelmine ließ ihn weinen. Er sollte weinen, bei niemandem konnte er es, außer bei ihr, sie spürte in seinen Tränen einen Strom des Vertrauens, obgleich er so ganz mit sich selbst beschäftigt war. Da lag er nun ausgestreckt neben ihr, und sie fuhr mit den Fingerspitzen leicht und witternd über seine Haut, millimeterhoch. Zuerst über die des Herzens, sie spürte seinen Schlag. Sie fuhr den Graten seiner Rippen nach, über die sich die Haut so spannte – der Prinz war entsetzlich dürr.

‹Weine du nur›, dachte sie, als ihre Fingerspitzen die schweißnasse Haut des Prinzen spürten. ‹Die Poren . . .!› dachte sie, er weinte sogar aus dem ganzen Körper.

Der Prinz war ganz bei Elisabeth und Schmettau. Es schüttelte ihn. ‹Jetzt›, dachte Wilhelmine, ‹jetzt wird seine Haut ganz rauh!› Das war so bei plötzlichen Temperaturveränderungen! Die sogenannte Gänsehaut! Es mußte sich offenbar um innere Temperaturveränderungen handeln.

Der Prinz weinte nicht mehr. Sein Mund war ganz trocken geworden, als er sich vorstellte, wie sich die beiden über ihn lustig machten, über ihn, den unmännlichen Trottel – seine Frau und sein bester Kamerad . . .!

Wilhelmine hatte die Stelle hinter seinen Ohren gefunden, da war die Haut nicht aus Leder, keineswegs – die Fingerspitzen wanderten weiter zu den Fältchen des Augenlids, der Prinz hatte die Augen geschlossen – aber er weinte nicht mehr. Die Tränen verdampften gewissermaßen auf der zarten Haut der Lider.

Der Prinz dachte, wenn die Prinzessin nur einmal so über seine Lider striche, wie dankbar würde er ihr sein . . .

Als Elisabeth ihr Busentuch verlor – als Forçade mit seinem ganzen Gesicht in ihrem Busen versank –, der Prinz stöhnte auf. Und er begann zu sprechen, hemmungslos, wie er geweint hatte. Und er begann damit, sich zu verfluchen, daß er bestimmt sei, einmal König von Preußen zu werden.

Das allerdings mußte Wilhelmine heftig erschrecken. Aber sie begriff sofort, wie wichtig es für sie war, daß der Prinz ihr seine geheimsten Gedanken preisgab, daß sie der erste Freund war, zu dem er von diesen Dingen sprach, der scheue, gehemmte Knabe, der mit seinem eigenen, widersprüchlichen Wesen nicht fertig wurde. Noch hatte er mit ihr kein Wort über Elisabeth gesprochen, mit keinem Wort aber hatte sie auch nach ihr gefragt. Sie fühlte von der Prinzessin keine Gefahr ausgehen, zu groß war der Triumph für sie, daß der Prinz in der Nacht der Hochzeit bei ihr war, nicht bei seiner fürstlichen Gemahlin. Es war so einfach, sich zu denken, was allein den Prinzen an seine Prinzessin band, rundum, wohin man blickte, waren die fürstlichen Geblüte um das Glück der Liebe in der Ehe betrogen.

Und wirklich, der Prinz schüttete den ganzen Unrat seines Lebens aus, ohne den seiner Ehe zu erwähnen, er haßte sich und sein Geschlecht und das seiner Mutter. Er war vierzehn Jahre alt, als er Thronfolger wurde, als sein Vater starb, der schöne, vom Knaben geliebte Mann, der an gebrochenem Herzen starb, wie die Leute sagten, nicht etwa aus Gram über die Ungnade seines Bruders, des Königs – sondern weil er nicht seine Frau liebte, vielmehr die Pannwitz, ein schönes Fräulein am Hofe der eifersüchtigen Frau. Nie konnte sich der kleine Prinz dem Vater nähern, der ganze Hof in Oranienburg hielt ihn gefangen, wie er meinte, er ertrug die ganze überhitzte und verwirrte Atmosphäre dieses Hofes nicht. Er wurde, um aus dem Wege zu sein, rundum auf die kleinen Höfe geschickt wie ein Postpaket, zum Hof der Königin in Niederschönhausen, zu dem des Prinzen Heinrich in Rheinsberg, des Prinzen Ferdinand in Neu-Ruppin, nach Wusterhausen und Monbijou . . . die Höfe lagen wie eine Perlenkette rund um Potsdam und Berlin – und während des Siebenjährigen Krieges, als die Russen bis Berlin vordrangen und dann die Sachsen und Oesterreicher die Stadt schrecklicher brandschatzten als die Russen, da waren sie alle versammelt, alle die Weiber aus den Weiberhöfen in der Festung Magdeburg, und ebendort lernte er: Es war überall das gleiche! Zuerst hatte er alle Schuld den Braunschweigerinnen zugeschoben, die den Brandenburgern die billigen Weiber lieferten, aber dann mußte er einsehen – es waren die Brandenburger, die es unmöglich machten, sie zu lieben, weil sie der Fähigkeiten zur Liebe selbst entbehrten. Das fing mit dem Großvater an, dem Soldatenkönig, der allein um des Prinzips der Ehe willen der ungeliebten Frau eine Schar Kinder erzeugte, die allesamt wiederum aus Prinzipien heirateten, nicht aus Liebe, und deren Ehen allesamt unglücklich wurden.

Wilhelmine fuhr mit ihren Fingerspitzen sanft, aber unablässig über die weiche und gespannte Haut seiner Hüfte, aber sie hatte ihr Gesicht an seinem Halse begraben und ihre Lippen bebten an seiner Kehle, während er sprach – in der Kehle steckte die Seele, so meinten es die Alten.

Da war der ‹Große› König selber, der vom Tage der Hochzeit an von der Ehe überhaupt keinen Gebrauch machte, die Königin am Tage der Thronbesteigung mit ihrem kargen Hof auf das einsamste der Schlößchen schickte – da war der Onkel Heinrich, der zweite Bruder des Königs, immer im Schatten des Bruders, dabei selber ein tüchtiger General, er saß verbittert und hämisch in Rheinsberg, mit einer schönen und heiteren, aber ungeliebten Frau – nun, er wußte sich mit Freundschaften zu trösten, von denen gewispert und gemunkelt wurde, jungen und geschmeidigen Männern – und waren die Schwestern des Königs besser dran? Die schrille Tante Wilhelmine, die in Bayreuth saß, ihren Markgrafen haßte und den Bruder, der sie im Stich gelassen, als sie sich gegen den Willen des Vaters wehren wollte, weiterhin als Genie verehrte! Der König war ein Genie! Deshalb durfte er wohl die arme Amalie, die andere Schwester, in das Quedlinburger Stift verbannen, weil sie sich vermaß, den tollen Trenck zu lieben – sie hatten kein Glück mit ihren Weibern, die Brandenburger, da war nichts natürlich und glücklich, da war alles Prinzip, da war überall Ehre und Pflicht und Ruhm – aber Liebe war da nirgends, nirgends auch Güte, nirgends Wärme! Und war die Schwester des Königs, die mit dem Braunschweiger verheiratet war – die unbeschreibliche Verfilzung komplett zu machen, war die etwa glücklich? Der Braunschweiger, die Braunschweiger Männer überhaupt, sie wußten zu leben, auch wo sie nicht zu lieben vermochten. Sie nahmen sich Maitressen, die sie sogar glücklich zu machen und doch in ihren Schranken zu halten wußten, den Brandenburgern aber überließen sie es, ihre ungebärdigen Prinzessinnen zu bändigen.

Wilhelmine küßte mit leisen Tupfen Hals und Schulter des Geliebten, den Geruch seiner Haut einatmend. Sie hörte die Worte des Prinzen, als seien es die ihren, sie dachte mit ihm, der gleiche Strom trug sie mitsammen fort.

Wie konnte er, der junge Prinz, seiner ihm aufgezwungenen Frau anders begegnen, der Cousine, dreifach im Blute verwandt, er mußte sie hassen, bevor er ihr begegnete, er hatte soviel gesehen, soviel erlebt, soviel intimen Haß, so beispiellose Heuchelei, solch ein Schlangennest von Intrigen – und er der Thronfolger! Der künftige König, von allen verachtet, aber der künftige König, den es jetzt schon einzukreisen galt, auf die eigene Seite zu ziehen. Der liebe Onkel Heinrich, zeterte er nicht schon überall herum, der Prinz werde nicht imstande sein, die Herrschaft zu übernehmen, er brauche einen Tutor, einen erfahrenen Lehrer und Freund, wer anders könnte das sein als der gute, tüchtige, gescheite und erfahrene Onkel in Rheinsberg – oh, sie waren alle so tüchtig und gescheit und erfahren, sie wollten ihm dienen, wie sie dem großen König gedient, aber wie hatten sie ihm gedient? Der König war ein Genie, das sie alle, alle verachtete und unerbittlich in ihre Schranken verwies. Er konnte regieren, weil er so regieren konnte! Aber der künftige König? Diese Erbschaft sollte er übernehmen, dies verzwickte System, in dem alles Politik war, Handel, Beziehung, an den Fäden gelenkt von dem Manne, der es geschaffen, und der auch der einzige war, imstande, es zu beherrschen. Was kam da auf ihn zu, den kleinen Prinzen, der nichts wollte, als einmal, als ein einziges Mal glücklich zu sein, geborgen in Wärme und Freundschaft und Liebe . . .

Der Prinz schwieg erschöpft.

Wilhelmine faßte seine Hand und führte sie an ihre Brust.

Der Prinz sah verwirrt auf.

Sie hielt die gespreizte Hand dicht über den einen Hügel, wie im Spiel.

Dabei blickte sie an sich hinunter auf ihre Brust und lächelte.

Der Prinz sah: Sobald sich, von Wilhelmine sanft geleitet, seine Hand ihrer Brust näherte, da stand die kleine, rötliche Spitze auf, der Handfläche entgegenstrebend. Die Hand entfernte sich, die kleine Spitze zog sich in ihren Hof zurück.

Jetzt war der Prinz ganz bei der Sache. Er versuchte das Spiel mit der anderen Hand an der anderen Brust. Das war ein Phänomen! Ein magnetisches Phänomen zweifellos. Erde und Wasser, die Elemente des Magnetismus! Beglückt versuchte der Prinz es immer und immer wieder. Und immer wieder geschah es, das Unbegreifliche, das Wunder, die Botschaft aus dem Geheimnisvollen ...

Und plötzlich wurde alles bleich und blaß, was eben noch so verworren und bedrohlich erschien, mit einer seltsamen Leichtigkeit fanden sie sich in einer Umarmung, als hätten Scheu und Angst und Scham und Schmerz niemals zwischen ihnen gestanden.

Dies war die Nacht – dies!

Sie lagen beieinander, und sie konnten miteinander sprechen. Sie liebten einander, und sie sprachen miteinander.

Gegen Morgen, als die Kerze zu verlöschen drohte, sprang der Prinz plötzlich auf und kramte unter Wilhelminens Heften, bis er die Gänsefeder fand, er fragte, die Feder betrachtend, nach dem Federmesser, er fand das Federmesser – aber er spitzte die Feder nicht damit an.

Mit einem Ruck riß der Prinz das Messer durch seinen Handballen. Wilhelmine schrie auf. Aber der Prinz warf das Messer auf den Tisch, er tauchte die Gänsefeder tief in sein emporquellendes Blut, er schob sich ein Stück Papier zurecht und schrieb mühsam, indes seine Zungenspitze zwischen den Zähnen spielte, mehrfach eintunkend die Worte auf das Papier: ‹Bei meinem fürstlichen Ehrenwort, ich werde Dich nie verlassen! Fr. W. Prinz von Preußen!› Er gab Wilhelmine das Papier, sie las es. Sie stand neben ihm. Er ergriff ihre Hand und hielt sie fest.

Sie nahm das Messer und schnitt. Sie schnitt so tief, daß sie die Gänsefeder nur einmal in ihr Blut zu tauchen hatte. Sie schrieb auf das Papier: ‹Ich werde Dich nie verlassen. Wilhelmine.›

Der Prinz nahm, las, riß das Papier in der Mitte durch und gab Wilhelmine ‹Das fürstliche Ehrenwort›.

Er saugte ihr das Blut aus der Wunde, wie sie ihm.

Sie sanken ins Bett und lagen dort, bis der Hornist in der Kaserne des I. Garde-Regiments zu Fuß die Reveille blies.

Kein Mißton. Klar und rein.

Dem König wurde berichtet – und er nahm die Kunde mit großer Befriedigung entgegen –, daß der Thronfolger sich seit seiner Eheschließung sehr zu seinem Vorteil gewandelt habe.

Der König mochte seine Nichte ganz gern, ihr Geist, ihre Lebhaftigkeit, ihre Offenheit gefielen ihm nicht weniger als ihre Schönheit und Anmut. Er hatte diese Ehe mehr oder minder erzwungen, weil sie ihm in seine englische Politik paßte, die er, der die Engländer nicht mochte, aber dringend brauchte, am besten durch die braunschweigische Verwandtschaft betreiben konnte, seit die Hannoveraner Könige von England waren. Nun also erwies es sich, daß diese Ehe dem Thronfolger auch menschlich bekömmlich war – ein Umstand, zusätzlich durchaus angenehm.

Keinen Augenblick konnte aber auch der Schimmer eines Gedankens auftauchen, die Ehe des Thronfolgers sei nicht glücklich, die Gesellschaft vermochte nur mit Rührung manchen Vorgängen beizuwohnen, in denen die Prinzessin vor aller Welt ihren Mann geradezu karessierte, wobei die leichte Verlegenheit, die den Zügen des Prinzen abzulesen war, warme Sympathien hervorrief. Es erschien wirklich, als bilde sich im Hause des Prinzen eine Art von gesellschaftlichem Mittelpunkt, der so lange in diesem armen und kargen Lande vermißt wurde, eben seit der Schatten des ‹Alten Fritzen› sich über das Land geworfen hatte, über ein zu kleines Land für einen so großen Mann, dessen grenzenlose Liebe zu diesem Lande nur schwer in seiner grenzenlosen Verachtung der Menschen zu erkennen war. Daß der König seinen ‹Herrn Neveu› mit äußerster Skepsis beurteilte, war allgemein bekannt und erweckte für diesen nur neue Sympathien bei allen – denn was beurteilte der König nicht mit äußerster Skepsis?

Die Gesellschaft beim Prinzen also war bunt und gemischt. Die Gouverneure erschienen sogar mit ihren Damen, es erschienen die lieben Verwandten des Prinzen, die Onkel und Tanten und Cousins aus den verschiedenen kleinen Höfen rund um Potsdam und Berlin – die Tanten schickten, wenn sie selber nicht kommen konnten, ihre Hofmeisterinnen und ihre Hofdamen, ein munter zwitscherndes Volk von Reifrockvögelchen, die sich zumeist um die große Klucke scharten, um die majestätisch-pompöse Oberhofmeisterin der Königin, Madame von Voß, geborene von Pannwitz, die einstmals – und es war noch gar nicht so lange her – der Vater des Prinzen, der unselige August Wilhelm in Oranienburg so heiß geliebt hatte, daß des Prinzen Mutter bei der Gesellschaft ihres Sohnes nicht erschien, wenn sie gewiß war, dort der ‹Voß› zu begegnen, die ihrerseits sich geradezu verpflichtet erachtete, nun mütterlich lächelnd sich am Glück des jungen Paares zu laben.

Es erschienen die Kameraden des Prinzen, die Herren Offiziere des I. Garde-Regiments zu Fuß, die bislang die einzigen Cavaliere waren, mit denen sich der Prinz in seinen Mußestunden umgab. Man hatte viel von ihren lärmenden Belustigungen gehört, jetzt und hier aber erwies es sich, daß sie keinen Augenblick der Kenntnis höfischer Sitten ermangelten, sie plauderten, zierlich über zierliche Hofdamen geneigt, ihre Zeit ab, um dann freilich recht bald – und tunlichst noch vor Beginn des Konzertes – sich nach Punschels Gasthaus abzusetzen, von wo dann das Gelärme stürmischerer Vergnügungen über den Heiligen See erscholl.

Es erschienen natürlich die fremden Diplomaten, gern die Gelegenheit nutzend, sich freundschaftlich mit dem künftigen Herrscher dieses sonderbaren Landes zu stellen, es erschienen ferner illustre Reisende aus aller Welt, Fremde von Distinction, und endlich auch angesehene Bürger Berlins, wie etwa der bekannte Geheime Staatsrath Calzabigi, von dem gemunkelt wurde, daß er mit wechselndem Glück seine Lotterie von Ziehung zu Ziehung und nur darum so eifrig weiter betreibe, um sich für den Posten eines Direktors der Staatlichen Preußischen Klassen-Lotterie wertvoll zu machen, die der König angeblich plante – er erschien mit seiner kostbaren und beim Berliner Publikum ungemein beliebten Frau, die den Glanz und das Gefunkel eines ganzen Juwelierladens um sich verbreitete – und dann natürlich der dicke Schmits, ein Mann, der mehr noch durch Geist und Witz und seine beständige Bereitschaft, sich zu humorvollen Situationen herzugeben, wirkte als durch seine elefantenhafte Figur.

Der dicke Schmits! Mit welcher Sicherheit und Eleganz sich dieser doch immer ein wenig befremdend komische Mann in dieser Gesellschaft und in den Räumen Seiner Königlichen Hoheit zu bewegen wußte! Nie versäumte er, der Prinzessin einen Riesenstrauß von eben jenen dunkelroten Rosen zu überreichen, deren einige die Prinzessin am Tage ihrer Hochzeit als einzigen Schmuck in ihren Haaren getragen hatte – mit einem übertriebenen tiefen Hofknicks, der, mit einiger Geschicklichkeit vollbracht, stets in einem Kniefall endete, wobei der Dicke komisch anbetend die Augen verdrehte und die Hand beteuernd auf die Brust legte. So überreichte er das Präsent unter allgemeinem, wohlwollendem Beifall, indes die Prinzessin ihn dann scherzhaft mit den Dornenstengeln peitschte, was den Dicken zu lustvoller Genugtuung zu reizen schien. Man konnte beobachten, daß er der einzige war, dem es gelang, zuweilen auch den Prinzen zu einem längeren und lebhaften Gespräch in einer Ecke zu fesseln – diese im ganzen doch etwas lächerliche Figur verstand es, mit dem Geheimen Finanzrath de Launay, dem Gouverneur des Prinzen, in eine lange und intensive Unterhaltung über staats- und finanzwissenschaftliche Fragen der intimsten Art zu versinken, von der offenbar beide Genuß und Vorteil hatten – was hinwiederum dem Geheimen Staatsrath Calzabigi nie so recht gelingen wollte, so oft er auch Anlaß dazu suchte, Monsieur de Launay zeigte ihm offensichtlich die kalte Schulter. Dann aber konnte man zum allgemeinen Vergnügen beobachten, wie der dicke Schmits einsam am Kalten Buffet stand, mit äußerster Sachkenntnis die verschiedenen belegten Brötchen musternd – denn natürlich konnte sich das Kalte Buffet des Prinzen keinesfalls mit dem vergleichen, das im Hause des Dicken geboten wurde –, um dann mit Bedacht und offensichtlichem Genuß sich den Mund vollzustopfen. Seine flinken, unter einer Speckschicht fast verschwindenden Äuglein wanderten immer aufmerksam durch die Räume, um hier abschätzend auf einem kleinen Kunstgegenstand in der Nische zu verweilen, dort freudig über den freigebig dargebotenen Busen einer Hofdame aufzuleuchten, dann aber wieder mit einer gewissen Kälte den Wert der Möbel, die Juwelen der Prinzessin, die Risse an den Wänden des etwas baufälligen Hauses im immer wachen Geist zu notieren.

Bis das Zeichen zum Beginn des Konzerts gegeben wurde.

Der Prinz machte eine stattliche Figur. Kein Zweifel, er war in den letzten Monaten dicker geworden, sicherer auch im Auftreten, die Ungelenkheit des Knaben war ganz verschwunden. Offensichtlich hatte er auch gelernt, sich zu konzentrieren. Wie er da hinter seinem Notenpult saß, das Violoncello zwischen den Knien, schien er ganz der Musik hingegeben. Jetzt schloß er auch die Augen, er spielte auswendig. Jedermann beobachtete ihn, am aufmerksamsten wohl de Launay und natürlich der dicke Schmits, der immer in der ersten Reihe saß, ein Mann, der gewohnt war, aufmerksam zu beobachten.

Der Prinz spielte seinen Part, zärtlich fuhr der Bogen über die Saiten, seine Finger zitterten am Griffbrett. Aber wenn sein Geist auch anwesend war, so ganz der Musik hingegeben war er nicht. Seine Sinne waren bei Wilhelmine – ihren Körper glaubte er in den Armen zu halten, den schönen, geschwungenen, in den Hüften vollen Körper der Geliebten, von ihm träumte er tags, nachts hielt er ihn in den Armen. Er war vollkommen glücklich, vollkommen ausgefüllt – übrigens hatte sie ihm geraten, das Cello zu spielen statt der Flöte, die er nicht spielen wollte, weil der König sie blies. Die Flöte spielte ein kleiner, drahthaariger Italiener, den die Kollegen nur Pietro nannten.

Nacht für Nacht lagen Friedrich Wilhelm und seine Wilhelmine beieinander. Es gab kein Geheimnis mehr zwischen ihnen. Sie beriet ihn mit ihrem kecken, klaren Berliner Verstand, die kleine, so überaus junge Geliebte, und er hatte noch keinen Augenblick bereut, ihrem Rat gefolgt zu sein. ‹Zweierlei Haut und zweierlei Phantasie . . .› immer wieder dachte der Prinz an die Definition der Liebe durch den Chevalier de Seingalt.

Der Prinz war glücklich, er hatte nie glauben können, daß es solch ein Glück überhaupt gab. Auch Wilhelmine war glücklich, mit den gleichen Worten sagte sie es ihm, ihre Sprache war einfach und dürftig, sie suchten nicht nach kunstvollen Ausdrücken, um zu umschreiben, was sie bewegte. «Bist du glücklich, mein Romeo?» fragte sie ihn, und er sagte: «Ich bin so glücklich, meine Julia!»

Und niemand wußte davon – das war das Herrlichste daran!

Niemand?

Der Prinz blickte auf.

In der ersten Reihe saß der dicke Schmits und lächelte ihm zu. Der dicke Schmits wußte alles.

Der Prinz spielte, in den Pausen streichelte die freie Hand zärtlich das geschwungene Gewölbe, das rötlich-goldene, das Cello, das so wunderbar kontrastierte zum getönten Leibe der Geliebten, wenn sie es, auf sein Verlangen, in den Armen hielt, und spielerisch versuchte, mit dem Bogen die gleichen vollen warmen Töne dem Instrument zu entlocken, wie er es vermochte. Sie vermochte es leider nicht, er gab ihr Unterricht, wie in Geographie, Geschichte und in dem, was sie von der Literatur wußten.

Als das Konzert zu Ende war, wurde das Orchester begeistert gefeiert, dem Prinzen geziemend applaudiert.

Der dicke Schmits sagte nur: «Superb, Königliche Hoheit, einfach superb!»

Der Prinz sagte leise: «Sagen Sie doch nicht Hoheit zu mir!» und setzte mit warmem Lächeln fort: «Sie wissen, Sie sind unser Freund!» Der dicke Schmits wußte es. Er wußte alles.

Abend für Abend kam der Prinz zu Wilhelmine, wolfshungrig und gierig nach ihrer Gegenwart. Der Prinz aß, was ihm der alte Spérandieu bereitete, abends aß er sich bei Wilhelmine satt. Sie fütterte ihn mit starken, würzigen Gerichten, die er so mochte, auch mit Maultaschen und Spätzle, die er bei ihrer Mutter schätzengelernt hatte. Kein Wunder, daß der Prinz dick wurde, aber es stand ihm gut, er war wohlgebaut, nun wurde seine Gestalt fast herkulisch. Er hatte Haltung gewonnen, *Tenue*, wie es der König nannte.

Wilhelmine war glücklich, aber zufrieden war sie nicht. Sie hatte Zeit genug, um ganz nüchtern über ihre Lage nachzudenken. Sie liebte den Prinzen, und er liebte sie, aber seine Liebe war eine Flucht, er wich zu ihr aus vor den Bedrohungen, von denen er sich umgeben fühlte. Wilhelmine war nicht dafür, daß er sich flüchtete, und sei es zu ihr, sie war dafür, daß er sich stellte. Wenn er dazu Hilfe brauchte – sie wollte ihm helfen. Zunächst, er hatte kein Geld, das machte ihn hilflos, diese scheußliche Abhängigkeit vom König. Wer keine Geld hat, soll zusehen, daß er welches kriegt. Von wem? Von einem, der es hat! Wilhelmine kannte nur einen, von dem sie wußte, daß er wirklich Geld hatte, ein reicher Mann war: der dicke Schmits!

Sie hatte ihm ein Briefchen durch Hannes gesandt. Er war sofort gekommen, er hatte einen Riesenstrauß dunkelrote Rosen mitgebracht, war feierlich vor ihr auf die Knie gesunken, die Hand auf der Brust und hatte ihr versichert, daß er ihr voll ergeben sei. Wilhelmine hatte herzlich gelacht, ihm auf seinen Wunsch einen Kuß auf die Nasenspitze gegeben und ihm in aller Kürze gesagt, was sie von ihm wolle. Der Dicke hatte alle Eide geschworen, hübsch verschwiegen zu sein, und dann hatte er sachte die Angelegenheit des Prinzen in die Hände genommen, in sehr kundige, wenn auch etwas fleischige Hände. Er beriet den überraschten Prinzen, der so gern Schwierigkeiten durch andere gelöst sah, und Wilhelmine, die aufmerksam lauschte, in allen Sachen, gegen die Hofintendantur, vorzüglich in Sachen der Falkenhagener Wälder und der Revenuen, und merkwürdigerweise schienen dort die Bäume auf einmal schneller zu wachsen, die Spandauer kein Brennholz mehr zu benötigen, die Rehe wurden feister, als sie jemals gewesen, und der Prinz konnte, ohne lange zu fragen, wie das käme, wenigstens seinen Haushalt in einigermaßen annehmlicher Weise führen.

Auf den Rat des dicken Schmits pflegte der Prinz die Geselligkeit. «Was soll ich mit diesen Leuten?» hatte er gefragt, und der Dicke hatte ihm bedeutet, daß diese ihm ‹Kredit verschaffen›, also stellte sich der Prinz gut mit seinen Gouverneuren – ‹Bezahlte Spione des Königs? Möglich! Also gilt es, sie gegen den König zu bezahlen!› –, und der Prinz demonstrierte nach außen hin bestes Einvernehmen mit der Prinzessin, wies sich vor den Tanten und Onkel voller Würde als künftiger König aus, jederzeit bereit, wohlmeinenden Rat erwägend entgegenzunehmen, ohne sich verpflichtend zu äußern. Der Dicke war es, der den Prinzen zu seiner so gerühmten verbindlich-unverbindlichen Haltung bewog, und wußte selbst in der intimsten Sorge dieser beiden Kinder den rechten Weg.

Was sollte werden, wenn Wilhelmine ein Kind empfing?

Wünschte der Prinz Kinder? Liebte er sie? Wollte er welche haben? Nun denn, was gab es Besseres, als daß das junge Paar welche bekam!

Diese Kinder würden aus königlichem Blute stammen, unmöglich ihnen die Stellung zu verweigern, die solchen Kindern ohne weiteres zukam. Wilhelmine würde als Mutter dieser Kinder eine ganz andere Stellung in dieser bösen Welt haben, denn als verlassene Geliebte aus dem verschwiegenen Liebesnest, das doch nichts weiter war als ein mehr oder weniger vergoldeter Käfig.

Wilhelmine wollte dem Prinzen im Kampf gegen die Bedrohungen, von denen er sich umstellt fühlte, beistehen? Als Mutter seiner Kinder wird ihr niemand das Recht dazu verweigern können!

Der Dicke war ein Gewinn. Unschätzbar. Er war ‹unser Freund!›

So warteten die beiden jungen Liebenden voller Sehnsucht auf das Kind.

Stunden gab es, in denen Wilhelmine in der Erwartung des Prinzen auf ihrem Bett lag und immer wieder hoffend über ihren Leib strich – würde er sich nicht endlich runden, sie hoffte es so sehr, wie, es war erst ganz kurze Zeit her, sie einst so sehnlich darauf gehofft hatte, ihr kleiner Busen möchte sich doch stolz und stattlich erheben.

Leider gab ‹*das* Buch› über diesen so wichtigen Punkt nirgends hinreichend Auskunft. Der Prinz und Wilhelmine gaben sich redliche Mühe und taten alles, was die Natur ihnen verhieß. Sie liebten sich mit allen Möglichkeiten, die ihnen die erwachte Phantasie zeigte. Aber nicht der Leib Wilhelminens rundete sich – sondern der Leib der Prinzessin.

Als dem König berichtet wurde, Ihre Königliche Hoheit, die Prinzessin Elisabeth sei von einem gesunden Mädchen entbunden worden, hatte sich der König gerade wieder einmal beträchtlich über die Engländer geärgert. Er mochte den König Georg III. von Großbritannien und Kurfürst von

Hannover nicht – «Der Kerl ist mir zum Ekel!» – besonders, als mit seinem Regierungsantritt der große britische Staatsmann Pitt gehen mußte und Georg sofort die Subsidien kündigte, die es Friedrich ermöglicht hatten, seinen Krieg durch die sieben Jahre hindurch zu führen. Dafür hatte der König von Preußen die Franzosen beschäftigt, die sich so leichtfertig der Koalition gegen ihn angeschlossen hatten, der König schlug die Franzosen, und die Engländer konnten sich derweilen ungestört des französischen Kanada bemächtigen.

Es schien eine Art von Nationaleigentümlichkeit der Engländer zu sein, sich nur schwer von ihrem Geld trennen zu können. Der König war geizig, aber er hatte nie die Maßstäbe des Geldes als die seines Handelns anerkannt, er verstand die britische Mentalität nicht, so wenig wie Keith sie billigen konnte, und die Schotten galten doch als geizig. Noch immer waren die Ansprüche Keiths nicht erfüllt, der König führte die zögernde Abfindung seines Freundes auf Machenschaften des Herzogs von York zurück, der diesen Widerwart von Georg beriet.

«Wenden wir uns erfreulicheren Dingen zu!» sagte der König und brach auf, die junge Mutter zu besuchen, nachdem er befohlen hatte, es solle Salut geschossen werden – achtzehn Schuß.

Lord Marishal Keith begleitete den König, die beiden Herren nahmen den kurzen Weg zu Fuß.

Wilhelmine schrak beim ersten Kanonenschuß hoch und eilte zum ‹Spion›, um zu sehen, was sich ereignet hatte. Sie sah den König und Keith dem Kabinettshaus zustreben.

Die hohe Wöchnerin Elisabeth legte mit strahlendem Gesicht ihren Finger auf den Mund, als der König eintrat, sie wies auf das schlafende Kind, das in einer reichgeschmückten Wiege schlummerte.

Der Prinz stand verlegen neben dem Bett.

Der König nahm im Eintreten den Hut ab und klemmte ihn unter den Arm. Er ging, begleitet vom schwer atmenden Lord Marishal, sofort auf die Wiege zu.

Das kleine Köpfchen des Kindes lag im Kissen wie in einem weißen Schaum, so mochte es dunkler wirken, als es war.

Draußen bumste es.

Der König beugte sich überrascht vor.

Das zwergenhaft zerknitterte Antlitz des Neugeborenen war in der Tat sehr dunkel.

Es bumste, und jetzt schlug das Kind die Augen auf.

Sie waren sehr dunkel, dunkelsamt.

Der König richtete sich auf. Seine stahlblauen Augen suchten das Gesicht des Prinzen.

Es bumste.

Der Prinz starrte mit wasserblauen Augen seinen Onkel unbewegt an. Der Kopf des Königs fuhr herum. Tiefblau strahlten die Augen Ihrer

Königlichen Hoheit, der Prinzessin Elisabeth, als sie sagte: «Dies Kind soll ‹Friederike› heißen, zu Ehren eines großen Königs!»

Der König wandte langsam den Blick wieder dem Kind zu, er studierte die Züge der kleinen Prinzessin.

Es bumste unentwegt, die Fensterscheiben klirrten.

Dann sagte der König nur: «Es ist ein Mädchen . . .», alles weitere offen lassend. Er drehte sich um, schwenkte einmal den Hut grüßend und ging. Der Lord Marishal Keith begleitete ihn.

Prinz und Prinzessin sahen sich schweigend an.

Auf der Straße staute sich das Volk, den König zu begrüßen. Er lüftete bei jedem Gruß höflich den Hut.

Dabei sagte er: «Haben Sie gesehen, Keith?»

Keith lächelte, er sagte: «Nun ja . . .!»

Der König sagte zwischen zweimaligem Lüften des Hutes: «Rundherum die Visage dieses Grafen Matuschkyn . . .!»

Keith erwiderte, seinen schweren Leib etwas mühselig neben dem König hertragend: «Kann man bei so kleinen Kindern wirklich sagen, wem sie ähnlich sehen?»

Der König erwiderte: «Man kann! Wenn man will! Und ich will!»

Es bumste unentwegt.

Keith sagte mühsam: «Sire, denken Sie auch an das kleine, unschuldige Wesen . . .?»

Der König erwiderte: «Dies Mädchen wird sehr gut erzogen werden!» Und nach einer Pause: «Puritanisch streng und gottesfürchtig!» Und wiederum nach einer Pause, in der er nach allen Seiten grüßte: «Und dann wird es so schnell wie möglich verheiratet!»

Das Volk jubelte unter dem Donner der Kanonenschüsse dem König zu. Der König sagte: «. . . nach England!» und warf dem Lord Marishal einen schnellen Blick zu.

Keith sagte, während es ihn schüttelte: «Sire, die Welt wird von dem großen Friedrich einmal rühmend sagen: Er ließ keinen Streich unerwidert!»

Das Volk jubelte seinem König zu. Zu Ehren der künftigen Herzogin von York.

Im Zimmer der Wöchnerin stand der Prinz immer noch schweigend da. Er starrte mit zusammengezogenen Brauen auf das Kind in der Wiege. Endlich sagte die Prinzessin: «Ihr väterlicher Stolz auf Ihre Tochter schmeichelt mir, mein teurer Gemahl!»

Der Prinz sah sie nicht an. Er erwiderte trocken: «Sie haben Mut, Cousine!»

«Sie nicht!»

«Der König weiß alles!»

«Dann haben Sie gepetzt. Sonst konnte er es nicht wissen!»

Der Prinz sagte: «Epikanthus!»

Die Prinzessin sah ihn fragend an. Er setzte ungehalten fort: «Mongolenfalte ...!» Und wies mit dem Kinn auf das Kind.

Er hatte mit Nutzen ‹*das* Buch› studiert, Kapitel ‹Das Auge›.

Die Prinzessin verstand immer noch nicht. Der Prinz sagte ungeduldig: «Begreifen Sie denn nicht? Das Kind hat die gleichen Schlitzaugen wie Matuschkyn!»

Mit einem Ruck schob sich die Prinzessin die Wiege heran und beugte sich über das Kind. Trotzig sagte sie sodann: «Es gibt mehr Leute, die solche Augen haben.»

Der Prinz lächelte: «Ja, zum Beispiel der Tibeter des Lord Marishal Keith. Ich hoffe doch, Sie haben nicht auch ...» Er verstummte. Die Prinzessin hatte wie belästigt abgewunken. Sie lehnte sich in die Kissen zurück und sagte lässig: «Und wenn ... was geht es den König an?»

Der Prinz sagte ruhig: «Und Trenck? Und Tante Amalie?» Jedermann kannte das Schicksal des tollen Trenck, der es sich vermessen hatte, gegen den Willen des Königs dessen Schwester Amalie zu lieben. Er verbrachte zehn Jahre im Kerker der Festung Magdeburg. «Ich habe ihn selber angekettet gesehen!»

Und die Prinzessin Amalie wurde Äbtissin im Quedlinburger Stift, wo sie, ihrem ersten und einzigen Liebeserlebnis nachtrauernd, zänkisch und abseitigen Geistes ihrer Umgebung eine Hölle bereitet.

Elisabeth lag grübelnd, sie nagte an ihrer Unterlippe. Endlich sagte sie zögernd: «Sie müssen Matuschkyn warnen!»

Der Prinz lachte auf: «Ich ...?»

Sie sagte eifrig: «Ja, Sie – mein Gemahl!»

Der Prinz erstaunte sich: «Nach dem Affront?»

«Und Ihre Aufführung damals in Braunschweig – war das kein Affront? Für mich ...?»

Der Prinz murmelte: «Es gibt Unterschiede!»

Aber die Prinzessin fand ihre geschwinde Beredsamkeit wieder. Sie sagte: «In der Liebe nicht! Ich war bereit, Sie zu lieben! Mit allen Sinnen Ihre Gemahlin zu sein! Ich war zu allem bereit! Sie haben mich verschmäht! Alles, was ich tat, war, weil Sie mich verschmähten! Mußte ich mir doch beweisen, daß ich eine gute Geliebte sein konnte – und ich habe es mir bewiesen!»

Sie musterte den betroffenen Prinzen, der sie nachdenklich betrachtete. Schließlich sagte er unbeholfen: «Denken Sie nicht daran!»

Die Prinzessin lächelte plötzlich: «Ich denke immer daran!» Sie dehnte sich und lächelte. Ihre Augen winkten.

Ihre übervolle Brust drängte sich vor, sie wand sich ein wenig in ihren Spitzen. Aus dem Bette stieg eine heiße Welle zum Prinzen auf.

Sie sagte leise und singend: «Ich denke Tag und Nacht daran – immer nur daran!» Und sie breitete, sich dehnend und wie bereit, die schönen, nackten Arme aus.

Der Prinz sah auf sie nieder. Und er? Auch er dachte immer daran! Jeden Tag, zu jeder Stunde, in Erwartung der Nacht. Und jetzt kopierte sich das Bild Wilhelminens über den schönen Körper der Prinzessin.

Er drehte sich um und eilte aus dem Zimmer – zu Wilhelmine. Er sagte ihr, was sich zugetragen hatte, so kam es erst zu einer Liebesstunde, nachdem Hannes ausgesandt war, den Grafen Matuschkyn zu warnen.

«Er ist doch der Mann meiner Schwester, der Rußki!» sagte Wilhelmine.

Es gab nur einen Mann, der hier helfen konnte und wollte.

Der Geheime Kommerzienrath Schmits begriff seinen pompösen Titel als den eines Mannes, der die Leute in kommerziellen Angelegenheiten beriet – staatliche Stellen und fürstliche Personen geheim. Er beeilte sich, zur nächst schicklichen Zeit, der hohen Wöchnerin seine gehorsame und ergebene Aufwartung zu machen.

Die Prinzessin empfing ihn, für die Gratulationscour zubereitet, in einem reich mit Spitzen besetzten Bettgewand, in einen Berg voluminöser Kissen geschmiegt, und nahm mit reizender Verwirrung den Riesenstrauß dunkelroter Rosen entgegen, den der Dicke ihr mit einer Art Hofknicks überreichte, dann stieß der Dicke, über die Wiege gebeugt, kleine Schreie der Bewunderung und des Entzückens aus und stellte sofort erstaunliche Ähnlichkeiten des klein-fürstlichen Wesens mit den beiden hohen Elternteilen fest, was die Prinzessin huldvollst entgegennahm. Dann begann ein von beiden Seiten als herrlich empfundener Klatsch, den die Prinzessin als ‹Geruddel› bezeichnete, zuerst über die so glücklich und leicht überstandenen Schwierigkeiten der Geburt – die Prinzessin zeigte dem erstaunt Ungläubigen, wie wenig ihre Figur unter dem Akt gelitten hatte –, um dann zu den Einzelheiten der neuesten Moden von Paris überzugehen – man denke, der schlichte Strickbeutel der Damen, Ridikül genannt, hieß neuerdings ‹Pompadour›, seitdem nämlich – eine kleine Malice – die Madame Dubarry die erklärte Geliebte des Königs Louis XV. war – und endlich wurden die schalkhaften Hintergründe einer Affaire angeleuchtet, die in der weltstädtischen Residenz gerade Tagesgespräch war: Die Primaballerina der Königlichen Hofoper in Berlin hatte dem Königlichen Intendanten eine Ohrfeige geknallt!

Als die dröhnende Marschmusik über den Neuen Markt marschierender Regimenter das Ende der Parade ankündigte, erzählte der Dicke noch rasch, daß der interessante Graf Matuschkyn plötzlich abgereist sei, vermutlich in Angelegenheiten seiner südrussischen Güter. Die Prinzessin dankte dem treuen Freund des Hauses für seinen erquickenden Besuch und reichte ihm die Hand, die der Dicke, nun wieder auf den Knien, mit feurigen Küssen bedeckte, um ihm dann auch auf seine flehentlichen Bitten hin einen zarten Kuß auf den hoheitsvollen Busen zu gestatten.

Dann ließ sich der Geheime Kommerzienrath bei dem Prinzen melden. Aber schon nach den ersten Worten des sehnlich erwarteten Gastes ergriff der Prinz dessen Hand und zerrte ihn durch einen langen Gang in das Zimmer Wilhelminens.

In wenigen Worten vermochte der Dicke es, die verwirrte Situation zu klären.

Zunächst hatte Graf Matuschkyn gezögert, die Warnung dieses langen Lümmels, des Hannes Rietz, ernst zu nehmen, als dann aber mehrfach der Name des ‹tollen Trenck› gefallen war, wie die in ihrem Schlafgemach weilende Gräfin zu hören geglaubt hatte, war es dem Grafen gelungen, eiligst einige Juwelen zusammenzuraffen und mit dem Hannes gerade noch durch ein Fenster zu entweichen, und schon verlangte die Wache unter Führung eines Gendarmerie-Majors Einlaß in das Haus.

Unter dem Protest der sich langsam in Tränen auflösenden Gräfin Matuschkyn wurde das ganze Haus höflich, aber unnachgiebig durchsucht. Jedoch schien der Major nicht das gefunden zu haben, was er suchte, er hatte wenigstens nichts mitgenommen, als die Wache das Haus wieder verließ, ohne daß übrigens mit einem Worte danach gefragt wurde, wohin etwa der Graf sich begeben habe.

Die Gräfin hatte einen Mantel über ihr Schlafgewand geworfen und war sofort zum Hause Schmits geeilt, der als väterlicher Freund dieses reizenden, rundlichen und etwas dümmlichen Engels galt. Natürlich hatte der Dicke die Sache sofort in die Hände genommen, es erwies sich wieder einmal, daß hinter der Stirn des kugelrunden Glatzkopfes ein immer wacher und klarer Geist steckte, der wohl zu definieren, kalkulieren und kombinieren verstand. Graf Matuschkyn hatte seinem Weibe nur einen Haufen von Schulden hinterlassen, wie den Fachmann ein kurzer Blick in die vom Grafen geführten Bücher belehrte. Den Passiven aber standen auch Aktiven gegenüber, eben diese waren es ohne Zweifel, nach denen Seine Majestät der König suchen ließ. Sie konnten nicht gefunden werden, weil der Graf Matuschkyn diese wertvollen Papiere seinem Freunde und Berater, eben dem Kommerzienrath Schmits, anvertraut hatte.

Der Dicke zog einige Dokumente aus der Tasche seines bürgerlichen Fracks und sagte: «Hier sind sie!»

Es waren Verträge, die dem Grafen nicht unerhebliche Anteile an zukünftigen Gewinnen der Calzabigischen Lotterie zusicherten. Bekanntlich beabsichtigte Seine Majestät, sobald der Aufbau der Königlichen Klassen-Lotterie gesichert war – hochmögende und fachkundige Beamte arbeiteten daran –, dem Calzabigi die Pacht von dessen Lotterie zu kündigen, damit keine Konkurrenz entstünde.

Seine Majestät mußte ein großes Interesse daran haben, bei der Abfindung des Herrn Calzabigi sich nicht mit weiteren hohen Kosten zu belasten, wozu auch eine Abfindung der noch dazu durch offenbar betrügerische Manipulationen getätigten Verträge des Grafen Matuschkyn gehöre.

Graf Matuschkyn werde, solange der König nach ihm fahnde, nicht nach Preußen zurückkehren, in den Händen der Gräfin seien die Papiere wertlos, ebenso in den Händen des Sachwalters – hier verneigte sich der Dicke gleichsam vor sich selber –, die Papiere seien überhaupt nur wertvoll in den Händen des Königs selber – und so, sagte der Dicke hochaufatmend, erlaube er sich, sie auch in die Hände des Königs zu geben.

Damit reichte er sie dem Prinzen, der verblüfft fragte: «Mir?»

«Dem künftigen König!» sagte der Dicke und setzte lächelnd hinzu: «Es sind ja auch Verträge auf künftige Gewinne!»

Der Prinz begriff nichts. Aber Wilhelmine begriff sofort. Sie sagte zu dem Dicken: «Wenn Seine Königliche Hoheit den Thron bestiegen hat, wird er, so hoffen wir alle, nach Recht und Gesetz verfahren!»

«So ist es!» sagte der Dicke und sandte der kleinen Wilhelmine einen respektvollen Blick.

«Ja, aber . . .» sagte der Prinz, «jetzt sind sie doch auch noch wertlos!»

«Nicht ganz unbedingt», sagte der Dicke, «Hoheit können diese Papiere ja auch beleihen . . .!»

«Aber wer wird mir solche Sachen beleihen . . .?»

Da sagte der Dicke bieder und bescheiden: «Ich!»

Jetzt fragte Wilhelmine: «Was wird aus meiner Schwester?»

Der Dicke sagte, selbstverständlich habe er sich bei allen seinen Kalkulationen und Maßnahmen einzig von den Interessen der Frau Gräfin leiten lassen. Praktisch gehöre ihr kein Stein und kein Möbelstück ihres Hauses mehr. So habe er sich erlaubt, die Frau Gräfin bis zu einer Klärung und Regelung der Angelegenheit außer Landes zu schicken – nach Paris.

«Auf wessen Kosten?»

Der Kommerzienrath faltete verlegen seine dicken Hände. Er sagte, als väterlicher Freund der Frau Gräfin habe er sich erlaubt, die Kosten dieser Reise auf sich zu nehmen, sie dienten schließlich auch einem ihm selber angenehmen Zwecke; die junge Frau Gräfin sollte in Paris eine angemessene Ausbildung erhalten, bei dem bekannten Tänzerpaar de Vestris, weltberühmten Künstlern, die neben den Finessen des Balletts auch die der höfischen Sitten in der glänzenden Hauptstadt jungen und schönen Damen der großen Welt vermittelten – und hier begann der Dicke seine Hände genüßlich zu reiben.

Aufmerksam hatte Wilhelmine zugehört. Jetzt fragte sie leise: «Und was wird aus mir?»

Der Dicke senkte den Blick. Da die Schwester seiner angebeteten Christiane sich in einer unmöglichen Lage befinde – hier machte er eine vage Handbewegung rund um das Gelaß –, möchte er vorschlagen, daß sie Christiane nach Paris begleite . . .

Und wandte sich sofort an den Prinzen: «Da es Hoheit zwar gelungen sei, wohl die verehrungswürdige Frau Prinzessin mit einem Kinde zu bedenken, nicht aber seiner reizenden Geliebten durch ein Kind fürstlichen Geblütes die Rangerhöhung einer nach den gesellschaftlichen und höfischen Sitten anerkannten Maitresse ...»

Der Prinz stammelte: «Aber ... aber möchtest du denn nach Paris ...?»

Wilhelmine hing an seinem Hals: «Ja ... ja ... ja ... ja! Und wenn ich wiederkomme, dann mußt du dich nicht länger meiner schämen! Dann komme ich ...» sie sprang ab und versank mehr vor sich selber als vor dem Prinzen in einen Hofknicks: «... als große Dame von Welt aus Paris ...! Aus Paris ...!»

Der Dicke griff ein: «Hoheit können ganz beruhigt sein, Mademoiselle Wilhelmine wird mit ihrer Schwester in Paris im Hause des Monsieur de Launay wohnen!»

«De Launay ...?»

Der Dicke erwiderte bescheiden: «Meine Absprachen mit Herrn Geheimen Finanzrath de Launay haben Monsieur überzeugt, daß seine Übereinstimmung mit mir sowohl dem jetzigen Könige als auch dem künftigen am besten diene. Mademoiselle wird in Paris bei dem Sohne unseres Finanzrathes in der besten Obhut sein – er ist der Kommandant des Staatsgefängnisses, der Bastille!» Und zu Wilhelmine: «Für Sie, Mademoiselle, eine bedeutend freiere Wohnung als diese ...!»

Der Prinz stammelte: «Und ... und was wird aus mir ...?»

Der Dicke rieb sich wieder seine Hände. «Madame Encke wird sich um eine Stellung in Ihrem Haushalt bewerben, Hoheit – ich bin sicher, sie wird Ihnen gern in die Briefe ihrer Tochter an sie Einblick gewähren!»

Wilhelmine rief eifrig: «Und sie wird kochen für dich ...! Maultaschen und Spätzle und ... und Aalpastete!»

Tout Berlin begann, davon zu sprechen. Zuerst war es nur ein Gewisper und Getuschel, dann verbreitete sich die Nachricht, wohl vom Hofe ausgehend, in vielerlei Kanäle, die ausländischen Diplomaten berichteten davon ihren Höfen, in den aufblühenden bürgerlichen Salons wurde freimütig darüber diskutiert, schließlich sprachen die Berliner an den Straßenecken und in den Kneipen nurmehr von dem Ereignis, das im ganzen mit Wohlwollen aufgenommen wurde – und als die *Berlinischen Nachrichten* zuallerletzt mit Andeutungen aufwarteten, die keinen anderen Schluß zuließen als den, es sei wirklich wahr – da konnte kein Zweifel mehr herrschen: Der Prinz von Preußen, der Thronfolger, kurz, der dicke Willem, wie ihn die Berliner zu nennen begonnen hatten – er hatte eine Maitresse!

Endlich! sagten die Leute. Es war wie ein allgemeines Aufatmen. Der Prinz wagte es also! Er brach offen mit dem Willen des Alten, der auf diesem Gebiete wie auf allen anderen über dem armen Lande lastete, das nunmehr nach all den gewonnenen Kriegen wohl das Recht hatte, es sich auch ein wenig wohl ergehen zu lassen, auch ein klein wenig von den bekömmlichen Dingen und komfortablen Annehmlichkeiten des Wohlstandes zu genießen, die für die anderen Völker und Nachbarn, nämlich eben die besiegten, schon so lange selbstverständlich waren. Die Berliner wollten auch haben. Sie hörten genug von dem lustigen Leben in Paris, von den Herrlichkeiten des Hofes von Versailles, aber sie sahen auch den glänzenden Hof von Sachsen, der vermöge seiner Silberbergwerke die materiellen Sorgen nicht hatte wie Preußen, und sie vernahmen mit Staunen von dem prächtigen Leben, das sich der Herzog Karl Eugen von Württemberg gönnte, der vermöge geschickter Finanzoperateure größeren Luxus entfaltete, rauschendere Feste veranstaltete, als sie selbst in Petersburg im Schwange waren oder in Wien. Die Berliner hatten einen aufgeklärten König, aber ein aufgeklärtes Leben hatten sie nicht.

Der ‹Alte Fritz› gönnte sich keine Maitresse mehr, seit jener Affaire mit der Barberina – niemand wußte so recht eigentlich, warum diese kleine Episode menschlicher Schwäche bei diesem unmenschlichen König so bald zu Ende ging. Der so beliebte August Wilhelm, man erinnere sich, durfte nicht einmal seine innige Liebe zu jenem schönen Hoffräulein, der jetzigen Voß, öffentlich dokumentieren – die Berliner trauerten ehrlich mit dem Prinzen und der Voß –, jetzt war der dicke Willem dran, der Thronfolger, von dem man so gar nichts hörte, als daß er unter der gestrengen Fuchtel des Alten stand. Er hatte den Mut zu einer Maitresse!

Ein neues Zeitalter begann, für Preußen – es begann für Preußen das galante Zeitalter, das überall in der Welt deutlich zu Ende ging.

Und war nicht im galanten Zeitalter die Position der Maitressen höchst ehrenwert? Sie sorgten gewissermaßen für eine Art von Republikanisierung der absoluten Macht. In Frankreich und nun auch in England wechselten mit jeder neu auftauchenden Maitresse der Könige die Ministerien, es erfolgte eine gewisse Verjüngung der Politik, ein ständiger Wandel der Ideen, die Königliche Gewalt vermochte auch mit dem Geiste der Rousseauschen Lehren in angenehmstem Kontakt zu verbleiben, Maitressen waren diesen Lehren immer höchst zugeneigt – selbst in Württemberg empfand das Volk den wohltätigen Wandel des Karl Eugen, als die Hohenheim zu regieren begann. Und vor allem blühten die Künste . . .

Da war sie, die Maitresse des Thronfolgers! Jedermann konnte sie sehen! Das Theater füllte sich, wenn die Belamonte auftrat, auch mit Leuten, die sonst nicht ins Theater gingen. Sie hatte alle Sympathien für sich. Sie war erstens eine Französin! Sie war zweitens eine Künstlerin! Sie war drittens wirklich eine schöne und elegante Person! Sie ritt mit dem Prinzen aus! Der Prinz begleitete sie auf Spaziergängen durch den Tiergarten, wo sonst nur das gemeine Volk promenierte! Sie aßen, das hohe Paar, im Hôtel de Paris, bei der Madame Rufin, es kochte für sie der Leibkoch des Königs, von dem der König so selten Gebrauch machte. Und was aßen sie?

Es verbreitete sich schnell in den Salons und in den Kneipen Berlins: Sie aßen mit Vorliebe Aalpastete – das Leibgericht der Berliner an ihren aalreichen Seen! Das Prunkstück auf den Menukarten der Berliner Ausflugslokale! Aalpastete war ein Bekenntnis zum Volk.

Und die Prinzessin? Nun, es wurde mancherlei gemunkelt. Die Prinzessin schien einverstanden! Die Prinzessin schien der Auffassung zu sein: leben und leben lassen! Nichts anderes begehrten die Berliner. Das galante Zeitalter, es hub auch für die Berliner an.

Da schwebte sie dahin, über das Eis des Wannsees, in den kalten Januartagen des Jahres 1768, die liebliche Person, die Belamonte, des Prinzen Maitresse, zuerst auf Schlittschuhen, die Berliner jauchzten. Die große Tänzerin aus Paris, sie vermochte das Gleichgewicht nicht zu halten, sie stürzte oft, und oft ließ sie Reize sehen, die des Prinzen Wohlgefallen an der Person verständlich machten. Der Prinz konnte nicht Schlittschuh laufen.

Da schwebte sie dahin, die anmutige Geliebte des Prinzen, eingehüllt in kostbare Pelze – wahrscheinlich doch ein nobles Geschenk des armen Prinzen –, auf einem der beliebten Stuhlschlitten, die mit Blitzesschnelle über das Eis zu treiben das glückliche Vorrecht der Kavaliere war, die um die Gunst der also bedienten Dame warben. Aber es war nicht der Prinz, der den Stuhlschlitten trieb, es war ein schlichter Berliner Bürgerssohn, jedermann kannte ihn als des Prinzen Vertrauten, den Hannes Rietz von der Königlichen Hofgärtnerei. Die Berliner konnten alles sehen, es geschah ganz öffentlich, inmitten des Trubels auf dem Eis.

Plötzlich nämlich eilte auf blitzenden Holländern eine Dame über das Eis – Kenner, die sie aus der Nähe sahen, versicherten, es habe sich um eine besonders schöne Person von Stande gehandelt, eine elegante Schöne, mit pariserischem Geschmack gekleidet – kurzum, die Dame fuhr in langen, eleganten Schwüngen direkt auf den Stuhlschlitten zu, machte eine geschickte Drehung, durch die sie dem Hannes Rietz die Führung des Schlittens entwand – und dann jagte sie mit dem Schlitten schnurgerade auf einen großen Schneehaufen zu, den betagte Männer mit Besen eben erst hochgetürmt hatten. Mit vollem Schwung raste die Dame den Schlitten in den Schneehaufen hinein, kippte ihn mit Verve um und sah mit offenbarem Vergnügen zu, wie die Belamonte mit ihrem hohen Haarputz in dem schmutzigen Schneehaufen strampelnd und schreiend versank.

Von allen Seiten eilten die Berliner herbei.

Vom Ufer löste sich eine hohe, etwas dickliche Gestalt. Der Prinz von Preußen stolperte über das Eis, stürzte, raffte sich auf, fuhr mit den Armen wie Windmühlenflügel durch die Lüfte, schlitterte und segelte auf die Szene zu.

Die Berliner sahen und staunten.

Denn bei dem Schneehaufen angekommen, an dem nun auch Hannes angelangt war und durch Schulterzucken zu verstehen gab, daß er, Hannes, jedenfalls nichts verstünde, stand der Prinz plötzlich und starrte.

Er machte keinerlei Anstrengung, seiner gestürzten Geliebten aufzuhelfen.

Er starrte.

Die Dame aber, von ihren Anstrengungen kaum derangiert, machte auf ihren Holländern einen graziösen Eisknicks und sagte: *«Mon Prince . . . me voilà!»*

Und der Prinz reichte der Dame die Hand und ging mit ihr unter dem achtungsvollen Schweigen der Umstehenden zum Uferrand, wobei deutlich zu ersehen war, daß die Dame mehr den Prinzen stützte als der Prinz die Dame.

Endlich kümmerte sich Hannes um die Maitresse des Prinzen, half der Zerzausten, die ihr schönes, nun aber vom Sturz gezeichnetes Gesicht verbarg, in den Schlitten und glitt mit ihr davon – nicht in der Richtung, in die sich der Prinz entfernt hatte.

Ganz Berlin sprach davon. Niemand kannte die Fremde – die Prinzessin war es nicht, das war klar, aber sonst war nichts klar.

Die berühmte Tänzerin aus Paris, die Belamonte, verschwand, sie wurde in Berlin nicht mehr gesehen. Böse Zungen behaupteten, der König habe die ganze Sache arrangiert – die Belamonte sollte eine französische Spionin gewesen sein. Und so berichteten auch die ausländischen Diplomaten an ihre Höfe.

Am Ufer – von dort führte eine Spur zu der Königlichen Hofgärtnerei Rietz am Heiligen See – war es der Prinz, der seine Begleiterin auf ihren Schlittschuhen stützen mußte. Der Prinz rang nach Worten, er rang wirklich, er fühlte, daß er etwas sagen mußte, aber er wußte einfach nicht, was in dieser Situation angebracht war.

Also humpelten beide ziemlich mühselig durch den Schnee, bis einige Grunewalder Kieferkusseln die Sicht zum See hin absperrten. Dort ließ sich die schöne Fremde auf einem Baumstumpf nieder, streckte graziös eines ihrer Beine unter dem sportlich kurzgeschnittenen Reifrock vor und sagte: *«Monsieur . . .?»*

Der Prinz warf sich augenblicks auf die Knie und löste die Schlittschuhe, wobei seine Hände wie magnetisch die schlanken Waden emportasteten. Die schöne Fremde sah ihm lächelnd zu.

Als die Schlittschuhe in den Schnee fielen, blieb der Prinz auf den Knien, er umspannte mit beiden Händen die Knie der Schönen, legte sein Kinn auf die Hände und musterte ihr Gesicht. Die schöne Fremde war wirklich schön, aber war sie wirklich auch fremd?

Dies Gesicht? Da klebte eine Mouche im linken Mundwinkel, die Haut schien silbrig, statt rosig, ganz fremd der Haaransatz der stolzen, stark gepuderten Perücke, schmal war das einst volle Gesicht, die Lippen voll und merkwürdig geschwungen und purpurrot, von einem blutigen, lasterhaften, aufreizenden Rot . . .

Sie blickte ihn, leicht vorgebeugt, lächelnd an, mit halb geöffnetem Mund, auch sie musterte aufmerksam jeden Zug des Gesichtes vor ihr. Aber ihr Lächeln war glatt, betörend glatt, und die tiefe Falte auf seiner

Stirn war streng, angestrengt streng.

Der Prinz murmelte: «Ich muß dir erklären ...»

Doch sie legte ihm ihren Finger auf den Mund. Er atmete den Duft dieses Fingers ein und küßte ihn. Die Falte auf seiner Stirn verschwand – und kam wieder.

Der Prinz sah sie scharf an. Er räusperte sich und fragte: «In Paris ...? Was war ...?»

Die schöne Fremde ergriff seinen Finger, legte ihn an ihren Mund und küßte ihn.

Der Prinz sprang auf, er riß die Überwältigte hoch und umarmte sie heftig. Er küßte sie auf den Mund, viele Male, und dazwischen keuchte er: «Ich liebe dich, ich liebe dich, ich liebe dich ... Wilhelmine!»

Sobald Wilhelmine zu Atem kam, sagte sie, ihren Mund dicht an seinem: «Das erste vernünftige Wort ...!»

Abend für Abend saß nun der Prinz in Punschels Gasthaus unter seinen lärmfrohen Kameraden, die ihn, der in der letzten Zeit aus Gründen, von denen tout Berlin sprach, etwas abhanden gekommen war, mit einem donnernden Potz-Fest begrüßt hatten.

Die rätselhafte Geschichte auf dem Eis hatte dem Prinzen einen scharfen Verweis des Königs eingetragen und neben der Annehmlichkeit, nicht nur zur Parade erscheinen zu müssen, sondern auch nachmittags Dienst zu tun, den Rat, sich ursprünglich eigenem Wunsch gemäß, mehr an die Gesellschaft seiner Regimentskameraden zu halten.

Selbstverständlich respektierten die wackeren Kameraden Königlichen Befehl, aber sie befleißigten sich eines bei den alten Kriegsgurgeln ganz ungewohnten Taktgefühls. Kein derbes Witzwort rührte am möglichen Kummer des Prinzen, man saß, soff und kegelte, indes der Qualm aus den langen, tönernden holländischen Pfeifen stieg. Ab und an erfrischte ‹ein Lied› das offenbar in Träume versunkene Gemüt des Prinzen, der von seinem Platz aus versonnen über den vereisten und verschneiten Heiligen See in die abendlich dunkle Weite starrte. Und sobald drüben am jenseitigen Ufer ein einsames Licht aufflammte, waren die trefflichen Kumpane immer gerade so eifrig beim Kegeln oder beim Kartenspiel, daß es beileibe niemandem auffiel, wenn sich der Prinz ganz unbemerkt entfernte.

Danach fielen freilich alle Bande frommer Scheu. Um in der allgemeinen Fröhlichkeit dennoch keine unziemliche Verwirrung aufkommen zu lassen, war es bei dem Offizierscorps Gewohnheit geworden, daß der jeweilige Offizier vom Potz-Dienst bei Ihrer Königlichen Hoheit der Prinzessin unter Halli und Hallo ausgelost wurde und sich formgerecht und mit guten Ratschlägen versehen abmeldete und auf den Weg zum Kabinettshaus machte, Eckflügel Schwerdtfegerstraße. Davon wußte der Prinz freilich nichts, oder wenn er es wußte, so hatte er davon doch niemals Zeichen gegeben. Hatte sich eine Zeitlang der liebliche Leib der Belamonte über das Bild des Leibes der liebesbedürftigen hohen Gemahlin des Prinzen kopiert – jetzt war es der Wilhelminens, ein ganz neuer, unerwartet durch den früheren Leib durchscheinender Körper, an den der Prinz dachte, wenn er schlitternd und stolpernd über das Eis des Heiligen Sees hinüber zur Königlichen Hofgärtnerei Rietz eilte, das einsame Licht des Fensters seiner Wilhelmine im Auge, die dort wohnte – oder vielmehr, wie sie es auszudrücken liebte, ‹abgestiegen› war. Aber so, wie es einst in dem kleinen Gelaß im Eckflügel Schloßstraße des Kabinettshauses gewesen, war es nicht geblieben. Zwar umfingen ihn immer, wenn er das Zimmer seiner Line betrat, sogleich zwei nackte warme Arme, eine zarte, durchaus nicht mehr angerauhte Stimme zwitscherte: «Mein Herr und Gebieter . . . !» wie damals, aber aus dem Kinde war eine Frau geworden, aus der Trompeterstochter eine Dame, die ihn nicht mehr auf dem Bette ausgestreckt empfing, nackt und allzeit bereit, sondern jeden Abend in einem andern Kleid überraschte und verwirrte.

Ei potz, was gab es da zu nesteln und zu lösen, die Finger verirrten sich, immer wieder liebreich zurechtgewiesen, in Bändern und Haken, Seide knitterte und raschelte, und von den langen schimmernden Strümpfen knisterten Funken und sprangen zur tastenden Handfläche hinüber. Gewiß, es war ein Spiel mehr als ein Kampf, seltsam erregend und die Erwartung steigernd, durch mancherlei nicht unliebsame Bewegungen verzögerte sich und förderte sich zugleich das löbliche Werk, der Prinz lernte, sich zu bescheiden im Genuß und den Genuß zu steigern in der spielerischen Verweigerung. War der Prinz anfangs verwirrt – er lernte, wie er auch immer bei Wilhelmine gelernt hatte, und schließlich lag das Spiel schon in der Erwartung, er konnte es nicht mehr missen, in einer Neugier, die nicht mehr quälend und hemmend war, sondern den Prinzen selber mitriß, zu forschen, zu entdecken, Variationen zu ersinnen, die ihn entzückten, weil sie eigener Phantasie entsprangen.

Die Vorspiele also, die hatte die Geliebte in Paris gelernt. Ganz von fern tauchte der Gedanke an die Belamonte auf, wurde unwillig wieder weggewischt in den Armen Wilhelminens – da war kein Vergleich, es mochte am Prinzen gelegen haben, der die hübsche Tänzerin eben nur mit den Mitteln überfallen hatte, die er bei Wilhelmine gelernt hatte, bevor sie in Paris gewesen war. Besondere Feinheiten, wie etwa sich die Brustspitzen mit einem purpurnen Zuckerguß zu würzen, hatte nicht einmal die Belamonte gekannt. Trefflich also hatte es sich gelohnt, die Geliebte nach Paris zu senden. Und da war noch etwas anderes: Im ersten Augenblick hatte er es dankbar und wie erlösend empfunden, daß Wilhelmine das große Tabu über seine wie über ihre Erlebnisse während der Trennung ausgesprochen hatte. Von fern begriff der Prinz, daß sein Versuch mit der Belamonte die gereifte Wilhelmine so wenig zu kränken imstande war, wie einen guten Mentor die Erfolge seiner Belehrungen. Die Belamonte wurde in den

Armen Wilhelminens zu einem bloßen Schemen, auf den die Geliebte nicht eifersüchtig sein konnte. Sie fragte nach ihr so wenig, wie sie je nach der Prinzessin gefragt hatte. Heimlich genoß der Prinz den gefährlichen Triumph, daß Wilhelmine nicht ahnen mochte, wie sehr ihn, den hohen und in seinem Stolz gekränkten Gemahl der Prinzessin, die immer wieder nur mühsam zu bändigende Leidenschaft zu Elisabeth bedrängte. Aber ebenso bedrängte ihn die Eifersucht auf Wilhelminens Abenteuer in Paris. Gerade weil er wußte, er würde niemals von ihnen erfahren, quälten ihn die Vorstellungen; ihn quälte der Gedanke, daß sie sich für ihn bewahrt hatte – wie er sich nicht für sie – wie aber auch die Möglichkeit, sie habe sich in den Armen eines anderen gefangen und ihre Sinne in ihren höchsten Fähigkeiten erprobt, eine Möglichkeit, die sich ihm sofort in Bilder verwandelte.

Merkwürdig aber berührte ihn das Gefühl, daß die Wahrheit über Wilhelminens Pariser Zeit, mochte sie so oder so ausfallen, ihn um den beglükkenden Reiz der Qual betrügen würde. Er dachte ‹immer daran› – in genau jenem Sinne, wie es Elisabeth tat –, jetzt gesellte sich der Lust dieses Denkens die neue Lust zu, immer in der so reizvollen Spannung des Zweifels verharren zu müssen.

Natürlich sprachen sie fortan französisch, wenn sie allein zusammen waren, nur ihre Briefe schrieben sie sich deutsch. In Wilhelminens zärtliches Geplauder aber hatte sich an die Stelle ergebener Unterwerfung in seinen Willen ein kleiner Ton spöttischer Überlegenheit gemischt. So, wenn sie, angesichts seiner etwas schwerfällig gewordenen Körperlichkeit mit großer, ihn ein wenig kränkender Heiterkeit bemerkte, sie sei mit dem besten Willen nicht mehr imstande, ihn als ihren Romeo zu bezeichnen, und ihn fortan immer nur ihren ‹Falstaff› nannte, der Prinz nannte sie fortan seine ‹Macbeth› – Shakespeare war Shakespeare, nichts mehr von Romeo und Julia, auch war es nicht mehr die Lerche, die so heiser singt, sondern Hannes, der an die Tür klopfte, um dem Prinzen zu verstehen zu geben, daß er noch bei Dunkelheit über den Heiligen See zurückzuschlittern habe.

Auch die schöne Gräfin Matuschkyn war aus Paris zurückgekehrt, sie wohnte in ihrem Haus, das merkwürdigerweise nach Regelung aller Verbindlichkeiten nunmehr dem Geheimen Kommerzienrath Schmits gehörte, ihrem väterlichen Freund; gleich bei ihrem ersten Empfang erfuhr tout Berlin, daß der Graf Matuschkyn nicht beabsichtige, von seinen südrussischen Gütern in die Hauptstadt Preußens zurückzukehren. Die Gräfin hatte die Scheidung eingereicht, ihre zahlreichen Freunde und Verehrer drängten sich um ihr Kaltes Buffet und vernahmen mit lebhaftem Interesse und sozusagen hängenden Zungen von dem rauschenden Leben des Hofes von Versailles, dem sogenannten ‹Hirschpark› Ludwigs XV., wo die reizendsten Hirschkühe des Landes dem fürstlichen Haupthirschen zur Verfügung standen – der kleine, pummelige Engel hatte sich unversehens in eine *grande dame* verwandelt, der nunmehr zum Vorteil gereichen konnte, daß sie, wie sie unbefangen und farbenreich zu schildern wußte, die anerkannte Courtisane solch hervorragender Cavaliere wie etwa der Fürsten Baratinski und Bellasinski, der Grafen Schuwalow und Burlin, kurz der Jeunesse d'orée des galanten Zeitalters gewesen war, und nicht einmal mit übergroßen Kosten der Installation – die ganze Reise hatte nur etwa dreißigtausend Thaler gekostet –, der dicke Schmits lächelte bei der Nennung dieser Summe bescheiden und rieb sich unwillkürlich die Hände, wie es seine Gewohnheit war, wenn er mit sich selber zufrieden zu sein schien. Kurz, die junge und bezaubernde Gräfin Matuschkyn war erneut eine Attraktion in der jungen, aufblühenden Hauptstadt – alle Welt profitierte von dem Zugwind der Freiheiten, die sich nunmehr auch hier bemerkbar zu machen schienen.

Aber, und das war immer wieder das Ergebnis langer, nächtlicher Gespräche auf dem Liebeslager des Prinzen und Wilhelminens: In der Situation Wilhelminens hatte sich im Grunde nichts geändert, nachdem sie bei ihrem eindrucksvollen Auftritt auf dem Eis des Wannsees mit einem gesellschaftlichen Skandal statt einem gesellschaftlichen Erfolg debütiert hatte.

Es blieb also wiederum nichts weiter als die Hoffnung auf ein Kind – der Prinz und Wilhelmine taten alles, was in ihren Kräften stand, um dieses Ziel zu erreichen.

WIE JEDES JAHR richtete am 24. Januar 1769 der jüngere Bruder des Königs, der Prinz Heinrich, den großen Gala-Geburtstagsball des Königs aus – der König selber war solchen höfischen Festen abhold und erschien dabei nie.

Der Geburtstag des Königs also war der einzige Tag im Jahr, an dem sich der kleine, äffisch-häßliche, tapfere, aber mißgünstige Prinz Heinrich als das fühlen konnte, was sein nicht einmal geheim gebliebener Wunsch war: der erste Mann im Staate! Er war es als der Stellvertreter des Königs, als sonst nichts – Thronfolger, Nachfolger auf dem Thron war der verachtete, ungehobelte Prinz Friedrich Wilhelm, der jetzt zum Beispiel auf dem Ball, ganz offenbar aus reinem Affront, nicht einmal in der Gala-Staatskleidung erschien wie Prinz Heinrich selber und alle anderen Fürstlichkeiten und Gäste, sondern in der schlichten Interims-Uniform eines Obersten seines Regiments, begleitet einzig durch seinen – ebenso uniformierten – Adjutanten, den Lieutenant von Forçade, indes die freilich gar festlich aufgeputzte muntere Prinzessin Elisabeth mit ihrem Geleit, vornehmlich Herren desselben Regiments, erschien.

Prinz Heinrich also, der in seinem überreich geschmückten Staatskleid einigermaßen putzig wirkte, wie Elisabeth zu bemerken beliebte, klein, bräunlich, mit seinem verkniffenen Affengesicht, das ihm soviel Kummer bereitete, weil, wie er wohl wußte, alle Welt von ihm sprach, er bemühe sich wie sein Königlicher Bruder zu sein, erscheine aber nur wie dessen Affe – Prinz Heinrich empfing. Er war ein tüchtiger Soldat, der dem König auf eigene Faust manche Schlacht gewann, aber niemals Anerkennung fand, wenn dieses auf eigene Faust geschah – er hatte den Mut zu Eskapaden, weil es Eskapaden waren, durch die er den König am meisten reizte. Als er den Prinzen von Preußen eintreten sah, trieb es ihn, sogleich die Macht zu zeigen, die ihm heute – ach, nur heute – eigen war.

«Mein Herr Neveu ...» zischelte er und ärgerte sich sogleich, daß er mit dieser Anrede den König nachgeahmt – alle Welt ahmte den König nach.

«Wie konnten Sie es wagen, den untadeligen Ruf unseres Hauses durch einen Skandal im Geschwätz aller Leute bloßzustellen!» zischelte Prinz Heinrich.

«Den was?» fragte der Prinz von Preußen dümmlich und starrte den Onkel mit seinen wasserblauen und etwas hervorstehenden Augen an; er wußte, daß ihn Prinz Heinrich schon wegen dieses Blickes haßte und verachtete.

«Ich meine den skandalösen Vorgang auf dem Eis», sagte Heinrich, «bei dem sich zwei Ihrer Maitressen wie die Fischweiber schlugen!»

Der Thronfolger sagte mürrisch: «Was soll ich denn machen, Onkelchen, die Damen lieben mich eben, und meine Frau nicht. Sie werden doch auch von Ihren Freunden geliebt und von Ihrer Frau nicht!» Prinz Heinrich taumelte fast unter diesem völlig unerwarteten Gegenschlag. Er schloß für eine Sekunde die Augen, eben die Sekunde, in der, einen Skandal geradezu witternd, sofort die umstehenden hohen und höchsten Herrschaften begannen, sich um die beiden Prinzen zu scharen.

Als Prinz Heinrich die Augen wieder öffnete, versuchte er sich im zerschmetternden Blick des Königs: «Wenn Ihre Gemahlin Sie zum Hahnrei macht», sagte er schneidend und von seiner Wut überwältigt, «dann ist das noch lange kein Grund ...»

«Einen Augenblick, *mon oncle* ...» unterbrach der Prinz von Preußen und hob unwillkürlich die Stimme, als habe er selber nicht recht gehört: «Meine Frau macht mich zum Hahnrei ...! Wollen Sie wagen, dies zu behaupten?»

Prinz Heinrich schrie fast: «Tun Sie nicht so, als ob Sie das nicht wüßten!»

Prinz Friedrich Wilhelm warf einen raschen Blick rundum. Rundum verharrte eine Schar von Hofleuten mit angehaltenem Atem.

Der Prinz von Preußen sagte mit aller Schärfe: «Namen nennen! Sofort nennen Sie die Namen, Sie elender Verleumder ...!»

Jetzt verlor Prinz Heinrich, immer zu Eskapaden geneigt, die Schlacht.

Er bekam einen dunkelroten Kopf und schrie: «Ich kann doch nicht die ganze Rangliste der Garderegimenter zitieren!»

In diesem Augenblick trat der Lieutenant von Forçade einen Schritt vor und schlug knallend die Hacken zusammen, stampfte dann den rechten Fuß zur Seite, riß den Zweispitz vom Kopfe und fuhr mit ihm dem Prinzen Heinrich dicht vor das Gesicht. Er sagte mit schneidender Stimme: «Hoheit! Die gesamten Offiziers-Corps der Garde stehen geschlossen bereit, ihren Degen für die Ehre der Prinzessin von Preußen zu ziehen!»

Die Prinzessin von Preußen stand gerade ganz in der Nähe und probierte in der Gesellschaft des Grafen Schmettau vom Kalten Buffet. Jetzt sagte sie mit klarer, tragender Stimme in die atemlose Stille hinein: «Sie auch, Schmettau? Das ist aber besonders freundlich von Ihnen!»

Der Prinz von Preußen ging steifen Schrittes an seinem Onkel Heinrich vorbei auf die Prinzessin zu, nahm ihren Arm und sagte, mit der Prinzessin am armen Heinrich vorbeischreitend: «Mein Onkel! Mir bleibt nichts übrig, als die Scheidung einzureichen! Seine Majestät wird bestimmen, ob Ihr Zeugnis hinreicht, unsere glückliche Ehe zu annullieren!»

Die Prinzessin aber sagte: «Mein süßer Schatz, wie schön, daß wir auch in diesem Punkte einig sind ...!»

Was sagte der König?

«Die beiden haben sich keinen Tag die Treue gehalten!» sagte er. «Sie haben beide niemals gezögert, die einfachsten Gesetze von Sitte, Anstand und Ehre zu verletzen!»

«Treue ... Ehre ... Sitte ... Anstand ...» sagte Keith lächelnd. «Sire, Sie haben die Politik vergessen!»

Der König nahm eine Prise und beugte sich wieder über das dicke Aktenstück, in welchem er blätterte. Dabei sagte er ruhig und nachdenklich: «Ich habe die Politik keinen Augenblick vergessen. Preußen ist ein Zwitterwesen und ein Großstaat zugleich. Es hat keine natürlichen Grenzen, ist von Mörs bis Memel verzettelt, zwischen mächtige und neidische Nachbarn eingekeilt, arm an Volkszahl und an natürlichen Hilfsmitteln ...» Er blickte auf: «Ein mehr oder minder künstliches Gebilde, mein Lord, niemand weiß besser, auf wie schwachen Füßen es steht als ich.»

Keith dachte nach. Besaß der Nachfolger des Königs die Willenskraft und den Geist seines Oheims? Ganz gewiß nicht. Keith sagte: «Aber als Sie zur Regierung sollten, Sire, glaubte Ihr Königlicher Vater, Sie seien fähig dazu ...?»

Der König erwiderte: «Nein! Aber ich! Und dieser jämmerliche Tolpatsch, mein Nachfolger ...»

«Verbrennen Sie sich die Zunge nicht, Sire», bemerkte Keith, denn der König trank hastig von seiner brühheißen, gepfefferten Bouillon.

Der König blickte Keith über den Rand der Tasse an: «Der dicke Willem, wie ihn neuerdings mein treuherziges Volk zu nennen beliebt, der traut sich eben nichts!»

Der König verschluckte sich. Er setzte die Tasse ab. Er sah den Freund traurig an und sagte langsam: «Wenn nach meinem Tode mein Herr Neveu in Schlaffheit einschläft, wenn er sorglos dahinlebt, wenn er die Staatsgelder verschleudert – und er tut es jetzt schon, es laufen da Wechsel um, zahlbar nach meinem Tode! –, wenn er nicht bald alle Seelenkräfte zusammenrafft, sehe ich voraus, daß dieser Herr Joseph, der sich deutscher Kaiser nennt, ihm ein Bein stellen wird und daß in dreißig Jahren weder von Preußen noch von einem Hause Brandenburg mehr die Rede sein wird!»

Keith sagte begütigend: «Nun ... nun ...»

Der König blies über seine Tasse: «Kurzum, Keith, ich setze alle Hoffnung, die mir bleibt, auf den Nachfolger meines Nachfolgers. Der Prinz von Preußen muß sogleich für einen Sohn sorgen, den ich noch in seinem Charakter erfassen und bilden kann, bevor ich abkratze.»

Der König hob das dicke Aktenstück und ließ es wieder auf den Tisch fallen, daß es knallte. Der König sagte: «Und wenn der Prinz von Preußen nicht für einen Sohn sorgen kann, so muß es eben die Prinzessin tun – eine Tochter hat sie ja schon.»

Keith schwieg. Wie in Gedanken versunken blätterte der König in den Akten.

«Der Schmettau ...» murmelte er, «dieser Schmettau auch ...! Nun, der ist wenigstens ein Kerl – da kann ich mich in den fürstlichen Familien lange umsehen, bis ich so einen finde ... .» Er schlug das Aktenstück wieder zu. Er blickte Keith an und sagte entschlossen: «Ich genehmige die Scheidung nicht! Ein Sohn und Erbe muß her! Sollen die beiden sehen, wie sie ihn fertigkriegen!»

Als Ihre Königliche Hoheit, die Prinzessin Elisabeth von Preußen aus dem Haus Braunschweig, über den Neumarkt die Sänfte mit dem Mohren und dem Tibeter heranschaukeln sah, beeilte sie sich, den Lord Marishal in ihren Gemächern zu empfangen, nirgendwo anders als dort. Sie wußte, der alte, weise und gütige Freund des Königs, der ihr wohlgesonnen war, brachte den Entscheid in der Sache ihrer Ehescheidung.

So empfing sie den von der Anstrengung des Treppensteigens ein wenig schwerer atmenden Lord in der Haltung, die sie gewohnt war einzunehmen, wenn Staatsaffairen an sie herantraten. Sie stand aufrecht und stolz in ihrem kleinen Salon, die Brust hochgereckt, den Kopf zurückgeworfen und die beiden Hände flach auf die Hüften gelegt, so daß sie mit Leichtigkeit den geschweiften Korb des Reifrockes dirigieren konnte, derart den Saum des modischen Gewandes höher oder nieder wallen zu lassen.

Als Spérandieu den Lord Marishal eintreten ließ, sagte die Prinzessin hoheitsvoll: «Nun, Mylord? Der König ist mit der Scheidung einverstanden?»

Das klang gerade so, als wünsche die Prinzessin die Scheidung selber, und so sollte es auch wohl klingen. Außerdem bat sie ihn, den alten Mann, nicht, sich in ihrer Gegenwart zu setzen. Keiths Respekt vor der Prinzessin stieg. Er sagte lächelnd: «Mein Kind, der König will Ihnen wohl! Er möchte alles, was geschehen, als die Laune zweier Kinder betrachten. Er meint in seiner Welterfahrenheit, alles werde sich einrenken, wenn erst ein Sohn da ist, der legitime Nachfolger des Prinzen auf dem königlichen Thron!»

Die Prinzessin erwiderte ruhig und kalt: «Das ist unmöglich. Der Prinz liebt mich nicht!»

Keith meinte: «Je nun ...» Und dann verstummte er, denn die Prinzessin ließ in der Spannung ihrer Hände etwas nach. Der Saum ihres geschweiften Reifrockes hob sich, und unter dem Saum wurde ein kleines Kind sichtbar, ein zartes, etwas bräunliches Mädchen mit dunkelsamtenen Augen, die leicht geschlitzt waren und nun neugierig zu dem fremden Onkel aufblickten.

«Kuckuck!» sagte das kleine Mädchen.

Die Prinzessin lächelte.

Keith überwand seine Überraschung. Auch er lächelte; er sagte: «Sollte dieser kleine, hübsche Engel nicht das Gegenteil beweisen?»

Die Prinzessin sagte hart: «Mylord, ich bin kein Spielverderber, aber der König verletzt die Regeln.»

Die Kleine kroch unter dem mütterlichen Reifrock vor und stand nun, einen Finger im Mund, vor dem fremden Onkel.

Die Prinzessin sagte: «Ich war bereit, den Prinzen zu empfangen. Ich war sogar bereit, alle Mittel der Verführung einzusetzen, um ihn zu gewinnen. Und ...» sie lächelte stolz: «... es sind deren viele, ich habe sie durchprobiert – bei vielen, Sie wissen es, Mylord! Zuerst dachte ich, den Prinzen hindere eine männliche Scham. Aber seit jedermann weiß, daß er Maitressen hat, kann es Schwäche nicht sein. Jetzt bin ich nicht mehr bereit!»

Keith sagte nach einer kleinen Weile: «Darf ich mich setzen, Hoheit?»

Die Prinzessin eilte lebhaft auf ihn zu. «Oh, Mylord, verzeihen Sie, ich dachte nicht daran, daß Ihre Mission Sie anstrengen könnte ...» Sie geleitete ihn zu einem Stuhl, Keith setzte sich, und sogleich kam auch das Kind und schmiegte sich an ihn, diesen vertrauenswürdigen alten Mann mit den Augen Matuschkyns anzustaunen.

Keith betrachtete das Kind und streichelte ihm die Wangen. Er faßte sich dabei, er sagte, zur Prinzessin aufblickend, die dicht vor ihm stand: «Der König verletzt die Regeln nicht, Hoheit. Dies Kind hier beweist, daß der Prinz Ihre Freiheit achtet, wie Sie die seine. Hat der König auch nur mit einem Wort die Legitimität dieses Kindes, der kleinen Prinzessin Friederike, angezweifelt? So wenig wie der Prinz! Der König wird auch die Legitimität eines Sohnes aus dieser Ehe nicht anzweifeln ...» Keith streichelte die Kleine, er setzte mit einem listigen Lächeln fort: «... an dem ihn nur diese hübsche Mongolenfalte stören würde!»

Die Prinzessin sagte eisig: «Ich verstehe, Mylord! Seine Majestät in seiner grenzenlosen Toleranz macht nur kleine Unterschiede. Seine Majestät meint, es muß ja nicht gerade ein Graf Matuschkyn sein, Majestät sähe es lieber, es ist ein Herr aus seiner Leibgarde, durch die Schönheit seiner Formen, wie durch seinen bewährten Mut im Schlachtengetümmel gleichermaßen ausgezeichnet! Habe ich recht? Soll ich Ihnen Namen nennen? Wünscht Seine Majestät, daß ich es zum Zwecke des von ihm ersehnten Thronerben mit dem Grafen Schmettau treibe? Soll ich zu vertraulichem Umgang den Lieutenant von Forçade in mein Bett zerren ...?»

Entsetzt hob Keith beide Hände, die eben noch wie segnend auf dem Haupt der Kleinen gelegen hatten. «Aber doch nicht so, Hoheit!»

Aber die Prinzessin war im Zuge. Sie sagte: «Nur zu! Äußern Sie die Wünsche Seiner Majestät! Aber ich sage Ihnen – und Sie werden das Seiner Majestät wörtlich ausrichten: Ich bin keine Hure, die mit jedem schläft, den der geschäftliche Sinn des Königs auszuwählen wünscht! Ich schlafe mit jedem, mit dem es mir Spaß macht! Mit dem Prinzen nicht! Und nicht mit jemandem sonst, den der König wünscht!»

Die Prinzessin trat einen Schritt näher. Ihre Augen flammten, eine dunkle Röte stieg ihr den Hals hinauf, sie zog die Schultern zurück, ihr Busen prangte frei; sie sagte, jedes Wort geschliffen: «Sollte aber Seine Majestät auf seinem Befehl bestehen, und Sie wagen es, Mylord, mir diesen Befehl zu überbringen ...» Sie stand so dicht vor Keith, daß er ihren heißen Atem spürte ... sie sagte, jedes Wort gefährlich dehnend: «... eine Unterhaltung fortzusetzen, die mich so sehr verletzt, so werde ich ...» sie setzte sich mit einem Ruck dem völlig überraschten Lord Marishal auf den Schoß ... «so werde ich Ihnen selbst – auf der Stelle – befehlen, für den Thronfolger zu sorgen, den der König begehrt!»

Dabei packte sie Keiths Kopf und zwang ihn in ihren hochwogenden Busen, aus dem ein betäubender Duft stieg.

Keith hatte große Mühe, die schwere Last auf den Knien zu halten, die zur Hälfte von seinem Bauch überlagert waren. Er lachte, er lachte zuerst prustend und von der süßen Last behindert, so daß es seinen ganzen schweren Körper schüttelte und rüttelte – er lachte, daß ihm die Tränen in die Augen kamen, und keuchte endlich: «Ich ...? Ich ...?? Ich ...??? Prinzessin! Sie machen mich stolz ...! Prinzessin ...! Wie gerne würde ich ...! Prinzessin ...!!» Um dann mit den von der Prinzessin mit wilden Küssen erstickten Worten zu enden: «Prinzessin ... ich ... ich bin ... sechsundsiebzig Jahre alt!»

Das Kind stand neben dem umschlungenen Paar und blickte ernsthaft.

Elisabeth hatte ihr Gesicht an das tränennasse Antlitz des Lord Marishal gedrückt, sie flüsterte: «Ich würde es als eine tödliche Beleidigung empfinden, Mylord, wenn Sie zu zweifeln wagten, es gelänge mir nicht, Sie zur schönsten Tat Ihres Lebens zu bewegen!»

Der alte Mann lachte und schluchzte zu gleicher Zeit, er wiegte dies sonderbare Mädchen wie ein Kind auf dem Schoße und sagte langsam, der Prinzessin dankbar kleine Küßchen gebend: «Ich glaube Ihnen, mein Prinzeßchen! Und ich danke Ihnen...! Aber ich bitte Sie, mir zu verzeihen, was Sie dem Prinzen so übelgenommen haben... es wäre mein Tod...!»

Keith lachte noch, als er dem König berichtete.

Aber es gab Dinge, in denen verstand der König durchaus keinen Spaß.

Er befahl, das Verfahren zur Scheidung in Gang zu bringen. Der Prozeß wurde streng geheim geführt, man erfuhr so gut wie nichts; man erzählte sich freilich, daß es den Richtern sehr schwergemacht war, zu einem Urteil zu gelangen: Die Herren Offiziere von der Garde jedenfalls, als Zeugen geladen, schworen unter Anwendung von vielen Flüchen, wobei ein Potz das andere jagte, die heiligsten Eide, sie würden jeden Wicht vor die Klinge fordern, der es wage, ihnen einen Verstoß gegen das oberste Ehrengesetz der Garde anzumuten, eine Devise, die der jüngste Fähnrich von Zastrow eindrucksvoll genug formulierte, indem er auf sein Wehrgehenke schlug und krähte: «Braut eines Kameraden immer heilig!» Ein einziger Beweis lag allerdings vor, der den Richtern ermöglichte, Elisabeth schuldig zu sprechen. Prinz Heinrich wies einen kleinen Brief der Prinzessin vor, den er hatte abfangen lassen. Er wurde vor Gericht verlesen:

‹Mein teurer Pietro, komm doch auf den Ball, den der Prinz Heinrich am 24. Januar gibt! Ich kann nicht leben ohne Dich! Du mußt mich von hier entführen, und ich will Dir überallhin folgen. Ich will lieber trockenes Brot essen, als länger mit meinem dicken Tölpel leben.›

Die Prinzessin, gefragt, ob sie diesen Brief geschrieben habe, lächelte rätselhaft und antwortete nicht.

Weit und breit mochte sich kein Pietro finden. Aber ganz in der Nähe hätte er sich wohl finden lassen können, der kleine Italiener, Flötist im Orchester des Prinzen, der kurz vor dem Skandal in seine sonnige Heimat voller amore zurückzukehren suchte und keineswegs die Absicht gehabt hatte, im kalten Januar einen Ball beim Prinzen Heinrich mitzumachen.

Die Prinzessin legte den Titel ‹Königliche Hoheit› wieder ab, nahm die ‹Durchlaucht› von neuem an und erhielt die Weisung, den Rest ihres Lebens in Cüstrin zuzubringen, in der kleinen, aber wohlbestückten Festung. Sie durfte ihre Tochter nicht mitnehmen, und ihr wurde eine geringe Pension angewiesen.

Am Tag, da die Prinzessin sich in Begleitung eines Rittmeisters der Husaren sowie zweier pompöser Hofdamen gesetzteren Alters auf den Weg in die Verbannung begab – sie sollte, so lautete der Befehl, erst bei Anbruch der Dunkelheit abreisen, um kein unnötiges Aufsehen zu erregen

–, geschah es, daß sich die Straßen Potsdams plötzlich mit Offizieren der Garde füllten, die Musikkapellen der Regimenter marschierten auf, die Offiziere der Regimenter zu Fuß ergriffen in Paradeuniform Fackeln, die der Kavallerie steckten die Fackeln auf die Spitzen ihrer Säbel und Pallasche und stiegen zu Pferde – aber der Wagen der Prinzessin war offen, er rollte aus dem Hofe des Marstalles an der Musik des I. Bataillons Garde vorbei, die sogleich mit dem Locken einsetzte, dem schrillen Getön der Querpfeifen und dem dumpfen Trommelwirbel, um dann mit dreifachem Paukenschlag hinter dem Wagen einzusetzen.

Die Offiziere der Kavallerie sprengten zu beiden Seiten der Kutsche vor, aus der die Prinzessin mit strahlendem Lächeln dankte.

Sogleich auch, wenn der Marsch der Infanterie zu Ende war, setzten mit Fanfaren und Kesselpauken die Märsche der Reiter-Regimenter ein. Ein langer, leuchtender Heerwurm wälzte sich zum Stadtschloß, wo, jedermann wußte es, an diesem Abend der König weilte. Der König trat, begleitet vom Lord Marishal Keith, an das Fenster seines Zimmers und sah.

Er sah den ganzen Zug, ohne sich zu rühren. Sein Schatten war deutlich sichtbar.

Er sah seine Offiziere hinter und neben der Kutsche der Prinzessin reiten, er sah Schmettau und Forçade, er sah die Offiziere seines Garde-Regimentes zu Fuß, seines Regimentes Gend'armes, seines Garde du Corps, seiner Dragoner, seiner Husaren.

Als Keith neben ihn trat, den Arm hob und mit einem Tüchlein winkte, gerade als die Prinzessin in ihrer Kutsche, gefolgt vom Musikcorps des I. Bataillons Garde, direkt am Fenster des Königs vorbeirollte – und jedermann konnte das Winken Keiths beobachten, die Prinzessin blickte hoch und schenkte dem alten Mann ein strahlendes Lächeln und ein abschiednehmendes Wedeln der in langen Handschuhen steckenden Hand – da sagte der König: «Dieser Kerl, der Hornist vom Regiment meines Herrn Neveu, bläst wieder falsch!» Als der Zug vorüber war – er geleitete die Prinzessin bis vor die Stadt –, wandte sich der König ins Zimmer zurück und sagte: «Keith, die Russen ... Mit dieser Katharina nimmt es kein gutes Ende! Sie kennt wie alle Weiber kein Maß. Jetzt will sie ganz Polen schlucken. Ich habe auf den Zarewitsch gesetzt. Der haßt seine Mutter. Die hat ja seinen Vater Peter ermordet. *Wenn* es sein Vater war, wahrscheinlich war's der Soltikow.»

Der König schwieg, aber auch Keith. Der Lord wußte, daß die scheinbar ziellosen Reden des Königs stets mit einer überraschenden Pointe endeten.

Der König sagte: «Der Zarewitsch Paul interessiert sich für die Tochter der Landgräfin von Hessen-Darmstadt. Oder die Katharina, das ist im Grunde gleich.» Wieder schwieg der König.

Endlich sagte er: «Die Wilhelmine von Hessen-Darmstadt wird also einmal die Zarin mit Paul. Sie hat noch eine Schwester, die Luise.»

«Die häßliche?» fragte Keith.

Der König sagte: «Wenn mein Herr Neveu es mit einer Schönen nicht konnte – vielleicht kann er es mit einer Häßlichen ...?»

Prinzessin Elisabeth, so erzählte man, betrat ihren Kerker fröhlich und brachte vom ersten Augenblick an ihre Heiterkeit mit dahin. Man erzählte sich, daß der Husarenrittmeister erst in letzter Stunde daran gehindert werden konnte, mit der Prinzessin nach Venedig zu flüchten. Der Rittmeister hieß Gualtieri und stammte von dort. Er verschwand für eine lange Weile in der Festung Magdeburg, welcher Vorfall auf die Heiterkeit der Prinzessin keinerlei mindernden Einfluß hatte. Man erzählte sich, daß die Prinzessin in Cüstrin einem kuriosen Zeitvertreib huldigte. Er bestand darin, eine Menge Stühle in zwei Reihen in einen Saal zu setzen, diese für Tänzer und Tänzerinnen anzusehen und dann zwischen ihnen hindurch die Touren einer ‹Anglaise› zu tanzen, ein Vergnügen, das sie leidenschaftlich liebte, weil sie dabei die ganze Leichtigkeit und Anmut ihrer Bewegungen zeigen konnte.

Der König sah sich gezwungen, so erzählte man, den Kommandanten der Festung, einen verdienten Offizier, durch einen sehr viel älteren Invaliden zu ersetzen. Gleichzeitig befahl der König, einen Posten vor die Tür, die zu den Gemächern der Prinzessin führte, zu stellen, einen Posten unter Gewehr.

Man erzählte sich, daß dieser Posten bei einer Kontrolle als abgängig gemeldet werden mußte, nur sein Gewehr stand noch neben der Tür. Der invalide Kommandant verschaffte sich Eingang bei der Prinzessin. Der Posten wurde der Desertion angeklagt, verteidigte sich aber mit so bewegenden Worten und wußte so einleuchtend die Gründe seines Handelns darzutun, daß er nur wegen schweren Wachvergehens verurteilt werden konnte.

Die Prinzessin durfte sich nach dieser Affaire mit Erlaubnis des Königs nach Stettin zurückziehen, wo sie ein recht geselliges Leben führte und die ein wenig schläfrige preußische Hafenstadt zu munterer Geschäftigkeit aufrührte. Kein Fremder von Distinction unterließ es, die Prinzessin aufzusuchen. Sie beschenkte jeden Gast, der nur irgend Wert darauf legte, mit den freimütigsten Erzählungen über ihre Erfahrungen aus dem gemütlichen Familienleben der Hohenzollern. Sie überlebte alle Personen, die irgend mit ihrem sonderbaren Schicksal in Verbindung gestanden hatten.

Sie wurde vierundneunzig Jahre alt.

Die knorrigste Eiche in den Wäldern von Falkenhagen, der Herr von Koschembahr, hatte viel Ärger mit seinen Bauern. Daß sie nach wie vor ungeniert ihr Brennholz in den Waldungen des Prinzen von Preußen stahlen, mochte noch hingehen; so verschwand wenigstens ohne unnötige Kosten das Bruchholz, das sonst so unordentlich herumgelegen hatte. Aber seit der König den unbegreiflichen Fehler begangen hatte, seine invaliden Soldaten als Lehrer auf die Dörfer zu schicken, so daß nun die Bauern sogar anfingen, Lesen und Schreiben zu lernen, war genau das geschehen, wovor er immer gewarnt hatte: Der Geist des Aufruhrs herrschte.

Das begann mit der Laufpost. Seit alters her bestimmte das Postregal die Postillione auf ihren Fahrten und Ritten durch das Land, die Post bei den einzelnen Dörfern oder Höfen abzuwerfen – oft um nur ganz weniger Briefe willen. Die Post, immer mit der Zeit gehend, zog nun, da durch die Kenntnis der Lese- und Schreibkunst der Bauern auch hier der Postanfall sich mehrte, die Bauern selbst zum Postdienst heran: Die Bauern konnten ja die Adressen entziffern! In Preußen führten Kenntnisse stets zu Pflichten.

So ging also die regelrechte Post als sogenannte Stadtpost bis an die Grenzen Spandaus – sie wurde in Wustermark abgeliefert. Von dort aber ging sie als Laufpost weiter: Die Bauern, durch Herrn von Koschembahr eingeteilt und in Dienst genommen, was die Canaille sogleich als unziemlichen Frondienst bezeichnete, holten sie in Wustermark ab und trugen sie dann, zu Fuß selbstredend, in die Dörfer aus.

Kam doch eines Tages – der Herr von Koschembahr hatte noch nicht gefrühstückt und jedermann in seinem wohlgeordneten Haushalt hütete sich, ihm in die Quere zu kommen, bevor er sich an den Kaffeetisch gesetzt – da kam also eines Morgens vor dem Frühstück eine Gruppe Bauern, welche die Frechheit hatte, sich eine ‹Deputation› zu nennen, ein paar krumme, zerlumpte Kerle in Holzschuhen, mit riesigen, schwieligen Händen und verkniffenen Augen und erklärten nach vielem Räuspern und Spukken, dann aber den Satz wie einen Kanonenschuß abfeuernd, sie weigerten sich, fortan die Laufpost zu besorgen! Sie nähme ihnen zuviel Zeit von ihrer Arbeit weg, sagten sie, weil nämlich neuerdings immer mehr Briefe kämen – fast täglich einer zum Beispiel in das Haus des Herrn von Koschembahr.

Der Herr von Koschembahr schnaufte und brüllte wie ein Stier. Aber ehe er die Hunde loslassen konnte, fand einer von ihnen, der Krümmste und Älteste, noch Gelegenheit, zu rufen, der Teufel selbst ritte nächtlings durch die Wälder, wohl um eine Hexe zu besuchen, die der Herr von Koschembahr selber nicht weit zu suchen brauche, aber das zu dulden sei ihnen keineswegs zumutbar, da sie doch alle ehrliche Christenmenschen seien – mit Verlaub zu sagen!

Der Herr von Koschembahr war so glücklich, noch eine junge Frau gewonnen zu haben, die Tochter des Obersten des Regimentes Forçade und Schwester des Lieutenants von Forçade, dem Adjutanten des Prinzen von Preußen. Beim Frühstück sprach er lange und eindringlich mit ihr, aber die junge Frau war der Meinung, mit solchem Krimskrams könne das zarte, anmutige Kind, das in der Einsamkeit der Falkenhagener Wälder ihre schwere Stunde erwarte, die Wilhelmine von Berckholzen, nicht belästigt werden.

Sie war keine Last im Hause des Herrn von Koschembahr, die kleine Wilhelmine, sie ging nur ganz selten abends ein Stückchen durch die Wälder, sie half der Frau von Koschembahr beim Einmachen, sie lernte bei dem Baby, dem späten Sprößling der Eiche, Pudern und Wickeln.

Eines frühen Morgens – es war während dieses unglücklichen Scheidungsprozesses, in den das prinzliche Ehepaar mitsamt einem stattlichen Zeugenaufgebot verwickelt war – kam ein Wagen angefahren, in dem der junge Herr von Forçade mit einer jungen Dame saß. Den Wagen lenkte Hannes Rietz von der Königlichen Hofgärtnerei, ein stattlicher junger Mann, der als ungemein verschwiegen galt.

Die Dame, tief verschleiert, wurde sogleich in das Haus geleitet. Aber ehe noch der Lieutenant seinem Schwager Näheres zu erklären vermochte, stand plötzlich der Prinz von Preußen in der Tür, der sich bis dahin im Wagen versteckt hatte. Der Prinz sah verstört um sich, dann schrie er zum Schrecken der jungen Frau von Koschembahr auf: «Rieckchen . . . !», riß die junge Dame, die im Begriffe war, die Treppe hinanzueilen, in seine Arme und versank in einen tiefen Kuß – bei welchem Anblick sich die Frau von Koschembahr gerührt abwandte, indes ihr knorriger Mann ein verlegenes Räuspern nicht unterdrücken konnte.

Und schon am nächsten Tag war der erste Brief gekommen, dem so viele zum Verdruß der Laufpost folgen sollten.

Von allen angenehmen Gewohnheiten der jungen Dame Wilhelmine, die hier ihre Niederkunft abwarten sollte, ohne durch die Einzelheiten des infamen Prozesses aufgeregt zu werden, war eine, die weiblicher Neugier sehr zustatten kam, und Frau von Koschembahr war sehr weiblich und sehr neugierig. Wilhelmine ließ ihre Briefe unbekümmert offen herumliegen, nachdem sie diese entziffert und geküßt hatte.

In diesem widerlichen Prozeß sollte auch Forçade auftreten; man sprach im Hause Koschembahr ebensoviel von dem Prozeß wie überall in Berlin und Potsdam. Und bei den fürstlichen Höfen ringsum bedeutete der Prozeß mehr als eine Sensation, geradezu nämlich ein Skandal. Die junge Frau von Koschembahr barst vor Neugier über die Ereignisse der großen Welt. Wenn irgendwo, so mußte sie in den Briefen des Prinzen an seine heimliche Geliebte Auskunft erhalten. Frau von Koschembahr vergaß Sitte und Anstand, es war stärker als sie. Kurz, sie las den Brief, den Wilhelmine am ersten Tage ihres Aufenthaltes in den Falkenhagener Wäldern erhalten und auf ihrem Nachttisch offen liegengelassen hatte.

‹Mein allerliebster scharmanter Engel, ich bin ganz glücklich gestern abend um acht uhr hier angekomen, ich hätte noch eher komen können, aber weil ich mich nicht vil daraus machte das fatale Flaster von Potsdam am Tage zu sehen, so habe ich mich eben nicht sehre gesputet, ich habe dise nachte recht vil von Dich geträumet, das wir bei ein ander währen und vile dauben um uns hatten ich glaube das ist gut – es ist mich recht angstlich vorgekomen so alleine ohne Dich in das bete zu ligen und es hat mir entsezlich gefroren. morgen werde ich Dich durch Hanne schreiben und Dich Geld schicken. ich danke Dich noch tausend mal vor alle die freundschaft und liebe di Du mich erzeigest hast wehrend die glükliche Zeit das Du hier gewesen bist. Deine Liebe machet mir zum glüklichsten menschen von der welt und so lange als noch ein blutsdropfen in meinen aderen sein wird, so werde ich alle mein möglichstes thun um mir Deine Liebe allezeit würdig zu machen und werdig ich Dich zum wenigsten eben so lieben als Du mich liebest und werde von keine fremde Leute ringe annehmen wie von diese . . . adieu schönstes allerliebstes rikechen vergese Deinen treuen Diener nicht der Dich aus hertzens grunde anbetet . . .›

Hier überwältigten Tränenströme die sich entsetzlich schämende Leserin, die im Traume nicht daran zu denken vermochte, von ihrem Koschembahr je einen solchen Brief zu erhalten. Fortan war sie die treue Beschützerin dieser Liebe und focht erbitterte, nächtliche Kämpfe mit ihrer Eiche aus, der die ganze Sache höchst unheimlich war, und die eben nur vor einem Blitze bebte, dem aus den Augen des Königs.

So oft der Prinz nur konnte, manchmal dreimal in der Woche, wagte er den nächtlichen Ritt nach Falkenhagen, in seinen Umhang gehüllt, den Hut tief in die Stirn getrieben, begleitet von Hannes Rietz, über entsetzliche Feld- und Waldwege, drei Stunden hin, drei Stunden zurück, um drei Stunden in den Armen Wilhelminens zu liegen.

Die Bauern, welche der nächtlichen Hetzjagd begegneten, bekreuzigten sich.

Der Herr von Koschembahr konnte sich nicht enthalten, lachend dem Prinzen zu erzählen, daß die Bauern den nächtlichen Reiter für den Teufel hielten. Zu seinem Erstaunen aber mußte er erfahren, daß der Prinz sich über den Teufel seine Gedanken gemacht hatte. Der Oberhofprediger Sack, dem die religiöse Erziehung des Thronfolgers oblag, hatte keinen Zweifel darüber gelassen, daß der Teufel wirklich und existent war, wenn auch nach dem Willen Gottes nunmehr als böser Geist.

Der König selber wollte weder von Gott noch dem Teufel hören und hatte vom Geist in jeder Form eine durchaus andere Vorstellung, als die des Oberhofpredigers, ein Grund mehr für den Prinzen, den Worten seines geistlichen Beraters eifrig zu lauschen. Der gute alte Béguelin, Gouverneur für die mehr weltlichen Angelegenheiten, hatte ihn hinwiederum belehrt, daß der eigentliche Triumph des Christentums darin bestanden habe, die Götter der Heiden zu stürzen, deren Bilder zu zerstören und sie in der Vorstellung der Völker nurmehr als Geister leben zu lassen, und zwar als böse. Sie waren durch das Kreuz gefesselt und ungefährlich gemacht, es war eine

Sünde, ihnen zu folgen. Der aufklärerische Sinn des Königs aber orientierte sich nicht nach dem Kreuz, und wenn er dessen Fesseln leugnete, so war nichts natürlicher, als daß die Geister sich wieder in Götter verwandelten, nicht nur in der Vorstellung der Völker in Bilder der Götter, sondern in eben der Realität, nach denen die Bilder gemacht worden waren. Warum sollte der Teufel also nicht wirklich sein? Ein gefallener Engel? O nein, ein geschwänztes Wesen mit Hörnern und feurigem Atem, das nachts durch die Wälder ritt. Zwar konnte der Prinz mit dem Herrn von Koschembahr nur lächeln über den Irrtum der Bauern, die in ihm, dem nächtlichen Reiter, den Teufel sahen, aber warum sollte der Teufel diesen alten, heidnischen Wenden, nicht nur in ihrem Glauben, sondern auch in ihrer Freiheit durch das Kreuz besiegt, nun nicht ebenso wirklich und lebendig begegnen wie die Geister, die in den Göttern ihr Bildnis fanden?

Zum Entsetzen von Herrn von Koschembahr behauptete der Prinz schlankweg, er selber glaube nicht nur an die Existenz dieser Geister, er habe sie selber gesehen: Die Geister des Wassers, die Undinen, über den Wassern des Heiligen Sees, in mancherlei verschiedenen, aber immer verlockenden Formen – Nebel, sagte der knorrige Forstmann –, die Geister der Erde, die Gnomen, als kleine, winkende und raunende skurrile Gestalten – Baumstümpfe, sagte Herr von Koschembahr – und Waldgeister, ja gerade die, beteuerte der Prinz, auf jedem seiner nächtlichen Ritte, sagte er, begegne er ihnen, anfangs zu seinem Entsetzen, dann aber wurden sie ihm zu vertrauten Gestalten, die zu ihm sprächen und ihm den Weg zeigten.

So erwies es sich denn, daß von allen Lehrern dem Prinzen einer den bedeutendsten Eindruck hinerließ: der Chevalier de Seingalt. Auf allen Spaziergängen des Prinzen mit diesem seinem Mentor hatte es der kluge und gewandte Mann, der in der Bildung seiner Zeit vollkommen souveränen Geistes war, verstanden, den Prinzen auf die natürlichen Ausdrucksmöglichkeiten der Elemente aufmerksam zu machen, und da es dem Prinzen offenbar darum ging, mit der eigenen, elementar spürbaren Natur fertig zu werden, alle Erklärung mit diesem ersten Punkte einzuleiten und auf folgerichtigem Wege fortzuschreiten. Er war es, der ihn auf das Wildwuchernde der Natur, eben das Elementare, hinwies, das zur Fortpflanzung drängte und in allen Erscheinungen eben dies zweckvoll zur Geltung brachte; unwillkürlich wurde das Obszöne offenbar, das besonders in den Bäumen des Waldes aus jeder Wurzelverschlingung, aus jeder klaffenden, harzigen Wunde mit bocksbärtigem Moose deutlich sichtbar wurde, Manifestationen der Waldgeister, die sich nächtens, also zur Liebesstunde, zu überaus realem Tun entfalteten. Und waren die Geister der Natur nicht die Götter der Heiden?

Tatsächlich also sah der Prinz auf seinen nächtlichen Ritten durch die Wälder des Havellandes, des Luchs, in welchem Bauern lebten, wohlvertraut mit dessen Geistern, diese deutlich und unabdingbar; er sprach mit ihnen und sie mit ihm, befand er sich doch in seiner Hast bereits nicht nur auf dem Wege, sondern in allen seinen Gedanken bei eben jenem wollüstigen und obszönen Tun, welches das Elementare in ihm als das absolut Vordringliche empfand. Die Geister des Waldes waren gute, weil produktive Geister, die sich dienstbar zu machen höchlich verlocken mußte, um zu einer Vollendung seiner Natur zu gelangen.

Für den Herrn von Koschembahr waren Astlöcher nichts als Astlöcher, und wenn sich im Walde etwas unheimlich regte, so waren es Wilderer und Holzdiebe, und wenn der Prinz nichts dabei fand, daß die unwissenden, dummen Bauern ihn für den Teufel hielten, machte es ihm auch nichts aus, daß sie seine Wilhelmine als Hexe verschrien? Hier mußte der Prinz freilich lachen – seine Wilhelmine! Er war ja auch nur durch einen Irrtum in den Ruch des Teufels gekommen, wie offenbar Wilhelmine in den einer Hexe, und um der Geheimhaltung ihres Aufenthaltes willen war es schon besser, sie versuche nicht, sich bei den Leuten zu zeigen, um sie davon zu überzeugen, daß sie keine Hexe sei, wenn auch durchaus nicht zu leugnen war, daß es Hexen wirklich gäbe; hat die Kirche sie nicht durch Jahrhunderte hindurch bis auf den heutigen Tag verbrannt?

Hier schwieg Herr von Koschembahr, bei solchen Reden schlug er sich heimlich das Kreuz.

Aber tatsächlich hatten diese Gespräche zur Folge, nicht nur, daß sie kostbare Stunden des Liebeserlebnisses raubten, sondern daß dem Prinzen in den Armen Wilhelminens, zuweilen erst schreckhaft, dann aber sogar mit einem gewissen Stolz, die Möglichkeit ebenso real wurde wie die Geister des Waldes, sie sei wirklich eine Hexe . . . er, der Prinz, habe sich eine Hexe untertan gemacht! Sein Kind also werde das Produkt der höchsten Verbindung sein, der mit den Geistern, die ihm zur Macht über die Menschen verhelfen sollten!

Wilhelmine freilich ahnte nichts von den nächtlichen Konfusionen, welche die Ideen seiner Zeit in ihm angerichtet hatten; sie prangte mit ihrem stolzen, straffen Leibe, der sich sanft zu runden begonnen hatte, sie streichelte gerührt den Kopf des Prinzen, der immer wieder begehrte, den ersten Herzschlag seines Kindes zu hören und sein Ohr über die Wölbung ihres Bauches gleiten ließ. Sie träumte über seinen Kopf hinweg, sie liebte ihren schnaufenden, dicklichen Falstaff, den im Kabinettshaus immer noch Frau Marie Encke mit all den guten, fetten, würzigen Sachen bekochte, die der Prinz so gerne aß. Sie liebte ihn mit allen Sinnen, indes ihr nüchterner Geist unberührt davon rechnete, in Daten, Zahlen, Umständen.

An dem Abend des Tages, da der Prinz von Preußen erfuhr, daß er die Tochter der Landgräfin Caroline von Hessen-Darmstadt zu heiraten habe, Luise, die häßlichste unter all den tausend Prinzessinnen an den deutschen Fürstenhöfen, spürte Wilhelmine – das Rieckchen, wie sie der Prinz nunmehr zu nennen beliebte – zum erstenmal die Beschwerden ihrer Schwangerschaft.

Unruhe trieb sie umher. Zum erstenmal sprach sie mit der jungen Frau von Koschembahr über den Prinzen, über diesen geliebten, unbeholfenen Mann, der auf alle Umstände und auf tausend Menschen Rücksicht nahm, nur nicht auf sie, die Geliebte; der es nicht wagte, sich offen zu ihr zu bekennen, der ein Stirnrunzeln des Königs mehr fürchtete, als die Ungeduld der Geliebten, aus ihrer unmöglichen Situation herauszukommen.

War der König wirklich so streng, so unzugänglich allem, was menschlich war, den Gefühlen Liebender, dem Glück seiner Landeskinder...? Frau von Koschembahr erschrak. Sie beschwor Wilhelmine, an ihr Kindchen zu denken, an nichts als an ihr Kindchen, erst sollte es geboren werden, dann werde sich alles finden. Aber das sagte der Prinz auch immer.

Wilhelmine betrachtete nachdenklich ihren Leib, dann machte sie sich daran, eines ihrer Kleider aufzutrennen und um die Hüften herum zu erweitern.

Sie nähte den ganzen Nachmittag, aber abends zog sie es an und ging in die Wälder spazieren.

Der Prinz ließ Hannes die Gäule satteln, sobald er abkommen konnte. An keinem Abend sprengte er in so besessener Eile wie an diesem zu Wilhelmine. Die Nacht wurde vollkommen dunkel, so dunkel, daß kaum die Sandwege zu erkennen waren, zumal in den Wäldern nicht. Wie es kam, konnten weder er noch Hannes in den Einzelheiten erzählen. Der Gaul des Prinzen stürzte im tiefen Wald über eine Barrikade aus Baumstämmen und Gestrüpp, quer über den Weg angelegt. Der Gaul wälzte sich, schlug und preßte den Prinzen tief in die Grube, aus der die mächtigen Wurzeln der Bäume gerissen waren. Auch der Gaul des Hannes stürzte, doch konnte er sich unter dem Tier hervorwinden.

Wilhelmine hörte die verzweifelten Hilferufe des Hannes; sie rannte mit fliegenden Röcken durch den Wald, arbeitete sich durch Gestrüpp, schlug an Bäume und stolperte über Strünke und Wurzeln. Spät in der Nacht schleppten Hannes und sie den ohnmächtigen Prinzen in das Haus, in dem sich alle Lichter entzündeten.

Der Herr von Koschembahr holte einen vertrauten Arzt. Er war sich mit diesem einig, daß die aufrührerischen Bauern die Barrikade errichtet hatten – gegen den Teufel, wie Herr von Koschembahr meinte. Der Arzt – einstmals war er Feldscher in der Armee – glaubte, seine Bauern besser zu kennen; sie wußten, daß es der Prinz von Preußen war, und sie mißbilligten seine sündigen Wege.

Während dieses Gespräches wachte der Prinz aus seiner Ohnmacht auf. Er äußerte sich nicht über das Ereignis und seine Ursachen, doch er bestand mit einer an ihm ungewohnten Hartnäckigkeit darauf, trotz seiner Verletzungen noch in der Nacht zurückgebracht zu werden und bat dringend, niemand dürfe erfahren, was ihm passiert war. Auch Wilhelmine, die ihn mit solcher Mühe aus der Falle gezogen hatte, daß sie selber heftige

Schmerzen zu verspüren begann und sich nun weinend um den Prinzen bemühte, vermochte der Prinz keine andere Erklärung abzugeben, als, wie er murmelte, «sie nicht wollten, was er tue», was Wilhelmine und die Koschembahrs auf seine Furcht vor dem König und der Verwandtschaft zurückführten, während Hannes nur mitzuteilen wußte, der Prinz habe im Augenblick des Sturzes gerufen: «Alle guten Geister ...!» und schon sei es geschehen ...

Der Prinz war überhaupt nicht zärtlich zu seinem Rieckchen; als sie über Schmerzen an Leib und Rücken klagte, wischte er ihre Worte gleichsam mit einer Handbewegung weg, er dachte offenbar wieder einmal nur an sich, und so erfuhr Wilhelmine erst im letzten Augenblick, warum der Prinz so eilig zu ihr geeilt war. Erst als der Prinz schon in der Kutsche des Arztes lag und Wilhelmine ihn zum Abschied umarmen wollte, stieß er sie zurück mit den Worten: «Ich muß die Luise heiraten – ich kann nicht anders ...!»

An jenem selben Oleanderbaum nahe den Gewächshäusern im Park von Sanssouci, wo Wilhelmine den Prinzen zum erstenmal gesehen und gesprochen hatte, erwartete sie den König.

Sie sah ihn, begleitet von Lord Marishal Keith, auf sich zukommen. Der König ging langsam, wohl mit Rücksicht auf seinen betagten Freund; er stützte sich auf seinen Krückstock, die linke Hand auf dem Rücken.

Wilhelmine erschrak: der König sah elend aus. Wie dürr er geworden war! Wie klein und schmal erschien seine Figur, gekrümmt und greisenhaft! Die Gicht mußte ihn sehr quälen, sein Gesicht verzog sich, wenn er den linken Arm bewegte.

Auch Wilhelmine fühlte sich elend, sie hatte Mühe, einen Anfall von Übelkeit zu unterdrücken. Doch sie nahm allen Mut zusammen. Sie trat einen Schritt vor aus dem Schatten ihres Baumes und hauchte: «Euer Majestät!»

Der König blieb stehen und nahm den Hut ab. Keith nickte ihr mit einem Mut spendenden Lächeln zu.

Der König holte mit der linken, gichtgekrümmten Hand aus dem Aufschlag des rechten Ärmels ein Stück Papier hervor und blickte darauf. Wilhelmine erkannte den Brief, den sie dem König gesandt hatte.

Der König sah auf und sagte: «Ist Sie die Person ...» er blickte wieder in das Papier – «... die sich mir zu Füßen werfen wollte?»

Wilhelmine sagte: «Jawohl, Euer Majestät!»

Der König sah sie spöttisch an: «Und warum tut Sie es nicht?»

Wilhelmine erwiderte sofort: «Ich wollte schon, Majestät – aber da sah ich, daß Majestät ein bißchen klapprig sind – und ... da wollte ich Majestät nicht inkommodieren, mir wieder aufzuhelfen!» Keiths majestätischer Bauch begann sich zu schütteln.

Der König sagte sehr aufmerksam: «Woher sieht Sie, daß ich klapprig bin?»

«So dürr, Majestät! Und so gelb! Majestät müßten gesünder leben, mehr essen!»

Der König sagte: «Ist Sie es, die meinen Herrn Neveu so herausgefüttert hat, fast zum ‹Nichtwiedererkennen›?»

Jetzt knickste Wilhelmine. «Jawohl, Majestät! Und es ist ihm wohl bekommen, hoffe ich!»

«Was gibt Sie ihm denn zu futtern!»

«Was er mag, Majestät, Maultaschen und ... und Spätzle ...»

«Das ist Kleinkinderpäppe», sagte der König. «Ißt mein Neveu nicht schärfere Sachen?»

«Aalpastete, Majestät!»

«Das kenne ich nicht.»

«Aber das ist doch das Leibgericht aller Berliner, Majestät! Aal mariniert und mit einer Fischfarce gefüllt, Hecht oder Zander, und in einer Bouillon mit Weißwein gesotten und dann mit Kräutern in Pastetenteig abgebacken, mit einem Ragout von Champignons und Krebsschwänzen – meine Mutter fügt noch einen Stich Gänseleberpastete bei ...»

«Das klingt gut», sagte der König. «Gebe Sie das Rezept meinem Koch. Kennt Sie ihn?»

«Monsieur Noël, Majestät, er wohnt im Hôtel de Paris bei Madame Rufin!»

«Ich sehe, Sie weiß Bescheid. Das gefällt mir. Weiß Sie auch andere Sachen, nicht nur, die Leibes Notdurft betreffend?»

«Ich hoffe doch, Majestät! Der Prinz von Preußen und ich, wir haben alles zusammen gelernt!»

Der König sagte: «Sie liebt ihn wohl sehr, meinen Herrn Neveu?»

Wilhelmine faßte an ihren Busen und sagte: «Über alle Maßen, Majestät!»

«Merkwürdig!» sagte der König.

Er musterte Wilhelmine lange. Sein Blick blieb auf der Rundung ihres Leibes liegen, einige Sekunden lang. Dann sagte der König: «Aber mein Herr Neveu wird deswegen doch die Luise heiraten! Und ihr Kinder machen! Das ist mein Wille!»

Wilhelmine hauchte: «Ihr Wille ist dem Prinzen Befehl!»

Der König sagte: «Ach was! Ist Sie mit dem Einverständnis meines Herrn Neveu hier?»

Wilhelmine richtete sich auf: «Nein, Majestät!»

Der König sah sie lange an – mit dem Blick, den viele unerträglich fanden – Wilhelmine nicht. Dann sagte er: «Ich bin Ihr wohlgesonnen ... Sie wird von mir hören!» Er wechselte den Krückstock von der rechten in die linke Hand, griff zu seinem Hute und lüpfte ihn grüßend.

Wilhelmine trat impulsiv einen Schritt näher, beugte sich und küßte des

Königs gichtgekrümmte Hand auf dem Krückstock. Der König riß die Hand zurück mit einem ärgerlichen: «Lasse Sie das!» Dann lächelte er. «Ich muß mich ja fürchten, Sie klebt mir eine wie der törichten Spionin auf dem Eis!» lüpfte den Hut noch einmal und ging. Keith folgte ihm, doch er drehte sich noch einmal um und legte, Wilhelmine anlächelnd, beide Hände wie zu einem Applaus mehrfach aneinander.

Hannes Rietz hatte während der Audienz des Königs mit Wilhelmine hinter den Gewächshäusern auf sie gewartet. Er erschrak, als er sie kommen sah; sie war sehr blaß, sie schwankte, der Schweiß stand ihr auf der Stirn und feuchtete ihr Busentuch. Er eilte ihr entgegen, sie stöhnte, sie hatte Schmerzen, am Rücken, am Bauch, sie wußte nicht . . . überall.

Da es bis zur Rietzschen Gärtnerei zu weit war, führte Hannes die Erschöpfte, die er mehr tragen mußte, als daß er sie stützen konnte, kurz entschlossen ins Kabinettshaus.

Das Gelaß im Eckflügel Schloßstraße wurde von Mutter Encke bewohnt, und diese packte Wilhelmine kurzerhand ins Bett der Prinzessin im Eckflügel der Schwerdtfegerstraße, nachdem sie Hannes weggeschickt hatte, schleunigst den Prinzen zu holen, der im Lustgarten höchst unlustig dem Exerzieren seiner Soldaten zusah.

Mutter Encke bereitete, im Bewußtsein, daß dies nie schaden konnte, ihrer Tochter zunächst ein Klistier.

Der Prinz, von Lieutenant von Forçade begleitet, der völlig überrascht zu sein vorgab, daß Wilhelmine nach Potsdam gekommen war, traf an der Tür des Kabinettshauses mit dem Geheimen Finanzrath de Launay zusammen, der soeben vom König gesandt war, dem Prinzen einen gemessenen Befehl des Königs zu übermitteln.

Der Prinz trug noch die Spuren seines Sturzes im Gesicht, einige Schrammen, die nun verkrustet waren, und einige Beulen, die sich grün und gelb zu färben begannen. Auch hinkte der Prinz infolge einiger Prellungen und Schwellungen.

War das Antlitz des Herrn de Launay zuerst freudig bewegt, so wurde es augenblicklich ehrlich betrübt, zumal er noch dazu erfuhr, daß Wilhelmine etwas zugestoßen war. Er nahm keinen Anstand, mit dem Prinzen sofort zu Wilhelmine emporzueilen.

Als die Herren eintraten, schob Madame Encke einen Paravent vor das Bett und hastete, eine Kompresse zu bereiten. Hannes und der Prinz halfen ihr.

Die Herren de Launay und von Forçade standen in ihrer Ecke äußerst verlegen herum, sie hörten Wilhelminens kleine, verweinte Stimme fragen: «Muß ich jetzt sterben?»

Der Prinz preßte ihren Kopf an seine Brust.

Herr de Launay zwang sich zu einigem Enthusiasmus: «Im Gegenteil!» rief er zum Paravent hinüber, erschrak zuerst über sein Ungeschick, wurde dann aber wieder freudig bewegt: «Seine Majestät haben in seiner großen Gnade verfügt . . .»

Wilhelmine hörte ihn nicht, Mutter Encke schlug die Kompresse um ihren Körper, den der Prinz in seinen Armen drehte und wendete, um der Kompresse Halt zu geben. «Kalt . . . kalt . . .!» schrie Wilhelmine. Herr de Launay versuchte, sich verständlich zu machen: «Da Königliche Hoheit, der Prinz von Preußen, merkwürdigerweise ohne Liebe nicht auszukommen vermag – dies die Worte Seiner Majestät . . .»

Wilhelmine schrie auf. Der Schmerz füllte sie ganz aus.

Herr de Launay setzte fort: «. . . und ferner erwägend, daß es ihm seinerseits bedeutend angenehmer zu wissen ist, Seine Königliche Hoheit schenke seine Huld einem einfachen preußischen Frauenzimmer . . .» Herr de Launay unterbrach sich, als er Madame Enckes Frage hörte: «Ob Blutegel anzusetzen sind?» und die Antwort des Prinzen: «Blutegel . . .! Daß Sie sich unterstehen!»

Wilhelmine dachte nur an ihren Schmerz, an sich, an das Kind, das offenbar viel zu früh kommen wollte – und was würde der Prinz denken? Der Prinz rechnete in der Tat mit bebenden Lippen nach, ob das zu Erwartende vielleicht nicht doch in der Zeit in Paris . . .

Ganz von ferne hörte er die Worte de Launays: «. . . als irgendeine Hure vom Theater – dies sind die Worte Seiner Majestät – oder aus dem Auslande, die doch nur spionieren . . .»

«Oder soll man sie zur Ader lassen?» fragte Mutter Encke.

«Ich weiß das doch nicht!» schrie der Prinz.

Herr de Launay räusperte sich und sagte in eine unvermutete Stille hinein: «Seine Majestät ist gewillt, Mademoiselle Wilhelmine Encke als offizielle Maitresse des Prinzen von Preußen anzusehen und haben Derohalben die Gnade, für Mademoiselle Encke zwanzigtausend Thaler . . .»

Der einzige, der ihm zuhörte, war offenbar Hannes, der ruhig fragte: «Gute oder Courant?»

Herr de Launay wiederholte mit starker Stimme: «Zwanzigtausend Thaler anzuweisen zum Bau und zur Ausstattung eines Hauses, welchem sie würdig repräsentieren kann . . .»

«Ob nicht doch ein Arzt . . .?» fragte Mutter Encke.

Wilhelmine lag erschöpft, sie murmelte: «Keinen Arzt, mir ist jetzt besser.» Sie schloß die Augen, der Prinz betrachtete sie liebevoll. Hannes fragte: «Was für ein Haus? Wo?»

Ganz von ferne hörte der Prinz die Stimme des Herrn de Launay: «Seine Majestät als vorbedenkender Hausvater erwägt ein schönes Landhaus in Charlottenburg, am Lietzenburger See – noch gehört es dem Grafen Schmettau, aber da Graf Schmettau ja in eine ferne Garnison nach Ostpreußen versetzt ist . . .»

Der Prinz, in den Anblick der blassen Wilhelmine versunken, hob verwundert den Kopf. «Schmettau? Versetzt . . .? Davon weiß ich noch gar nichts! Was ist los, Forçade?»

Forçade war zerknirscht. Ein Adjutant mußte alles wissen. Aber dies wußte er auch nicht.

Wilhelmine öffnete die Augen. Röte kehrte auf ihre Wangen zurück. «Jetzt ist mir besser», sagte sie. Sie sagte leise: «Sei nicht böse, daß ich mich nicht zusammengenommen habe.»

Der Prinz streichelte sie. «Kleine Line! Meine kleine Line!»

Herr de Launay holte tief Atem. Er sagte schnell, fließend, mehr nebenbei als erklärend: «Selbstverständlich möchte Seine Majestät der künftigen Gemahlin, Luise von Hessen-Darmstadt, die freie Entscheidung überlassen, wie sie sich gesellschaftlich zur Maitresse ihres Gemahls zu stellen wünscht.»

Jetzt stöhnte Wilhelmine wieder auf.

«Vielleicht sind es die Nieren!» sagte Mutter Encke besorgt.

«Es sind nicht die Nieren», sagte Wilhelmine.

Herr de Launay leierte mehr, als er sprach: «So macht Seine Majestät zur Bedingung, daß Mademoiselle Encke sobald wie möglich mit einem angesehenen, ihrem Stande angemessenen Manne eine bürgerliche Ehe eingeht, mag es um diese bestellt sein, wie es will. Seine Majestät stellt dafür eine passende Assiette und eine exquisite Aussteuer in Aussicht!»

Jetzt erst schien der Prinz zu begreifen, um was es sich eigentlich bei der Botschaft des Herrn de Launay handele.

«Aber das ist doch unmöglich!» rief er erregt.

In das kurze Schweigen hinein sagte Mutter Encke gelassen: «So unmöglich kann ich das nicht finden . . . ich kannte da in Freiburg einmal einen Herrn Baron Grechtler . . .»

«Maman . . .!!» rief Wilhelmine. *«Taisez-vous!!»* Und Mutter Encke schwieg beleidigt.

«Aber . . .» rief der Prinz, «wo in aller Welt sollen wir denn einen anständigen Bürger finden, der darauf eingeht, und . . . und . . .» Hier stotterte der Prinz eine Weile, und niemand stand ihm bei, bis er es herausbrachte: «. . . und keine dingsda . . . eheliche Rechte und so weiter . . .?»

In die Stille hinein sagte Hannes Rietz: «Nichts leichter als das!»

Wilhelmine gebar im einsamen Forsthaus des Herrn von Koschembahr in den Falkenhagener Wäldern ein totes Kind, ein kleines Mädchen, im sechsten Monat ihrer Schwangerschaft. Der zugezogene Feldscher diagnostizierte die Fehlgeburt als eine Folge der übergroßen Anstrengungen, die sich Wilhelmine bei der Bergung des Prinzen nach seinem Sturz in die bäuerliche Sündenfalle im Walde auferlegt hatte. In dem fast unleserlich und äußerst nachlässig geführten Register des Ortsbezirkes, für das der Dorfschullehrer, ein Invalide des Regiments Forçade, verantwortlich war, wurde die Fehlgeburt ebenso eingetragen wie die Trauung einer gewissen Frauensperson Wilhelmine Encke mit einem gewissen Johannes Rietz; die

Trauung wurde von einem Laienprediger vollzogen, der Pastor war als Korporal bei Torgau gefallen und ein neuer noch nicht benannt.

Wilhelmine, kaum erholt, kehrte nach Potsdam zurück, wo sie in der Gärtnerei Rietz wohnte, bis das Landhaus des Grafen Schmettau, der jetzt im fernen Ostpreußen die zahlreichen Töchter des dort eingesessenen Adels betörte, bezugsfertig war.

Wilhelmine kümmerte sich mit Eifer um jede Einzelheit der Einrichtung, indes Hannes Rietz bei Vater Elias Encke wohnte, der mit keinem Wort nach der stattlichen Mitgift fragte, die Hannes mit in die Ehe brachte, aber sich auch nicht nach der merkwürdigen Bestimmung des Ehekontraktes erkundigte, wonach der Ehemann, Hannes Rietz, mit seiner ihm angetrauten Ehefrau niemals unter einem Dache wohnen dürfe.

Der König schien es sehr eilig zu haben, den Prinzen von Preußen mit Friederike Luise von Hessen-Darmstadt zu verheiraten. Er maß dieser Verehelichung offenbar eine Bedeutung bei, die der Bedeutung des Hofes in Darmstadt keineswegs entsprach. Er sandte eine seiner geschmeidigsten Hofchargen, den Grafen Bohlen, mit einem königlichen Handschreiben an die Landgräfin Caroline nach Darmstadt, in dem er als Werber um die Hand der kleinen Prinzessin um Beschleunigung des Verfahrens bat.

Wie wenig der Hof von Darmstadt bedeuten mochte, war schon daraus ersichtlich, daß Caroline, vom König als eine überaus kluge Person geschätzt, ihrerseits eine etwas sonderbare Persönlichkeit nach Potsdam sandte, die schlicht und einfach Hesse hieß, einen Bürgerlichen also. Obwohl dieser Hesse ungemein gewandt mit dem König verhandelte, empfanden die umliegenden Weiberhöfe dies als einen Affront und fühlten sich in ihren Gefühlen bestätigt, als Herr Hesse nur zu verlautbaren geneigt war, daß sich die Landgräfin Caroline glücklich schätze, ihr Lieschen so angenehm verheiratet zu sehen. Die Prinzen von Braunschweig, noch etwas verschnupft über die Behandlung, die Elisabeth erfahren, äußerten die Meinung, mit dem Lieschen könne der Prinz von Preußen höchstens eine Nachgeburt zeugen.

Auf den umliegenden Weiberhöfen wurde nun mit großem Eifer gerüstet. Der König wollte diesmal eine ganz große, wahrhaft festliche Hochzeit mit allem Drum und Dran, an der das ganze Volk teilnehmen sollte. Die Königin sah eine Gelegenheit, aus ihrer Einsamkeit in Niederschönhausen, die sie unverblümt eine Verbannung zu nennen beliebte, mit dem Strahlenglanz ihrer majestätischen Krone emporzutauchen – die Mutter des Prinzen endlich wollte wieder einmal eine Hauptrolle spielen, und sie würde sie spielen, obwohl eine Begegnung mit der Oberhofmeisterin der Königin, der ‹Voß›, natürlich nicht zu umgehen war. Der gesamte Hofadel war in freudiger Erregung: Der König würde nach langer Zeit zum erstenmal wieder von ihm umgeben sein.

Nach und nach traf alles in Berlin ein, die Königin mit ihren Damen aus

Niederschönhausen, die Prinzen von Rheinsberg und Neu-Ruppin, die Prinzessin-Witwe aus Oranienburg, die Braunschweiger aus Braunschweig; die ausländischen Diplomaten berichteten, die Königin befände sich in einer Aufregung und Unruhe, die nur für den verwunderlich wäre, der nicht wüßte, daß eben diese Aufregung und Unruhe den König sofort nach seiner Eheschließung bewogen habe, seine hohe Gemahlin der Residenz tunlichst fernzuhalten. «Sie könnte sich», schrieb einer, «bei der ganzen Geschichte sehr ruhig verhalten, nach Charlottenburg und wieder zurückfahren, aber nein, sie will alles anordnen und bringt jedermann dadurch in Wut. Wenn diese Fürstin nicht immer gleich so furchtbar erregt wäre, würde man sie sehr gerne haben, denn ihr Herz ist gut.»

Den Prinzen von Preußen selber nach seinen Gefühlen zu fragen, war nicht nur untunlich, es war sogar unmöglich, denn niemand wußte, wo er sich aufhielt.

Der König hatte die Hochzeit auf den 14. Juli 1769 festgesetzt. Am 13. begab sich das ganze Königshaus zum Diner nach Charlottenburg. Auch an der Tafel sprach niemand vom Prinzen von Preußen. Aber alle waren außerordentlich gespannt darauf, die hessische Braut zu sehen, über welche die Berichte so verschieden lauteten.

Der Prinz von Preußen nahm an dem Diner der Königlichen Familie nicht teil.

Am selben 13. Juli traf die Landgräfin von Hessen-Darmstadt mit ihrer Tochter Friederike Luise zum Diner in Spandau ein. Vor diesem Diner sollte die erste Begegnung der hohen Brautleute stattfinden.

Der Prinz hatte mit Bedacht seinen einfachen, blauen Frack angezogen. Graf Bohlen empfing ihn in der alten Residenz, einem düsteren Bau mit dicken Mauern, und geleitete ihn in einen ziemlich leeren Raum. Hier sollte er die künftige Prinzessin erwarten. Graf Bohlen ging, die Braut zu holen.

Der Prinz stellte sich so ans Fenster, daß er im Schatten stand, den Blick zur Tür gerichtet. Er wußte nicht, wie er sich verhalten sollte. Als er, bei Wilhelmine liegend, davon beginnen wollte, hatte sie ihm nach ihrer Art den Finger auf den Mund gelegt und dann den Finger geküßt. Er mußte also selber zusehen, wie er mit diesen Dingen fertig würde.

Ein leichtes Geräusch – Luise war eingetreten.

Sie stand dicht vor der Tür, die sich hinter ihr schloß. Sie war sehr klein, kleiner noch als der König, mit einem für ihre Figur viel zu großen Kopf.

‹Ein Wasserkopf›, stellte der Prinz unerbittlich bei sich fest. Er war darauf vorbereitet, daß sie häßlich war. Sie war über alle Maßen häßlich. Er starrte sie an.

Luise sagte mit einer kleinen, hohen Stimme, wobei sie etwas mit der Zunge anstieß: «Ja, mein Prinz – s-sehen S-Sie mich nur ruhisch an! S-Sie s-sollen eine s-sehr häßliche Pers-son heirade ...!»

Sie war gräßlich aufgedonnert angezogen, die starre Seide des viel zu breiten Reifrockes sollte wohl die sicherlich krummen Beine verhüllen. Der Busen mußte flach sein, er war der Mode entgegen mit einem Schleier verhüllt. Wenn sie mit der Zunge anstieß, wackelte jedesmal ihr Kopf.

Die Prinzessin sagte, während sich ihre dunklen Augen langsam mit Tränen füllten: «Isch hab mir vorgenomme, Ihnen gleich zu s-sage, d-daß isch mir nix vorm-m-mache duh ... und S-Sie bitte, s-sich aach nix v-v-vorzumache, mein Prinz!»

Sie sprach reinstes Darmstädter Hessisch, und dazu stotterte sie auch noch. Und jetzt jagte eine dunkle Röte nach der anderen wellenartig über das, was von ihrem Busen zu sehen war.

Den Prinzen traf es wie ein Schlag. Was diese kleine Landgrafentochter ihm sagte, hatte er das nicht auch der Prinzessin Elisabeth sagen wollen? Jetzt spürte er, wie auch ihn eine rote Welle überlief. Er schämte sich. Er trat einen Schritt vor und sagte: «Sie haben wunderschöne Augen, Luise!»

Und das war wahr. Sie hatte große, dunkle Augen, ihr Blick war ängstlich, aber warm und aufrichtig. Diese Frau log nicht. Er suchte nach Worten, um ihr zu sagen, was sie für Augen hatte. Er stieß hervor: «Anständig! Ja, Sie haben anständige Augen!»

Die kleine Darmstädterin wurde tiefrot, es ging offenbar wie ein Fieberschauer über sie hin. «Ja ...?» fragte sie, und noch einmal «Ja ...?» So hatte ihn Wilhelmine gefragt, als er ihr das erstemal sagte, sie sei hübsch.

Und der Prinz trat dicht an die kleine Person heran. Er sagte, und es überflutete ihn wie eine Welle der Dankbarkeit über seine eigene Fähigkeit zur Güte: «Keine Frau ist häßlich, wenn sie sich gibt, wie sie ist!» Und das war ein Wort des Chevaliers de Seingalt.

Luise sah zu ihm auf, der so beträchtlich größer und stattlicher war als sie. Sie sagte leise: «Isch wollde net an alde Wunde rühre ...» Die alte Wunde war die Ehe mit Elisabeth.

Der Prinz sagte: «Ich werde mir alle Mühe geben, Sie g-glücklich zu machen ...» und wunderte sich, daß auch er nun begonnen hatte, zu stottern.

Luise sah ihn prüfend an, sie sagte leise: «Isch w-weiß, mein Prinz, und isch weiß aach, d-daß S-Sie ei anner F-Frau im Herze trage – mer hat's mir offiziell mitgedeild ...» Dann setzte sie drängender hinzu: «N-N-Nie werd isch versuche, misch in eine Liebe zu dränge ...!» Jetzt sprach sie schnell und ganz ohne Hemmungen: «Ich möchte selber gern lieben, ich möcht es so sehr, ich möcht auch, daß man mich liebt, aber nie, nie kann eine Liebe glücklich sein, wenn sie eine annere z-zerstört, mein Prinz ...» Atemlos setzte sie fort: «S-Sage S-Sie mir, was ich duhn soll, um Sie glücklisch zu mache, und isch werd es duhn ... auch ...» und jetzt begann sie wieder zu stottern: «Aach, w-w-wenns mir asch wehduhn dät!» Hier schnupfte Luise auf.

Der Prinz griff nach ihrer Hand, riß sie an seine Lippen und küßte sie. Dann rief er: «Graf Bohlen!»

Augenblicklich öffnete sich die Tür. Graf Bohlen trat ein und verneigte sich.

Der Prinz legte den Arm um die Braut und sagte laut und stolz: «Melden Sie Seiner Majestät dem König, daß ich sehr glücklich bin!»

Der Prinz war sehr stolz auf seine, in dieser prekären Lage doch auf die beste Weise wirkende Haltung. Aber natürlich hatte er sie nicht vor sich selber zu rechtfertigen – als er, von Spandau zurückgekehrt, sofort zu Wilhelmine eilte und sich, wie er es nach großen Erschöpfungen gewohnt war, sofort zu ihr ins Bett legte. Er lag in ihren Armen und sprach zu ihr. Er sagte ihr alles, was ihn bewegte, seine Hand fuhr streichelnd und wie um Vergebung bittend über ihren Leib, er erzählte ihr Wort für Wort sein Gespräch mit seiner künftigen Gemahlin – morgen würde der Hochzeitstag sein.

«Teilen Sie Seiner Majestät mit, daß ich sehr glücklich bin, sagte ich», endete er und streichelte heftig Wilhelminens Busen und setzte sogleich fort: «Aber häßlich ist sie, unsagbar häßlich, ich konnte sie fast nicht mehr anblicken und half mir, indem ich an dich dachte, Lineken, die ganze Zeit versuchte ich, an dich zu denken ...»

Wilhelmine schwieg eine Weile, hielt aber seine Hand auf ihrem Busen fest. Dann sagte sie: «Mein Herr und Gebieter ...», doch der Prinz unterbrach sie: «Nicht so, mein Rieckchen, nicht so ...!»

Und Wilhelmine sagte grübelnd: «Als ich wußte, daß du mich liebst, mein Romeo, da fragte ich mich, wie ist es möglich? Ich fragte mich, was ist es, daß er an mir lieben kann? Und dann wußte ich: Du liebst in mir alle Frauen!»

Der Prinz bewegte sich hastig, aber sie preßte ihn an sich, sie sagte: «Mein Falstaff – ich war glücklich und froh, daß es so war! Und ich bin glücklich und froh, daß du nun in allen Frauen – mich liebst!»

Sie sprachen die ganze Nacht hindurch miteinander und übten – theoretisch – alles miteinander durch, was für den Prinzen geeignet war, im Sinne Wilhelminens die Hochzeit mit Luise vollziehen zu können. Als der Prinz von ihr ging, faßte er nach Wilhelminens linker Hand und küßte lange die tiefe Narbe an ihrem Ballen.

Während der Prinz sich im Kabinettshaus mit Hilfe Spérandieus und des Hannes für die Hochzeit rüstete, hatte man überall im Tiergarten Zelte aufgeschlagen und verkaufte den Vorübergehenden allerlei Erfrischungen; die Wege waren überfüllt von eleganter Gesellschaft und Zuschauern aller Art; tout Berlin feierte den Hochzeitstag des Prinzen. Man war begeistert, man jubelte, die *Berlinischen Nachrichten von Staats- und gelehrten Sachen* drückten sich in dieser Weise aus.

Die ausländischen Diplomaten berichteten, in ihrer großen Ungeduld habe die Königin schon um fünf Uhr die Braut aus ihrem Zimmer treten lassen, um ihr die Krone mit den Diamanten aufzusetzen. Dann wurde die Braut in Begleitung des ganzen Königshauses in den Dreikönigssaal des Charlottenburger Schlosses geführt, wo man Platz nahm, bis Seine Majestät der König herzukommen geruhte. Seine Majestät der König geruhte, erst um acht Uhr zu kommen.

Nun wurde das Brautpaar zur Kapelle gebracht, der König und die Prinzen in ihren großen Staatskleidern schritten voraus, die übrigen Mitglieder des Königshauses folgten.

Oberhofprediger Sack war in sechs Minuten mit der Einsegnung fertig.

Während der sechs Minuten preßte der Prinz von Preußen die leicht schwitzende Hand seiner Braut fest zusammen. Sie blickte während der ganzen Zeremonie nur zu ihm auf. Der Prinz suchte einen Spiegel, durch den er den König beobachten konnte, fand aber keinen.

Dann küßte der Prinz seiner jungen Frau die Hand, wandte sich der Landgräfin Caroline zu und tat desgleichen. Die Landgräfin war nicht nur eine kluge, sondern auch eine couragierte Frau. Sie war als einzige der fürstlichen Damen in Berlin geblieben, als der Pandurengeneral Hadik Berlin einnahm und ausplünderte. Sie hatte mitten in den Kämpfen Verwundete geborgen und gepflegt. Die Landgräfin musterte den Prinzen, dann umarmte sie ihn plötzlich und ganz unvermutet und raunte ihm mit rauher Stimme ins Ohr: «Unnerschdeh disch, mei Bübsche, und du duhst meim Liessche weh . . . !»

Der Prinz wandte sich zum König und wartete. Auch der König musterte ihn kurz, dann wandte er sich der Prinzessin-Braut zu und umarmte sie, ihr dabei wie einem Pferdchen auf den Rücken klopfend. Der Prinz sah, wie rote Wellen über die Haut der Prinzessin wogten.

Er wandte sich weder der Königin noch seiner Mutter zu. Beide Damen umarmten Luise, die Prinzessin-Witwe nicht ohne wütende Blicke zur ‹Voß› zu werfen, die als Oberhofmeisterin der Königin dicht neben ihr stand. Prinz Heinrich trat auf den Prinzen von Preußen zu, musterte ihn, als sei er auf der Parade, schloß einen Knopf an der Weste des Prinzen und sagte nur: «Gratuliere!»

Die Braunschweiger Prinzen standen dicht beieinander. Sie lächelten. Um neun Uhr ging man zur Tafel.

Das Königshaus speiste auf dem berühmten Goldservice, einer erlesenen Produktion der vom König gleich nach dem Siebenjährigen Kriege gegründeten Königlichen Porzellan-Manufaktur.

Während der Tafel unterhielt sich der König fast ausschließlich mit der Prinzessin Wilhelmine, der älteren Schwester der Braut, sie sollte demnächst den Zarewitsch heiraten.

Als Hauptgang gab es – das Menü hatte der König selbst bestimmt – eine Aalpastete, ein dem Hofe und den Gästen vollkommen unbekanntes

Gericht, das die Berliner als ihr Leibgericht bezeichnet haben sollten, sehr fett und stark gewürzt und vom Leibkoch des Königs, Monsieur Noël, persönlich nach alten Rezepten zubereitet. Der König wie der Prinz von Preußen aßen gierig davon und ließen sich nachservieren. Dabei lobte der König Monsieur Noël sehr und forderte ihn auf, der Prinzessin Wilhelmine das Rezept einer Original-Trüffel-Pastete des Leibkochs mitzuteilen, das die Braut des Zarewitsch der Kaiserin Katharina überbringen solle. Kenner wußten, es war jene Pastete, an welcher sich der Doktor Lamettrie so überfressen hatte, daß er daran starb.

In der Orangerie waren sieben weitere Tafeln gedeckt, aber es herrschte eine so mangelhafte Ordnung, daß ein Wirrwarr entstand. Da keine richtige Aufsicht vorhanden war, wurde, wie die ausländischen Diplomaten ihren Höfen berichteten, viel gestohlen und wenig serviert und so unregelmäßig, daß mehrere Tische erst in dem Augenblick bedient werden konnten, als die Tafel aufgehoben wurde.

Dann begann der berühmte Fackeltanz, wobei die Staatsminister die Fackeln trugen und sich zum Vergnügen des Hofes dabei höchst ungeschickt benahmen, insbesondere da die Königin in der besten Absicht von der Welt alles anordnen wollte und dabei in eine so furchtbare Aufregung geriet und so laut wurde, daß die ausländischen Diplomaten darüber nur staunen konnten.

Der König machte durch ein Zeichen dem Trubel dieses offenbar mißglückten Tanzes ein Ende und geleitete das Brautpaar zu Bett. Der König entkleidete den Prinzen von Preußen persönlich in dessen Zimmer, ein Akt, der zum Hofzeremoniell gehörte und den der König bislang mißachtet hatte. Der Prinz hielt sich wie ein Stock, und er fühlte sich auch so.

Der König sagte: «Mein Sohn . . . !» Er sagte nicht «Mein Herr Neveu!» und machte den Prinzen eindringlichst darauf aufmerksam, wie sehr wichtig es sei, daß dieser Ehe ein Thronfolger entsprieße. Dann ging der König, einen bis aufs Hemd entkleideten und in die äußerste Verlegenheit gesetzten Prinzen zurücklassend, dem der König in der Tür noch einmal aufmunternd und überaus gütig zunickte, um dann noch ein Stündchen auf der Flöte zu spielen. Der Prinz fühlte, wie ihm am ganzen Leib der Schweiß ausbrach. Dann entschloß er sich, lebhaft an Wilhelminens Ermahnungen denkend – er öffnete die Tür zum Nebengemach.

Von draußen klang die Flöte des Königs und der Lärm des großen Balles in den Raum.

Die Prinzessin lag, nur von einem Laken bedeckt, auf dem Bett. Sie blickte nicht auf, als der Prinz eintrat und eilig auf das Bett zuging.

Er ließ sich auf dem Bett nieder. Die Prinzessin wandte den Kopf zur Seite, aber ihre Augen waren offen. Sie zitterte am ganzen Leibe, und ihr Kopf zuckte hin und her.

Der Prinz zog ihr langsam und mit der anderen Hand die entblößte Haut streichelnd, das Laken weg.

Luise war zwar klein, aber wohl gebaut, die Beine waren keineswegs krumm. Aber über ihren ganzen Körper glitten in Wellen diese merkwürdigen roten Schauer, als habe die Prinzessin Fieber.

Der Prinz sah auf ihre Brust, sie war flach, wie er vermutet hatte. Er strich behutsam mit der Hand über ihre Hüften. Luise schloß die Augen.

Als sich die Hand des Prinzen ihrer Brust näherte und über ihr verhielt, da richteten sich plötzlich die Spitzen auf und stachen der Handfläche entgegen. Magnetismus! Die Botschaft aus dem Geheimnisvollen!

Luise umschloß ihn fest mit ihren Armen, und alles war leicht und einfach.

Es bedurfte nur eines Blickes auf das junge Paar, um dessen gewiß zu sein, daß es völlig unsinnig war, sich in der Sorge um Preußens Zukunft zu verzehren, als am Morgen nach der prächtigen Hochzeit die Kutsche mit dem Prinzen von Preußen und seiner holdseligen Gemahlin aus dem kleinen Palais Bellevue rollte, wo die Prinzessin-Witwe und die Mutter der Braut auf ihre Kinder warteten, um im intimsten Familienkreise sich davon zu überzeugen, ob sich Gottes Segen schon eingestellt habe, wie es Oberhofprediger Sack so wunderschön in Aussicht gestellt.

Das junge Paar grüßte und nickte nach allen Seiten – die ausländischen Diplomaten berichteten lapidar, alle Bewohner Berlins hatten sich versammelt, und die Straßen wimmelten von freudig bewegten Menschen. Jubelnd, so hieß es, wurden die einzelnen Mitglieder des Königlichen Hauses vom Volk begrüßt, am meisten der tapfere und volkstümliche Prinz Heinrich, Held so vieler gewonnener und verlorener Schlachten – außerdem war ganz allgemein bekannt, daß Prinz Heinrich der einzige war, der es wagte, zuweilen ganz offen dem König zu opponieren.

Zum allgemeinen Bedauern erschien der König selber nicht. Aber die ganze übrige Königsfamilie war erwartungsvoll im Kreis aufgebaut, als das junge Paar das Wittums-Palais betrat. Der Prinz von Preußen und seine Gemahlin traten Hand in Hand ein, es ging wie ein Aufatmen durch die Reihen – sogleich stürzte sich die Landgräfin Caroline auf ihre Tochter und umarmte sie stürmisch. Dabei flüsterte sie ihr hastig ins Ohr: «Verzähl doch, mein Bobbelche, wie war's?»

Das hessische Liessche verdrehte die Augen und erwiderte mit nur einem Wort. Sie sagte: «Goldisch!»

Die Königin hatte sich eine reizende Überraschung ausgedacht. Kaum war die Begrüßung zu Ende, wurde die kleine, süße, mandeläugige Prinzessin Friederike, die Tochter des Prinzen von Preußen aus erster Ehe, hereingeführt, prächtig aufgeputzt, um ihrer neuen Stiefmutter übergeben zu werden. Unbefangen küßte die Kleine die Dame, die man ihr als ihre neue Mammi bezeichnet hatte. Überrascht und dennoch gerührt neigte sich Luise zu dem Kinde, nestelte die goldene, mit Brillanten besetzte Uhr, ein Hochzeitsgeschenk des Königs, von ihrem Busen, über den wieder die

Schauer einer fliegenden Hitze wehten, und überreichte sie dem Kinde, das nun von einem zum anderen ging und erzählte: «Mammi geschenkt! – Mammi geschenkt!», eine Szene, die allseits große Rührung verursachte.

Nur der Prinz von Preußen starrte mit seinen wasserblauen Augen vor sich hin.

Ein Imbiß wurde gereicht, dann begaben sich die hohen Herrschaften zur Domkirche, um dem Höchsten zu danken. Oberhofprediger Sack hielt die Predigt.

Der König hatte zu arbeiten. Er bereitete seine Reise nach Neiße vor, wo ein freundschaftliches Treffen mit Joseph II. von Oesterreich vereinbart war. Die ausländischen Diplomaten waren untröstlich, ihren Höfen nicht mitteilen zu können, welchen Zwecken dieses Treffen wohl dienen mochte – sie erfuhren es erst, als die erste Teilung Polens eine vollendete Tatsache war.

Ein Ereignis während der feierlichen Hochzeitstage blieb ganz im dunkeln, weder die *Berlinischen Nachrichten* noch die ausländischen Diplomaten berichteten darüber. Es war der unermüdlich tätigen Oberhofmeisterin der Königin, der Voß, tatsächlich gelungen, für eine Stunde alle Damen der Damenhöfe, die doch sonst in ihren einander widerstrebenden Interessen unter einen Hut zu bringen so schwierig war, zu einem geheimen Konventikel zu vereinen. Es drehte sich um ‹die Rietz›. Wer war die Rietz?

Niemand kannte sie bislang. Sie war bürgerlicher Abkunft, darüber herrschte kein Zweifel, kleinbürgerlicher sogar. Der Prinz von Preußen mußte sie in irgendeiner Gosse aufgelesen haben. Man sagte, er habe sich um ihre Erziehung gekümmert: eine feine Erziehung fürwahr, sie soll sich lange Zeit verborgen haben, in Hamburg, wie man gehört haben wollte – aber seit wann mochte Hamburg in Fragen der Erziehung maßgebend gewesen sein? –, mit Bestimmtheit aber war sie in Paris gewesen. Das sagte genug.

Die Voß wußte am meisten zu erzählen, sie hatte einstmals ihre Liebe heroisch dem Glück der Königlichen Familie geopfert, niemand war so wie sie prädestiniert, über den Fall zu urteilen. Die Rietz hatte barfuß oder in Holzpantinen in ihrer Jugend Reisig gestohlen und war dabei vom Oberförster von Koschembahr ertappt worden. Sie hatte dann in einem Körbchen von Haus zu Haus Zwiebeln feilgeboten, Zwiebeln oder Gurken, die Frau Oberhofmeisterin wollte sich da nicht festlegen. Der Prinz – es konnte nicht anders sein – mußte in einem Anfall von dem Wahnsinn, der als Wille zur Volkstümlichkeit in letzter Zeit wie eine Krankheit in der Gesellschaft zu grassieren begonnen hatte, das zerlumpte Kind aus seinen üblen Verhältnissen zu sich emporgezogen haben, sicherlich bedeutend mehr um des schönen Körpers der Person als um ihrer schönen Seele willen. Diese Person war gefährlich, ohne jeden Zweifel; wie war es sonst möglich, daß sie nicht nur das Wohlwollen des Prinzen, sondern auch des Königs zu erwerben gewußt hatte, was noch keiner Persönlichkeit des Hofes gelungen war.

Wie wurde der König auf die Rietz aufmerksam? Man entsinne sich der Szene auf dem Eis! War es nicht die Rietz, die als schöne Fremde aus Paris verkleidet die arme kleine Belamonte brüskiert und in einen Schneehaufen gestoßen hatte – das Prinzenliebchen vom Theater, niemand mißgönnte der kleinen Tänzerin den Prinzen – in einen Schneehaufen gestoßen und vor aller Welt gedemütigt, auf eine rüde und derbe, auf eine ganz unhöfische Manier?

Der König freilich war immer der Meinung gewesen, die Belamonte sei eine Spionin.

Aber die Rietz – und das war das nächste, was alle Welt von ihr erfuhr – schien die Sitte der Handgreiflichkeiten kultivieren zu wollen:

Da war die Geschichte mit den Bausteinen.

Die Rietz, so wurde erzählt, kontrollierte genau alle Lieferungen für ihren Bau. Sie stellte fest, daß die auf den Listen angegebenen Baustoffe mit den tatsächlich vorhandenen Mengen nicht übereinstimmten. Es mußte also jemand Steine gestohlen haben. In wirklich vornehmen Kreisen pflegte man solches zu ignorieren. Die Rietz aber ruhte nicht eher, als bis sie die Schuldigen aufgespürt hatte.

Viele Jahre Spandau wären vor Gericht den Schuldigen sicher gewesen. Was aber tat die Rietz?

Dem Gärtner Ohm schallerte sie eine, dem Königlichen Bauinspektor schlug sie die Papiere um die Ohren, dem Bauschreiber drohte sie Knast an!

Tut das eine Dame? Eine Dame tut das nicht.

Was hatte die Rietz also für eine Erziehung genossen – in Paris? Zu was für einer Ausbildung hatte sie der Prinz dorthin gesandt? Doch wohl nicht zu der in anmutigen und harmlosen Schäferspielen, wie sie in höfischen Kreisen gepflogen wurden! Aber man hatte von jener Ausbildung gehört, die den Insassen des ‹Hirschparks› zuteil wurde, von einer typischen Courtisanen-Ausbildung, von welcher man sich schwer eine andere Vorstellung machen konnte, als etwa jene, die in der Lektüre des dort im bekannt leichtlebigen Paris in Mode gekommenen italienischen Dichters Pietro Aretino – und in der praktischen Anwendung der von diesem bekannt gemachten und ausführlich beschriebenen sechsunddreißig Stellungen gipfeln mochten ... Genug davon, übergenug ...!

Daß es gerade Caroline von Hessen-Darmstadt war, die sich die bescheidene Anfrage erlaubte: «Wen geht das eigentlich was an?» erregte großes Ärgernis.

Schließlich lebten die Höfe und ihre Gesellschaften vom König, der

König war sparsam bis zum Geiz, ‹die Rietz› mußte als ein frecher Eindringling erscheinen, der nichts anderes vorhaben konnte, als sich von dem kleinen und geringen Kuchen der Königlichen Zuwendungen auch noch eine dicke Scheibe abzuschneiden! Und wenn das irgend jemanden anginge, dann doch wohl in erster Linie die Tochter der verehrten Landgräfin, was denn Caroline glaube, daß ihr Liessche zu der Sache mit der Rietz meine.

Caroline erwiderte: «Mei Liessche is so erzoge, daß sie net iwwer ihre Privatangeleschenheide bawwele duht!»

Es blieb aber beschlossen: Der Hof war gerüstet bis an die Zähne, den ersten Versuch der Rietz, sich in die Gesellschaft zu drängen, als eine unerhörte Anmaßung zurückzuweisen.

Der Architekt und Baumeister Karl Gotthard Langhans aus Landeshut in Schlesien, nun sechsunddreißig Jahre alt, gehörte zu den zahlreichen Schlesiern, denen es vollkommen gleichgültig war, ob der Erwerb Schlesiens durch den König von Preußen rechtmäßig war oder nicht, wenn nur der eigene Erwerb günstigere Aussichten hatte.

Solange Schlesien bei Oesterreich war, hatte die Provinz ein etwas abseitiges Leben geführt, bei rauhem Klima still vor sich hin blühend, mit regem Gewerbefleiß und als Durchgangsland für den Ost-West-Handel mit dem Umschlagplatz Breslau für Oesterreich zwar von einiger Bedeutung, doch träge verwaltet: das vielländrige Reich der Habsburger mit seinen vielfältigen, einander widerstrebenden Interessen, empfand den Besitz Schlesiens mit seiner braven, fleißigen und genügsamen Bevölkerung als angenehm; die Provinz war eine der wenigen, die von Wien wenig Aufwendung zu erwarten hatte. Von Preußen aber erwarteten die braven, fleißigen und genügsamen Schlesier Aufgaben, an denen sie zeigen konnten, wessen sie eigentlich fähig waren. Der junge Architekt Langhans, ein Knabe noch, als Friedrich von Preußen das Land in Besitz nahm, fand schon während der letzten Kriegsjahre seine Aufgaben im Festungsbau. Aber etwaige Träume von gewaltigen Bauten im Stile des berühmtesten Festungsbaumeisters Vauban zerrannen im Sande: Die Festungen des Preußenkönigs waren eigentlich nur befestigte Lager, mit Verschanzungen und ungemein viel Erdbewegung – Langhans nannte sich selber einen ‹Reisigbündel-Architekten›. Er sehnte sich nach größerem Ruhm. So drängte es ihn, wie so viele der Schlesier seines Schlages, nach Berlin.

Dort traf er auf den Rheinländer Schmits, der, nachdem er sich angehört hatte, was ihm der junge Mann von seinen Hoffnungen erzählte, ihm den diskreten Wink gab, er könne sich durch ‹Madame Rietz› Eingang in die Berliner Gesellschaft verschaffen, die sich nun nach den bitteren Kriegsjahren kräftig zu regen begann und auf lukrative Bauaufträge hoffen ließ.

Ziemlich mißmutig schlenderte der junge Baumeister nach Charlottenburg zum Lietzensee hinaus, zu dem kleinen Junggesellenhaus, das ehedem dem Grafen Schmettau gehörte. Es widerstrebte dem wackeren jungen Manne, seinen ersten Auftrag bei einem Prinzenliebchen einzuholen, durch die Protektion eines mit Sicherheit dümmlichen und arroganten Püppchens in der Hauptstadt des Landes Fuß zu fassen. Er fand Wilhelmine unter den Trümmern des Umbaus auf einem Steinhaufen sitzend, ein Kind fast noch, mit erhitztem Gesicht, gelösten Locken und aufgekrempelten Ärmeln eines einfachen und bestaubten Kleides.

Langhans ging einige Male um die junge Person herum, die ihn nicht beachtete, sondern mit dem Fuß seltsame Linien in den Staub zeichnete.

Schließlich fragte Langhans artig: «Kann ich etwas für Sie tun?» Wilhelmine blickte auf. Sie sagte: «Ja. Ich bin hier ganz allein!» Langhans entsann sich: Hatte dies junge Ding nicht den Bauarbeitern die Steine nachgezählt, einen Gärtner geohrfeigt und den Königlichen Bauinspektor höchst ungebührlich behandelt? Nun, Bauarbeiter waren trotz ihres rauhen Handwerks immer höchst empfindlich. Offenbar hatten sie die Arbeit niedergelegt und die schlagkräftige Bauherrin allein gelassen: Soll sie ihren Dreck doch alleene machen!

Langhans sagte: «Und was kann ich hier tun?»

Wilhelmine fragte: «Sind Sie aus Berlin?»

«Aus Schlesien», sagte Langhans.

«Das ist gut», erwiderte Wilhelmine. «Ich will keinen Berliner Architekten. Die gehen doch bloß immer herum und klatschen über mich.»

«Der Geheime Kommerzienrath Schmits hat mich hergesandt!»

Wilhelmine nickte. «Könnten Sie mir ein Zimmer einrichten, die Wände ganz mit Spiegeln bedeckt?»

Langhans wollte sich seine Enttäuschung nicht anmerken lassen. Spiegelzimmer waren selbstverständlich in einer Zeit, in der das schwache Licht der Kerzen nicht durch eine ungemessene Vielzahl verstärkt werden konnte – es mußte sich dann eine Hitze entwickeln, welche die Kerzen schmelzen ließ. Der Spiegel verdoppelte, verdreifachte das Licht und war so Mode der Zeit, daß es ganze Spiegelsäle gab wie der berühmte in Versailles; es waren dies eben die Räume, in denen sich die Feste abspielten: Dies Haus war entschieden zu klein dazu, der Garten zum See hin wüst und ungepflegt, die Front des Hauses nur mit wenigen Fenstern bestückt.

Vorsichtig sagte Langhans: «Spiegel sind modern. Die Menschen unserer Zeit spiegeln sich, weil sie gesehen werden wollen: in ihrer Vollendung. Im Grunde ist der Spiegel der Zuschauerraum, den sich der einzelne schafft; das Publikum, das ihm schmeichelt, wenn es die Wahrheit sagt.»

Wilhelmine nickte: «Sie haben mich verstanden!»

Sie erhob sich und ging ins Haus. Es war mitten im Umbau. Sie durchschritt mehrere kleine und leere Zimmer und wies auf einen Raum, der durch eine Tür zum Gang zu betreten war, indes eine andere Tür zu dem einzigen großen Raum in der Mitte des Hauses führte. «Hier», sagte Wilhelmine, «alles Spiegel von oben bis unten!»

Langhans sah sich verblüfft den Raum an, dann fragte er vorsichtig: «Und wo wollen Sie dann Ihre Möbel hinstellen?»

Wilhelmine lächelte, sie drehte sich um und ging in den großen Raum. Sie sagte: «Hier soll das Schlafzimmer sein!»

Langhans sah sich um. «Hier? Im Mittelpunkt des Hauses? Ohne Fenster?»

Wilhelmine sagte ruhig: «Hier!»

Langhans überlegte. Es war wohl ganz natürlich, daß die Maitresse des Prinzen das Bett in den Mittelpunkt des Hauses stellen wollte, das ganze Haus das Bett umschließen sollte wie das Fruchtfleisch des Apfels den Kern im Gehäuse.

Unwillkürlich war Langhans von diesem Gedanken fasziniert. Er betrachtete sich, während er sprach, das Gesicht dieses seltsamen Mädchens, er suchte ein Echo bei ihr. Er sagte: «Der Mensch ist von Natur nackt. Kein Fell, kein Pelz, kein Gefieder wärmt ihn und schützt ihn, es sei denn, er bedient sich einer Kleidung, die er den Tieren raubte.»

Wilhelmine sah unwillkürlich an ihrer Kleidung herunter. Sie sagte ernsthaft: «Im Hause will ich nur meinen Morgenmantel tragen.»

Langhans lächelte ihr zu: «Aber die Kleidung wärmt den Menschen nicht im Schlaf und schützt ihn nicht vor Feinden, vor seinen Mitmenschen, darum suchte er sich Höhlen, in denen er hauste, er wohnte, er zog sich auf seine Familie zurück. Auf sich selbst aber vermag er sich nur im Bette zurückzuziehen. War es ursprünglich auch nur ein Haufen von Laub, später eine Strohschütte, dann eine Matratze aus Decken, auf den Boden gebreitet – die Schlafbutze endlich, ein verschließbarer Schrank, in dem der Mensch hockend mit sich nun wirklich ganz allein war, in seinem eigenen Dunst und mit dem Zwang zur Besinnung auf sich selbst. Erst die Liebe, der Zwang zur Zweisamkeit, schuf das Bett, die Lagerstatt der Liebe, und in der Erwartung der Liebe den Alkoven!»

Und wie von seinen eigenen Worten begeistert, zog Langhans Papier und Stift aus der Tasche und tobte seine Phantasie schnell in einem wollüstigen Alkoven aus, der hinter raschelnden seidenen Vorhängen in einem Gebirge von schwellenden Kissen das Kleinod umschließen sollte.

Aber das Kleinod Wilhelmine, den Kopf mit den gelösten Haaren über die Zeichnung gebeugt, lächelte sanft und legte das Blatt beiseite.

«Für Königliche Genüsse», setzte Langhans, sich immer mehr begeisternd fort, indes er den seltsamen Pomeranzenduft ihrer Haare mit einiger Verwirrung einsaugte, «ist immer noch das Himmelbett!» Mit schnellen Strichen entstand es auf dem Papier, und Langhans versäumte nicht, nach erlauchten Beispielen in die Spitze des Himmels einen Spiegel einzubauen.

Wilhelmine wandte sich mit gekrauster Nase ihm zu: «Nicht über dem Bett, im Bett soll der Himmel sein!»

Der Architekt entsann sich, daß Wilhelmine ein Jahr in Paris verbracht hatte. Von dort war neuerlich die Kunde gekommen, daß die letzte Mode eine Lagerstatt geschaffen hatte, die Causeuse, die ohne Kissenberge und Bedachung, ja, in völliger Abwendung von Vorhängen, die süße Geheimnisse bewahren sollten, gestattete, sozusagen im Freien und halb aufgerichtet wie in ständiger Erwartung zu ruhen, in einer anderen, moderneren Art der Verlockung also. Wilhelmine besah sich die Zeichnung einer Causeuse und schüttelte den Kopf.

«Mein Herr und Gebieter», sagte sie, «hat nie ein anderes Bett gekannt, als die schmale Bettstelle, die ihm der König zugebilligt hatte, eine Art Feldbett, wie es auch der König benutzt. Solch ein Bett soll es gewiß nicht sein, das ihn hier erwartet. Es soll mein Bett sein! Aber es soll auch des Prinzen Bett sein! Und doch kein Ehebett!»

Sie sah vor sich hin, sie sagte langsam: «Die erste Gemahlin des Prinzen hatte in einem Alkoven geschlafen, die zweite schläft in einem Himmelbett. Ich selber habe bislang noch nie ein eigenes Bett besessen.»

Sie sagte: «Das Bett, das ich will, soll alles das in sich vereinen, was zum Lobe des Bettes herausfordert: Wohnhöhle und Zuflucht, Einsamkeit und Zweisamkeit, Traum und Liebe, Wärme und Freiheit, Leidenschaft und Behaglichkeit...» Und mit ungeübter Hand zeichnete sie: Zweimal zwei Meter lang und breit sollte es sein, damit man in der Länge und in der Quere liegen kann, wie es gerade das Gelüste befiehlt, flach und hart sollte es sein, und doch federnd, so daß es möglich sei, voneinander und zueinander zu rollen; niedrig sollte es sein, so daß es zum Sitzen wie zum Liegen einlade, ohne Kasten und Kanten, die das schnelle Besteigen und Verlassen nur hindern. Und statt der Kopfkissen sollte eine lange Rolle dienen, auf der Kopf an Kopf zu ruhen möglich sei – und die an Stelle des Geliebten zu umarmen dienen könnte, mit einer leichten Decke nur, gehüllt in täglich zu erneuernde Leinenlaken, und über das ganze Bett gebreitet eine weitere Decke aus Samt oder aus Seide, straff gezogen und dunkelrot.

Langhans war enttäuscht. Solch ein Bett forderte von ihm kaum eine Leistung. Schon die alten Ägypter legten ihre Matratzen auf geschmeidige Lederriemen. Durften die Beine des Gestells wenigstens vier goldene Löwenbeine sein? Und in welcher Ecke des großen Raumes sollte das Monstrum stehen, ohne die eingebauten Schränke zu verstellen, und . . . diese dunkelrote Decke, harmonisierte sie denn mit dem Ton der dunklen Hölzer des Raumes?

Kein dunkler Ton außer der Decke über dem Bett. Goldene Löwenbeine – nun gut, aber das Bett mitten in den sonst leeren Raum!

«Und die Lüftung?» rief Langhans. «Wie soll dieser Raum gelüftet werden?»

Wilhelmine sagte: «Das ist Ihre Sache!»

In der Tat war die Frage der Lüftung und Beheizung des Raumes die einzige, die Langhans wirklich an diesem Bau interessierte; er löste sie, indem er sich an die Anlagen der Römer in den Villen von Pompeji hielt, die soeben der Archäologe Winckelmann beschrieben hatte. Der Architekt hatte bald willfährige Maurer gedungen, mit denen er nun täglich an dem Haus am Lietzensee arbeitete. Täglich kam auch Wilhelmine, die endlich ein kleines, fertiges Zimmerchen bezog und ihm mit Detailfragen auf die Nerven fiel. Langhans gewöhnte sich nur sehr schwer daran, zu tun, was und wie sie es wünschte; nur sehr langsam verschwand das überlegene Lächeln des versierten Fachmannes von Langhans' Gesicht.

Als endlich der Architekt Wilhelminen das fertige Schlafzimmer wies, Wand und Schränke elfenbeingetönt, war er selber erstaunt, einen Wohnstil geschaffen zu haben, in dem erste Regungen des Klassizismus begründet waren. Nur die dunkelrote Decke über dem Bette störte – und er sagte dies der eigenwilligen Bauherrin. Wilhelmine, allein mit ihm in dem neuen Raum, zündete die Kerzen an den kleinen Spiegelkandelabern an den Wänden an. Sie trug, wie sie es angekündigt hatte, im Hause nur ihren Morgenrock.

Sie lächelte Langhans zu. Mit einer leichten Bewegung ließ sie den Morgenrock niedergleiten und legte sich auf die Decke, den Arm auf die Rolle und den Kopf auf den Arm gestützt, und sah den Architekten forschend an.

Langhans blickte lange Zeit schweigend und unbeweglich auf das einzigartige Bild.

Dann verneigte er sich tief und ging. Von Stund an war er einer der glühenden Anbeter Wilhelminens und bemüht, mit seiner Kunst auf die leisesten Anregungen dieser Frau einzugehen.

Seit seiner Hochzeit hatte der Prinz noch keine Gelegenheit gesucht, sich den Familienverpflichtungen und seiner hohen Gemahlin zu entziehen. Keine Sehnsuchtsbotschaft Wilhelminens hatte ihn erreicht. Erst als das Haus am Lietzensee empfangsbereit war, kam ein Zettelchen, von Hannes überbracht. Der Prinz folgte dem Ruf sofort.

Wilhelmine führte den Geliebten an der Hand in das Haus. Sie ging schnell und ohne etwas zu sagen mit ihm durch die wenigen und kleinen, nun aber wohlausgestatteten Wohnräume, sozusagen schnurstracks auf das Spiegelzimmer zu.

Der Prinz sah sich überrascht um. Spiegel an den Wänden und an der Decke, schöne Spiegel, blanke Spiegel, geschliffene Spiegel aller Arten, kunstvoll ineinandergefügt, so daß sich jeder Gegenstand tausendfach wiederholte.

Aber kein Möbelstück war im Spiegelzimmer außer einem großen, geschwungenen, hölzernen Bottich voll heißen Wassers.

Die galante Zeit kannte alles, was an exquisiten Genüssen dem kultivierten Menschen ausdenkbar war. Aber die Badewanne kannte dieses Zeitalter nicht.

In Paris wie in Berlin wuschen sich die Leute in winzigen Schüsselchen, es genügte auch wohl, sich mit Wattebäuschchen zu betupfen, die in duftende Wässerchen getaucht waren. Man salbte sich, man rieb die Haut mit Gelees ein.

Wilhelmine weihte den Prinzen in die Mysterien des Bades ein, die schon seit so vielen Jahren vergessen waren. Die Bauern mochten sie noch in Bach und See üben, weil die Arbeit sie schmutzig machte. In manchen Städten der Schweiz gab es Badehäuser, in denen nackte Nymphen den Gästen zur Verfügung standen; Casanova hatte davon erzählt, aber was er erzählte, konnte man in den besten Kreisen nur gedämpft und mit Augenzwinkern wiederholen.

Der Prinz wälzte sich, nackt und fett und grunzend wie ein Seehund in dem Bottich, er prustete, er schnob, er sprudelte. Und Wilhelmine, nackt und rosig, schlank und glatt wie ein Aal, schlängelte sich durch die Bütte, umspielte den Seehund, wälzte ihn hin und her, schrubbte ihm den Rükken, das hochgratige Gebirg, walkte und knetete ihn, zwickte ihn und zwackte ihn und pritschelte die Brandung gegen die schaumige Küste – o vollendete Lust der umspülten Inseln, der krummrückigen Schenkel und Knie, des Vulkans ihrer Brust, auftauchend aus wildbewegter See – Wasser und Erde, mein Prinz, Wasser und Erde! Sie tauchten sich, sie niesten unter Wasser, sie blubberten Blasen hoch, sie prusteten Fontainen und Geysire, sie sangen lange und grausige Lieder.

Schwarze Hexenkunst und Zauberei!

Und dann die selige Ruhe, das ölige Dämmern, das Quellen der Haut, die Weiche der Muskeln, die träge dahingleitenden Träume im Nebel der Auflösung – sie erhoben sich langsam, dehnten sich, bedienten sich, auskostend jede Bewegung, sie atmeten frei, sie waren sauber. Sie versprachen sich, dies Geheimnis zu bewahren, niemand durfte von den großen Wonnen wissen, die sie erfahren hatten, von den ungeahnten Genüssen der Wasserspiele, die sonst keiner kannte, weit und breit keiner, nur sie allein.

Nur der Haupteffekt, den sich Wilhelmine ausgedacht, trat nicht ein.

Die Spiegel beschlugen. Sie waren blind.

Der Prinz malte lächelnd auf den großen Spiegel mit dem Finger ein Herz und setzte die Buchstaben FW und W hinein. Er wandte sich lächelnd zu Wilhelmine um – aber sie war nicht mehr im Raum. Der Prinz stapfte nackt und neugierig auf die zweite Tür zu und öffnete sie.

In der Tür blieb er stehen.

Es war, als habe er mit der Tür den Deckel einer Schmuckkassette geöffnet. Die elfenbeinfarbenen Wände umflammten im Spiel vieler Kerzen das purpursamtene Geviert, das von vier goldenen Löwentatzen getragen war.

Auf dem dunklen Samt gebettet lag Wilhelmine, das kostbare Kleinod. Ihre Haut leuchtete, von den rötlichen Tönen der Umbettung facettiert, der ganze Leib hob sich plastisch von ihr ab. Wilhelmine hatte die noch feuchten Haare gelöst, sie flossen über die vollendete Schulter und umspielten die Brust, mit ihrem Duft den ganzen Raum füllend. Ihr Arm ruhte auf der Stütze der sich lebendig in ihre Formen schmiegenden Rolle, der Kopf auf der gestützten Hand. Sie sah den Geliebten mit dunklen Augen an. Augen voll eines tiefen, erwartungsvollen Ernstes.

Der Prinz stand in der Tür und starrte sie an.

Wilhelmine bewegte sich nicht. Endlich sagte sie mit jener Stimme, jener etwas angerauhten Stimme, die den Prinzen schon bei seiner noch kindlichen Geliebten fasziniert hatte, nur das eine Wort: «Komm!»

Der Prinz ging, ohne den Blick von Wilhelmine zu lassen, langsam auf sie zu, als wate er aus dem Wasser auf die feste Erde. In diesem Augenblick schienen sich ihm alle Sinne zusammengefunden zu haben, in einer Konzentration von höchster Vollendung. Was auch immer von Liebe zu träumen war, erfüllte sich hier, weit über zweierlei Haut und zweierlei Phantasie hinaus.

Der Prinz blieb die ganze Nacht bei Wilhelmine. Er genoß das Bett, wie Wilhelmine es genoß, alle Möglichkeiten des Bettes auszukosten, alle köstlichen Möglichkeiten, sich zu umschlingen und sich voneinander zu lösen, in der Erregung zu glühen und in der Erschöpfung zu kühlen, in der Flucht zu sich selbst und in der Verfolgung des sehenden anderen, und endlich im Glück rauschhaften Denkens wie in der unvergleichlichen Lust, nichtdenkend in sich zurückzusinken.

Als sie erwachten, hatte sich die Fassade des Bettes so wenig verändert wie die Höhle. Das Bett hatte die Stürme der Leidenschaft unverändert in sich aufgenommen, wie die Forderung der Umwelt ferngehalten. Das Bett war vollkommen.

Wilhelmine und der Prinz atmeten tief und befriedigt, sie konnten sich dehnen und recken, ohne sich zu stören, neue Reize der Erschöpfung wie der Erholung suchend. Sie stießen kleine, zärtliche Laute aus, sie wälzten sich träge in die Länge und in die Quere – das Bett duldete das ganze Glück des äußersten Behagens, immer federnd bereit, von gleichmäßiger Wärme, zur Zuflucht geschaffen wie zum Aufbruch.

Fern war für Wilhelmine nun wirklich die Welt, vor der sie so lange und so sorglich verwahrt worden war. Nun war die Welt für sie in diesem Bett, ausgesperrt, was sie bislang bedroht hatte. Fern und ausgeschaltet die groben Mächte, der König, die Höfe, die Ansprüche der hohen Gemahlin des Geliebten, alles. Dies Bett war der Sieg über die Welt.

Lächelnd beugte sich Wilhelmine über den Prinzen, so daß ihr Haar in seiner ganzen Fülle über sein Gesicht stürzte. Sie fragte mit ihrer kleinen, etwas angerauhten Stimme: «Bist du glücklich, mein Herr und Gebieter?»

Der Prinz mußte niesen. Er lächelte zu Wilhelmine empor, reckte die Arme weit und dehnte sich. Er sagte: «Sehr glücklich! Meine Frau erwartet ein Kind!»

DIE HOHE GEMAHLIN des Prinzen von Preußen, bei den Braunschweigern immer ‹das hessische Lieschen› genannt, residierte in Potsdam, im Kabinettshaus. Sie hatte einen kleinen Hofstaat, dem sie mit sympathischer Hilflosigkeit vorstand, und sie ließ es keinen der Neugierigen merken, ob sie sich glücklich in die preußischen Verhältnisse einzuleben verstand oder nicht. Sie lebte ganz für den Prinzen in dem Kabinettshaus, das ihr räumlich vollkommen genügte. Niemals äußerte sie sich, ob die ersten Tage nach der Hochzeit, die nach altem Brauch ‹Gevlitterwochen› genannt, und die am hessischen Hof leichtfertigerweise mit ‹Küßwoche› bezeichnet, ihren Hoffnungen genügte – sie ging nie aus und schien froh, daß sie im Hause ständig ihren Morgenrock tragen konnte. Doch blieb auch der Prinz, wenn er seinen Dienstpflichten obgelegen hatte, im Haus, ohne den Wunsch nach gewohnten Lustbarkeiten laut werden zu lassen. An Unterhaltung konnte sie ihm offenbar nicht viel bieten; er war gelegentlichen Versuchen, mit ihm ein Gespräch anzufangen, das ihn interessieren mußte, kaum zugänglich, antwortete wortkarg und spielte lange Stunden mit der kleinen, mandeläugigen Prinzessin Friederike, mit großer Langmut und offenbar auch einigem Vergnügen auf alle Launen dieses kleinen, hurtigen und witzigen Mädchens eingehend. Kaum war das Kind zu Bett gebracht, pflegte auch der Prinz mit einiger Unrast darauf zu drängen, sich schlafen zu legen – kaum war die hohe Gemahlin ebenfalls zu Bett, erschien der Prinz und machte sie glücklich. Sie konnte sich wahrlich nicht beklagen, und sie tat es auch nie.

Als sie dem Prinzen mit einiger Geschämigkeit gestand, daß ihre gemeinsamen Anstrengungen den gewünschten Erfolg hatten, war der Prinz, wie es schien, überglücklich, schenkte ihr ein Bijou, für das sie keine Verwendung hatte, und erklärte mit Emphase, daß ihr mütterlicher Leib ‹heilig› sei, und er als rücksichtsvoller Gatte sich weiterer gesundheitsschädigender Bemühungen enthalten müsse.

Die Prinzessin wußte natürlich, daß ihre Ehe mit dem Prinzen von Preußen auf der Erwartung basierte, sie werde der Dynastie einen Thronerben schenken, aber sie begehrte nicht, den Argumenten des Prinzen zu folgen und versuchte, ihn zu belehren, daß nach neuerlichen Forschungen keineswegs der Mutter und dem Kinde an der Gesundheit schaden könne, was sich als so erfreulich lebenerweckend bewiesen hatte. Aber sie war christlich erzogen und mußte sich dem strengen Gebot fügen, das der Prinz mit würdigem Ernst vorbrachte, nämlich daß Fleischeslust unbedingt sündig sei, wenn sie nicht ausschließlich auf dem Willen zum Kinde beruhe – obwohl der Prinz offensichtlich hier mehr um ihr Seelenheil bemüht war als um das seine.

Sicherlich traf es die Prinzessin tief, wenn sie bemerken mußte, daß die Unrast, die den Prinzen bislang bewogen hatte, sobald die kleine Friederike zu Bett gebracht war, das eheliche Bett ebenfalls zu bereiten, nunmehr auf ein anderes Bett gerichtet war, auf das seiner langjährigen Geliebten, die ihm, ach, trotz aller Bemühungen, die Fleischeslust außer dem Bereich des Sündigen zu halten, noch kein Kind beschert hatte.

Nichts konnte den Prinzen daran hindern, sich zur Abendstunde sein Pferd satteln zu lassen und nach Charlottenburg zu reiten. Das hessische Lieschen weinte anfangs in ihren einsamen Nächten in ihre Kissen, aber schließlich überwand sie sich in schönem Großmut – mit keinem Wort suchte sie, den Prinzen auf seinen Wegen zu hindern, ja, sie schien ihm in souveräner Haltung sogar das Glück zu gönnen, das sie ihm bei seiner Wilhelmine gewährte.

Jedesmal, wenn der Prinz in das Haus am Lietzensee kam, empfing ihn Wilhelmine wie gewohnt, indem sie ihm die Arme um den Hals legte und ihm ins Ohr flüsterte, was es zu essen gäbe. Sie wußte, daß der Prinz im Kabinettshaus an der Familientafel wie an der Hoftafel des kleinen, so bescheidenen Hofes mürrisch und lustlos zu speisen pflegte. Bei Wilhelmine war der Tisch immer schon gedeckt, wenn der Prinz das Haus betrat. Er ließ sich sofort an der hübschen Tafel nieder – niemals aß Wilhelmine mit ihm zu Hause, der sich so gern gehenließ und die Speisen gierig verschlang, schweigend und intensiv mit der Nahrungsaufnahme beschäftigt, die er durchaus als einen sinnlich reizvollen Akt betrachtete. Wilhelmine bediente ihn, indem sie vor ihm kauerte, das Kinn auf die verschränkten Hände gestützt; sie beobachtete ihn, aufmerksam seine Launen abschätzend – sie erfaßte sofort, was seine Augen suchten, seine Hände, sein Mund. Sie schob ihm hin, nahm weg – er aß.

Wenn die Mahlzeit beendet war, wußte Wilhelmine, was er sich erwartete. Sie badeten und gingen zu Bett.

So hatte Wilhelmine alles erreicht, was sie sich beim Bau ihres Liebesnestes gedacht hatte. Der Prinz hatte im Gehäuse des Apfels seine eigene ihm zugemessene Heimstatt gefunden. Zufrieden grunzend zog er sich in seine Wohnhöhle, ins eigens dafür konstruierte Bett, zurück und war glücklich.

Aber Wilhelmine war nicht glücklich. Die brutal-wohlgemutete Freude die der Prinz in ihrem Bett über das zu erwartende Kind der Prinzessin gezeigt hatte, ließ sie über den ersten Schock hinweg in tiefster Unruhe zurück. Wie hatten sie sich beide auf ihr erstes Kind gefreut, das nun al ein Klümpchen von ihrem Fleisch in den Falkenhagener Wäldern moderte Sie hatte sich das Kind gewünscht, weil es in ihrer Lage so verständlich wa – eine Garantie zur Veränderung ihrer Lage, das Kind aus fürstlichem Blut!

Aber war ihr Wunsch gleichgestimmt mit dem des Prinzen? Er liebte Kinder, er verhätschelte die kleine Friederike, die ihn doch mit jedem Wort, mit jeder Geste an die ungeliebte Elisabeth, die verräterische, erinnern mußte, und die nicht sein Kind war! Er konnte an keiner Kinderschar vorübergehen, ohne zu verweilen – er hatte immer Bonbons in der Tasche und verteilte sie. Jetzt klagte sich Wilhelmine an, ihr Kind vielleicht nicht so sehr geliebt zu haben wie der Prinz. So oft sie beisammen waren, nie hatte es der Prinz sie fühlen lassen, daß es wegen eines Kindes sei, das er ersehnte – war ihm dies so selbstverständlich, daß er es nicht zu erwähnen für wert hielt? Sie hatte den Prinzen mit leichtem Herzen in die Arme seiner häßlichen Frau entlassen: Sollte sie ihm doch einen Stammhalter aus ebenbürtigem Blut schenken – sie hatte ihn entlassen mit einer gewissen Freude daran, ihm eine lästige Pflicht zu erleichtern, so stolz war sie auf die Größe und die Macht ihrer Liebe zu ihm. Nun hatte sie durch des Königs Gunst die Stellung errungen, die es ihr gestattete, den Prinzen zu lieben und dies vor aller Welt zu bekennen – ersehnte sie ein Kind über die Liebe zum Prinzen hinaus?

Der Prinz war einigermaßen verdutzt, als er nach gewohntem Genuß in ihren Armen, tief gebettet in die gleiche, warme, sichere Höhle, zu ganz ungewohnter Stunde aus dem Schlaf gerüttelt wurde von einer tränenüberströmten Wilhelmine, die sich auf ihn warf und immer nur schluchzte: «Ja . . .! Ja . . .! Ja . . .!»

An dem Tag, da sie gewiß war, daß sich ihr Wunsch erfüllen werde, stellte sie die Wiege, die ihr der Architekt Langhans auf ihren neuerlichen Wunsch konstruiert hatte, in ihr Schlafzimmer, neben das Bett.

Der Prinz sah und begriff sofort. Er schloß sie gerührt in die Arme, zeigte seine größte Freude und versprach ihr sogleich, sie von nun an bis zu einer angemessenen Zeit nach der Geburt nicht mehr zu berühren, sie zu schonen – aus gesundheitlichen Gründen! Wilhelmine hatte noch nie davon gehört, daß Liebe während der Erwartung schaden könnte, aber der Prinz sah sie traurig an und bekannte, daß er, er allein die Schuld getragen habe an der Lebensunfähigkeit ihres ersten Kindes – die Geister des Waldes waren böse gewesen auf seinen Ritten durch die Falkenhagener Wälder zum Hause des Herrn von Koschembahr, böse darüber, daß er sie nicht geschont in der Erwartung . . .

Und wirklich, der Prinz schonte sie von Stund an. Es war alles wie sonst, er kam, aß, badete und ging mit ihr ins Bett, lobpreisend Wilhelminens Einfall, es so breit und bequem und köstlich für alle Gelegenheiten geschaffen zu haben – auch und gerade mit den Möglichkeiten, Gelegenheiten zu vermeiden.

Da lag nun Wilhelmine, den Kopf auf der gleichen Rolle, auf welcher das Haupt des geliebten Mannes gebettet war, ihr Atem mischte sich mit dem seinen, aber sie berührten sich nicht. Der Prinz schlief, tief und fest, er warf sich grunzend herum, wenn sich zaghaft ihre Hand einer Stelle seiner Haut näherte, er blies seinen Atem von ihr weg, er schnarchte. Sie verstand ihn nicht, sich nicht, nicht, was ihre Liebe angerichtet hatte. Sie hatte ihm die Kraft gegeben, sich aus den Fesseln seiner Natur zu befreien, nun mußte sie erleben, daß die gleiche Kraft ihn befähigte, sich selber wieder Fesseln anzulegen.

Das Liebesnest, die Schmuckkassette, in der sie als köstliches Kleinod den Prinzen erwarten wollte, hatte sich unversehens in einen Käfig verwandelt, in einen goldenen Käfig, gewiß, aber doch in eine Art Mausefalle, für sie wie für den Prinzen, den sie so gut zu kennen glaubte. Dieser vielschichtige Mann, dessen einzige Vertraute zu sein sie so stolz war, entzog sich ihr in ihrem Bett um eines vorgefaßten Prinzips willen, um der Einflüsterung blöder Geister willen, die sie für eine liebenswerte, aber etwas lächerliche Marotte gehalten hatte.

Sie hatte Zeit genug, über die verwirrende Problematik ihrer Liebe und ihres Verhältnisses zu ihrem Geliebten nachzudenken. Sie hatte nichts zu tun, als sich zu pflegen und zu hoffen, das Kind, das in ihr wuchs, werde den Knoten lösen, in den sie sich verstrickt hatte.

Sie lebte im Grunde so allein, wie sie bislang gelebt hatte. In der Küche wirkte ihre Mutter, mit der über die Dinge, die das Seelenleben ausmachten, überhaupt nicht zu sprechen war. Die grobe Arbeit verrichtete eine derbe Magd, aus den Falkenhagener Wäldern stammend und von Frau von Koschembahr als absolut desinteressiert und also verschwiegen empfohlen; die Botendienste unternahm Hannes Rietz im Haus der Madame Rietz, der ständig seine Aufmerksamkeit zwischen ihr und dem Prinzen teilte; er war es auch, der ein paar Gärtnerburschen aus der Hofgärtnerei seines Vaters anhielt, den Garten in Ordnung zu halten und das Gespann aus den Königlichen Marställen zu besorgen, mit dem Wilhelmine, selber kutschierend, auszufahren pflegte. Das Haus war nur klein, für größere Festlichkeiten und Empfänge nicht geeignet. Der einzige Luxus, den sich Wilhelmine im Grunde leistete, war die Wäsche, welche Minettchen Horst, ein Berliner Wäschermädchen, zu ihrer Zufriedenheit besorgte.

Und bald mußte sie bemerken, daß ihr im Grunde auch der Prinz keine Gesellschaft war. Er gewöhnte sich an, zu kommen wie ein langjähriger Ehemann aus bürgerlichem Stande, wortkarg und mürrisch, um sich schnell schlafen zu legen und auch gleich einzuschlafen, oder aber in einer eigentümlichen Unrast in den kleinen Zimmern umherzuschweifen, aus dem Fenster zu blicken, oder alle Uhren, die ihm erreichbar waren, aufzuziehen. Wohin waren die Abende entschwunden, an denen der Prinz mit ihr zusammen gelernt hatte, Geschichte, Geographie, Architektur? Aber immer noch ritt er täglich von Potsdam nach Charlottenburg – offenbar tat ihm das Reiten wohl –, doch er wurde immer fetter, ein starker, kräftiger Mann auf seinen Beinen wie Stempel und mit Schenkeln voll Saft. Und da kam es, wie es kommen mußte.

Immer, wenn Minettchen Horst kam, die Wäsche zu holen oder zu bringen, kam mit ihr sozusagen ein frischer Hauch ins Haus. Sie war ein strammes, junges Ding mit kräftigen Waden und runden Schenkeln und einer vollen, freigebig dargebotenen Brust. Sie war immer heiter, sie lachte gern und laut und zeigte eine Reihe prachtvoller Zähne, wenn sie mit ihren raschelnden Röcken ins Zimmer trat, den schweren Korb niedersetzte und die Wäsche zählend ausbreitete.

Oft war der Prinz zugegen, wenn sie kam, aber er sah sie gar nicht, und Wilhelmine sah, daß er sie nicht sah.

Eines Tages aber sah sie, daß er sie sah.

Sie kam in ihr Schlafzimmer und erblickte den Prinzen, der Minettchens Arm ergriffen hatte und tief und interessiert in ihren Busen schaute, indes Minettchen sich lachend unter seinem Griffe wand. Minettchen sah Wilhelmine zuerst, sie versank mit einem purpurroten Gesicht zur Erde – der Prinz fuhr herum und starrte, um schließlich mit der Miene eines läufigen Hundes, der an die Kette gelegt werden sollte, Minettchen loszulassen und auf Wilhelmine zuzutrotten.

In dieser Sekunde aber begriff Wilhelmine, daß der Prinz alles durfte, außer ihre Großmut geringer einzuschätzen als die, welche ihm seine Gemahlin hatte zuteil werden lassen. Der Prinz sagte: «Wilhelminchen, du mußt verstehen ...» Doch Wilhelmine, ihrem kleinen Ritus gemäß küßte ihren Finger und legte ihn auf des Prinzen Mund. Der Prinz küßte ihren Finger und lächelte befreit.

Wilhelmine hob Minettchen hoch und führte sie in das Spiegelzimmer; sie weihte das gute Kind in die Geheimnisse des Holzbottichs ein.

Für den Prinzen war Minette die reine Medizin, vor Gebrauch heftig zu schütteln. Minette hatte einen herzhaften Spaß daran. Jubelnd verkündete sie das Glück, das ihr widerfahren war, die hohe Ehre. Die Wäschermädel von Berlin ehrten sie als eine Königin ihres Standes.

Aber auch die Weiberhöfe ringsum jubelten, als die Kunde zu ihnen kam. Das Ende der Rietzschen Herrschaft über den Prinzen schien gekommen.

Doch Minettchen machte alle Hoffnungen und alle Ängste zunichte. Das muntere Kind hing in geradezu unterwürfiger Weise an Wilhelmine. Sie küßte strahlend die Hand ihrer hohen Gönnerin, sie blieb ihr ergeben in aller Frische und Heiterkeit, sie blieb, was sie war, ein Berliner Wäschermädel, stolz auf ihre Fähigkeit, allen Anforderungen des Haushaltes stets gewachsen zu sein.

So sehr hatte sich Wilhelmine in ihrem goldenen Käfig eingekapselt, daß die Gerüchte über die skandalösen und sittenlosen Zustände in ihrem Haus, von den Höfen verbreitet, als die Hoffnung auf Minettchens Erfolge über das Herz des Prinzen geschwunden war, kaum zu ihr drangen. Sie weinte über sich selbst, über ihr offenbares Unvermögen, das Glück zu finden, das sie sich so lange Jahre ersehnt.

Niemand anderes als der Cupido von Berlin, der dicke Geheime Kommerzienrath Schmits, ‹unser Freund› und von stupendem Geschick, die verwirrtesten Angelegenheiten mit kundiger Hand in Ordnung zu bringen, konnte in diesem psychologisch richtigen Augenblick eingreifen. Er erschien sozusagen als der erste Gast im neuen Heim Wilhelminens, bewaffnet mit einem Riesenstrauß von Rosen aus des Prinzen eigener Zucht und drang ohne weiteres in das Heiligtum ein. Er fand Wilhelmine, auf der dunklen Decke ihres Schlafgemaches liegen und in Tränen aufgelöst. Sein Blick streifte die leere, aber empfangsbereite Wiege, dann ruhte er voller Verständnis auf dem noch straffen Leib Wilhelminens, deren Morgenrock nur eine etwas fülliger gewordene Brust ahnen ließ. Sorgsam legte der Dicke den Blumenstrauß über die Wiege, setzte sich neben Wilhelmine auf das Bett, nicht ohne befriedigt durch ein kleines Hopsen die Güte der Federung ausprobiert zu haben, und nahm das tränennasse Antlitz der Schönen an sein Herz, worauf das stille Weinen sich in hemmungsloses Schluchzen verwandelte.

Wenn aber Wilhelmine an der gepolsterten Brust des Dicken einigen Trost erwartete – er wurde ihr nicht zuteil. Der Dicke sprach mit ihr von nichts anderem als vom König, von dem Großen Friedrich, dem Alten Fritz, den der Dicke so sehr verehrte, diesem Musterbeispiel ökonomischer Umsicht, einem Mann, dessen wahre Größe eben wirklich in der Tatsache zu suchen war, daß sich ihm jeder Gedanke und jede Tat zu einem ökonomischen Zweck verband, meßbar an der Summe der Thaler, die er dafür auszugeben für gut befand. Nicht etwa Güte zu seiner geringen Untertanin Wilhelmine oder Liebe zum Prinzen von Preußen konnte diesen König bewogen haben, ganze zwanzigtausend Thaler für dies entzückende Heim auszuwerfen, sondern die Erwartung, daß Wilhelmine ihre Pflicht tue, ihre verdammte Pflicht und Schuldigkeit, nichts anderes als das.

So also sprach der dicke Schmits zu Wilhelmine, indes seine Augen durch das Zimmer schweiften und seine dicke Patschhand auf der nackten Schulter Wilhelminens ruhte. Als er geendet hatte, waren die Tränen in Wilhelminens Augen versiegt, sie sah ihn mit brennender Aufmerksamkeit an.

Der dicke Schmits richtete sich endlich auf, holte seinen goldenen Crayon hervor, suchte nach einem Stück Papier und nahm schließlich das Exemplar der *Berlinischen Nachrichten für Staats- und gelehrte Sachen,* notierte einige Zahlen auf dem Rande des Blattes, rechnete mit phänomenaler Geschwindigkeit, nickte befriedigt und versicherte dann, sich zum Aufbruch rüstend, sie könne getrost auf jede Art von Sorge über die finanziellen Grundlagen dessen, was er sich in der Folge vorzuschlagen erlaube, verzichten; je mehr in dies Geschäft hineingesteckt werde, desto mehr werde mit Sicherheit auch aus ihm herauszuschlagen sein.

Er ging, eine Wilhelmine zurücklassend, die entschlossen war, jedem Wink ihres alerten Freundes gehorsam zu sein. Er verweilte noch einen

Augenblick im kleinen Vestibül, in welchem Minettchen damit beschäftigt war, Wäsche aus einem großen Korb aufzustapeln. Sie stand über den Korb gebeugt, so daß sich ihr gestärkter Rock wie eine Glocke nach hinten schwang; er warf einen wohlgefälligen Blick auf die Glockenschwengel ihrer Beine und kniff das hurtige Mädchen in die Backe, was Minette mit einem Klaps auf die Finger des Dicken und einem herzhaften Gelächter quittierte.

Schon am nächsten Tage kutschierte Wilhelmine in einer Art Jagdkostüm und mit einem Hute, an dem keck ein Schwung Reiherfedern befestigt war, von Charlottenburg nach Berlin, von der aufmerkenden Bevölkerung lebhaft bestaunt und besprochen; sie zügelte ihr Gespann vor Paskels Laden, warf einem Eckensteher die Zügel zu und betrat das Etablissement.

Der Zufall wollte es, daß der dicke Schmits mit einer ganzen Schar seiner intimsten Freunde just an diesem Tage und zu dieser Stunde in dem teuren Laden anwesend war, die *crème de la crème* der aufblühenden Berliner Gesellschaft, elegante junge Leute, Söhne reicher Eltern, wie der junge Cohen zum Beispiel, sein Vater war Bankier, der Großkaufmann Schickler, der Sohn des Seidenfabrikanten Bernhard, dessen Geschäftsteilhaber ein würdiger alter Herr, Moses Mendelssohn war, bekannt durch etliche philosophische Schriften und seine Freundschaft mit Lessing, von dessen Dichtkunst jedermann mit Achtung sprach. Aber es waren auch Offiziere der Berliner Regimenter in dem kostspieligen Laden, ein Husarenrittmeister namens Gualtieri zum Beispiel, und ein stattlicher Hauptmann von Schönberg, der in nie ganz geklärten Beziehungen zu dem Haus des dicken Schmits zu stehen schien.

Völlig überrascht durch Wilhelminens Erscheinen eilte der Geheime Kommerzienrath Schmits mit weit geöffneten Armen auf die ‹Madame Rietz› zu und stellte ihr mit einem gewissen Aplomb alle jene Herren vor, die sie noch nicht kannte. Lächelnd nahm sie die Begrüßung der Kavaliere, die in jedem Falle einer Huldigung ähnelte, entgegen und sah sinnend auf den gebräunten Nacken des Rittmeisters, der über ihre Hand gebeugt in dieser Stellung lange verweilte. Dann warf sie ihre Kostümjacke ab und ließ sich Handschuhe anmessen, die langen, bis an den Oberarm reichenden Handschuhe, die aus Paris kamen, mit immer neuen Variationen in der Farbtönung, im Material und im Schnitt.

Das lebhafte Gespräch der Herren verstummte, als der dicke Cupido sie auf die Arme der Madame Rietz aufmerksam machte.

Solche Arme hatte, wie der Dicke mit unbezweifeltem Sachverstand erklärte, die Welt noch nicht gesehen. Wilhelmine zeigte ihre Oberarme recht freigebig. Sie wußte, wie schön sie waren, der Prinz hatte es ihr oft genug gesagt, wundervoll geformte, blankweiße Arme – der Chevalier de Seingalt hatte ihre Schönheit als erster erkannt.

Als Madame Paskel persönlich sich anschickte, die Handschuhe über

Wilhelminens Arme zu streifen, protestierte der dicke Schmits gleichsam als Anführer eines Chors und äußerte flehentlich die Bitte, Wilhelmine möge diesen Ritterdienst auch von einem Ritter ausführen lassen. Wilhelmine gewährte lächelnd die Bitte, ihr Blick strich über die Gesichter der neuen Verehrer, dann nickte sie dem schönen Rittmeister der Husaren zu. Gualtieri errötete unter seiner gebräunten Haut, anscheinend überglücklich streifte er den Handschuh über den Arm, zuerst den einen, dann trotz des Protestes weiterer Anwärter auf diesen Dienst auch den anderen. Wilhelmine wand ihre Arme, wie Aale sich winden, in die Handschuhe, ließ sie streichen und glätten mit einem amüsierten Lächeln und zeigte schließlich, nachdem jeder der Herren sich in die Gunst geteilt, auf die inständige Bitte des dicken Schmits, wie wunderschön sich die schlanken Arme in Schultern schmiegten, die ihresgleichen nicht hatten.

Sie versprach, Woche für Woche in Paskels Laden sich die neuesten Modelle zeigen zu lassen – und Woche für Woche, so schworen die Herren, würden sie nicht versäumen, dem Ereignis beizuwohnen. Wilhelmine ließ sich ein Paar der Handschuhe einpacken, nur ein Paar, sagte, wie sehr sie sich freuen werde, die Herren öfters zu sehen – vielleicht in dem Lokal ‹Corsica›?

Und ging, ohne die Handschuhe zu bezahlen. Der dicke Schmits, der es sich nicht nehmen ließ, Wilhelmine zu begleiten, sagte zu Madame Paskel im Vorbeigehen: «Wahren Sie Ihren Vorteil!» und Madame Paskel verstand.

Wilhelmine kutschierte zu dem Lokal ‹Corsica›.

Signor Corsica, ein Meister seines von ihm heißblütig geliebten Faches, hatte sein Lokal für Berliner Verhältnisse etwas zu groß angelegt – allein fünfzig Tische im parkartigen Garten. Zuweilen speisten Offiziere mit ihren Damen dort, notabene, wenn diese Damen nicht ihre Gattinnen waren, zuweilen auch die ausländischen Diplomaten, die sich in der Hauptstadt, die keine Residenz war, gründlich zu langweilen pflegten, zuweilen aber auch die Landjunker aus Pommern, Schlesien und der Mark, wenn sie weniger in Getreide- oder Kartoffelgeschäften als in Angelegenheiten von neu aufzunehmenden Hypotheken nach Berlin kamen. Aber richtig *en vogue* war Signor Corcicas ‹Corsica› nicht.

Als Signor Corsica Wilhelmine und den Kommerzienrath Schmits sein Lokal betreten sah, eilte er sofort herbei, diese Gäste persönlich zu bedienen. Die schöne Fremde machte es ihm nicht leicht. Sie ging, von Signor Corsica bedienert, durch das ganze Lokal, betrachtete gedankenvoll die Lage der Tische, der Nischen, den Zustand der Stühle, besah sich eingehend die Küche und die Anrichte, warf einen prüfenden Blick in den Weinkeller, hörte der eigens für sie in Gang gesetzten Musikkapelle zu, in der sich lauter Ungarn und Italiener als Zigeuner ausgaben, tafelte lange und ergiebig und mit viel kritischem Sinn und ging.

Sie ging, ohne ihren Verzehr bezahlt zu haben.

Signor Corsica blickte fragend zum Geheimen Kommerzienrath Schmits. Doch der sagte nur, sozusagen im Abgehen: «Wahren Sie Ihren Vorteil, Signor!»

Worauf sich Signor Corsica in sein Büro einschloß und lange nachdachte.

Es dauerte geraume Zeit, bis sich Signor Corsica, dessen Kredit sich in Berlin ziemlich erschöpft zu haben schien, entschließen konnte, es noch einmal zu versuchen. Zu seiner Überraschung stieß er schon bei seinem ersten Besuch beim Bankier Cohen auf große Geneigtheit, ihm in jeder Beziehung entgegenzukommen. Signor Corsica beeilte sich nun, gemäß den Wünschen und Intentionen der Madame Rietz sein Lokal zu restaurieren; unruhig spähte er, als sein Lokal gerüstet war, durch die Vorhänge seines Bürofensters, wenn Madame Rietz vorüberkutschierte, ohne bei ihm einzukehren.

Aber dann kam Madame Rietz an einem Tage, als das Lokal angenehm gefüllt war. Der Kommerzienrath Schmits mit einigen seiner Freunde – es war der junge Cohen dabei und der Großkaufmann Schickler sowie auch einige Offiziere der Berliner Regimenter – hatten begonnen, gelegentlich bei ihm zu speisen. Madame Rietz kam in Begleitung eines stattlichen Herrn, der leutselig grüßte, als der dicke Schmits wie eine Kanonenkugel auf ihn zuschoß und brüllte: «Königliche Hoheit, welche Ehre . . .!» und erwiderte: «Nennen Sie mich nicht Hoheit, mein lieber Schmits!»

Kaum hatte der stattliche Herr, bei dem es sich fraglos um den Prinzen von Preußen, den Thronfolger, handeln mußte, der aber in einem blauen Frack bürgerlichen Zuschnitts kaum zu erkennen war, mit Madame Rietz Platz genommen, als eine Schar Kremser vorfuhr, hohe Kutschen mit quergestellten Sitzen; die Berliner benutzten sie gern zu kleinen Ausflügen in die klimatisch angenehme Umgebung der Stadt. Und aus den Kremsern sprangen die Herren Offiziere des Regimentes des Prinzen von Preußen aus Potsdam und fingen die Damen des Balletts der Italienischen Oper auf, die aus den Wagen in die Arme ihrer Kavaliere purzelten.

Einen so lukrativen Abend hatte Signor Corsica in der Tat in seinem Lokal in Berlin noch nicht erlebt.

Es begann mit einem von den Kriegshelden des Siebenjährigen Krieges taktisch einwandfrei geführten Angriff der Balletteusen auf das kalte Buffet, das mit einem vollständigen Sieg und der Vernichtung sämtlicher Vorspeisen endete. Dann wurde der Krieg gegen den Weinkeller des Signor Corsica geführt. Die Flaschen mit den edelsten Weinen brachen sich sämtlich die Hälse.

Dann wurde getanzt. Die Musik spielte ununterbrochen, bunte Lampions schwangen sich an langen Ketten von Baum zu Baum – Signor Corsica nannte die bescheidene Zurichtung ‹Italienische Nacht›. Auf kleinen Tanzparketts, von Signor Corsica gemäß einer lässig hingeworfenen Bemerkung der Madame Rietz vorsorglich hergerichtet, tummelten sich die Paare in Galopp- und Trampeltänzen, im Krakowiak und in verwegenen Rundtänzen, die Potsdamer Herren schwenkten die Damen vom Ballett, die zivilen Herren der Jeunesse dorée griffen sich aus den Nischen die braven Bürgerstöchter, die sich dort mit den Studenten der Berliner Akademien küßten, und Madame Rietz tanzte mit dem Rittmeister Gualtieri von den Husaren.

Der Prinz von Preußen sah seiner Gewohnheit gemäß mit stillem Lächeln zu.

Da schollen bald Gesänge, von allen mitgesungen, es mischten sich die akademischen Lieder mit rauhen, kriegerischen Klängen, in Erinnerung an die Zeit, da man sich zwischen den Zelten um Trommel und Knobelbecher scharte. Es war eine herrliche Augustnacht.

Noch vor der Suppe fand ein Hürdenrennen der Schankkellner über die blanken Klingen der Offiziere statt. Schließlich ritten am Ende des Soupers die Herren Offiziere auf den Stühlen, ihre Damen vor sich, die große Attacke zwischen den Hindernissen der Tische, der eine zweite Attacke folgte, geritten von den Damen auf den Herren Offizieren, um schließlich – und dies war der Höhepunkt des Abends – mit einem Ritt der Herren Offiziere auf den Damen zu enden.

Bei dieser Belustigung saß der Prinz von Preußen neben Madame Rietz – das hohe Paar sah dem Treiben mit einem Lächeln zu, das es sich gegenseitig schenkte.

Das Fest endete mit fernen, dumpfen Kanonenschüssen, die der Wind von Potsdam herübertrug.

Der Prinz horchte schon beim ersten Kanonenschuß auf, er begann, die Schüsse zu zählen. Als er über achtzehn zählte, fuhr er hoch. Die Offiziere wurden aufmerksam. Sie rissen die Degen aus den Scheiden, als der Prinz mit lauter Stimme zählte: «Hundert . . . hundertundeins!»

Dem Prinz von Preußen war ein Sohn geboren worden! Dem König ein weiterer Nachfolger! Die Dynastie war gesichert!

Hochaufgerichtet stand der Prinz von Preußen da. Seine Hand tastete nach der Wilhelminens, die den Druck mit einem fast schmerzhaften Gegendruck erwiderte, sich aber zwang mit einem verstehenden Lächeln zu dem Geliebten aufzublicken.

Die Glocken begannen zu läuten.

Die Offiziere neigten respektvoll die Degen vor dem Prinzen, eingedenk seiner Leistung und der hohen Gemahlin des Prinzen. Dann sangen sie die Königshymne, indes schon bei ihren ersten Klängen der Prinz sich auf ein Pferd warf und davonritt. Ohne zu bezahlen.

Dann verabschiedete sich Madame Rietz mit einem reizenden Kopfnikken von den Offizieren und den Herren am Tisch des dicken Schmits – der Rittmeister Gualtieri beeilte sich, ihr seine Begleitung anzutragen, was Wilhelmine huldvoll gestattete. Sie ging, ohne zu bezahlen.

Dann zerschmetterten die Herren Offiziere unter lautem Jubel zuerst die

Gläser und Geschirre und dann die Einrichtung von Signor Corsica, soweit sie ihnen erreichbar war. Sie warfen wahllos Goldstücke auf die Tische und bestiegen ihre Kremser, wo die Damen des Balletts auf den Knien der Herren Offiziere Platz nahmen; die Kutscher, riesige Grenadiere, schnalzten, und die Pferde zogen an. An Stelle des leider nicht mehr anwesenden Schmettau gab der jüngste Junker, ein Kleist, mit krähender Stimme das Ziel an: Nach Punschels Gasthaus!

Noch lange zechten die Herren vom Zivil; sie zahlten auch die Zechen der Studenten, Signor Corsica zählte zuerst die Goldstücke, dann die zerbrochenen Gegenstände und war zufrieden. Seine Ernte begann.

Der Hauptmann von Schönberg stützte den dicken Schmits, der sich, zufrieden vor sich hinlächelnd, in einem stärkeren Ausmaß als gewöhnlich betrunken hatte, und geleitete ihn sorglich in das Haus in der Leipziger Straße, wo die kleine Gräfin Matuschkyn die Herren sehnlichst erwartete.

Der Morgen graute, als im Zimmer der Prinzessin von Preußen schon der König stand. Er beugte sich über die Wiege, in welcher das Neugeborene schlief. Es lag etwas steif, den Kopf zurückgeworfen, der ziemlich runzelig und bräunlich war.

Der Prinz von Preußen, noch in seinem blauen Frack, den er als Zivilkleidung trug, stand neben dem Bett seiner hohen Gemahlin und starrte, ohne sich zu rühren.

Der König betrachtete sich lange das Kind, endlich sagte er, den Blick zum Prinzen hebend: *«Il me recommencera!»*

Der Prinz von Preußen rührte sich nicht. Er starrte.

Der König wandte sich zur Wöchnerin. Er fragte: «War es schlimm?» Sofort huschten rötliche Schauer über das Gesicht der Prinzessin. Stolz sagte sie: «Es war gar nix!»

Der König nickte. Er fragte: «Wollen Sie ins Stadtschloß übersiedeln, Madame?» Das war eine größere Gunstbezeigung, als das hessische Lieschen erwarten konnte.

Die Prinzessin wahrte ihren Vorteil. Sie sagte: «Da müßt awwer mei Apanasch ä bißche erhöht werde . . . !» und fuhr hastig fort: «Scheen wär's ja! Das Haus hier ist asch klein, wann . . . wann noch mehr Kinner komme, Majestät!»

Der König erwiderte, ohne daß sich sein Gesicht zu einer Andeutung eines Lächelns verzog: «Und außerdem kann der kleine Prinz vom Stadtschloß aus immer dem Exerzieren im Lustgarten zusehen!» Dann schwenkte er in seiner gewöhnlichen, betont höflichen Art seinen Hut abschiednehmend vor der Wöchnerin: «Ich bin Ihnen wohlgewogen, Madame!»

Er setzte den Hut auf und ging zur Tür, wandte sich aber noch einmal um und sagte zum Prinzen hinüber: «Es wird Zeit, sich zu adjustieren, mein Herr Neveu! Ich erwarte Ihn auch heute früh bei der Parade!»

Der Prinz mit seinem undurchdringlichen Gesicht, das dem König immer so ärgerlich war, folgte dem liebreichen Onkel höflich, um ihn aus dem Hause zu geleiten.

Auf der Treppe keuchte Hannes empor, erkannte den König, trat beiseite und verneigte sich tief. Der König zog höflich den Hut, sah den Hannes in seiner geübten Art durchdringend an und ging vorüber. Er verließ, ohne sich umzusehen, das Haus.

Der Prinz war beim Anblick des Hannes stehengeblieben. Hannes sah dem König nach, dann berichtete er.

Die Prinzessin klingelte. Aber Spérandieu konnte ihr nur mitteilen, daß der Prinz mit Hannes das Haus verlassen und mit einem Wagen abgefahren sei. Die Prinzessin seufzte ein wenig, dann ließ sie sich den Säugling reichen und gab ihm die Brust.

Es war Minettchen Horst, die dem Prinzen die Tür öffnete, aber er schien sie überhaupt nicht zu sehen; er stürmte an ihr vorbei sofort ins Haus, gefolgt von Hannes. Ein dritter Mann folgte, ein riesiger Kerl in der Uniform des Regimentes, das der Prinz befehligte, der Feldscher.

Der Prinz hastete auf das Schlafzimmer Wilhelminens zu und riß die Tür auf.

Wilhelmine lag mit wachsbleichem Gesicht in ihrem Bett, das von der purpursamtenen Decke bedeckt war. Aber auf dem Bette saß ein hochgewachsener Husarenoffizier, er hielt die Hand Wilhelminens in seiner Hand und erhob sich jetzt achtungsvoll.

Der Prinz in seinem bestaubten und zerknitterten blauen Frack starrte. Dann ächzte er einmal auf und stürzte zu der Wiege, die nun schon so lange leer neben dem Bette gestanden hatte.

In der Wiege lag ein winziges Kind, rötlich und verrunzelt, mit verklebten Augen; es wimmerte auf, als sich der Prinz über die Wiege beugte.

Der Prinz betrachtete es lange, dann wandte er sich mit einem stolzen Lächeln Wilhelminen zu: «Wie soll er heißen?»

Wilhelmine schloß für einen Moment die Augen, dann sagte sie: «Christiane, mein Herr und Gebieter!»

Der Prinz starrte, zuerst auf Wilhelmine, dann auf das Kind. Er sagte: «Ach so!»

Wilhelmine stieß einen kleinen Wehlaut aus. Sofort setzte sich der Husar wieder auf das Bett und ergriff ihre Hand.

Der Prinz sagte heiser: «Christiane – wie deine Schwester?»

Wilhelmine erwiderte: «Ich dachte, es wird dir recht sein?»

Der Prinz starrte und sagte: «Und wie weiter?»

Wilhelmine sagte nach einigem Nachdenken: «Sophie . . .?»

Der Prinz sann: «Sophia, die griechische Göttin der Weisheit?» Der riesige Mann in der Uniform bewegte sich auf Zehenspitzen auf die Wiege zu, gefolgt von Hannes.

Jetzt sagte der Husar: «Darf ich bemerken: Sophie war eine christliche Heilige, die mit ihren Kindern Fides – die Treue, Spes – die Hoffnung und Caritas – die Wohltätigkeit – von Kaiser Hadrian gemartert wurde!» Der Husar sagte dies mit einem leichten Unterton von Aggressivität.

Der Prinz sann: «Meine Großmutter hieß Sophie!»

Jetzt sagte Wilhelmine mit schwacher Stimme: «Die Urgroßmutter auch, die Unglückliche! Sie mußte viel leiden wegen ihrer Liebe zu dem Grafen Königsmarck!»

Der Prinz sagte: «Ist der Name Sophie nicht mit zuviel Leiden belastet?» Wilhelmine lächelte schwach. Der riesige Mann an der Wiege sah hoch: «Es ist ein Siebenmonatskind, Hoheit!»

Der Prinz sagte: «Aber als dritten Namen soll es den meiner Familie tragen: Fredericia!»

Wilhelmine hob den Kopf: «Und wie weiter ...?»

Der Prinz blickte auf das Kind, dann wandte er sich Wilhelminen zu. Er nahm dem Husaren die Hand Wilhelminens aus dessen Hand und sagte herzlich: «Christiane Sophie Fredericia Fräulein von Lützenburg!»

Der Prinz hatte sich angewöhnt, das Haus am Lietzensee die ‹Lützenburg› zu nennen.

Da sagte Hannes, leise mahnend: «Es ist das Kind der Madame Rietz ...!»

Der Prinz starrte. Schließlich sagte er mit starker Stimme: «Fräulein von Lützenburg, Tochter der Wilhelmine Enckin! Dies ist mein Wille!»

Einen Augenblick lang war alles still. Jedermann im Raume wußte: Hiermit hatte sich der Prinz zu dem Kinde als dessen fürstlicher Vater bekannt – und gleichzeitig die Ehe Wilhelminens mit Hannes Rietz negiert.

Hannes faßte sich zuerst. Er stieß mit seinem dicken Finger dem Kinde unter den dünnen Hals und sagte: «Kieks!»

Wilhelmine flüsterte zärtlich: «O mein Romeo ...!»

Der Prinz küßte die tiefe Narbe an Wilhelminens Handballen. Dann sah er hoch und fragte den Husaren eisig: «Kennen wir uns?»

Der Husar nahm Haltung an: «Rittmeister Gualtieri!»

Der Prinz sagte: «Gualtieri? Warum sitzen Sie nicht mehr in Magdeburg ein?»

Gualtieri erwiderte: «Es ist mein Bruder, der dort immer noch seine Strafe absitzt – dafür, daß er eine unglückliche Frau vergeblich vor einem traurigen Schicksal bewahren wollte!»

«So traurig ist das Schicksal Ihrer Durchlaucht, der Prinzessin Elisabeth von Braunschweig nicht. Oder haben Sie andere Nachrichten?»

Gualtieri erwiderte sehr förmlich, aber mit einem Unterton von Aufsässigkeit: «Es ist ein großer Trost für meinen Bruder in Magdeburg, zu wissen, daß Ihre Durchlaucht in Stettin die unglücklichen Folgen ihres glücklichen Charakters zu überwinden weiß!» Der Prinz starrte auf Wilhelmine. Er sagte gedankenvoll: «Elisabeth ...»

Dann hob er mit einem Ruck den Kopf und sagte streng: «Ihr Gualtieris habt euch verschworen, die Damen, mit denen ich liiert bin, zu trösten?»

Gualtieri erwiderte nichts. Er blickte auf Wilhelmine, und diese sagte: «Gualtieri ist mein Freund! Echte Freunde sind selten. Gönnen Sie ihn mir! Er hat mir in meiner schwersten Stunde beigestanden, weil mein Herr und Gebieter dies nicht konnte. Er hat meine Schmerzen gelindert, mir die ganze Zeit die Hand gehalten ...»

Der Prinz räusperte sich und sprach: «Weiter nichts?» Stille im Raum.

Dann sagte Wilhelmine: «O mein Othello!»

Da trat Minettchen Horst ins Zimmer und fragte höflich, ob sie noch gebraucht werde. Eine Uhr schlug silbern sechsmal.

Hannes sagte: «Sechs Uhr! Jetzt erwartet der König Sie auf der Parade, mein Prinz!»

Der Prinz erwiderte: «Nun ist mir schon alles gleich!»

Christiane Sophie Fredericia von Lützenburg starb neun Tage später – an einer Schwachheit, wie der riesige Feldscher von des Prinzen Regiment feststellte.

Auf den Weiberhöfen waren sich die fürstlichen Verwandten unter der Führung der Frau des Oberhofmeisters der Königin, der Madame von Voß, einig gewesen, jeden Versuch dieses verkommenen Geschöpfes, ‹der Rietz›, sich in die Gesellschaft zu drängen, sozusagen mit Zähnen und Klauen abzuwehren. Es gab nur eine ‹Gesellschaft›, die es wagen konnte, sich so zu benennen, die der Höfe – und nun mußten die Höfe erleben, daß ‹die Rietz› keinen Versuch machte, das Erwartete zu tun – sie machte vielmehr das Unglaubliche wahr: Sie gründete in aller Ruhe und mit großer Geschicklichkeit ihre eigene Gesellschaft.

Die ausländischen Diplomaten langweilten sich schrecklich in Berlin. Die Sekretäre der Gesandtschaften zerbissen sich ihre Gänsekiele, wenn sie ihren Regierungen berichten sollten. Es war so gut wie unmöglich, vom König selber oder seinen Ministern irgend etwas zu erfahren, was ihre Regierungen hätte aufhorchen lassen, es sei denn, es war schon zu spät, aufzuhorchen. Aber da waren die Höfe der Königlichen Familie, denen es zwar ebensowenig gelang, die Intentionen des Königs zu erfahren, die aber in ihren Intrigen untereinander doch mancherlei Anhaltspunkte zu liefern vermochten, was etwa geschehen werde, wenn der König, der nicht der besten Gesundheit war, endlich das Zeitliche, das er so lange bestimmt hatte, segnete. Und da war der Prinz von Preußen, der Thronfolger, um den sich die Höfe bemühten.

Nun konnten die ausländischen Diplomaten endlich ihren Sekretärs diktieren, daß dieser Prinz nicht auf dem Wege über die Höfe, sondern auf seinen eigenen zu erreichen war.

Die eigenen Wege des Prinzen führten zu Madame Rietz. Mathematische Köpfe konnten errechnen, daß die Meilen, die der Prinz fast jeden Tag von Potsdam nach Charlottenburg und zurück auf seinem Pferde zurücklegte, bislang zusammengerechnet genügen würden, ihn einmal rund um die Erde reiten zu lassen.

Wer war die Rietz? Die offiziell vom Könige anerkannte Maitresse des Prinzen. Nun gut, aber wie vermochte diese interessante Person es, den Prinzen an sich zu fesseln! Im Volk ging die Mär, sie empfange den Prinzen stets ‹nackend auf schwarzen, seidenen Sophas› – aber das hatte offenbar noch keiner gesehen, und es mochte wohl auch nicht genügen, den Prinzen zu bewegen, ständig ihre Gesellschaft zu suchen. Aber er besuchte ihre Gesellschaften ständig, und über diese gab es viel zu berichten.

Und die ausländischen Diplomaten berichteten. Um ‹die Rietz› bauschte sich eine Wolke von Klatsch. Jedermann in Berlin kannte sie nun, die sich sieben Jahre verborgen gehalten hatte. Sie kutschierte mit ihrem flotten Gespann – aus den Königlichen Marställen, wie erzählt wurde – täglich durch die Straßen, begleitet von einem stattlichen ‹Leibhusaren›, einem wirklich schönen, sehr männlich wirkenden Offizier mit gebräunter Haut und von etwas fremdländischem Typus. Ihr Geliebter? Ihr Freund? Gualtieri war von romantischem Glanz umgeben, die reizenden Bürgerstöchter schwärmten von ihm und flüsterten sich kichernd zu, diese oder jene beneide die Rietz um ihren ‹Gespielen›. Was sagte der Prinz dazu? Nun, sobald der Prinz auftauchte, war dieser Gualtieri verschwunden. Und hatte die Rietz keinen Mann? Der Sohn des Hofgärtners war oft genug in der Gesellschaft ‹der Rietz› zu sehen, ebensooft aber auch in der des Prinzen. Und Hannes Rietz wohnte nicht im Hause am Lietzensee, dem Liebesnest, in dem Madame Rietz keinen Gast empfing, außer den Gespielen, wenn der Prinz nicht da war, und den Cupido Schmits, den dicken Lebemann, eine stadtbekannte, aber schwer durchschaubare Figur. Die Rietz gab Feste bei ‹Corsica› – ausländische Diplomaten fanden sich bald dort ein, zuerst ohne, dann auch mit ihren Damen. Die Gelegenheit, dort zuweilen den Prinzen zu treffen, den künftigen König, war günstig genug. Es gingen dorthin nicht nur die Herren der Lebewelt, auch ihre Damen, auch die seriösen Geschäftsleute und Fabrikanten, die endlich wissen wollten, was sie mit ihren im Krieg so sauer erworbenen Geldern zweckdienlich anfangen sollten. Und es kamen die Herrschaften vom Landadel, die armen preußischen Landjunker, die in ihren mit Heu ausgestopften Kutschen nach Berlin strebten, um endlich auch einmal am Treiben der großen Welt teilzuhaben. Bei den Höfen wurden sie belächelt um ihrer ungeschliffenen Sitten, um ihrer lauten Stimmen willen und wegen der Kleider der Damen, die, teuer genug, doch niemals der letzten Mode entsprachen. Die große Welt! Schien es nicht, als werde die Hofgesellschaft abgelöst bei

‹Corsica›, was die große Welt betraf?

Aber es kamen auch Damen und Herren aus der Hofgesellschaft, zuerst wohl aus reiner Neugier, sozusagen als Spähtrupps ausgesandt, dann aber sicherlich freiwillig, wenn auch mehr oder minder heimlich und nach außen sehr reserviert – es ging munter zu bei ‹Corsica›, die Schäfer- und Pfänderspiele, sogar das in die Mode gekommene Lotto-Spiel bei den Höfen war vergleichsweise zwar gesitteter, aber eben doch auch bedeutend langweiliger als die munteren Zechereien bei ‹Corsica›, die immer bald in eine Art festliche Verbrüderung der lustigen Vögel aus allen Klassen ausarteten.

Und der König? So fragte man sich bei den Höfen. Duldete er das? Oder – der Atem konnte stehenbleiben bei diesem Gedanken: Wollte er das?

Nun, eines Tages entstand vor ‹Corsica› ein kleiner Auflauf. Ein Tibeter und ein Mohr in ihren seltsamen Heimattrachten setzten ihre Sänfte ab, und der alte Freund des Königs, der Lord Marishal Keith, nun schon geradezu eine Figur aus der Sage, mit seinem langen, schlohweißen Haar und der phrygischen Mütze, entstieg der Sänfte und strebte mit breitem Lächeln auf ‹die Rietz› und den Prinzen zu.

Es gelang dem französischen Gesandten, zu erlauschen, was der greise Lord Marishal, ein Mann von entscheidendem Einfluß, der Maitresse des Prinzen zu sagen hatte.

Der Lord Marishal sagte: «Der König lobt Ihre Aalpastete sehr, mein schönes Kind!»

Die Rietz gab Konzerte. Sie arrangierte sie, engagierte hervorragende Künstler, und der Prinz von Preußen spielte die Cellopartien. Und diese Konzerte fanden im ‹Belvedere› statt, jenem etwas seltsamen Bau im Schloßgarten des Charlottenburger Schlosses, dicht an der Spree, na bitte!

Die Rietz gab in ihrem Haus keine Feste, aber sie besuchte die Empfänge und Soiréen der besten bürgerlichen Gesellschaft von Berlin, nicht nur der reichen Bankiers, sondern auch in den Ateliers der Künstler, beim Architekten Langhans zum Beispiel, und bei diesen Festen sollte es reichlich fröhlich zugehen.

Sie hatte es sich zur Gewohnheit gemacht, an bestimmten Tagen mit ihrem flotten Gespann die Straße Unter den Linden hinauf- und hinunterzufahren; die Wagen ihres Gefolges schlossen sich ihr an, bald war es eine fröhliche Sitte für den, der sich eines flotten Wagens rühmen konnte, sich dem Zug anzuschließen, rechts und links staunten die Zuschauer, winkten endlich, riefen, jubelten – man traf sich im ‹Corso› wie im ‹Corsica› – und immer endete die lustige Spazierfahrt bei Paskels Laden, wo die Rietz Handschuhe anprobierte, das Sortiment neuester Handschuhe aus Paris.

Sie besuchte jede Kunstausstellung, war in den Museen zu sehen, Mäzene und Direktoren eilten, sie und ihr Gefolge zu begrüßen, als sei sie die Landesmutter. Wilhelmine plauderte unbefangen mit den Experten, indes der Prinz, der sie oft begleitete, stand und starrte.

Sie mietete in jedem Theater eine Loge, sie war bei jeder ersten Aufführung zugegen, sie zeigte sich dem Volke, ja sie trieb die Kühnheit so weit, mit ihrem Gefolge, darunter ihrem Leibhusaren, in ihrer Loge zu paradieren, wenn der Prinz mit seiner hohen Gemahlin in der Königsloge Platz genommen hatte. Tout Berlin sprach davon: sogar der König, wenn er das Theater besuchte, begrüßte er seiner Gewohnheit gemäß mit einer höflichen Geste zuerst die anwesenden Mitglieder seiner Familie, dann die Plätze der ausländischen Diplomaten, dann aber neuerdings auch die Loge der Rietz, bevor er auf den Jubel des Parketts mit einer leichten Verneigung dankte.

Was konnte dies bedeuten? Billigte der König das Verhalten ‹der Rietz›? Wollte er durch sie den Prinzen vom Einfluß der Höfe isolieren, wünschte er eine Beziehung des künftigen Königs zur aufblühenden bürgerlichen Gesellschaft? Fürchtete er eine Liaison des Prinzen mit einer Dame der Aristokratie? Wollte er seinen Adel nicht kränken? Zog er einen bürgerlichen Herrn Rietz als ‹Schanddeckel› vor – so nannte das Volk jene wohldotierten Edelleute, die sich mit Namen und Rang vor die lädierte Ehre eines Fürstenliebchens zum Ehestand mit dieser bewegen ließen?

«Genau dies alles!» sagte der dicke Schmits lächelnd, rieb sich die Hände und zwinkerte Wilhelmine zu. «Genau das!»

Zu den Hoffestlichkeiten allerdings wurde Wilhelmine strictissime nicht zugelassen.

Kurzum, die Rietz mit ihrem ausgelassenen Treiben war ein Begriff geworden, nicht nur bei ihren Freunden, die sie am Ende jedes Festes – sie und nicht etwa den Prinzen, der es lächelnd duldete – mit lautem Jubel als den Genius ihrer Stadt, der erwachenden Stadt Berlin begrüßten.

Aber sie hatte natürlich während dieser Zeit ihres ersten Glanzes auch Feinde, nicht nur bei den Höfen, auch in der Bürgerschaft, beim ‹Volke› selbst, dem sie doch entstammte. Zuerst staunend, dann mit heimlicher Entrüstung, beobachteten ehrsame Familienväter das Treiben der Rietz, unerhört bislang für diese so moralisch-nüchterne Stadt, und es wurde gefragt: «Was kostet das?» Der Prinz war arm, jedermann wußte das. Seinen eigenen Haushalt in Potsdam mit der braven, aber leider so unansehnlichen Frau hielt der Prinz knapp. Sollte der sonst so sparsame König . . .? Und wenn, dann von unseren so sauer verdienten Steuergroschen . . .?

Der dicke Schmits rieb sich mit verständnisinnigem Lächeln die Hände, wenn er sah, wie sich Wilhelmine mit ihren neuen Freunden unterhielt. Sie hatte eine Art verbindlich-unverbindlichen Lächelns, wenn man ihr nahte, die es einigermaßen schwierig machte, mit ihr von Geschäften zu reden. Sie blickte immer wie weltverloren hinüber, wo auch gerade immer der Kommerzienrath Schmits stand. Und selbst, wenn es nicht um Geschäfte ging, sondern etwa um Empfehlungen, etwa um das Knüpfen angenehmer

Verbindungen – Madame Rietz lächelte rätselhaft, klapste den Anbeter mit dem Fächer und sagte mit singender Stimme: «Ach, mein Bester – von diesen Sachen verstehe *ich* nun wirklich nichts!», so daß auch der Dümmste begriff, daß Madame Rietz auch einen Mann hatte, Monsieur Rietz zum Beispiel.

Man sah ihn nie direkt zusammen mit Madame, aber immer in ihrer Nähe. Es erwies sich, daß er ein geneigtes Ohr besaß und einen verschlossenen Mund. Es sprach sich herum, daß er über einen überaus praktischen Verstand verfügte und über eine sehr offene Tasche. Er lebte von seinen Ratschlägen, die immer gut waren. Er machte nicht ein einziges Geschäft, gab nicht eine einzige Empfehlung, stellte nicht eine einzige Verbindung her, wovon der Prinz oder Wilhelmine wußten. Aber auch nicht eine einzige, die dem Prinzen oder Wilhelmine hätte schaden können. Er profitierte einfach von der Atmosphäre, die Wilhelmine für sich und den Prinzen geschaffen hatte, ohne sie zu stören und ohne daß jemand dabei zu Schaden kam. Er war ungemein nützlich.

So hatte Wilhelmine zwei Außenposten, die sie keinen Gedanken und keinen Pfennig kosteten: Den Geheimen Kommerzienrath Schmits für die großen Geschäfte mit dem hohen Adel, der Diplomatie, der Hofintendanz und der regsamen und aufstrebenden Geschäftswelt – und Hannes Rietz für die gemeine Heerschar der strebsamen Stellenjäger, Geschäftsagenten, und nicht zuletzt für die eiserne Garde der Lieferanten; und sehr bald spielten sich die beiden Außenposten die Geschäfte gegenseitig zu. Jedermann hatte seinen Nutzen davon, keiner einen Schaden.

Die ausländischen Diplomaten in ihrer rührigen Findigkeit waren glücklich, ihren Höfen berichten zu können, durch ‹die Rietz› würden die Sitten immer lockerer in Preußisch-Berlin. Und sie forderten höhere Extraspesen an für *petits cadeaux* – es hieß, die Rietz sei dafür empfänglich.

Wilhelmine nahm rätselhaft lächelnd an, was man ihr bot, ohne eine Gegenleistung zu verlangen. Sie nannte es ihre ‹Fortune›.

Niemals war Wilhelmine schöner als in jenen Jahren ihres ersten Glanzes.

Sie entsprach genau dem Schönheitsideal ihrer Zeit. Diese Zeit vermochte durch den Mund ihrer Dichter sehr genau auszudrücken, was sie für den höchsten Grad weiblicher Schönheit hielt. Nach einer Zeit, welche die interessante Blässe der Haut weit höher als die blühende Frische schätzte – die Farbe der Gesundheit mochte für bäurisch und tölpelig gelten –, vermochte sich Wilhelmine einer durchaus belebten Haut zu rühmen, die darauf verzichten konnte, durch ‹Mouchen› den Kontrast zur Blässe zu pflegen. «Mouchen oder Schminkpflästerlein sind kleine und große von schwarzem Taffet in allerhand Figuren ausgeschnittene Flecklein, so das Frauenzimmer in das Gesicht oder auf die Brüste zu kleben pfleget, um ihre Haut dadurch weißer und beliebter zu machen.»

Wilhelmine pries sich im Besitz einer getönten Haut, die zuzeiten in Wellen der Erregung rötlich zu strahlen vermochte und in mancherlei Schattierungen ‹wie leicht durchschimmert von dem heimlichen Feuer des stets vorhandenen Verlangens› zu einer Pointierung gelangte, die den Körper eher zu einem ‹Compositum der Lust›, als zu einer Einheit des Ästhetischen formte. So forderten Kenner dieser Zeit vom Munde, Form und Größe nicht beachtend, daß der Lippen Schönheit ‹darinnen bestehet, wenn, beide mit einem dünnen Häutlein überzogen, dadurch die annehmliche Purpurfarbe oder rote Korallen-Tinktur als durch ein Glas scheine›. Wilhelmine besaß solche Lippen, ‹die sich zum Kuß in Wollust bebend schlossen› und ‹zum sanften Einbeißen und Schmatzen› einluden, ‹davon das Wort Schmätzlein entstehet› – zum Lachen aber sich über strahlenden, perlweißen Zähnen mit der dunkelroten Zunge öffneten. Und Wilhelmine lachte oft und gern, mit einer herzhaften Lust am Komischen, die stets ein Zeichen für Geist ist. Wilhelmine trug ihre Haare offen, sie waren dunkelbraun, mit rötlichem Schimmer, niemals gepudert, sie flatterten lang oder lagen in Wellen um ihre Schultern – ‹luden zum Kosen ein›. ‹Ihre Augen waren schwarz, hell, voller Feuer, blitzend und spitzfindig› und ihre Züge ‹zärtlich›.

Diese Zeit pries die Reize einzeln, aber Wilhelmine, dem Schönheitsideal entsprechend, zeigte sie im Kompositum. Sie war nicht groß oder stattlich, eher zierlich, aber alle Teile ihres Körpers waren harmonisch aufeinander abgestimmt.

In Paskels Laden bewunderten ihre Anbeter ‹Arme weiß wie Schwanenflügel›, ‹Lustranken der Sehnsucht›, und eine Schulter, deren Rundung wunderbar mit denen des Busens korrespondierte.

Die Mode erschöpfte sich fast in der Kunst, immer wieder die Schönheit des Busens zu offenbaren, in der halben Verhüllung, in der Beweglichkeit der Stützen durch Mieder und Rüschen immer wieder die Idealform betonend, in der die erotische Schönheit gipfelte: ‹Fleischigt sey sie anzufühlen und gewölbt die weiße Brust›, ‹die zum Liebesthron gewölbte Brust›. Und die Seele des Dichters ‹taumelte auf ihrer Brüste Schnee, die stolzen Bergen gleich von wegen ihrer Höh am Gipfel etwas rot, sonst ganz beeiset schienen› und pries ‹die Brüste gleiches Falles, die eine Hand spannt ein; die Gipfel müssen drauff gleich kleinen Erdbeeren sein›.

Wilhelmine kontrollierte sich genau. Ihre Hand umspannte ihre Brüste, wie es die dichterische Vorschrift empfahl, sie blieben prall und hart und ‹entfernten sich voneinander wie zwei feindliche Schwestern› – auch ihr Leib blühte, in straffer Flachheit eine Rundung vortäuschend, die durch den vermehrten Schwung der Hüften bestimmt wurde.

Die dauerhaftesten ‹Frauenzimmerreize› – ‹eine niedliche Hand und ein artiger Fuß› – waren Wilhelminen zu eigen, und ‹Frauenschenkel, die stolzen Säulen, Fesseln der Wollust, wonnige Klammern der Glückseligkeit›. Mit runden Knien, versteht sich, und ‹von seidigem Schimmer›.

Wilhelmine blieb trotz ihrer qualvollen Geburten kernig in ihrem Fleisch, und wenn sie einen Busen hatte, ‹den eine Hand zu verdecken vermag›, so hatte sie Lenden, die ‹einem stolzen Gebirge gleichen. Das Gebirge, das das Tal der Freude einschließt›, ‹hart wie Marmor›, ‹zierlich wie Elfenbein›, ‹rosig wie Pfirsiche› – und es stimmte alles bei Wilhelmine, bis zur dichterischen Mahnung: «Schäm dich deiner Schönheit nicht, nicht des nackten feinen Baues deines Körpers, nicht des Thaus, der Dionens Gärtchen tränkt. Himmels-Doris, Erdenhebe, der ein seidnes Haargewebe vor der Amorsnische hängt. Schäm dich nicht des duft'gen Schmukkes . . .»

Und Wilhelmine schämte sich nicht. Ihre Schönheit prangte für die Phantasie jedes Mannes; sie gehörte dem Prinzen allein.

Wilhelmine liebte ihren dicken Willem innig. Was auch immer sie tat, sollte für ihn geschehen, der es sich schlichthin gefallen ließ. So groß war der Magnetismus ihrer Liebe, daß weder er noch sie bemerkten, wie sehr ihnen einfach durch ihr gegenseitiges Dasein eine Macht zuwuchs, die allmählich sehr beachtet werden mußte.

In diesen magischen Zirkel aber waren Gualtieri und das hessische Lieschen eingeschlossen.

Vor der Öffentlichkeit, vor der Gesellschaft, der höfischen wie der neuen bürgerlichen, spielte der junge, schöne Mann eher als Hannes Rietz die Rolle des ‹Schanddeckels›, und er wußte das. Er liebte Wilhelmine mit einer Selbstlosigkeit, die der Prinz noch nie aufgebracht hatte, und der Prinz wußte das. Zwischen beiden Männern bestand eine gewisse Spannung, die nur durch das Verhalten Wilhelminens fruchtbar wirken konnte – und Wilhelmine wußte das. Was auch immer Wilhelmine sich von der selbstlosen Hingabe des Freundes erhoffen mochte, sie hielt das Verhältnis zwischen sich und ihm immer in der Schwebe, schob, was auch immer Gualtieri erhoffen mochte, hinaus.

Das hessische Lieschen aber, Prinzessin Luise, wußte jeden Augenblick, daß zwischen ihr und der Geliebten des Prinzen ein ständiger Wettkampf tobte, daß beide auf ihre Weise um die Liebe des Prinzen rangen. Luise wußte, daß sie häßlich war, daß sie allein schon darum die Liebe ihres Mannes ersehnte und daß sie im Grunde ihr frauliches Glück Wilhelmine verdankte. Aber Wilhelmine war im Nachteil. Luise war eine wunderbare Mutter. Pünktlich kamen die Kinder. Die Weiber in den Weiberhöfen ringsum rechneten, und es stimmte immer. Wenn ein kleiner Hohenzollernsprößling gekommen war, so dauerte es genau einige Tage plus neun Monate, und ein neuer war da. Im ganzen sechs Stück.

Die Braunschweiger Prinzen sprachen es aus. «Der Prinz braucht sie nur einmal scharf anzugucken – und schon ist wieder ein Zoller im Kommen!»

Luise wurde immer häßlicher, je älter sie wurde. Sie mußte ihren Wasserkopf mit der Hand stützen, weil er immer mehr und mehr zu wackeln begann, sie hatte immer öfter Anwandlungen von fliegender Hitze, sie vernachlässigte sich in den Kleidern, sie lief den ganzen Tag in Hauskleidern eigenen Geschmacks herum, unfrisiert – sie trat so selten wie möglich auf, auch wo sie unbedingt mußte, bei öffentlichen Veranstaltungen des Königs oder der Höfe, hielt sie sich irgendwo im Hintergrund.

Und doch hatte sie keinen Feind. Sie wurde überall geliebt. Sie war populär. Und sie hatte nie etwas dazu getan, es zu sein.

Der Rittmeister Gualtieri entstammte einem venezianischen Geschlecht, wie der Chevalier de Seingalt, Casanova, dessen kurzer Besuch in Berlin nicht ohne Bedeutung im Leben Wilhelminens war. Auch Gualtieri war ein großer Verehrer der Frauen, jedoch auf eine bedeutend subtilere Weise als sein abenteuernder Landsmann. Er war ‹Soldat mit Leib und Seele›, wie er von sich selber sagte, und wenn sein berühmt-berüchtigter Landsmann seinen Genuß in der Eroberung der Frauen sah, so fand Gualtieri viel eher im Kampf, im Ringen um den Besitz der geliebten Frau, im Prozeß also eher als im Resultat seine Beziehungen zum anderen Geschlecht erfüllt. Auch zwang ihn keine Flucht wie die Casanovas aus dem Gefängnis in Venedig, Dienste bei fremden Herrschern zu suchen; die kriegerischen Geblüte Italiens verloren sich in die großen und berühmten Armeen ihrer Zeit. Schon ein Ahne Gualtieris war während der Türkenkriege des Prinzen Eugen unter dem preußischen General Schulenburg in Korfu gefallen, zum Schutze Venedigs also, die Enkel, die beiden Brüder Gualtieri, fanden es verdienstlich, dem Preußenkönig im männermordenden Siebenjährigen Krieg beizustehen.

Aber Gualtieri versank keineswegs in das Haudegentum, das die Offiziere des Alten Fritz zu kultivieren trachteten, gleichsam wie im Trotz gegen das allgemeine Mißfallen über ihre gesellschaftliche Höherstellung. Der schöne, stattliche, etwas von exotischem Reiz umwitterte Mann war weit über den Durchschnitt seiner Kameraden hinaus gebildet – der berühmte Arzt und Zoologe Niccolo Gualtieri aus der Toscana war sein Onkel – er hatte bedeutende Interessen für die Wissenschaften, war musisch mehr als angehaucht, er sang mit schöner Stimme zur Laute, er ähnelte eher einem Troubadour als einem fahrenden Ritter und Landstörzer. Das gab ihm, dem Freund und ‹Gespielen› der Geliebten des Kronprinzen, das eigentümliche Flair, und es war nicht der plumpe Sinn, der seit der Zeit der großen Katharina von Rußland mit dem Begriff eines ‹Leibhusaren› verbunden war, der ihn charakterisieren konnte, weder in der Legende seiner Zeit noch in der Wirklichkeit.

Wilhelmine war froh und stolz auf ihren Gualtieri, sie schätzte ihn, der dicke Schmits protegierte ihn, und der Prinz duldete ihn, das genügte ihr. Sie konnte mit ihm reden. Er belehrte sie auf eine feine und unaufdringliche Weise und machte sie mit vielem bekannt, auch auf Gebieten, die dem Prinzen verschlossen waren oder zu ferne lagen – zum Beispiel auf dem der Politik.

«Dunkle Wolken standem am politischen Horizont» – so schrieben die *Berlinischen Nachrichten.*

Wilhelmine pflegte, wenn der Prinz längere Zeit ‹dienstlich verhindert› war – in Potsdam festgehalten wurde, aus welchen Gründen auch immer –, mit Gualtieri und dem dicken Schmits im Hôtel de Paris bei Madame Rufin, der distinguierten, weißhaarigen Dame, zu speisen, angenehm und köstlich zu speisen; sie hütete sich aus Gründen ihrer Kontur, die überaus deftigen Gerichte des von Mutter Encke bekochten Prinzen zu teilen. Madame Rufin, die den Aufstieg ihres kleinen Schützlings von vor nunmehr vierzehn Jahren mit Anteilnahme verfolgt hatte, verstand es, diese kleinen Essen mit allem Glanz erholsamer Plauderstunden auszuschmükken, sie speiste mit. Daß dunkle Wolken am politischen Horizont standen, tröstete Wilhelmine; sie war sich nun dessen gewiß, daß es wirklich der Dienst war, der den Prinzen von ihrem Tisch und von ihrem Bett fernhielt. Aber was, um aller Welt willen, was waren das für Wolken? Madame Rufin wußte es auch nicht, aber ihr Hotel war von durchreisenden Diplomaten besetzt – drüben in der Ecke speisten Herren aus Wien, in jener anderen Herren aus München, sie begrüßten einander besonders höflich, sprachen aber miteinander nicht.

«Maximilian III. Joseph von Bayern ist gestorben!» sagte Gualtieri, woraufhin der Dicke sein Glas erhob und zum bayrischen Tisch hinüberwinkte: «Hoch lebe Bayern!»

«Und? Was geht uns das an?» fragte Wilhelmine.

«Uns nicht, aber der andere Joseph, der Kaiser von Oesterreich, erhob einen Erbanspruch auf Niederbayern», erläuterte Gualtieri, ein Anlaß für den Dicken, mit seinem Glase den Herren aus Wien zuzuprosten.

«Das soll vorkommen», sagte der Dicke, «in den tausendfach verfitzten und verschwägerten fürstlichen Familien im Heiligen Römischen Reich Deutscher Nation, diesem merkwürdigsten aller politischen Gebilde in allen Zeiten!»

«Aber der Nachfolger des Maximilian, der Kurfürst Karl Theodor von der Pfalz, der will Niederbayern nur gegen Kauf hergeben!»

«Ich erhebe», sagte Madame Rufin, «mein Glas auf das Wohl dieses Herrn. Das scheint ein vernünftiger Mann zu sein.»

«Schon», sagte Gualtieri, «jedoch erhob der Herzog Karl von Zweibrükken Einspruch dagegen!»

«Wer ist denn das nun schon wieder?» fragte Wilhelmine.

«Das fragt sich jedermann», sagte der Dicke.

Gualtieri erklärte: «Ich habe auch noch nie Genaueres über ihn gehört. Aber unser König ...» er straffte sich nach preußischer Sitte und sagte korrekt: «Seine Majestät bestärkte den Mann aus Zweibrücken in seinem Einspruch!»

Wilhelmine fragte: «Und?»

Der Dicke grinste: «Dunkle Wolken stehen am politischen Horizont!»

Verzweifelt rief Wilhelmine: «Will mir denn keiner erklären, was das bedeuten soll?» Sie rief es so laut, daß die Herren an den anderen Tischen aufmerksam wurden. So klang Gualtieris Stimme sonor in die Stille: «Die ganze Welt wartet auf den ersten Blitzstrahl, der aus Sanssouci kommt. Und der bedeutet: Krieg!»

Worauf die Herren an den beiden Tischen aufsprangen, nach ihren Degen griffen und sich gegenseitig feindlich anstarrten. Madame Rufin erhob sich eilig, flatterte beschwörend mit den Händen und rief: «Aber meine Herren . . .! Doch nicht hier . . .!»

Nur Gualtieri hörte, was sonst im allgemeinen Tumult unterging. Wilhelmine sagte: «Und der Prinz? Muß der Prinz auch in den Krieg?»

Gualtieri sah Wilhelmine traurig an. Daß auch er selber in den Krieg mußte, der kleine Rittmeister von den Husaren, danach fragte Wilhelmine nicht.

Gualtieri sagte: «Der Prinz ist zum Kommandeur eines Streifkorps ernannt, unter dem Oberbefehl des Prinzen Heinrich – der König selber bleibt diesmal zu Hause. Wußten Sie das nicht, Wilhelmine?»

Wilhelmine wußte es nicht. Nicht der Prinz, der Geliebte, sagte es ihr, sondern Gualtieri, der Freund. Und jetzt reichte sie ihm die Hand hinüber und sagte, einen sehr zärtlichen Ton, der um Verzeihung zu bitten schien, in ihre Stimme legend: «Sie Armer, Sie müssen auch mit? Ich werde täglich an Sie denken!» Aber ihr Gesicht war wachsbleich geworden und Gualtieri wußte, daß es nicht die Sorge um ihn war, die das Herz Wilhelminens hatte aussetzen lassen. Gualtieri zwang sich zu einem Witz: «Wenn einer von uns beiden nicht zurückkehrt – werde ich Sie heiraten!»

Der dicke Schmits hatte begonnen, auf der Menu-Karte Zahlen aneinanderzureihen. Jetzt blickte er mit pfiffig glitzernden Augen auf die Tische der fremden Diplomaten, die Madame Rufin vorsorglich mit Wein versorgen ließ. Und der Dicke sagte: «Das kostet Tuch, viel Tuch aus meinen Manufakturen!» und er erhob sich, trat zwischen die beiden Tische, hob sein Glas und schmetterte freudig bewegt: «Es lebe Niederbayern!»

Aber die letzte Nacht vor dem Ausmarsch verbrachte der Prinz nicht mit seiner hohen Gemahlin und den Kindern in Potsdam im Stadtschloß, sondern bei Wilhelmine. Er kam, aß, badete und ging ins Bett wie immer, nur war er feldmarschmäßig adjustiert, und sein Hut trug die Generalsfedern, was Wilhelmine nicht zu bemerken schien. Er machte sie mit einem verlegenen Lächeln darauf aufmerksam und Wilhelmine lobte die Schönheit des neuen Hutes sehr, aber in seinem Lächeln schmolz sich eine kleine Verlegenheit ein; er hatte doch nicht leugnen können, daß ihn die provisorische Beförderung zum General ehrlich gefreut hatte.

Die Lederriemen des Bettes hatten sich mit der Zeit etwas ausgedehnt, so daß in der Mitte des breiten Bettes eine Art Kuhle entstanden war; Wilhelmine sah keine Gründe, die Riemen deswegen erneuern zu lassen. Sie lagen innig umschlungen in der Mitte, zueinandergerollt, und sprachen miteinander, wie immer nach den Höhepunkten ihres intimsten Zusammenseins. Sie waren gewohnt, in diesen Augenblicken ihre geheimsten Gedanken preiszugeben, sie konnten über alles sprechen, und sie sagten es sich in den einfachsten Worten. «Ich habe Angst um dich, mein Herr und Gebieter», sagte Wilhelmine.

Der Prinz lachte. «Angst? Ich habe keine Angst!»

Wilhelmine kuschelte sich an ihn. Sie sagte mit leichtem Spott: «O mein Held!»

Der Prinz dehnte sich, er erwiderte harmlos: «Ich bin kein Held. Ich weiß ja, daß im Krieg mir nichts geschehen kann . . .!» Er sagte: «Der König liebt den Krieg, er ist ein Held. Seine Geister sind die Geister des Krieges, Feuer und Luft . . .»

Wilhelmine erschrak. Der Prinz bemerkte es nicht. «Mich schützen die meinen, Wasser und Erde – die mütterlichen Elemente!»

Da war es wieder, das Unbegreifliche an diesem Mann, die unkontrollierbaren Kontrollen seines Wesens.

«Erklär mir das», bat sie mit leiser Stimme. «Erklär mir das mit den Geistern.»

Doch der Prinz gähnte und erwiderte: «Wie kann ich dir das erklären, wenn du nicht an sie glaubst?»

«Ich will ja, ich will ja an sie glauben! Aber zu mir haben sie noch nie gesprochen, ich habe sie nie gesehen!»

Der Prinz sagte mitleidig: «Mein armes Kind, ich weiß! Manchmal frage ich mich, wie du überhaupt leben und fröhlich sein kannst, ohne mit den Geistern in Relation zu stehen.»

Wilhelmine weinte fast. «Aber ich glaube doch an Gott und habe ihn nie gesehen, und er hat noch nie zu mir gesprochen!»

«Wie kannst du an Gott glauben, wenn du die Geister nicht kennst! Gott spricht ja mit mir durch die Stimme der Geister. Ich höre sie täglich und überall, und ich sehe sie, wenn sie sich zeigen, täglich und überall, sie sprechen mir aus allen Dingen. Sie können nichts anderes sein als die Abgesandten des Heiligen Geistes!»

«Aber», sagte Wilhelmine angestrengt, «man sagt doch, der König sei von Gott verlassen und habe doch Geist!»

«Der König und sein Geist», sagte der Prinz verächtlich, «woher hat er ihn denn? Was spricht denn aus ihm? Aus den Büchern hat er ihn, den Geist, und die stammen von Menschen, nicht von Gott, was aus ihm spricht, ist der Teufel, der die Menschen in seinen Krallen hat.»

Nein, es gab keinen Zugang zu dem Innersten dieses geliebten Mannes. Wilhelmine in seinen Armen wurde klein und demütig, sie empfand ihren Mangel, um den er sie bemitleidete. Sie liebte ihn nicht genug, ihn mit seinen Geistern von Wasser und Erde, mit den mütterlichen Geistern.

Sie erschrak. Welches waren die ihren? Waren es die mütterlichen Geister? Sie hatte ihm kein Kind schenken können – und plötzlich wurde ihr klar, was sie sich zugeben mußte, wollte sie ehrlich und nüchtern zu sich sein. Sie hatte, seit sie wußte, daß der Prinz in den Krieg zog und vielleicht nicht wiederkehren werde, den Gedanken immer zurückgedrängt, daß mit seinem Tode auch sie, sie selber unwiderruflich dahinsinken werde, zurücksinken in das Leben in der Finsternis, als welches sie ihre Kindheit mit ihren Aussichten empfand. Einzig ein Kind fürstlichen Geblütes aus ihrem Leibe könnte sie retten, sie würde auch nach dem Tode des Prinzen die Mutter eines Kindes aus königlichem Blute sein.

Das Kind, das Kind – da war er wieder, der innerste Konflikt, mit dem sie nicht fertig zu werden schien. Wollte sie das Kind aus reinstem Egoismus oder aus der natürlichen Liebe zu ihm?

Der Prinz hatte sanft vor sich hingedämmert, vielleicht sprachen gerade seine Geister zu ihm, als sich plötzlich eine tränennasse Wange auf die seine legte – er fuhr aus dem halben Schlaf, seine Wilhelmine warf sich an seinen Hals und schluchzte rätselhaft wie schon einmal: «Ja . . .! Ja . . .! Ja . . .!»

Wilhelmine erwachte durch das Getrappel von Pferdehufen. Gleich darauf setzten Fanfaren ein. Wilhelmine sprang nackt aus dem Bett, der Prinz schlief fest.

Sie eilte zum Fenster. Husaren ritten vorbei, die Husaren in den mannigfach verschnürten roten Dolmans des Zietenschen Regimentes. Und an der Spitze seiner Eskadron der Rittmeister Gualtieri mit seiner hohen Mütze aus Tigerfell; er blickte aufmerksam zum Hause am Lietzensee.

Wilhelmine, halb in den Vorhang gehüllt, zeigte sich ihm.

Der Rittmeister hob seinen Säbel, drehte ihn in der Hand, so daß er im Strahl der ersten Morgensonne rötlich aufblitzte, und senkte ihn vor der angebeteten Frau.

Die Augen der Husaren folgten dem Blick ihres Offiziers, die Fanfaren schmetterten – der Prinz grunzte vom Bette her: «Was ist? Wie spät ist es?»

Die Regimenter marschierten durch die Straßen der erwachenden Stadt, die stolzen, pulvergeschwärzten Fahnen voran, unter der dröhnenden Marschmusik, der todesmutigen des Hohenfriedberger, vom Könige selber komponiert – die Kavallerie voran, die ruhmbedeckte Infanterie, dann rollten die Kanonen vorbei.

Die Berliner standen da und staunten.

Da rollten sie mit, die Thaler aus dem Juliusturm. Manches Auge wurde naß.

In rasendem Galopp folgte ganz allein noch ein Reiter, in einen dunklen Umhang gehüllt. Doch man erkannte ihn.

Der Prinz von Preußen hatte den Abmarsch verschlafen.

Der Bruder des Königs, der Prinz Heinrich, lechzte geradezu danach, seine Umsicht, seine Geschicklichkeit erneut zu beweisen. Blitzschnell rückte er in Böhmen ein, um den Feind zu schlagen. Aber er fand keinen Feind.

Schon in den drei Kriegen um Schlesien hatte die oesterreichische Kriegskunst den König fast bis zur Verzweiflung geärgert. Die oesterreichische Strategie ging immer dahin, sich nicht so leicht zu einer Entscheidungsschlacht zu stellen, den Feind sich erst auf der Suche nach ihr krank und müde laufen zu lassen, ihn in ausgesuchter, wohlbefestigter Stellung zu erwarten.

Prinz Heinrich erkannte nach scharfem Nachdenken, daß entweder der Feind nicht wußte, wo die Preußen waren, oder aber die Gelegenheit günstig war, einmal die Oesterreicher sich krank und müde laufen zu lassen. Es schien ihm am besten, sich einfach zurückzuhalten, den Oesterreichern zu verraten, wo die Preußen waren; er blieb also, wo er war und fouragierte. Man ernährte die Armee aus dem Lande, und Böhmen war reich. Sollten doch die Oesterreicher kommen und die Preußen verjagen!

Aber die Oesterreicher kamen nicht!

Der dunkel brütende König in Sanssouci schüttete Kübel von Spott und Mißmut über seinen ehrgeizigen Bruder.

Der König lobte das Vorgehen seines Thronfolgers, des Prinzen von Preußen. Sein Herr Neveu hatte bemerkt, daß die beste Fourage immer erst nach der Ernte einzubringen war. Prinz Heinrich blieb stehen und erwartete den Feind. Der Herr Neveu aber zog weiter, nach vorne und nach rechts und nach links.

Der Prinz zog einfach der Ernte nach, zuerst dem Gemüse, dann dem Korn; schließlich und endlich, als er bei der Kartoffel angelangt war, hatte dieser Krieg seinen historischen Namen: Der Kartoffel-Krieg.

Joseph, der Kaiser, begnügte sich mit dem Innviertel, dem Landesteil hinter dem Inn, der ziemlich arm und ziemlich zurückgeblieben war. Hauptstadt: Braunau am Inn.

Der Kurfürst Karl Theodor behielt Niederbayern. Sein Vetter, der von Zweibrücken, blieb in Zweibrücken.

Auf das Ende des Krieges, der vor neun Monaten begonnen hatte und kein Krieg war, wartete der Prinz von Preußen in seinem Zelt im Lager auf freiem Feld. Er langweilte sich über alle Maßen. Der bittere Rauch der Kartoffelfeuer wehte über die abgeernteten Felder. Tagsüber spielte er Karten mit Hannes, des Nachts träumte er von Wilhelmine. Er träumte ziemlich lebhaft von ihr.

Hannes beobachtete den Prinzen voll Sorge, wie er da herumging, unruhig und unlustig, von irgendeiner Unrast getrieben, der starke, der kräftige Mann auf seinen Beinen wie Stempel und mit Schenkeln voll Saft.

Die Wäsche für das Zelt besorgte eine Zigeunerin, eine von den landfahrenden Mädchen, die den Heeren folgten – ein hübsches, braunes Kind.

Sie nannte sich Zoraide, und Hannes hatte ein Auge auf sie geworfen.

Aber als sie eines Abends kam, die Wäsche abzuliefern, entfernte sich Hannes und hockte sich ans Lagerfeuer.

Er hockte am Lagerfeuer und tat nichts.

Aber man kann auch durch Nichtstun Geschichte machen.

Drei Tage später fand der erschrockene Hannes seinen Herrn, den Prinzen, in einem völlig desolaten Zustand. Er stöhnte und wollte nicht sagen, was ihm fehlte, er fluchte auf Zoraide.

Als Zoraide kam, die schmutzige Wäsche abzuholen, prügelte Hannes sie durch und jagte sie aus dem Lager.

Dann warf er sich auf ein Pferd und ritt hinüber in das Lager einer Jäger-Abteilung.

Er kam mit dem Kommandeur dieses Jäger-Corps zurück, einem stattlichen Major in dunkelgrüner Uniform, der dieses Jäger-Corps selber aufgestellt hatte, zu Diensten des Königs von Preußen, obwohl er geborener Sachse war und Kammerherr in Dresden. Jedoch im Siebenjährigen Kriege hatte er als Cornett in der preußischen Armee gedient.

Er hieß Hans Rudolf von Bischofswerder und besaß ein Universalheilmittel gegen alle Leibesgebrechen und Krankheiten, eine Zaubertinktur.

Der Prinz kehrte vorzeitig heim – um dem König zu berichten, wußten die *Berlinischen Nachrichten*; bei Corsica sprach man von einem langwierigen Leiden infolge der Anstrengungen des Krieges, die ausländischen Diplomaten berichteten ihren Höfen von einer ehrenvollen Verwundung – er war genau neun Monate bei der Armee gewesen.

Der Marquis von Keith war, in seine Pelze gehüllt, in seinem Sessel in der blassen Maisonne auf der Terrasse von Sanssouci sanft entschlummert. Der König hatte sich nach dem Tode seines Freundes mehrere Tage eingeschlossen, dann aber war er es, der in dem Sessel Keiths in der Sonne saß, seine Staatsgeschäfte erledigte und seine Besucher empfing.

Die ausländischen Diplomaten berichteten ihren Höfen, seit dem Tode Keiths habe auch der König angefangen zu kränkeln, insbesondere weigere er sich mit einem seltsamen Trotz, die Ratschläge seiner Ärzte zu befolgen, er nannte sie Scharlatane und schüttete die Löwenzahnsäfte weg, die sie ihm verordnet hatten. Er lebte nicht mehr diät, er gab sich mit großem Genuß einer gewissen Völlerei an kräftigen, stark gewürzten und fetten Speisen hin, die ihm die Ärzte so streng verboten hatten. Alles hoffte, der Tod werde den König bald von seinen Leiden erlösen.

Kaum war der Prinz von Preußen in Potsdam angekommen – er hatte noch nicht einmal seine hohe Gemahlin und seine Kinder begrüßen können –, so wurde er schon zum König befohlen.

Aber er mußte warten. Er stand in angemessener Entfernung auf der Terrasse von Sanssouci und betrachtete den König, der, im Sessel, in dem

Keith einst zu sitzen pflegte, in der blassen Oktobersonne einen seiner Generale abkanzelte, den General von Salenmon, Kommandanten der Festung Wesel und eines nach ihm benannten und begründeten Frei-Bataillons – ein Liebling des Königs, der einzige General jüdischer Herkunft in des Königs Armee.

Der General, der sich durch kühne Freicorpstaten und geschickte diplomatische Verhandlungen in delikaten politischen Angelegenheiten beim König beliebt gemacht hatte, stand vor dem König stramm, den Hut unterm Arm und den Degen leicht angehoben. Daß der König kränklich war, mochte man ihm nicht ansehen, er machte keinen müden und erschöpften Eindruck, obgleich er unter Pelzen in seinem Sessel saß. Der König sagte: «Als ich Ihn nach Wesel schickte, was sollte Er da wohl tun?»

Der General, den noch niemand unsicher gesehen hatte, erwiderte rasselnd: «Die Festung gegebenenfalls verteidigen bis zum letzten Mann!»

Der König sagte: «Ach was! Laß Er die dummen Phrasen! Das ist Wesel nicht wert, und wenn ich das wollte, hätte ich einen anderen hingeschickt. Ich habe Ihm aufgetragen, bei den reichen Krefelder Seidenfabrikanten die Weber wegzuwerben, die ich in Schlesien brauche. Und was tut Er . . .?»

Der General sagte schnell: «Aber das habe ich doch auch getan, Euer Majestät!»

Der König sagte: «Viel zuwenig! Daß Er sich mit den Seidensäcken an den Spieltisch setzt, um ihnen ihr Geld abzunehmen, das geht mich nichts an. Aber daß Er sich mit meinen Offizieren herumprügelt und sie im Duell anschießt, das ist mir zuwider!»

«Majestät», keuchte der General, «der Oberst von Quantz hat mich einen geschäftemachenden Juden genannt!»

«Nun und . . .?» fragte der König. «Ist Er das nicht?»

«Majestät . . .!!» grunzte der General, dann grinste er: «Majestät, als Gouverneur von Wesel bin ich der Stellvertreter Euer Majestät! Und wenn ich als solcher nicht ästimiert werde . . .» Und er hob den Degen an.

Der König erwiderte: «Wenn Er glaubt, sein König sei beleidigt, wenn man seinen Stellvertreter als einen geschäftemachenden Juden bezeichnet, dann packe Er den Kerl sofort beim Kragen, führe ihn in Arrest und berichte mir! Aber schieße Er nicht einen verdienten Offizier dienstunfähig und setze Er sich nicht der Gefahr aus, selber angeschossen und dienstunfähig zu werden! Dafür bezahle ich meine Offiziere nicht! Ich habe in Schlesien Maulbeerbäume pflanzen lassen, und ich habe mir die teuren Seidenspinnerraupen kommen lassen, nun brauche ich Seidenweber! Und wenn die Krefelder Fabrikanten ihre Weber nicht gutwillig hergeben wollen – weiß Er was? Duellier Er sich mit denen!»

Der General riß den Hut hoch, trampelte mit dem rechten Fuß nach rechts und trampelte mit dem linken hinterher. Und sagte: «Zu Euer Majestät Befehl! Bis zum Tode!»

Doch der König zog seine Mundwinkel herunter: «Sei Er vernünftig! Die Franzosen haben ein Sprichwort: *Mourir pour le roi de Prusse...* wenn sie sagen wollen: Sterben für nichts! Er soll nicht für mich sterben, sondern wenn Er es durchaus nicht anders will, für meine Seidenwürmer in Schlesien!»

Der König lüpfte den Hut, unter dem statt der Perücke ein Wollwickel sichtbar wurde, und sagte: «Also gehe Er und tue Er, was ich von Ihm erwarte! Und von Seinen Dummheiten will ich nichts mehr hören!»

Der General von Salenmon schwenkte noch einmal seinen Hut, trampelte und ging. Als er beim Prinzen von Preußen vorüberkam, der da einsam in der einfachen Interimsuniform eines Obersten der Garde stand, plusterte der General vertraulich zwinkernd die Backen auf und ließ erleichtert und warnend zugleich die Luft aus.

Der Prinz von Preußen trat an den König heran und erstarrte zum Gruß.

Der König blinzelte in die Sonne und sagte: «Er hat Schulden?» Der Prinz fuhr zusammen. Also das war es! Er sagte schlicht: «Zu Befehl, Euer Majestät!»

Der König blickte ihn immer noch nicht an. «Unsinn! Nicht zu meinem Befehl! Da ich nicht will, daß Er mich anlügt, frage ich nicht, wieviel Schulden Er hat.»

Der Prinz sagte sofort: «Dreimal hunderttausend Thaler!»

Jetzt blickte der König ihn an. «Von den Summen, die Ihm hiesige Geschäftsleute gaben, weil sie auf einen ihnen gnädigen König hoffen, wenn ich erst einmal tot bin, will ich nichts wissen. Er wird schon merken, daß er so viel, wie von ihm verlangt wird, gar nicht zurückgeben kann. Aber die Ausländer? Was hat Er durch den Monsieur de Launay dem französischen Gesandten versprochen??»

Der Prinz starrte den König mit herausquellenden Augen unbewegt an. Er sagte: «Nichts, Majestät!»

Der König konnte genauso unbewegt erscheinen. «Und dem Engländer?» Der Prinz erwiderte: «Auch nichts, Majestät!»

Der König blinzelte wieder in die Sonne. «Aber angepumpt hat Er ihn, den Engländer?»

Der Prinz sagte: «Jawohl, Euer Majestät! Aber er hat mir nichts gegeben.»

Der König dehnte sich wohlig in der Sonne. Er sagte: «Ah, das ist gut! Diese Engländer! Sie geben niemals etwas für nichts! Die Franzosen schon eher. Nun gut, ich glaube Ihm. Dreimal hunderttausend Thaler! Seiner Madame Rietz gibt Er jährlich dreißigtausend – der Hofstaat Seiner Frau kostet nichts, den bezahle ich! Was macht Er mit dem übrigen Geld?»

Der Prinz starrte den König lange an. Der König wartete geruhsam ab, er sah den Prinzen nicht an. Endlich gab der Prinz seiner Wut nach. Er sagte kalt: «Das brauche ich, um die Spione meines Onkels zu gewinnen!»

Des Königs Gesicht verzog sich zu einem Lächeln. Der König blickte seinen Neffen beinahe dankbar an und erwiderte: «Das ist teuer, aber gut angelegt! Ich werde der Canaille nur noch die Hälfte geben – tu Er's auch, dann haben wir beide gespart!»

Der König holte aus seinem Ärmelaufschlag ein Stück Papier und las, mit Genuß bei den einzelnen Sätzen verweilend: «Der Prinz ist stets um Geld verlegen, von seinem Oheim verfolgt, der Unterhaltung mit anständigen und gebildeten Leuten gänzlich beraubt und von einer Rotte sittenloser Offiziere umgeben ... Hieraus ergibt sich, daß in dem Prinzen die großen Anlagen nicht sind, welche dem Erben eines Reiches, wie das preußische beschaffen ist, notwendig wären und es wird schwerhalten, das Ganze zusammenzuhalten, wenn die Mittel anderswo als in den Fürsten gefunden werden müssen. Unter einem Volk, das früher wegen seiner Ehrlichkeit ebenso bekannt war, als es jetzt wegen seinem Mangel an Grundsätzen ist, finden sich weniger hervorragende Geister, und selbst wenn ein solches Phänomen auftauchen sollte, müßten seine Operationen notwendig durch Eigennutz und Privatabsichten geleitet werden, denn ein wahrer Patriot kann hier nicht existieren. Man fühlt sich fast versucht, zu glauben ...»

Hier blickte der König auf und sagte: «Jetzt kommt es!» und las weiter: «... zu glauben, daß der König einen schlechteren Nachfolger zu haben wünscht, damit man ihn um so mehr vermisse. Wie könnte er sonst dem Prinzen erlauben, in so schlechter Gesellschaft zu leben?»

Der König grinste. Er sagte: «Das ist der Brief Seines Freundes, des Grafen von Malmesbury, mit dem der seiner Regierung rät, Ihm nichts zu pumpen! Was sagt Er dazu?»

Der Prinz sagte gar nichts. Er starrte den König an und haßte ihn. Der König zitierte: «... wenn die Mittel anderswo als in den Fürsten gefunden werden müssen ...» er blickte auf und steckte das Papier weg.

Der König sagte: «Die Mittel müssen anderswo als in dem Fürsten gesucht werden. Ich habe den Monsieur de Launay gebeten, sich mehr theoretisch zu beschäftigen und seinem Amt in der Akademie den Vorzug zu geben. Was der Monsieur de Launay Ihm beigebracht hat, will Er ja nicht annehmen. Weiß Er überhaupt, was Er will? Das Gegenteil von dem, was ich will? Nun gut, das ist verständlich. An Stelle des Monsieurs de Launay wird also der Kammerrath Wöllner treten und bei Ihm die staatswissenschaftlichen Probleme durchnehmen. Es hat gar keinen Zweck, diesen Wöllner als Spion gegen mich in Seine Dienste zu nehmen, er haßt mich, weil ich ablehnte, ihn zu adeln. Ich halte ihn für einen hartgesottenen und intriganten Pfaffen. Aber er ist ein anerkannter Fachmann in der Landwirtschaft und hat eigene Ideen. Seine Ideen sind nicht die meinen, sie sind in allem das Gegenteil. Aber er ist der einzige, dessen Ideen doch Hand und Fuß haben. Da steckt viel Richtiges drin, was ich nicht entwikkeln kann, weil es dazu Zeit braucht, und die habe ich nicht mehr. Er wird also bei ihm lernen, wie unser Merkantil- und Monopol-System aufgehoben werden kann – auch höre Er sich die Pläne Wöllners über die Besteuerung des Adels und Aufteilung der Latifundien an. Dieser Wöllner hat sich Gedanken gemacht über eine nationale Armee, weil er findet, meine Armee sei ein Zwitterwesen aus Söldnerheer und ausgehobenen Landeskindern ...»

Der König unterbrach sich und sagte mit angespannter Schärfe: «Hört Er mir überhaupt zu?»

Der Prinz erwiderte: «Ich nehme mir jedes Wort zu Herzen, Majestät!»

Der König sagte: «Nehme Er es lieber in Seinen trägen Kopf! Im übrigen bin ich Ihm wohlgewogen, und wenn ich das sage, so meine ich es auch!»

Der Prinz sagte: «Ich weiß es, Majestät!»

Der König sagte: «Und sage Er Seiner Rietzen, ihr Rezept für die Aalpastete sei vortrefflich!»

Er lüpfte den Hut. Der Prinz machte seine Ehrenbezeugung und ging. Der König sah ihm lange nach, und der Prinz spürte den Blick des Königs in seinem Rücken.

WILHELMINE fühlte sich auf dem Höhepunkt ihres Glückes. Sie hatte einen Knaben geboren, einen gesunden, kräftigen Knaben von neun Pfund.

Niemand wußte davon außer Mutter Encke, die ihr in ihrer schweren Stunde beigestanden hatte.

Der Prinz würde glücklich sein! Noch hatte er sie nicht gesehen, aber er würde kommen, sobald er seine dienstlichen Pflichten erfüllt hatte, und sie würde ihn überraschen.

Sie stand zum erstenmal auf, sie schmückte sich und das Kind, sie schmückte auch die Wiege und das Bett. Dieser Tag sollte der Beginn einer neuen, wahrhaft überwältigenden Liebe sein, die ihr nun keiner mehr streitig machen konnte. Wenn sie an den Prinzen dachte, wurden ihre Knie schwach vor Liebe, ihr Herz klopfte, ihr Blut siedete, alles geschah mit ihr, was die Dichter sich ausgedacht, wie es eine Liebende bewegen mußte.

Sie lauschte auf seine Schritte – auch das gehörte dazu. Sie hörte draußen Pferdegetrappel, sie hörte Stimmen, die seine darunter.

Sie stand mitten im Zimmer in ihrem schönsten Morgenkleid, die Haare hingen lang und in schönen Wellen, sie trug einen Kranz von dunkelroten Rosen in ihrem braunen Haar – sie duftete nach Pomeranzen. Das Kind lag versteckt tief in seiner Wiege.

Der Prinz kam. Schritte auf dem Gang, hastige Schritte. Wilhelmine hob die Arme, bereit, sie dem Prinzen um den Hals zu legen.

Die Tür wurde geöffnet, der Prinz kam herein – und trat beiseite. Ein Mann in grüner Uniform folgte ihm; der Mann war ebenso korpulent wie der Prinz, hatte die gleichen, etwas vorstehenden, wasserblauen Augen und einen breiten Mund über dem Doppelkinn. Wilhelmine nannte diesen Mann sofort bei sich den ‹Laubfrosch›, wegen seiner grünen Uniform und wegen seines breiten Mundes und wegen des Doppelkinns und des schweren wie geblähten Unterleibs.

Der Prinz sah Wilhelmine überhaupt nicht an. Er sah auf den Mann und sagte zu ihm, als dieser eingetreten war: «Das ist sie!» Und dann erst zu Wilhelmine: «Das ist mein Freund, Herr von Bischofswerder!»

Nicht der Prinz, der Laubfrosch gab Wilhelmine als erster die Hand.

Wilhelmine hatte ihre halberhobenen Arme sinken lassen. Eine kalte und feuchte Hand faßte nach der ihren.

Wilhelmine dachte, wenn er jetzt den Mund auftut, so wird er quaken! Aber eine überraschend wohltönende, eindringliche Stimme kam, laut und prononciert, doch weich modellierend: «Huldin . . .! Jetzt kenn ich Euch! Schönste aller Frauen!»

Der Laubfrosch sank auf seine Knie, ihre Hand in der seinen behaltend, obwohl er fühlen mußte, daß sie strebte, sich ihm zu entziehen.

‹Huldin!› dachte Wilhelmine und grübelte eine Sekunde lang, ob dies nicht im Grunde eine anrüchige Bezeichnung sei. Den Kniefall hatte sie beim dicken Schmits immer nur als komisch empfunden. Sie blickte fragend und wie um Hilfe zum Prinzen. Doch der sah mit bewundernden Augen auf den Freund.

Jetzt erhob sich der Herr von Bischofswerder und sagte, endlich die Hand Wilhelminens loslassend, zum Prinzen: «Es ist Roxane, mein Prinz! Roxane . . .! Und ich darf ihr huldigen, wie die Fürsten Persiens und der baktrischen und sodrischen Völker?»

Der Prinz erwiderte mit fast dem gleichen, geschraubten Tonfall: «Meine Freunde sind auch die Freunde meiner Huldin – dies ist mein Wille und deren Wunsch . . .!»

Wilhelmine sah alle ihre Vorbereitungen zur großen, glücklichen Überraschung dahinschwinden. Sie nickte dem Laubfrosch zu und sagte: «Ich freue mich sehr, Ihre Bekanntschaft gemacht zu haben, mein Herr . . .» sie zögerte.

«Bischofswerder», sagte der Laubfrosch mit vollkommen normaler Stimme.

«Also Herr von Bischofswerder, darf ich Sie heute abend bei Corsica erwarten? Ich habe ein Feuerwerk bestellt!»

Der Laubfrosch sah sie prüfend an und sagte gewandt: «Ich werde immer da zu treffen sein, wo Sie Ihr Glück suchen!»

Er ging mit einer Verneigung zum Prinzen zur Tür, drehte sich noch einmal um und sagte – mehr zum Prinzen hin als zu Wilhelmine – mit merkwürdiger Übersteigerung der Stimme und sehr bedeutungsvoll: «Roxane . . .!», faßte sich mit der linken Hand ans Herz, führte die rechte an seine Lippen und ging.

Der Prinz sah ihm mit leuchtenden Augen nach.

Wilhelmine schluckte schwer, dann sagte sie heiser: «Mein Herr und Gebieter ...!» und hob die Arme, so daß die weiten Ärmel ihres Morgenkleides zurückfielen.

Doch der Prinz starrte noch immer zur Tür. Er sagte, sich dann langsam zu ihr wendend: «Wilhelmine, ich muß dir erklären ...» Wilhelmine legte ihm den Finger auf den Mund und wollte dann, ihrem kleinen Ritus nach, ihren Finger küssen. Doch der Prinz hielt ihre Hand fest, sah ihr tief in die Augen und sagte höchst bedeutungsvoll: «Er ist mein Freund!»

Wilhelmine wandte sich um, ging zur Wiege, schlug den kleinen Spitzenvorhang zurück und sagte: «Ihr Sohn, Königliche Hoheit!»

Der Prinz trat verwirrt zur Wiege. Jetzt erst schien er zu begreifen. Er blickte zuerst auf das Kind, dann zu Wilhelmine, dann warf er sich vor der Wiege auf die Knie, hob aber die Hände zu Wilhelmine empor: «Rieckchen ...!» sagte er heiser und schrie fast: «Rieckchen, mein Rieckchen ...!» und setzte dann, die Hände vor das Gesicht schlagend, fort: «Ich bin nicht würdig ...!»

Wilhelmine war nun wirklich erschrocken. Sie verstand den Prinzen nicht, sie war verwirrt wie er. Sie stammelte: «Willst du deinen Sohn nicht küssen?»

Der Prinz erhob sich, beugte sich tief über die Wiege, seine Hände tasteten nach dem Köpfchen des Kindes, fuhren aber sofort zurück, es war, als risse er seine Hände gewaltsam fort.

Wilhelmine hob sein Gesicht und betrachtete es. Er sah schlecht aus. Er war magerer geworden, er hatte Falten um die Augen und um den Mund, seine Haut war gelblich, seine Augen lagen tief in den Höhlen, von dunklen Schatten untermalt. Und er wagte nicht, sie anzusehen. Die dunklen Geister des Krieges, Feuer und Luft, hatten ihn offenbar gezeichnet.

Wilhelmine sagte langsam: «Du darfst mich immer küssen – auch wenn du dich scheust, dein Kind zu berühren!»

Der Prinz atmete tief und küßte sie.

Dann wandte er sich erleichtert der Wiege zu. «Sohn, sagtest du?» fragte er.

Sie sagte langsam: «Sohn. Und völlig gesund!»

Der Prinz wandte sich um. «Wilhelmine ...!»

Sie sagte ruhig: «Du sollst mir nichts erklären, was du nicht erklären kannst. Unser Kind ändert alles. Wie soll es heißen?»

Der Prinz richtete sich auf. Er sagte, indem er unwillkürlich die Pose des Königs annahm: «Ich ernenne es zum Grafen von der Mark!»

Wilhelmine lächelte. «Friedrich Wilhelm von der Mark?»

Doch der Prinz erwiderte hastig: «Nicht Friedrich Wilhelm – so heißt der Thronerbe ja schon ... Alexander! Ja, Alexander ...! Meine Roxane: Alexander soll er heißen!»

Wilhelmine sagte bitter: «Huldin! Roxane ... Was soll das alles?»

Der Prinz träumte: «Alexander, der große Nachfolger des großen Königs Philipp von Mazedonien ...»

Wilhelmine ging zu einem Schränkchen. Dort stand es, ‹*das* Buch›. Sie blätterte und las: Roxane war erst die Gefangene, dann die Geliebte und Frau Alexanders des Großen.

Sie sah zum Prinzen hinüber, der über die Wiege gebeugt stand und seinen Sohn entzückt betrachtete.

Sie liebte ihn, sie liebte diesen dicken, diesen ... ja, diesen unwürdigen Mann, den Prinzen von Preußen, sie liebte ihn ... Sie würde seine Roxane sein, seine Sklavin, seine Courtisane, seine Herrin, seine Königin ...

Der Prinz sagte: «Ich muß nach Potsdam zurück! Ich muß die Prinzessin begrüßen!»

Er war also noch nicht bei seiner Frau gewesen. Er war eben doch zuerst zu ihr gekommen.

Sie umarmte und küßte ihn, lange und innig.

Er ging.

Kaum hörte sie seine Schritte verhallen, rief sie nach Hannes. Der saß in der Küche bei Minettchen Horst und Mutter Encke, er kam sofort. Er stand vor Wilhelmine mit dem gleichen demutsvollen Hundeblick wie Seine Königliche Hoheit, als er ihr von dem merkwürdigen Appendix der geschichtlichen Folgen des bayrischen Erbfolgekrieges berichtete.

Zu Wilhelminens Anbetern im Laden Paskels und bei Corsica hatte sich ein junger Mann gesellt, der Arzt Dr. Heim, von dem man sagte, er sei ein wirklicher Arzt, was schon interessant genug war, der aber in einem ziemlich sonderbaren Aufzug herumlief, in einer Kleidung, von der Kenner wie der junge Cohen oder der dicke Schmits behaupteten, es sei dies die neueste englische Mode.

Wilhelmine sandte den Hannes nach ihm, und er kam.

Der junge Arzt trug keine Perücke, sein Haar war gelockt und gescheitelt, um den Hals hatte er kein Spitzenjabot, sondern ein Seidentuch, sein Frack war ein Gehrock, und zu den Hosen aus gewürfeltem Stoff trug er halblange Lederstiefel, die zur Hälfte zu Stulpen umgeschlagen waren und oben aus hellerem Leder gearbeitet als am Spann und am Fuß. Außerdem trug er keinen Degen, sondern einen Bambusstock mit einem dicken, silbernen Knauf, den er von Zeit zu Zeit in die offene Handfläche der linken Hand zu klopfen pflegte.

Er kam unbefangen in das Haus am Lietzensee, sah sich im Zimmer um und ging sofort auf die Wiege zu, wo das Kind schlummerte, der junge Alexander Graf von der Mark.

Dr. Heim musterte das Kind schweigend, dann nahm er es aus der Wiege und schälte es mit so kundigen Händen aus seinen Tüchern, daß Wilhelmine nichts zu sagen wagte. Der Arzt drehte und wendete das Kind, behorchte und beklopfte es und murmelte: «Prächtig, prächtig!», legte es zurück in die Wiege und sagte: «Das Kind ist vollständig gesund, aber es ist Unsinn, es in so viele Tücher zu wickeln, es muß Luft an die Haut!»

Wilhelmine lächelte und sagte: «Ich habe Sie nicht wegen des Kindes zu mir gebeten.»

Dr. Heim sah Wilhelmine überrascht an, dann lächelte auch er und sagte: «Entkleiden Sie sich bitte!»

Wilhelmine lachte nun herzlich und teilte dem so sonderbar kurz angebundenen Manne mit, auch sie sei ‹prächtig, prächtig› und vollkommen gesund, auch pflege sie durchaus nicht, in viele Tücher eingewickelt zu schlafen.

Der junge Herr gab Wilhelmine zu verstehen, daß er es gewissermaßen bedauerlich fände, sie nicht untersuchen zu dürfen, wobei sein Blick gedankenvoll auf dem breiten, nun schon sagenumwobenen Bett mit der dunklen Decke ruhte, wurde aber sehr ernst und aufmerksam, als Wilhelmine ihm bis in die Einzelheiten hinein erklärte, was sie bewogen habe, sich an ihn zu wenden.

Er klopfte mit dem Knauf seines Stockes in die linke Handfläche, dann bat er Wilhelmine, ihm ein Pröbchen der berühmten Zaubertinktur des Herrn von Bischofswerder zu verschaffen. Wilhelmine hatte sich durch Hannes eine kleine Flasche besorgen lassen, dessen Etikett mit sonderbaren Zeichen geschmückt war. Sie reichte dem ernsthaft blickenden Arzt die Essenz. Der roch daran, schmeckte ein wenig, dann warf er es mit Wucht auf den Fußboden, so daß es zerschellte und die Flüssigkeit weithin verspritzte.

«Diavolinum!» sagte er verächtlich. «Ein Aphrodisiakum», erläuterte er, «und noch dazu eines, das unbedingt schädlich ist!» Schon streckte sich Wilhelminens Hand aus, um ‹*das* Buch› zu ergreifen, als Dr. Heim schon erklärte, um was es sich handelte. Wilhelmine erschrak, aber gleichzeitig mischte sich in den Schrecken eine kleine wehmütige Freude: Der Prinz, in seinem derart künstlich gesteigerten Drang, hatte die Mutter des Grafen von der Mark und die erste und einzig wahrhaft Geliebte gemieden und verschont! Gleichzeitig aber tauchte die Sorge um das ahnungslose Minettchen auf.

Die Gedanken des jungen Arztes gingen andere Wege. Dieser Bischofswerder war entweder ein Scharlatan oder aber ein desto gefährlicherer Intrigant und Abenteurer. Was beabsichtigte er? Warum schlich er sich in das Vertrauen des Prinzen, vorgebend, ihm zu helfen und ihn zu heilen, und bestärkte ihn gleichzeitig in seinen verderblichen Leidenschaften?

Das Gegenmittel der Krankheit war leicht zur Hand, der Arzt versprach, Wilhelmine – nicht ohne Minette in seine Vorsorge einzubeziehen – ein wirklich wirksames Mittel zukommen zu lassen, zugleich mit einem Instrument, mit dem es eingeführt werden mußte, freilich ohne die Garantie, daß die Scham Seiner Königlichen Hoheit dabei nicht verletzt wurde.

Aber, so versicherte Wilhelmine, ihrer selbst ein wenig zu gewiß, vor ihr kenne der Prinz keine Scham.

Der Prinz kam täglich zu Wilhelmine. Er zog es in dieser Zeit vor, mit dem Wagen zu fahren, den Hannes kutschierte. Hannes hatte sich eine Montur nach eigenen Ideen zugelegt, ein Mittelding zwischen Uniform und Bürgerkleidung, einen schlichten Zweispitz als Hut und einen Überrock nach militärischem Schnitt, jedoch in schlichtem, tiefdunklem Blau, nicht in den schreienden Farben der Uniformen, die den Zweck hatten, den Feind in Furcht und Schrecken zu versetzen. Der Prinz trug sich übrigens ähnlich.

Aber der Prinz kam nicht, um bei Wilhelmine zu speisen, er badete nicht bei ihr, er streifte das Wunderbett nur mit einem abweichenden Blick, den er sich, seit er aus dem Kriege heimgekehrt war, auch Wilhelmine gegenüber angewöhnt hatte – es war, als wagte er es nicht recht, Wilhelmine gerade in die Augen zu sehen, wollte es aber vermeiden, sie durch sein in Momenten der Abkapselung gewohntes Starren zu beleidigen, kurz, er war in Wilhelminens Gesellschaft einfach verlegen.

Er eilte sofort an die Wiege, er konnte sich lange Stunden nur mit dem Kinde befassen.

Es war der junge Alexander Graf von der Mark ein sehr lebhaftes Kind, welches das Lachen viel eher beherrschte als das Lächeln, und wenn es weinte, so konnte es scheinen, als wolle das kleine Wesen allem Leid der Erde Ausdruck geben. Der Prinz stieß ihm den dicken Finger bis dicht an den dünnen Hals und machte ‹Kieks›, sehr aufmerksam darauf achtend, ob es nun zu lachen oder zu weinen begann. «Sag einmal ‹Darmstadt›», forderte er den Säugling auf, und wirklich, das Wesen formulierte lebhaft speichelnd: «Ddda ... dadel ... dda!», was der Prinz überglücklich als ungemein deutlich empfand.

Wilhelmine stand bei solchen Gelegenheiten mit höchst gemischten Gefühlen dabei, sie hatte den Eindruck, statt mit ihr zu sprechen, suche der Prinz das, was er ihr zu sagen hatte, mit seinen Fragen an das Kind durch dieses zu vermitteln. Er stellte viele Fragen, die das Kind unmöglich hätte beantworten können, aber der Prinz schien aus dem Ton der gelallten Laute, aus der unmittelbaren Reaktion des Kindes Alexander geheimnisvolle Schlüsse zu ziehen, die ihn entweder baß erfreuten oder aber in merkliche Betrübnis versetzten.

Es war für Wilhelmine übrigens bedeutend schwerer, als sie sich vorgestellt hatte, den Geliebten zu bewegen, sich ihrer Medizin anzuvertrauen, ohne daß sie jemals erfuhr, ob er sich, als es ihr endlich gelang, auch entschlossen hatte, der Zaubertinktur des Herrn von Bischofswerder zu entraten. Sie hatte schließlich kurzerhand sich ebenfalls an Seine Winzigkeit, den Grafen Alexander gewandt, um zu erfahren, welche Kur dem Prinzen bekömmlicher sei – und das kleine Wesen hatte so gejauchzt über den Ausdruck ‹Muttis Medizin›, daß der Prinz sich mit nachdenklichem Gesichtsausdruck fügte. Und wirklich, Muttis Medizin tat Wunder, wenn es auch nicht Wilhelmine, sondern Minettchen Horst war, die praktisch die vollständige Heilung des Patienten festzustellen in der Lage war.

Nicht mehr und nicht minder ruhmbedeckt als der Prinz, kehrte kurze Zeit später auch der Rittmeister Gualtieri vom Kriege heim, jedoch mit gebräuntem Gesicht und völlig gesund. Er stieß in der Gesellschaft Wilhelminens auf den jungen Arzt Dr. Heim, und die beiden behandelten sich anfangs zwar mit äußerster Höflichkeit, doch auch mit einiger Kühle, bis sie bemerkten, daß sie im Vertrauen Wilhelminens gleiche Chancen und die gleiche Stellung hatten. Wilhelmine war völlig ausgefüllt damit, das Wesen des Prinzen zu studieren, der ihr so viele neue Rätsel aufgegeben hatte in dem Augenblick, als sie gerade geglaubt hatte, mit ihm auf das innigste verbunden zu sein. Und beide Herren begriffen vollkommen, welches Maß von Vertrauen Wilhelmine in sie setzte, da sie so offen mit ihnen über den Prinzen sprach, ohne daß auch nur der Schimmer eines Verdachtes in ihr aufgestiegen zu sein schien, daß sie ihn verriet.

Nie hatte der Prinz mit Wilhelmine von Politik gesprochen, nie hatte sie auch versucht, über das Persönliche hinaus für ihn zu denken.

Der junge Arzt, sonsthin wesentlich skeptischer in der Gemütsart als der die Laute schlagende Troubadour, war sich mit diesem einig darüber, daß die seltsame Schweigsamkeit des Prinzen über politische Dinge nicht Mangel an Vertrauen zu Wilhelmine war, sondern einfach aus der Tatsache folgerte, daß er selber nichts von Politik verstand, kein Organ für diesen für den künftigen König so wichtigen Zweig der Wissenschaft hatte, sie als ein fremdes und feindliches Gebiet betrachtete, das man zwar besetzen mußte, damit der Staat zu fouragieren habe, das aber von den Männern verwaltet werden mußte, die davon bedeutend mehr verstanden als er selber. Und diese Männer? Jetzt schon bemühten sie sich um den Thronfolger! Sie nahten sich ihm als Freunde, und offenbar gefielen sie dem Prinzen.

Wilhelmine gefielen sie ganz und gar nicht.

Sie hatten sich nicht gescheut, bis in ihr Heim vorzudringen, sie kamen mit dem Prinzen, der sie offenbar nicht aufgefordert hatte, um sie Freundschaft auch mit Wilhelmine schließen zu lassen, sondern um den Alexander Grafen von der Mark zu besichtigen und mit tiefernsten Mienen dem geheimnisvollen Lallen Seiner Winzigkeit zu lauschen.

Da war dieser Wöllner, den der König selber an Stelle des Herrn de Launay dem Prinzen als praktischen Beirat in staatswissenschaftlichen Dingen bestimmt hatte, ein kleiner, trockener Schleicher, der seltsam subaltern wirkte und bedächtig eindringlich zu sprechen wußte. Dieser Kammerrath Wöllner aber war ein fleißiges Arbeitstier, er nahm dem Prinzen alle die unangenehmen Dinge ab, Briefe zu lesen und zu beantworten zum

Beispiel, er kümmerte sich in unangenehmer Weise um die Finanzen des Prinzen, machte aus ihnen ein Problem, das ernsthaft und fleißig durchgehandelt werden mußte, der Prinz war froh, mit alledem nichts zu tun zu haben.

Und dann, Wilhelmine sah es mit Staunen und berichtete ihren treuen Trabanten darüber: Dieser Wöllner und dieser Bischofswerder, zwei Kavaliere, einander so unähnlich wie nur möglich, begrüßten sich zuerst frostig, dann aber plötzlich mit einer überraschenden Intimität – der Laubfrosch hatte die linke Hand aufs Herz gelegt und die rechte geküßt – der Tintenfisch sofort die Geste wiederholt.

Und der Prinz stand dabei und strahlte auf und grüßte von nun an, als sei er der dritte im Bunde.

Der Skeptiker und der Troubadour sahen sich bei diesem Bericht aufmerksam an und bekundeten plötzlich gegenseitig ein Einverständnis, das mit solcher Heftigkeit Wilhelmine von diesen beiden einander so unähnlichen Charakteren nicht erwartet hatte. Aber beide trugen an der Uhrkette ein kleines Abzeichen, das auch der Prinz trug, seit er – es war etwa im Jahre 1770 – auf Geheiß des Königs ein Freimaurer geworden war, was auch immer das bedeuten mochte. Auch der dicke Schmits trug ein solches Abzeichen.

Der Arzt und der Husar sagten gleichzeitig ein Wort, das Wilhelmine noch nie gehört hatte: ‹Rosenkreuzer!› und sahen sich dabei bedeutungsvoll an.

Wilhelmine holte ‹*das* Buch› und blätterte. Aber über die ‹Rosenkreuzer› gab es keine Auskunft. Ihre beiden Freunde gaben sie ihr: Die Freimaurerei, der Bund der freien Geister, richtete sich gegen die Dunkelmänner der Zeit, als welche vorzüglich die Jesuiten galten, die ihrerseits durch ihren Bund so große Macht erlangten, daß die Fürsten und Herrscher sich mit ihrer Macht unversehens in den Fäden dieses religiösen Ordens verstrickt sahen. So mochte es gekommen sein, daß viele der Herrschenden sich lieber der aufkommenden Macht der Freimaurer unterwarfen – mit der Aussicht, die der König von Preußen als einer der ersten Freigeister demonstrierte –, sich gar an die Spitze der Freimaurer schwingen zu können, dergestalt die für Fürsten unangenehmen Seiten der Maurerei, die sich in politischen Forderungen nach größerer Freiheit äußerten, nach Eigenem lenken zu können. Auch die Herzöge von Braunschweig traten dem geheimen Orden der Freimaurer bei und erlangten in ihm hohe Stellungen. Herzog Ferdinand wurde der Großmeister aller Freimaurer in Norddeutschland, dann zu dem aller deutschen Logen gewählt, überall drängten sich deutsche Prinzen, Grafen und Barone in die Freimaurerlogen, sozusagen im Kampfe gegen die ‹Dunkelmänner›, die Jesuiten, die sie nicht selber zu bekämpfen vermochten, ohne sich mit der großmächtigen Kirche zu verfeinden, wenigstens ihren Einfluß bei denen zu wahren, die sich offenbar anschickten, als Mächte der Zeit eine künftige Ordnung in freigeistigem

Sinne aufzurichten.

Da aber verbot Papst Klemens XIV. im Jahre 1773 den Jesuitenorden auf Drängen der katholischen Herrscher von Portugal und Frankreich. Der König von Preußen war Protestant, aber Freigeist genug, daß er in den katholischen Landesteilen seines Königreiches, in Cleve und in Schlesien, den Jesuitenorden bestehen ließ, ähnlich wie Katharina in Rußland. Doch auch in Preußen und nicht nur in den Ländern, in denen der Orden aufgehoben war, ging das Gerücht, die Jesuiten suchten Aufnahme in den geheimen Gesellschaften, von denen sie bekämpft wurden, handelten also mit der gleichen List wie die Fürsten, die sich der Freimaurerei verschrieben. Sie waren verdächtig, sehr bald die Opposition gegen die aufklärerischen Tendenzen zu bilden, die ‹inneren Systeme› zu stiften, immer neue Logen mit immer deutlicherer Tendenz gegen die Aufklärung zu gründen; es entstanden die Logen mythischen und mystischen Charakters, und die Tendenz der Zeit kam ihnen entgegen: diese Logen theosophischen, magischen kabbalistischen Geistes waren die natürliche Reaktion gegen die so nüchtern vernünftige, gegen die so trocken materialistische Richtung, die sich zumal in Preußen durch Friedrich mit der zur geistigen Herrschaft gekommenen Aufklärung Voltaires und Rousseaus entwickelt hatte. Der Freimaurerorden selber war in den letzten Regierungsjahren des Königs in jene mystischen und phantastischen Tendenzen hineingezogen worden, ‹über die der große König sich nicht entbrechen hatte können, in seiner kühlen Aufklärungsansicht sich nicht wenig lustig zu machen: Immer sollen die Jesuiten an allem schuld sein!›

Wöllner und Bischofswerder nun waren ‹Rosenkreuzer›, mehr oder minder geheime Mitglieder eines mehr oder minder geheimen Ordens, ‹der an eine geheime, von Moses, Zoroaster und der ägyptischen Priesterschaft vermöge der Tempelherren auf einen gewissen Christian von Rosenkreuz, der zu Beginn des 17. Jahrhunderts lebte, ererbte Weisheit glaubte, durch die man Gold machen lernen und die Wundertinktur, das Lebenselixier auffinden könne› – und insofern ‹jesuitisch›, als dieser Orden in seinen äußeren, wenn auch geheimen Formen dem Jesuiten-Orden nachgebildet war, eine Art Gegenmaurerei also.

Nun bezweifelte der junge Dr. Heim in seinen Gesprächen mit Wilhelmine über diese seltsamen Dinge und Vorgänge nicht, daß des Prinzen Drang nach Wahrheit ehrlich und ernsthaft war, aber er erlaubte sich den Hinweis, der Prinz neige doch wohl dazu, ‹den gewöhnlichen Gang im Leben, der durch Fleiß, Arbeit und Denken zur Erkenntnis führt, zu scheuen und gar sehr geneigt zu sein, sich von dem Wahn verlocken zu lassen, daß man durch Enthüllung gewisser Zeichen und Symbole eine Offenbarung der Wahrheit unmittelbar und plötzlich empfangen könne, und daß, was dort nur langsam und mühsam erreicht wird, hier sehr schnell und sehr bequem zu erlangen sei . . .› Und Wilhelmine vermochte dem nicht zu widersprechen, sie dachte an ‹Erde und Wasser› und die Geister, die in den Elementen steckten. Sie glaubte, ihren Geliebten verteidigen zu müssen: niemals werde der Prinz so plumpen Scharlatanerien mit wahrer Überzeugung anheimfallen, aber er werde auch keinen Weg zu gehen auslassen, der ihn vielleicht lehren könne, ‹die Gewissen zu erforschen und die Herzen der Menschen zu ergründen . . .›

Die beiden Freunde ließen Wilhelmine in einem sehr verwirrten Zustand zurück.

Sie badete lange und ausgiebig, so lange, bis sich der Dampf von den Spiegeln gelöst hatte – und sie betrachtete das einzige Instrument, das sie besaß, sie berechnete nüchtern den Einsatz ihres Körpers und zählte im Geiste alle Gelegenheiten, bei denen er sich in ihrem Verhältnis zu dem Prinzen gelohnt hatte. Sie studierte noch einmal alle ihre Möglichkeiten, für den Prinzen die einzige Frau zu sein, indem sie alle Frauen zu spielen verstand. Sie konnte es nicht wagen, ihm auf ihr so fremden Gebieten zu begegnen, wie sie der Dr. Heim angedeutet hatte; sie mußte das ganze Gewicht ihrer Schönheit und Liebe gegen die mysteriösen geistigen Wollüste, die dieser Wöllner und dieser Bischofswerder offenbar zu bieten hatten, auf die Waage werfen – sie mußte den Prinzen wieder in ihr Bett holen.

Der Prinz war sehr erstaunt, als ihn seine Wilhelmine plötzlich Abend für Abend, wenn er nur ein Stündchen mit seinem Sohn zu plaudern beabsichtigte, in einem anderen Kostüm und in einer anderen Rolle empfing. Sie spielte mit ihm: sie trat ihm als demütige Sklavin entgegen, leicht und duftig bekleidet und mit allen Wohlgerüchen Arabiens besprenkelt, dann als hoheitsvolle Sultanin, in einem prächtigen Gewande, das die Vorzüge ihres Leibes immer nur teilweise sehen ließ, mit jedem Teile aber dem Gesandten einer fremden Macht ein Zeichen ihrer eventuellen Wohlgeneigtheit zu geben – und bei einer Weigerung, ihn kurzerhand enthaupten zu lassen. Sie spielte die lange Skala ihrer Verkörperungen durch, war schwesterlich gütig, lasziv wie eine Kokotte, verschwiegene Freundin und – dies ganz besonders eindringlich – hochgemute Dame aus bester Familie, die es schwer machte, sie zu verführen.

Anfangs lachte der Prinz recht herzlich, dann aber – er war nie ein Spielverderber – ging er auf ihre Rollen ein, er selber war geneigter Herr, verwirrt durch unvermutete Gunst – erst neugierig, dann erwärmt, schließlich bereit –, aber dann ließ Wilhelmine das Spiel, brach es ab im Augenblick, da er die Erfüllung suchte, verweigerte sich ihm mit gut gewählten Gründen (wir dürfen das Kind nicht wecken!) – kurz, sie lockte und floh.

Endlich aber ging das Spiel doch einmal über ihre Kraft. Sie lasen zusammen das Werk eines neuen Dichters, das unvermutet Epoche gemacht hatte und selbst bis Berlin gekommen war. *Die Leiden des jungen Werthers* von einem gewissen Goethe aus Frankfurt am Main. Sie vergossen gemeinsam Tränen über die traurige Geschichte einer hoffnungslosen Liebe, endlich froh darüber, daß ihre eigene Liebe so köstliche Erfüllung fand.

Am Morgen nach dieser Nacht aber warf Wilhelmine das letzte Fläschchen der Zaubertinktur des Herrn von Bischofswerder, von der sie mit schlechtem Gewissen – aber sicher war sicher – manches Tröpfchen in den Wein des Prinzen hatte fallen lassen, von der Terrasse ihres Hauses weit in den Lietzensee.

Der Prinz lebte offensichtlich auf. Je gebrechlicher der König wurde, desto mehr gedieh der Kronprinz. Er hatte einige Schwierigkeiten, bei den Konzerten, die Wilhelmine im Belvedere veranstaltete, sein Instrument, das Cello, werkgerecht zwischen seine Knie zu zwängen. Wilhelmine kaufte ihrem Falstaff eine Baßgeige, die er nun stehend und mit Begeisterung strich, wobei ihm zustatten kam, daß es wenig Piecen gab, die der Baßgeige viele und lange Partien zu spielen vorschrieben.

Vor den Konzerten pflegte sich die Gesellschaft an der ‹Klingelbrücke› im Schloßpark von Charlottenburg zu versammeln und sich dem Vergnügen hinzugeben, die uralten Mooskarpfen zu füttern, die auf ein Klingelzeichen hin ihre dicken Köpfe aus dem Wasser streckten – sie mochten schon hundertjährig sein. König Friedrich I. hatte sie in dem Teich ausgesetzt, und sie sollten schon damals recht stattlich gewesen sein.

In ihrem nimmermüden Geist immer neue Lustbarkeiten zu erfinden, die den Prinzen anreizen mochten, sich in der Gesellschaft ihrer Freunde und Trabanten wohl zu fühlen, kam Wilhelmine auf die Idee, die an Wasser so reiche Umgebung der Hauptstadt zu erforschen. Sie veranstaltete Lustpartien auf den Havelseen, die ganze Gesellschaft wurde auf Barken verladen, die von kostümierten Fischerknechten gerudert wurden; mit fröhlicher Musik an Bord strichen sie durch die Wellen, bestaunt von den Berlinern, bei denen es bald Sitte wurde, es den hohen Herrschaften gleichzutun – wenn auch ohne kostümierte Fischer, die sich begnügten, für ihre Arbeit zu kassieren.

Wilhelmine aber ging sozusagen auf Eroberungszüge aus, sie sammelte nicht nur Anbeter, sondern auch Inseln, die schilfumgebenen, von Wildwuchs beschatteten Inseln der Havelseen. Sie ließ diese Inseln ansteuern, die Barken strichen durch das Dickicht der Schilfe, dann eilten die Bootsknechte, überall in den Büschen Lampions anzubringen, und Wilhelmine, das Land betretend, wurde mit großem Jubel, in den der Prinz als erster einstimmte, als Königin dieser Insel proklamiert – woraufhin sie ein ‹Picknick› gab aus mitgeführten Körben voller Delikatessen des Hôtels de Paris und des Lokals ‹Corsica›. Recht eigentlich entdeckte Wilhelmine erst das völlig verwilderte Eiland, die Pfauen-Insel, die das ganze Entzücken der Gesellschaft hervorrief.

Mit einer Phantasie, die auch die Gemüter aller ihrer Freunde entzündete, bestückte sie plaudernd die Insel mit romantischen Ruinen, wobei sie allerdings, die Bauart beschreibend, zwischen allen Stilen schwankte, doch mußte ‹etwas Gotik› immer dabei sein. Hier war es, wo der Prinz lachend protestierte, auch er träumte von seltsamen Bauten – der König hatte in den Friedensjahren all seinem Geiz zum Trotz das Land mit den prächtigsten Bauwerken geschmückt, die im Grunde zu nichts nutze waren – die des Prinzen sollten sich von denen des Königs lebhaft unterscheiden, die, von denen er träumte, waren mehr klassischer Natur. Doch gemeinsam suchten sich der Prinz und Wilhelmine auf der Pfauen-Insel einen Platz aus, auf dem einst, wenn der Thronfolger erst König war, ein ‹Lusthaus› für die Königin der Insel, für Wilhelmine errichtet werden sollte – klassisch natürlich, aber doch mit ‹etwas Gotik› dabei, ein Monstrum, das der Architekt Langhans sogleich an Ort und Stelle nach den beiderseitigen Wünschen des hohen Paares entwarf, den Riß zum allgemeinen herzlichen Gelächter herumreichte und dann sogleich vernichtete, welchen Vorgang der Troubadour Gualtieri mit seinem schönen Bariton in einem Liede zur Laute begleitete.

Gerade durch diese Lustfahrten erwachte sowohl im Gemüt des Prinzen wie in der Voraussicht Wilhelminens die Freude an der Architektur, die ja stets als eine der königlichen Künste galt. Sie begannen, wie einst, als sie *alles* zusammen lernten, ihre Abende in schöner Gemeinsamkeit über Entwürfen zu verbringen. Wilhelmine hatte bei der Einrichtung ihres Hauses am Lietzensee mancherlei gelernt, der Prinz trug sich schon lange mit dem Plan, einstmals Punschels Gasthaus, das so schön am Heiligen See gelegen, als ein Palais nach eigenem Geschmack erstehen zu sehen. Dem Oberbaurat Langhans wie Gualtieri und dem Dr. Heim bot sich an manchen Abenden im Hause am Lietzensee das trauliche Bild echt deutschen Familienlebens: Zwischen den fetten Knien des Vaters stand der kleine Alex, wie ihn der Prinz nun nannte, und malte, seine kleine Hand geführt von der Hand des Prinzen, hübsche klassische Säulen und Simse auf Reißpapier, indes die junge und schöne Mutter unter der gleichen Lampe am runden Tisch ihres Wohnzimmers eifrig strichelte, aus Vorlagen, die ihr Langhans geliefert, klassische Ruinen Italiens naturgetreu nachzuzeichnen – ganz unvermutet und unwillkürlich kam doch immer ‹etwas Gotik› hinein.

Zuweilen streifte dann ein zufriedener Blick des geheimen Einverständnisses von Wilhelmine zu ihren Getreuen – kein Wort mehr von Rosenkreuzerei, von ‹Erde und Wasser› und ‹Geheimen Oberen›; der Laubfrosch und der Tintenfisch waren fern und fremd, mochten sie über Geister gebieten – in diesen Raum vermochten sie nicht einzudringen.

Der Tag des Prinzen war auf diese Weise merkwürdig genug ausgefüllt. Er wohnte in Potsdam, der Hof des Thronfolgers logierte im Stadtschloß, aber es war der Hof der Prinzessin, nicht der seine. Kaum war die Parade zu Ende – und seit der König erkrankt war, wurde zum allseitigen Vergnügen von Offizier und Mann das lästige Exerzitium schnell und lässig abgewickelt – eilte der Prinz zu seinen Kindern.

Der Prinz liebte seine Kinder. Zwar der älteste Sohn, Friedrich Wilhelm, der einstmals als Friedrich Wilhelm III. den Thron besteigen sollte, war ein merkwürdiger Stock, steif und nüchtern, wortkarg, die Sprache nicht recht beherrschend. Anfangs dachte Dr. Heim, auf den Rat Wilhelminens hinzugezogen, der junge Prinz leide an einem Sprachfehler, aber bald wurde offenkundig, daß er einfach aus Mangel an Phantasie das Instrument der Sprache nicht zu spielen vermochte, es nie würde beherrschen können; er stieß die Worte zusammenhanglos hervor, sich in beweinenswerter Weise ständig allein des Infinitivums bedienend, kaum imstande, einen richtigen Satz zu bilden. «Lernen Unsinn!» stieß er hervor. «Üben besser! Exerzieren!» Und so überließ der Vater ihn ziemlich beruhigt strengen militärischen Erziehern, die den jungen Prinzen nach seiner Herzenslust exerzieren ließen und seine abgehackte Sprache als militärisch kurz und sinnvoll gelten ließen, ja begannen, sich derselben lapidaren Ausdrucksweise zu bedienen – sie verbreitete sich im ganzen militärischen Bezirk Preußens und sollte noch nach Jahrhunderten als für diesen typisch gelten.

Zeichnete sich der junge Prinz Friedrich Wilhelm also wenigstens durch eine Eigentümlichkeit aus, so ermangelten die anderen Prinzen und Prinzessinnen durchaus dieser immerhin löblichen Eigenschaft. Die Prinzen Ludwig, Heinrich, Wilhelm, die Prinzessinnen Wilhelmine und Auguste waren brave, folgsame, liebenswürdige Kinder ohne einen Hauch des Extravaganten; der Vater spielte mit ihnen eine Weile, dann schenkte er ihnen Bonbons und schob sie der Mutter zu.

Aber dann war da noch die Prinzessin Friederike aus der ersten Ehe des Prinzen, vom hessischen Lieschen als ‹goldisch› empfunden und aufgenommen, ein zierliches, munteres Geschöpf mit ihren lustigen, mandelförmigen Augen und von einer etwas lasziven Schönheit, sehr apart jedenfalls – recht eigentlich war diese kleine, nun erblühende Friederike auf eine seltsame Art der erklärte Liebling des dicken Willem geworden – so nannte die muntere Kleine ihn ungeniert. Der Prinz behandelte sie wie eine Dame, ja der stattliche Mann ‹schnitt ihr die Cour›, wie sich die Höflinge ausdrückten, er verwöhnte sie, beschenkte sie reichlicher als seine anderen Kinder, führte sie gelegentlich aus und brachte sie auch öfters heimlich mit Wilhelmine zusammen, nahm sie auf deren Lustfahrten mit und war auf eine sehr merkwürdige Art stolz auf sie.

Das hessische Lieschen aber, die gute, warmherzige Glucke, war des Familienlebens mit ihren Kindern zufrieden, zufrieden auch, daß der Vater nur die Vormittage von der Familie Gebrauch machte. Weder ihre Gefühle für ihren Mann noch die seinen für diese Frau unterlagen jemals einer Wandlung. Luise sprach niemals mit ihm über Wilhelmine, aber sie wußte ziemlich genau Bescheid. Auch sie hatte das berühmte Buch *Die Leiden des jungen Werthers* gelesen, und wenn der Prinz von der Parade kam, nutzte sie die Zeit, in der er sich umzog, um ein hübsches Bild zu stellen. Wie Werthers Lottchen stand sie da, umschwärmt von ihren lieblichen Kindern und schnitt Brot für sie. Der Prinz war gerührt, angerührt mehr noch von dem zarten Ausdruck, mit dem sich das Begehren seiner so häßlichen Gemahlin kundtat – und wenn er sie in die Arme schloß, war er des gleichen Glückes gewiß, daß seine Liebe nicht hoffnungslos war, kein Grund zum verzweifelten Selbstmord, weithin gewiß nicht.

Den Nachmittag aber – allseitig gültig entschuldigt durch seine ‹Dienstobliegenheiten› – verbrachte der Prinz in der Gesellschaft der Ordensbrüder Wöllner und Bischofswerder. Diese waren nicht weit entfernt und fremd, der Laubfrosch und der Tintenfisch, sie waren sehr da, die beiden illustren Geister, die selber über die Geister geboten, zumindest aber immer mehr und mehr über den Geist ihres erhabenen Ordensbruders, des Prinzen von Preußen.

Nahm Wöllner dem Prinzen ‹die Geschäfte› ab, die ihm lästig waren – Bischofswerder traf im Prinzen ein Vakuum, eine seelische Leere, welche die Natur nicht duldete, er füllte sie, indem er den nur allzu bereiten Prinzen glauben ließ, daß die Geheimen Oberen der Gesellschaft im Besitz einer schon göttlich zu nennenden Menschenkenntnis ‹und überhaupt außerordentlicher, ungewöhnlicher Weisheit› waren und zeigte dem Prinzen den Weg; da in dem Orden nur gute und redliche Männer versammelt seien, dienten die Geheimen Oberen und die Geister einzig dazu, die hohe Politik, den Krieg oder den Frieden zu machen.

Genau das aber kam den geheimsten Wünschen des Prinzen entgegen: Er hatte ja Angst vor dem Königtum! Und da war der Weg, König zu sein, womöglich sogar ein vortrefflicher, ruhmreicher, segensreicher – ohne diesen widerwärtigen Aufwand an Mühe, Plagen und Sorgen.

So wurde der Prinz also nach mancherlei eindringlicher Vorbereitung in den Orden der ‹Rosenkreuzer› aufgenommen, Geheime Obere bestimmten den Herrn von Bischofswerder zu seinem ‹Beichtvater›, der Meister der ‹Rosenkreuzer›-Loge zum goldenen Löwen, Wöllner, führte den Prinzen persönlich zur Aufnahmezeremonie.

Die ‹Rosenkreuzer› hatten sich für diesen Anlaß das Belvedere ausgesucht. Als der Prinz über die Klingelbrücke schritt, zog er zum erstenmal nicht die Klingel, dennoch kamen die Mooskarpfen an die Oberfläche des Wassers, welchem Vorgang Wöllner sogleich eine magische Bedeutung beimaß.

In dem einzigen, saalartigen Rundzimmer des unteren Stockwerkes, in dem Wilhelmine ihre Konzerte abzuhalten pflegte, fand die feierliche Handlung statt.

«Auf dem Altar lag das Ordensschwert und eine aufgeschlagene Bibel, Kerzen beleuchteten in dem mit Gegenständen rosenkreuzerischen Rituells geschmückten Raum, in welchem der Großmeister Friedrich August, Prinz von Braunschweig, stand. Wöllner und Bischofswerder führten den Thronfolger feierlich vor den Altar, der Großmeister sprach die Exhortation, er berührte die seelische Sinnesveränderung, ermahnte zur Pflicht.

Wöllner stellte die Heiligkeit der unbekannten Oberen als leuchtendes Symbol hin. Der Orden schütze den Prinzen, gebe ihm eines seiner höchsten Mitglieder, einen heiligen, kraftvollen Mann, Bischofswerder, zum Beschützer seiner Seele, zum Führer auf der Ordensbahn, zum Geleitsmann. Die unverbrüchliche Heiligkeit der Ordensidee wurde dem Prinzen ins Herz gehämmert. Sich in der Furcht Gottes beständig zu üben, die Liebe des Nächsten vorsätzlich nie zu betrüben, die höchste Verschwiegenheit unfehlbar zu halten . . .»

Und der Prinz, der in keiner der Formeln irgend etwas zu entdecken vermochte, was als irgendwie übel ausgelegt werden könnte, erhielt ein rechteckiges, goldenes Plättchen, mit roter Seide überzogen, an mohnrotem Bande um den Hals.

Doch war der Prinz tatsächlich während dieses Rituells nicht ganz Herr seiner Sinne, er wurde fast ohnmächtig vor Zahnschmerzen, er eilte, wenn auch tief erschüttert, so doch halb betäubt, nach Potsdam, verprügelte den Hannes Rietz, weil der ihn nicht gleich verstand, und legte sich mit einer Kompresse um die Backe in sein Bett, welches immer noch sein altes, schmales Feldbett war. Wilhelmine erfuhr von Hannes den Vorfall mitsamt den Einzelheiten der Zeremonie, die der Prinz keuchend dem ‹Gegenstand› erzählt hatte. Sie fragte den Dr. Heim, ob die Zahnschmerzen des Prinzen, der ihres Wissens ein gesundes Gebiß besaß, in irgendeinem Zusammenhang mit der Zeremonie stehen könnten. «In gewissem Sinne – ja!» meinte der junge Arzt, der in dem ganzen Vorkommnis einen Hinweis erblickte, daß sich der Prinz der eigenen Vorbehalte gewiß sei und die Strafe dafür zu fürchten begonnen hatte – die Zahnschmerzen.

Die kundigen Hände des Dr. Heim packten das kleine Mädchen an den Füßen hoch, klopften es leicht auf den Rücken – und Wilhelmine hörte mit Entzücken den ersten Schrei.

Hannes Rietz ritt, *ventre à terre,* nach Potsdam und überbrachte dem Prinzen, der gerade lustlos die Parade im Lustgarten abnahm, die frohe Botschaft.

Der Prinz brach sofort die Parade ab, ließ die Bataillone im Carré antreten und verkündete, daß ihm eine Tochter geboren war, Mariane Gräfin von der Mark!

Ihm scholl ein begeistertes Hurra entgegen, die wackeren Soldaten marschierten sogleich ab in ihre Quartiere: dienstfrei und abends Freibier.

Der Prinz ritt, *ventre à terre,* nach Charlottenburg, er stand gerührt vor der Wiege und äußerte angesichts des kleinen, verrunzelten und rötlichen Geschöpfes, es sei mit jedem Zuge ganz und völlig die Mutter. Der junge Arzt, der die unter Tränen lächelnde, aber sehr ermattete junge Mutter betreute, machte den Prinzen ziemlich kurz angebunden darauf aufmerksam, daß die ungewöhnliche Kopfform des Kindes keinen Zweifel an der

Hohenzollernschen Abkunft gestatte – der Prinz begriff, und stammelte verwirrt, deswegen habe er ja Rang und Namen der kleinen Mariane Gräfin von der Mark spontan vor den Truppen verkündet, umarmte stürmisch den gerade gegenwärtigen anderen Hohenzollernsproß, seinen Sohn Alexander, der ihm nun aber trotzig bekannte, von ihm aus sei ein Schwesterchen ganz überflüssig, sagte heftig, offenbar werde alles, was er sage und tue, für falsch gehalten und ritt beleidigt nach Potsdam zurück.

Er trat, bestaubt und wütend über sich selbst, ohne sich umzuziehen, in das Zimmer der kleinen aparten Prinzessin Friederike, bei der er jederzeit Verständnis zu finden gewohnt war. Er fand Friederike in Gesellschaft eines jungen, blonden, blassen Mädchens, das er im Geiste sofort unter ‹Schmalreh› registrierte, und das sich bei seinem Eintreten schüchtern hinter der Prinzessin Friederike zu verbergen trachtete.

Der Prinz, in seinen Begegnungen mit jungen Mädchen schon lange nicht mehr gewohnt an Scheu und Schüchternheit, glaubte, ein übriges tun zu müssen und warf sich, das Beispiel des dicken Schmits nachahmend, auf die Knie, hob komisch flehend die Hände und bat um einen Kuß.

Das junge Mädchen flüchtete erschrocken hinter eine Causeuse, indes die mandeläugige, dunkelgetönte Friederike auflachte und sich ihrerseits anbot, den onkelhaften Kuß zu empfangen. Aber in diesem Augenblick betrat das hessische Lieschen das Zimmer, begleitet von einer majestätischen Dame, der Frau des Oberhofmeisters der Königin, Madame von Voß.

«*Contenance*, Königliche Hoheit!» rief die Voß aus und fügte hinzu: «Und *contenance* auch du, Julie!»

Das blonde Kind knickste und sagte: *«I beg your pardon, Aunt Sophie!»*

Das hessische Lieschen aber rief, zum Prinzen gewandt, der sich etwas mühsam zu erheben trachtete, wobei ihm Friederike kichernd zur Hilfe kam: «Ei, isses net goldisch, des Julche ...?»

Doch die Frau Oberhofmeisterin beherrschte die Situation. «Mein Besuch in Potsdam, Königliche Hoheit, gilt Ihnen!»

«Ach so, ja», erwiderte der Prinz, reichte ihr den Arm und führte die stattliche Dame aus dem Zimmer, nicht ohne noch einen verwirrten Blick auf Julie geworfen zu haben.

Auf dem kurzen Weg zum Musiksalon beschäftigte sich der Prinz in seinem Gemüte völlig mit dem ‹Schmalreh›. *‹I beg your pardon, Aunt Sophie!›* War die blasse, sommersprossige Schöne – so jung noch, sie erinnerte ihn an Wilhelmine in jenem Alter – eine Engländerin? Aber sie nannte ‹die Voß›, eine geborene Pannwitz, ‹Tante›, weder die Vossens noch die Pannwitzens hatten seines Wissens britische Verwandtschaft.

Als ‹die Voß› den Musiksalon betrat, den einzigen Raum, der nach dem Geschmack des Prinzen eingerichtet war, stieß sie einen kurzen Laut des

Entzückens aus und segelte majestätisch auf den Steinschen Flügel zu, den sich der Prinz erst kürzlich hatte aus Augsburg kommen lassen – ‹die Voß› ließ sich sofort an dem Klavier nieder und begann, einen Contre-Tanz zu spielen. «Welch ein herrliches Instrument, Königliche Hoheit!»

Dem Prinzen wurde gewiß, daß nun eine wohleinstudierte Szene begann. Wenn die Voß sich an den Flügel setzte, dann immer nur, um daran zu erinnern, daß sie in ihrer frühesten Jugend als Pianistin ausgebildet war, einer großen Karriere sicher, wenn sie, ja wenn sie nicht den Prinzen August Wilhelm kennenzulernen das große Glück gehabt hätte – oder das große Unglück, je nachdem.

Ergeben sagte der Prinz: «Nennen Sie mich nicht Königliche Hoheit!» Sofort wandte ihm ‹die Voß› ihre großen, dunklen Augen zu, ohne ihr Spiel zu unterbrechen. Sie sagte: «Ist es wahr? Darf ich Sie nennen wie früher?» und setzte mit zärtlich schmelzender Stimme fort: «Darf ich zu Ihnen wie früher sagen: *Mon Chou-chou . . .?*»

Der Prinz dachte: ‹*Chou-chou!* Sie hat mich immer für einen Kohlkopf gehalten!› Er sagte: «Sie dürfen!»

Die Voß beendete ihr Klavierspiel, sie wandte ihre dunklen Augen wach, aber voller Tränen, dem Prinzen zu: «Verzeihen Sie, wenn mich Ihr Anblick so überwältigt! Aber Sie sehen so sehr Ihrem Vater ähnlich – wirklich, wir haben uns ja so lange nicht gesehen! Sie haben sich ja so von Ihren alten Freunden abgesondert, Sie böser, böser Junge – als ich Sie vorhin erblickte, da blieb mein Herz stehen, es war mir, wie es war, als ich August Wilhelm zum erstenmal sah!»

Der Prinz dachte: ‹Sie kann immer noch weinen und dabei genau und prüfend mustern!›

Die Voß war im Zuge. «Ach, Sie wissen ja nicht, *mon Chou-chou . . .*»

Aber der Prinz wußte: die traurige und überaus seelenvolle Geschichte ihrer großen Liebe zu dem Prinzen August Wilhelm. ‹Verrückt gemacht hat sie ihn, immer alles versprochen und nichts gehalten!› dachte der Prinz. ‹Was will sie, warum erzählt sie mir das alles? Kann sie sich nicht denken, daß mir diese Geschichte zum Halse heraushängt?›

«Nun bin ich eine alte Frau – die beste, ja ich kann sagen, die einzige Freundin einer unglücklichen Königin . . .!»

‹Die sie ununterbrochen schikaniert wie eine Gouvernante, die gutmütige und immer leicht verwirrte Frau des Königs – daß der mit ihr nicht leben mochte, es ist das einzige, was ich bei ihm verstehe . . .›

«Und deswegen, *mon Chou-chou . . .*» eine bedeutungsvolle Pause, «Ihre Majestät, die Königin, und ich, wir sind in tiefster Sorge um Sie! Wir hörten mit Entsetzen, daß Seine Majestät der König geruht haben, Ihnen als Freund und Berater den Geheimen Kammerrath Wöllner zuzugesellen . . .!»

Dann schwieg sie erwartungsvoll.

Der Prinz starrte die Voß mit hervorquellenden Augen an. Die Voß lächelte zutraulich. «Wir alle wissen doch, daß der König, ein einsames Genie, keine Menschenkenntnis hat...» – die Voß zauberte eine kleine Lust am Witz in ihre Augen – «... sonst hätte er Sie, gerade Sie, *mon Chou-chou*, von vornherein ganz anders behandelt! Wir, die Königin und ich, die wir Sie lieben, wir sind in der tiefsten Sorge! Wissen Sie, wer dieser Wöllner ist?»

Der Prinz sagte: «Ich weiß es!»

Die Voß erwiderte schnell: «Gar nichts wissen Sie! Der Geheime Kammerrath Wöllner ist ein *Rosenkreuzer*!» Sie schleuderte diesen Satz hervor, als sei er die tödlich treffende Salve.

Der Prinz starrte sie an. Also, die Hofintrige, vor der ihn Wöllner und Bischofswerder gewarnt hatten, nun setzte sie schon ein. Die Voß war gefährlich. ‹Gefährliche Feinde›, so hatte ihn Bischofswerder belehrt, ‹muß man in die eigenen Dienste spannen!› Der Prinz sagte: «Wie soll ich Ihnen danken für Ihre Aufklärungen, für die Sorge, die Sie sich um mich machen? Ich bereue aufrichtig, daß ich mich so lange von meiner Familie fernhielt!»

Die Voß strahlte. «Dürfen wir hoffen, daß Sie, *mon Chou-chou*, in Ihrem so guten und aufrichtigen Herzen spüren, wer Ihre wahren Freunde sind?»

«Sie dürfen!»

«Dürfen wir auch damit rechnen, daß Sie recht bald Gelegenheit suchen und finden, uns arme Verbannte in Schönhausen aufzusuchen? Wir sind nur ein kleiner, ein armer Hof, wir können uns nicht messen mit Rheinsberg und den sonderbaren Festen, die Prinz Heinrich bietet – aber vielleicht spricht es für die Atmosphäre in unserem Schönhausen, daß sowohl Heinrichs Frau, die liebreizende Wilhelmine, wie auch die Ferdinands, nirgendwo anders so gerne weilen, wie an unserem Weiberhof!»

‹Natürlich›, dachte der Prinz, ‹da saß der ganze Immenschwarm der Intrigen bei der Bienenkönigin!›

Die Voß sagte schelmisch: «Sie stehen in dem Ruf, *mon Chou-chou*, sich gern in der Gesellschaft von uns Weibern zu bewegen. Ja, wir sind ein Weiberhof! Ich bekenne es voll Stolz! All meinen Kummer um die Liebe zu Ihrem gottseligen Vater, mein Prinz, konnte ich nur an einem solchen Hof verwinden! Und meine kleine Nichte, die Julie von Voß – Sie haben sie soeben kurz gesehen, mein Prinz – ich wollte, sie werde sich mit Ihrem reizenden Töchterchen, der Friederike, befreunden –, nicht wahr, Sie nehmen dem etwas scheuen Kind nicht übel, daß es sich so ungeschickt verhielt – sie soll als Ehrendame der Königin bei uns in Schönhausen bleiben, die kleine Julie habe ich unter meine Fittiche genommen, damit...» und wieder füllten sich die Augen der Voß mit Tränen, ohne daß sie den prüfenden Blick vom Prinzen wandte – «... damit ihr das traurige Schicksal erspart bleiben möge, das mein eigenes Leben so verdunkelt hat.»

Der Prinz reichte ihr den Arm.

Aber als das stattliche Paar in das Zimmer der Prinzessin Friederike trat, stand dort, steif und hölzern und den schmalen Leib in die überstaubte Uniform eines Lieutenants vom I. Batallion Garde gepreßt, der Prinz Friedrich Wilhelm, und sein Gesicht war gequollen.

Er heulte.

Um ihn standen, mit Tränen in den Augen und fliegender Hitze über dem Busen, das hessische Lieschen, die amüsiert lächelnde Friederike und, mit scheuen Augen im blassen Gesicht, Julie, die vor dem Prinzen zurückwich, als sei er der Gottseibeiuns, von dem ihr soviel in der Predigtstunde erzählt worden war.

Der Prinz von Preußen ließ den Arm der Oberhofmeisterin los. Er sagte: «Vielleicht nimmt mein Sohn, der Herr Lieutenant, militärische Haltung an, wenn sein Oberst das Zimmer betritt!»

Doch der kleine Lieutenant meuterte. Er blickte seinen Vater trotzig an, schnupfte geräuschvoll hoch und sagte: «Große Schande antun! Vor ganzem Regiment sagen, daß Schwester bekommen! Aber nicht Prinzessin, Gräfin von der Mark!»

Der Prinz starrte verwirrt auf das seltsame Tableau. Der große Kopf der Prinzessin von Preußen wackelte und sank auf die mit rötlichen Schauern überflutete Brust, ein tiefer Seufzer entrang sich ihr, dann brach das hessische Lieschen in viele Tränen aus: «Die Schand ...! Ei, die Schand ... für den arme Bub!»

Die Oberhofmeisterin schien einer Ohnmacht nahe, sie griff nach ihrem Herzen und legte wie schützend den Arm um die kleine, schmale Julie. Nur die Prinzessin Friederike ließ für einen Augenblick eine spitze, rote Zunge zwischen den Lippen spielen, warf dem Prinzen einen schrägen, belustigten Blick zu und sagte leise, aber klar: «Ei potz!»

Der Prinz ergriff die Klinke der noch offenen Tür und knallte die Tür zu. Er eilte den Gang entlang, er keuchte, er suchte nach irgendeinem Gegenstand, den er zwischen den Fäusten zerbrechen könnte.

Der Gegenstand war Hannes Rietz, der dem Prinzen zur Unzeit auf dem Gange begegnete. Hannes bekam Prügel und wußte nicht, wofür. Aber er pflegte auch niemals danach zu fragen.

Aber schon am nächsten Morgen brach der Prinz die Parade nach wenigen Minuten ab, ließ seine begeisterten Soldaten in ihre Quartiere abrücken, holte die allzeit amüsierte Friederike aus ihrem Zimmer sowie den allzeit dienstbereiten Kammerrath Wöllner aus seinem Büro, packte beide, ohne daß diese sich seiner Absicht versahen, in eine Kutsche, setzte sich auf seinen Gaul und ritt voran – nach Schönhausen. Er ritt so eilig, daß Hannes mit der Kutsche kaum nachkam.

Er ritt durch den verwilderten Park von Schönhausen, daß der Sand stäubte, sprang vor dem kleinen Schlößchen – so man es überhaupt ein Schloß nennen mochte – vom Gaul und überrannte fast die Frau Oberhofmeisterin von Voß, die aus der Türe trat und mit verzweifeltem Wedeln der Arme den Prinzen am Eintritt hinderte: «Aber mein Prinz! – Ihre Majestät ist unpäßlich und kann Sie zur Zeit gar nicht empfangen!»

Der Prinz ergriff ihre Hand und führte die Verblüffte zu dem Wagen, der gerade ebenfalls stäubend vorgefahren war, holte den gleichermaßen verblüfften Kammerrath Wöllner mit einem Ruck aus der Kutsche, so daß dieser fast mit der Oberhofmeisterin zusammenprallte und sagte: «Da ist der ‹Rosenkreuzer› – sagen Sie ihm Ihre Meinung, nicht mir!»

Die Voß, gewohnt, in den schwierigsten Situationen die Würde und die Fassung zu wahren, begrüßte den Kammerrath mit einem huldvollen Neigen des Hauptes und sagte: «Es war schon lange mein Wunsch, Herr Kammerrath, mich mit Ihnen einmal auszusprechen!»

Wöllner küßte der hoheitsvollen Dame die Hand und erwiderte: «Meinerseits, gnädigste Frau Oberhofmeisterin, ganz meinerseits!» Und zwei dunkle Augenpaare musterten einander prüfend und wach.

Der Prinz sagte: «Rieckchen, wir gehen schaukeln derweil!»

Friederike warf einen schnellen Blick zu dem hellen Fleck im Dunkel des Parkes, blitzschnell fuhr ihre Zunge über die roten Lippen, sie knickste und sagte: «Ich bewundere Ihre große Kunst, meine geheimsten Wünsche zu erraten, mein Papa!»

Auf der Schaukel im Dunkel des Parkes saß schon in einem hellen Kleide sinnend Julie, die heftig erschrak, als plötzlich der Prinz mit Friederike aus den Büschen trat. Schon wollte das scheue Reh die Flucht ergreifen, als Friederike rief: «Bleib, Ceres – da kommt jemand, der uns die Schaukel schwingt!» und in helles Gelächter ausbrach.

Der Prinz aber dachte: ‹Was ist denn das schon wieder? Warum wird das englisch sprechende Schmalreh Ceres genannt?›

In weiter Ferne, auf verschlungenen Wegen, zwischen verwilderten Bosketts und gestutzten Büschen, wandelten in eifrigem Gespräch die Oberhofmeisterin und der Kammerrath.

Der Prinz schwang keuchend die Schaukel, auf der die bräunliche Friederike und die blaßblonde Julie eng umschlungen saßen, zwei liebliche Mädchenknospen, die die schlanken Beine streckten und wieder beugten, den Schwung zu vergrößern.

«Höher! Höher!» rief Friederike. Der Prinz keuchte, Julie lächelte, auf eine rätselhafte Weise erhitzt, sich immer wieder die gelösten Locken vom Busen streichend, wenn der Blick des Prinzen sie traf. ‹Ceres›, entsann sich der Prinz, ‹die altitalische Göttin der Erdfrucht – ihr blondes Haar ist blond wie Stroh –, die Italer brachten ihr die Erstlinge der Früchte als Opfer dar ...› Bei dem Gedanken an die Erstlinge brach dem Prinzen der Schweiß aus. Er ließ die Schaukel mit letzter Kraft noch einmal schwingen, bis sie ihren höchsten Punkt erreichte, dann stürzte er nach vorn und ließ sich auf einem Baumstumpf nieder, das Schauspiel der nun mit voller Ausgelassenheit schaukelnden Mädchen zu genießen.

Friederike mit dem eigentümlichen Glitzern in den mandelförmigen Augen genoß, dem Sausen hingegeben, die Blicke des Prinzen. Die Röcke der beiden Mädchen flogen mit dem Schwung der Schaukel, mit wilden Rucken half Friederike dem Schwingen der weiten Röcke nach.

Und Ceres hatte durchaus keine Hosen an.

Dafür brach sie in kleine, ängstliche Schreie aus, wenn die Schaukel abwärts sauste und die Röcke hoch hinaufschlugen. Der Prinz keuchte immer noch, als zwischen den Büschen ernst und würdevoll die Oberhofmeisterin und der Kammerrath auf die kleine Lichtung traten.

Sogleich ließ der Schwung der Schaukel nach, der Prinz erhob sich. Die Frau Oberhofmeisterin hatte das letzte Wort: «Mein Prinz, über Abgründe hinweg eint uns der Wunsch, Ihnen nur zu Ihrem Besten zu dienen!»

Dem Arzt Dr. Heim schien es lange nicht so merkwürdig wie dem Prinzen und Wilhelmine, daß der Prinz jedesmal just zu der Stunde, da er an einem der Riten der ‹Rosenkreuzer› teilnahm, heftige Zahnschmerzen bekam – seine Zähne waren ganz gesund. Diese Riten bestanden in ‹Prüfungen›, die Prüfungen entschieden über die Stufen auf der Leiter, die ein ‹Rosenkreuzer› erklimmen mußte, um endlich in den Kreis der Geheimen Oberen aufgenommen zu werden.

Diese Prüfungen fanden stets im Belvedere statt, ‹vor den Toren des Heiligtums, auf der Lichtbahn zu dem geheiligten Tempel der Natur›, die sich im Charlottenburger Schloßpark als ein hübsch ordentlich mit Bosketten und Rosenbüschen bestückter Garten erwies.

«Wenn ich König und Magus zugleich sein werde», so verkündete der Prinz Wilhelminen, «kann ich alle Menschen in wichtigen Ämtern untrüglich prüfen, daher Unwürdige entfernen, die Geheimnisse der feindlichen Kabinette durchschauen, im Krieg den Sieg gewinnen!» Wilhelmine, aufmerksam lauschend, fand an diesen löblichen Aussichten nichts, wogegen sie protestieren konnte – nachdenklich wurde sie erst, als sie erfuhr, daß in Preußen ‹die Sittenlosigkeit seit der Zeit des Soldatenkönigs eine Folge der Aufklärung sei – und ihr der Kampf der Rosenkreuzer gelte›. Sie fragte den Prinzen, was er sich von diesem Kampfe verspreche, und er erwiderte ernsthaft, aber die Hand an die schmerzende Wange gelegt: «Dann werde ich die Oberen in seraphischer Herrlichkeit schauen und in das Heiligtum eingehen!»

Trotz dieser berückenden Aussichten änderte der Prinz seine Gewohnheiten nicht, außer daß er des öfteren mit der kleinen, munteren Friederike zum Hof der Königin ritt, wo er, wie er sagte, Rückhalt zu finden hoffte gegen die Intrigen des lieben Onkels, des Prinzen Heinrich. «Möchte ihm so passen, mich mitsamt dem Königreich zu schlucken», sagte der Prinz.

Von Julchen, dem Schmalreh, ahnte Wilhelmine nichts.

Ein Gärtnerjunge aus der Rietzschen Hofgärtnerei erblickte den König zuerst. Gerade war in den Kasernen von Potsdam die Reveille geblasen worden, als der Junge auf dem Wege zu den Hofgärten den Lustgarten im Morgengrauen passierte. Da sah er den König, der gleich einem Denkmal, dürr und klein, auf seinem Grauschimmel hockte, den Krückstock in der Hand, dicht neben dem puttengeschmückten Mauerstück des Lustgartens, dem Stadtschloß gegenüber.

Der helle Berliner Junge begriff, er rannte zum Stadtschloß hinüber, stürzte in das Zimmer des Hannes Rietz und weckte ihn, der bei der unfaßlichen Nachricht hochfuhr und im Hemde durch die Gänge des Schlosses eilte. Der König war, solange er erkrankt gewesen, nicht mehr zur Parade erschienen.

Als die Bataillone lässig dem Lustgarten zustrebten, dem langweilig grauen, staubigen Viereck zwischen Garnisonkirche und Stadtschloß, einem Exerzierplatz schlichthin, den nur die Phantasie des ersten Soldatenkönigs so vielversprechend zu benennen vermochte – saß der König immer noch unbeweglich auf seinem Gaul, er schien die einmarschierenden Kolonnen nicht zu erblicken. Nur als der Adjutant des Prinzen von Preußen, Hauptmann von Zastrow, begriff und versuchte, einen Korporal zum Schloß zu senden, hob der König den Krückstock ein wenig und bewog den Korporal, schleunigst ins Glied zurückzukehren.

Die Bataillone, hastig durch die heiseren Kommandorufe zur Parade versammelt, standen schon erstarrt, als endlich der Prinz von Preußen, unrasiert und mit eilig zugebundenem Zopf, aus dem Stadtschloß trat und auf den König zustolperte, die Formationen zu melden. Der König sah den Prinzen nicht an, er hob den Kopf und blickte intensiv zur Uhr der Garnisonkirche. Die Parade hätte schon vor fünf Minuten beginnen sollen.

Der Prinz meldete, aber diesmal griff der König nicht nach seinem alten Hut mit den zerschlissenen Federn, wie er es sonst gewohnt war, er rief mit heller Stimme nach dem Lieutenant Prinz Friedrich Wilhelm, der schmal und blaß aus dem Gliede vorsprang und sich vor dem König aufbaute. Der König wies stumm mit dem Krückstock auf einen nicht geschlossenen Knopf an der Weste des kleinen Prinzen, dann ließ er ihn kehrtmachen, so daß der Lieutenant in der gleichen Front mit dem König stand, und sagte zum Thronfolger mit ätzender Höflichkeit, die am ehesten geeignet war, diesen rasend zu machen: «Darf ich Eure Königliche Hoheit ersuchen, an Stelle des Herrn Lieutenant ins Glied zu treten?»

Der Prinz stampfte auf, grüßte und schritt unbewegten Gesichtes, beobachtet von Tausenden von Soldatenaugen, auf das Glied zu. Und dann geruhte Seine Majestät, die Bataillone selber zu kommandieren.

Das königliche Exerzitium dauerte nur knapp eine Stunde. Aber wer auch immer Zeuge davon war, vergaß es niemals im Leben.

Das erste Opfer war das hessische Lieschen, Ihre Königliche Hoheit, die Prinzessin von Preußen. Sie begann bereits bei den ersten, sozusagen einleitenden Evolutionen mit dem großen Kopf zu wackeln, eine fliegende Hitze überschwemmte mit rötlichen Schauern ihren Busen, dann sank sie mit einem «Gottsvergibbich noch enei» zusammen, im Fallen den Vorhang mit sich reißend, an den sie sich in ihrer Aufregung geklammert hatte. Hannes mußte die Ohnmächtige mit scharfen Getränken laben, die kleinen Prinzen und Prinzessinnen scharten sich heulend um die gefällte Mutter – nur Prinzessin Friederike stand bis zum Ende durch, ja sie hatte das Fenster geöffnet, lehnte sich mit halbem Leib hinaus und in ihren mandelförmigen Augen glitzerte es.

Dieser König da, der gekrümmt und mit hochgezogenen Beinen auf seinem Gaul hockte und das arme Tier mit dem Krückstock von einer Ecke des Platzes in die andere dirigierte, dieser ‹boshafte alte Affe›, als den er sich selber bezeichnete, sollte krank sein? Er war krank, krank an Gicht und Eigensinn, der große kleine Mann da, der immer neue Formen des Aufmarsches ersann, mit heller, kaum erhobener Stimme Kolonnen durcheinanderwarf, unvermutete Karrees bildete, mit den Leibern seiner Grenadiere sonderbare Linien in den Sand zeichnete, Kreise, Tangenten, Spiralen, Bataillone durcheinanderwirbelte, gegeneinander, miteinander, verlorene Haufen in die Ecken spritzte, Massen zu spießstarrenden Blöcken zusammenpreßte – und immer dicht neben ihm rannte und keuchte der kleine, schmale, engbrüstige hölzerne Knabe in der knappen Lieutenantsuniform mit seinem Sponton, jenem einer Hellebarde ähnlichen Spießchen, der für ihn besonders klein gehaltenen Pike, die keine Waffe war, sondern dazu diente, säumige Grenadiershintern zu lebhafterer Bewegung anzutreiben, und die Augen des kleinen Lieutenants streiften mit keinem Blick die Haufen der durcheinandergequirlten Soldaten mit ihren schweißüberströmten Gesichtern, seine Augen hingen voll einer brennenden Begeisterung an dem König – ja, der liebte den König, der verehrte ihn bis zur Selbstentäußerung, der ja . . . !

Alte ergraute Helden des Siebenjährigen Krieges, Oberste und Majors, ersehnten den Befehl des Königs, sich stracks in ihre eigenen Degen zu stürzen, damit der Qual nur ein Ende sei. Sergeanten mit narbenreichen Körpern und zerhackten Gesichtern, alte Kriegsgurgeln, warfen durch staub- und schweißverklebte Augenschlitze spähende Blicke zu den Toren, um auf der Stelle zu desertieren, wenn der König einmal nicht hersah – aber der König sah immer her. Lange, knochige, muskelharte Grenadiere entäußerten sich der letzten Hoffnung, jemals wieder mitten im Schlachtgebraus und Kugelregen sich auf Zeiten des Friedens freuen zu können – und der Prinz von Preußen war weit und breit der einzige, der wußte, daß die namenlose Quälerei für ihn allein doch nur das Fegefeuer war –, die Hölle mußten die Minuten sein, in denen die helle, ferne Stimme zu ihm allein sprechen würde.

Auf einmal befand sich der König auf seinem Gaul wie durch einen Zaubertrick genau wieder an der Stelle, an der er gewöhnlich die Parade abzunehmen pflegte. Mit einem einzigen Kommandowort hatte er die eben noch so hoffnungslos verwirrte Masse zum Abmarsch formiert, jetzt lüftete er den Hut und die ferne, helle Stimme sagte: «Ich danke Ihnen, meine Herren Offiziere und Soldaten! Ich bitte Seine Königliche Hoheit den Prinzen von Preußen zu mir!»

Zum kleinen Lieutenant neben ihm sagte der König leise: «Ich bin Ihm wohlgewogen! Kehre Er zu seiner Mutter zurück und sage Er ihr, ich bin sehr zufrieden mit Ihm!»

Während die Bataillone, noch einmal zusammengerafft, im Paradeschritt am Könige vorüberstapften, die Augen zu ihm gewandt und die Musketen senkrecht an den Leib gepreßt, indes die Herren Offiziere ihre Spontons und Degen senkten, ohne daß der König die Parade beachtete – hörte der Prinz von Preußen, unbeweglich vor dem tänzelnden Gaul des Königs stehend, die hellen, nahen, aber leisen Worte: «Bevor ich zur Revue nach Schlesien reise, die total verlotterte Armee zur Raison zu bringen, wird es notwendig sein, daß ich mich noch einmal mit meinem Testament befasse. Merke Er sich: Seine schwächliche Haltung gefällt mir nicht! Lasse Er sich nicht von Weibern auf der Nase herumtanzen! Richte Er sich nach den Taten großer Herrscher und höre Er nicht auf den Rat ehrgeiziger Schwindler! Sein Sohn gefällt mir besser als Er! *Il me recommencera!*»

Der König lüpfte den Hut und wandte sein Pferd. Er ritt langsam den abmarschierenden Truppen nach, allein, wie er gekommen war.

Die Kunde von der Schinderei im Potsdamer Lustgarten verbreitete sich wie Trompetenschall. In den Kasernen der Berliner Garnison wurde Alarm geblasen, die ausländischen Diplomaten dementierten ihren Höfen eine ernstliche Erkrankung des Königs, die Bürger zogen fröstelnd die Schultern zusammen, und Wilhelmine bereitete lächelnd ein besonders gutes Festmahl für ihren armen, geplagten Falstaff vor, zog dem kleinen Alexander ein hübsches neues Kleid an und schmückte die Wiege der kleinen Mariane.

Und wartete.

Aber der Prinz von Preußen ritt sogleich nach der Parade, kaum hatte er bedauernd die Hand der aus Mitgefühl für ihn bettlägerigen Prinzessin von Preußen getätschelt, mit Friederike nach Schönhausen. Dort erwartete die beiden ein schönes Bild. Die Königin hatte zum Tee im Garten die Herren Wöllner und Bischofswerder gebeten. Man wußte also bereits Bescheid. Die Oberhofmeisterin segelte mit ausgebreiteten Armen auf den Prinzen zu. «Mein armer *Chou-chou*!»

Der arme Prinz mußte Wort für Wort wiederholen, was der König zu ihm gesagt hatte, und der Prinz leierte es flüssig herunter – seine Blicke spähten in den Garten nach einem hellen Kleid.

Ceres hatte einen breiten Strohhut über ihre goldbleichen Haare gestülpt, sie hockte an einem der Johannisbeerbüsche und versuchte nun, als der Prinz zu ihr trat, sich zu erheben. Der Prinz faßte den bloßen, sonnenwarmen Arm des Mädchens und drückte es neben sich hernieder an den Strauch. Ceres hatte ein kleines Schüsselchen vorgebunden, in das sie die Beeren pflückte, aber ein roter Streifen an ihrem Munde zeigte an, daß sie fleißig gekostet hatte, und der Prinz sagte: «Mir auch, bitte!» und setzte, sie umschlingend, fort: «Huldin!»

Bei diesem Wort blickte die Lächelnde überrascht auf, es schien einen Augenblick, als wolle sie sich ihm entziehen, dann aber pflückte sie, indes sich über das blasse Gesicht ein rötlicher Schimmer verbreitete, eine Traube, hielt sie dicht vor des Prinzen Mund und ließ diesen die Beeren abstreifen.

Die Beeren waren ziemlich sauer. Außerdem konnte der Prinz die kleine Teegesellschaft sehen, also mußte die Teegesellschaft auch ihn sehen können.

Der Prinz sagte: «Sauer!» und wies zu den Himbeeren.

Sofort erhob sich Ceres, sich mit einer leichten Bewegung von ihm freimachend – das Paar wechselte zu den Himbeeren hinüber. Und hier war es der Prinz, der die einzelnen Beeren pflückte, um sie sich von Ceres aus der Hand essen zu lassen.

Eine kleine Weile fütterten sich die beiden gegenseitig, bei jeder Beere auch zuerst nachforschend, ob sie nicht einen häßlichen Wurm barg – schließlich küßte der Prinz die kleine Hand, die Beere mit dem Munde pflückend, und wiederholte zärtlich: «Huldin!»

Jetzt aber erhob sich, über und über errötend, Ceres und sagte: «Niemals, Königliche Hoheit!»

«Nennen Sie mich nicht Königliche Hoheit!» bat der Prinz.

Doch sie schüttelte den Kopf, sich mit der Gebärde einer reizenden Verwirrung abwendend: «Sie verwechseln mich, Königliche Hoheit!» – und plötzlich sprang das scheue Schmalreh davon, zu den Johannisbeeren zurück, in die Sicht der Teegesellschaft – wandte sich aber dort und flüsterte: «. . . mit Roxelane . . .!» und floh auf das Haus zu.

Der Prinz hatte sich aufgerichtet und sah ihr nach. Was war das? Hatte die Hofgesellschaft begonnen, Wilhelmine Roxane zu nennen, wie der Herr von Bischofswerder, und das Mädchen wußte nicht, was das war und nannte sie Roxelane? Langsam und nachdenklich schlenderte er auf das Haus zu. Erwartungsvoll und schweigend sah ihm die ganze Gesellschaft entgegen. Ceres war nicht dabei.

Die Königin hatte Tränen in den Augen, doch die Oberhofmeisterin blickte streng, indes die Herren Wöllner und Bischofswerder sich offenbar auf tiefe Betrübnis und großen Ernst geeinigt hatten. Schließlich, und wie auf einen aufmunternden Wink der Voß, räusperte sich Wöllner und sagte: «Mein Prinz, wir haben die Worte Seiner Majestät wohl erwogen und sind alle der Ansicht, daß diese bis in ihren geheimsten Sinn von Ihnen begriffen und befolgt werden müssen!»

Der Prinz hatte sich einen Gartenstuhl geholt und sich gesetzt. Er reichte der Voß eine Tasse hin, diese schenkte ihm schweigend Tee ein.

Doch jetzt ergriff der Herr von Bischofswerder das Wort, und wenn der Prinz die Wöllnerschen Ausführungen offenbar nicht in ihrer vollen Bedeutung begriffen hatte – nun ordnete sich alles leicht und logisch. Der König will sich erneut mit seinem Testament befassen, nun, er hat schon oft damit gedroht, aber als eine Drohung war es auch diesmal gemeint: *Il me recommenceral!* Der König spielt also mit dem Gedanken, in seinem Testament weder den Prinzen von Preußen noch die Brüder Heinrich oder Ferdinand zum Thronfolger zu bestimmen, wohl aber – und das würde die gesetzliche Erbfolge nicht wesentlich berühren – den Großneffen, vielleicht als Tutor den Prinzen Heinrich, was Gott verhüten möge! Die schwächliche Haltung des Prinzen von Preußen gefällt dem König nicht – der Prinz läßt sich von Weibern auf der Nase herumtanzen! Von der Prinzessin von Preußen? Keineswegs! Aber da ist die Madame Rietz!

«Roxelane!» unterbrach die Oberhofmeisterin bedeutungsvoll.

Der Prinz setzte die Tasse ab, so daß sie klirrte. Er blickte sich wie hilfesuchend um. In diesem Augenblick kamen, eng umschlungen, Friederike und Ceres, sie reichten Teegebäck herum. Der Prinz sah Ceres an, als sie ihm den Teller darbot, Ceres errötete über und über.

Der Prinz sagte mühsam: «Was meint der König mit den Taten großer Herrscher?» Er blickte in die Runde, er sagte: «Hätte der König mich nicht so geschunden vorher – es lag mir auf der Zunge, zu sagen: Ich kenne keine großen Herrscher!»

Entsetzt fuhr die Königin auf. *«Attention! Les enfants!»*

Die Frau Oberhofmeisterin starrte den Prinzen an und schüttelte den Kopf. Wöllner hob die Hände, als flehe er um Erbarmen. Nur der Herr von Bischofswerder lächelte; er sagte wohltönend: «Nun, wen der König mit den großen Herrschern meint, das kann man ahnen – aber wen er in seiner Menschenfeindlichkeit als ehrgeizige Schwindler bezeichnen will, das glaube ich zu begreifen!» Die Oberhofmeisterin fegte mit einer heftigen Geste die beiden jungen Mädchen ins Haus.

Bischofswerder setzte lächelnd fort: «Aber ich glaube auch zu wissen, wie dem König bewiesen werden kann, daß die Ratgeber, die er meint, keineswegs ehrgeizige Schwindler sind, sondern Ehrenmänner, die dem Prinzen von Preußen nur zum Besten raten, getreu den Wünschen Seiner Majestät selber!»

Der Prinz ergab sich lange Zeit nicht. Er kämpfte bis in die tiefe Nacht mit der Teegesellschaft. Beim Souper saß Ceres neben ihm und bediente ihn mit schüchternem Lächeln.

Später, in der Nacht, kauerte Ceres zu seinen Füßen und lauschte jedem seiner Worte, indes Friederike ihn immerzu aufmerksam und mit glitzernden Augen ansah.

Der Prinz kämpfte nicht gegen den König, nicht gegen die Königliche Familie, nicht gegen seine Freunde und Ratgeber. Er kämpfte gegen Gott. Seine Liebe zu Wilhelmine war ‹weltlich›! Sie war ‹ketzerisch›! ‹Sündige Triebe› zwangen ihn zu dieser Frau, die sein Verderb sein mußte – der König selber hatte es angedeutet.

Der Prinz kämpfte. Aber seine Zunge war gelähmt, wenn in Gegenwart der kleinen, blassen Ceres zu seinen Füßen, angesichts der Augen, die so verständnisinnig und vertrauend, so vielversprechend auch zu ihm aufsahen, ihm sich das Wort ‹Liebe› formen wollte. Konnte er sein Verhältnis zu Wilhelmine vor Gott und diesen Menschen überhaupt erklären? Er konnte es nicht einmal sich selber. Aber er kämpfte um ‹Treue›, um ‹Anstand›, um ‹Bindung› – niemals werde er Wilhelmine verstoßen ...

Aber von ‹verstoßen› war doch keine Rede! Der Herr von Bischofswerder sprach mit Wärme von Wilhelmine, er träufelte Balsam auf das verwundete Herz des Prinzen, er strich Salben in seine Wunden – niemand wollte dem Prinzen zumuten, ein Versprechen nicht zu halten. Treue, Freundschaft, all das, was zu halten der Prinz gehalten war, sollte sein Verhalten weiterhin bestimmen – aber die sündige Wollust, die ihn zu dieser Frau getrieben, sie war ... ja, sie war unköniglich, insbesondere, wenn das Königliche von Gottes Gnaden war ...!

Vor dem Schlafengehen – die Gäste der Königin übernachteten in Schönhausen – konnte der Herr von Bischofswerder in sein Tagebuch schreiben: ‹Die Bande ist unwiderruflich gebrochen, der Kampf war hart und lange. Endlich siegte die Liebe zu Gott!›

Wilhelmine hatte die ganze Nacht auf den Prinzen gewartet. Erst am Morgen kam Hannes und überreichte ihr einen Brief des Prinzen, ein Zettelchen nur, einige Zeilen mit vielen Tintenklecksen, in der fast unleserlichen Handschrift des Prinzen wie hingefetzt. Wilhelmine las diese Zeilen zuerst einmal ohne jedes Verstehen, sie blickte zu Hannes auf, dessen Gesicht plötzlich ungemein töricht erschien, sie zwang sich zur Ruhe, las noch einmal und dann immer wieder. Sie konnte einzelne Worte einfach nicht entziffern, aber da stand unmißverständlich: ‹... genauen und engen Umgang aufgeben zu müssen ...› Da stand: ‹... ich habe darüber meine Prinzipien und wenn ich sterben sollte ...› Da stand: ‹... Bett an Bett wie Bruder und Schwester ...› Da stand: ‹... auch bloße Freundschaft kann glücklich machen ...› Und da stand, klar und deutlich: ‹Wenn ich mich je wieder ändern sollte, so würde es nie mit einer anderen sein als mit Dir!›

Endlich faltete Wilhelmine das Papier sorgfältig zusammen, suchte in ihrem kleinen Sekretär nach einer Schatulle, fand in dieser einen anderen Zettel, einen bereits vergilbten Zettel, mit den Worten: ‹Bei meinem fürstlichen Ehrenwort, ich werde Dich nie verlassen! Fr. W. Prinz von Preußen!›

– las ihn aufmerksam durch und legte schließlich beide Papiere in die Schatulle zurück.

Dann nahm sie ein Bad, kochend heiß, saß lange im Bad, so lange, bis sie erschauerte, das Badewasser war kalt geworden. Dann ging sie, ohne vorher ihren Leib im Spiegel betrachtet zu haben in das Zimmer, in dem Alexander Graf von der Mark, schlief. Das Kind schlief unruhig. Es hustete. Wilhelmine lauschte. Sie legte das Ohr auf die kleine, nun wieder von einem Husten geschüttelte Brust. Sie nahm den Knaben hoch und legte sich mit ihm in ihr Bett.

Am nächsten Morgen ließ sie Hannes Rietz rufen. Sie sagte ihm: «Der kleine Alex hat den Keuchhusten. Hole Er den Dr. Heim!»

Sie wartete den ganzen Tag. Sie bereitete abermals ein gutes Mahl. Sie hockte am Bett Alex', sie rieb ihn, der sich heftig wehrte, mit einer Essenz ein, die ihr Dr. Heim verschrieben hatte. Es war kein Keuchhusten. Alex hatte an einem Stückchen Holz gekaut und mußte deswegen husten.

Sie zog sich langsam und mit Bedacht aus und warf sich zur Stunde, da der Prinz kommen mußte, in ihren schönsten Morgenrock. Der Prinz kam genau zur Stunde. Sie hatte ihn kommen hören, aber sie säumte eine Weile. Als sie das Zimmer betrat, stand der Prinz vor dem Bett seines schlafenden Sohnes und starrte.

Wilhelmine sagte gleichmütig: «Er hat keinen Keuchhusten! Ich habe mich geirrt.»

Der Prinz wandte sich um und sagte: «Mein Linchen . . . ich muß dir erklären . . .»

Doch sie legte ihren Finger auf seinen Mund – und er küßte ihn. In dieser Nacht verzichtete sie auf alle Künste, sie war ganz Wilhelmine, nichts als das, und es war wahrlich genug, um den Prinzen zu einer Leidenschaft zu entflammen, die mit der völligen Erschöpfung der beiden Liebenden endete.

Im Morgengrauen wurde hart an die Tür des Charlottenburger Hauses am Lietzensee geklopft. In der geräumigen Küche befand sich schon Mutter Encke, die vorsorglich damit beschäftigt war, für den Prinzen eines der nahrhaften Frühstücke zu richten, deren er bedurfte, wenn er die ganze Nacht in diesem Hause verbrachte.

Mutter Encke ging, die Tür zu öffnen. Der Herr von Bischofswerder stand vor der Tür; auf der Straße wartete eine Kutsche mit verhängten Fenstern.

Bischofswerder war wie der Prinz ein wohlbeleibter Mann, jedoch von großer Körpergewandtheit, der beste Reiter und Jäger, ein Fechter auf Hieb und Stich; nichts vermochte ihn umzuwerfen, er trank täglich vier bis fünf Flaschen des stärksten Rheinweines und besaß großen persönlichen Mut.

Wie eine abgeschossene Kanonenkugel raste er an der erstaunten Mutter Encke vorbei – gleich darauf tönte sein hartes Pochen an der Schlafzimmertür Wilhelminens.

Das Pochen vermochte den Prinzen nicht zu wecken, jedoch Wilhelmine fuhr hoch und eilte – in der Meinung, es sei ihre Mutter – zur Tür und öffnete sie.

Bischofswerder, ohne einen Blick auf die nackte Schöne zu werfen, fuhr auf das Bett los, packte den herabhängenden Arm des Prinzen, schüttelte ihn und rief: «Auf, mein Prinz! Auf! Es geht um Ihr Leben!»

Der Prinz schrak hoch und lallte: «Meinen Degen!»

Doch Bischofswerder wandte sich zu Wilhelmine und setzte fort: «Es geht um sein Glück! Um seine Seele!»

Wilhelmine, die eine Hand vor die Brust gepreßt, die andere vor der Scham, sagte: «Ein Grund mehr, ihn in Ruhe frühstücken zu lassen!» Sie wies dabei auffordernd zur noch offenstehenden Tür. Bischofswerder veränderte seine Stellung nicht. Er sagte beschwörend: «Es geht um Preußen!»

Wilhelmine warf sich ihren Morgenrock um. Der Prinz zog sich eilig, aber schweigend mit ihrer Hilfe an. Als er das Zimmer verlassen wollte, sagte Bischofswerder: «Keine Zeit zum Frühstück, Hoheit!» und ergriff des Prinzen Arm, um ihn fortzuführen.

Wilhelmine rief: «Mein Herr und Gebieter!»

Doch der Prinz machte nur eine hilflose Bewegung und senkte den Kopf.

Wilhelmine rief zornig: «Wer ist dieser Mann, daß er uns zu trennen wagt?»

Der Prinz wandte sich endlich zu ihr um: «Mein Linchen . . .» murmelte er – aber schon hatte Bischofswerder nach dem Bande gegriffen, das der Prinz um den Hals trug –, ein rechteckiges goldenes Plättchen mit roter Seide hing daran. Bischofswerder hielt das Plättchen dicht vor des Prinzen Gesicht. Schweigend taumelte der Prinz mit seinem Begleiter aus dem Haus, der Kutsche zu.

Lange Zeit später, als dies geschah, erzählte Wilhelmine: «Als eines Nachts der Prinz bei mir in Charlottenburg weilte, rief ihn Bischofswerder ab und führte ihn in ein entlegenes Haus, Belvedere genannt, um ihn endlich an der langersehnten Unterhaltung mit abgeschiedenen Geistern teilnehmen zu lassen. Wie geschickte Taschenspieler dem Uneingeweihten ein ganzes Spiel Karten vorhalten mit der Aufforderung, nach seinem Belieben einige zu ziehen, ihm demohngeachtet diejenigen in die Hände spielen, die sie vorher dazu ausgewählt haben, so überließen es die Geisterbanner dem Prinzen ebenfalls, diejenigen Abgeschiedenen zu nennen, die er zu sehen verlangte, waren aber zum voraus sicher, daß er von denen, die man ihm vorschlug, nur diejenigen zu wählen wußte, für deren Erscheinen Vorsorge getroffen war. Diesmal waren es: der römische Kaiser Marc Aurel, Alexander der Große und der Große Kurfürst. Für diese drei hielt man die Personen und Anzüge in Bereitschaft; man hätte aber mit demselben Krönungsapparat und Perücke dem Verlangen nach Karl dem Großen, Aristoteles und Ludwig XIV. genügt. Die Zauberei bestand darin, daß während der Beschwörungsformel und unter den nervenangreifenden Tönen einer Glasharmonika der geforderte Geist in dem Nebenzimmer leibhaftig sich so vor einen Hohlspiegel stellte, daß sein Bild von dem gegenüberstehenden Spiegel aufgefangen, auf dem Milchflor in dem dunklen Zimmer sichtbar wurde, in dem der geängstigte Prinz ganz allein saß.

Es war dem Prinzen gestattet worden, Fragen an die Abgeschiedenen zu richten, allein er war nicht imstande, auch nur einen Laut über seine bebenden Lippen zu bringen. Dagegen vernahm er von den heraufbeschworenen Geistern strenge Worte, drohende Strafreden und die Ermahnung, auf den Pfad der Tugend zurückzukehren.

Er rief mit banger Stimme nach seinen Freunden, er bat inständig, den Zauber zu lösen und ihn von seiner Todesangst zu befreien. Nach einigem Zögern trat Bischofswerder in das Zimmer und führte den zu Tode erschöpften Prinzen zu seinem Wagen.

Der Prinz klagte über starke Zahnschmerzen und verlangte, zu seiner Geliebten zurückgebracht zu werden, in deren Armen er sich von den erlebten Schrecknissen zu erholen sehnte. Diesem Wunsch wurde nicht nachgegeben und der Prinz noch während des Tages nach Potsdam gebracht, wo die gestrenge Ordensbruderschaft zu einem Empfang versammelt war. Der Bruder Redner nahm das Wort, er wiederholte die von dem Geiste des Ahnherrn, des Großen Kurfürsten, ausgesprochene Ermahnung, und die gesamte Bruderschaft drang so inständig in den Kronprinzen, daß er mit zerknirschtem Herzen ‹dem unerlaubten und ehebrecherischen Umgang mit seiner Maitresse abschwor, jedoch mit dem Vorbehalt, daß sie auch fernerhin seine Freundin bleibe, in deren Umgang er Trost, Erheiterung und Läuterung seiner Gefühle suchen dürfe›.

Als er an einem der folgenden Tage mich mit dem Gelübde, welches ihm abgerungen worden sei, bekannt machte, sprach ich zwar meine Entrüstung über die falschen Ordensbrüder aus, erklärte mich jedoch endlich bereit, ein jedes Opfer zu bringen, um dem Geliebten die Seelenruhe wiederzugeben und versicherte, daß ich schon überglücklich sein werde, mich seine Freundin nennen zu dürfen.»

Freilich ergab sich Wilhelmine nicht so leicht, wie sie es später darstellen mochte. Ihre Entrüstung über die falschen Ordensbrüder wurde von dem Prinzen durch die Bemerkung liquidiert, nicht Bischofswerder, sondern er selber, er, habe es so gewollt. Der Prinz verbot ihr in der ferneren Unterredung, den Namen zu nennen; sie nannte den mit steinerner Miene daneben stehenden Bischofswerder dann nur noch den ‹Laubfrosch›.

Aber Wilhelmine hatte begriffen, daß die augenblickliche Koalition gegen sie stärker war als sie; sie vermochte nicht, gegen zwei Fronten zu kämpfen. Da stand nun also dieser Mann, um den es ging, ihr Herr und

Gebieter, ihr Vertrauter und Geliebter, der Vater ihrer Kinder, der Mann, der so unter der Last litt, einmal König sein zu müssen – und auf dem Wege war, König sein zu wollen –, er starrte sie mit seelenlosen Augen an, und Wilhelmine wußte, daß er sich vor der so unangenehmen Situation einfach abkapselte, um an etwas Schönes zu denken, und vermutlich war dieses Schöne im Augenblick Julie, Ceres, das Schmalreh. Da stand er und verließ sich auf den so lebensvollen und kenntnisreichen Mann im grünen Rock, durchaus fähig, ihn auf den Weg zu bringen, den zu finden er selber zu weltfremd und zu gehen zu schwach war. Und der andere, der forderte ein Opfer – nicht von dem Prinzen, das begriff Wilhelmine, sondern von ihr!

Auch der Prinz in seiner gegenwärtigen Position forderte dies Opfer. Das war das Ergebnis der teuflischen Laubfrosch-Politik: ‹Es geht um Preußen› hatte der dicke Mann mit den kalten, eisgrünen Augen gesagt, und der Prinz mußte es glauben.

Bestände sie nicht vor dieser Probe, so mußte sie den Prinzen ganz verlieren – also kam sie den Absichten der Feinde zuvor.

Wilhelmine war es, welche die Unhaltbarkeit ihrer Lage eher noch begriff als Laubfrosch und Tintenfisch und ‹die Voß› – sie war es, die mit steinerner Ruhe plötzlich erklärte, zum Beweis ihrer wahren Freundschaft zum Prinzen verzichte sie auf die halbe Lösung – Trost, Erheiterung und Läuterung seiner Gefühle, Bett an Bett wie Bruder und Schwester – hier lachte sie einmal auf – sie wollte die Trennung ganz!

In diesem Augenblick bewunderte Bischofswerder seine Gegnerin. Der Prinz, wie zu erwarten, erschrak, erwachte aus seinen Traumbildern und starrte nunmehr sein Wilhelminchen an, die kalten Blutes mit dem kalten Manne, den sie nur den ‹Laubfrosch› nannte, ohne daß dieser zusammenzuckte, um die Bedingungen verhandelte. Wilhelmine erklärte sich bereit, ‹in die Verbannung› zu gehen, nach Dessau, wo noch Verwandte väterlicherseits wohnen sollten, und den Prinzen nicht wieder zu sehen, bis er selber den Wunsch verspürte, ihr wieder zu begegnen.

Der Prinz schrak auf und rief: «Aber der Alex bleibt bei mir!» Bischofswerder sah durch diese Forderung des Prinzen schon die ganze Abmachung gefährdet, aber Wilhelmine, mit einem kleinen Lächeln in den Mundwinkeln, stimmte dem Wunsche des Prinzen zu: In das Nebelreich der Selbstkasteiung, in das sich der Prinz verloren hatte, war von Anfang an die erste Lichtbahn gebrochen.

Und Wilhelmine bat sich zu ihrer Begleitung nach Dessau den Rittmeister Gualtieri aus – den einzigen Mann unter ihren Anbetern, gegen den der Prinz Spuren von Eifersucht gezeigt hatte.

Bischofswerder bewunderte auch in diesem Augenblick seine Gegnerin; in ihm tauchte die Hoffnung auf, einmal mit dieser Frau verbündet und nicht verfeindet zu sein. Mit höflicher Diskretion wandte er sich ab, als der Prinz Abschied von Wilhelmine nahm – für immer, so hatte Bischofswerder gehofft und gefürchtet, es werde dem Prinzen, diesem so sentimentalen Manne, das Herz zerreißen – aber der Prinz in der Vorhalle des Hauses am Lietzensee sagte, ohne daß Wilhelmine eine Spur von Bewegung bei diesen Worten zeigte: «Es ist nun gut – ich liebe dich mehr als je – aber wir sind nun getrennt . . . !»

Der Weg von Charlottenburg nach Dessau führte über Potsdam. Aber in Zehlendorf, einem kleinen Dörfchen halben Weges, dort, wo sich die Straße nach Teltow gabelt, kam der Kutsche Wilhelminens eine andere Kutsche entgegen. Kaum sah der Kutscher dieses Wagens den Wagen Wilhelminens, so zügelte er die Pferde und sprang ab und rannte mit weit geöffneten Armen auf die Entgegenkommenden zu.

Mutter Encke, die im Fond saß und das Bündel mit der kleinen Mariane sorglich in den Armen trug, schrie auf: «Spérandieu!»

Der alte Spérandieu stürzte sich in die Arme der Mutter Encke, dann lenkte er die beiden Wagen zu einer Ausspannung, die sehr dem ‹Kleinen Trompeter› in der Spandauer Straße glich.

Aus der Potsdamer Kutsche aber stieg mit wackelndem Kopf Ihre Königliche Hoheit, die Prinzessin von Preußen. Sie wankte auf Wilhelmine zu, schloß sie mit einem Aufweinen in die Arme und murmelte: «Mei arm Bobbelche, was hat man dir angedan . . . !»

Der Rittmeister Gualtieri sicherte draußen hoch zu Roß die geheimnisvolle Zusammenkunft in der Zehlendorfer Ausspannung. Im kleinen Schankraum – der Wirt hatte sich nach Verabreichung einiger Tassen dünnen Kaffees diskret entfernt – saßen an den rohen Holztischen in der einen Ecke Spérandieu und Mutter Encke und sprachen von den schönen Zeiten in der Küche des Kabinettshauses, in der anderen Ecke saßen Wilhelmine und das hessische Lieschen, und die Fürstin hatte die kleine Mariane in den Arm genommen und herzte das Kind – aber die Rede ging ganz recht eigentlich nicht um das beide interessierende Thema, um die Liebe des Prinzen zu Julie von Voß – das war schnell abgetan. «Ich hab halt ei Schlang an meim Buse genährt!» sagte die Prinzessin – es ging nackt und rund um Geld.

Der Prinz hatte begonnen, das blasse Geschöpf mit kostbaren Geschenken zu überschütten. «Der Prinz ist eben großzügig», versuchte Wilhelmine den Geliebten zu verteidigen.

«Aber da möcht ich doch bitte . . .» sagte die Prinzessin, «net auf mei Koste . . . !» Der Prinz, so stellte sich heraus, hielt den Haushalt seiner hohen Familie knapp. Die bescheidene Mutter seiner Kinder machte ihm keinen Vorwurf daraus, solange sie damit rechnen konnte, die Summen, die er ihr entzog, gingen an eine Person, die auch zu rechnen verstand und das Geld dazu verwandte, es dem Prinzen bekömmlich und bequem zu machen – aber jetzt flossen ansehnliche Summen ab – und wohin?

«Die alte Voß denkt an ihre Fortune», meinte Wilhelmine nachdenklich. Das war's. Die Prinzessin, froh, eine gleichgestimmte Seele zu finden, schüttete ihr Herz aus. Der Prinz in den Fängen dieser Clique – und diese Clique war groß und mächtig –, das konnte nicht anders enden als mit häuslicher Misere. Hier waren die beiden Frauen im Schankraum der Zehlendorfer Ausspannung Verbündete. Sie berieten eifrig, und es war schließlich Wilhelmine, die den wunderbaren Rat gab, die Prinzessin sollte bei jedem Geschenk, das der Prinz seiner Flamme gab, um sie als Geliebte gefügig zu machen, in der gleichen Höhe der Summe Schulden machen und diese für den eigenen Haushalt nutzen. Ihre Königliche Hoheit war begeistert.

Wilhelmine ihrerseits schenkte der Prinzessin die Erlaubnis, in das Haus am Lietzensee zu fahren und sich dort an Kunstwerken und sonstigen Kostbarkeiten zu holen, was ihr und besonders aber dem Prinzen gefiel, um damit die Räume des Prinzen zu schmücken und ihn daran zu erinnern, was er verloren hatte.

Hier bekam die Prinzessin Tränen in die Augen, sie stammelte: «Wenn ich nur wüßt, wie ich Ihne das jemals vergelde soll!» und machte sich auf den Weg nach Charlottenburg, in das Haus am Lietzensee. Der Rittmeister Gualtieri ritt an der Seite des Wagens von Wilhelmine, welche selber die Zügel führte. Auf freier Chaussee beugte er sich zu Wilhelmine hinüber und fragte besorgt und freundschaftlich: «Werden Sie die Trennung vom Prinzen ertragen können?»

Wilhelmine sah ihn mit dem gleichen rätselhaften Lächeln an, mit dem sie die Prinzessin von Preußen verabschiedet hatte und sagte: *«J' attends tout de sa grace, mais rien de ma faiblesse . . .!»*

Und gab den Pferden die Peitsche.

Zur gleichen Stunde, da die Frau Oberhofmeisterin von Voß in ihr Tagebuch schrieb: ‹Der Prinz hat ein sehr unangenehmes Leben in seiner Häuslichkeit, die Prinzessin ist sehr unartig mit ihm. Der Prinz spricht wieder mehr mit Julie, das muß aufhören. Im Grunde fürchte ich vor allem, daß sie selbst sich innerlich nicht recht von ihm frei machen kann› – zur gleichen Stunde also kritzelte der Prinz auf ein Stück Papier: ‹. . . da Anderchen mich heute heftig weinen sah, als ich von Ihnen sprach, sah er mich sehr starr an und wurde ganz still . . . Wenn ich das herzige Kind allein ankommen sehe, so geht alles mit mir herum und mein Herz will zerspringen – mein Herz, das ganz voll von unserer Trennung ist. Mein liebes Anderchen hat seit Ihrer Abreise alle Tage bei mir gegessen, er hat meine alten Kosakenpfeile und Bogen bei mir ausfindig gemacht und auch den Kantschu, und da ist er ganz außer sich über diese Sachen gewesen. Er spricht oft von Ihnen, und da er hörte, daß ich Ihnen schreibe, so bestellte er Komplimente für Mama, daß er artig wäre, aber daß er auch hätte ins

Bett gepißt ...›

Wilhelmine las den Brief des Prinzen in ihrem kleinen Zimmer, das sie zusammen mit Mariane in einem schlichten Gasthof in Dessau bewohnte. Ihre Mutter war in der Küche und besprach mit dem Koch das Rezept für Maultäschle – der Wirt, ein entfernter Verwandter des Elias Encke – hatte eines gekostet und wollte dies Gericht unbedingt auf seine Menu-Karte nehmen. Gualtieri hatte Unterkunft bei einem Kameraden vom Dessauer Regiment gefunden, er fungierte als Reisemarschall, aber die jungen Mädchen von Dessau, die den stattlich-schönen Herrn mit der tiefverschleierten Dame hatten spazierengehen sehen, schleckten sich die Lippen und dachten sich kichernd ihr Teil. Als er das Zimmer Wilhelminens betrat, reichte sie ihm den Brief des Prinzen, einen einfachen Zettel, nur mit einer Oblate verschlossen, wie es die Post beförderte. Gualtieri las, und als er Wilhelmine versicherte, wie sehr er die Gefühle einer Mutter begreife, die von ihrem Kinde getrennt sei, erwiderte sie mit tränenerstickter Stimme: «Ach, der Alex ist bei ihm doch gut aufgehoben – aber ich habe solche Sehnsucht nach ihm!»

«Nach dem Prinzen?»

«Nun ja doch!»

Gualtieri hatte große Mühe, einige heftige Redensarten zu unterdrükken, aber er fragte schließlich doch: «Haben Sie denn gar keinen Stolz, Wilhelmine?»

Und Wilhelmine sah ihn mit feuchten Augen an und sagte «Nein!» Dies stolze ‹Nein› traf Gualtieri wie eine verirrte Kugel. Er liebte Wilhelmine, wie der Prinz sein scheues Schmalreh liebte, ohne Stolz lief er hinter Wilhelmine her, die sich ihm verweigerte. Aber wie konnte sich der Prinz an eine Julie verlieren, wenn er im Besitz einer Wilhelmine war? Doch, was ging ihn der Prinz an?

Gualtieri wünschte sich nichts sehnlicher, als daß der Prinz bei seiner neuen Flamme verbrennen werde – aber war dann wirklich Wilhelmine für den armen, kleinen Rittmeister bestimmt? Eine verlassene Maitresse, gewiß, aber was scherte das ihn, wenn sie es nicht scherte. Sie liebte den Prinzen, nicht ihn. Er würde immer im Schatten der Erinnerung an den Prinzen stehen, diesen häßlichen, dicken, labilen Mann, über dessen Charaktereigenschaften sich jedermann einig war. Aber er würde, der arme, kleine Rittmeister, auch glücklich in diesem Schatten sein.

Er litt mit Wilhelmine in ihren Gedanken an den Prinzen, und er fluchte sich deswegen. Und Wilhelmine wußte das, mußte es wissen; sie sprachen von allem, was ihnen durch den Sinn kam, aber die Liebe Wilhelminens zu ihrem dicken Willem durchtränkte alles, worüber sie sprachen, wie das Wasser den Schwamm. Jeder Satz Wilhelminens ließ sich, wenn auch auf noch so skurrilen Wegen, zurückführen auf ihre Liebe zum Prinzen, und jeder seiner Sätze auf seine Liebe zu ihr.

Jetzt stritten sie sich in dem kleinen Zimmerchen, in dem es nach Kohl roch und nach den Windeln des Kindes, ob Wilhelmine dem Prinzen überhaupt antworten sollte. Gualtieri fand es inkonsequent, wenn Wilhelmine mit dem Prinzen in Korrespondenz blieb. Was wollte sie denn durch die von ihr selber gewünschte Trennung erreichen? Daß der Prinz recht bald glücklich werde mit seiner blassen Ceres, um dann recht unglücklich wieder nach Wilhelminen zu verlangen? Sah sie nicht, daß die eigentliche Gefahr für Wilhelmine im Komplott der Höfe mit den ‹Freunden› des Prinzen lag, den düsteren Visionnairen?

Endlich einigten sie sich über die Abfassung eines Briefes, der alles offen ließ und dennoch kühlen Spott enthielt.

Sie schrieb dem Prinzen auf einem Zettelchen, das nur gefaltet und mit einer Oblate verschlossen war, über die Adresse von Hannes Rietz, der Prinz möge doch vorsichtig sein und ihr nicht so herzlich schreiben; wie leicht könnten seine Briefe in die Hände der geheimen Brüderschaft fallen und damit in die der gestrengen ‹Oberen›, die ihn hart bestrafen würden ... Aber Wilhelmine hatte ein schlechtes Gewissen dabei.

Postwendend machte ihr der Prinz in einem weiteren offenen Zettelchen den Vorschlag, die Korrespondenz in Geheimschrift zu führen und unterzeichnete: Dein treuer Romeo!

Gualtieri konnte sich nicht entbrechen, recht höhnisch über die unbeschreibliche Naivität des Prinzen zu lachen. Aber Wilhelmine jubelte über diesen Brief. Die Geheimsprache – nun, das war keineswegs eine Schrift, geboren aus irgendwelchen Mysterien der Kabbala, es war einfach die Weise, in der sie sich schon lange verständigten und die jedem Außenstehenden unverständlich in ihrem wahren Wortsinn bleiben mußte, voller Anspielungen auf Dinge, die nur sie gemeinsam erlebten: Dein treuer Romeo! Romeo und Julia, gewiß, aber so hatten sich Wilhelmine und der Prinz lange vor dem Erscheinen der Julia Voß genannt – ‹Dein› hieß ‹Dein auf ewig!›, und nichts konnte dieser Brief und diese Unterschrift deutlicher beweisen, als daß sich der Prinz nach gehabtem Genuß wieder nach seiner anderen, echten Julia sehnte.

Und sie wartete fieberhaft auf ein weiteres Zeichen.

Aber es kam kein Zeichen. Wilhelmine irrte, wenn sie glaubte, das blasse Geschöpf habe nichts anderes einzusetzen als ihre dürftige Person mitsamt ihrer kostbaren Unberührtheit. Hinter Julchen stand die Frau Oberhofmeisterin von Voß, welche in ihr Tagebuch schrieb: ‹Der Prinz kommt ewig zur alten Königin nach Schönhausen, und ich weiß, das alles geschieht doch nur wegen Julie. Ich besorge, er gibt sie doch nicht ganz auf und sinnt darüber nach, ob es gar keine Hoffnung für ihn gäbe. Wenn nur trotz aller seiner Versprechungen diese Sache nicht doch noch sich zum Unheil wendet! Man müßte Julie durchaus ganz vom Hofe entfernen.›

Man müßte – aber man tat es nicht.

‹Die Leidenschaft des Prinzen ist immer dieselbe; er versucht nun mehr noch als früher, sie zu verbergen und ist sehr vorsichtig, aber mich täuscht er nicht. Meine geliebte Julie dagegen benimmt sich ganz vortrefflich.›

Und einige Wochen später: ‹Der Prinz wollte heute abend nicht Lotto spielen; ich sah, es geschah nur, um einen Moment zu erhaschen, mit meiner Nichte zu sprechen. Gott weiß, was er ihr sagte; sie schien ergriffen und unglücklich darüber zu sein, und plötzlich verlor auch er die Fassung und geriet ganz außer sich; doch standen sie zu entfernt, als daß ich hätte verstehen können, was er sagte.›

Kühl und nüchtern rechnete Gualtieri Wilhelmine vor, daß sie schon aus finanziellen Gründen in einer Art Gefangenschaft leben mußte. Wilhelmine hatte eine beweinenswerte Abneigung, über Geld zu reden; sie hatte ihrem ‹Reisemarschall› die Kasse überlassen. Aber wenn das bißchen ‹Fortune›, das sie gemacht hatte, nicht angegriffen werden und der Zukunft – ihrer Zukunft und der ihrer Kinder – entzogen werden sollte, mußte sie ganz auf ihren gewohnten Lebensstil verzichten. Sie konnte unmöglich noch vom Prinzen Geld annehmen! Aber Wilhelmine bekannte lächelnd, daß sie jahrelang in einer schlimmeren Gefangenschaft gelebt habe, und sie rechnete das zu ihrer glücklichsten Zeit: Wenngleich sie auch nur die Gesellschaft des Prinzen gehabt hatte und nicht die eines so angenehmen Freundes wie Gualtieri ... Sie wünsche nichts sehnlicher, als hier in Dessau wirklich wie in der Verbannung in der äußersten Zurückgezogenheit zu leben.

Aber Gualtieri wußte zu berichten, daß dies unmöglich sei. Es hatte sich anscheinend schon in der kleinen Residenz herumgesprochen, wer die Frau von Lützenburg eigentlich sei; es bestanden da reichlich Beziehungen zwischen dem Hof von Dessau und den Höfen rund um Berlin.

«Desto besser», meinte Wilhelmine. «Niemand wird es wagen, die geächtete Madame Rietz zu besichtigen!»

Aber ihr bescheidenes Domizil in der Kavalierstraße lag gerade gegenüber dem Palais des Fürsten Leopold III. von Anhalt-Dessau, dem eine gewisse Vorliebe für die Alchimie nachgesagt wurde, doch konnte dies, wie Gualtieri beteuerte, auf eine Neigung des Fürsten zu den modernen Wissenschaften zurückgeführt werden, denn er hatte gerade in Dessau das ‹Philanthropin› gegründet, ein sehr freigeistiges Institut. Wilhelmine hatte die Zurückhaltung des Fürsten ihr gegenüber zu erklären versucht, der Fürst folge ebenso ‹Geheimen Oberen› wie ihr eigener Herr und Gebieter.

Aber eines Tages, als der Fürst, begleitet von einer Hofschranze, spazierenging, überschritt er plötzlich und anscheinend zum Entsetzen seines Satrapen die Straße und ging auf das Gasthaus zu.

Wilhelmine hatte den Vorgang vom Fenster aus gesehen – gleich darauf trat der Fürst bei ihr ein.

Sie lernte in ihm einen Mann von freimütigem Humor kennen. Der Fürst erzählte ihr behaglich von seinem ‹Großpapa›, dem ‹Alten Dessauer›, der ja Preußens gefürchteter Exerziermeister war, und dann erzählte er, wobei ihm die Fältchen an den Augenwinkeln spielten, auch von Großpapas kleiner Liebsten, der Apothekerstochter Anneliese Föse – und die hatte der sonsthin gar so Grimme kurzerhand geheiratet und ihr die fürstliche Erbfolge gesichert, ‹der lieben Großmama›. Und der Fürst küßte Wilhelminen artig die Hand, kitzelte Klein-Mariane in der Wiege und ging, leutselig wünschend, Wilhelmine möge ihn doch einmal besuchen, er wohne gerade gegenüber, auch seine Frau möchte gern einmal mit ihr plaudern.

Das sprach sich herum. Und wie es sich herumsprach! Gualtieri erfuhr es sofort von der Gemahlin seines Kameraden und Quartierherrn und eilte zu Wilhelmine.

Er fand sie über eine Näharbeit gebeugt, von Teilen eines Kleides umgeben. Aber es war kein neues Kleid, das sie sich schneiderte – sie war dabei, ihre alten zu ändern, es schien ihr notwendig, sie etwas weiter zu machen.

Und lächelte selig dabei.

Der arme Gualtieri, er sah sie mit wunden Augen an.

Wilhelmine begriff, wie sehr sich seine Lage komplizierte, während die ihre offensichtlich sich zur Lösung drängte. Sie erhob sich und kniete vor ihm nieder, ergriff seine Hand und hielt sie, wie er einst in ihrer schweren Stunde die ihre gehalten hatte. Natürlich war der Fürst von Dessau zu ihr gekommen, weil er günstige Nachrichten – für sie günstige natürlich – aus Berlin erhalten hatte. Und nun das Glück, dem Prinzen ein weiteres Kind schenken zu können! Wie der Prinz seine Kinder liebte!

Aber Gualtieri sammelte Bedenken und konzentrierte sie auf das eine, das ihm am meisten stichhaltig schien: Selbst wenn der Prinz die Absicht habe, zu ihr zurückzukehren – der Einfluß der finsteren Mächte der Brüderschaft der ‹Rosenkreuzer› blieb.

Wilhelmine dachte nur daran, dem fernen Geliebten von dem Glück zu berichten, das ihnen beiden durch ein neues Kind geschenkt werde. Gualtieri rang mit ihr wie Jakob mit dem Erzengel, er blieb mit einer verrenkten Hüfte zurück. Aber er konnte sie zu einer Gegenmine überreden.

Der Freigeist und Freimaurer wurde zum Jesuiten und Gegenmaurer. Wilhelmine wenigstens sollte die Lösung anerkennen: Auch Wilhelmine mußte Träume haben, auch sie mußte Verkehr mit den Geistern haben, in Visionen leben. Das kam der nüchternen Wilhelmine hart an.

Gemeinsam erfanden sie die seltsamsten Geschichten, es war sehr schwer, den rechten Ton und die rechte Gläubigkeit zu finden. Sie fanden lange nichts, was überzeugend wirken mochte. Lachend sagte Wilhelmine, selbst Hannes würde bei ihren Phantasmagorien bedenklich das treue Haupt schütteln. Und da war er, der erste, seltsame Traum: Hannes erschien ihr und schüttelte das Haupt. Es spukte in beiden Häusern, in ihrem in Dessau und in dem am Lietzensee, er hatte sich davon überzeugt – im Traum Wilhelminens natürlich. Hannes erschien, umgeben von einem grünen Schein, aber unverkennbar Hannes! Und wirklich: Plötzlich träumte Wilhelmine in Dessau auch, von großer Unruhe in Baumwipfeln (die Geister des Waldes!), es waren Kiefern, also mußten es wohl die im Grunewald sein oder in den Falkenhagener Wäldern. Jedenfalls heftige Winde und dunkle Wolken an einem sommerhellen Tage in Dessau! Und dann erschienen die Geister der Ahnen des Prinzen, diesmal der gestrenge Friedrich Wilhelm I. und der des Vaters des Prinzen, sie sahen finster über die Wipfel hinweg und wandten sich dann freundlich der Träumenden zu – aber bevor sie verstehen konnte, was sie mit dumpfer Stimme sagten, verflüchtigten sie sich – wie gut, denn Wilhelmine wie Gualtieri kamen mit dem besten Willen nicht darauf, was sie hätten sagen sollen, ohne daß der Prinz hätte mißtrauisch werden müssen.

Und diese Träume gingen an Hannes mit der Bitte, sich zweckentsprechend zu verhalten – er müsse ja wissen, wie er sich angesichts dieser Phänomene zu verhalten habe.

Hannes verstand. Der Prinz, die eng bekritzelten Blätter Wilhelminens in der Hand, sprach besorgt mit dem Herrn von Bischofswerder, ob dies möglich sei.

Bischofswerder, so in der Klemme, äußerte ungemein schlau, ja, es sei sonderbar, seine Vernunft sträube sich stets gegen solche wunderbaren Erscheinungen, aber er könne sich nicht entbrechen, fortgesetzte Forschungen anzustellen.

Und der Prinz sandte Wilhelmine ein Zettelchen, auf dem er Wilhelminen ein Pülverchen empfahl, das der Magister der Hauptwissenschaften, Bischofswerder, destilliert habe, es tröste und beruhige zugleich.

Die Frau Oberhofmeisterin von Voß schrieb in ihr Tagebuch: ‹Der Prinz kam zum Diner nach Schönhausen, unglaublich zerstreut, seine Neigung nimmt seine Gedanken ganz gefangen. Er blieb den ganzen Nachmittag und schien nichts mehr zu sehen als Julie.›

Wilhelmine zerriß das Zettelchen. Es war die erste Botschaft des Prinzen an sie, die sie zerriß. Das Pülverchen aber sandte sie an Dr. Heim zum Zweck, fortgesetzte Forschungen über die Künste des Laubfrosches anzustellen.

Durch die Gnade Seiner Majestät des Königs von Preußen kam der Rittmeister Giacomo Gualtieri frei, der so lange Zeit in den Kasematten der Festung Magdeburg geschmachtet hatte, weil er, in Liebe und Treue entbrannt zu Elisabeth von Braunschweig, sein Glück und seine Zukunft in die Waagschale zu werfen den Mut gehabt hatte. Er hatte für die Liebe gebüßt, wie einst der tolle Trenck und an der gleichen Stelle, und er wurde ‹der tolle Gualtieri› genannt. Er kam nach Dessau, seinen Bruder zu besuchen, er lernte Wilhelmine kennen und verliebte sich mit einer Geschwindigkeit in sie, die alle Hoffnungen ließ, die lange Haft habe weder seinen Willen brechen noch seinen Sinn ändern können.

Nun war Wilhelmine von zwei Leibtrabanten begleitet. Und niemand konnte sich gehalten fühlen, dem fürstlichen Beispiel nicht zu folgen. Der Fürst führte Wilhelmine in die Gesellschaft ein, in seine Hofgesellschaft, in der, dank Anneliese Föse, längst auch schon die ehrsame Bürgerschaft der kleinen Residenz Eingang erlangt hatte. Und trotz der Fürstin, die lächelnd Wilhelmine gewähren ließ, wurde sie zur heimlichen Königin dieser Gesellschaft. Nicht nur aus Dessau, auch aus Gegenden, die ebenso weit wie von Dessau nach Berlin, wie etwa von Weimar nach Dessau gelegen waren, kamen die Besucher, angezogen von dem Ruf, der von Wilhelmine ausging und der ein höchst amüsanter Ruf war. In Weimar hatte der berühmte Verfasser von *Die Leiden des jungen Werthers* als Freund und Gespiele des tollköpfigen Karl August, des dortigen Herzogs, eine Atmosphäre geschaffen, die durchaus geeignet war, Wilhelmine für Weimar und die Weimarer Gesellschaft für Wilhelmine zu interessieren. Aber es kamen auch hinreichend Fremde von Distinction nach Dessau, einzig, um die Bekanntschaft mit Wilhelmine zu machen. Das Städtchen belebte sich in jeder Hinsicht durch sie, es wurde sozusagen weltläufig.

Es kamen – Mutter Encke kochte unverdrossen weiter – auch die alten Freunde aus Berlin, der Dr. Heim, der ihr viel zu berichten wußte, und der dicke Schmits, von Gualtieri erwartet wie die Taube von Noah. Der Dicke kam, jovial und komisch wie immer, delektierte sich an Mutter Enckes Aalpastete an der ‹Table d'hôte›, die der schmunzelnde Wirt des Gasthauses sich für die Fremden einzurichten entschlossen hatte, und versicherte in einem gemütlichen Plauderstündchen mit Wilhelmine und den Gualtieris, die Große Lotterie werde bestimmt nicht so bald aufgelöst, und wenn, dann nur unter Berücksichtigung der juristisch einwandfreien Ansprüche des Grafen Matuschkyn – von dessen geschiedener Frau er herzlich grüßen lasse, er habe sie unter der treuen Obhut des Hauptmanns von Schönberg vom Regiment Arnim zurückgelassen.

Von weit her aber kam, in einem tollen Aufzug, mit brennendrotem Schopf und in gewürfeltem Anzug zu enormen Kanonenstiefeln der junge Lord Templeton, von dem die Leute sich zuflüsterten, er sei einer der reichsten Erben von Britannien; er kam in einem Gig-ähnlichen, zweiräderigen Wagen, wild mit der Peitsche knallend, drei hintereinander trabende Pferde antreibend, durch die Stadt gerast und torkelte betrunken mitten in das Konzert, das Wilhelmine im kleinen Saal des Gasthauses gab – die beiden Gualtieris spielten die Violine. Er kam, der tolle Templeton, sah sich wirr um, erblickte Wilhelmine, stürzte auf sie zu und versicherte ihr, er sei nur gekommen, um sie, die Göttliche, zu sehen, von der ihm Kunde am Hofe des hannoverschen Königs, Gott verdamme ihn, in London gekommen war. Er sprudelte dies auf englisch, soweit man auf englisch überhaupt sprudeln kann, und als Wilhelmine ihm lächelnd auf englisch für sein unvermutetes Interesse dankte, umarmte er sie stürmisch, versicherte, daß er niemals eine andere gottverdammte Sprache lernen werde als Englisch und erklärte sofort den Anwesenden – der Fürst Leopold und seine hohe Gemahlin waren auch dabei –, er werde jeden gottverdammten Kerl, der sich unterfange, ihn in der Liebe zu Wilhelmine auszustechen, mit seinen Fäusten zermalmen, und er schüttelte die Fäuste. Er sagte dies auf englisch, worüber der Fürst herzlich lachte, er verstand diese Sprache nicht.

Aber Wilhelmine hatte nun drei Leibwächter, wenn sie durch die Stadt ritt oder später fuhr, drei Kavaliere, drei Musketiere – die Kunde davon mußte ja wohl bis nach Berlin dringen.

Aber vom Prinzen kam nichts.

Was kam, das war zu gegebener Zeit ein Knabe, gesund und proper. Wilhelmine teilte es dem Prinzen mit kurzen Worten mit. Der Knabe sollte Wilhelm heißen – Wilhelm Graf von der Mark natürlich. Die Gualtieris billigten diesen Brief, für Wilhelmine schien die glückliche Nachricht eine weitere Karte im Spiel.

Aber die Karte stach nicht.

Die Frau Oberhofmeisterin von Voß schrieb in ihr Tagebuch: ‹Der Prinz tut mir leid; aber trotz seiner Leidenschaft für Julie macht er sich doch von der Liaison mit seiner sogenannten Freundin nicht los. Heute war er besonders verstimmt und gedrückt, ich glaube infolge einiger sehr ernsthafter Worte, die Julie ihm gesagt hatte.›

Die ernsten Worte, die das scheue Reh dem Prinzen gesagt, waren Vorwürfe, sein Herz hinge immer noch an der ‹sogenannten› Freundin, und sie könne an seine Liebe nicht glauben, solange sie nicht Beweise habe, daß er sich nicht nur vor der Welt, sondern auch innerlich von der ‹Person› freigemacht. Julie lockte und floh.

Der Prinz befand sich in genau dem gleichen Zustand wie in den Tagen, da Wilhelmine das gleiche Spiel trieb. Ihn reizte gerade die Verweigerung, die scheinbare Kühle ihm gegenüber, es machte ihn auf eine seltsam wollüstige Weise verrückt, er litt an der Liebe und liebte das Leiden. Die Qual, die er sich selber bereitete, dünkte ihm süß.

Er teilte Wilhelmine in dürren Worten und mit viel Tintenklecksen mit, er könne das Kind, das sie ihm geboren, nicht anerkennen. Wenn das Kind einen Namen bekommen solle, so könne es nicht anders heißen als Wilhelm Rietz – wenn Wilhelmine nicht vorzüge, es Wilhelm Gualtieri zu nennen.

Wilhelmine las und wurde wie zu Stein.

Gualtieri las, und er tat etwas, was er noch nie getan – er warf sich Wilhelmine zu Füßen an ihr schmales Bett, er bohrte seinen Kopf in ihren von der Geburt noch gemarterten Leib und schluchzte, nun sei alles klar, und sie müsse ihn jetzt heiraten, das Kind solle wirklich Wilhelm Gualtieri heißen.

Wilhelmine streichelte dem stolzen Mann den Kopf und lächelte schwach. «Warum nicht?» fragte sie sich leise. Aber Gualtieri hörte die Worte, er hob sein tränenfeuchtes Gesicht zu ihr: «Warum nicht . . .??»

In diesem Augenblick trat der tolle Gualtieri ins Zimmer, einen großen Blumenstrauß von roten Nelken in der Hand, beileibe nicht von roten Rosen. Er sah seinen Bruder vor dem Bette knien, schob ihn unsanft beiseite, sank selber vor Wilhelmine in die Knie und bat sie innig, ihn zu ihrem Mann und Beschützer zu erküren.

Wilhelmine sah von dem einen Bruder zum andern, sie schüttelte den Kopf, so daß ihre flutenden Haare ihr über das Gesicht fielen, dann löste sie ihre klassisch schönen Arme von der Bettdecke und fuhr beiden in die Schöpfe.

«Warum nicht?» riefen die Brüder.

«Ich will euch beide nicht verlieren», sagte Wilhelmine. Aber die Brüder wollten dies nicht gelten lassen. Gualtieri versteifte sich auf seine älteren Rechte und rief schließlich verzweifelt aus: Wilhelmine denke nur darum nicht an eine Heirat mit einem der beiden Brüder, weil diese arm seien und ihr das Leben nicht bieten könnten und wollten, das zu führen sie sich nun einmal in einer unheilvollen Stunde entschlossen habe – und erschrak vor seinen eigenen Worten.

Da öffnete sich die Tür und der tolle Lord Templeton trat ein; er überblickte sofort die Situation, ballte die Fäuste und stürzte sich auf das Brüderpaar. Noch im Tumult rief er zu Wilhelmine hinüber, er wisse, was hier gespielt werde, aber sie müsse ihn heiraten, ihn, er lege ihr alle seine Güter zu Füßen, er führe sie nach England heim, fort aus diesem verdammten Land ohne Geist und Lebensart.

Wilhelmine fragte ihn in einem Augenblick atemloser Stille: «Sind Sie sehr reich, Mylord?»

«Immens!» rief Templeton und wollte sich auf sie stürzen.

Doch Wilhelmine hielt ihn von sich ab: «Nein, Mylord!» Und wandte sich an die Gualtieris: «Ich habe ‹nein› gesagt, und er ist reich!»

Aber als sie dem Prinzen schrieb, glaubte sie selber, dieser Brief sei ein Abschied.

Sie schrieb ihm in dürren Worten, sie füge sich seinen Wünschen, das Kind werde Wilhelm Rietz heißen, er müsse ja wissen, wie sehr er sie beleidige und sich selber dazu.

Postwendend kam die Antwort, in dem längsten Brief, den der Prinz je geschrieben und je schreiben würde, voll von Tintenflecken und hemmungslos in der Orthographie, kaum leserlich.

‹Aus ihrem Brif mache ich mich zwei schlüsse nehmlich, das si so grausam als ein geier mich gleich das leben und mein hertz aus meinem leib raus kratzen wollen, um mir schon auf erden ein vorgeschmack der hölen pein zu geben, da sie doch auf eine barmhertzigere art mir nach den dom schikken könten; da sie es einmahl drauf angelegt haben, so könte es ja durch ein döschen gift, in te oder milch preparirt, geschehen wen ich nach hause bei ihnen kome um mir ein vergnügen zu machen; oder wen ich in ihrem bete ruhig schlafe, könten sie mir ja gleich eine andere makbet ein schermesser an der gurgel aplisieren oder ein kügelchen in kopf! das werden promptere und zugleich menschlichere mitl zu ihrem zil als das was sie erdacht haben mir durch ihren abscheulichen humor auf der bare zu bringen. Warum seindt si so lange vernünftig gewesen, um sich an jetzo in einer solchen schändlichen raserei zu stürtzen. Wen ich mich in disen schluß irren sollte, so muß ihre raserei wieder von Kanalien her rühren, die ihnen neue dinge weis gemacht haben und da seindt si wider in ihren alten fehler gerathen, alles blinderlings zu glauben, was ihnen galgenschwengel weis machen und weiter kein auf keinem Zutrauen zu haben. Sie glauben wohl, das ich sehr vergnügt leben muß und wen mich die schwere noth nicht auf der stelle rühren soll, wen ich solche furien-briefe von ihnen bekome zu antwort von einem, in dem ich ihnen alles tendre sage, sie verjagen mir noch ehr aus meinem vaterlande als der vermaledeite + + + ! ich hätte nicht gedacht, das eine person die ich so liebe, mich so auser mir bringen könte, lasen sie ja diesen brief nach ihrer löblichen gewohnheit auf alle dische herum schlagen, das ihn die gantze welt liset. Es sieht ihnen gleich! Thun sie es ja, um noch einen nagl mehr an meinem sarge zu schlagen. ich schrieb lange nicht, weil ich keine lust hatte, meine briefe zu des herrn Rittmeisters lektüre zu schicken . . . !›

Wilhelmine war überaus entzückt von diesem Brief. Er bewies ihr, das Spiel ging weiter, und der Prinz wollte kein Spielverderber sein.

Natürlich zeigte sie den Brief ihren drei Rittmeistern – sie hatte Lord Templeton ebenfalls zu einem ernannt.

Die drei Leibhusaren lasen den Brief sehr aufmerksam und mußten zugeben, daß viele Deutungen – gottverdammte Deutungen nannte sie Templeton – möglich waren, stritten sich aber haßerfüllt über die Ausdrücke ‹Kanalien› und ‹Galgenschwengel›.

Die Frau Oberhofmeisterin von Voß schrieb in ihr Tagebuch: ‹Ich habe den Prinzen an das erinnert, was er seit einiger Zeit zu vergessen scheint, und er versprach es von neuem. Er ist doch sehr gut! – Gott gebe, daß er so bleibt, wenn er erst König ist!›

Seit einiger Zeit reiste ein Mann in Braunschweig und Preußen herum, ein stattlicher Herr mit häßlichem, von Blatternarben entstelltem und doch faszinierendem Gesicht, der Graf Mirabeau, ein echter Graf und doch eine Art Glücksritter, von dem die einen behaupteten, er sei der beste Kenner der Zustände in Frankreich, die anderen, er sei von hohen französischen Auftraggebern ausgesandt, um sich über die Zustände in Preußen zu informieren. Der französische Gesandte in Berlin empfing den Grafen nicht, er verbreitete überall, der respektabel wirkende Herr sei nichts weiter als ein Spion der mit der königlichen Herrschaft in Frankreich unzufriedenen Aufwiegler und Revolutionäre.

Außer dem Grafen Mirabeau selber wußte nur der König von Preußen, dem die Berichte fast aller in seinen Landen herumreisenden Geheimagenten kurze Zeit später in Kopien auf seinem Tische lagen, daß der Aufwiegler und Revolutionär, in dessen Diensten Mirabeau stand, niemand anderes war als der Herzog von Orléans, der sich als naher Verwandter des Königs Louis XVI. von Frankreich zu diesem in Opposition befand und die Tölpelhaftigkeit besaß, sich öffentlich ‹Philippe Egalité› zu nennen. Was hatte dieser Mirabeau aus Braunschweig zu berichten?

‹2. Juni 1786. Der König von Preusen steht auf dem Punct zu sterben; vielleicht ist er schon todt, indem ich dieses schreibe. Zwey Monate kann er unmöglich noch leben. Mit ihm wird der Schlußstein fallen, der Europens politischem Gewölbe Festigkeit gab. Alles kündigt Krieg an. Der Kaiser hat sich aus Eigenliebe, und das erst ganz neuerlich, verbunden, den neuen König der Preusen gleich nach der Besteigung des Thrones den Puls zu fühlen. Das ist sein eigener Ausdruck: die himmelschreyende Usurpation vernichten, welche Schlesien dem Durchlauchtigsten Hause Oesterreich entriß, das ist die Losung aller oesterreichischen Schriftsteller.›

Vor einem Jahr hatte der König den deutschen Fürstenbund geschlossen, der vorsorglich alle Rückeroberungspläne Oesterreichs verhüten sollte. Die kleinen Fürsten Deutschlands mit ihren teuren, aber winzigen und unbrauchbaren Armeen, waren leicht zu sammeln, sie drängten sich wie dieser Karl August von Weimar, in der preußischen Armee General zu werden. Aber sie waren schwer zusammenzuhalten, diese Aufgabe erfüllte die letzten Lebenstage des Königs. Und da war dieser Mirabeau auch schon zugange, ausgerechnet den Fürsten, der Friedrich am nächsten stand, den Herzog von Braunschweig, sowie des Königs nächsten Verwandten, den Prinzen Heinrich, einzuspannen, um nach dem Tode des Königs die Herrschaft in Preußen zu übernehmen und den Einflüssen Frankreichs gemäß zu dirigieren – ‹so daß der Herzog von Braunschweig im Gespräch mit ihm und sechs bis sieben Personen den Prinzen von Preußen beschimpft hat. Daß der Plan des Herzogs ist, Preußen zu regieren . . .› war auch dem König schon lange bekannt.

‹den 12. Juli 1786. Der König ist in sehr schlimmen Umständen; soviel bleibt sicher; aber der Augenblick seines Todes ist so nahe noch nicht, und Zimmermann, ein berühmter Arzt aus Hannover, den er hat kommen lassen, erklärt, daß, wenn er sich schonen wollte, würde er wieder zu Kräften kommen; aber er ist unverbesserlich in seiner Unmäßigkeit. Mit der Wassersucht hat es aber bey allem dem doch seine Richtigkeit.›

Und weiter: ‹Zimmermanns Reise nach Potsdam hat sich mehr verlängert, als man glaubte. Er hat geschrieben, daß die Wassersucht so entschieden noch nicht sey, und er fängt wieder an, von Engbrüstigkeit zu reden. Das ist so ein Gemeinplatz. Er ist auch ein Mann nach dem Willen des Königs, aber nicht für das Publikum. Soviel ist gewiß, daß er gegen die Polenta und die Aal-Pasteten die Waffen hat strecken müssen. Auch ist gewiß, daß alle Runzeln im Gesicht des Königs weg sind, daß alles an ihm mit um sich greifender Geschwulst angesteckt ist. Der Prinz Heinrich ist unterdessen wieder nach Rheinsberg gegangen, wo der junge und sehr schöne XYZ Regen und heiteres Wetter macht; so sagt man.›

Und der Prinz von Preußen, was treibt er?

‹Der Thronfolger scheint alle Symptome der unheilbaren Schwäche zu haben; die verdorbensten Geschöpfe gewinnen mit jedem Tag mehr Herrschaft über ihn, unter anderem der düstere Visionnaire Bischofswerder. Wie man sagt, herrscht Kälte zwischen dem Prinzen und seinen Onkeln. Das Coadjutorat beym Johanniter-Orden, das man neulich mit großer Feyerlichkeit dem Prinzen Heinrich, des Prinzen Ferdinand ältestem Sohne, gab und das dem Thronfolger nahe an fünfzigtausend Thalern Einkünfte entzieht, ist die neuerliche Ursache dieser Kälte. Es scheint, daß man viele Kunstgriffe zum Etablissement dieser beyden jungen Prinzen angewendet habe (der andere heißt Louis Ferdinand), welche die Stadt und der Hof für Kinder des Grafen Schmettau hält.›

Gut, gut, aber der Prinz von Preußen?

‹Immer noch die nehmliche achtungsvolle Leidenschaft für Fräulein von Voß. Bey einer kurzen Reise, die sie mit ihrem Bruder gemacht hat, folgte ein vertrauter Kammerdiener von weitem dem Wagen, und wenn die Schöne, welche nach meiner Meinung sehr häßlich ist, den geringsten Einfall äußerte, z. B. nach weisem Brod, so fand sie eine halbe Stunde von da alles was sie verlangt hatte. Sie hat sich noch nicht ergeben, das scheint unstreitig.›

‹Der Herzog hat dem Prinzen von Preusen Geld gelehnt, um seine Schulden in Berlin zu zahlen, und man glaubt, daß sie gänzlich getilgt sind, die Schulden der Prinzessin ausgenommen, die man nicht tilgen will, um sie nicht daran zu gewöhnen.›

‹Der König ist merklich schlimmer; die zwey letzten Tage hat er das Fieber; es kann ihn werfen oder noch fristen. Die Natur hat immer soviel für diesen außerordentlichen Mann getan, daß ein hülfreicher Hemmorroiden-Fluß ihm diesmal neues Leben schenken kann. Die Kraft der Muskeln ist groß.›

Und wenig später:

‹Der König ist merklich besser, wenigstens von seiten der Schmerzen, wann er stille liegt. Er hat sogar den Gebrauch des taraxicum (gewöhnlich Löwenzahn) wieder aufgegeben, die einzige Sache, welche ihm Zimmermann vorschrieb, der folglich an ihm verzweifelt. Er nimmt bloß eine Rhabarber-Tinktur mit harntreibenden Mitteln vermengt, welche ihn sehr stark abführt. Der Appetit ist sehr gut, und er übertreibt hierin alles Maas. Die ungesündesten Sachen trift seine vorzügliche Wahl. Entsteht eine Unverdaulichkeit daraus (und das geschieht häufig), so verdoppelt er die Dosis seines Oefnungsmittels. Der König ist außerordentlich huscherig, unaufhörlich in Pelze gehüllt, und mit Federbetten bedeckt. In das Bett ist er schon seit mehr als sechs Wochen nicht gekommen. Er schläft in einem Lehnsessel um den anderen, ziemlich lang und immer auf der rechten Seite. Die Geschwulst nimmt zu; sogar das Skrotum ist sehr aufgeblasen. Er sieht es und will sich nicht davon überzeugen; oder er stellt sich, als halte er dies für die Geschwulst eines Genesenden, und für die Folge einer großen Schwäche.

Soviel ist sicher, daß man nichts vom Tode wissen will; und Leute, die es sicher wissen können, denken, daß sobald er sich wirklich wassersüchtig und am äußersten glaubt, er sich gewiß der Abzapfung und den gewaltthätigsten und entscheidendsten Mitteln unterwerfen wird, ehe er sich darein ergeben sollte, zu seinen Vätern versammelt zu werden. Er verlangte sogar schon vor einiger Zeit Einschnitte in die Hüfte und Lenden; aber der Arzt wollte es nicht wagen. Sonst ist der Kopf vollkommen frey, und er arbeitet sogar noch viel.›

Der Graf Mirabeau war nach Berlin gereist, dem großen historischen Ereignis möglichst nahe zu sein.

‹8. August: Der König befindet sich außerordentlich schlimm; einige geben ihm noch wenige Stunden zu leben; aber dies ist wahrscheinlich übertrieben. Den 4.en hat er erklärt das Rothlauf mit Wasserblasen an den Beinen zu haben. Dies kündigte Oeffnung und zur Folge den kalten Brand an. Gegenwärtig finden sich Steckungen und ein verpestender Gestank ein; das geringste Fieber muß das Schauspiel enden.›

‹12. August: Der König scheint viel besser; die Ausleerung welche die Oeffnung am Bein verschafft, hat eine Verringerung der Geschwulst und Linderung, aber auch eine Schwäche und außerordentliche, gefährliche Eßlust bewirkt. Ich wiederhole, es kann nicht lange dauern!›

‹15. August. Durch den natürlichen Abfluß des Wassers aus den Beinen, den man des Tags wenigstens auf eine Kanne rechnen kann, hat sich die Geschwulst des Skrotums zertheilt; der Patient glaubt sogar, daß sich die Geschwulst überhaupt gemindert habe. Es ist wahrscheinlich, daß sich jeden Abend ein Fieber zeigt, wiewohl man sich hierüber ein Blendwerk vormachen will. Der Appetit ist so außerordentlich, daß man die meiste Zeit von zwölf der ausgesuchtesten Gerichte speist. Zum Frühstück und

Abendbrot werden Butterschnitten mit geräucherten Zungen und einer guten Portion Pfeffer genossen; findet man sich von zuviel Nahrung überladen, wie das gewöhnlich der Fall ist, so nimmt man eine oder zwei Stunden nach dem Essen zu einer Dosis anima rhei seine Zuflucht. Innerhalb 24 stunden will man sechs bis siebenmal Oefnung haben, die Clystire nicht gerechnet.›

‹17. August. Der Schlag ist geschehen. Friedrich Wilhelm regiert, und einer der größten Karaktere, die je auf dem Thron saßen, ist mit einer der besten Formen zertrümmert, die die Natur je organisiert hat.›

Aber diese Botschaft las der König nicht mehr, Friedrich Wilhelm fand sie auf dem Schreibtisch des Verstorbenen vor.

Wenn in diesem Augenblick», wie die *Berlinischen Nachrichten* schrieben, «die Augen der ganzen Welt auf den neuen König gerichtet waren ...», so vermochten sie doch nichts zu erblicken. Denn mit dem Augenblick, da der große König gestorben war, wurden die Tore von Potsdam geschlossen.

Die Prinzen Heinrich und Ferdinand weilten in ihren Höfen, wohin sie sich, gelangweilt durch die nichtssagenden Bulletins der Ärzte, zurückgezogen hatten; die ausländischen Diplomaten residierten in Berlin, dort regierte auch die Regierung, das, was sie zu regieren hatte. Nur der erste Minister des verstorbenen Königs, Hertzberg, war zur Stunde in Potsdam – er war ein erklärter Gegner des Prinzen Heinrich. Der Graf Mirabeau hatte alles versucht, um rechtzeitig, das heißt vor dem Schließen der Tore, in Potsdam zu sein – sie wurden ihm vor der Nase zugemacht.

Der Prinz von Preußen hatte die Nacht nicht im Schoß seiner Familie zugebracht, sondern im Haus des Feldmarschalls von Möllendorf, des ältesten Feldmarschalls des Großen Königs; das war ein biederer, treuer Mann von unbedingter Zuverlässigkeit, von politischen Vorstellungen in keiner Weise geplagt. Aber die Armee würde nach dem Tode des Königs auf sein Kommando hören, auf niemandes Kommando als das seine.

Von selbst wäre der Prinz von Preußen nie auf den Gedanken gekommen, sich im Augenblick der Gefahr zu diesem Mann zu begeben, zu dem er kaum Beziehungen hatte – seine Gedanken weilten durchaus anderswo. Nichts konnte Wöllner und Bischofswerder angenehmer sein als dies. Sie waren es, die für ihn dachten, glücklich, gerade in diesen Tagen und in dieser Lage für ihn denken zu können. Der Prinz von Preußen war also durch geschickte Regie der erste, außer den treuen Bedienten des Königs und seiner ebenso getreuen Sekretärs, der an der Bahre des großen Toten stehen durfte, mit vorzüglichen Ratschlägen und Anweisungen versehen. Die erste Handlung als Monarch sollte sein, dem Minister Hertzberg den Orden vom Schwarzen Adler zu verleihen – eine Handlung, die freilich auch den ersten Schritt in den langsamen und umständlichen Prozeß bedeutete, den verdienten und ehrlichen, wenn auch nicht überwältigend intelligenten Minister zu entfernen.

Aber als der Prinz von Preußen an die Bahre des Königs trat, war Herr von Hertzberg noch nicht zugegen. Er kam, wie immer, etwas zu spät.

Friedrich Wilhelm II. von Preußen zeigte keinerlei Gefühl, welcher Art auch immer man von ihm erwarten mochte, aber als sein Blick auf einen Gegenstand fiel, belebte er sich.

Der Gegenstand war Hannes Rietz, der allzeit getreue, allzeit bereite, der – es fiel niemandem auf – in Begleitung des neuen Königs gekommen war.

Und so kam es, daß die erste Handlung des neuen Monarchen durchaus nicht irgendwelchen Ratschlägen oder Anweisungen entsprang, sondern einem privaten, spontanen Impuls. Friedrich Wilhelm II. umarmte den Hannes, der eigentlich gefürchtet hatte, einer anderen Ableitung der Gefühle seines Herrn dienen zu müssen – und ernannte ihn auf der Stelle zum ‹Geheimen Kämmerer›, zum ‹Tresorier des Hauses und der Schatulle des Königs›, nachdem er ihm auf die Schulter geklopft und ihn ‹seinen lieben Rietz› genannt hatte. Dann arbeitete der neue König bis fünf Uhr in der Frühe mit den Sekretärs des alten. Erst um diese Zeit wurde das Testament des Großen Königs gefunden – aber es steckte in einem großen, versiegelten Umschlag, auf welchem genau geschrieben stand, wer berechtigt sei, es zu öffnen: Der Kronprinz war es nicht.

Am 18. August 1786 schrieb die Frau Oberhofmeisterin von Voß in ihr Tagebuch: ‹Der König kam mit seinen beiden ältesten Söhnen von Potsdam, stieg in Schöneberg zu Pferde und ritt so in die Stadt ein, unter dem Zujauchzen und Vivatrufen der Menge bis ans Schloß. Im Weißen Saal waren alle Offiziere versammelt; er dankte den Generalen für die Treue, die sie dem hochseligen König bewiesen, und sprach die Hoffnung aus, sie würden auch ihm dieselbe Treue wahren . . .›

Die ausländischen Diplomaten horchten auf.

‹Ein bemerkenswertes Schauspiel›, so berichtete Graf Mirabeau. ‹Es haben einige Augen, selbst von fremden Gesandten, mit Thränen benetzt, denn alle waren da beym Eyd und Pflichtnehmen der Soldaten.› Der scharfsinnige Beobachter meinte weiter: ‹Außerdem kündigten diese militärischen Zurüstungen, diese Haufen von Soldaten, welche seit dem Morgen die Straßen bedecken, diese Eilfertigkeit des Soldateneyds, nach meiner Meinung zu ausschließlich die Stärke des Kriegsstandes an. Dies scheint mir so viel zu sagen: Ich bin vorzüglich der König der Soldaten. Ich verlasse mich auf meine Armee, weil ich nicht sicher bin, ein Königreich zu besitzen . . .›

Das nächste Unternehmen Friedrich Wilhelms II. als Monarch war die schlicht vorgenommene Beförderung des Majors von Bischofswerder zum Oberstlieutenant, worauf dieser die Rangabzeichen auf seiner, der eigenen Phantasie entsprungenen, hübschen grünen Jäger-Uniform befestigte, aber weiterhin nicht den mindesten militärischen Dienst tat. Dann umarmte der König in Gegenwart des Ministers Hertzberg, dem er soeben erst den Schwarzen Adlerorden an die Brust geheftet hatte, den Grafen Finkenstein, Hertzbergs unversöhnlichen Feind, aber Onkel der Vielgeliebten, der Julie von Voß.

«Ich danke Ihnen für die ausgezeichneten Dienste, die Sie meinem Onkel so unermüdlich geleistet haben, und fordere Sie auf, mir inskünftige eben solche zu leisten ...» wobei sich Hertzberg den Schädel zermarterte, worin nur die ausgezeichneten und unermüdlichen Dienste des Finkenstein bei dem großen Friedrich bestanden haben mochten.

Das Testament des Großen Königs wurde nicht vor der Familie, sondern vor den beiden Onkels und zweien Ministern geöffnet. Friedrich Wilhelm II. las es sogleich durch – er bemerkte mit Befriedigung, daß es 1769 geschrieben war, beließ es vor der nunmehr versammelten Familie und den verschiedenen Hofstaaten bei den vom Verstorbenen für die Mitglieder seiner Familie ziemlich kümmerlich ausgesetzten Legaten und strich nur den wunderlichen Einfall Friedrichs, den dieser in Ansehung seines Leichnams hatte: er wollte bei seinen Hunden begraben werden.

Der Graf Mirabeau meinte dazu: ‹Das letzte Merkmal der Verachtung, das König Friedrich gegen seine Mitmenschen zu äußern für gut gefunden hat. Ich weiß nicht, ob man ebensoviel Respekt für das andere Testament haben wird, als für das schon geöffnete, wenn sie auch einander nicht widersprechen sollten.›

Das Gerücht von einem zweiten Testament ging allerorten um. In der Tat – der Herzog von Braunschweig wurde berufen und kam, um dies Testament mitzubringen, das vom Großen König in dessen Hände niedergelegt worden war. Der Herzog ging sogleich zum König, obwohl es vier Uhr des Morgens war. Friedrich Wilhelm öffnete mit zitternden Händen das Dokument.

Es war viel älter als das andere, es ging bis 1755 zurück. Der neue König las das Datum und nicht weiter. Er verabschiedete den Herzog höflich, er war weder kalt noch warm gegen ihn.

Graf Mirabeau berichtete: ‹Der König schenkt nicht zuviel weg. Bisher hat er noch nichts verteilt als die Präbenden, die ihm nichts kosten, als eine Pension von dreihundert Thalern für einen verdienten, vom Alten Fritz schlecht behandelten General ... Ich höre eben, daß er dem Poeten Ramler eine von achthundert Thalern anweist.›

Und Graf Mirabeau meint dazu: ‹Vielleicht wäre es delikater gewesen, nicht bey den Trompetern anzufangen.›

Ramler war ein ergebener und in jeder Beziehung braver patriotischer Dichter – Friedrich Wilhelms II. Lehrer im Kadettencorps. Graf Mirabeau berichtete weiter von dem, was zu Potsdam geschah: ‹Der König scheint seiner gewohnten Lebensart ganz entsagen zu wollen; das heißt doch wohl die Saiten hochspannen. Er hat drey Reisen nach Schönhausen gemacht, ohne nur die Fräulein von Voß anzusehen; seitdem er auf dem Thron ist, hat er sich nie ausschweifend betragen, hat nie einem Frauenzimmer in den Busen gelangt. Einer von den Vertrauten seiner Schwachheiten schlug ihm vor, nach Charlottenburg zu gehen; nein, sagte er, meine ganze alte Kundschaft findet sich daselbst. Er geht vor zehn Uhr zu Bette, um vier Uhr ist er auf; er arbeitet übertrieben und gewiß mit einiger Schwierigkeit! Hält er aus, so gibt er ein Beyspiel ohne Beyspiel, eine dreißigjährige Lebensart besiegt zu haben; und das wäre unstreitig ein großer Karakter, der mit uns anfängt, was ihm beliebt. Aber auch bey dieser Voraussetzung, die noch so weit von der Wahrscheinlichkeit entfernt ist, wie wenig Verstand und Hülfsquellen in sich selbst!›

Wo also waren der Verstand und die Hilfsquellen?

‹Bischofswerders Kredit wächst, er verbirgt es aber sehr sorgfältig. Wöllner ist eine etwas subalterne Kreatur, aber mit Verstand und Kenntnis des Innern versehen. Er spielte den Visionnaire, als dies zum Gefallen nothwendig war; seitdem der König wenigstens will, daß man sichs nicht merken lasse, ist er davon geheilt. Er ist thätig, fleisig und vorzüglich niedrig genug, daß man sich seiner ohne Eifersucht bedienen kann.›

Man bediente sich, und der König hatte nichts mehr zu tun.

Die Oberhofmeisterin von Voß notierte:

‹23. August. Er kam heute zum erstenmal als König wieder nach Schönhausen, aber leider war sein Benehmen gegen meine Nichte wie früher.

25. August. Der König kommt, so oft er kann und dann geht er mit Julie im Garten spazieren; aber sie ist so still und zurückhaltend mit ihm als möglich, was mich freut und etwas beruhigt.

30. August. Die Prinzessinnen tun dem König einen sehr unerlaubten Gefallen, indem sie ihn immer mit Julie zusammenbringen. Sie führen die Königin voraus und eilen, wenn spazierengegangen wird und beschäftigen sie, um daß er mit meiner Nichte gehen und sprechen kann, das ist ein schlechtes Spiel.

31. August. Der König hat der Prinzessin Friederike eine Zulage und ihr die kleine Viereck zur Hofdame gegeben, ich glaube einzig, um Julie eine Freude zu machen, deren Freundin sie ist.›

Als die Nachricht vom Tode des Königs nach Dessau kam, packte Wilhelmine entschlossen, ohne ihre getreuen Trabanten davon zu unterrichten, und reiste mit Mariane und dem Baby Wilhelm Rietz mit der ersten Post, die ihr die Zeit gönnte, nach Charlottenburg. Die Zeit gönnte ihr, daß der Herr von Bischofswerder, um eben ihre Reise nach Berlin zu verhindern, nach Dessau kam und sie nicht mehr vorfand, die beiden Kutschen hatten sich auf halbem Wege gekreuzt.

Wilhelmine fand ihren Haushalt am Lietzensee in der besten Ordnung, wenn auch mancherlei Kunstwerke und andere Kostbarkeiten fehlten, die nun die Räume Friedrich Wilhelms schmückten. Das Bett war noch da. Minette Horst sank vor ihr in die Knie und küßte ihre Hand. Wilhelmine zog sie an ihre Brust und umarmte und küßte sie. Die beiden Frauen weinten und sprachen die ganze Nacht miteinander. Minette erzählte, der Prinz – Seine Majestät der König, bitte schön um Entschuldigung – habe sich während der ganzen Zeit ihrer nicht ein einziges Mal ‹bedient›. Wenn Haß allein töten könnte, wären Julie von Voß mitsamt der Frau Oberhofmeisterin allein durch die Gespräche dieser Nacht auf der Stelle tot umgefallen.

Wo war Alexander Graf von der Mark?

Am nächsten Morgen in aller Frühe fuhr Wilhelmine – mit Blitzesschnelle, wie aufgeschreckte Passanten beobachtet haben wollten – durch Charlottenburg nach Potsdam. Sie drang in das Haus des verstorbenen Lord Marishal Keith, dicht am Eingang zum Park von Sanssouci ein – und stand sogleich vor dem König.

Der König war im Nachthemd und lag auf den Knien. Auf ihm ritt der Graf Alexander, ebenfalls im Nachthemd, in der einen Hand schwang er ein Bündel Kosakenpfeile, mit der anderen traktierte er sein Reitpferd mit einem Kantschu, den Kosakenbogen hatte der König im Mund.

Wilhelmine riß das Anderchen, wie der König den Knaben nannte, an sich und küßte ihn ab, bis er lachte, weil es ihn so kitzelte. Der König aber stand auf und war auch im Nachthemd ganz König. Er war ruhig und überaus höflich. Er war gnädig und richtete an Wilhelmine nur die Frage: «Warum haben Sie mir nicht geschrieben, daß Sie kommen wollen?»

Nun setzte sie den Knaben ab, ihn aber dicht an ihre Röcke pressend, und erwiderte, mit mindestens ebensoviel Würde wie der König sie in dieser Stunde aufzubringen für angemessen hielt: «Ich würde Ihnen längst geschrieben haben» – sie zögerte einen Augenblick, dann setzte sie hinzu: «Euer Majestät –, aber mir war bange, daß Sie meinetwegen Verdruß haben würden. Also habe ich Sie lieber nicht an mich erinnern wollen, denn ich muß gestehen, daß es mich tief in der Seele kränkt, daß ich, die so viele Jahre in Potsdam wegen des Königs in Furcht und Schrecken sein mußte, nun, da er nicht mehr ist ...» und hier schluchzte sie einmal schwer – «wenn ich Sie einmal sehen oder sprechen will, mich wegen einer Frau verstecken muß, die Sie noch nicht drei Jahre kennen, und was tat ich dieser Frau? Ich kann keinen anderen Fehler in Ihren Augen haben, als daß ich Sie zweiundzwanzig Jahre geliebt und verehrt habe ...» und hier schluckte sie zum zweitenmal – «und daß ich just zu dieser Zeit nicht starb, als Sie ihre Bekanntschaft machten, ist nicht meine Schuld. Daß Sie mich nicht gleich haßten ...» und jetzt kam der schwerste Seufzer – «... hat ... vielleicht ... nicht sein sollen!»

Der König sah sie nicht an, während sie sprach. Sein Blick ruhte auf dem kleinen Alex, der starrte den König an wie der König ihn. Der Mann und das Kind waren in diesem Augenblick von einer fast erschreckenden Ähnlichkeit.

Wilhelmine sah plötzlich Tränen in den Augen des Königs wie in denen des Kindes. Sie sagte mühsam: «Majestät! – ich bin Ihre Freundin trotz aller Abgunst und allem Neid!»

Der König begann, sich anzukleiden. Wie selbstverständlich half Wilhelmine ihm schweigend dabei. Erst nach einer Weile sagte sie: «Sie sehen nicht gut aus, mein Herr und Gebieter!»

Friedrich Wilhelm, bemüht, in seine Stiefeletten zu kommen, erwiderte: «Ach, meine Freundin, da sind Dinge, die sind stärker als ich.»

Wilhelmine knöpfte ihm die Gamaschen: «Sie können nicht stärker sein als ich!»

Jetzt streifte der König einen Ring von seinem Finger, der mit einem großen Diamanten geschmückt war, und reichte ihn ihr. Er sagte mit rostiger Stimme: «Den trug schon mein Großvater – und dann ...» er zögerte einen Augenblick und setzte fort: «mein Onkel!»

Wilhelmine gab ihm den Ring zurück. «Was soll ich mit dem Schmuck? Ist es mir je um diese ... diese Klunker gegangen?»

Friedrich Wilhelm faßte ihre Hand und streifte ihr den Ring über den Finger. Er sagte: «Wenn Sie diesen Ring je betrachten, denken Sie daran, daß ich Ihnen wohlgewogen bin!» Dann, während Wilhelmine den Knaben hochnahm und herzte, ging er an einen Tisch und nahm ein Blatt Papier, das von seiner Hand beschrieben war.

Er las laut, was dort geschrieben stand. Es war eine Schenkungsurkunde für ein Haus Unter den Linden, er hatte es dem Kommerzienrath Gravius abgekauft, der zu den Verehrern Wilhelminens gehörte.

Der König faltete das Blatt sorgfältig und schrieb dann stehend auf die Adressenseite: An meinen Sohn Alexander Grafen von der Mark. Und siegelte es.

Er reichte Wilhelmine diesen Brief und sagte: «Ich werde Ihnen einen weiteren Brief senden mit viertausend Thalern zu Ihrer beliebigen Verfügung!»

Wilhelmine zögerte: «Soll ich diesen Brief als meinen Entlassungsbefehl empfangen?»

Jetzt lächelte Friedrich Wilhelm, und während Wilhelmine ihm das Jabot knüpfte, sagte er: «Ich würde mich sehr freuen, wenn Sie das neue Haus unseres Sohnes nach Ihrem vorzüglichen Geschmack einrichten!»

So sank Wilhelmine in die Knie und küßte die Hand des Königs. Alexander mochte das als den Beginn eines Abschieds auffasssen, er fragte: «Kommst du bald wieder, Mama?»

Wilhelmine antwortete, sich schnell erhebend: «Wir werden uns bald wiedersehen», und nach einem flehenden Blick zum König – «... in deinem neuen Haus in Berlin?»

Der König sagte: «Wenn Sie den kleinen Alex ankleiden wollen ...? Ich habe neuerdings wenig Zeit – ich bin sehr, sehr beschränkt ...» Und ging, nicht ohne seinerseits einmal heftig aufzuschnupfen.

Es WAR DIES DER TAG, an dem der König nach Schlesien reiste, um sich in Breslau von den Ständen huldigen zu lassen. Er kehrte von der Huldigungsreise erst Ende September zurück. Wilhelmine machte sich sofort an die Einrichtung des Hauses Unter den Linden, mit der auch einige Umbauten verbunden waren. Die viertausend Thaler ihres ‹Fortune› verwandte sie aber zum Umbau ihres Hauses am Lietzensee, vorzüglich des Gartens, der zu diesem Landhaus gehörte. Sie erwarb anstoßende Grundstücke, und nun konnte der König, wenn er jemals wieder zu ihr kommen wollte, einfach mit einer Gondel vom Charlottenburger Schloß zu ihrem Hause fahren und dort anlegen. Sie umgab das ganze Haus mit einer hohen Mauer, was ihr in den Augen der allzeit neugierigen Berliner sehr schadete – und versah sie mit einem Torweg in einem künstlich aufgetürmten Felsen – ‹etwas Gotik› war bei ihr immer dabei. Aber sie belebte den Garten auch mit Pavillons und Lusthäuschen, mit Tempelchen, Lauben und einer Grotte sowie einer Kegelbahn – der König kegelte gern – im Stil einer Eremitage ‹mit gotischem Bogen›. Vier Säulen trugen eine Schaukel, ein als Baum verkleideter Brunnen – der vom König zum Kriegs- und Oberbaurat ernannte Langhans, der Wilhelmine hatte allein werkeln lassen, lachte lange und herzlich, als Wilhelmine die ganze Pracht zeigte. Auch ein künstlich aufgeführter Berg war da, den man auf Spiralwegen besteigen konnte – von Langhans wurde er deswegen der ‹Schneckenberg› genannt. Auf dem Schneckenberg errichtete sie ein Zelt, in dem man bei Lampionschimmer ‹Italienische Nacht› feiern konnte.

Zu zwei ‹Rietzschen Gärten› jenseits der Straße führte eine kühn gewölbte Steinbrücke; Vater Rietz verwandelte die Grundstücke mit Kunst und Verstand in ideale Kinderspielplätze.

Bauinspektor Boumann, der nach Wilhelminens Angaben den Bau leitete, hielt zum Richtfest die Polierrede, nicht der Polier, Boumann traute diesem die nötige Delikatesse nicht zu, mit welcher der König gefeiert werden mußte, der für ‹Höchstdero Geheimen Kämmerer, Herrn Rietz, und dessen würdige Frau Gemahlin› das Haus zu errichten ermöglicht habe. Er schloß mit den Worten: «. . . daß auch Herr Rietz in diesem Haus viele vergnügte und glückliche Tage zählen möchte . . .»

Gleichzeitig aber vollendete Wilhelmine den Umbau des Hauses unter den Linden, hier freilich mit Hilfe von Langhans sowie auch nach den Ratschlägen ihrer Freunde – der dicke Schmits half ihr mit seinen Finanzerfahrungen, Dr. Heim als Experte für alles Neue und Moderne –, und gar nach den speziellen Wünschen des Grafen von der Mark, der mit seinem Gouverneur täglich zu Mama kam: Für den Garten wünschte er sich einen Bären, und der treffliche Schmits, der schon für das Charlottenburger Haus Wilhelminens achtzehn hochstämmige Rosen, dunkelrot, nach der Züchtung Friedrich Wilhelms, gestiftet hatte, schenkte Alexander den Bären, einen richtigen Bären mit zotteligem Pelz, für den ein Zwinger errichtet werden mußte. Wilhelmine war mitten in den Zurüstungen für ein ‹richtiges› Badezimmer – ohne Spiegel, aber mit Lüftung –, zu dem ihr Dr. Heim geraten hatte, mit Marmorwanne. Gerade war der dicke Schmits gekommen, mit einem Riesenstrauß roter Rosen, und hatte um einen Kuß gebeten, diesmal nicht nur auf die Nasenspitze – als hinter einer Säule, auf die auch in diesen Räumen niemand verzichten zu können glaubte, plötzlich der König hervortrat, der soeben erst von seiner Reise zurückgekommen war.

Die Miene des Königs verriet, daß er außer sich war vor Zorn. Er schwang drohend seinen Krückstock und schrie: «Erheben Sie sich sofort! Stantepede!»

Völlig verwirrt bemühte sich Schmits, auf die Beine zu kommen, es gelang ihm nicht sogleich – da lachte der König auf, griff ihm unter die Arme und umarmte ihn, als er endlich stand.

«Ich bin Ihnen wohlgewogen», sagte der König. Er sagte: «Mein Minister Blumenthal wird Ihnen alles zurückerstatten, was Sie mir auf die Matuschkynschen Gewinnanteile der Lotterie geliehen haben!»

Der König nahm überaus gnädig die übrigens nicht sehr überschwenglichen Dankesbezeugungen des Schmits entgegen, der versicherte, er wolle gern noch lange Zeit des Königs Gläubiger sein ... Und der König schenkte ihm den Krückstock, mit dem er ihn soeben zum Scherz bedroht – es war der Stock des Großen Königs, seine Krücke war von Bergkrystall, mit Türkisen besetzt.

«Bitten Sie sich noch eine Gnade aus», sagte der König. Und so bat der Dicke, der sich seit einiger Zeit sehr um die Baranius bemühte, eine ansehnliche Künstlerin von der Oper, um die Königliche Genehmigung einer Ehe zwischen der jungen Gräfin Matuschkyn und dem Hauptmann Ernst von Schönberg vom Regiment Arnim.

Der König bewilligte sogleich eine stattliche Mitgift, ja, er ging so weit, der kleinen, lieblichen Gräfin Christiane, geborenen Encke, die Einrichtung eines prächtigen Wohnhauses in der Leipziger Straße zu empfehlen und verbreitete sich über die Schönheit einer Gipsdecke mit Putten und Blumengirlanden, wie sie auch im Schlafzimmer der Gräfin Matuschkyn zu finden war – dann aber näherte er sich dem erstaunten Schmits, um ihn ins Ohr zu kneifen und zu flüstern: «Leihen Sie aber nichts mehr Ihrer Majestät, der Königin! Sie treibt die Verschwendung zu weit!»

Kaum aber hatten sich die Freunde Wilhelminens entfernt, da sank der König, wie völlig erschöpft vom Übermaß seiner gnädigen Anstrengungen, auf einen Holzbock und keuchte schwer.

Wilhelmine erschrak, sie öffnete ihm die Weste, sie setzte sich zu ihm auf das schmale Gerüst und bettete den schwer hängenden Kopf des Geliebten an ihre Brust, ihm sanft den Nacken kraulend.

«Ein elend Spiel!» keuchte der König. «Man treibt ein elend Spiel mit mir!»

Wilhelmine kraulte.

Der König sagte erbittert: «So teuer ... so teuer soll ich bezahlen!» Wilhelmine erschrak, hörte aber nicht auf zu kraulen.

«Sie will nicht eher die Meine werden, als bis ich sie geheiratet habe!»

Wilhelmine kraulte heftiger. Sie sagte leise: «Aber das geht doch gar nicht!»

«Das geht eben doch», sagte er. «Das ist es ja! Das haben sie fein ausgedacht, sie und die ganze Familie – der Finkenstein, die alte Voß! Es geht – zur linken Hand! Sie haben schön vorgesorgt, sie haben schon ein Gutachten, von einem Consistorium!»

Und Wilhelmine erfuhr, eifrig kraulend, ein löbliches theologisches Consistorium habe eine morganatische Ehe für zulässig erklärt – unter Berufung auf die einst von Melanchthon erlaubte Doppelehe Philipps des Großmütigen ...

«Des Großmütigen ...» sagte Wilhelmine.

«Von Hessen ...» setzte der König fort und sank wieder an ihren Busen.

«Von Hessen?» fragte Wilhelmine, sie sagte nachdenklich: «Und was sagte Ihre Majestät die Königin, einstmals Landgräfin von Hessen, dazu?»

«Die ist einverstanden», murmelte der König, «die ist einverstanden, wenn ... also der Herzog Karl August von Weimar war bei ihr und fragte sie ...»

«Und ...?»

«Und sie lachte und sagte: ‹Soll man meine Einwilligung dazu haben wollen – nun gut, aber um keinen geringen Preis; es wird hoch zu stehen kommen!›»

«Hoch zu stehen kommen», sagte Wilhelmine leise.

«Mehr als hunderttausend Thaler, nur um ihre Schulden zu bezahlen!»

«Und?» fragte Wilhelmine.

«Und ...» sagte der König, ohne den Kopf zu erheben, «und dann will Julie, daß ‹die Rietz› sofort Berlin verlasse mitsamt ihren Kindern!»

«Mit dem Alex auch?» fragte Wilhelmine.

«Mit dem Alex auch», sagte der König.

Wilhelmine saß lange und unbeweglich. Lange.

Endlich hob der König den Kopf und sagte zerknirscht: «Und da habe ich ‹Nein!› gesagt.»

Zur Einweihung des neuen Hauses Unter den Linden, der Residenz des Grafen Alexander von der Mark, kam tout Berlin. Madame Rietz ließ es sich nicht nehmen, die Honneurs für den kleinen Grafen zu machen.

Die Honneurs für die kleine Gräfin Mariane und deren Brüderchen Wilhelm Rietz machte Hannes Rietz. Er bewegte sich formvollendet, unterhielt sich leutselig mit den vermögenden Kaufleuten, meist Lieferanten des Hofes, und zeigte voll Stolz den kleinen Wilhelm herum, jedermann auffordernd, die frappante Ähnlichkeit des winzigen Kindes mit dem Tresorier der Königlichen Schatulle festzustellen. Und jedermann stellte mit Vergnügen die Ähnlichkeit des Wilhelm Rietz mit Madame Rietz fest. Der Graf von der Mark erschien in einem Kostüm, das ihm gar lieblich stand, einer der Kosakenmontur ähnlichen Gewandung, zu welcher er mit freundlichem Anstand Pfeile und Bogen mitsamt einem Kantschu vorwies. Jedermann begriff die stadtbekannte Liebe des Königs zu diesem aufgeweckten Kinde, das so altkluge – oder frühreife – Antworten mit großem Charme zu geben wußte, als sei es gewohnt, daß auf jedes seiner Worte mit Andacht gelauscht wurde. Wilhelmine führte ihn mit mütterlichem Stolz vor als den eigentlichen Herrn in seinem ihm angestammten Haus und überließ ihn dann der Fürsorge der Mutter Encke, die sich mit dem kleinen Grafen besonders gut verstand.

Das kalte Buffet war von unübertrefflicher Güte, es wurde von der liebreizenden Christiane von Schönberg verwaltet, deren Gatte mit diskretem Stolz auf seine anmutige junge Frau ihr in bezug auf die Getränke beiseite stand. Sie kamen alle, alle die alten Freunde, die beiden Brüder Gualtieri selbstverständlich, ja, es kamen neue Freunde hinzu: So kam ein junger, als tollköpfig verschriener Lord Templeton, es kam der Bankier Caesar mit seiner vierzehnjährigen Tochter Pauline, und diese in Begleitung einer ebenso jungen und pikanten Jüdin, der kleinen, aparten und höchst geistreichen Rahel Levin, deren geschwinder, wenn auch noch kindlicher Witz, Wilhelmine sofort entzückte. Die beiden jungen Mädchen erlebten an diesem Abend ihre erste Einführung in die große Gesellschaft von Berlin.

Es kam natürlich der dicke Schmits, diesmal mit der beliebten und berühmten Künstlerin Baranius, von der alle Welt schwärmte und um die sich der Kämmerer Rietz besonders kümmerte; es kamen die Großherren des Handels, Cohen und Schickler und Bernhard, es kam natürlich der nun stadtbekannte Arzt Dr. Heim, den Wilhelmine übrigens sofort beiseite zog und ihn über ein so seltsames wie unangebrachtes Thema konsultierte, wie es die ‹galoppierende Schwindsucht› war.

Und wer kam noch? Ei potz! Graf Schmettau kam, die alte Kriegsgurgel, strammschenkelig und überlaut die ganze Gesellschaft beherrschend, er kam, gestützt auf den Prinzen Louis Ferdinand, Sohn der Frau Prinzessin Ferdinand, geborenen Markgräfin von Schwedt.

Graf Schmettau war noch ganz der alte, unverwüstlich in der Laune und offen von Natur. Er hatte, wie er schallend Wilhelmine erzählte, ohne die Augen von dem Knaben Louis Ferdinand zu lassen, in der Ungnade des ‹ollen Fritzen› den Abschied genommen und war wiedergekommen, um unter dem neuen König wieder in die Armee einzutreten. «Hab ich mein Mütchen nicht am großen König kühlen können – so hab ich eben mein Blütchen an kleinen Prinzessinnen gekühlt», sagte er voll Übermut und drehte den Knaben Louis Ferdinand dreimal um sich herum, gleichsam um ihn von allen Seiten bewundern zu lassen, indes sich der junge Prinz ihm lachend entwand und eifrig auf zwei kleine Schönheiten zusteuerte, auf Pauline und Rahel, die sofort bei seinem Erscheinen begonnen hatten, das zu tun, was einem *on dit* zufolge in Weimar der angebetete Dichter Johann Wolfgang von Goethe ‹Äugelchen machen› nannte.

Und dann kam – Wilhelmine hatte sich gerade auf eine Causeuse niedergelassen und hielt Hof mit ihren Anbetern – plötzlich ein junger Mann in das Fest gestürzt, ein bleicher junger Mann in einer Art Samtjacke, mit einem komischen Barett auf dem wirren Haar und kotigen Hosen. Niemand kannte ihn, er kannte offenbar niemanden – er sah sich wirr im Raume um, dann stürzte er auf Wilhelmine zu und rief: «Ich will Sie aushauen . . .!»

Schon nahten sich bestürzt Hannes und die kräftigsten der Gäste, besonders bedrohlich Graf Schmettau und besonders eifrig Lord Templeton – doch Wilhelmine, ohne ihre reizende Stellung auf der Causeuse zu ändern, fragte lächelnd: «Oh, was habe ich Ihnen denn getan??»

Der junge Mann sagte: «In Marmor!»

Wilhelmine fragte: «Warum?»

Der junge Mann rief mit einer Inbrunst, die alle von seinen besten Absichten überzeugte und die Meinung aller ausdrückte: «Sie sind so schön!»

In das begeisterte Applaudieren hinein fragte Wilhelmine: «Sie wissen, was schön ist? Haben Sie einen Schatz?»

Da errötete der junge Mann, blickte rundum in lachende Gesichter, wandte sich plötzlich um und stürzte, wie er gekommen war, wieder davon.

Doch Wilhelmine erhob sich sofort und eilte ihm nach. Sie fand ihn auf der untersten Treppenstufe zum Ausgang des Hauses sitzen, den Kopf tief in die Arme vergraben. Sie setzte sich neben ihn und legte ihm den Arm um die Schultern.

Sie wartete.

Jetzt blickte er auf und sagte wie erklärend: «Weil ick nämmlich wirklich jrade jeheiratet hab!!»

Wilhelmine betrat Arm in Arm mit dem jungen Bildhauer Johann Gottfried Schadow den Saal, stellte den begabten Künstler jedermann vor, der ihm nützen konnte, zuerst Langhans, dann aber auch dem dicken Schmits, dem sie den neuen Gast überließ, und der sich mit ihm über den Preis von Marmor und den seiner Kunst unterhielt. Und es kam ein distinguierter Fremder, ein stattlicher Mann mit blatternarbigem Gesicht und klugen, aber kalten Augen, ein Graf Mirabeau, ein französischer Journalist, der nicht nur mehrere Gazetten in Paris, sondern auch den Herzog von Orléans mit seinen Berichten vom Berliner Hof bediente. Wilhelmine hatte ihn nicht eingeladen, sie lud niemals ein, ihr Haus war für jedermann offen, aber es freute sie doch, daß dieser von seiner eigenen Gesandtschaft verleugnete Mann ihr Haus als den preußischen Hof zu betrachten schien.

Und es kam *last*, doch niemals *not least*, die Herzogin von York, ‹ganz Engländerin in Ansehung des Geschmackes, der Grundsätze, der Sitten, so daß ihre beynahe cynische Unabhängigkeit mit der Etikette der deutschen Höfe den unwahrscheinlichsten Abstand macht›, wie Mirabeau notierte. Lord Templeton hatte sie mitgebracht.

Die Herzogin von York war in Begleitung ihres Sohnes, des jungen künftigen Erben des Herzogtitels, erschienen sowie mit Prinzessin Friederike, die aus mandelförmigen und funkelnden Augen das Betragen des jungen Herzogsohnes beobachtete, der, ein mächtiger Jäger, berühmter Trinker, unermüdlicher Lacher, wie man sagte, ohne Anstand und Feinheit, jedoch voller Lebenslust nach vielen Ausschweifungen jetzt Neigung bezeigte, seine Beziehungen zum weiblichen Geschlecht durch eine Ehe mit einer deutschen Prinzessin in dem Maße zu ändern, das ihm diese zuzubilligen gewillt war.

Aber Prinzessin Friederike vermochte sich kaum der glühenden und verzehrenden Blicke zu erwehren, die ihr der tolle Gualtieri zuwarf, indes sein Bruder in diesem Verhalten neue Hoffnungen auf Wilhelmine zu schöpfen schien.

Es kam, ja, es kam – o welche Erinnerung an schöne Tage vor fünfundzwanzig Jahren – der Königliche Kaufmann Greve aus Hamburg, immer schon ein stattlicher Herr, nun voll weißhaariger Würde, mit einer Burgundernase und stattlichem Embonpoint, der von einer Lockerung des preußischen Merkantil- und Monopol-Systems gehört hatte, mit seiner Gemahlin, einer vollreifen, sehr blonden Dame voll kühler Grazie. Sehr bald plauderte Herr Greve mit dem Kommerzienrath Schmits und den Herren Caesar, Cohen und Schickler – indes sich Graf Schmettau der kühlen Blonden näherte, um sie zuerst zu dem Buffet zu geleiten, dann aber in ein entlegeneres Zimmer, beim Gehen seinen strammen Schenkel an ihren molligen pressend, so daß Madame Greve ein verräterisches Zittern nicht zu unterdrücken vermochte.

Lord Templeton unterließ es nicht, Wilhelmine abermals einen ‹gottverdammten› Heiratsantrag zu machen und überließ sich dann so lange den auserlesenen Weinen, bis ihn eine große Betrübnis überkam.

Seine Majestät der König von Preußen kam leider nicht.

Wilhelmine strich voll einer inneren Unruhe durch die Räume, sie fand den dicken Schmits am Buffet, wo er sich an Forellen delektierte, die, in Gelee eingekocht, ihm mit einem schelmischen Lächeln der Frau von Schönberg angeboten wurden – daneben leistete Hannes Rietz der Baranius den gleichen Liebesdienst, und jetzt gesellte sich der Graf Mirabeau hinzu, sich selbst mit einer Forelle bedienend. Wilhelmine hörte im Vorbeigehen ihn mit dem dicken Schmits über die ‹holländischen Angelegenheiten› reden, von denen sie nichts weiter wußte als das, was die *Berlinischen*

Nachrichten darüber geschrieben hatten unter dem Titel DUNKLE WOLKEN BALLEN SICH AM HORIZONT . . .

Dann aber gesellte sich Graf Mirabeau ihr zu und begann das Gespräch ziemlich geradezu: «Die Fräulein von Voß . . .» sagte er, und Wilhelmine unterbrach ihn sofort: «Sie kennen das Fräulein von Voß?»

Mirabeau erwiderte: «Ich habe mir Kenntnis von ihrem Charakter verschafft! Sie hat einigen natürlichen Verstand, einige Kenntnisse, mehr Raserei als Begierden, eine sehr merkbare Schiefheit, welche sie durch den Anschein von Naivität zu verbergen sucht; sie ist garstig . . .»

«O nein, garstig kann sie nicht sein!» rief Wilhelmine.

Doch Graf Mirabeau wiederholte kalt: «Sie ist garstig, und zwar in einem hohen Grade; statt aller Reize hat sie eine Bauernfarbe, die ich übrigens mehr bleich als weiß gefunden habe. Man sagte mir, ein Gemisch von Ausgelassenheit, die einzig in ihrer Art sein soll und die sie mit dem Schein einer unschuldigen Unwissenheit zu vereinbaren sucht, und von vestalischer Sprödigkeit, haben den König verzaubert. Die Fräulein von Voß, welche es lächerlich findet, eine Deutsche zu sein, und die ziemlich engländisch sprechen kann, treibt die Anglomanie bis zum Ohnmächtigwerden . . .» – hier zitterte des Grafen Stimme vor Empörung – «und glaubt, daß es zum guten Ton gehöre, die Franzosen nicht zu lieben!!»

Wilhelmine sagte langsam: «Ich liebe Frankreich! Ich habe ein sehr glückliches Jahr in Paris verbracht, in der Familie des Kommandanten der Bastille, Monsieur de Launay . . . kennen Sie ihn?»

Graf Mirabeau erwiderte: «Er ist mein Freund – und auch der Ihre!»

«Nehmen Sie», sagte Wilhelmine, «kosten Sie von dieser Leberpastete, sie ist nach einem französischen Rezept zubereitet!»

Graf Mirabeau kostete und sprach: «Die Pastete ist recht gut! Übrigens hat die Familie der kostbaren Jungfrau in Schönhausen erklärt, sie werde das gute Kind an den erstbesten Edelmann verheiraten, man spricht von einem Herrn, der demnächst als Gesandter nach Schweden gehen soll – wenn der König nicht endlich auf die Bedingungen eingeht!»

Fortan schwebte Wilhelmine mit einem stillen und beseligten Lächeln durch die Räume.

Nach dem Souper spielten die Musikanten der Königlichen Hofkapelle auf; unter ihnen saß, unscheinbar, aber glücklich und von Zeit zu Zeit von Herrn Erz- und Geheim-Kämmerer höchstpersönlich mit scharfen Getränken gelabt, Elias Encke und blies wacker das Waldhorn, indes Mutter Encke den kleinen Grafen Alexander von der Mark mit Konfitüre vollstopfte und dann in die Küche führte, um ihn dort, da er sich an den Resten in den herumstehenden Champagnergläsern zu sehr geletzt hatte, von einigen Unsauberkeiten zu befreien. Man trank, man lachte, man tanzte, wo Graf Schmettau war, wurde auch gepotzt. Lord Templeton und der künftige Herzog von York fochten, zum Vergnügen der Herzogin und Friederikens, einen Faustkampf aus. Der junge Schadow schritt stieren Blicks auf Christiane von Schönberg zu und versprach, sie auszuhauen.

Da der charmante kleine Prinz Louis Ferdinand sich im Augenblick nicht zu entscheiden vermochte, welche der beiden jungen Mädchen er mit seiner Gunst beehren solle, verabredete er sich mit beiden – allerdings mit Pauline zuerst, Rahel hob er sich für später auf. Es war ein gelungenes Fest, von dem man noch lange sprach. Prinz Heinrich, dem davon berichtet wurde, ergänzte: «Da sieht man es – kaum ist die Person wieder im Lande, da macht sich großmäulig das Parvenuetum in Preußen breit!»

Und der Kronprinz sagte zu seiner Mutter: «Große Schweinerei das! Friederike mitmachen! Das der König nicht dulden sollen!»

Als Wilhelmine lange nach ihren letzten Gästen das Haus Unter den Linden verließ, graute der Morgen. Kaum war sie vor ihrem Charlottenburger Haus vorgefahren, winkte ihr Minette lebhaft zu, legte dabei aber den Finger auf den Mund und zeigte nach dem Schlafzimmer Wilhelminens.

Dort lag der König auf dem Bett, er hielt die Kopfrolle umklammert und schlief.

Wilhelmine war nicht müde, keineswegs, eine durchwachte und durchtanzte Nacht machte ihr niemals etwas aus. Aber sie war ein wenig betrunken und fühlte sich von einer Gehobenheit über alle Sorgen und in einer Leichtigkeit des Denkens, daß ihr vorkam, alles sei in bester Ordnung. Deshalb war sie nicht sehr erstaunt, den König in ihrem Bett vorzufinden, es war einfach alles wie früher, es gehörte sich gewissermaßen so. Er war zu ihr heimgekehrt? Nun, sie hatte niemals daran gezweifelt, daß dies geschehen werde – er hatte genug von dummen Bedingungen und frechen Forderungen, genug von perfiden Drohungen und spröden Jungfrauen, die nur an ihre Fortune dachten. Ade, Jungfrau von Schönhausen, geh ab mit deinem Edelmann nach Schweden – der König schläft in meinem Bett!!

Also begab sie sich trällernd in ihr Spiegel-Bad, in dem bereits Minette dabei war, mit raschelnden Röcken zwei Zuber heißes Wasser in den Holzbottich zu gießen. Summend ließ Wilhelmine ein Kleidungsstück nach dem anderen achtlos fallen, in leichten Gedanken hin- und hergehend, bis die Wanne gefüllt war. Minette wischte noch einmal rasch und sorglich mit ihrer Schürze einige Spiegel ab, sie von dem lästigen Dampf zu befreien, und ging.

Gerade streckte Wilhelmine einen Zeh in das Wasser, zu prüfen, ob es nicht noch zu heiß sei, da sah sie im Spiegel den weißen, fülligen Leib des Königs hinter sich stehen. Unwillkürlich schützte sie sich, mit den Händen ihre Blößen deckend, aber ihre sonsthin lockende Geste war echt, sie war überrascht. Sie fuhr mit dem Kopfe herum und sah das Gesicht des Königs. Sie floh, und wiederum war die Flucht echt.

Dies Gesicht hatte der Geliebte ihr nie gezeigt.

Der weiße Schatten stürzte sich auf sie und war kein Schatten mehr, sondern der Körper eines wilden Tieres. Sie taumelte, sank zu Boden, kämpfte unwillkürlich.

Der König keuchte, sie kannte dies Keuchen, es war stets verbunden mit einem die Geliebte preisenden Wort, ihren Namen manchmal nur. Der König preßte sie an sich und schrie: «Ceres . . .!»

Wilhelmine machte sich augenblicks in einem spontanen Akt des Schreckens frei, sie strengte alle Kräfte ihres Körpers an, um den König von sich zu schleudern, sie schnellte hoch und floh, ihre Kleidungsstücke zusammenraffend.

Der König hatte sich aufgerichtet und starrte sie an. Wilhelmine zwang sich zu dem einen, was gesagt werden mußte. Sie sagte kalt und ruhig: «Mein Herr und Gebieter! So geht das nicht! Geh zu ihr, geh zu der Frau, die du haben willst! Geh sofort! Schnell! Heirate sie! Tu, was sie will!»

Sie zog am Klingelzug, Minette herbeizurufen.

Der König sagte voll Staunen: «Das sagst du . . .? Du . . .?»

«Ja», sagte Wilhelmine, «das sage ich! Und ich sage es nicht, um dir gefällig zu sein, ich sage es, weil ich an mich denke, einzig an mich!»

Sie begann, sich in Ruhe in ihren Morgenmantel zu hüllen, ihre Hände zitterten nicht, nicht ihre Stimme. Sie sagte: «Soll ich in deinen Armen ihren Namen hören? Immer und immer wieder, solange du nicht in ihren Armen gelegen hast? Du sollst lieber mit ihr glücklich sein, einmal, so oft du willst und sie es erträgt – als daß du immer, wenn du bei mir bist, nur sie begehrst! Das ertrüge ich nicht, das will ich nicht ertragen! Geh! Und ich werde auch gehen. Was kann ich noch für ein Glück erwarten bei dir?»

«Ich soll . . .» stotterte der König, «ich soll . . .?»

«Ja, du sollst gehen! Nimm keine Rücksicht auf mich, nicht auf die Kinder – ich bin wieder da, wenn du mich rufst – wenn du *mich* rufst, und niemand anderes!»

Sie ging aus dem Zimmer, und sogleich erschien Minettchen, dem König behilflich zu sein, sich anzukleiden.

Minettchen weinte, der König bemerkte es nicht. Der König ließ sie an sich hantieren, er hatte es eilig, er sagte nur beim Hinausgehen: «Den Hannes . . .! Meine Pferde . . .!»

Sobald der König gegangen war, stieg Wilhelmine ins Bad. Sie lag unbeweglich im Wasser, bis sie ganz aufgeweicht war, sehr nüchtern und sehr hungrig.

Das mandeläugige Friederikchen hatte das Fest im Haus Unter den Linden recht genossen. Nun lag sie in ihrem Bett, jedoch nicht allein – eng umschlungen lagen Friederike und Julchen Voß und die kleine, aparte Viereck, jüngste Hofdame bei der Königin, da, während Friederike mit glitzernden Augen erzählte, von Schmettau und dem Prinzen Louis Ferdinand, von Lord Templeton und dem künftigen Herzog von York, von dem jungen Bildhauer Schadow und den glühenden Augen des ‹tollen› Gualtieri, und schließlich und endlich natürlich auch von ‹Madame Rietz› und dem, was sie anhatte, ein wunderbares Kleid aus fließender, chinesischer Seide, untenrum sehr weit und obenrum unerhört offenherzig.

Als der König die Tür zu dem Zimmer aufriß, fuhren die drei Jungfräulein erschrocken hoch, dann zogen Julchen und die Viereck schleunigst die Decke über den Kopf – nur Friederike blieb, in die Kissen gelehnt, sitzen, ihr seidenes Hemd war von ihrer Schulter geglitten.

Der König starrte auf die beiden rundlichen Konturen rechts und links von Friederike, die sich ein wenig dehnte und in ihrer prätentiösen Art sagte: «Der Sultan der Türkei pflegt in solchen Fällen der betreffenden Dame sein Schnupftuch zuzuwerfen ...!»

Der König riß mit einem Ruck die Decke weg und packte zielsicher die kostbare Jungfrau Ceres, er zerrte sie am Handgelenk aus dem Bett, dabei keuchte er aus tiefster Brust: «Julchen ...!»

Julchen brach in Weinen aus, aber Friederike lachte auf, sie sprang aus dem Bett, sie rief, eine fröhliche Bacchantin, während Julchen in ihrem langen, züchtigen Nachtgewand sich unter der Hand des Königs wand, mit klingender Stimme aus: «Sie sind dérangiert, mon cher Papa, rasieren Sie sich – und wir richten Julchen her wie eine persische Braut!»

«Schnell!» rief der König. «Schnell ...!» und stürzte aus dem Zimmer.

Als der König mit Julie aus dem Tor trat, vor dem Hannes bereits mit einer Kutsche stand, deren Fenster verhängt waren, wand sich das eingefangene Reh in einer Staatsrobe Friederikens, die der blassen, schmalen Schönen viel zu groß war; ihre Augen waren verquollen, Tränen rannen über die Wangen und verschmierten die etwas zu hastig aufgetragene Schminke – ihre Nase glänzte rot. Der König zerrte sein Opfer zum Wagen und verharrte einen Augenblick, bis der Geheim-Kämmerer Rietz murmelte: «Schloßkapelle Charlottenburg!»

Der König nickte, verpackte Julie in den Wagen und stieg hinzu.

In der Sakristei war der Hofprediger Zöllner schon beschäftigt. Er befaßte sich eingehend mit dem Gutachten des Consistoriums. Der Herzog von Weimar, ein Schwager des Königs, amüsierte sich über Philipp den Großmütigen. Die Herren Graf Finkenstein und von Bischofswerder flüsterten miteinander über ein Dokument, auf dem eine Reihe von Namen standen. Diese drei Herren waren die Trauzeugen, ausgesucht und zusammengeholt nach dem Verstand des Geheimen Kämmerers Rietz, und dies war ein praktischer Verstand. Der Graf sollte wohl die Fortune der kleinen Voß vertreten – der war ihr Onkel –, der grüne Visionnaire die Interessen des Königs, und der Herzog von Weimar, der sich sehr um Vermittlung in der delikaten Angelegenheit bemüht hatte, einfach so, aus reiner Lust an der Sache, mochte auch hier und jetzt begütigend wirken, falls es zu erneuten Schwierigkeiten kommen sollte.

Mit gerunzelter Stirn las der Hofprediger den Herren vor: «Die Priester des Hohen Consistoriums, befragt, wie man die Rechte des Himmels mit den Vergnügungen der Erde vereinigen sollte, haben die Sache dahin entschieden, daß es besser sei, den Genuß in einer außerordentlichen Heirat zu konzentrieren, als beständig von einer Schwachheit zur anderen zu irren . . .»

Der Herzog von Weimar lachte spöttisch, während die beiden anderen Herren steinerne Ruhe bewahrten.

Der Hofprediger faltete resigniert die Hände.

Der König, die Demoiselle Voß am Handgelenk, stand in der Sakristei, ehe es die kleine Gesellschaft bemerkte; er sagte unwirsch: «Anfangen!»

Der Hofprediger erhob sich sofort, wenn auch äußerst indigniert. Der Herzog von Weimar lachte: «So eilig?», kniff die sich vor Verlegenheit windende Julie in die Backe und fügte hinzu: «Kann ich verstehen!»

Der Graf Finkenstein räusperte sich und sagte kalt: «Es muß vorerst in Einzelheiten etwas geklärt werden.»

Der Herr von Bischofswerder nickte dem König aufmunternd zu. «Der wichtigste Punkt», sagte der Graf, «Madame Rietz . . . Sie ist noch in Charlottenburg?»

Der König erwiderte: «Und da bleibt sie auch!» Der Graf schien erstaunt.

Der Herr von Bischofswerder sagte mit leiser, aber wohllautender Stimme: «Sollte da nicht ein finanzielles Arrangement möglich sein?»

Der Graf fragte: «Für wen?»

Der König sagte: «Hunderttausend Thaler Apanage mehr für . . .» er blickte zu Julie, und sein Auge schimmerte.

«Zweimalhunderttausend», sagte der Graf.

«Kann diese Summe nicht auf die Jahre der glücklichen Ehe verteilt werden? Viertausend allmonatlich . . .?» fragte der Herr von Bischofswerder.

«Zweimalhunderttausend sofort!» sagte der Graf.

«Das wären also viermalhunderttausend», sagte der Herzog.

Einen Augenblick war alles still.

Bischofswerder begriff als erster. Er sagte: «Ihre Majestät die Königin hat sich im Falle der Verehelichung Eurer Majestät mit . . . ich darf wohl vermuten, der Gräfin Ingenheim . . .?» Der König murmelte: «Noch nicht sogleich!» Der Herr von Bischofswerder setzte fort: «. . . eine Erhöhung ihrer eigenen Apanage um die gleiche Summe ausdrücklich ausgebeten . . .»

Der König sagte: «Kann ich das überhaupt?»

Der Herr von Bischofswerder verneigte sich tief: «Sie sind der König, Sire . . . oder nicht?» – eine Redensart, deren er sich neuerdings oft bediente.

«Also gut!» sagte der König.

Der Herzog von Weimar lachte: «Madame Rietz ist Ihnen teuer, mon Cousin, nicht wahr?»

Der König drehte sich um: «Anfangen!»

Doch da war in aller Schnelle noch ein Staatsakt zu erledigen: die Liste mit den Namen, einem Schock von Namen aus den adeligen Familien des Landes, vornehmlich aber des Hofadels. Um die Monarchie besonders verdiente Edelleute sollten anläßlich des ungewöhnlichen Ereignisses in ihrer Ehre um einen entsprechenden Rang erhöht werden.

«Was kostet das?» fragte der König, indem er ungeduldig die Liste überflog.

«In diesem Fall nichts als Euer Majestät Unterschrift», sagte Bischofswerder.

Der König blickte unschlüssig zu Hannes Rietz. Der Geheime Kämmerer und Tresorier der Königlichen Schatulle nickte dem König aufmunternd zu. Er hatte die Liste gesehen und genehmigt.

Der König unterschrieb.

Es waren allein dreiundzwanzig neue Grafen dabei.

«Sie verstehen mehr, als Kleider ausklopfen», sagte der Herzog von Weimar zu Hannes Rietz. Hannes grinste. Der Herzog grinste. Auch die anderen Herren – außer dem König – grinsten. Jedermann wußte, daß der Herzog nach Potsdam gekommen war, um General in der preußischen Armee zu werden.

Die morganatische Trauung des Königs Friedrich Wilhelm II. von Preußen mit Julie (eigentlich Amalie Elisabeth) von Voß fand in der Schloßkapelle von Charlottenburg statt und dauerte drei Minuten.

Der redegewaltige Hofprediger Zöllner sprach nicht mehr, als zur Zeremonie unbedingt notwendig war.

Bevor der König, Julie immer noch am Handgelenk gefaßt, als sei sie an ihn gefesselt, die Kapelle verließ, sagte er zu den Trauzeugen: «Ich danke Ihnen, meine Herren!»

Dann drehte er sich noch einmal um und sagte zum Herzog von Weimar: «Auch Ihnen, Herr General-Lieutenant!»

Er knallte die Tür zu.

Und ging zur Kutsche mit den verhängten Fenstern. Sie sauste mit dem glücklich vermählten Paar zum Haus des verewigten Lord Marishal Keith in Sanssouci.

Wilhelmine wartete.

So gewiß war sie sich der Dinge, die den König im Bett der bleichen Julie erwarteten, daß sie selber sich Abend für Abend salbte und auf der dunkelrot-samtenen Decke lag – alle Kerzen waren angezündet.

Aber der König kam nicht.

An seiner Stelle kam Hannes Rietz. Wilhelmine war sich vollkommen über die Rolle klar, die Hannes bei dieser Affaire gespielt hatte. Sie fertigte ihn in der Küche ab, in der Mutter Encke und Minettchen Horst wirtschafteten – Minettchen blickte den Hannes vorwurfsvoll von der Seite an und schnupfte von Zeit zu Zeit heftig auf.

Hannes, mit den Augen eines sich seiner Schuld bewußten Hundes, überreichte Wilhelmine ein Zettelchen des Königs. Friedrich Wilhelm schrieb ihr mit krakeligen Buchstaben, er habe ihr für ihre Kinder die Güter Lichtenow, Roßwiese und Berckholzen in der Neumark gekauft.

«Was soll das?» fragte Wilhelmine.

Hannes erwiderte bescheiden, jedoch mit dem verräterischen Blick eines geheimen Einverständnisses, Seine Majestät befände sich in einer Stimmung, in der es ein leichtes sei, ihn zu bewegen, der verehrten Madame Rietz gar die ganze Markgrafschaft Schwedt zu schenken, die gerade mit dem Tode des letzten Markgrafen an die Hohenzollern zurückgefallen sei.

«Auch das», sagte Wilhelmine scharf, «wäre noch kein Ersatz für das, was ich vom Königе erwarte!»

Aber sie begab sich doch in Paskels Laden, wo sie ihre treuesten Anbeter traf. Doch probierte sie diesmal keine Handschuhe, sie suchte sich vielmehr derbe, ländliche Gewänder aus, ‹härene› Gewänder, wie der dicke Schmits witzelte. Wilhelmine warf ihm einen bitterbösen Blick zu, ihre Mundwinkel zuckten, und sie nahm noch einige Kopftücher hinzu, wie sie eben die Bauernweiber bei der Arbeit trugen, doch waren es seidene Kopftücher in den schönsten Farbtönen.

Und sie fuhr in die Neumark, ihre Güter zu besichtigen.

Sogleich mußte sie feststellen, daß die Butter- und Eierabrechnungen unmöglich stimmen konnten; sie stellte den schlechten Zustand der Ställe und Wohngebäude fest, sie inspizierte das ‹federpfie› und die Kühe auf der Weide, besprach mit Gualtieri die Möglichkeiten, diese kleinen Höfe wieder ‹propper› zu kriegen und verteilte sie an die Kinder, wobei sie das größte, Lichtenow, für den kleinen ‹Lelle› Rietz bestimmte, das heitere Roßwiese für Mariane und endlich das winzige Berckholzen mit seinem lichten Kiefernbestand für Alexander, der ja schon das schöne Haus Unter den Linden besaß.

Und in erbitterten Gesprächen mit Gualtieri verteidigte sie das Verhalten des Königs in eben jenen ‹holländischen Angelegenheiten›, die als dunkle Wolken am politischen Horizont standen, und die den König bewogen haben mußten, seine ganze Zeit und Aufmerksamkeit diesem Problem zu widmen.

Gualtieri widersprach. Gewiß, Wilhelm von Oranien und Erbstatthalter der Niederlande, der von seinem lieben, aber manchmal unbequemen Volk abgesetzt worden war, hatte eine Schwester Friedrich Wilhelms geheiratet – aber eine, die nicht mit dem König aufgezogen worden war, die er kaum kannte, und die in den Niederlanden trotz der dortigen Unruhen bestens aufgehoben schien. Gualtieri wußte genau, daß sowohl Bischofswerder und Wöllner, wie überhaupt jedermann dringend dem König abgeraten hatten, sich um die holländischen Angelegenheiten zu kümmern – es war ganz unverständlich, daß Preußen plötzlich seine Finger in den Hexenkessel der Niederlande steckte.

Wenn also – so argumentierte Wilhelmine – der Laubfrosch und der Tintenfisch dem König abgeraten hatten, was blieb übrig als der Gedanke, der König sei einfach davongelaufen, von Julie fortgelaufen und direkt in den Krieg hinein – ein Gedanke, an den sich Wilhelmine klammerte und der ihr sogar eine gewisse Befriedigung vermittelte.

Und da sie selber an den Dingen nichts zu ändern vermochte, in denen der König bis über den Kopf steckte, schickte sie ihm, wähnend, es werde ihn wohltätig an sein Linchen erinnern, und Holland sei eine sehr feuchte Gegend, die Botschaft: ‹Sire, tragen Sie Korksohlen in Ihren Schuhen oder wollene kleine Socken, was noch besser ist, ich selbst will sie Ihnen stricken ...!›

Und wartete weiter, durch nichts in ihrer Hoffnung zu erschüttern.

Vierundzwanzigtausend Mann preußischer Truppen marschierten unter dem Herzog von Braunschweig und unter den Augen ihres Königs nach Holland – sie stießen auf keinen Widerstand, sie setzten den Erbstatthalter nebst Frau Gemahlin wieder ein und marschierten, in der gleichen Ordnung und Akkuratesse wie eine gut geölte Maschine, wieder ab.

Der König von Preußen erließ den Holländern sogar großmütig die Kriegskosten.

Und Wilhelmine wartete.

Aber der König kam nicht.

Es kam Hannes, den kleinen Alexander abzuholen, der während der dunklen Wolken am Horizont mit seinen Geschwistern bei Wilhelmine in den Gärten jenseits der Steinbrücke gespielt hatte.

Wilhelmine sah Hannes, ihre Verzweiflung verbergend, gestrenge an. Sie fragte: «Was geschah in jener Nacht?»

Hannes wußte genau, welche Nacht sie meinte. Aber sein Gesicht war steinern. Er sagte: «Ich habe die Lampe nicht gehalten in jener Nacht!»

Er flüchtete in den Spielgarten und suchte nach dem Kind. Er fing den tollenden Alexander ein, der erst mitkommen wollte, als Hannes ihn lockte: «Der König erwartet dich – Vati ...!»

Wilhelmine blieb mit verkrampftem Herzen zurück. Sie prüfte sich: War es der Schmerz um die vergebliche Hoffnung auf eine Rückkehr des Geliebten oder um die Hergabe des Kindes? Der kleine Alex war ein lebhafter, fast wilder Knabe, aber von einem jede Schwierigkeiten überwindenden Charme und vermochte, wenn er zärtlich wurde, ihr Herz vor Liebe erbeben zu machen. Alle sagten von ihm, er wäre zauberhaft. Und gerade dies Wort war es, vor dem Wilhelmine zurückschrak. Zauber! Da waren sie wieder, die Mächte, die den König regierten und die sich ihr verweigerten! Wilhelmine rannte dem Knaben nach, der bereits auf den Bock der Kutsche geklettert war und mit der Peitsche knallte. Sie riß ihn noch einmal in ihre Arme und flüsterte ihm ins Ohr: «Sag dem Vati, er solle mit dir zur Mutti kommen! Sag ihm, es sei dein größter Wunsch!»

Und Alexander blickte sie plötzlich mit einem Wissen an, das ihr unheimlich erschien; er sagte mit einer Stimme, welche die ersten Anzeichen des Stimmbruchs aufwies: «Na klar!» und setzte fort, während sein Gesicht zu einem Lächeln aufstrahlte, das ungemein vieldeutig war: «Er tut ja alles, was ich will!»

Wilhelmine wartete.

Jetzt salbte sie sich des Abends nicht mehr. Sie kroch mit ihren beiden Kindern, Mariane und dem ‹Lellchen›, ins Bett und lag dort zusammengekrümmt und weinte, bevor sie einschlief.

Am Morgen des 1. August 1787 hörte Wilhelmine Hufschlag und Räderrollen im Garten. Das mußte der König sein, nur er ließ den Wagen durch das Tor an der Straße fahren.

Wilhelmine eilte, ihn zu empfangen, aber im Vestibül kam ihr Hannes entgegen, bleich und mit erhobenen Händen.

Der kleine Alexander war tot.

Minette und Mutter Encke hörten Hannes rufen, sie kamen und sahen Wilhelmine auf dem Boden liegen. Sie eilten und wuschen die Ohnmächtige mit Essig. Auch sie erfuhren, was sich begeben hatte. Der Knabe war, im Garten seines Hauses Unter den Linden spielend, von einem ‹plötzlichen Gallenfieber› ergriffen, tot umgefallen und von seinem besorgten Gouverneur Chappuis und dessen Frau sofort in das Haus gebracht worden.

Hannes brachte Wilhelmine in rasender Fahrt nach Berlin. Sie saß neben ihm auf dem Kutschbock des Wagens, er fühlte von Zeit zu Zeit, wie ihr Arm zitterte, in merkwürdigen Wellen. Doch ihr Gesicht war kalt beherrscht und wenn auch bleich, so doch unbewegt. Der König saß völlig niedergedrückt an der Bahre des Kindes, einer schnell mit einem Laken bedeckten Causeuse, als Wilhelmine eintrat. Hinter dem König stand Bischofswerder, ein düsterer Schatten mit tief ergriffenem Gesicht.

Wilhelmine warf sich über das Kind, dann glitt sie von dem kleinen, starren Körper ab und sank ohnmächtig zu Boden.

Bischofswerder beugte sich über die Liegende, öffnete ihr das Mieder, behorchte und beklopfte sie, sah zum unbeweglichen König auf und sagte: «Beruhigen Sie sich, Sire ...! Das ist keine Ohnmacht! Das ist die kalte Annäherung der Geister!» Der König blickte erschrocken auf.

Da sagte Wilhelmine, sich erhebend, mit harter Stimme: «Beruhigen Sie sich, Herr von Bischofswerder – ich bin bei Ohnmachten immer kalt, auch ohne Geister!»

Der König bewegte sich nicht. Er starrte sie aus toten Augen an. Unbeweglich stand auch Bischofswerder.

Wilhelmine strich ihre Kleider glatt, den Blick auf den König gerichtet. Sie trat dicht an die Bahre heran, so daß der König sie und das tote Kind zusammen sehen mußte, und sagte mit einer Stimme, die Bischofswerder nicht als die ihre zu erkennen vermochte: «Dies Kind ist vergiftet worden!»

Der König rührte sich nicht.

Auch Bischofswerder blieb starr – endlich winkte er Wilhelmine, zu gehen.

Und sie ging.

Noch am selben Tag fuhr sie mit Mariane und ‹Lelle› Rietz nach dem kleinen Hof Lichtenow und richtete sich dort ein. Niemand begleitete sie.

Die Frau Oberhofmeisterin von Voß schrieb in ihr Tagebuch:

‹20. August. Julie schreibt, daß sie sich eine Stiftsstelle kaufen wollte und bittet um vierzehn Tage Nachurlaub; die alte Königin weiß nicht, was sie davon denken soll. Trotz allem Vorgefallenen ahnt sie nichts.

1. September. Ein heute eingetroffener Brief meiner armen Nichte an die Königin-Witwe bittet um ihren Abschied und sagt, sie habe eine Stelle im Stift Wolmirstedt gekauft. Der König hat sie in Potsdam etablieren wollen und tat es doch nicht.

6. November. Julie hat den Namen Gräfin Ingenheim bekommen. Die Arme schreibt mir, sie fühle sich sehr unglücklich, wie schrecklich leid thut sie mir.

11. Januar 1788. Ball beim König, wo der Kronprinz Julie zum erstenmal als Gräfin Ingenheim sah, was für beide ein sehr unangenehmer Augenblick war.

21. Dezember. Die Ingenheim bat mich sehr, in der nahenden Stunde ihr beizustehen, auch der König bat mich am folgenden Tag darum, und ich brachte es nicht über das Herz, nein zu sagen.

2. Januar 1789. Julie bekam heute einen Sohn, der König war da und freute sich sehr.

4. Januar. Das Kind wurde getauft, der König hielt es selbst über die Taufe, es heißt Gustav Adolf Wilhelm Graf Ingenheim; der König war fast den ganzen Tag bei der Kranken.

24. Februar. Julie hat Fieber mit Husten, sie ist auf und geht aus, aber sie gefällt mir nicht.

25. März. Ganz plötzlich heute abend um 8 Uhr verschied die arme Julie, es kam über sie wie ein Anfall von Erstickung. Kein Mensch ahnte die nahe Gefahr, der König fuhr am Nachmittag nach Potsdam, ich ging gegen Abend zu ihr, aber die Prinzessin Friederike redete mir ab, zu ihr hineinzugehen, weil sie zu sehr angegriffen.›

Am 4. April 1789, dem Tag der Beisetzung der Gräfin Ingenheim, geborene von Voß, in der ländlichen Kirche in Buch bei Berlin, notierte die Frau Oberhofmeisterin von Voß: ‹Heute kam die bereits ernannte neue Hofdame der Regierenden Königin, Gräfin Sophie Dönhoff, hier an und ward dem Hof präsentiert.›

Langsam nur zuckelten die Pferde der hochräderigen Kutsche auf der Straße, die durch die ganze Neumark führte, immer weiter in die östliche Weite hinein. Die Straße war gut, auch für Kanonen befahrbar, sie hatte das Schlachtfeld von Zorndorf berührt, auf welchem der alte König Anlaß genug gehabt hatte, über die Mängel der östlichen Straßen zu klagen. Aber die Pferde waren müde, müde war auch der Kutscher mit dem blauen Zweispitz und der militärisch zugeschnittenen Kutschermontur. Im Sonnenglast flimmerten im Süden die Hügel, die den Netze-Bruch begrenzten, kaum ein Bauer war auf den Feldern zu sehen.

Dicht hinter der kleinen Ortschaft Friedeberg hielt der Kutscher an und deutete grinsend mit der Peitsche auf ein kleines Schild, einen schief hängenden Wegweiser, der an einem schmalen Feldpfad die Richtung wies. Rietz stand auf dem kleinen Schild. Doch der Wagen fuhr die Straße weiter. «Nun sind wir bald da!» sagte der Kutscher und trieb die Pferde an, die bei jeder kleinen Steigung der Straße in Schritt verfielen. «Nach Lichtenow, 1 Meile.»

Die Meile dehnte sich. Aufmerksam musterte der Insasse der Kutsche die Umgebung. Sie war einsam, mehr ließ sich kaum über sie sagen. Die Felder waren gut bestellt. Jetzt tauchten an einer Biegung der Straße Bäume auf, die von einer hohen Ziegelmauer umgeben waren. Langsam rollte die Kutsche an der Mauer entlang, aufmerksam spähten Kutscher und Passagier nach dem Tor: Da war es! Aus dicht gefügten Balken und verschlossen. Und neben dem Tor hing am Pfeiler ein Schild: Bissiger Hunt!

Der Kutscher hielt augenblicks an und wandte sich um. Er wies mit der Peitsche auf das Schild: «Das kann nur *sie* sein!» sagte er und grinste. Dann erhob er sich, um über das Tor zu spähen. In der Mitte eines Hofes balgten sich ein riesiger Dorfköter und ein kleiner, etwa vierjähriger Junge. Der Knabe hatte den zottigen Pelz des Tieres am Halse mit beiden Armen umfangen und wälzte sich mit dem Hunde auf dem Boden herum.

Der Kutscher rief: «‹Lelle› . . .!»

Der Knabe blickte hoch und rannte mit dem Schrei «Mama . . . Mama . . .!» in das Haus, indes der Hund mit wütendem Gebelfer auf das Tor losfuhr.

Gleich darauf hörten die Harrenden eine scharfe Frauenstimme rufen: «Nero, kusch!» und ein Schlüssel fuhr in das Schloß einer kleinen Seitenpforte.

In der Pforte stand Wilhelmine, an ihre Röcke waren der kleine ‹Lelle› gepreßt und die nun sechsjährige Mariane.

Wilhelmine sagte mit belegter Stimme: «Was will Er hier? Ich habe Ihn nicht hergebeten!»

Doch Hannes grinste und erwiderte: «Für ganz Preußen gilt der Wille des Königs – und für Madame Rietz nicht?»

Wilhelmine drehte sich um, gleich darauf öffnete sich das Tor, die Kutsche rollte in den Hof. Der Hund wedelte mit dem Schwanz.

Wilhelmine ging quer über den Hof ins Haus, ohne die Kutsche weiter zu beachten, aus welcher nun Dr. Heim stieg und Wilhelmine nachblickte. Sie hatte ein Tuch um den Kopf, ein leuchtendes Seidentuch, das zwar ihr Haar verbarg, aber ihr Gesicht gar lieblich umrahmte. Sie trug eines der ‹härenen› Gewänder aus Paskels Laden, ein schön geschnittenes, ländlich gemustertes Kleid aus derbem Stoff, und sie stapfte in großen Holzpantinen über die kotigen Stellen neben dem sauber geschichteten Misthaufen. An der Tür des Hauses, eines einstöckigen Wohnbaus in schlichten Linien, streifte sie die Pantinen ab und schlüpfte mit nackten Füßen in ein Paar Hausschuhe. Sie war die schönste Bäuerin, die Dr. Heim jemals sah, aber sie war eine Bäuerin. Der Hof war gefegt, die Geräte, Pflug und Egge, standen gerichtet im offenen Schuppen, sorgsam hingen Spaten, Schaufel, Sense, Rechen und Besen an ihren Haken nebeneinander – im Stall rasselten die Kühe mit ihren Ketten, Melkeimer standen blank auf dem Bock. Und die Hühner liefen im Hausflur herum.

Dr. Heim folgte Wilhelmine ins Haus, ohne dazu aufgefordert zu sein. Er wußte nicht einmal, ob sie ihn überhaupt gesehen hatte. Aber Hannes hatte den ‹Lelle› schon Huckepack genommen und Mariane lief hinter ihm her.

Im Zimmer stand Wilhelmine vor dem Spiegel in der Ecke. Sie nahm das Kopftuch ab, ihre Haare fielen geringelt über ihre Schultern. Dr. Heim trat hinter sie, er legte sein Kinn auf ihre bloße Schulter und sagte leise: «Ich sehe da die ersten Fältchen um die Augen! Sie haben viel geweint!»

Er spürte, daß sie erbebte, aber sie straffte sich sogleich wieder und sagte mit angerauhter Stimme: «Ich habe es verlernt, zu weinen, Gott sei Dank!»

Und augenblicks schossen ihr Tränen in die Augen. Sie versuchte, sie wegzuwischen, aber Dr. Heim hatte ihre Hände erfaßt, nun hob er sie vor ihr und sein Gesicht und sagte: «Die schönen Hände sind hart und rissig. Sie haben viel gearbeitet – und ganz allein!»

Wilhelmine lehnte sich an ihn, und wieder erbebte sie, was den Arzt und den Mann in ihm in einen kurzen Widerstreit versetzte – dem machte Wilhelmine ein Ende. Sie sagte: «Warum stören Sie mich auf? Ich war so glücklich hier, allein und im Frieden!»

Dr. Heim lächelte beherrscht: «Der Wille des Königs gilt auch mir!» sagte er.

Wilhelmine wand sich aus seinem Arm, sie setzte sich auf eine Holzbank am Kamin, sie wies ihm einen Platz am Tisch an, einem wuchtigen Tisch mit einer schweren Eichenplatte.

Von draußen drang das Geschrei der Kinder herein und das Geklapper der Holzpantinen der kleinen Mariane. ‹Lelle›, auf den Schultern des am Fenster vorübertobenden Hannes, schrie unentwegt: «Schneller, Onkel Hannes, schneller!»

Dr. Heim sah Wilhelmine bewundernd an. Diese Frau war konsequent, was auch immer sie tat, sie tat es ganz, sie nahm alles, was sie zu berühren vermochte, ernst. Kein Zweifel, ihre Zurückgezogenheit in die Einsamkeit und in die Arbeit dieses Hofes war ein Abschied von ihrem ganzen Leben, ein nüchterner und bewußter Entschluß.

Dr. Heim sagte leise: «Wilhelmine – ich bin Ihr Freund!»

Wilhelmine faltete die wirklich recht verarbeiteten Hände, so daß man die rissigen Finger nicht zu sehen vermochte. Sie erwiderte: «Ich weiß!» Sie setzte langsam fort: «Niemand sollte mich besuchen! Der da draußen nicht, den sie meinen Mann nennen, meine Mutter nicht, niemand – meine Freunde nicht ...»

Dr. Heim sagte: «Ich weiß! Sie haben sogar Gualtieri abgewiesen, vor dem verschlossenen Tor!»

Jetzt lächelte Wilhelmine ein wenig. «Gualtieri ...!» sagte sie. «War er sehr traurig?»

Dr. Heim sagte: «Wir waren alle sehr traurig. Sind es noch!»

Wilhelmine sagte wie versonnen: «Gualtieri ... ich durfte ihm nicht erlauben zu kommen – gerade ihm nicht!» Jetzt blickte sie den Arzt fest an: «Ich wäre weich geworden! Ich hätte ihm nachgegeben! Ich zitterte schon in Gedanken an ihn – ich träumte von ihm!»

Dr. Heim senkte den Blick. Das war ein Bekenntnis, das er nur als Arzt entgegennehmen durfte, nicht als ein Mann, der diese Frau mindestens mit der gleichen Glut zu lieben glaubte wie dieser Gualtieri. Dr. Heim beherrschte sich, er hatte immer viel zu tun gehabt, um die Zweiteiligkeit seines Ich Wilhelmine gegenüber zu behaupten. Aber er konnte nicht anders, er mußte fragen: «Und warum haben Sie das Glück mit ihm nicht gewollt?»

Wilhelmine sagte sofort: «Aber das müssen Sie doch verstehen! Um seinetwillen nicht! Es wäre doch eine Flucht gewesen, von mir zu ihm – er ist mir zu wert, als daß ich mit ihm leben könnte – und von einem anderen träumen ...!»

«Der König ist nicht gekommen!» sagte Dr. Heim.

Wilhelmine sagte: «Er konnte ja nicht kommen. Der König! Sein Wille gilt! Aber es war sein Wille nicht, daß ich von ihm ging. Diesmal war es der meine. Zwischen dem König und mir steht ein Wort, das er nicht verzeihen kann.»

Wilhelmine sprach schnell und wie in der Angst, der Arzt und Freund müsse sie verstehen, um ihr auch verzeihen zu können.

«Ich war ja nicht ich selber, als ich vor meinem toten Kinde stand, vor meinem Alex, der so starr lag, und vor meinem geliebten Mann, dem ein Stück seines Lebens gestorben war, seiner Liebe, alles dessen, was ihn edel machte – da konnte ich nicht anders, da war ich nicht in Trauer, da war es Haß, nichts als Haß, der mich erfüllte – Haß auf jene Frau . . . auf alle, die zu diesem Unglück beigetragen, daß ich nicht bei ihm sein konnte, bei meinem Geliebten in seiner Trauer, als unser Kind starb. Da sagte ich es, was nun für immer zwischen uns stehen muß – und ich wußte doch, im gleichen Augenblick: Es war nicht wahr, ich glaubte selber nicht daran, aber ich wollte ihn verletzen, auch ihn, der so starr vor unserem Kinde saß und keinen Blick hatte für mich und meinen Schmerz! Ich hatte danach gesucht, ja, wo ich ihn am meisten verletzen konnte, in seiner Liebe zu dieser anderen Frau, da wo er am ehesten verletzlich war – ich war ja so gemein . . . so gemein! Und als er mich gehen ließ, ohne ein Wort zu sagen, da wußte ich, daß ich ihn verloren hatte – selbst wenn er zu mir gekommen wäre, wenn er mir verziehen hätte – ich selber konnte mir nicht verzeihen!»

Wilhelmine sagte in die Stille hinein: «Verachten Sie mich, mein Freund! Ich habe dann hier auf nichts gewartet als auf den Tod dieser Frau. Ich habe nicht vermocht, Gott zu lästern und um ihren Tod zu flehen – das nicht, es war viel schlimmer! Ich wartete einfach darauf, nicht weil ich hoffte, der König werde zu mir zurückkehren, sondern weil es so sein mußte – mein Haß mußte einmal ein Ende haben!»

Der Arzt sah sie an, er sagte nichts.

Wilhelmine wartete. Dann legte sie plötzlich den Kopf auf ihre Arme und sagte dumpf: «Und dann starb sie wirklich, und so elend, das arme, arme Ding!»

Dr. Heim strich Wilhelmine sachte über den Scheitel. Er mühte sich, so leise zu sprechen, daß Wilhelmine ihn kaum verstehen konnte, er konnte ihr nicht viel sagen, was sie noch nicht wußte, und er wußte nicht, inwieweit das, was er sagte, sie berühren mußte.

Die morganatische Ehe des Königs mit der Gräfin Ingenheim war eine Katastrophe von der Hochzeitsnacht an, in welcher der König das Siegel nicht zu brechen vermochte, in der blassen Blonden aber einen Sturm von sexueller Leidenschaft weckte, die den König seine Schwäche desto empfindlicher spüren ließ, selbst wenn er in ihren Armen nach seiner Wilhelmine rief. Erst das tragische Ende des Schlachtopfers gab dem König wie allen anderen an der düsteren Affaire dieser Ehe beteiligten die Klarsicht in das eigentümliche Verhalten der armen Julie.

Wilhelmine mußte zugeben, daß ihr Verhalten dem König gegenüber in das Wissen um die Krankheit Juliens begründet war; sie hatte das Benehmen der ‹kostbaren Jungfrau› gründlich studiert, und Dr. Heim selber hatte die erkundeten Symptome in aller Harmlosigkeit zusammengefügt zum Bild dessen, was man ‹galoppierende Schwindsucht› nannte.

Der König fand den Weg zu Wilhelmine nicht zurück – so flüsterte Dr. Heim in das Haar Wilhelminens hinein –, weil er sich schämte. Er vermochte nicht, über den Graben zu springen, der ihn von ihr durch die Ehe mit Julie trennte – er schämte sich als König und Mann, im Bestreben, sein Verhalten in beiden Eigenschaften zu vereinigen. «Es ist dies sehr schwer», sagte Dr. Heim, wobei sein Flüstern fast erstarb, «es ist zum Beispiel auch schwer für den Arzt und Mann» – und setzte leise fort: «Wer weiß, ob es dem König bis zu seinem Tod gelingen will» – und mit einem Versuch, zu scherzen: «Eine Art unheilbarer Krankheit also ...!»

Wilhelmine hob den Kopf. «Aber ich sagte: Unser Kind ist vergiftet worden!»

Dr. Heim stand auf, er lächelte, er sagte: «Und als er nichts zu Ihrer ungeheuerlichen Anschuldigung sagte, haben Sie das für eine Verdammung genommen und sind geflohen. Sie wissen nicht, daß mich am gleichen Tage der König hatte rufen lassen – ich untersuchte das Kind –, von Giften keine Spur, es starb an einer Gehirnentzündung ....»

«Und ...?» fragte Wilhelmine atemlos.

«Und ...» sagte Dr. Heim und schnalzte mit den Fingern, «natürlich sorgte Bischofswerder dafür, daß die alte Voß von Ihrem unbedachten Ausspruch erfuhr – nicht der König, der Weiberhof schrie nach Rache. Als die Gräfin Ingenheim starb, ging das Gerücht rundum – sie sei vergiftet worden. Von Ihnen!»

«Von mir?» schrie Wilhelmine auf.

«Natürlich», sagte Dr. Heim fast gemütlich. «Und die Gerüchte wurden geglaubt, zumal im Volk. Die Leute in Buch sagten, der Leichnam im Erbbegräbnis der Familie Voß ginge nicht in Verwesung über!»

«Und der König ...?» fragte Wilhelmine entsetzt. «Glaubt der König auch ...?»

«Der König», sagte Dr. Heim, «ließ mich holen und ordnete eine Obduktion der Leiche an. Ich nahm sie mit einem Kollegen vor. Julie Gräfin Ingenheim starb an einer Lungenschwindsucht.»

«Und?» fragte Wilhelmine.

Dr. Heim lachte: «Seine Majestät beauftragten mich, Sie aufzusuchen und Sie zu bitten, in der Begräbnisstätte des Grafen Alexander von der Mark in der Dorotheen-Kirche ein Grabmal aus Marmor zu errichten.»

Jetzt sprang Wilhelmine auf: «Schadow!» rief sie. «Das muß Schadow tun!»

«Der König dachte, Langhans ...?»

«Schadow!» rief Wilhelmine energisch. «Langhans hat genug zu tun mit dem Marmor-Palais und dem Pavillon ...!»

Dr. Heim lächelte: «Nun gut – der König stellte nur eine Bedingung.» Er ging zu dem kleinen Fenster und öffnete es. Er rief in den Hof: «Sie kann kommen ...!»

Wilhelmine trat neben ihn. Sie sah, wie sich aus der Kutsche, die einsam im Hofe stand, Minettchen in der Tracht einer Spreewälderin wälzte. Sie trug einen Korb in der Hand.

«Minettchen ...!» rief Wilhelmine und rannte zur Tür. Aber es war nicht Minettchen. «Ich bin die Schwester von Minettchen», sagte das dralle Mädchen, das mit ihrem Korb die Stube betrat. «Emma!» Und Emma knickste und setzte fort: «Ich bin die Amme», stellte den Korb auf den Tisch und nahm die leichte Decke vom Korb.

«Der kleine Graf Ingenheim», sagte Dr. Heim. «Seine Majestät weiß das Kind nirgends besser aufgehoben als bei Ihnen, Madame!»

Wilhelmine stürzte sich mit einem kleinen Aufschrei auf den Korb und wollte das Kleine, wie es schien, überzarte Kind aus dem Behältnis reißen. Der Arzt kam ihr zuvor.

«Sachte, sachte», meinte er, hob das Bündel mit kundigen Händen hoch, murmelte, es nach allen Seiten wendend, «prächtig, prächtig» und legte es dann in Wilhelminens Arme.

Wilhelmine starrte auf das Kind. Aber sie konnte nichts sehen, Tränen standen in ihren Augen. «Der König ... der König ...» stammelte sie.

«Ja, das ist natürlich ein Schlag gegen die Clique um die Voß», sagte Dr. Heim.

«Der König ... der König ...» flüsterte Wilhelmine, sie lächelte selig: «Er wird zu mir kommen!» Sie wandte sich zu Dr. Heim. «Wann kommt er?»

Doch Dr. Heim sah sie überrascht an, dann sagte er etwas mühsam: «Madame, wie falsch war es von Ihnen, hierher zu flüchten und keinen Ihrer Freunde zu empfangen ... Wissen Sie wirklich nicht ...?» Wilhelmine sah ihn mit erschreckten Augen an.

Dr. Heim sagte: «Mein Gott, die Affaire mit der Dönhoff ...?»

Der König sah die Dönhoff am Tage der Beisetzung der armen Ceres. Und er sah sie dabei nicht.

Der König hatte tatsächlich ursprünglich seiner Julie die ‹letzte Ehre› erweisen wollen, wie es der Volksmund seit jeher ausdrückte. Aber der Kronprinz hatte eine Szene gemacht: «Unmöglich das!» Und der König hatte ziemlich schnell nachgegeben, ‹staatspolitische Geschäfte› vorgeschützt und einen kleinen Empfang im Neuen Garten gegeben – nur für den engsten Familienkreis.

Das Marmor-Palais des alten Architekten Gontardt, dem sich Langhans beigesellte, war noch nicht ganz fertig, doch ließ es all seine Pracht schon ahnen. Hier wollte der König seine einsamen Stunden verbringen. Auch der Neue Garten war noch nicht fertig, er sollte nach des Königs Plänen ganz unbeschreiblich schön werden. Nun stand er mit dem Architekten Langhans an einer entlegenen Stelle des Gartens und bestimmte diesen Platz für die Errichtung eines Gedenk- und Ehrenmales für die verstorbene

Gräfin Ingenheim – in achtungsvoller Entfernung wartete Bischofswerder, um sich dem König zu nahen, sobald dieser Langhans verabschiedet hatte. Von einem anderen Teil des Gartens her knallten Schüsse – der junge Herzog von York schoß nach der Scheibe, der Geheim-Kämmerer Rietz lud die Pistolen und versäumte nicht, nach jedem gelungenen Schuß dem Herzog ein scharfes und labendes Getränk zu reichen.

Gerade als der König den Architekten gnädigst entlassen hatte, huschte die Prinzessin Friederike vorbei, den Schüssen nach; sie war nun endgültig mit dem Grobian aus England verlobt, bald sollte sie den König verlassen.

Der König sah ihr gedankenvoll nach, als Bischofswerder zu ihm trat. «So in Gedanken, Sire ...?»

Der König sagte schwerfällig: «Ich stehe in Gefahr, durch Sünde die Gnade Gottes zu verlieren – das verbittert mir mein Leben!»

Bischofswerder vermutete, es handele sich um die sündigen Gedanken an die Verstorbene; er schüttelte bekümmert den Kopf und überschlug sich seine Möglichkeiten, sich mit dem Geist der Ingenheim in Verbindung zu setzen. «Sire», sagte er, «ich komme gerade von Buch – als der Sarg dieser edlen Frau in die Gruft gebettet wurde, war ich in ein tiefes Gebet versunken. Da sprach ihre Stimme zu mir. Ihr Geist fühlt sich durch die fortdauernde Sehnsucht des Geliebten nach ihr in ihrer Ruhe gestört, er bittet zart um Schonung. Der König muß sich dem Grübeln entreißen, darf sich aber nun auch nicht in Weltwirbel stürzen, da die Tote dadurch beunruhigt würde.»

Der König fühlte dumpf, daß Bischofswerder unter jenen Weltwirbeln die politischen Angelegenheiten verstand, in denen sein Minister ihn ungern agieren sah. Aber er war froh, sich um diese Dinge nicht kümmern zu müssen. Er nickte schwermütig und ging langsam auf die Stelle des Neuen Gartens zu, auf welcher der Herzog von York auf seine Weise agierte.

Der Herzog war betrunken. Friederike stand neben ihm und sah seinem Treiben mit glitzernden Augen zu.

Der König legte den Arm um die Schultern der jungen Prinzessin. Nun würde auch sie ihn bald verlassen. Für einen Augenblick schmiegte sich Friederike in seine Arme. Der Herzog sah es, und seine Augen wurden klein. Er hatte so manches Gezisch und Getuschel gehört über das sonderbare Verhältnis des Königs zu seiner Tochter. Nun trat er mit zwei Pistolen in der Hand auf den König zu und rief: «He, Schwager! Wollen wir sehen, wer besser schießen kann?»

Der König nahm eine Pistole, indes Hannes Rietz eilte, eine zweite Scheibe aufzustellen. ‹Der York ist betrunken›, dachte der König. ‹Und diesem Widerwurz muß ich mein Rieckchen geben!›

Der Herzog schoß sechsmal. Dann schoß der König. Friederike eilte als erste zur Scheibe des Königs. Zwei Schüsse hatten den Rand der Scheibe getroffen. Nun kam der Herzog mit seiner Scheibe. Rund um das Zentrum saßen sechs Löcher.

Der Herzog schlug sich auf die Schenkel vor Lachen: «So werde ich jeden durchlöchern, der meiner Friederike zu nahe tritt . . .!» Der König sah auf die Prinzessin. Sie sah mit glitzernden Augen auf den Herzog und lächelte. Aber bei ihrem Lächeln sah der König zum erstenmal, wie spitz ihre Eckzähne aus ihrem Munde ragten. ‹Sie ist ein Wolf›, dachte er befriedigt, ‹sie wird diesen Ochsen reißen!›

Er musterte die beiden Scheiben und verspürte nicht den Wunsch, irgendwo anders als auf dem Schlachtfelde durchlöchert zu werden. Er wandte sich schweigend ab. Auf ihn zu rauschte eine Schar von Weibern. Seine Frau, die Königin, sagte: «Bei der Gelegenheit . . .» – und sagte nicht, welche Gelegenheit sie meinte – «. . . bei der Gelegenheit möcht ich wohl mei neu Ehredam vorschtelle, die Gräfin Dönhoff, sie soll mir in meim Herze des Rieckche ersetze – und vielleicht in deim aach!»

Eine Wolke von Tüll und Seide versank vor ihm in einem tiefen Hofknicks. Der König nickte, aber er sah gar nicht hin. Seine Augen suchten die kleine, niedliche Viereck, die vor seinem Blick tief errötete und zu zittern begann.

Der König nickte und ging dann langsam auf das stolz strahlende Gebäude des Marmor-Palais zu. Er ging wie ein Einsamer. Und genauso fühlte er sich auch.

Die neue Ehrendame der Königin, Fräulein Sophie Julie Friederike Gräfin Dönhoff, hatte das Glück, den Hofstaaten, nicht nur dem der Königin, auch dem Weiberhof der Königin-Witwe in Schönhausen, bei ihrem ersten Auftreten sehr zu gefallen – außer der Frau Oberhofmeisterin von Voß natürlich, die stets die Gabe besaß, alles vorauszusehen. Bald wurde die einundzwanzigjährige, hübsche und muntere Person mit ihren wilden braunen Locken bei Hofe die ‹Hebe› genannt, wie die griechische Göttin der ewigen Jugend und Mundschenkin im Olymp, Tochter des Zeus und der Hera – Gemahlin des unter die Götter aufgenommenen Herakles . . .

Der König sah sie zum erstenmal mit Bewußtsein im Stadtschloß. Er hörte Klavierspiel und Gesang aus seinem Musiksalon, jenem Raum, der eigentlich sein Buen retiro war, und den – außer der kleinen Viereck – niemand ohne seinen Willen betreten sollte. Der König dachte, die kleine Viereck, die zuweilen ihm etwas vorklimpern mußte, sei im Salon – das arme Mädchen zitterte immer vor seinem Blick wie das Kaninchen vor der Schlange. Er riß die Tür auf.

Aber am Flügel saß nicht die kleine Viereck, sondern Elisabeth. Wie denn? Hatte der König nicht generös sofort nach der Thronbesteigung die Apanage für die verbannte Elisabeth wesentlich erhöht und ihr erlaubt, sich aufzuhalten, wo immer sie wollte. Aber Elisabeth blieb in Stettin, wo es niemanden mehr gab, der sich über sie verwunderte und wo sie unstreitig die Königin der hübschen Hafenstadt war in ihrem Taxushecken-Schlößchen am Katzensteg; sie hatte längst aufgehört, zu wünschen, die Königin des Landes zu sein.

Dort am Flügel saß nicht Elisabeth, es war zweifellos die Gräfin Dönhoff, die da spielte und sang und sich durch sein Eintreten nicht stören ließ, ihn nicht einmal anblickte.

Aber der König blickte sie an, er stand an der Tür, doch sozusagen auf Zehenspitzen, und er dachte an Elisabeth, die er geliebt hatte, geliebt und begehrt, was auch immer ihn daran verhindert haben mochte, es jemals zu zeigen.

Auf Zehenspitzen näherte sich der König dem Flügel und blieb im Blickfeld der Dönhoff stehen, die kurz aufsah, lächelte und weiter spielte und sang. Sie hatte eine schöne Stimme, und sie wechselte von dem Augenblick an, da sie den König wahrgenommen hatte, mit spielerischer Leichtigkeit Melodie und Text. Sie sang die Arien der Zerlina mit deutschem Text, so wie sie zur Zeit auf allen Gassen zu hören waren, jeder Schusterjunge pfiff die Melodien Mozarts; gerade war der *Don Giovanni* in der Hofoper prächtig aufgeführt worden – sie sang von ‹Schmäle, tobe, lieber Junge› über ‹Schlage, schlage dein Zerlinchen› bis – und hier hatte sie den König erblickt – ‹Reich mir die Hand, mein Leben . . .› und der König fiel ein: ‹Komm auf mein Schloß mit mir . . .› Sie sangen zusammen, Aug in Aug und schließlich Hand in Hand, als Sophie Dönhoff endete und ihre Locken schüttelte. Jetzt erst erhob sie sich zu einem tiefen Hofknicks, welche Gelegenheit der König ergriff, um sie liebreich an seine Brust zu ziehen.

Sophie Dönhoff zierte sich nicht, keinen Augenblick, sie ließ sich herzhaft küssen und gab herzhaft zu verstehen, daß es ihr Spaß machte.

Das Fräulein von Dönhoff war fröhlich und ausgelassen, wie einstmals Elisabeth, mit blitzenden Augen und von leidenschaftlicher Gemütsart – und bei aller Katzenwildheit in hohem Grade intelligent. Sie nahm den König nicht einfach hin, wie die arme Julie, sondern sie nahm ihn auch kräftig her, mit ihren selbstverständlichen Ansprüchen, welches die Ansprüche ihrer Familie waren, einer höchst achtbaren Familie preußisch-mecklenburgischer Edelleute. Ihr Vater war als Major im Dienst des alten Königs gefallen, sie hatte mit ihrer Mutter auf dem Gut von deren Bruder, dem Baron Langermann im Mecklenburgischen gelebt – bei den altpreußischen Familien galt es nicht sonderlich viel, ‹bei Hofe› zu sein, die Höfe waren sozusagen die Schuttabladeplätze für untüchtige Söhne und zu versorgende Töchter. Wenn der König sie versorgte, so mußte dies selbstverständlich mit allen Ehren sein, die sowohl dem König als auch der Familie wohl anstanden.

Der König sprach gern mit ihr, die unbefangen und mit einem Anflug des Witzes, den er bei Friederike wie bei Elisabeth geliebt hatte, zu plaudern wußte und ebenso auch mit dem König über Themen zu sprechen geneigt war, die ihn zuweilen ernsthaft bewegten. Über ‹die Geister› war sie sich schnell mit dem beglückten König einig: Natürlich gab's die – mit ihnen umzugehen war kinderleicht, wenn die Geister von hohen Graden waren, ebenbürtig sozusagen; die Geister mit denen sich Sophie zu unterhalten wußte, waren nicht die der Natur, sondern selbstverständlich die der Kultur und Kunst. Kurz, der König ‹beachtete sie›, wie ‹die Voß› überall mit düsterer Stimme kundgab. Und jedermann weit und breit, der davon wußte, mußte auch wissen, daß eben dies durchaus zu beachten war.

Wilhelmine, über die neue Situation nunmehr unterrichtet, säumte keinen Augenblick. Sie übersandte, kaum in Charlottenburg in ihrem Haus am Lietzensee angelangt, die kleine Mariane, die der König ebenso zu lieben beschlossen hatte wie den kleinen Alex-Anderl, durch Hannes Rietz an den Gouverneur des Grafen von der Mark, den treuen Chappuis, mit der Bitte, den vereinsamten König so sehr wie möglich durch die Gegenwart des hübschen und aufgeweckten Kindes zu trösten, und hatte die Freude, daß der König das Geschenk sofort annahm, sozusagen im Austausch mit dem winzigen Grafen Ingenheim, der nun, von ‹Lelle› betreut, seine ersten Schritte im Rietzschen Garten jenseits der Steinbrücke tat.

So wurde die kleine Mariane die Botin kleiner, liebenswürdiger Grüße von Haus zu Haus, von dem Keithschen am Eingang von Sanssouci und dem am Lietzensee. Und Mariane machte ihre Sache vortrefflich. Als der König einmal im Park des Charlottenburger Schlosses mit der kleinen Mariane spazierenging, rief er plötzlich das Kind zu sich und fragte, aufs äußerste erregt, ob Mariane eben nicht das Anderchen habe «Papa . . . Papa . . . !» rufen hören. Natürlich versicherte ‹Rieckchen› ihrem Papa, die Stimme auch gehört zu haben und blieb sogar der Mutter gegenüber dabei.

Wilhelmine wartete. Aber nicht vom König kam die Botschaft einer Veränderung der Lage, sondern vom hessischen Lieschen.

Wilhelmine fuhr in einer geschlossenen Kutsche nach Zehlendorf. Dort traf sie eine zweite geschlossene Kutsche an der Ausspannung, die schon einmal der Schauplatz einer höchst wichtigen Unterredung gewesen war. Aus der von Potsdam kommenden Kutsche winkte ein Arm, und Wilhelminchen stieg um.

Sie fand eine in Tränen aufgelöste Königin, die mit dem Kopf wackelte und der fliegende Hitze über die Haut schauerte. Die Königin klagte sich an. Sie hatte wieder eine Schlange an ihrem Busen genährt. Und sie hatte ganz ohne böse Absicht den Lauf der Dinge unheilvoll beschleunigt. Mit vielen ‹Ei's› und im besten Darmstädter Dialekt, den sie nie abzulegen bereit war, erzählte sie Wilhelmine, daß sie es gewagt habe, einmal in Gegenwart der hitzigen Sophie, ihrer Ehrendame, die ‹sanftmütige› Ingenheim zu betrauern, was die überaus leidenschaftliche Person sogleich als einen ausgesprochen unfreundlichen Akt gegen sich selber empfand und sich spornstreichs von Monbijou zum König begab, um sich heftig zu beklagen. Der König war ebenso spornstreichs – im wahrsten Sinne des Wortes gestiefelt und gespornt und von oben bis unten erzürnter Herrscher, im Innersten beleidigt – nach Monbijou gekommen und hatte der nunmehr in Tränen ausbrechenden hohen Gemahlin erklärt, er werde gern auf ein ruhiges und sanftmütiges Leben verzichten, wenn er auf ‹deliziösere Vergnügungen› bei seiner Sophie Dönhoff rechnen könne, eine Ausdrucksweise, die sofort auch die Königin in einen hitzigen Zustand versetzte. Kurz und gar nicht gut, das hessische Lieschen hatte nach dieser geheimen Unterredung den König zwar zornbebend, aber auch um zweihunderttausend Thaler leichter, aus dem Lustschloß entlassen müssen – eigentlich waren es vierhunderttausend Thaler, denn er mußte abermals der Königin, die für ‹die Fortune› ihrer Kinder wie eine Löwin kämpfte, die gleiche Summe zubilligen, die er an die Familie der Dönhoff zu zahlen bereit war.

Wilhelmine hörte die Beichte der Königin bleich, aber bei allem Entsetzen gefaßt an. Aber das hessische Lieschen war nocht nicht fertig. Sie hatte Wilhelminen gleich nach der Unterredung aufsuchen wollen, doch es war schon zu spät; just zu dieser Stunde fand die Trauung des Königs mit der Gräfin Dönhoff im Hause der Gräfin Solms zur linken Hand statt. Zöllner segnete sie ein; das Gutachten des hohen Consistoriums, einmal gültig, mußte natürlich immer gültig sein.

Schluchzend versicherte die Königin dem ‹arm Bobbelche›, der Wilhelmine Rietz, gleichsam um sie zu trösten, die Familie der Dönhoff habe im Gegensatz zu der Voß die ‹Entfernung› der Madame Rietz nicht verlangt.

Aber gerade dieser Trost verletzte den Stolz Wilhelminens am meisten: Die Dönhoff-Clique hatte also den höchsten Grad der Toleranz und den beleidigendsten zugleich aufgebracht, den der völligen Nichtbeachtung.

Was auch immer geeignet war, sie gegen ihr Schicksal zu verhärten, dies war das sicherste Mittel. Wilhelmine tröstete die Königin, die, selber so heftig bewegt, mit Staunen die achtunggebietende Haltung der Madame Rietz feststellen mußte, welche die Kraft aufbrachte, lächelnd zu sagen, die Königin möge beruhigt sein. «Er wird», sagte sie in schöner Offenheit, «des trockenen Tones und der leidenschaftlichen Dispute der vornehmen Dame bald genug überdrüssig werden und zu dem Kreis zurückkehren, in dem er sich ungezwungen bewegen kann . . .» wenn es ihr nur gelänge, «den beleidigendsten Hochmut der neuen Clique ertragen zu müssen» – und es werde ihr gelingen, wenn sie sich weiterhin des Vertrauens der Königin gewiß sein könne. Und das Vertrauen des Königs mit seiner Liebe zurückzugewinnen – nichts sei leichter als das, wenn der Wille des Königs nicht nur in ganz Preußen, sondern auch bei ihr als unverbrüchliches Gesetz gälte . . .

Der Herr von Bischofswerder aber hatte eine Menge Gründe, sich mit Wilhelmine weiter gegen die Dönhoff zu verbünden. Er kämpfte um seine Existenz als Freund, Berater und nun auch Minister des Königs. Denn, das glaubte er mit voller Klarheit zu erkennen, die Liaison des Königs mit der Dönhoff war das Resultat eines geheimen Aufstandes des preußischen Landadels gegen ihn. Das war die Politik einer Fronde, nicht mehr die einer Clique.

Und so war es auch. Drei Jahre der Regierung des neuen Königs hatten genügt, um im Land zwar nicht das Volk, wohl aber den eingesessenen Landadel rebellisch zu machen. Eingesessen war dieser Adel östlich der Elbe, nicht angestammt; denn das Volk der Preußen war kein Stamm, zumindest war es nicht einheitlichen Stammes, sondern aus den verschiedensten Stämmen gemischt, die sich aber, insoweit sie überhaupt noch eines Stammesbewußtseins fähig waren, jedenfalls untereinander keineswegs verschiedenwertig betrachteten. Es war dies Land östlich der Elbe Kolonialland des Reiches, von Anfang an, da es in die Geschichte eintrat, ganz sicher aber, seit die aus allen Teilen des Reiches in den Deutschen Orden zusammengeströmten Ritter vom polnischen Herzog Konrad gerufen worden waren, die heidnischen Pruzzen zu bändigen. Es war dies Land im Hin und Her der grenzenlosen Ebene Kriegs- und Handelsdurchgangsland; Einschüsse aus allen Ländern rundum änderten ununterbrochen und zu mancherlei Vermischung führend die volkliche Grundstruktur, wie es zum späten Beispiel auch in Nordamerika nur natürlich war. Es war dies Land bis zum Eintreffen der Hohenzollern kein Staat; wahllos teilten sich geistliche und weltliche Herrschaften in das Gebiet der Siedlungen. Der Auftrag des Adels aus allen Stämmen, deutschen und slawischen, war, auf Burgen und Bollwerken Hüter und Ministeriale des ‹Reiches› zu sein, Schutztrupps zu unterhalten, die Zölle an den Straßen und den Grenzen zu erheben, die Steuern aus dem Gewerbefleiß der zu Städten anwachsenden Siedlungen und Dörfer zu ziehen. Aus dem ritterlichen Gewerbe, die Finanzbeamten des Reiches zu sein, wurde ein raubritterliches erst, als die Schwäche des Reiches es tunlicher erscheinen ließ, die erhobenen Einnahmen in die eigene Tasche zu stecken, statt in die bodenlosen Säckel der langsam zerfallenden Institutionen des Reiches und der geistlichen und weltlichen Herrschaften. So war es ein Beamter, der vom Reich berufen war, dies Land wieder in Ordnung zu bringen, der Burggraf von Nürnberg aus dem süddeutschen, hohenzollernschen Geschlecht.

Die Hohenzollern in deren löblichem Tun zu unterstützen, diente, nachdem das schwere Geschütz, ‹Die faule Grete›, die Burgen der Quitzow, Friesack und Plaue, zerstäubt hatte, nunmehr auch den Interessen des brandenburg-preußischen Adels. Er stellte die Schicht der führenden Soldaten und Beamten, die mißtrauisch auf die eigenen Rechte und Pflichten bedacht waren – und die Kurfürsten von Brandenburg wie die Könige von Preußen waren in dieser Schicht herkömmlich ihres ursprünglichen Auftrages die ersten Diener des Staates, nichts anderes. Friedrich II. hatte so die Stellung des Königs neben dem adeligen Dienst auf die prägnante Formel gebracht.

Dieser Herr von Bischofswerder mochte besten Willens sein, aber er war ein Sachse, und in Sachsen waren die Verhältnisse so ganz anders, auch die zwischen dem Kurfürsten und dem dort angestammten Adel. Sachsen war kein Kolonialland – so wenig wie die neuerworbene Provinz Schlesien –, Sachsen war reich an Bodenschätzen und adeligen Herrschaften, die vom Kurfürsten forderten, daß er ihre Interessen schützte, und ihre Interessen waren nicht unbedingt die des Staates. Der Herr von Bischofswerder diente allein dem König, es mochte ihm die Ehrlichkeit seines Wollens zuzubilligen sein, er mochte ein Hofmann sein – ein Staatsmann war er nicht.

Und auch, was der neue König von Preußen tat, gefiel diesen Leuten nicht, es gefiel ihnen ganz und gar nicht.

Der Wille des Königs, betreffs Wilhelmine, war, das Grabmal für den Grafen Alexander zu errichten. Langhans, der mit dem König über den vielen Projekten brütete: Marmor-Palais, Pavillon, Pfaueninsel, und nun endlich das große Triumphtor, das dem König am Herzen lag, für künftige Triumphe geplant, da bislang noch keine zu feiern Anlaß war: das sogenannte Brandenburger Tor am Ende der Straße Unter den Linden – Langhans gab auf Bitten Wilhelminens gern den Auftrag für die Begräbnisstätte des Grafen von der Mark in der Dorotheen-Kirche, ein kostbares Grabmal aus Marmor, an den Bildhauer Schadow, dessen junger Ruhm soeben im antikischen Italien gewachsen war, wo er einen Preis für die Gruppe ‹Perseus und Andromeda› gewonnen hatte.

Täglich fand Wilhelmine eine Stunde Zeit, entweder im Atelier des jungen Meisters oder in der Dorotheen-Kirche zu verweilen. Sie gab dem jungen Künstler manchen Rat über die Gesichtszüge des toten Knaben, dessen Figur auf dem Sarkophage, gestützt auf einer marmornen Causeusenrolle, ruhte, auf den Füßen ein Schwert, wobei Wilhelmine anfangs für einen Kantschu oder einen Kosakenbogen mit Pfeilen plädierte.

Der Meister, der manchmal recht grob zu werden verstand, beharrte aber auf dem Symbol des blanken Schwertes, das antikisch war, wenn es auch für dieses liebliche Kind schwer in seiner Bedeutung zu begreifen blieb.

In der Kirche hatte Schadow in Wachs und Ton das in Marmor Auszuhauende errichtet, und auch der Herr von Bischofswerder ließ es sich nicht nehmen, die Arbeiten an dem Grabmal zu überwachen. Als Wilhelmine den Laubfrosch zum ersten Male in der Kirche sah, wappnete sie sich sofort mit dem äußersten Mißtrauen, sie glaubte ihn gut genug zu kennen, um zu wissen, daß alle seine Taten und Meinungen diktiert waren von hintergründigen Plänen. Aber der Herr von Bischofswerder erklärte ihr sogleich mit wohllautender Stimme und mit entwaffnender Offenheit, er habe eine Menge Gründe, sich mit Wilhelmine zu verbünden – gegen die Dönhoff-Clique, die sofort nach der Eheschließung begonnen hatte, die gefährliche Form einer Fronde anzunehmen – einer Fronde gegen ihn, Bischofswerder, gegen die Regierung Wöllner, gegen Wilhelmine natürlich, und vor allen Dingen – gegen den König selber.

Wilhelmine lauschte aufmerksam. Der Herr von Bischofswerder war ihr als Verbündeter nützlicher denn als Feind, das war ihr klar. Klar war ihr auch, daß die Treue dieses Mannes zum König nicht anzuzweifeln war, es müßte anders denn eine Untreue gegen sich selber sein. Von diesen politischen Dingen verstand sie nichts, aber sie verstand, worauf er hinauswollte. Mehr noch als die Frage, ob Kantschu oder Schwert, schien dem Herrn von Bischofswerder, den sie nun niemals mehr als Laubfrosch zu bezeichnen sich vornahm, die Darstellung der drei Frauenspersonen zu interessieren, die der Künstler als Relief in einem schönen Halbrund über dem Sarkophag angebracht hatte und als die drei Parzen bezeichnete. Tiefsinnig verbreitete sich Bischofswerder über die Schicksalsbestimmung, die schon bei den alten Griechen in den ‹Moiren›, wie die von den Römern in Parzen umgetauften ursprünglich genannt wurden, durch die ‹Personifikation mythischer und mystischer Geister› vollzogen werde . . .

Da war das Stichwort. Wilhelmine war angerührt durch die eindringliche Art, die der grüne Visionnaire in seine Worte legte. Sie begriff sofort, daß hier eine Brücke geschlagen war, über die sie zu schreiten vermochte.

«Auch ich bin von Träumen bewegt», sagte sie, «die ich nicht anders als im Willen der Geister begründet zu verstehen vermag.» Freudig hob Bischofswerder die Arme, als wolle er sie willkommenheischend empfangen und bat sie, ihm ihre Geschichte zu erzählen, die er vielleicht zu deuten in der Lage sei.

Und visionnaire auf das Grabmal ihres Sohnes blickend, mit weitgeöffneten Augen und wie geistesabwesend, begann Wilhelmine die Anwesenheit der Geister nachspürend zu erzählen . . .

Staunend hörte Schadow zu. Und wenn er anfangs skeptisch geblickt hatte, mit jenem nüchtern ironischen Ausdruck des Gesichts, der ihm gewöhnlich war – er wurde sichtlich ratlos, je länger Wilhelmine erzählte.

Wilhelmine bemerkte dies wohl, sie zwang sich geradezu, so wahrscheinlich zu wirken, daß sie nicht sowohl Bischofswerder, sondern gerade den ungläubig-antikischen Schadow zu bannen vermochte. Und sie hatte die Genugtuung, zu sehen, wie Schadow schließlich begann, den Klumpen Wachs, den er in die Hand genommen hatte, wieder und immer wieder zu einer glatten Kugel in der warmen Hand zu formen, um sie dann nicht auf sein Kunstwerk zu placieren, sondern um sie wieder plattzuklatschen und das Spiel erneut zu beginnen.

Als sie sozusagen wieder zur Wirklichkeit erwachte, bat Herr von Bischofswerder, offenbar bis ins Innerste erschüttert, Wilhelmine, diesen Traum aufzuzeichnen, weil er in der Tat einen unbedingten Beitrag für seine und seiner Gefährten angestrengte Bemühungen bilde, die Geisterwelt zu erforschen und sie den Menschen hohen Ranges dienstbar zu machen ...

Und Wilhelmine tat es.

Sie schrieb, sich zuerst mühsam in die Erinnerung zurückrufend, was sie in der Kirche dem Bischofswerder alles an Einzelheiten erzählt hatte, dann aber, wie gepackt von den Geistern, die sie rief, munter drauflos und aus ihrer aufgeregt flatternden Phantasie, geradezu im Schöpferwahn – die Krakel ihrer fast unleserlichen Handschrift flogen nur so über das Papier:

‹Um 12 Uhr mittags kam ich in die Kirche, alles war still. Ich ging und lehnte mich an das eiserne Gitter, welches um das Grab ist, und betete. Dann nahm ich den Schlüssel, schloß und ging auf das Mausoleum zu, stand zehn Minuten stille. Auf einmal eine fremde Stimme – ich wende die Augen nach dem Grabe. Die ganze Kirche ward hell zum Blenden. Die schönsten Töne ließen sich hören, und solche Harmonie ist nicht zu beschreiben. Nach dem Grabe zu aber war es so finster, solchen Erdgeruch, daß ich kaum sehen konnte. Ich rief laut auf: Gott, was ist das dunkel! ,Du sollst sehen, hören!' Dies war die Stimme unseres Geistes. Das Grab öffnete sich mit einem Geräusch. Tief unten lag unser Kind, schon ganz aufgelöst, aber die sterbende Miene, wie wir es sahen. Ich wollte zu Tode sinken, aber von allen Seiten hielt mich eine Macht, welche stärker war. Meine Augen wollte ich wegwenden, aber unmöglich, die mußten starr auf das Grab sehen. Millionen Würmer wie durch ein Mikroskop krochen herum. Der weiße Atlas sah aus wie ganz neu. Auf der linken Seite ein Fleck wie ein Kreuz war das einzige Weiße wie Schnee und unverletzt. Darauf waren Buchstaben, die ich nicht lesen konnte. Es ist schrecklich, der Anblick. ,So war alles, was im Fleisch war, so wird alles, was im Fleisch ist. Du hast geseufzt einige Nächte um mein Wegsein: auch im Staub muß so bewiesen werden. Es geschah zu deinem Besten, du wärst sonst in Schwermut gefallen. Siehe hierher!'

Millionen solcher Gestalten, wie ich die Nacht sah zum ersten August ... so lieblich, wie er unsern Geist ansah, seinen Mund öffnete und eine Stimme ganz wie Harmonika: ,Ich war von Anfang an zum Schutzengel dieses Seligen bestimmt. Ich liebe ihn, werde jetzt für ihn sprechen, weil er nicht sprechen soll: Dessen Vater wird nichts schwerer werden. Er bekömmt Beweise. Er wird schauen die Verewigung. Eher tue er nichts, jetzt ist seine Berufszeit.' – Unser Geist sah den andern an, mit einem Blick zum Ewigen und Ewigen, zum Erlöser: ,Gelobt sei der Dreieinige', so klang es in der ganzen Kirche. Wie ich nach Hause gekommen bin, weiß ich nicht . . . es überfiel mich ein Schlaf.›

Wilhelmine überlas noch einmal. Da fehlte nichts, was auch in der Wirrnis zu sagen war. Mochte es klingen, wie es wollte, auch das mochte dazu gehören.

Der König war tief ergriffen, als ihm der Herr von Bischofswerder die Aufzeichnung des seltsamen Traumes der Madame Rietz vorlas. Friedrich Wilhelm hatte die Hand auf die Augen gelegt und schwieg, lange in seiner Haltung verharrend. Dann äußerte er den Wunsch, ebenfalls die Stimme seines Sohnes noch einmal zu hören. Der Herr von Bischofswerder versicherte nach einer nur kurzen Überraschungspause, das werde nicht möglich sein, denn die Geister sprächen ja nur in Stellvertretung der Verstorbenen, doch hoffe er durch ein Medium von hohen Graden und besonderen Gnaden wenigstens die Meinung des verstorbenen Kindes, also das wesentlich geistige Element, zum Ausdruck bringen zu können.

Wöllner hatte die Bekanntschaft eines bankrotten Kaufmannes namens Oswald in Breslau gemacht, der – bei vielen Schlesiern damals nichts Außergewöhnliches – persönliche Begegnungen und Unterredungen mit Christus hatte; Wöllner berief diesen Oswald nach Berlin.

Alsbald führte Bischofswerder den König in das Zimmer des Hauses Unter den Linden, in dem der kleine Graf ins Reich der Geister eingegangen war, und wo sich hinter einem Vorhang das Medium Oswald verborgen hielt; diese sehr empfindliche und diffizile Figur vermochte sich nur unbeobachtet und nach tiefer Versenkung in die Verbindung mit den Geistern zu schicken. Sie sprachen nur zu ihm, nicht zu irgendwelchen Zuhörern, so subtil waren die Geister und Oswald selber.

Der König war ungemein aufgeregt, wurde aber durch seine rosenkreuzerischen Freunde davon abgehalten, auch nur ein Wort zu reden. Oswald hatte große Mühe, die Geister zu verstehen, dafür aber konnte er den ersten klaren Satz auch mit deutlicher, wenn auch dumpfer Stimme wiedergeben: Es war Oswald tatsächlich gelungen, mit eben jenem Geist in Verbindung zu treten, der sich als Schutzengel des kleinen Grafen von der Mark zu erkennen gab.

«Edler Oswald», sagte dieser Geist, «du denkst recht, wenn du meinst, daß auch Madame Rietz in den Plan Gottes gehöre . . . !»

Der König versank in tiefes Nachdenken, als er diese Worte hörte, und wünschte sehnlichst, an Stelle des Mediums zu sein.

«Auch für ihr Herz hat dich Gott mitbestimmt, um sie zum Guten zu leiten!»

Dem König war klar, daß der Geist nun zu ihm sprach, denn wie sollte Gott Wilhelminchens Herz einem anderen, einem schlichten Medium, zur Mitbestimmung überantwortet haben? «Sei ihr Freund, nur handle mit Klugheit, um nicht ihrem Mann Anlaß zur *jalousie* zu geben!»

Der König war verwirrt. Wer sollte wem Anlaß zur Eifersucht geben? Auch Bischofswerder war verwirrt. Hier schien Oswald die Meinung des

Geistes betreffs der Madame sowie des Herrn Rietz irgendwie mißverstanden zu haben.

Wilhelmine war nicht verwirrt. Sie saß hinter einem zweiten Vorhang, keine zwei Meter von dem Geliebten entfernt, dessen körperliche Nähe allein schon sie beglückte – er ahnte nichts von ihrer Gegenwart. Aber sie zwang sich zur Aufmerksamkeit. Sie wartete auf das, was ihr beweisen mußte, wohin die Absichten des Bischofswerder wirklich zielten. Und es kam, es kam nach einigen ganz undeutlichen gestotterten Wiedergaben des so empfindlichen Mediums Oswald.

Klar und deutlich sagte der Geist jetzt aus: «Glaube nicht, Oswald, daß zwischen dem König und der Gräfin Dönhoff eine wahre Liebe ist. Diese Verbindung wird ihm jetzt vielmehr Veranlassung zu viel Leiden und Prüfungen ...»

Der König saß wie gelähmt. Er verspürte aber keinerlei Zahnschmerzen, wie sonsthin, wenn ihm die Geister zu nahe traten.

Die Zahnschmerzen hatte Wilhelmine.

Am Ende der Sitzung verfügte der König mit gebrochener Stimme, das Haus Unter den Linden, das er einst Alexander geschenkt, solle nun ganz in den Besitz Wilhelminens übergehen.

Die Verbindung des Königs mit der Gräfin Dönhoff sollte ihm Veranlassung zu viel Leiden und Prüfungen geben!

In der Tat, wollte sich Friedrich Wilhelm mit der temperamentvollen Sophie in erwachender Begierde ‹ein Vergnügen machen›, so mußte er vorher sich unerbittlich anhören, was sie ihm zu sagen hatte. Sie paßten auf, die Junker vom altpreußischen Schlage, die Massow, die Massenbach und Manteuffel, die Marwitz, die Kalkreuth und die Eulenburg, sie hörten die grollenden Warnungen aus den Gütern des ganzes Landes, aus der alten Generalität, von den hohen und niederen Beamten, die pflichteifrig und unbestechlich in ihrem Dienst die Mängel der neuen Regierungsmethoden am ehesten zu spüren bekamen, und sie gaben die Warnungen weiter an die einzige Person, die Zugang zum Ohr des Königs hatte. Niemals konnte dieser König – Majestät belieben wohl zu scherzen? – sich entschuldigen, er habe die Warnungen nicht gehört. Er mußte sie gehört haben. In jedem trauten Beisammensein mit seiner nun vierten hohen Gemahlin wurde ihm vorgetragen, was zu hören ihm sehr unbehaglich war. Sein Sophiechen sprach zu ihm und sprach ihm ab, sie diskutierte lebhaft mit ihm, sie reizte ihn zum Zorn, den sie erst im Bett trefflich zu beschwichtigen verstand. Aber selbst dort ließ sie nicht nach, zu sagen, was zu sagen nicht nur ihr Auftrag, sondern auch ihre Einsicht war. Sie verstand etwas von Politik, sie ja!

Zwischen zwei Küssen vermochte sie ihn zu fragen, warum er an Stelle der Alleinregierung des Alten nun wieder ein Generaldirektorium mit lauter Sachsen eingerichtet habe; zwischen zwei Umarmungen wollte sie mit ihm über das Religionsedikt philosophieren, durch das Wöllner schon im zweiten Jahr die Toleranzedikte des Alten Fritzen aufgehoben hatte – und die damit verbundene Einführung einer Zensur fand sie einfach scheußlich.

Der König stöhnte, aber sie gab keine Ruhe.

«Hörst du überhaupt zu, mein Dickerchen? Weißt du eigentlich, daß durch die Aufhebung der Tabak-Administration 12 000 Invaliden ihr Brot verlieren? Hörst du, mein Willem? Zwölftausend Invaliden!»

Der König lag, die Beine ausgestreckt und den Rock geöffnet, in seinem Stuhl vor dem Kaminfeuer und ersehnte nichts anderes als ein zärtliches Kraulen am Nacken und die Aussicht auf eine duftende Aalpastete.

Und diese dumme, mißliche Sache mit dem Kant in Königsberg! Da haben wir nun endlich einmal unter so vielen minderen Geistern einen Großen! Mußte es denn sein, daß dieser Wöllner dem preußischen Philosophen verbietet, andere Lehren zu verbreiten als die im Einklang mit der Bibel?

Der König klagte über Zahnschmerzen und entfernte sich.

Und Wilhelmine wartete.

Sie begann, sich ernsthaft mit ‹Zauberey und Hexenkunst› zu befassen, wobei ihr wacher und nüchterner Verstand ihr behilflich war, das für sie Nützliche herauszupicken. Sie konnte über reiches Material verfügen, die Zeit schwelgte in diesen Dingen, jedermann von einigem Geist befaßte sich mit dem Phänomen in der einen oder anderen Art, mit Astrologie und Horoskopen, mit kabbalistischen Zeichen und Rechnungen, mit ägyptischen Traum-Propheten. Theaterstücke, Opern und Gedichte befaßten sich mit diesem Gebiet, und als Wilhelmine von einem Gedicht erfuhr, auf das Dr. Heim sie aufmerksam machte, nicht ohne bedauernd zu sagen, daß Goethe, seit er Staatsminister geworden, nichts Rechtes mehr produzierte, sondern für Liebhaberaufführungen zum Teil peinlich naive Gelegenheitsdichtungen, und seine Erfolge in Gedichten und Balladen doch recht obskuren Inhalts suchte, ließ sie dies Gedicht die kleine Mariane auswendig lernen und dem König vortragen.

Und Mariane, die ihrer Mutter immer ähnlicher zu werden begann, machte ihre Sache vortrefflich; sie führte vor ihrem Vater eine kleine exzellente Darstellung vor, machte ein Knickschen, verkündete: «*Der Erlkönig* von Johann Wolfgang von Goethe!» und begann mit dumpfem Ton und außerordentlich gespenstischen Gesten: «Wer reitet so spät durch Nacht und Wind ...»

Der König legte die Hand vor die Augen und versank mit Schaudern in das grauenhafte Schicksal des Vaters mit seinem Kinde, stöhnte das eine und das andere Mal: «Anderchen, mein Anderchen ...!» und fütterte anschließend sein Marianchen mit viel zuviel Bonbons.

Aber er kehrte nicht zu Wilhelmine zurück – noch nicht.

Wilhelmine schickte ihm durch Mariane kleine, liebenswürdige Botschaften, die ihn ständig daran erinnern mußten, daß sie auch noch da war, Zettelchen, auf denen stand, in ihrem Garten habe der Sturm große Verwüstungen angerichtet, und sie bedanke sich auch für die schöne ‹schilt Krötte›, die ihr der König für die Kinder gesandt hatte. Auch schickte sie ihm eingemachte Früchte, «vielleicht macht es Ihnen Freude, weil es von Wilhelmine kommt».

Kein Wort vom Geist des toten Alexander.

Aber der Geist des Königs lag in den Banden der Dönhoff, auch noch ganz gegen seine Gewohnheiten, als deren Leib sich zu runden begann.

Es schien wirklich so, daß etwas faul sei im Staat – nicht nur in Dänemark und Preußen. Wo war es bislang Brauch und Sitte, daß außerhalb der Höfe politisiert wurde, das Volk sogar begann, politisch zu diskutieren? In Paris sollte es gar zu gräßlichen Ausschreitungen gekommen sein, die allerorten bedenklich aufhorchen ließen und die Wilhelmine in große Unruhe versetzten, weil ihr Freund de Launay, der Kommandant der Bastille, bei der Verteidigung derselben mit seinen paar Schweizer Garden und den Invaliden, die das Staatsgefängnis bewachten, hingemetzelt wurden, und warum? Weil ‹das Volk› die politischen Märtyrer und Gefangenen, die dort schmachteten, partout befreien wollte – es waren im ganzen sechs, und keiner von ihnen hatte mit dem gemeinen Volk irgend etwas zu tun, es waren Aristokraten, Rebellen gegen die Dummheiten des Königs und der eine oder andere Hochstapler dabei. Was da in Frankreich vor sich ging, Preußen ging es nichts an, unvorstellbar, daß solche Ungezogenheiten des Volkes in diesem Lande geschehen konnten! Der Gedanke allein war schon absurd. In Preußen schien alles in bester Ordnung.

Im Salon der Madame Rietz war man sich darüber einig: das Land blühte auf, Handel und Gewerbe machten sich fleißig die neuen Freiheiten zunutze, immer kecker wurden die Gespräche, soweit sie nicht das Religions-Edikt berührten – nun, das ging im wesentlichen die Geistlichen an, und die waren seit je nicht sehr beliebt. Und was die ‹Rosenkreuzer› betraf, von ihnen merkte man nicht viel, sie waren ja auch geheim.

Im Salon der Madame Rietz konnte man den ‹düsteren Visionnaire›, den Bischofswerder, in der angenehmsten und klarsten Weise die Vorteile diskutieren hören, die Preußen allmählich und durch den Willen des Königs genoß, alle jene Annehmlichkeiten, die sich in Frankreich das ungebärdige Volk erst mühsam und blutig erringen zu müssen glaubte. Das Geld, das der König so freigebig ausstreute, zunächst über seine Günstlinge, zugegeben, aber es kam ja in Umlauf, statt im Juliusturm zu verfaulen – jedermann wollte besser leben als vorher, und es war jedermanns gutes Recht, zuzusehen, daß von dem Segen, der über das Land herabsprühte, auch er sein gerüttelt Maß empfing.

Freilich, es schien wirklich, daß die Armee, der Stolz Preußens, dem

König wie dem Volk so teuer, unzufrieden war. Der General von Salenmon, der, wenn ihn der Dienst von Wesel nach Berlin führte, nie versäumte, seine Beine unter den nach seinem Geschmack besetzten Tisch Wilhelminens zu strecken – und der sich übrigens sehr gut mit dem grünen Jäger Bischofswerder vertrug – Freicorps war Freicorps –, beklagte sich bitter, daß sich die allgemeine Disziplin sehr gelockert habe und daß der König den unbegreiflichen Einfall hatte, die Grade der Majors und Oberstleutenants bis zum Ekel zu vervielfältigen, eine Gnade, die ehedessen nicht bewilligt wurde, auch nicht einmal auf Ansuchen der größten Fürsten. Mit großer Sorge teilte der alte Haudegen, den nichts in der Welt daran zu hindern vermochte, auch im Hause der Madame Rietz eine Spielbank auszulegen, während des Spiels seinem Partner Bischofswerder mit, die Folge für die Armee sei, daß die alten, bewährten Krieger des Alten Fritz sich weiterhin in der Ochsentour der Beförderungen mühen mußten, während sich ganz junge, völlig unbekannte neue Namen in der Armee überflüssige Stellen und Stäbe schufen und glaubten, Kriege seien auf dem Papier zu gewinnen, alle diese neuen Majors, die von Reformen schwätzten, der Teufel soll sie alle holen, sie stifteten nichts weiter als Verwirrung, eine Bemerkung, die dem anderen Spielpartner des Generals, den Grafen Mirabeau, herzlich amüsierte, und die er sogleich in sein Notizbuch eintrug.

Wilhelmine schwebte über diesen Gesprächen wie ein pausbäckiges Puttchen mit klassisch schönen Oberarmen am Betthimmel, sie horchte eigentlich nur auf, wenn der Name des Königs fiel. Aber dieser Name fiel oft und mußte sie in tiefe Unruhe versetzen, zumal sie bemerken sollte, daß recht eigentlich der Herr von Bischofswerder mehr ihre Hilfe suchte, als daß er ihr beim König helfen konnte. Sein Einfluß beim König sank, sicherlich durch die Einflüsse der altpreußischen Fronde und die Einflüsterungen der Dönhoff, dann aber auch, als die merkwürdige Widersprüchlichkeit im Charakter des grünen Jägers immer deutlicher zutage trat. Dieser gestrenge ‹Rosenkreuzer›, so unnachgiebig gegen die Sünde und Sinnenlust, in all seinem Tun und Streben gehorsam dem Gebot der Geister, hatte sich in seine eigene Schwägerin, die Gräfin Pinto verliebt, sie verführt und erst zu seiner Maitresse gemacht, dann, nach Verstoßung der eigenen Frau, zu seiner zweiten Gattin . . . was alles die muntere Sophie katzeninnig ihrem dicken Willem zutrug, mit lebhaftem Gezischel, wie das alles wohl angehen mag, und sich dessen wohl bewußt, daß sie des Königs wundeste Stelle traf. Sophie liebte den Geist, und zwar den altpreußischen, nicht aber die Geister, die zum König sprachen, um ihm Zahnschmerzen zu bereiten.

Der König fand erst nach einer Affaire zu Wilhelmine zurück, durch die sein Wilhelminchen wieder einmal in aller Munde war. Madame Rietz bemerkte mit dem Mißfallen einer guten Hausfrau, daß die Brote, die ihr die Charlottenburger Bäcker lieferten, nicht recht ausgebacken waren. Sie beschwerte sich bei den Bäckermeistern, dann, als sich die Brote nicht besserten, wechselte sie die Bäcker und mußte feststellen, daß diese sich der gleichen Bräuche befleißigten. Wilhelmine bohrte nach, sie schrieb kratzige Briefe an den Magistrat, und als auch diese nichts fruchteten, sandte sie an den König durch Hannes ein von ihr verfaßtes Edikt, das der König unterschreiben sollte – und unbedenklich unterschrieb –, wonach Seine Majestät ‹die begründeten Beschwerden mit verschärfter Aufmerksamkeit abzustellen› befahl und den schuldigsten Bäcker für sechs Wochen ‹nach Spandau› schickte.

Das gab ein ungeheures Aufsehen. Zum erstenmal regten sich Feinde gegen ‹die Rietz› außerhalb der Hofgesellschaft, die Bäcker, und ließen von diesem Tag an niemals nach, Wilhelmine alles Üble nachzureden.

Dieser Kampf um die fehlenden sechs Gramm am Brot war es, der den König wieder zu seinem Wilhelminchen zurückführte. Friedrich Wilhelm hatte keine Ahnung, was er da unterschrieben hatte, aber er mußte herzlich lachen über das, was sie angerichtet, und da er bei seinem Sophiechen in den Monaten ihrer Schwangerschaft nichts zu lachen hatte, ließ er sich von der Hand Marianens leiten und trat bei Wilhelmine ein, als ob nicht das geringste geschehen sei, speiste bei ihr, was er zu speisen liebte, beugte sich mit ihr über Risse und Pläne und führte die Hand der niedlich erblühenden Mariane bei krausen Zeichnungen von noch zu errichtenden stolzen Bauten – unwillkürlich mischte das gute Kind immer ‹etwas Gotik› hinein.

Und dann badete der König ausgiebig, bis er köstlich aufgequollen war und ging in das beste Bett seines Lebens. Am Morgen stand es ganz woanders. Wilhelmine hatte den Einfall gehabt, unter den Löwenfüßen elfenbeinerne Rollen anzubringen.

Der Graf Mirabeau aber notierte: ‹Es ist sehr unwahrscheinlich, daß die Gewohnheit die Oberhand gewinnt und daß Friedrich Wilhelm nie anders werden wird, als es sein tiefblickender Onkel errathen hatte. Unmöglich kann man das Schädliche in dem Innern seines Hauses übersehen, was Unordnung und Zeitverlust anbelangt. Die Bedienten fürchten seine Heftigkeit, aber sie machen seine Unfähigkeit am ersten lächerlich. Kein Papier ist in Ordnung, kein Memoire unterzeichnet, kein Brief wird eigenhändig eröffnet, keine menschliche Gewalt würde ihn dazu bringen, vierzig Zeilen in einem weg zu lesen. Zu gleicher Zeit brausende Heftigkeit und Erschlaffung. Die allgemeine Verachtung ist der Lohn dieser Werke. Sie nimmt täglich zu. Jene Art von Erstaunen, das ihr voranzugehen pflegt, hat längst aufgehört. Man war anfänglich erstaunt zu sehen, daß der König der Komödie, dem Concert, seiner alten und neuen Maitresse getreu sey, daß er Stunden lang Zeit habe, Kupfer, Meubles, die Boutiquen der

Kaufleute zu sehen, das Violon-Cello zu spielen, sich von Zänkereyen der Hofdamen zu unterrichten, und daß er nur Minuten suche, um die Minister, welche unter seinen Augen das Beste seines Staates besorgen, anzuhören. Jetzt staunt man nur, wenn ein Tag ohne eine Sottise von einer neuen Art oder ohne zur Gewohnheit gewordene Sünde verstrichen ist.›

Das also war das Fazit des Grafen Mirabeau.

Und zu guter Letzt: ‹Einkünfte vermindert, Ausgaben vermehrt. Genies zurückgesetzt, Dummköpfe am Ruder. Ich kehre nach Paris zurück, denn ich will nicht länger zu der Rolle des Thiers verdammt sein, die kothigen Krümmungen einer Regierung zu durchkriechen, die sich jeden Tag durch eine neue Kleinlichkeit und Unwissenheit auszeichnet. *Dies Preußen ist die Fäulnis vor der Reife!*›

Schrieb's, der Graf Mirabeau, und kehrte nach Frankreich zurück, in ein Land voll der Reife vor der Fäulnis.

STATT DER ÜBLICHEN ANZEICHEN der Erwartung kamen Schmerzen. Wilhelmine rief nach Dr. Heim.

Der Arzt eilte sofort zu ihr. Er, wie alle Freunde Wilhelminens, beobachtete die merkwürdigen Schwankungen in den Beziehungen zwischen Wilhelmine und dem König mit dem Unbehagen der Zwiespalt. Der König hatte sich daran gewöhnen müssen, daß Wilhelmine ein ‹Gefolge› hatte – aber es ähnelte in keiner Weise etwa einer ‹Clique› oder ‹Fronde›, wie sich die Zusammenballungen an den Höfen charakterisierten –, von dieser Seite war, dies mußte dem König klar sein, keine ‹Intrige› zu erwarten. Beständig hörte der König auf den Rat des dicken Schmits, den er in geschäftlichen Dingen konsultierte, mit dem Architekten Langhans verband den König geradezu eine Art Zuneigung: in intimster Zusammenarbeit mit dem von ihm zu hohen Ehren und Titeln beförderten Mann wuchs das Lieblingsprojekt des Königs, das Brandenburger Tor, und der grobe, unentwegt offenherzige Schadow durfte die Victoria mit dem Siegeswagen auf dem Prunkgebäude errichten. Selbst der schöne Gualtieri, den der König anfangs mit einigem Mißtrauen betrachtet hatte, wurde so oft und wann auch immer Wilhelmine es wünschte, zu ihrer persönlichen Begleitung detachiert. Und den nun zu einer Art medizinischer Kapazität emporgestiegenen Arzt Dr. Heim ließ der König oft bei Krankheiten seiner Kinder holen: er selber freilich weigerte sich beharrlich, sich von dem so kundigen Arzt behandeln zu lassen – von Zaubertinkturen wollte Dr. Heim nichts wissen.

Allein durch ihre Persönlichkeit dominierte Wilhelmine bei all ihren Freunden, aber bei ihr selber dominierte allein der König. Das Verhältnis zum König bestimmte, wann sie glücklich oder unglücklich war; ihren Freunden war es nur gegönnt an ihren Seelenzuständen teilzuhaben, nicht sie zu bestimmen. Der Arzt und alle ihre Freunde konnten zu Wilhelmine kommen, wann und wo immer sie nach deren Gesellschaft Verlangen trugen, ihre Tür war stets offen für sie, sie waren willkommen, ob nun Wilhelmine glücklich oder unglücklich war. ‹Wer bin ich›, dachte der Arzt, als er mit seinem Einspänner nach Charlottenburg fuhr, ‹wer bin ich, daß sie immer nur nach mir ruft, wenn sie unglücklich ist. Selbst wenn es mir gelänge, sie glücklich zu machen . . .› dachte er und hieb auf seinen Gaul ein, ‹so bin nicht ich es, sondern der König, um dessentwillen sie glücklich ist.›

Wilhelmine empfing ihn, ‹nackt auf schwarzem, seidenem Sopha›, wie die Rede im Volk ging, sie blickte dem Eintretenden entgegen und sagte mit einer kleinen, etwas angerauhten Stimme: «Ich bin sehr unglücklich!»

Wilhelmine war nun vierzig Jahre alt und schön wie je. Keine ihrer so unterschiedlich verlaufenen Geburten hatten ihre Konturen beeinträchtigt. Der Arzt untersuchte sie gewissenhaft.

Dabei sagte er: «Der König begehrt Sie wieder, Wilhelmine – die Ingenheim ist tot, die Dönhoff im Begriff, sich selber auszuschalten – Bischofswerders Einfluß ist im Abflauen, die ‹Rosenkreuzer› werden durch die raisonnierenden Altpreußen bedrängt. Alle Ihre Feinde fressen sich selber auf . . .»

«Alle falschen Freunde des Königs!» sagte Wilhelmine. «Gewiß! Bald bin ich mit dem König ganz allein!»

Dabei füllten sich ihre Augen mit Tränen.

Der Arzt untersuchte sie, gründlich und nach allen Anweisungen, die ihm seine Wissenschaft bot. Er sagte: «Ich verstehe Sie nicht!» Er sagte besorgt: «Jetzt werde ich Ihnen weh tun müssen!»

Er tat ihr weh, aber Wilhelmine sagte: «Wenn ich allein der Mensch bin, dem der König vertraut, so muß ich nun vieles tun, was ich bisher nie zu tun begehrte, noch was von mir notwendig zu tun war, weil es die anderen taten. Und ich weiß nicht, ob ich das kann!»

Sie verzog plötzlich ihr Gesicht, während der Arzt sie untersuchte, und sagte: «Jetzt haben Sie mir weh getan!»

Sie setzte etwas mühsam fort: «Alles, was ich bei meinem Herrn einzusetzen vermag, ist dieser Leib – seien Sie vorsichtig!»

Der Arzt blickte auf. Seine Augen waren dunkel und hart. Er sagte: «Sie werden diesen Leib nicht mehr einsetzen können, Wilhelmine!»

Er erhob sich abrupt, er sagte: «Sehen Sie mich nicht so an!»

Aber Wilhelmine wandte den Kopf nicht ab.

Der Arzt griff nach seinem Bambusstock; es war nicht mehr der mit dem silbernen Knopf, sondern der des alten Königs mit der Krücke aus Bergkrystall, der dicke Schmits hatte ihm den Stock des Königs geschenkt. Dr. Heim klopfte mit der Krücke gegen die Handfläche der linken Hand. Er sagte: «Sie werden kein Kind mehr bekommen – oder mit ihm zusammen sterben!»

Er sagte: «Sie sollen mich nicht so ansehen, Wilhelmine, sonst kann ich Ihnen nicht sagen, was Ihnen gesagt werden muß! Blicken Sie dorthin!»

Langsam wandte Wilhelmine den Kopf zur Wand.

Dr. Heim fragte: «Können Sie die Empfängnis verhüten, wenn der König mit Ihnen schläft?»

Mit einem Ruck flog der Kopf der Wilhelmine zurück. Sie sagte empört: «Wäre das Liebe, wenn ich es könnte ...?»

Der Arzt wandte sich ab: «Und kann es der König?»

Wilhelmine sagte: «Sehen Sie mich an!»

Wilhelmine blickte ihm voller Stolz entgegen: «Der König kennt so wenig Vorbehalte wie ich, wenn er liebt!»

Dr. Heim klopfte die Krücke des Stockes gegen seine Handfläche: «Ziehen Sie sich an, Wilhelmine! Der König muß wissen: Es ist Mord, wenn er noch einmal mit Ihnen schläft!»

Wilhelmine erhob sich und warf den Morgenmantel um. Sie sagte ruhig: «Der König darf es niemals erfahren!»

Sie trat dicht auf den Arzt zu: «Also habe ich nur noch neun Monate zu leben? Gibt es keine Mittel, mein Leben zu verlängern?»

Der Arzt legte den Arm um ihre Schultern: «Sie müssen sich trennen von Ihrem Herrn, Wilhelmine! Gehen Sie in ein Bad ... ja, gehen Sie nach Bad Pyrmont, Stahlquellen – Moorbäder ... vielleicht werden Sie wieder gesund ... aber ein Kind ...? Nie wieder! Nie!»

Er ging. Als er draußen seinen Einspänner bestieg, hörte er Wilhelminens gellenden Schrei: «Minette ...» rief sie. «Minettchen!»

In den Badeorten wie Bad Pyrmont traf sich die ‹große Welt›, nicht in den Residenzen, wo die Fremden von Distinction immer nur durchreisten, oder wo sie nur zu diplomatischen oder anderen Geschäften weilten, und schon gar nicht in der Hauptstadt des Landes Preußen, in Berlin, der Stadt, die es so schwer hatte, ihren provinziellen Charakter abzulegen. Man traf sich in den Bädern, man verlustierte sich dort, man paradierte dort in seiner gesellschaftlichen Bedeutung. Man traf sich am Brunnen, in den Bädern, bei Illuminationen, beim Feuerwerk.

Der König hatte Wilhelmine offenbar leichten Herzens, mit einer gewissen Erleichterung gar, nach Bad Pyrmont gehen lassen. Seine Majestät hatte Sorgen politischer Art.

«Ich werde auch nicht hier bleiben können, mein Minchen», sagte er, «und mitnehmen kann und mag ich dich nicht – nach Frankfurt, zur Kaiserkrönung, die ja nichts ist als leerer Tand, Babel und Fabel, wie schon Jacob Böhme sagte ...»

«Was mich so arg mitgenommen, mein Herr und Gebieter», sagte Wilhelmine, «ist nichts anderes als mein Krieg mit den Bäckern! Ich sehne mich nach einer Luftveränderung! Nach einer anderen als von Bäckern verpesteten Luft!»

Der König kniff ihr in die Wange: «Fahr du nur», sagte er, «und wenn du genug hast von der Gesellschaft dort wie jetzt von den Bäckern, dann kehre zurück!»

Wilhelmine reiste wie eine große Dame nach Bad Pyrmont, und sie wurde als eine große Dame aufgenommen. Freunde besuchten sie – Lord Templeton, der Tollkopf, kam angereist, sobald er erfahren, daß sie dort war. Ihre Kinder machten geradezu Furore in ihrem Liebreiz, Mariane, die ihr in Temperament und Körperbildung und wohl auch im Charakter so sehr glich, und auch ‹Lellchen›, der kleine Wilhelm Rietz, der, wie sie an den König schrieb ‹. . . so im Vorbeigehen sich bei der Herzogin von Mecklenburg-Schwerin deren Mohren ausgebeten, sie könne ja doch nicht mit ihm spielen, wie er . . .›, worüber allgemein wohlwollendes Gelächter war.

Über die leidige Politik sprach niemand, man war gekommen, um sie für eine Weile zu vergessen.

Aber Wilhelmine, welche die Bäcker zum Vorwand genommen hatte, um den König nicht zu beunruhigen, mußte bemerken, wie sehr sich tatsächlich in Berlin ein Umschwung der Stimmung gegen sie vorbereitet hatte. Sie, die immer nur darauf bedacht war, sich Freunde zu verschaffen, fühlte sich gekränkt. Was war denn geschehen? Nun, seit der Auflockerung der Monopole durch das Commerz-Traktat ihres dicken Willem war das Geld offenbar so beträchtlich unter die Leute gekommen, daß sich nicht nur die Aristokratie, nicht nur reiche Bürgerliche, sondern auch Damen aus kleinbürgerlichen Kreisen eine Badereise nach Bad Pyrmont leisten konnten, vornehmlich Bäckers- und Schlachtersfrauen, echte Berlinerinnen, die gewohnt waren, aus ihren Neigungen und Abneigungen so wenig Hehl zu machen wie Wilhelmine selber. Und eben diese Berliner Damen verleideten ihr bald den Aufenthalt mit häßlichen Bemerkungen, die in ihrer Gegenwart fielen.

Da Lord Templeton sofort seine Künste als Faustkämpfer in ihren Dienst zu stellen versuchte, zog es Wilhelmine vor, einer der Madames selber eine zu ‹schallern›, und berichtete reumütig zerknirscht dem König ihren Rückfall in die Gewohnheiten ihrer unbeherrschten Jugend.

Der König antwortete reizend: «. . . es war schon mein Entschluß, dazwischenzufahren und die groben Berliner Madames zur Raison zu bringen . . .» – aber Wilhelmine hatte tatsächlich für alle Zeiten jegliche Sympathien bei den Berliner Kleinbürgern verwirkt.

Nicht der König in seiner wohltuenden Gelassenheit deutete das Verhalten der Berliner Madames als ein untrügliches Zeichen für kommende Veränderungen, sondern Gualtieri, der sich erbittert mit Lord Templeton über die politischen Ereignisse in Frankreich stritt. Der tollköpfige junge Lord wollte von diesen verdammten Froschessern in Paris nichts wissen, er teilte seine Abneigung gegen die Bedeutung der Ereignisse mit der gesamten Pyrmonter ‹großen Welt›. Nur selten durchzuckten Nachrichten aus Paris das rosafarbene Gewölk über der ausgelassenen Gesellschaft – aber Wilhelmine hatte ja Freunde in Paris. Mit Gualtieri besprach sie erregt die Ereignisse von jenem 14. Juli, von jenem Sturm auf die Bastille, in der sie ein Jahr lang als Gast und Schützling des Kommandanten de Launay gelebt, sehr glücklich gelebt, glücklicher als sie jemals ihrem Herrn und Gebieter zu bekennen gewagt: Sie war in der herrlichen Stadt mit allen ihren Verführungen seelisch immer nur an den einzigen Geliebten gebunden – ob Gualtieri das verstand? Und ob Gualtieri das verstand! Nun erfuhr Wilhelmine vom Kampf und Tod de Launays und seiner Invaliden – auch hier und jetzt war sie über das Schicksal eines ihrer Freunde erschüttert, dessen Beziehungen zu ihr in eben dem Maße bestimmt waren durch die Gewalt ihrer Liebe zu ihrem Herrn wie die aller ihrer Freunde und Anbeter.

Sie war durch die Ereignisse in Frankreich persönlich berührt. Da war der Graf Mirabeau, er hatte sich zu ihren Freunden gerechnet, wenn sie ihm auch nie hatte ganz vertrauen können. Sie kannte sein Leben, er war, Sohn achtbarer aristokratischer Eltern, durch mancherlei Abenteuer – Gefängnishaft, Weiberaffairen, Schulden – durch das Leben seiner Zeit gehetzt, ewig in Geldnot, die spitze Feder unbedenklich verkaufend an den, der sich ihrer bedienen wollte – nun mußte Wilhelmine hören, daß sich dieser Mann zum Demosthenes der Französischen Nationalversammlung in Paris entwickelt hatte, aber zur Mäßigung riet: sein Ideal war eine durch Verfassung beschränkte Monarchie. Doch dann kam die Nachricht, im ganzen aufgewühlten Europa außer in Bad Pyrmont lebhaft diskutiert, daß er von den mißtrauischen französischen Patrioten – so wagten die Rebellen sich zu benennen –, welche die ‹Menschenrechte› proklamiert, was auch immer dies sein mochte, von jedem Ministerium ausgeschlossen wurde, wieder ins Elend versank und endlich durch eine mysteriöse Krankheit verstarb, wahrscheinlich also durch ein zu großes Maß aufgestockter Galle.

Wilhelmine nahm fleißig Bäder, sie ließ sich in heißes Moor packen, sie spürte körperliche Schmerzen nicht mehr. Als ein Zettelchen des Königs kam, in welchem stand: ‹. . . nun sind die Sachen auf dem letzten Entschließungspunkt, ob es Krieg wird . . . ich lasse schon alles zusammenrükken auf der Grenze, und geht es vorwärts, so wird es sich just treffen, daß die Armee am Sterbetag unseres verewigten Alexanders über die Grenze rückt . . .› packte sie kurzerhand ihre Sachen zusammen und fuhr nach Berlin zurück.

·

Krieg? Was für ein Krieg?

Wilhelmine verstand von dem ganzen politischen Getriebe weniger denn je. Sie hatte von einem diplomatischen Erfolg Bischofswerders gehört, den sie nun nicht befragen konnte, weil er ständig auf geheimnisvollen Reisen war, aber sie begriff, daß der König, der von Politik, sie wußte es, genausowenig verstand wie sie selber, in Gefahr war, wie immer mehr seinen Gefühlen zu folgen als irgendeiner Vernunft.

Was war in ihn gefahren? Dieser Mann, der einst in ihren Armen geweint hatte, er wolle nicht König werden, der sich gegen die ruhmreichen Kriege seines Onkels gestemmt hatte, wie er sich gegen alles stemmte, was der Oheim tat, der lieber den Kriegsschatz aus dem Juliusturm unter die Leute brachte und lieber bauen wollte, der die Architektur sicherlich mehr liebte als den Krieg, der aus wohl verständlichen Gründen nie von seinen Erfolgen im Kartoffelkrieg sprach und von seinem Feldzug nach Holland nur, um zu bezeugen, daß er kein Blut gekostet habe – dieser Mann fürchtete den Krieg, und doch steuerte er auf ihn zu?

Was gingen die Ereignisse in Frankreich Preußen an? Was gingen sie den König an? In Holland hatte er seiner Schwester helfen wollen und hatte ihr geholfen. War er übermütig geworden? Ließ er sich nun blenden vom leichten Erfolg: Keiner der an den holländischen Angelegenheiten beteiligten Souveräne war ihm in den Weg getreten! Wollte er dem König von Frankreich helfen gegen dessen eigenes Volk, wie er dem Wilhelm von Oranien geholfen hatte gegen das eigene Volk?

Wilhelmine lenkte ihr Viergespann, sie achtete nicht auf die Kinder, die im Fond schlummerten, sie besprach sich nicht mit Gualtieri, der ihr voranritt, sie hatte sich nicht einmal von Lord Templeton verabschiedet, der ihr wieder einmal einen ‹gottverdammten› Heiratsantrag gemacht, sie reiste dem König entgegen. Aber in Berlin machte sie halt, sie suchte vor dem König den Dr. Heim auf. Der untersuchte sie, fand sie in bedeutend gebessertem Zustand, riet ihr aber auf das bestimmteste, dem König bei jeder ihm zusagenden Gelegenheit auf unerträglichen Zahnschmerzen zu beharren. Der König, kaum hatte er erfahren, daß Wilhelmine in Charlottenburg angekommen war, beeilte sich, bei ihr zu speisen. Er war ruhig und gelassen, er ließ sich, indem er sich über eine Aalpastete hermachte, von Wilhelmine erzählen, was sie in Bad Pyrmont erlebt hatte, karessierte sein Marianchen und spielte selbst mit ‹Lellchen›, dem er viele Bonbons mitgebracht, besichtigte den kleinen Grafen Ingenheim, der in der bewährten Obhut der Mutter Encke zurückgeblieben war, und begab sich zufrieden schnaubend ins Spiegelzimmer, um ein Bad zu nehmen.

Kein Zweifel, der König beabsichtigte, sich ‹ein Vergnügen zu machen›.

Aber im Bett sprach Wilhelmine mit ihm. Sie erfuhr sofort, was sie zu wissen verlangte. Der König bekannte sich zu dem Grundsatz, der durch die Ereignisse in Paris zum europäischen Gemeingut der Politik geworden war: ‹Die Lage, in der sich der König von Frankreich befindet, ist als Gegenstand gemeinsamer Teilnahme aller Souveräne Europas zu betrachten . . .!›

Gerade der Tod Mirabeaus hatte den Ausschlag gegeben. Der blatternarbige Graf war, obgleich er den unglücklichen König Louis XVI. nicht liebte und nie geliebt hatte, doch der einzige, auf den dieser noch einige Hoffnungen gesetzt. Die sensationelle Nachricht, daß der König nun versucht hatte, aus Frankreich zu fliehen, durch einen Postmeister erkannt und festgenommen, wieder nach Paris zurückgebracht worden war, wo er nun seine Unterschrift unter so manches Dokument setzte, das er niemals anerkannt hätte, wäre er in seinen Entschlüssen frei, entzündete alle Temperamente: Ganz Europa war sich einig, daß dem Mann geholfen werden mußte.

Der König wollte handeln wie ein König. Und hatte Wilhelmine das nicht immer gewünscht und erhofft? Was konnte sie dagegen sagen? Sie konnte nur froh sein, daß der König wirklich ernsthaft mit ihr sprach über diese Dinge, in ihrem Bett, nach dem Bad im Spiegelzimmer – er hatte es nicht mehr getan, seit er König war. Aber das Herz blieb Wilhelminen fast stehen, als der König, eben noch so sicher seines Weges und seines Vorhabens, sie plötzlich flehentlich bat, wirklich mit Flehen und mit Tränen in den Augen, den Geist Alexanders zu beschwören und zu fragen, ob er recht handele – der düstere Visionnaire und ‹Rosenkreuzer› Bischofswerder war ja auf Reisen, das Medium Oswald nach Breslau zurückgekehrt, sie war die einzige, und sie war die nächste dazu, zu erfahren, was Alexander ihm zu sagen hatte.

Wilhelmine versprach, nun ebenfalls unter Tränen, zu tun, was in ihrer Macht stünde, um den Geist des kleinen Alexander zu befragen.

Aber der König konnte sich diesmal nicht ein Vergnügen machen, Wilhelmine klagte über Zahnschmerzen.

Am 24. Januar 1792 genas Sophie Gräfin Dönhoff eines gesunden Knaben, den der König selbst über die Taufe hielt, und dem er den Namen Wilhelm Graf von Brandenburg gab.

Wilhelmine wußte, welche Rechte der König der Mutter eines seiner Kinder gab. Es war klar, daß die Dönhoff dem König im Sinne ihrer Fronde raten werde, die den Krieg zwar aus Gründen der Ehre billigen mußte, aus den gleichen Gründen aber auch darauf dringen mußte, ihn schnell und siegreich zu führen.

Und immer noch zögerte Wilhelmine, ihre Zahnschmerzen vortäuschend, dem König zu raten, was ihr eigener Geist ihr eingab, vorgebend, es sei der des kleinen Alexander.

Aber den Ausschlag für den König gab weder der Rat der Dönhoff noch der Wilhelminens.

So sehr war die Zeit aus den Fugen geraten, daß Bubenhände sich nun an die geheiligten Personen der Souveräne auch außerhalb Frankreichs wagten. In Schweden wurde König Gustav III. ermordet! Den König Friedrich Wilhelm von Preußen regte diese Nachricht in einer Weise auf, die kaum gesteigert werden konnte, als die Voß ungemein eifrig verbreitete, sie wisse von einem Plan, nach dem Friedrich Wilhelm selber durch ein von seinem eigenen Zahnarzt und dem der Madame Rietz ihm beizubringendes Gift ermordet werden sollte.

Dr. Heim analysierte das Gift als ein harmloses Betäubungsmittel; aber immerhin, allein das Gerücht konnte nicht anders gewertet werden als ein Zeichen der Zeit.

Der König betrieb die Vorbereitungen zum Krieg mit einem Eifer, der in Paris mit Sorge betrachtet wurde, mit einer Sorge ganz anderer Art aber von der altpreußischen Fronde.

Die Dönhoff schrieb dem König einen langen Brief: ‹Ich gebe Sie ganz auf, wenn Sie sich mit solchem Leichtsinn in ein so gewichtiges und schweres Unternehmen einlassen. Entweder müssen Sie an der Spitze von zweihunderttausend Preußen und zweihundertfünfzigtausend Oesterreichern marschieren oder auf jede Hoffnung des Sieges verzichten. Mit einer Handvoll Leute werden Sie nur Ihr Leben aufs Spiel setzen und Ihre Ehre bloßstellen. Sie werden von den Grenzen zurückgeschlagen werden. Ihre ritterliche Laune macht Sie zu einem Don Quichotte, der ebenfalls Berg und Tal durchzog, um überall das Recht wiederherzustellen, sich auf alles stürzte, was ihm in den Weg kam und losschlug, ohne auf die Anzahl und Stärke seiner Gegner Rücksicht zu nehmen ...› goldene Worte, die gänzlich ihren Sinn verfehlten, weil der Brief viel zu lang war, der König las ihn nicht zu Ende, gab ihn vielmehr Wilhelmine zu lesen, die wegen ihrer Zahnschmerzen unfähig war, ihre Meinung über dieses Schreiben zu sagen.

Der König aber sagte: «Sie *dolliert* wieder einmal ...» ein Ausdruck, den er ihr gegenüber nun zum erstenmal über die Dönhoff anwandte. Und der König schickte Sophie Dönhoff, die ihn trotz ihres Kindes begleiten wollte, nach Neufchâtel, bat Wilhelmine aber, in seiner Nähe zu bleiben und empfahl ihr die Bäder in Aachen und Spa.

Am 20. April 1792 setzte der König Ludwig von Frankreich seine Unterschrift unter die Kriegserklärung gegen Oesterreich. Der König von Preußen in einer Art Nibelungentreue, wie es scheinen mochte, rückte mit seiner Armee unter dem Herzog Ferdinand von Braunschweig an die Grenzen, obwohl ihm der Krieg noch gar nicht erklärt worden war. Die Oesterreicher hatten es längst nicht so eilig.

Es war nicht Nibelungentreue. Bevor sich der König zu seinen Truppen begab, träumte er von seiner Mission. Er sah sich an der Spitze seiner Truppen in Paris einrücken. Er sah sich, wie er den unglücklichen Vetter, mit dem er keineswegs anders verwandt war, als wie etwa mit einem Amtsbruder, selig umarmte, um ihn dann etwa wieder in alle seine Rechte einzusetzen oder, wenn er das im Einverständnis seiner Verbündeten nicht konnte, wenigstens den Klauen seines aufgewühlten Volkes zu entreißen und in die freien Länder zurückzuführen, wohin er ja, seine vergebliche Flucht bewies es, sich zu begeben die Absicht hatte.

Wilhelmine konnte keine unedlen Motive in den Träumen des Königs entdecken, sie wußte, daß sein Vorhaben unabänderlich war und tröstete sich damit, daß eine Geisterbotschaft Alexanders ihm wenigstens die Kraft und den Mut geben werde, zu tun, was er vorhatte. Und so schrieb sie ihm, liebevollen Herzens, aber immer noch mit Zahnschmerzen, einen Brief: ‹Sage meinem Vater, er wird den erretten, dem Gewalt geschieht, von dem, der Unrecht tut. Gott wird mit ihm sein, wenn er fromm und reinen Herzens ist . . .› als Botschaft des toten Alexander.

Der berühmteste Feldherr seiner Zeit, der Herzog von Braunschweig, kommandierte die Armee der Koalition, fünfundvierzigtausend Preußen und sechsundfünfzigtausend Oesterreicher, und nahm sein Hauptquartier in Koblenz. Ihn umgab ein Schwarm französischer Emigranten, denen es gelungen war, nachdem der französische Adel freiwillig auf seine Vorrechte verzichtet hatte, dennoch der Freiheit, Gleichheit und Brüderlichkeit zu entfliehen. Eben diese Emigranten vermochten es, den Herzog, der von den wirklichen Verhältnissen in Paris so wenig Ahnung hatte, wie diese selber, davon zu überzeugen, daß die durchaus noch intakte Armee des Königs von Frankreich beim ersten Zusammenstoß überlaufen werde und zu einem Aufruf an die Franzosen zu bewegen, in dem die Franzosen alle schlicht zu Rebellen erklärt wurden, denen die ganze Strenge der Kriegsgesetze drohte, wenn sie nicht zur alten Unterwürfigkeit gegen ihren König zurückkehrten – und außerdem sollte im Falle eines Ungehorsams gegen diesen Aufruf Paris der Erde gleichgemacht werden – nicht mehr und nicht weniger als das.

Die Franzosen verhafteten daraufhin ihren König und setzten ihn im Temple fest. Wilde Haufen von begeisterten Freiwilligen der Revolution eilten zu den Fahnen, mit revolutionären Führern an der Spitze, die mangelnde Erfahrung durch Kühnheit, und mangelndes Pulver durch Salpeter, von Kellerwänden gekratzt, ersetzten.

An den Herzog von Braunschweig gelangte der Brief eines in Paris gebliebenen französischen Aristokraten: ‹Begleitet von den Verhöhnungen des Volkes ist die Königliche Familie in den Temple geführt worden. Vorher war diese Familie noch Zeuge der Vorsichtsmaßregeln, die die Nationalversammlung nahm, um die Verrätereien zu verhüten. Das sind die Wirkungen, gnädiger Herr, welche Ihr Manifest hervorgerufen hat. Glauben Sie, daß die Königliche Familie und die Emigranten Ihnen großen Dank schulden? Ich wiederhole es Ihnen, gnädiger Herr, ich begreife es nicht, daß man hat Sie bestimmen können, Schriften zu unterzeichnen, die ebenso unpolitisch als ungeziemend sind. Man spricht nicht in einem solchen Tone, wie Sie gesprochen haben, zu einer Nation von siebenundzwanzig Millionen Menschen, von denen sechs die Waffen tragen. Alexander sprach nicht so nach der Schlacht von Arbela. In ihren energischen Reden sprachen die Römer nicht anders als mit Mäßigung zu ihren Feinden. Ein Held, selbst im Schoße des Glückes, darf nicht anders als mit Würde sich äußern, er muß entehrende Prahlereien vermeiden. Es ist jederzeit eine Thorheit, eine Nation zu insultieren, es ist Wahnsinn, sie zu insultieren, ehe man sie besiegt hat, es ist eine Gemeinheit, sie nachher zu insultieren ...!› Der Herzog von Braunschweig las diesen Brief mit gerunzelter Stirn, eine Hand an die Backe gepreßt, fluchte laut und allgemein vernehmlich über das ‹Emigrantenvolk, das unnütze› und berichtete dem König, die Kabinette von Wien und Berlin hätten seinen Aufruf geprüft und entsprechend gefunden.

Wilhelmine schrieb von Aachen am 29. Juli 1792: ‹Um drei Uhr nachts sind wir hier gesund und glücklich angekommen, ohne eine Unannehmlichkeit als die Gedanken, sich auf so lange Zeit von meinem besten Freund getrennt zu wissen; doch ist auch hier ein Trost, daß Sie mit einer großen Sache sich beschäftigen ... und ich will für Sie beten an dem für uns beide so traurigen, aber auch so glücklichen und merkwürdigen Tag. Ich werde soviel wie möglich für mich allein leben. Auf dem Flur, wo ich wohne, wohnt eine Comtesse de Rivière, welche zwei kleine Kinder hat ... überhaupt sind viele Franzosen hier, die aber alle sehr unglücklich aussehen. Unsere Tochter küßt Ihnen die Hände und wird hier sehr fleißig studieren. Vergessen Sie uns nicht! Wir haben unser einziges Erdenglück in Ihnen!›

Der König vergaß sie nicht. Zwar ritt er tapfer seinen Preußen voran, ungeduldig, denn gar langsam wälzten sich die Heerzüge nach Frankreich hinein, begleitet und gehindert durch eine ungeheuerlich angewachsene Bagage – die französischen Emigranten mit ihren zahlreichen Kutschen, beladen mit allen Familienangehörigen und Maitressen sowie dem gesamten Hausrat, wollten, in Paris angekommen, sich sofort standesgemäß equipieren können. Doch durch Stafetten sandte er seinem Minchen nach Aachen und Spa die kleinen Zettelchen in seiner fürchterlichen Handschrift, so oft er konnte.

‹... der französische König sitzt im Temple im Gefängnisturm. Sonderbar, sonderbar! Wird er darin bleiben? Werde ich ihn da finden? Da herausholen? Gottes Wille geschehe! ... ich lese, wenn ich einen Augenblick Zeit habe, den ganzen Prozeß des schwedischen Königsmörders durch ... wie unglücklich ist ein König, den Gottes Schutz verläßt! Schreckliche Versuchungen fühle ich täglich ... fühle das für Mine, wie mit Pariser Damen, ich werde gewiß kämpfen; es ist aber ein rechtes Glück, daß Mine so schrecklich fürchtet, jetzt schwanger zu werden, das hilft mir sehr ...›

Wilhelmine las diesen Brief zuerst mit gerunzelter Stirn, dann mit einem verzeihenden Lächeln. Das war er, so war er: Die Sorge, daß er unglücklich werde mit seinen guten Vorsätzen, politischen und mehr menschlichen – daß er nicht bei seiner Mine liegen konnte, erlaubt ihm, durch diese Entsagung, bei seinen französischen Damen zu liegen ...

Wilhelmine beschloß, sich ihrerseits den Lord Templeton kommen zu lassen, und er kam. Und sie schrieb dem König, in welch vornehm französischer Gesellschaft sie sich bewege, zählte die Namen der nobelsten Geschlechter Frankreichs auf, und vergaß nicht, hinzuzufügen, daß alle diese Damen im König ihren Helden sahen, sie wohnten dank ihm schon alle wieder in Gedanken in ihren Häusern in Paris. Und dann: ‹Wir haben eine Reise nach Maastricht gemacht. Ein uraltes Kloster dort ... Ein Alter von achtzig Jahren gab mir seinen Segen und sagte zu meinem größten Erstaunen: Armes Weib, du hast viel gelitten, aber du bist auch belohnt! – Ich war wie versteinert, aber er winkte mit der Hand und weg ...! Man liest hier, was in der ‹Nachgohnal värsamlung› vorgeht; die Blindheit der Menschen bringt mich oft zur Bewunderung.›

Die Kanonade von Valmy erstickte mitsamt dem niederträchtigen Regen, mit dem sich die unbesiegten Preußen zu entschuldigen suchten, indes dieser Regen ebenso niederträchtig auch auf die Franzosen fiel, und mit dem Beginn schrecklicher Seuchen, weitere Lust zu gloriosen Taten. Die französischen Linientruppen des Königs im Temple riefen trotz des Schreckensregimentes, das in Paris begonnen hatte, beim Vorgehen durchaus nicht: *«Vive le roi!»* sondern *«Liberté et Égalité!»* und sangen das neue Revolutionslied eines royalistischen Offiziers: *«Allons enfants de la patrie ...!»* Ebenso langsam wie beim Vormarsch wälzten sich die preußischen Heerzüge wieder zurück, nicht mehr behindert durch die Bagagen der Emigranten, sondern durch den Genuß unreifer Pflaumen an Stelle geregelter Nachschubverpflegung. Im Herzog von Braunschweig bohrte der Wurm des Zweifels über den Sinn der ganzen Aktion, indes der König immer noch hoffte, den unglücklichen Amtsbruder im Temple noch einmal umarmen zu können. Daß der Herzog bei Verdun sein Hauptquartier in dem Dorfe ‹Regret› nahm, der König aber im Dorfe ‹Glorieux›, empfand Wilhelmine nicht allein als ‹simmbollisch›.

Niemand natürlich wagte an der Tapferkeit der Preußen zu zweifeln, außer den Oesterreichern, die in den Niederlanden aufgestellt waren und in der Pfalz, und sich sowohl über die Pflaumen als auch den Regen mokierten, niemand wagte auch die Kunst der Feldherren anzuzweifeln, deren Namen und Ruhm allein schon Furcht und Schrecken bei allen Feinden erregen mußten. Aber merkwürdigerweise waren die ganz unmilitärischen Haufen der Franzosen trotz Regen, Pflaumen und Bewaffnung mit Piken und Flinten statt mit Kanonen und Gewehr, immer da, wo die Preußen sich stellten – und nicht nur die Preußen, sondern auch die Oesterreicher. Und was waren das für Namen, die sich da bei den Franzosen Ruhm erwarben, irgendein Custine nahm die Pfalz und ein Dumouriez Belgien.

Bei Jemappes wurden die Oesterreicher genauso geschlagen wie bei

Speyer, Worms und Mainz – Mainz, die Festung gar fiel in Custines Hand und Custine nahm zwei Tage später Frankfurt, die alte deutsche freie Reichsstadt und ‹brandschatzte› sie, Jammer über Jammer.

In Koblenz schrieb der König von Preußen an Wilhelmine:

‹Koblenz, 9. Oktober 1792. Vorgestern hier angekommen. Ihr Brief beruhigt mich. Successe haben und doch nicht vorwärts zu können, ist wohl eine seltene Lage, und das ist doch die unsrige gewesen. Ich habe mich durch das viele Nachdenken darüber fast verrückt gemacht. Aber Gottlob ist es nicht zu Zweifeln in meinem Kopf gekommen ... nun aber bin ich seit dem Empfang Ihres Briefes getröstet ... und heiter, mehr als wenn ich Bataillen gewonnen und solche trostvollen Äußerungen nicht erhalten hätte ...›

Und am 19. desselben Monats: ‹... werde desparat hier vor Langeweile, abends in Koblenz ... habe hier den kleinen Franzosen Vasimont bei mir, aber dessen Landsmänninnen fehlen mir ... aber was will man tun? Im Krieg geht es nicht anders. Ich sehe eben, daß es ein großes persönliches Glück ist, nicht nach Paris gekommen zu sein, es wären da meine Tage nicht gut abgelaufen.›

Und dann bedankt sich der König für ‹Liqueur, Konfekt und Makkaroni› und findet, weil die Berliner toben: ‹Ärgere Dich nicht über die Berliner, Ohrfeigen von Deiner Hand sind ihnen noch zuviel.›

Die Franzosen hatten die Republik ausgerufen und beschlossen, ihrem König den Prozeß zu machen. Der Kaiser Franz von Oesterreich, der dem Leopold schon so bald gefolgt war, schien durchaus nicht das gleiche Interesse zu haben, eine nahe Verwandte, die Königin von Frankreich, als siegreicher Befreier in die Arme zu schließen, wie der König von Preußen den König Ludwig. Abwarten hieß die Parole, wenn sie es wagen, den König von Frankreich hinzurichten, wird Spanien und England aufwachen und helfen. Bei dieser Aussicht erröteten die Alt-Preußen vor Scham.

Immerhin, der König von Preußen eroberte Frankfurt zurück, schlug sich persönlich an einem der Tore mit den Franzosen siegreich herum und zog als Befreier in die gebrandschatzte Stadt ein, in der für ihn Milch und Honig fließen sollte, die Milch für seinen Körper und der Honig für sein Gemüt. Wilhelmine aber reiste aus Spa nach Charlottenburg und schrieb dem König tröstend: ‹Ist nicht alles so gegangen, wie es hatte gehen sollen, so werden diejenigen das einst zu verantworten haben, daß sie anders handelten, als sie sollten; der eine handelte aus Neid, der andere aus Habsucht, der dritte aus Stolz und der vierte wohl gar als Werkzeug der Hölle ... doch zuviel möchte ich nicht sagen ...› Worauf der König gerührt, aber voreilig, sein Minchen mit den Kindern einlud, nach Frankfurt zu kommen.

Dort hatten einmal die Franken eine Furt über den Main gefunden und hatten die Sachsen geschlagen, die am andern Ufer hausten, und dort hatte Karl, als er noch nicht der Große war und noch nicht Kaiser, eine Kirchenkonferenz zusammengerufen, und dann hatte Ludwig der Fromme dort seine Residenz gehabt, gewohnt hatte er freilich in der Feste Königstein im Taunus; aber Frankfurt wurde die Hauptstadt des ostfränkischen Reiches, dann Wahlstadt der deutschen Könige und schließlich Krönungsstadt der deutschen Kaiser. Von Anfang an aber hatte Frankfurt städtische Eigenart, jede Hofhörigkeit abgestreift und war zuerst eine königlich freie, dann eine freie Reichsstadt mit eigenen Privilegien, der Herbstmesse und dann der Fastenmesse, der größten Messen des Reiches, welches nunmehr dreihundert Eigentümern gehörte, die untereinander zerstritten waren, und einem Kaiser, dessen Krönung nicht nur nach der Meinung Friedrich Wilhelms und Jakob Böhmes ein leerer Tand, Babel und Fabel war.

Das ‹Heilige Römische Reich Deutscher Nation›, von dem niemand mehr so recht erklären konnte, warum es heilig oder römisch oder deutsch war und eine Nation entschieden mitnichten, war arg brüchig geworden, ein altes, baufälliges Gebäude, das nach jedermanns Meinung beim ersten Sturm zusammenstürzen mußte. Aber Frankfurt profitierte davon, wie es immer profitierte vom Reich und allen dessen Lebenslagen – niemals war die Stadt reicher als zu dieser Zeit. Binnen zweier Jahre hatten gar zwei Kaiserkrönungen stattgefunden, die des Leopold und die des Franz, und das langsam dahinsterbende Reich hatte wie immer bei solchen Gelegenheiten noch einmal allen Prunk entfaltet, wie um zu beweisen, wie prächtig es noch war; bei diesen letzten beiden großen Festen war die Stadt zudem noch überschwemmt von französischen Emigranten, der Aristokratie, die durch ihr Gehaben vornehmlich den eigenen Zusammenbruch verschuldet hatten, durch rücksichtslose Verschwendung, wie die Jakobiner sagten – gewohnt, viel Geld auszugeben. Um zu beweisen, wie vornehm man war, streuten sie ihre letzten Summen, dann ihre Juwelen über die handelstüchtige Stadt, um sich zuletzt von den reichen Juden das Geld, das sie unbedingt benötigten, auf Wechsel zu beschaffen, einlösbar, nachdem die Preußen Paris erobert hatten und die Aristokraten alle ihre Güter wiedergewonnen.

Bei der Krönung des Franz waren auch die Oesterreicher und Preußen in der Stadt, viele Heerführer und noch viel mehr Heer-Geführte, die alle begierig waren, ihren Sold auszugeben und sich es noch einmal wohl sein zu lassen, wie es sich seit alters bei Soldaten geziemt. Die martialisch steife Haltung der durch Frankfurt marschierenden preußischen Regimenter konnte nicht darüber täuschen, daß die Herren Offiziere das Geld locker in der Tasche trugen, und wenn sie es dort nicht mehr trugen, jederzeit bei den Frankfurter Geldherren holen konnten; der Herr Vater in Pommern war den Bankiers wohl Sicherheit genug, auf Ehrenwort? Von den Oesterreichern wußte man, daß sie, vermutlich, weil ihnen der preußische *point d'honneur* in diesen Sachen abging, doch in reeller Bankverbindung in Wien und Prag und Budapest einfach und gut zu erreichen waren. Ein Goldregen war also in diesen letzten Jahren über die gute, immerdar handelswillige und urbane Stadt gefallen, alle die goldenen, mit Brillanten besetzten Döschen und Pokale, die sich die Souveräne, die Kaiser, Könige, Herzöge und Erzherzöge, die Kurfürsten und des Reiches Kämmerer und Erzmundschenke, und was es so alles gab, gegenseitig schenkten, wie es Brauch, alles, alles, wanderte unter die Leute, die dessen zufrieden waren, wie Mayer Amschel Rothschild, der freilich zu den Krönungsfeierlichkeiten nicht geladen war, aber doch wie seine Glaubensbrüder die goldenen Tage im Ghetto verbringen mußte, das sonsthin jeden Tag bei einbrechender Nacht, an den Sonn- und Feiertagen aber immer geschlossen war, geschlossen auch während der Krönungsfeiern. Mayer Amschel konnte wenigstens die Köpfe und Beine der hohen Fürstlichkeiten sehen, er sah versteckt aus dem Dachfenster eines Frankfurter Patrizierhauses zu und notierte sich im Geist die Summen, welche die hochmögenden Herren da unten ihm schuldig waren.

Kurz, große Geldsummen waren in Frankfurt in Umlauf gebracht, und hatten viele Einwohner, besonders Wirte und Hausbesitzer bereichert, Handel und Gewerbe waren in hoher Blüte, und die Finanzen der alten Reichsstadt trotz Unterschleifen und Verschleuderungen in einem so guten Zustand, daß der aus achtundvierzig Personen bestehende Magistrat von nichts Geringerem als einer gänzlichen Aufhebung aller Abgaben reden konnte.

Und dann kam plötzlich die Nachricht, daß ein gewisser Custine in die Pfalz eingefallen sei, auf Worms vorrücke, ja es schon besetzt haben sollte. «Nur ein unbekanntes Streifcorps», hieß es, aber aus der Pfalz, aus Rheinhessen rollten die Kutschen in die Stadt, hochbeladen, vermögliche Leute hatten ihre Güter und Geschäfte im Stich gelassen und suchten Schutz und Hilfe hinter den Mauern der guten Stadt. Auch sie wollten leben und leben lassen.

Und dann war Custine in Mainz, und die hohen Behörden der Stadt und Festung, vom Generalfeldzeugmeister bis zum jüngsten Magistraten hatten angesichts des die Übergabe fordernden einzelnen Trompeters in zerrissenen Hosen, aber mit einem gewaltigen Hut und einem krummen Säbel, schnell beschlossen, die Stadt zu übergeben.

Tolle Dinge hörte man aus Mainz. Die Mainzer, immer ganz anderer Mentalität als die Frankfurter, jubelten den Franzosen zu! Sie errichteten einen Freiheitsbaum, setzten diesem eine rote Mütze auf, und dann, ja dann kam es so, «daß in den Reihen der Soldaten der Freiheit Kaufleute, Kapuziner, alte Weiber, ehrbare Magistratspersonen, junge Mädchen, Geistliche in ihrem Ornat, Nonnen und Mönche von allen Farben, wie durch Oberons Horn toll gemacht, in bunter Mischung Hand in Hand die komischsten Bocksprünge machend, unter wildem Geschrei um die rote Mütze rasen mußten». Und ein angesehener Frankfurter Bürger wußte zu berichten: «. . . daß er in einem solchen Kreis einen Domherrn, zwei Freudenmädchen, ein paar Hofräte, eine ehrbare sechzigjährige Matrone, ein halbes Dutzend feiste Franziskaner, ebenso viele Karmeliterinnen samt der Äbtissin recht vergnügt mit den Söhnen der Freiheit habe herumspringen sehen ...»

Das wollten sie nicht, die Frankfurter, alles, nur das nicht! Auch als der angesehene Bürger zugeben mußte: «... daß viele der schönen Mainzerinnen beim Tanz um den Freiheitsbaum Gürtel angezogen hatten, welche vorn und hinten herabhingen, so daß man vorn das Wort ‹Freiheit› las und hinten ‹Gleichheit› ...» ließ nicht hoffen. Eine bessere Satire auf diese Revolution hätte schwerlich der eingefleischteste Aristokrat erfinden können, zumal sich der eingefleischte Aristokrat Metternich in Mainz an die Spitze eines ‹Clubs› stellte und die ‹Rheinische Republik› ausrufen wollte.

Jedermann in Frankfurt war noch mit diesen Schreckensnachrichten beschäftigt und wie gelähmt von ihnen, da stand schon ein Corps von achthundert Franzosen unter dem General Neuwinger vor den Toren der guten Stadt, und die Franzosen standen dort auch nicht, sondern sie lagen, wovon man sich gut und gerne überzeugen konnte, sie hatten sich auf den Rasen gelagert, machten Toilette, wuschen ihre Wäsche, die Frankfurter eilten auf die Wälle, die Frankfurterinnen bestiegen die Türme und sahen ihnen erstaunt zu.

Der General wünschte nur, einen Brief seines Obergenerals Custine dem Magistrat zu überreichen, nichts weiter, aber das wollte er persönlich tun. Und als einiges Hin und Her entstand, ob dies wohl statthaft sei – obwohl der Brief ganz höflich und richtig adressiert war: An den Hochwohlgeborenen, Gestrengen, Vest- und Hochgelahrten, Hoch- und Wohlweisen, auch Wohlfürsichtigen, Insbesondere Großgünstigen, Hochgebietenden und Hochzuverehrenden Magistrat –, da sagte der General nur: «Kanonen vor!»

Es waren nur zwei. Aber wie durch einen Zauberschlag fielen die Zugbrücken nieder, die Tore öffneten sich und mit klingendem Spiel und dem Geschrei: «Es lebe die Freiheit» zog das gewaltige Heer in die Stadt.

Am nächsten Tag aber, am 22. Oktober 1792, traf die Stadt der betäubende Schlag, ein Schuß mitten ins Herz.

In dem Brief Custines, so wurde bekannt, wurde die Freie deutsche Reichsstadt Frankfurt zum erstenmal in ihrer Geschichte ‹gebrandschatzt›.

Der Brief war nur kurz. ‹Da der Vorschub, den dieselbe den französischen Aristokraten geleistet, die Nation berechtigt, Frankfurt feindlich zu behandeln, der König von Preußen und der Kaiser viele Gelder in der hiesigen Stadt haben, die Nation ihren Feinden Rache geschworen habe, fordere er zwei Millionen Gulden in deren Namen als Vergütung des ihr zugefügten Schadens ...›

Zwei Millionen Gulden! Das war zuviel!

Was tun?

Es handelte sich um Geld. Und da fragte sich die Handelsstadt, was zu tun sei?

Sie sandte eine Deputation nach Mainz zu Custine, das sei zuviel, ob es nicht weniger sein könnte?

Die Deputation kehrte zurück. Custine hatte fünfhunderttausend Gulden nachgelassen.

Was tun?

Die Deputation ging nach Mainz. Ob nicht eine Million Gulden auch genug sei? Der Obergeneral erklärte, jetzt werde er kommen. Und er kam.

Er kam, ein kleiner Mann mit einem riesigen Hut und einem gewaltigen Säbel und zerrissenen Hosen. Vor der Hauptwache hatte sich eine Menge Volk versammelt. Der Bürger-General ritt heran und fragte: «Habt ihr den deutschen Kaiser gesehen?» und einige riefen: «Ja!»

«Wohlan!» sagte Custine. «Ihr werdet keinen mehr sehn!» und ritt weiter.

Custine war nicht der Mann großer Reden, aber seine Sprache war nichtsdestoweniger voll revolutionärem Schwung.

«Ihr habt das Zehnfache verdient bei der Krönung und an den Assignaten, die ihr für gutes Gold gezahlt habt! Und wie verteilt ihr die von euch verlangte Kriegskontribution? Auf das Volk? Nicht das Volk eurer Stadt beleidigte die Nation der Franken durch Aufnahme unserer Emigranten, nicht dieses Volk entzog der Republik ihre Gelder, um sie in die Kisten der Prinzen zu werfen, nicht das Volk eurer Stadt brachte von ihnen verfertigte Assignate in Umlauf, die diese Nationalmünze entwerteten; nicht das Volk genehmigte den Druck einer verleumderischen Zeitung, welche am meisten dazu beitrug, den Geist der Deutschen gegen die fränkische Republik aufzubringen, und doch wollt ihr dieses Volk die Auflagen tragen lassen. Die Herrschaft der Reichen ist sicher die schrecklichste von allen. Der Mann, der von seinem Überfluß praßt, wirft die öffentlichen Lasten auf die Armen. Dies bewirkte die Revolution in Frankreich, dies wird sie auch in Deutschland bewirken!» Das war in der Tat eine Sprache, die den Frankfurtern den Atem nehmen mußte. Die Herren des Magistrats stammelten, nie würden sie das Volk mit den Abgaben belasten, aber wie sie es nun machen würden, vermochten sie nicht zu sagen.

Custine erklärte seiner Begleitung: «Diese Menschen haben nur Sinn für den Schacher und nur Liebe für Geldsäcke, wohlan, wir müssen sie bei dem, was ihnen am teuersten ist, packen!» Und er verließ die Stadt, nachdem diese ihm eine Million gezahlt und nahm eine Deputation von Bürgern mit, die er nach Paris sandte, wo sie mit der Regierung der Republik über den Rest verhandeln sollte. Er unterließ es, in dieser Stadt einen Freiheitsbaum zu errichten, was die Bürger ungemein beruhigte, denn sie hatten niemals vermocht, den Karneval in der Stimmung zu feiern, wie sie in Mainz bei solchen Gelegenheiten erblühte. Die Franzosen blieben, achthundert Mann stark, mit ihren zwei Kanonen in der Stadt, störten niemanden, außer daß sie ihrer Gewohnheit gemäß immerfort irgend etwas zu trommeln hatten, wuschen ihre schwarzen Hemden und flickten ihre Hosen, spießten die empfangenen Lebensmittel auf ihre Bajonette und trugen sie so nach Hause und zerteilten ihre Fleischportionen auf offener Straße. Aber ein hochweiser Senator schrieb: ‹Oh, wie tief kann der Mensch sinken! Die Franzosen, die alle Völker frei machen wollen, rauchen und singen in den Straßen und auf den öffentlichen Plätzen in Gegenwart ihrer Führer und sind ihre eigenen Waschweiber.›

Am 2. Dezember 1792 erwachten die Frankfurter durch einen gewaltigen Donnerschlag, dem ein eigentümliches Rollen und Dröhnen folgte. Allsogleich setzte das Knattern von Infanteriefeuer ein.

Die Bürger eilten aus den Kirchen und den Wohnungen zu den Wällen, auf denen tapfer und mit pulvergeschwärzten Gesichtern die Franzosen auf dunkle Kolonnen angreifender Feinde schossen.

Die Frankfurter wußten ganz gut, was da geschah; während der ganzen Besetzungszeit hatten die Franzosen ruhig zugesehen, wenn sich die Bürger vor den Toren der Stadt ergingen und sich Soldaten der Belagerungsarmee des Landgrafen von Hessen unter die Bürger mischten. Jetzt griffen Hessen und Preußen an.

Die beiden Kanonen der Franzosen schossen kräftig zurück, bis ein Haufen von Einwohnern sie anfielen und die Kanonen umwarfen.

Und dann drang der König von Preußen mit geschwungenem Degen an der Spitze einiger Preußen, eifrig fechtend, durch das Friedberger Tor.

Etwa zweihundert Franzosen fielen, ihre blutigen Körper lagen im Kot der Straßen, es fielen auch etwa zweihundert Hessen – nun drangen auch die Preußen und Hessen durch das Friedberger Tor und fielen die Franzosen auf den Wällen an. Was in der Stadt an Franzosen war, fiel oder wurde gefangengenommen.

Der König von Preußen kehrte um, als er bemerkte, daß die Stadt genommen war und rückte dann mit dem Herzog von Braunschweig an der Spitze seiner Generalität und der Truppen in die Stadt ein, von den Frankfurtern jubelnd begrüßt.

Der König nahm Quartier im ‹Roten Haus›, dem größten Gasthof der Stadt, und schrieb an Stelle von Proklamationen einen Brief an Wilhelminchen, in welchem er das freudige Ereignis mitteilte – war es doch das erstemal, daß er sich im blutigen Kampfgetümmel, den Degen in der Faust, als Held bewährt.

Am Abend aber ging er ins Theater, wo er abermals mit großem Enthusiasmus begrüßt wurde. In der Loge, in der die Mutter Goethes saß, war auch ein junges Mädchen, Sophie Bethmann-Metzler, die reizende Cousine eines Frankfurter Bankiers, sie blickte den König mit Bewunderung an, und der König bemerkte dies wohl.

In diesen aufgeregten Zeiten hatten sich die Einwohner der kleinen Städtchen rund um Frankfurt an manchen kuriosen Anblick gewöhnt, in ihren Häusern waren Soldaten aller Gattungen einquartiert, Kolonnen marschierten auf den Straßen, Kuriere galoppierten, die Stafettenreiter hatten zu tun, die schweren Wagen der Fourage und der Post mischten sich mit den Equipagen der zurückkehrenden Emigranten, die vor wenigen Monaten so siegesgewiß nach Paris aufgebrochen waren – nun mühte sich die ganze Bewegung durch den tiefen Schnee. Da brauste durch Friedberg und Vilbel ein Schlitten, eine Kutsche, die statt auf Räder auf Schlittenkufen gesetzt war, von einem Viererzug der rassigsten Pferde gezogen, und gelenkt von einer Dame im elegantesten Jägerkostüm mit einem Hut, von dem Reiherfedern wallten. Ein Rittmeister von den preußischen Husaren galoppierte voran und schaffte mit scharfen Kommandos Platz, ein Stallmeister mit karierten Hosen und einer fremdartigen Mütze sowie Stulpenstiefeln, deren oberes Leder eine hellere Farbe hatte als das untere, folgte dem Schlitten und rief grinsend der staunenden Menge Worte in einer fremden Sprache zu. In Friedberg hielt der Rittmeister einen Stafettenreiter an und forderte ihm mit Hilfe des herbeigerufenen Bürgermeisters einen Brief des Königs von Preußen ab, der an eine Madame Rietz gerichtet war. Der Bürgermeister vergewisserte sich, daß die Adressatin die Dame auf dem Kutschbock war, aber er erklärte den fragenden Mitbürgern, die noch nie von einer so hohen Dame namens Rietz gehört hatten, er werde sich hüten, zu sagen, wer das Weibstück sei, mit hohen Herren sei ein gar schlecht Kirschenessen . . .

Wilhelmine überflog den Brief, noch während sich Gualtieri mit dem Bürgermeister unterhielt und Lord Templeton die Pferde füttern ließ. ‹Mit Rußland vereint und vom Wiener Hof gebilligt, mache ich eine große Akquisition in Polen . . . Bedingung ist, daß ich künftiges Jahr den Krieg fortführen soll, aus dem der politische Vorteil doch nur hauptsächlich auf Oesterreich fällt. Gott sieht mein Herz und weiß, daß zu Anfang des Krieges mein Hauptaugenmerk war, dem unglücklichen König zu helfen und den Empörungsgeist gegen Gott und Könige zu ersticken und damit Gott und Menschen nützlich zu sein . . . Da es aber nicht sein sollte, so hielt ich es für meine Pflicht als Souverän, auch an meine Staaten zu denken . . . Wie freute ich mich daran, als ich Alexanders Worte las: ‚Es ist nicht umsonst gearbeitet worden, der mit treuem Herzen arbeitet, empfängt seinen Lohn'.›

Wilhelminens vom scharfen Januarwind gerötetes Gesicht wurde blaß unter dem Federhut. Alexanders Worte! Sie las mit brennenden Augen weiter: ‹Dazumal war alles in Arbeit und heute bekomme ich die Nachricht. Moellendorf kriegt gleich Nachricht, nach Polen zu rücken. Wie dankt mein Herz dem lieben Gott. Halleluja!›

Wilhelmine faltete den Brief und steckte ihn unter ihr Busentuch. Sie wartete mit gerunzelter Stirn, bis die Pferde gefüttert waren, sie hatte keinen Blick für die gaffende Menge und für die Kolonnen, die sich an ihr vorbeiwälzten, nur einmal sah sie in den Fond der Kutsche, wo Mutter Encke mit Mariane und ‹Lelle› saß sowie mit dem kleinen Grafen Ingenheim; die Kinder schliefen, und Mutter Encke kramte im großen Reisesack, der die Verpflegung barg. Dann galoppierte Gualtieri los, und sie fuhr mit verschärftem Tempo hinterher, daß der Schnee nur so stäubte, auf Frankfurt zu.

Niemand, der die wilde Jagd vorüberbrausen sah, konnte ahnen, daß diese schöne stattliche Frau mit den blitzenden Augen und der geröteten Haut, die da mit wildem Peitschenknallen ihren Viererzug antrieb zu immer tollerem Galopp, von nichts anderem getrieben war als von Furcht. Der Schlitten schleuderte hin und her, er holperte über zusammengewehte Schneehügel und biß sich in harte Eiskurven fest, daß die Kinder aufwachten und sich ängstlich an den Riemen festhielten. Sogar Gualtieri sah sich besorgt um, doch Wilhelmine ließ die Peitsche knallen, wenn sie das Papier an ihrer Brust knittern fühlte.

Warum hatte sie Gualtieri und Templeton mitgenommen? Die beiden einzigen ihrer Kavaliere, bei denen der König Anwandlungen von Eifersucht erkennen ließ? Die beiden hatten ihr nun zusammen schon sieben Heiratsanträge gemacht, die Getreuen, die doch längst gemerkt haben mußten, daß sie ihre Dienste über den Genuß der Verehrung hinaus doch nur in Anspruch nahm, um dem König zu zeigen, sie sei mit ihren vierzig Jahren immer noch begehrenswert. Sie hatte von dem einen wie von dem andern dem Geliebten deutlich zu verstehen gegeben, daß sie ‹mit der Versuchung kämpfe›, aber sie hatte auch hinzugefügt – ‹Gottlob sähe sie auch durch den schönsten Manneskörper hindurch ‚das Totengerippe, Würmer und Verwesung'› – eine Erinnerung und Warnung zugleich an eine Stimme aus dem Geisterreich! ‹Wehe mir, wenn ich fallen sollte; das Glück, das ich jetzt habe, wäre auf immer vorbei, nie würde ich wieder ein Gesicht aus jener Welt sehen!›

Wilhelmine fürchtete sich vor ihrem eigenen Spiel. Auf allen Zettelchen, die ihr der König sandte, konnte sie zwischen den Zeilen die Anspielungen lesen, die niemand außer ihr verstand, die innige Verknüpfung, die den König mit ihr verband, weil sie auf seine seltsamen Neigungen eingegangen war.

Sie war wirklich, was sie immer ersehnt hatte, die einzige wahrhaft Vertraute des Geliebten, sie war es nun des Königs – aber sie war es auch durch eine Lüge –, ja es war eine Lüge, mochte sie es drehen und wenden, wie sie es wollte. Und nun hing von ihrer Lüge nicht nur ihre Liebe ab, sondern auch das Geschick des ganzen Staates, dem der König sich verpflichtet fühlte.

Sie war nach Frankfurt aufgebrochen, weil der König auf seinen Zettelchen mitten unter den Gedanken, die er sich über seine politische Tätigkeit machte, immer öfter Anspielungen auf eine ‹gewisse Brünette› nicht zu unterdrücken vermochte. Die Briefe des Hannes Rietz, die niemals ein Geheimnis enthüllten, das den König betraf, hatten eine Sophie erwähnt, die unmöglich die Sophie Dönhoff sein konnte, die saß doch in Neufchâtel, und sie war blond. Die ‹Pariser Damen› hatten sie nicht gestört, auch nicht die ‹Damen Sarasins›, von denen der König schrieb, so schrieb er nicht, wenn sein Herz touchiert war, sondern nur seine Sinne.

Auf der Reise von Berlin auf der Heerstraße, die zugleich Poststraße war, hatte sie überall die Stafetten abgefangen, um die Briefe zu erhalten, die ihr der König schrieb, ahnungslos, daß sie unterwegs zu ihm war.

Sie faßte nach dem Brief an ihrer Brust, der letzte einer Reihe, in welchem kein Wort mehr von einer gewissen Brünetten stand, wohl aber von Dingen, in die sie sich verwickelt hatte, ohne sich ihrer selbst sicher zu sein. Wie hatte sie dem König noch geschrieben, von Charlottenburg aus, in der Mitte des November: ‹Als Bischofswerder in Wien war, mußte ich Ihnen durch die bekannte Stimme sagen, Sie sollten auf Ihrer Hut sein, wer weiß, was für Bezug das hatte. Nicht wegen Bischofswerder, aber wegen deren, mit welchen er zu tun hatte . . .!› Nun, er hatte es mit den Oesterreichern zu tun, wegen der Polen, die wieder einmal, zum zweitenmal, geteilt werden sollten – und die Wiener hatten ihm einen Anteil zugebilligt an dem Raub, an dem sie selber sich nicht beteiligen wollten, wenn er, ja, wie stand es in diesem Brief . . .?

Mitten während der rasenden Fahrt holte sie den Brief des Königs hervor und las: ja, wenn er ‹künftiges Jahr den Krieg fortführen› wird! Und jetzt wird Moellendorf nach Polen rücken! Nach Polen! Heißt das, der König will den Krieg gegen die Franzosen nicht fortführen? Will er, weil die Oesterreicher ihn überspielt haben, nun die Oesterreicher überspielen? Und das auf ihre ‹Stimme› hin?

Sie gab den Pferden die Peitsche.

Aber in Vilbel, beim scharfen Anfahren im Stadttor, schleuderte der Schlitten, krachte gegen einen dortselbst eingelassenen Stein und zerbrach. Sie mußte in Vilbel übernachten, aber zum Erstaunen ihrer beiden Kavaliere war sie ziemlich gelassen und schien es sogar zu begrüßen, daß sie die Nacht in Vilbel verbringen mußte, so wenige Meilen vor dem langersehnten Ziel. Mutter Encke brachte die Kinder zu Bett, sie schlief mit ihnen im selben Raum, dem einzigen, der nach mancherlei Fluchen Gualtieris und fremdartigen Bemerkungen Templetons, frei gemacht werden konnte in dem elenden Gasthaus. Wilhelmine saß die halbe Nacht mit einer Kerze am Bett der Kinder und las in einem Stapel von Briefen, indes aus der Gaststube der Lärm der trunkenen Kehlen klang, die des Rittmeisters und des Lords waren darunter.

Die ‹Stimmen› waren nicht mehr die des kleinen, toten Alexander – Gott vergebe ihr die Sünde –, es waren auch nicht die Stimmen irgendwelcher obskurer Geister, durch sie oder ein Medium vermittelt, es war ihre Stimme, ihre Stimme ganz allein. Sie hatte gefürchtet, auf ihre Stimme werde der König nicht mehr hören, wie er auf sie nicht gehört hatte, als er in ‹die Voß› verliebt war und dann in die Dönhoff – es mußte schon die Stimme der Geister sein, und so also erfand sie Geister – Gott vergebe ihr auch diese Sünde! Sie erfand den Abt von Maastricht! Den hatte es nie gegeben, es hatte nie gegeben den seltsamen Eremiten, nicht die ägyptischen Priester, nicht den alten Pilger aus dem Syrerland – alles Phantasiefiguren, die sie erfunden hatte, und deren Weissagungen er lauschte, gierig, wie er ihr nie gelauscht hätte, wenn sie es ihm als Produkt eigenen Geistes offeriert. Niemals durfte er von dem Betrug erfahren! Sie hatte das Spiel zu weit getrieben, das sie als Spiel nie angesehen, sondern als eine bittere Notwendigkeit. Er würde ihr nie wieder glauben, und er würde auch dem einzigen Ratgeber nicht mehr trauen, der imstande war, den König wirklich zu beraten, er war ja ihr Komplice geworden.

Wilhelmine blätterte in den Briefen und Papieren, die sie in einer Schatulle immer mit sich führte. Sie fand einen vergilbten Bogen, einen Bericht jenes Lord Malmesbury, des britischen Gesandten, der vor langer Zeit dem armen Prinzen von Preußen eine diskret erbetene Anleihe verweigert hatte. Auch dieser Brief hatte in der Kopie auf dem Schreibtisch des großen Königs gelegen. Bischofswerder, der ihn in den Papieren des Verstorbenen fand, hatte ihr das interessante Schreiben gegeben.

«Sie ist», berichtete Lord Malmesbury damals seiner Regierung von der Madame Rietz, «groß von Person, munter von Ansehen, nachlässig in ihrer Kleidung, und gewährt eine wahrhaftige Vorstellung von einer vollkommenen Bacchantin. Der Prinz ist gegen sie äußerst freigebig, und sie verthut das ganze Einkommen, das er von dem König erhält. Sie erwidert allerdings diese Großmuth auf die beste Weise, die in ihren Kräften steht, denn, indem sie versichert, daß er im alleinigen Besitz ihrer Liebe und Zärtlichkeit stehe, verlangt sie keineswegs dieselbe Treue von ihm, sondern bemüht sich im Gegenteil, soviel sie kann, seine Wünsche zu befriedigen, so oft dieselben aus Unbeständigkeit oder Übersättigung an einem neuen Gegenstand haften. Dabei ist sie so gewandt, daß sie ihn niemals mit einem Frauenzimmer bekannt werden läßt, von der zu erwarten stünde, sie werde ihr den Rang streitig machen in der Herrschaft über den Prinzen. Ihre Wahl und glücklicherweise für sie auch die seinige fällt gewöhnlich auf Frauenzimmer der niedrigsten Gattung . . .»

Nun, von welcher Gattung mochte ‹die Brünette› sein?

Wilhelmine lächelte mit trauriger Miene, sie suchte ein anderes Papier – da war es, keineswegs vergilbt, neuesten Datums, von eben demselben edlen Lord, Gesandten Seiner britischen Majestät. Und diesmal bot er ihr eine beträchtliche Summe an, wenn sie es vermöchte, den König zu bewegen, daß er allein den Krieg gegen die Franzosen weiterführe, auch wenn es dazu kommen solle, daß die Franzosen ihren König hinrichten. Lord Malmesbury wartete immer noch auf eine Antwort, Templeton sollte sie ihm überbringen. Wilhelmine faltete das Papier und steckte es an Stelle des zerknitterten Zettelchens des Königs in ihr Busentuch. An ihrem Finger blitzte der Ring des Alten Fritz, der mit dem großen Stein, den ihr Friedrich Wilhelm, der neue König, auf den Finger gesteckt, damals, als sie von Dessau zu ihm geeilt war. Sie küßte den Ring, dann legte sie sich in das Bett, in welchem ziemlich verloren der kleine Graf Ingenheim lag. Sie nahm das Kind des Königs in ihren Arm, sie lag noch lange wach und liebte den König, liebte ihren dicken Willem, ihren Romeo und Falstaff, den einzigen Geliebten ihres Lebens, mit einer Leidenschaft, die schmerzte, wie sie noch nie geschmerzt hatte.

Am nächsten Morgen war der Schlitten noch nicht repariert, es war Feiertag, Dreikönigstag. Aber Gualtieri und Templeton legten mit Hand an, es fand sich auch ein williger Wagnermeister – doch kam der Schlitten erst bei Einbruch der Dunkelheit in Frankfurt an. Die schöne alte Stadt war überfüllt. Sie blühte in der kalten Winterluft. Wilhelmine war entzückt, bei ihrer Irrfahrt durch die Stadt auf der Suche nach einem Quartier, immer Neues zu entdecken, ein schönes Haus, eine geschwungene Gasse, immer neue Perspektiven auch und schließlich jenen merkwürdigen asymmetrischen Platz mit dem herrlichen Rathaus, Römer genannt, und dem Dom, der zu den bescheidensten aller Dome gehörte und zugleich so freundlich war. Über der ganzen Stadt lag ein rötlicher Schimmer, wie vom Dome ausstrahlend, die Stadt war in ihren schönen, großen Bauten aus dem roten Sandstein der Umgebung errichtet.

Wilhelmine wußte, daß der König im ‹Roten Haus› wohnte, aber sie suchte ein kleines Gasthaus in der Nähe und fand es, weil es dem Haus ihrer Eltern in Berlin so ähnlich war; dort quartierte sie die Mutter mit den Kindern ein und zog sich um.

Der König wohnte zwar im ‹Roten Haus› – aber er war dort nicht anzutreffen. Seine beiden Söhne, die Prinzen Friedrich Wilhelm und Ludwig gaben ihren ersten Ball im Palais Thurn und Taxis, der König weilte trotz der frühen Abendstunde schon dort.

Sie wußte, daß der König keine Überraschungen liebte. Sie hatte nur wenig Gepäck mitgenommen, schon ahnend, daß sie nicht lange in Frankfurt bleiben werde, aber das Kleid, das sie nun anhatte, von strengem spanischem Schnitt, mochte für jede Gelegenheit gelten. Sie eilte in ihr elendes Quartier zurück und wählte zu diesem Kleid einen spanischen Spitzenschal, in den sie den ganzen Kopf zu hüllen vermochte, sie küßte die Kinder und schickte die Schmollenden zu Bett, sie trank eine Flasche Champagner, die einzige, die der Wirt hatte, der sonst nur Apfelwein ausschenkte, sie hastete zu Fuß durch die Straßen zum Palais Thurn und Taxis, dem einzigen Barockbau der Stadt, in dessen Räumen das Reichs-Generaloberpostmeisteramt residiert hatte, bevor es nach Regensburg umgezogen war; jeder Raum des weitläufigen Baus sollte wie ein kleiner Festsaal wirken. Sie wand sich durch die Massen, die durch die Straßen promenierten, sie wich den Schlitten aus, die mit Schellengeläut dahinglitten, sie betrat das Palais mit einer Beschwingtheit, Wachheit und Klarsichtigkeit, die sie noch niemals verspürt hatte – und doch war diese Nacht, die der heiligen drei Könige, wie ein Traum bis an ihr Lebensende in der Erinnerung. Wie einen Traum erlebte sie diese Nacht, die in Wahrheit der eigentliche Höhepunkt ihres bisherigen Lebens sein sollte, und in der alles geschah, was ihr künftiges Leben bestimmte.

In dem Augenblick, als sie das Palais betrat, setzte die Musik ein, Musik aus Mozarts *Zauberflöte*, die der König so liebte, daß er den jungen Meister als Konzertmeister nach Berlin einlud, zu einem Vierfachen des Gehaltes, das er in Wien bezog – aber Mozart lehnte ab und blieb seinem Kaiser treu. Ein Jahr war er nun schon tot – aber in seiner Oper lebte alles, was das Leben des Königs überschattete wie seine Liebe, alles, ‹die hoheitsvolle Weisheit des Adepten Sarastro, die drohende Gefahr der Königin der Nacht, das Unheimliche des Monostatos, die Lauterkeit des Herzens der Pamina, das Streben nach Verinnerlichung des Tamino und endlich die pralle Lebensnähe von Papageno und Papagena›, und alles vor dem düsteren Hintergrund der Geheimnisse der Freimaurer, alles zugleich überwindend, das Sinnliche und Kreatürliche der Liebe in der Kraft zu einem geläuterten Menschentum – die Musik der *Zauberflöte* ertönte, und Wilhelmine sah den König.

Da stand er, mitten im prunkenden Saal, vom Licht Tausender Kerzen bestrahlt, die sich in den Kristallen des Kronleuchters fingen und wiedergaben, gestützt auf seine beiden Söhne, lachend und mit blitzenden Augen, umwölkt von den Balltoiletten des reichen Festes und Uniformen und Fräcken. Aber sie sah nur ihn, wie groß er geworden war, herkulisch, braungebrannt, jovial, ein Gott in der Uniform, auf der noch die Brandflecke zu sehen waren und noch die Blutspritzer auf der weißen Hose, eingetrocknet, Spuren seines ersten Kampfes Mann gegen Mann – bei Verdun hatte ihn nur eine Kanonenkugel gestreift. Da stand er, ein König und ein Held, so hatte sie ihn noch nie gesehen, so gelöst, so heiter, so fremd – und sie liebte ihn, er hatte in ihren Armen gelegen und geweint, er hatte Schutz bei ihr gesucht und Trost, und sie liebte ihn. Er sah sie nicht, er sah niemanden oder alle. Alle Augen waren auf ihn gerichtet. Jetzt hob er die Hand, wie um Schweigen zu gebieten. Und jetzt sang eine Stimme, die vom Himmel zu kommen schien, der König lauschte und alles schwieg und lauschte mit ihm.

«Dies Bildnis ist bezaubernd schön . . .» sang die Stimme, und der König lauschte und lächelte und sah niemand an als eine.

Er lächelte der einen zu, die stand unter den anderen, einer Brünetten – da stand sie, das war sie.

Wilhelmine sah nur ihn und das Mädchen. Ihr war, als ob die Strahlen, die von ihm zu dem Mädchen gingen, mitten durch ihren Körper schlugen.

Sie war schön und sie war jung. Ihre Augen hatten die seinen gefunden, und seine die ihren. Sie war zart und von einer unbewußten Anmut, sie war schlicht gekleidet und ohne Schmuck.

Wilhelmine griff nach dem einzigen Schmuck, den sie selber trug, es war der Ring dreier Könige von Preußen. Sie küßte den Stein des Ringes und sah und lauschte: «Dies Bildnis ist bezaubernd schön ...» Und nun sah sie auch die anderen, sie sah den Kronprinz, der wie immer schmal, steif und mürrisch war, den pummeligen, frohherzigen Ludwig, sie sah Louis Ferdinand, er stand dicht neben der Brünetten, sie sah Schmettau, gewaltig wie ein Turm unter lauter Damen, sie sah den alten General von Salenmon, sie sah Karl August von Weimar in der Uniform seiner gelben Kürassiere, sie sah neben der Brünetten eine alte Dame, es mußte die Frau Rath Goethe sein, viele Kupfer hatten ihr Bild um die Welt getragen, sie sah die Frankfurter Bürgersleute, frei und ungezwungen, die Damen von weltstädtischer Sicherheit, sie sah einen Schwarm junger Mädchen, deren Augen alle, alle bewundernd und hingebungsvoll am König hingen, an ihrem König, sie sah vom Eingang her den Rittmeister der Husaren, der da plötzlich, mit Blut beschmiert, hereintaumelte – nein, Gualtieri war es nicht, der kam dicht hinter ihm mit Templeton –, der Husar brach sich Bahn zum König, trampelte und meldete, sie konnte nichts verstehen.

Nun brach die Musik ab, es ging wie ein Schrei durch die Menge, aber über den losbrechenden Lärm schallte das Lachen des Königs. Sie hörte einzelne Worte, sie hörte: Hochheim ...! sie hörte: Custine ...!

Sie hörte Schmettau schmettern: «Das Infanterie-Signal zum Avancieren!»

Und Schmettau riß den Degen aus der Scheide, als wolle er sogleich dazwischenhauen, indes ein einsamer Hornist das Signal blies – jetzt wichen die Frankfurter Bürger zurück, jetzt sandte der König einen Blick zu der Brünetten, einen sieghaft strahlenden, einen Heldenblick, jetzt teilte der König ein: «Der da und der ...!» und dann eilten die Offiziere. Lachend bahnte sich der König den Weg, lachend eilte er auf den Ausgang des Saales zu.

Wilhelmine sah ihn auf sich zukommen. Sie schob den Schleier beiseite, sie hob die Arme und sagte mit einer Stimme, über die sie erschrak, weil sie so brüchig war: «Mein Herr und Gebieter!»

Der König erschrak keinen Augenblick, er schloß sie lachend in seine Arme, küßte sie herzlich und rief: «Mein Minchen! Ich bin so glücklich!» riß sich los und stürmte davon, sie hörte ihn draußen nach einem Schlitten rufen.

Jetzt setzte die Musik mit einem Menuett von Mozart ein. Wilhelmine erkannte die Melodie vom Glockenspiel der Garnisonkirche von Potsdam. Sie sah den General von Salenmon mit geplustertem schneeweißem Schnauzbart auf den Kronprinzen einreden; sie hörte ihn sagen: «Das ist nicht Ihr Abschnitt, Königliche Hoheit, Hochheim ist nicht der Abschnitt von Mainz, den Sie befehligen, und was der König tut, ist nicht Sache der

Armee, es ist Sache eines Freicorps ...» und den Kronprinzen antworten: «Warum Er denn dann nicht mitgehen ...?»

Sie sah Gualtieri und Templeton den Husaren-Rittmeister stützen, sie hörte Templeton eifrig auf den Verwundeten einreden, sie hörte Gualtieri sagen: «Mein Freund will Ihre Uniform, Kamerad ...!»

Prinz Louis Ferdinand eilte vorbei, stutzte, erkannte sie, kam artig zurück. Wilhelmine hörte sich fragen: «Können Sie mich mit jener brünetten Dame bekannt machen, Prinz?» und der Prinz sah in die Richtung ihres Blicks, lachte und sagte: «Mit der Sophie Bethmann? Jederzeit, nur nicht heute! Nie läßt mich der König mit ihr allein!» und eilte davon, dem König nach, Schmettau folgte. Musik und Tanz und Wirbel, das Fest ging weiter.

Wilhelmine strich durch die Räume, jeder war wie ein kleiner Festsaal. In einem legte der General von Salenmon gerade eine kleine Bank auf und sagte zu einem äußerst distinguierten Herrn: «Ein Spielchen, Herr von Bethmann ...?» Sie hörte den Bankier Bethmann fragen: «Was für ein Spielchen soll es denn sein?»

«In Frankfurt natürlich Pharao», erwiderte der General und setzte hinzu: «... das interessanteste Spiel für einen alten Zocker wie mich!»

«Bitte», sagte der Hofbankier der Kaiser von Oesterreich, «was ist Zokker?»

«Das wissen Sie nicht?» verwunderte sich der General von Salenmon. «Das ist doch der jüdische Ausdruck für Spieler!»

Der Herr von Bethmann lächelte und setzte sich an den Tisch: «Also Pharao!»

Wilhelmine strich wie ein dunkler Gast in ihrer schwarzen Mantille an einer gedrehten Säule vorbei und hörte den Kronprinzen sagen: «Will wissen, was nun, verdammt langweilig!» Sie sah, wie Prinz Ludwig den Bruder anstupste: «Langweilig? Sei doch kein Stock! Sieh dir die Schönen an!» Und Ludwig wies auf zwei junge Mädchen in bescheidenen Toiletten, die sehr von den Festgewändern der reichen Frankfurter Mädchen abstachen. Die beiden Mädchen waren gerade aus einer Tür getreten und sahen sich neugierig im Saal um, in dem einzelne Gruppen begonnen hatten, nach dem Menuett zu tanzen.

Der Kronprinz ließ seine Augen über die beiden Mädchen streifen: «Bürgerstöchter?» Wieder stupste ihn Ludwig an und sagte: «Cousinen! Mecklenburg-Strelitz! Die Friederike und die Louise.»

Jetzt waren die beiden Mädchen auf die beiden Prinzen aufmerksam geworden, sie sahen unbefangen zu ihnen hin. Sie waren beide ungewöhnlich hübsch.

Der Kronprinz fragte: «Welche für dich?»

Ludwig sagte: «Die da!» und wies auf Friederike, die ihm nun offen zulachte.

Der Kronprinz sagte steif: «Mir die da!» löste sich von der Säule und ging auf Louise zu.

Die Musik setzte mit einem Walzer ein, dem neuesten Modetanz aus Wien. Ludwig drehte sich mit Friederike flott. Louise zeigte dem Stock die Tanzschritte, wobei sie den weiten, mädchenhaften Rock hob und die Beine im Dreivierteltakt bewegte.

Wilhelmine sah die Frau Rath Goethe, die ihren Cercle inmitten Frankfurter Damen hielt, neben ihr saß Sophie von Bethmann. Bescheiden setzte sich Wilhelmine dazu und hörte die Frau Rath zu einer Dame sagen, die ihr ungemein ähnlich sah: «Schäme dich doch, die Tante meines Wolfgangs, und so abergläubisch!»

Die Tante sagte: «Dein Wolfgang! Geh mir doch nur mit dem, das ist mir auch der Rechte, der glaubt an keinen Gott und an keinen Teufel mehr, an dem werden wir noch schöne Dinge erleben.»

«Frau Schwester», sagte die Frau Rath, «das verbitte ich mir, sein *Werther* hat die ganze Welt entzückt und gerührt und mehr Tränen vergießen machen als, als ...»

«Als Wein in allen Kellern Frankfurts ist», fiel ein Herr ein.

«Das wollte ich gerade nicht sagen», fuhr die Frau Rath fort, «aber *Werther, Götz von Berlichingen* und *Clavigo* haben ihm in ganz Deutschland einen Namen gemacht, wenn man in Frankfurt auch diese Werke nicht nach Verdienst zu schätzen weiß. Kein Prophet gilt in seinem Vaterlande und am wenigsten in unserer freien Reichsstadt, da kennt man keinen anderen Klang als Batzengeklimper und höchstens den der Posthörner, wenn sie Passagiere verkünden. Aber die Nachwelt, die Nachwelt wird noch erkennen, was ich ihr für ein Geschenk mit meinem Wolfgang gemacht, und wenn wir lange nicht mehr sind, wird Frankfurt stolz auf meinen Sohn sein!»

«Mag sein», sagte der Herr, «wünsche Glück dazu, aber was nützt es mir, wenn der Schornstein vom Bratentopf raucht, wenn ich nicht mehr genießen kann?»

«Eigene Schuld, Herr Fahrtrapp, hatte Ihnen mein Sohn den *Werther* nicht zum Verlag angeboten?»

«Ich befasse mich nicht mit so sentimentalen Produkten!»

«Aufrichtig, lieber Herr Fahrtrapp, wenn Sie gewußt hätten, was diese Sentimentalität einbringt, Sie würden ihr gewiß die Ehre Ihres Verlages erwiesen haben!»

«Um Vergebung, nein, aber wäre es sein *Götz* gewesen, den mir Ihr Herr Sohn angeboten, dann würde ich sogleich mit beiden Händen zugegriffen haben.»

Die Frau Rath sagte: «Vor einem Jahr erst las mir der Wolfgang einige Stellen aus einem Manuskript, *Faust* betitelt, vor, da hätten Sie hören können, welchen Gedankenflug des menschlichen Geistes, welche sublimen Ideen ...» Wilhelmine horchte auf.

Die Schwester der Frau Rath sagte resolut: «Halt's Maul, Schwester, mit Respekt vor der ehrbaren Gesellschaft ...» alle Blicke streiften wie fragend über Wilhelmine, die sich so still verhielt. Die Schwester der Frau Rath setzte fort: «Er hat meinem Mann auch ein Stück von diesem *Faust* vorgelesen, das ist ein sündhaftes, gottloses Werk, das mich aus der Stube getrieben hat. Unsern Herrgott läßt er darin eine Unterredung mit dem Teufel haben, gerade wie wenn er wie unsereins wäre. Unsern Herrgott mit allerlei Lumpengesindel, Komödianten, Hexen, Dichtern und anderen Hanswursten! Aber das ist die Folge eurer freigeisterischen Erziehung!»

Jetzt sagte Wilhelmine leise zu der Frau Rath: «Ich möchte Ihren großen Sohn gerne kennenlernen!»

Im Schweigen der Gesellschaft fühlte Wilhelmine, daß alle Augen auf ihr ruhten, sicherlich auch die der Sophie Bethmann. Wer war die Fremde? Sie war doch sicher von außerhalb?

Die Frau Rath sagte endlich: «Das möchten gar viele Frauen, meine Liebe!» Die Frau Rath musterte Wilhelmine aufs neue und sagte: «Kennen wir uns? Sie sehen jemand so ähnlich, die meinen Sohn auch so verehrt ...»

Wilhelmine erhob sich, schlug die Mantille vor das Gesicht und ging aus dem Raum. Aber sie sah, daß auch Sophie Bethmann sich erhob.

Sie wartete – Musik, Tanz! Der Kronprinz fuhr mit hektisch gerötetem Gesicht in einer Polka vorbei, die kleine Prinzessin Louise im Arm; Wilhelmine hörte die Kleine im reinsten Hessisch sagen: «Ei, Sie danze doch wunnerbar! Einfach goldisch!»

Wilhelmine erinnerte sich: die Witwe des Prinzen Georg Wilhelm von Darmstadt sollte sich ja der kleinen mutterlosen Strelitzerinnen angenommen haben.

Eine dunkle Stimme sagte zu ihr: «Die Frau Rath meint die Christiane Vulpius mit der Dame, mit der Sie Ähnlichkeit haben!»

Wilhelmine sah Sophie Bethmann an. Sie sagte: «Wenn die Frau Rath mit der Liebe ihres Sohnes nicht einverstanden ist, hat sie sich sicherlich ein Idealbild gemacht von der Frau, die ihr Sohn wählen soll.»

Sophie sah Wilhelmine voll und aufmerksam an. Sie lächelte sehr zart und sagte: «Sicherlich! Aber weiß sie soviel von der Liebe wie ihr Sohn?»

«Sicherlich nicht», sagte Wilhelmine. Nun lächelte auch sie. «Sie sind Sophie Bethmann! Wissen Sie, daß ich Ihretwegen hergekommen bin?»

Sophie sah Wilhelmine lange und prüfend an, sie sagte endlich: «Nun bin ich gewiß, Sie sind ...» sie zögerte, sie sagte: «Entschuldigen Sie, aber ich weiß es nicht besser: Madame Rietz?»

Musik, Tanz, Wirbel, Dreivierteltakt, innige Umschlingung bei tolldreist geschwinden Umdrehungen. Wie mochte es sein, wenn sich alle Lichter des Saales drehten?

Jetzt wußte es Wilhelmine. Sie ging mit Sophie durch die Räume,

Sophie war es, die ihren Arm unter den ihren geschoben hatte und nun die ältere in eine stillere Ecke lenkte.

Ein Rathsdiener schenkte sogleich Champagner ein. Auf dem Marmortisch begannen die Gläser zu klirren.

Die beiden Frauen blickten einander an, dann eilten sie auf das nahe Fenster zu und öffneten es.

Die kalte, klare Winterluft trug den Kanonendonner herüber. Die beiden Frauen beugten sich aus dem Fenster. Ihre bloßen Arme berührten sich, die eine fühlte, wie die andere zitterte und wußte wie die andere, daß es nicht die kalte Luft war, die sie zittern machte.

Sophie sagte: «Es sind nur vier Meilen bis Hochheim!»

Sie standen und lauschten und zitterten. Nun schwieg auch die Musik – in allen Räumen war für einen Augenblick schreckensvolle Stille, aber dann setzte die Musik wieder schmetternd ein, im großen, plötzlich überfüllten Saal tanzten die Paare eng aneinandergedrängt, wie toll drehten sich der Kronprinz und Louise in einem kleinen Kreis unter dem Kronleuchter, dessen Kerzen zu flackern begonnen hatten.

Wilhelmine schloß das Fenster, sie fröstelte. Sophie beobachtete sie dabei, aber ihre Augen ruhten nicht auf dem Gesicht Wilhelminens, sondern auf deren nackten Oberarmen, von denen sie soviel Wunder gehört. Und unwillkürlich verglich sie sie mit den ihren, die schlank und zart waren, golden getönt, in eine zarte Schulter auslaufend und in ein gebrechlich schmales Handgelenk.

Sophie hob ihr Glas Wilhelmine entgegen und sagte: «Es ist ein ganz banaler Spruch der Konvention, aber ich will jetzt und hier keinen anderen wissen: Auf das, was wir lieben!»

Sie tranken beide und sahen sich über den Glasrand in die Augen. Sie tranken die spitzen Gläser leer, und der Rathsdiener eilte, sie wieder zu füllen. Die Gläser klirrten auf dem Marmortisch.

Wilhelmine wußte in der Wachheit ihrer Sinne, die sie diese Nacht wie einen Traum erleben ließ, daß es kein anderes Feld gab, diesem Mädchen zu begegnen, als das vollkommener Aufrichtigkeit. Sie sprach wie im Traum, sie erzählte diesem Mädchen ihr ganzes Leben, es glitt mit ihren Worten dahin, und wenn sie anfangs gedacht hatte, sie habe ihren Verstand verloren, sie gäbe sich mit ihren Worten ganz in die Hand der Feindin, beseelte sie bald das beglückende Gefühl, sich endlich, endlich einem Menschen offenbaren zu können. Sie strömte sich einfach aus.

Sophie unterbrach sie oft, ohne daß Wilhelmine dies als eine Störung im Fluß ihrer Gedanken und Wünsche empfand. Auch Sophie erzählte ihr Leben, sie sprach von sich wie angeregt vom Gegensatz, der sie mit Wilhelmine verband. Es war klar, beide liebten sie den König, für dieses Mädchen war die Begegnung mit Friedrich Wilhelm die gleiche Erschütterung wie vor so langen Jahren die Wilhelminens, und wenn sie einander achteten, so mußten sie einander auch messen.

Dieses Kind war schön und reich, und es war elegant und klug, es war gebildet und aufgewachsen in einer gehaltvollen Tradition, gebettet in einen sicheren Kulturbereich, den Künsten aufgeschlossen, von vollendeten Formen, Sophie hatte Herz und Geist, sie war eine Natur. Und sie liebte den König.

So verspürte Wilhelmine einen schmerzenden Neid, als sie begriff, der König müsse auch sie lieben, sie war alles, was er sich ersehnte, und wäre er Sophie in seiner Jugend begegnet, statt Wilhelmine, vielleicht hätte er in Sophie die innere Ruhe gefunden, die Sicherheit des eigenen Wesens, die ihm Wilhelmine doch nicht geben konnte.

Sophie war dem König wenn nicht ebenbürtig, so ebenrangig – und Wilhelmine zweifelte nicht daran, daß auch Sophie nicht daran zweifelte.

Der Herr von Bethmann kam mitten während des Gespräches, grüßte Wilhelmine höflich und zeigte Sophie lachend seine geleerten Taschen. «Ich habe ge . . . gezockert!» sagte er wie entschuldigend, er trank schnell noch ein Glas Champagner und ging zu seinem ‹Pharao› zurück.

Aber gerade der Zweifel war es, der Wilhelmine die überlegene Position verlieh. Was wußte dies Kind von der Meute der Zweifel, von der sie gehetzt war wie der König, was wußte sie von den Nachtseiten, vom ständigen Schmerz der Überwindungen, von der Welt der bösen Geister, von der Mauer, die das suchende Herz von den Schätzen der Wahrheit schied?

Der Rathsdiener schenkte ein, er setzte die spitzen Gläser wieder hin – sie klirrten nicht mehr. Aber das Fest schien sich zu entfesseln. Jetzt füllte sich auch der kleine Raum, in welchem sie saßen, und mitten unter den recht lebhaft plaudernden Frankfurter Bürgern und ihren Damen, die neugierig zu Wilhelmine hinübersahen, sprach Wilhelmine von den Geistern, von Bischofswerder, Sophie von eben der Geisterwelt Goethes und Mozarts *Zauberflöte*. Wilhelmine bekannte, daß sie die Stimme der Geister sei! ‹Ich muß betrunken sein›, dachte sie und sie sagte: «Ich gebe mich in Ihre Hand, Sophie . . . !»

Aber Sophie sagte: «So sehr lieben Sie ihn? Das könnte ich nicht.»

«Das müssen Sie können!» sagte Wilhelmine. «Es ist die Sprache, die er versteht!»

Der Kronprinz kam mit Louise, suchend sah er sich nach einem Platz für die Ermüdete um. Er sah Wilhelmine, er drehte sich brüsk um und sagte zu Louise: «Das ist die Kebse meines Vaters!» Louise, schon im Weggehen, sah neugierig zurück.

«Wie können Sie das ertragen?» fragte Sophie, die bleich geworden war.

Wilhelmine sagte lächelnd: «Das muß man ertragen können, wenn man ihn liebt!»

Auch Prinz Ludwig kam vorbei, Friederike am Arm, sah Wilhelmine, grüßte freundlich: «Tag, Tante Mine! Auch hier?» und sagte zu seiner Begleiterin: «Eine Freundin meines Vaters!»

Friederike sagte munter: «Da kann isch abber den König verstehn! Sie sinn goldisch, Madame!»

Wilhelmine lächelte und erwiderte: «Ich kann den Prinzen verstehn, Durchlaucht, Sie sind sehr gütig!»

Und es kam der Kriegs- und Oberbaurat Langhans, suchend blickte er in den Raum, dann kam er eilig auf die beiden Damen zu. Aber nicht Wilhelmine hatte er gesucht – er begrüßte sie überrascht und überschwenglich, mit ehrlicher Freude, aber die Rolle, die er unter dem Arm trug, unterbreitete er Sophie. Der König hatte ihn beauftragt, ein Denkmal zu errichten für die beim Kampf um Frankfurt gefallenen Hessen, es sollte eben dort stehen, wo sie gefallen waren, am Friedberger Tor – direkt gegenüber dem Hause der Bethmanns. Und Langhans beugte sich mit Sophie über die Zeichnungen, wie sich Wilhelmine mit ihm über die Zeichnungen so vieler Bauten gebeugt hatte, wieder war es Neid, der sie schmerzte, und sie überprüfte sich, ob das, was sie mit Sophie besprochen hatte, nicht, aus der gleichen Quelle des Neides stammend, doch Verrat am König war. Und – sollte das Hessendenkmal Sophie nicht immer an den König erinnern?

Wilhelmine und Sophie sprachen über Langhans, als er gegangen war, sie sprachen von Schlesien, woher er stammte, und Wilhelmine horchte auf, als Sophie sagte, die ganze oesterreichische Politik sei durch den Raub des Alten Fritz bestimmt. Sie war ‹fritzisch› gesinnt, alle Frankfurter waren zur Zeit des Alten fritzisch gesinnt, aber sie waren beileibe nicht preußisch gesinnt, und Sophie, deren Familie in allen ihren Interessen an Oesterreich gebunden war, kannte die Hintergründe der Wiener Politik, mußte sie kennen, sie waren die Zielscheibe der geschäftlichen Schießkunst. In aller Harmlosigkeit deutete Sophie an, warum Oesterreich die Last des Krieges gegen Frankreich den Preußen überließ, so lange wie möglich überlassen wollte, warum Oesterreich sich bei der Abmachung über Polens zweite Teilung so zugunsten Preußens zurückhielt, Preußen sollte, das wurde Wilhelmine klar, stark engagiert werden, immer stärker engagiert, immer mehr auch sich verstricken in offenes politisches Unrecht, um schließlich, in eine so bedrängte Lage operiert, bereit zu sein, sich durch die Rückgabe Schlesiens wieder freizukaufen ... Wilhelmine wirbelten die Dinge im Kopf herum, sie drang in Sophie, einmal mit dem König darüber zu sprechen, über eben diese Dinge, von denen sie nichts verstand, und von denen sie nie erfahren konnte, weil ihr die natürlichen Beziehungen fehlten – Sophie bekannte lachend, mit dem König schon oft über die Angelegenheiten gesprochen zu haben, die schließlich die Angelegenheiten ihres Hauses waren. Wilhelmine atmete erleichtert auf, sie trank hastig, sie trank und sprach sich frei von allen Sorgen, die ihre letzten Tage vergiftet hatten.

Glockengeläute setzte ein.

Alles lauschte.

Schellengetön draußen.
Alles erhob sich.
Die Türen flogen auf.
Der König!
Er strahlte, er lachte.
Hinter ihm drängte sich Schmettau. Er rief: «Custine geflohen! Vierundzwanzig Kanonen erbeutet! Victoria!»
Die Musik spielte den Hohenfriedberger Marsch, aber dem König schien es diesmal zu gefallen. Er umarmte flüchtig seine beiden Söhne, er ließ sich die Strelitzer Prinzessinnen vorstellen und umarmte auch sie herzlich – unter dem Jubel der Menge. Seine Augen suchten.
Wilhelmine wußte, nach wem der König ausschaute. Sie stand neben Sophie, die ihre Hand erfaßt hatte.
Jetzt sah der König, er kam auf sie zu. Er stutzte keinen Augenblick, er umarmte Wilhelmine, er wandte dabei den Kopf und rief: «Gualtieri!» Der Rittmeister kam lachend herbei, begleitet von Templeton, der ebenfalls eine preußische Husarenuniform trug. Der König sagte: «Sie sind Major, Gualtieri ...!» Gualtieri errötete, und Wilhelmine lächelte dem König dankbar zu. Gualtieri war mehrfach in der Beförderung übergangen worden. «Zufrieden?» fragte der König Wilhelmine, und sie erwiderte: «Sie sind zu gütig, Majestät!» Der König wandte sich lachend an Templeton: «Sie haben die Königliche Erlaubnis, die preußische Husarenuniform immer zu tragen, Mylord!»
Lord Templeton schlug sich auf die prallen, aber blutbespritzten Hosen: «Zu gütig, Majestät!» lachte er. Prinz Louis Ferdinand drängte sich hinzu.
Der König sagte zu Sophie Bethmann, indem er sich sozusagen symbolisch verneigte, als führe er in der Tat aus, was er in die Worte kleidete: «Ihnen, Mademoiselle, lege ich den schönen Sieg von Hochheim zu Füßen!»
Sophie sah ihn mit glänzenden Augen an. Wilhelmine dachte: ‹Muß sie ihn nicht lieben? So sah sie ihn immer, den strahlenden König, Held und Sieger!› Sie dachte: ‹Und nun nicht mehr›, und es war Scham und Trauer, die ihr die Tränen in die Augen drängte.
Sophie sagte mit klarer Stimme: «Sie sind zu gütig, Majestät!» und sicherlich waren es allein die Ohren von Wilhelmine, die einen leicht ironischen Unterton in Sophies Worten hörte.
Prinz Louis Ferdinand aber umarmte vor dem König die Frankfurter Bürgerstochter und rief emphatisch, den Kopf dem König zugewandt: «Wenn wir das gewußt hätten, Majestät – dann hätten wir achtundvierzig Kanonen mitgebracht.»
Jetzt wurde zum Souper gerufen, zum großen Souper der Mitternacht. Die Frankfurter Bürger hatten dies Fest zu bezahlen übernommen. Die Prinzen gaben dies Fest, die armen preußischen Prinzen, die Frankfurter

Bürger finanzierten es. Sie ließen auffahren vom Besten, dazu alle edlen Weine aus den Gebieten, um die soeben gekämpft worden war. Die armen Preußen sollten sich einmal so richtig satt essen, dafür retteten sie auch Frankfurt vor Krieg, Not, Pestilenz und ‹Brandschatzung›.

Der König saß in der Mitte der langen Haupttafel zwischen den beiden Mecklenburg-Strelitzer Prinzessinnen, die eifrig und unbefangen und in reinstem Hessisch auf ihn einredeten, jede hatte den Prinzen an ihrer Seite, den sie sich erkürt hatte. An der Haupttafel drängten sich die Helden von Hochheim, die sich jeder eine errötende Frankfurter Bürgerstochter erobert hatten. Wilhelmine saß am Ende einer Nebentafel, sie saß zwischen dem Herrn von Bethmann und dem General von Salenmon, ihr gegenüber Schmettau mit der Frau Rath Goethe, auf Sophie redete eifrig Prinz Louis Ferdinand von Preußen ein.

Wilhelmine sagte sich: ‹Ich bin betrunken! Ich muß wieder nüchtern werden!› Aber sie aß und trank, schweigsam und gierig.

Schmettau prahlte: «Beinahe hätte ich ihn geschnappt, den Custine, den Ohnehos!»

Der alte Salenmon sagte knarrend: «Kein Ohnehos, Schmettau! Graf Philipp von Custine! Royalist bis zum Tage von Valmy! Dann Jakobiner! Wird ihm nichts nützen, Hochheim bricht ihm den Hals!»

Schmettau sagte wegwerfend: «Geschieht ihm recht, könnte ihm nicht passieren, wenn er sich gestellt hätte und wär nicht weggelaufen mitten in der Schlacht!»

«Keine Schlacht, Schmettau! Bloß ein Überfall auf eine versprengte Fuhrkolonne mit Reservekanonen!»

Schmettau ärgerte sich: «Können Sie doch gar nicht wissen, waren ja gar nicht dabei!»

«Eben drum», sagte der von Salenmon. «Hatte auch Besseres zu tun!» und klimperte mit den Goldfüchsen in der Tasche.

Der Herr von Bethmann lächelte still, der General hatte in der Schlacht von Pharao den Frankfurter Bürgern alles aus der Tasche gezogen, und das war nicht wenig. Und Herr von Bethmann erzählte Wilhelmine von den Sorgen der Frankfurter Bürger. Es stimmte, Frankfurter Bürger hatten die zwei Kanonen Custines auf den Wällen von Frankfurt umgeworfen, als der König von Preußen stürmte. Aber sie hatten sich auch dessen gerühmt, und ihre Heldentat wurde immer größer, bis sie schließlich im *Frankfurter Journal* stand: Die Einwohnerschaft von Frankfurt hatte sich erhoben und hatte sich mit Messern bewaffnet, in wildem Heldenmut hatten die Frankfurter Bürger die Franzosen niedergemetzelt, die Frankfurter Damen hatten brühheißes Wasser auf die Ohnehosen geschüttet . . . eigentlich waren es die Frankfurter, die Frankfurt befreiten, nicht der König von Preußen. Den König von Preußen genierte die Darstellung nicht, einmal hatte er sie nicht gelesen und zum zweiten hätte er es ja besser gewußt. Aber die Pariser hatten die Zeitung gelesen und wußten es nicht besser. Und jetzt drangsalierten sie die Deputation Frankfurter Bürger, die Custine als Geiseln nach Paris geschickt hatte, und flehentliche Briefe gingen von ihr aus Paris nach Frankfurt – und zuerst wurden die Frankfurter Damen wild und leugneten das brühheiße Wasser, dann war kein Bürger mehr bei der Öffnung der Tore, und schließlich wurde auch die Anzahl der Messer immer geringer, die in der Hand der Frankfurter Bürger waren, immer geringer wurde auch die Zahl der Bürger, Pöbel war es aus den Frankfurter Armenvierteln, dann endlich hielten die Frankfurter bei fremden Handwerksgesellen, die in die Stadt ganz unerwünscht geströmt waren ... Aber das Lösegeld, das die Pariser Schreckensmänner verlangten, wurde immer höher ... Herr von Bethmann lächelte und sagte, nun warte er nur noch darauf, daß die Frankfurter ganz unschuldig behaupteten, es seien die Juden im Ghetto gewesen, an ihrer Spitze der alte Mayer Amschel Rothschild – die Juden hatten ja, und auch das stand rühmend in der Zeitung, den Verlockungen der Söhne der Freiheit tapfer und stolz und patriotisch widerstanden und von einer Öffnung des Ghettos keinen Gebrauch gemacht, es war ihnen durchaus zuzutrauen, daß sie es waren, die alles getan, was die Franzosen nun versuchten, den Frankfurtern in die Schuhe zu schieben.

«Nun», sagte Herr von Bethmann, «die Frankfurter werden wohl zahlen müssen, wollen sie ihre angesehenen Bürger wiedersehen, die in Paris schmachten – eine Anleihe wurde schon vorbereitet!» Herr von Bethmann sah sie aus dunklen Augen melancholisch an, und Wilhelmine dachte: ‹Die Anleihe wird wohl vom Hause Bethmann aufgelegt.›

Wilhelmine blickte zu Sophie, die sich nicht sträubte gegen den Arm, den Louis Ferdinand über ihre hübsche und nackte Schulter gelegt. Ihre Augen waren verschwommen wie die Wilhelminens, die sie sich verstohlen wischte.

Fanfaren! Das Souper war zu Ende! Der Tanz begann aufs neue. Auch Wilhelmine tanzte, Langhans hatte sie aufgefordert. Sie sprach beim Tanz über Sophie, die Langhans enthusiastisch pries, um dann, wie erschrocken über sich selbst, Wilhelmine zu versichern, Sophie Bethmann sei nicht Sophie Dönhoff ... keineswegs, in ganz anderer Assiette, keine Gefahr von Sophie Bethmann für Wilhelmine. Und Wilhelmine lächelte und drehte sich im Tanz. Langhans streichelte ihren Oberarm, Sophie Bethmann tanzte vorüber, in den Armen Louis Ferdinands, sie lächelte grüßend zu Wilhelmine.

Und dann kam der König und tanzte mit ihr. Sie sah das geliebte Gesicht dicht vor dem ihren, sie sah es und liebte ihn. Er lächelte ihr zu. Sie tanzten an Sophie Bethmann vorbei, und der König lächelte Sophie Bethmann grüßend zu. Sie tanzten weiter, und der König sagte: «Sophie ... Sophie, die wird wohl die letzte Liebe in meinem Leben sein ...»

Wilhelmine folgte dem Tanz des Königs, der sie in den kleinen, nun völlig leeren Raum geleitete, in dem sie mit Sophie Bethmann gesprochen hatte. Sogleich schenkte ein Rathsdiener Champagner ein und entfernte sich diskret. Der König umarmte Wilhelmine und küßte sie herzlich: «Mein Minchen! Ich muß dir erklären . . .» Wilhelmine legte ihren Finger auf seinen Mund und küßte dann ihren Finger. Der König wollte ihr lächelnd seinen Finger auf den Mund legen, wie es seit schon so langer Zeit bei ihnen der Ritus war, aber Wilhelmine hielt seinen Finger fest und drückte ihn. Und dann sagte sie: «Mein Romeo, mein Falstaff . . . oh, mein Falstaff nicht mehr! Mein Geliebter und König! Sie sind eben wie die alten Helden vor einigen tausend Jahren, welche einst gut wußten, den Krieg und die Liebe zu vereinigen, und da ich überzeugt bin, daß Sie es nie machen werden wie Antonius mit Kleopatra, so mögen Sie Ihr Herz einer sanfteren Leidenschaft, als der Krieg ist, überlassen; besonders da ich überzeugt bin, daß es, solange andere Pflichten Ihnen am Herzen liegen, niemals zum Schaden sein wird . . .»

Der König blickte sie aufmerksam an.

Sie schluckte und setzte tapfer fort, immer noch in seinen Armen: «Ich habe sie sehr schön gefunden, sie hat sehr viel Charakter in ihren Zügen, schöne Haare und Augen, und sie ist gut gewachsen, auch fehlt es ihr gewiß nicht an Talenten. Sie mißfallen ihr gar nicht, und sie hat manche Promenade mit Ihnen veranstaltet, um Sie zu sehen. Lassen Sie es mich Ihnen sagen: Da nun das Ungefähre des Schicksals Ihnen diese Bekanntschaft gemacht hat, ist es mir erlaubt, davon zu sprechen. Ist es keine Sünde, so möchte ich wohl, daß Sie einmal recht glücklich sein mögen . . . weil ich überzeugt bin, daß Sie es würden. Daß ich Ihnen niemals schmeichle, das wissen Sie . . .!» Hier brach ihre Stimme ab und der König küßte sie stürmisch. Aber sie wehrte ihn ab. Sie hatte Tränen in den Augen, und es fiel ihr schwer, zu sagen, was sie ihm noch zu sagen hatte. Sie sagte: «Und dann möchte ich auch, daß, wenn es nicht anders sein kann, als daß Sie wieder ein Mädchen lieben, so wäre es mir lieb, daß ich nicht wieder in dem traurigen und kränkenden Fall wäre, Sie nicht zu sehen oder doch nur mit Verdruß.»

Jetzt quälte sie sich ein Lächeln ab und setzte hinzu: «Eine Musikustochter . . . und eine Kaufmannstochter ist eben kein Unterschied, welchen die große Gräfin Dönhoff mir so gut in Anschlag zu bringen wußte, bloß um mich unglücklich zu machen . . .»

Jetzt gab sie seinen Finger frei, und der König führte ihn an ihren Mund, und sie küßte ihn.

Der König lachte, ein wenig verlegen, er sagte: «Die arme Konfuse in Neufchâtel . . . die schreibt mir alle Tage ganz schöne und tendre Briefe, sie sehnt sich nach mir und spricht immer nur vom Tod und wie sie begraben sein will – es ist recht rührend –, wenn sie nur die Niederkunft klug und vernünftig machte! Gott geb's, aber ich zweifle . . .!»

Wilhelmine holte den Brief des Lord Malmesbury aus dem Mieder und reichte ihn dem König. Der König las.

Plötzlich stand der Kronprinz im Raume. Da stand er, schmal und hölzern, mit seinem ewig mürrischen Gesicht.

Der König las, und ohne aufzublicken sagte er: «Was will Er?»

Der Kronprinz sagte knarrend und hart, wie es seine Art war: «Majestät! Mir erlaubt, Sie zu suchen. Wegen Durchlaucht Prinzessin Louise Mecklenburg-Strelitz. Mir sehr wichtig. Majestät hier finden. In meiner Lage unerhört. Mit dies Mensch!»

Wilhelmine wurde blaß und war wütend über sich selbst, als sie fühlte, wie sie blaß wurde.

Der Kronprinz starrte sie feindlich an. Sie blickte zum König und stand unbeweglich.

Der König las, und während er las, sagte er: «Dies Mensch hat wenigstens preußische Ehre im Leib.»

Er las zu Ende, strich den Brief mit einer wegwerfenden Bewegung glatt und reichte ihn Wilhelmine zurück: «Danke, mein Minchen, ich liebe dich sehr!»

Und drehte sich zum Kronprinzen um: «Was will Er denn? Wenn Er die Louise liebt, dann kann Er sie haben!»

Er nahm Wilhelminens Arm und ließ den Kronprinzen stocksteif stehen.

Sie tanzten. Musik, Tanz, Wirbel.

Wilhelmine verließ das Fest erst, als der König, Sophie Bethmann ostentativ unter den Arm nehmend und gefolgt von Langhans, leutselig nach allen Seiten grüßend, dem Ausgang zur Eschenheimer Gasse zuging. Das war der Augenblick, da Graf Schmettau, ein errötendes Frankfurter Bürgerstöchterlein vor sich mit einem Stuhl, die Lehne nach vorne, der Musik den Fehrbelliner Reitermarsch befahl.

Arm in Arm mit Gualtieri und Lord Templeton trat Wilhelmine aufatmend ins Freie.

Sie tanzte mehr, als daß sie ging, durch die schneekotigen Straßen und Gassen, ihre beiden Husaren vergnügten sich, indem sie an jeder Bürgertür die Klopfer dröhnen ließen, an den Türen der Frankfurter Bürger, die alle fritzisch waren, aber beileibe nicht preußisch – und Templeton versicherte betrunken immer wieder Wilhelminen, was ihn anginge, so sei er ‹wilhelminisch› und sonst nichts. In dem elenden Gasthaus weckte sie die Kinder, zog sie an, zog sich um, packte, frühstückte und setzte sich dann in den Schlitten. Am Friedberger Tor sah sie, gegenüber dem Bethmannschen Hause den König, Sophie Bethmann und Langhans, in eine große Rolle vertieft. Sie knallte mit der Peitsche, senkte sie grüßend, als die drei aufblickten, und stob davon.

Sie hatte alles erreicht, was sie in Frankfurt erreichen wollte – nur Hannes hatte sie nicht sprechen können und Goethe nicht sehen. Goethe mied seine Vaterstadt. Er hielt sich in seinem Hauptquartier in Koblenz auf, von dem er schrieb: ‹An der langen, sehr besetzten Wirtstafel saß ich an einem

Ende, der Kämmerer des Königs von Preußen, Rietz, an dem anderen, ein großer, wohlgebauter, starker, breitschultriger Mann, eine Gestalt, wie sie dem Leibdiener Friedrich Wilhelms II. ganz wohl geziemte. Er mit seiner nächsten Umgebung waren sehr laut gewesen und standen frohen Mutes von der Tafel auf; ich sah Herrn Rietz auf mich zukommen, er begrüßte mich zutraulich, freute sich meiner langgewünschten endlichen Bekanntschaft, fügte einiges Schmeichelhafte hinzu und sagte sodann, ich müsse ihm verzeihen, er habe noch ein persönliches Interesse, mich hier zu finden und zu sehen. Man habe gegen ihn bisher immer behauptet: schöne Geister und Leute von Genie müßten klein, hager, kränklich und vermickert aussehen, wie man ihm denn dergleichen Beispiele genug angeführt. Das habe ihn immer verdrossen, er glaube doch auch nicht, auf den Kopf gefallen zu sein, sei aber dabei gesund und stark und von tüchtigen Gliedmaßen; aber nun freue er sich, an mir einen Mann zu finden, der doch auch nach etwas aussehe und den man deshalb nicht weniger für ein Genie gelten lasse. Er freue sich dessen und wünsche uns beiden lange Dauer eines solchen Behagens.›

NOCH AN DEM TAG, da Wilhelmine von Frankfurt nach Berlin zurückkehrte, kam mit der Eilstafette die Nachricht zum König, daß Sophie Dönhoff in Neufchâtel dem König ein Mädchen geboren hatte, am 4. Januar 1793, es sollte Julie Gräfin Brandenburg heißen. Der König freute sich.

Die Franzosen ließen den Kopf des Königs Ludwig XVI. in den Sand rollen. Aber nichts geschah daraufhin, außer Gesprächen über eine neue Koalition, der Spanien und England beitreten sollten, England wollte lieber Subsidien zahlen – der Krieg im Westen zog sich zäh und widerwillig, wider den Willen aller dahin. Der König hatte bei diesem Feldzug außer dem Ruhm des Überfalls auf Hochheim nichts gewonnen, verloren hatte er zwölftausend gutgedrillte preußische Soldaten. Custine wurde abberufen und vor das Revolutionstribunal gestellt. In Polen gewann der König bei der zweiten Teilung des unglücklichen Landes Danzig und Thorn, Masowien und ein Stück Großpolens. Warschau war nun eine preußische Stadt.

Nie war Preußen räumlich größer als in diesem Augenblick. Aber nie war Preußen auch stärker bedroht. ‹Südpreußen›, wie die neu erworbenen Gebiete genannt wurden, war vom ersten Augenblick an vom Aufstand geschüttelt – in der ganzen Welt waren die Polen zu ‹edlen Polen› geworden, denen das Mitleid bei allen guten Geistern der Alten und der Neuen Welt sicher war.

Herr von Bischofswerder bekam wieder in geheimer Mission zu tun. Der gewandte und fähige Mann, der es nun nicht mehr notwendig hatte, seine Methoden beim König durch Vermittlung mit Geistern anzureichern, hatte die Gräfin Pinto geheiratet und das Schloß Marquardt dicht bei Potsdam erworben – schon früh ein beliebtes Ausflugsziel der Berliner. Herr von Bischofswerder baute Haus und Park um und errichtete eine Grotte für seine geisterseherischen Freunde, die sich dort oft versammelten – der König war nicht dabei. Aber der König war nach Potsdam zurückgekehrt, er löste sich erst von seiner Armee im Westen, um dann die Armee im Westen besser vom Feinde lösen zu können. Wilhelmine war froh in seinem Vertrauen, er erzählte ihr alles, von ‹dollierenden› Briefen der Dönhoff, und von seiner Liebe zu Sophie Bethmann, die zwar nicht unerwidert blieb, aber hoffnungslos. Sophie Bethmann war in Neufchâtel und hatte die Dönhoff aufgesucht, seit der Zeit ‹dollierte› die Dönhoff noch mehr.

Am 28. August 1793 ließen die Franzosen Custines Kopf in den Sand rollen, und den König freute die Nachricht keineswegs.

Die Nachrichten aus ‹Südpreußen› wurden immer schlechter, und der König beschloß, selber dorthin aufzubrechen. Er gab in Potsdam ein großes Konzert, zu welchem er das Diplomatische Corps lud und die Höfe und die Spitzen aller Behörden. Es sollte dies Konzert dartun, wie wenig der König beunruhigt war, ganz friedlichem Tun hingegeben.

Er gewann für dies Konzert den Violoncellisten Dupont und die berühmte Kapelle Righini, er setzte seine Hofkapelle Himmel dazu ein. Es war ein Mozart-Konzert, ein Hymnus an den Lieblingskomponisten des Königs. Der König selbst spielte die Baßgeige. Auf dem Höhepunkt des Konzertes öffnete sich die Flügeltür des Saales und Sophie Dönhoff stürzte herein, mit aufgelösten Haaren, mit dem Ausdruck völliger Verzweiflung. Sie trug in den Armen ihr Kind, sie warf sich dem König zu Füßen, sie hob das kleine Bündel in ihren Armen dem König entgegen und rief: «Hier! Nehmen Sie Ihr Eigentum zurück!»

Der König war völlig überrascht.

Die Versammlung hatte sich erhoben, auch die Musiker waren aufgestanden und starrten auf die Szene.

Der König sah auf die Dönhoff, er sah sich rundum um. Schließlich wandte er sich zu Bischofswerder und sagte: «Versorgung!»

Die unglückliche Dönhoff wurde hinausgeführt.

Der König setzte das Konzert fort.

Die Verhandlungen mit Alt-Preußen waren lautstark und endeten mit der Verbannung der Gräfin Dönhoff, ihr wurden achttausend Thaler angewiesen, der kleine Graf Brandenburg aber und die winzige Gräfin Julie sollten auf das beste erzogen werden. Der König wußte niemand anderen, der besser war als Madame Rietz.

Das war am 19. November 1793 im Neuen Garten in Potsdam.

Zeitgenössische Chroniken besagten: ‹An einem heiteren, frischen Wintermorgen, am 23. Dezember 1793, einem Sonntag, hielt die siebzehnjährige Kronprinzessin ihren feierlichen prachtvollen Einzug in Berlin. Eine Deputation junger Mädchen empfing sie. Sie umarmte die Sprecherin zum größten Erstaunen der ihr zugegebenen alten vierundsechzigjährigen Oberhofmeisterin von Voß, daß die neue Kronprinzessin mit einer ganz neuen Mode so die älteste Hofetiquette zu übertreten wagte. Die Vermählung fand am Christiabend darauf statt und wurden dabei alle alten von lange her im preußischen Königshaus herkömmlich gewesenen Zeremonien beobachtet. Die Trauung geschah abends sechs Uhr im Weißen Saal des Schlosses durch den Konsistorialrath Sack. Bei der Einsegnung gab eine Fackel im Lustgarten das Zeichen zum Abfeuern von zweiundsiebzig Kanonen; neun Uhr war Bankett im Rittersaal: die beiden Generale Graf Brühl und von der Marwitz setzten die Gerichte auf die Tafel, die Kammerherren und Hofdamen warteten auf, bis die Herrschaften den ersten Trunk getan hatten, worauf sie in die anstoßenden Zimmer zu den Marschalltafeln sich verfügten; nach dem Bankett fand der beim preußischen Hof althergebrachte Fackeltanz im Weißen Saal statt: der Oberkammerherr, Fürst Sacken, gab dazu das Zeichen mit seinem schwarzen Stab, Trompeten und Pauken verkündeten den Anfang des Tanzes, dessen Musik noch aus Friedrichs I. Zeiten stammte. Voran schritten paarweise die achtzehn Staatsminister, Wachskerzen in der Form von Fackeln in der Hand tragend, der König führte die Braut und der Bräutigam die beiden Königinnen, seine Mutter und die Witwe Friedrichs des Großen; die übrigen Prinzen und Prinzessinnen mit ihren Hofstaaten folgten der Reihe nach. Nach Beendigung der Zeremonie wurde das Brautpaar nach dem Rittersaal zurückgeführt und darauf von den Königlichen Eltern in ihre eigenen Gemächer geleitet. Der Eindruck, den Louise von dem Augenblick an, wo sie durch die die festlich geschmückten Straßen der Residenz durchwogenden Volksmassen gezogen war, übertraf alle Erwartungen. Er steigerte sich bei der Trauung, wo in den geräumigen Gemächern neben dem Rittersaal alle Klassen des Volkes Zutritt fanden, und erhielt sich in gleicher Stärke bis zu ihrem Tod.›

Kein Zweifel, Louise war populär. Schadow begann, sie in Marmor auszuhauen. Kurz nach ihrer Ankunft in Berlin hatte Louise eine Schwellung am Halse bekommen, die später wieder verging; aber sie mußte, um sie zu verdekken, einen eigenen Kopfputz und eine Binde unter dem Kinn tragen. Sofort ahmten die Damen diese Coiffure der Kronprinzessin nach, zuerst die Damen ihrer Umgebung, auch ihre Schwester Friederike, die am gleichen Tage mit dem Prinzen Ludwig getraut worden war, dann die Damen der Gesellschaft und schließlich tout Berlin, Madame Rietz nicht ausgenommen.

Aber die Flitterwochen des Kronprinzen mit Louise dauerten nicht lang, auch der Kronprinz mußte nach Polen, wo der König schon weilte.

Warschau hielten noch die Russen besetzt, als der schon so lange schwelende Aufstand losbrach. Die Polen hatten einen Führer gefunden, einen ehemaligen Adjutanten Washingtons, den General von Kosciuszko, er leitete den Aufstand und schlug die Russen überall zurück. In Warschau erhob sich Volk und Garnison und metzelte die Russen in ihren Mauern in einer Nacht. Die ganze Welt nahm Anteil an diesem Aufstand der edlen

Polen, und die Damen trugen die polnische Mütze zum Zeichen ihrer Sympathie. Der König von Preußen belagerte Warschau.

Wilhelmine schrieb ihm kleine Briefe: ‹Die Ursache Ihres Thuns ist freilich wieder ein Schandfleck für Treue und Glauben an menschliche ‚Reth lieg Keitt'! Auch hüten Sie sich vor Verrätern und bösen Menschen in Polen. Essen Sie nichts von unsichern Menschen!› Doch, ach, der König trank Wasser von den unsicheren Menschen, er war im ‹Elent› in Polen, trank ekelerregendes Wasser und wurde krank. Er kam keinen Schritt weiter in Polen, auch der Kronprinz mußte auf seinem Kriegszug einmal ganz schnell die Flucht ergreifen, die edlen elenden Polen schlugen sich verzweifelt und allerorten mit einer neuartigen Kriegskunst, vor der alle militärischen Regeln versagten, sie nannten sich ‹Insurgenten›, und der König stand vor der Wahl, entweder Warschau aufzugeben, oder aber endlich sich vom Westen zu lösen, aber das mußte ihn seine linksrheinischen Gebiete kosten. Er gab Warschau auf – jetzt triumphierten die Russen, Suwarow schlug den Kosciuszko, nahm ihn gefangen, rückte gegen Warschau vor und richtete von Praga aus, der Vorstadt von Warschau, einen höhnisch gehaltenen Brief an den König von Preußen, der Warschau hatte nicht nehmen können: ‹Praga raucht. Warschau zittert! Auf den Wällen von Praga. Suwarow› – und nahm Warschau.

Der König wollte nicht mehr. Er war genau auf dem Punkt angelangt, auf den ihn sein königlicher Oheim immer zu dirigieren verstand. Er wollte nicht mehr, es war ihm völlig gleichgültig, was folgen sollte. Es folgte der Friede zu Basel, der Friede mit Frankreich, der ihn seine linksrheinischen Gebiete kosten sollte und kosten sollte das Bündnis mit Oesterreich, er trat aus der Koalition aus, und Oesterreich beteiligte sich nach dem Sieg der Russen über Polen an der dritten Teilung Polens und sorgte dafür, daß der König von Preußen sich gehörig übernahm mit allen jenen Teilen Polens, Warschau inbegriffen, die sich nie fügen würden: ein unverdauliches Stück der Beute, wohl bekomm's.

«Was wollt ihr eigentlich?» konnte der Herr von Bischofswerder auf Schloß Marquardt den schäumenden Alt-Preußen zurufen. «Preußen war nie größer als jetzt!»

Aber Preußen war zu klein für seine Größe.

Preußen nannte die neuen Besitzungen über Warschau und Bjalystock hinaus ‹Neusüdostpreußen›. Der König verschenkte alle die von Polen verlassenen Güter und Herrschaften an seine Getreuen, ziemlich wahllos lohnte er Verdienste, und die Beglückten verdienten, indem sie das geschenkte Gut wacker an die Polen verkauften, die es haben wollten und dafür kräftig zahlten. Gleichzeitig wurde auf Betreiben Wöllners in ganz Preußen die Prügelstrafe für Bauern wieder eingeführt – um den Status der Bevölkerungen wieder anzugleichen –, diese Prügelstrafe hatte schon der so gestrenge Friedrich Wilhelm I. verboten, und das Verbot wurde durch Friedrich II. erneuert, mit einer Ausnahme: Ostpreußen, ‹weil das Volk daselbst sehr faul, gottlos und ungehorsam ist›.

Da dem König nichts mehr so recht glücken wollte, hielt er dafür, gar nichts mehr zu versuchen. Er war tief erbittert. Der Oheim, der ihm mit Schlesien die ganze Suppe eingebrockt, hatte ihm auch den Wöllner aufgeladen, eben jenen mit der Bauernprügelei. Und gerade Wöllner hatte ihn doch belehren sollen, wie man eine Bauernbefreiung durchführte. Schon mit seinem Religions-Edikt hatte der ‹Rosenkreuzer› das Volk unwirsch gemacht, nun hatte er dem Philosophen Kant in Königsberg verboten, Dinge zu lehren, die nicht in der Bibel standen – die Welt lachte über Preußen, die Damen trugen polnische Mützen, die Bauern wurden geprügelt und nicht befreit.

Mit einem Gemisch von Kummer und Rührung stellte Wilhelmine fest, daß der König und Held von Hochheim doch recht schwerfällig geworden war. Er ging mit ihr im Neuen Garten spazieren, wie er einst mit Julie zum Kummer der Frau Oberhofmeisterin von Voß in Schönhausen gegangen war. Aber nun stützte sich der König auf Mariane, die er ebenso zärtlich liebte wie alle seine Kinder, nur daß Mariane als ein Ebenbild des Knaben Alexander erschien. Wilhelmine trug das kleine Mädchen der Dönhoff auf dem Arm, indes Minettchen Horst den beiden kleinen Grafen Ingenheim und Brandenburg sowie dem kleinen Wilhelm Rietz zeigte, wie man einen Reifen trieb. Auf der Terrasse des Marmor-Palais im Schatten der dort aufgestellten Oleanderbäume saß beim Tee die Königin mit dem Prinzen Wilhelm und dem kleinsten ihrer Kinder, der Prinzessin Auguste, die beide sehnsüchtig zu Minette hinübersahen, bereit, an jedem Spiel teilzunehmen, das dies lustige Mädchen nur vorschlagen mochte. Als der König seine hohe Gemahlin und seine prinzlichen Kinder bemerkte, blieb er stehen. Er stützte sich schwer auf die Mariane von der Mark, die das Kreuz durchbog, um die Last zu ertragen. Der König sagte, indes er unwillkürlich den hessischen Dialekt anwandte, wenn er mit Wilhelmine über die Königin sprach: «Jetzt hawwe mer ja zwei hessische Liessche in der Famil ...»

Wilhelmine nahm den Ton auf: «Ewig schad», sagte sie, «daß mich des junge Liessche net leide mag.»

Der König erwiderte: «Ich weiß» und stapfte auf den Tisch der Königin zu, die in einigen vergilbten Papieren blätterte. Der König holte aus dem Pompadour der Königin eine große Handvoll Bonbons und wandte sich den Kindern wieder zu.

«Aufgepaßt!» rief er und warf Bonbons in die Luft. Sofort stürzten sich die beiden Kinder vom Tisch der Mutter hinzu, sie balgten sich um die so freigebig verteilten Gaben, sie kletterten an Minette hoch, die schon den meisten Anteil erwischt hatte und die Beute hoch in der Hand hielt, sie balgten sich mit den Halbgeschwistern herum, selbst Mariane, um die sich schon der Erbgraf von Stolberg bewarb, ein lebenslustiger und schwer verschuldeter Mann, selbst das stattliche Fräulein Gräfin Mariane von der Mark mischte sich in den Trubel, den der König lachend veranstaltete.

Wilhelmine war stehengeblieben – dann sah sie, daß die Königin ihr zuwinkte und ging zu dem Tisch, an dem das hessische Liesschen nun allein saß.

Wilhelmine ging nie zu Hof, aber hier war die Königin Gast des Königs, sie wohnte zuweilen im Marmor-Palais, wie Wilhelmine zuweilen auf Wunsch des Königs dort wohnte. Hier war neutraler Boden. Auf diesem Boden trafen sich die Königin und Wilhelmine, wenn sie Dinge zu bereden hatten, die sie gemeinsam interessierten.

Die Königin war nach ihrer Gewohnheit nachlässig angezogen, sie trug ihren Morgenrock, sie wackelte ein wenig mit dem schweren Kopf und sagte: «Der Willem sieht schlecht aus!»

Der König hatte sich den Prinzen Wilhelm gegriffen und stützte sich nun auf ihn, er lachte, daß sein schwerer Leib schütterte wie weiland der des Lord Marishal Keith.

«Er ist zu dick geworden», sagte Wilhelmine.

Die Königin erwiderte: «Von meiner Kost ist das nicht!»

Wilhelmine errötete: «Wenn es ihm bei mir schmeckt . . .»

Die Königin aber setzte fort: «Net alles, was eim schmeckt, bekommt eim aach!»

«Zum Beispiel . . .?» fragte Wilhelmine.

Die Königin sagte: «Die Baranius!»

Wilhelmine schwieg. Hier war nicht viel zu sagen. Der König hatte die Baranius im Theater gesehen. Sie sang Mozart, sie galt als eine der besten Mozartsängerinnen der Welt. Der dicke Schmits hatte sie dann dem König vorgestellt. Der Dicke hatte keinerlei Schwierigkeiten gemacht, als er bemerkte, daß der König sich für die lebhafte und hübsche Sängerin interessierte. Schmits war nicht der Mann, der irgend jemand im Wege stand, der Karriere machen wollte. Die Baranius war der Liebling der Berliner Theaterwelt, wie einst die Calzabigi, es würde ihren Kredit nur erhöhen, wenn es bekannt wurde, daß sie die Geliebte des Königs war. Und es wurde bekannt, die Baranius sorgte selber dafür.

Die Königin sagte: «Gelle, die schtrengt ihn ä bißche an, die Baranius!»

Wilhelmine ahmte den Dialekt der Königin nach: «Sischer will er aach von ihr ä Bobbelsche hawwe . . .!»

«Awwer doch net mit Gewalt . . .!» sagte die Königin und schwieg.

«Ja», erwiderte Wilhelmine beziehungsreich, «wenn es nur darum ginge, könnte mancher zufrieden sein.»

Hier schwieg die Königin. Sollte der König ein Kind von der Baranius anerkennen, so würden sich die Einkünfte der Königin um die Summe erhöhen, die der König der Baranius zahlen mochte. Bislang hatte sich die

Künstlerin mit der Ehre und mancherlei Preziosen begnügt.

Auch Wilhelmine schwieg nach dem Schuß, den sie abgefeuert hatte Sollte der König sich von der Baranius trennen wollen – nichts leichter als das! Wilhelmine wußte von dem zarten Geheimnis des Hannes Rietz, der sich schon lange für die Baranius interessierte, der Geheime Erzkämmerer würde eine Abstandssumme nie verlangen, er war stolz genug, seine ‹Fortune› aus eigener Kraft gewonnen zu haben.

Die beiden Frauen schwiegen nachdenklich. Sie hatten beide verstanden: Die Baranius schadete der Gesundheit des Königs. Er war nicht mehr so tatenlustig wie einst, auf keinem Gebiet mehr. Noch einmal warf der König eine Handvoll Bonbons in die Luft, dann gesellte er sich den beiden Frauen zu.

Er ließ sich ächzend nieder und wischte sich den Schweiß von der Stirn Die Königin reichte ihm Tee. Wilhelmine reichte ihm Zucker. Er schlürfte den Tee, er dehnte sich in der warmen Märzsonne. Er sagte: «Erinnerst du dich, Linchen, wie ich dir einmal Punschels Gasthaus zeigte und dir sagte: ‹Hier soll einmal ein Palais aus lauter Marmor stehen, mitten in einem schönen Garten am Heiligen See›?»

Wilhelmine sah ihn aufmerksam an und nickte.

Der König sagte: «Da steht es! Und hier ist der Garten. Ich habe gemacht, was ich mir vorgenommen habe. Alles, was ich mir vorgenommen habe, habe ich auch gemacht.»

Der König starrte vor sich hin und sagte plötzlich: «Und nun habe ich es satt!»

Stille. Nur die Kinder lärmten.

Der König sagte: «Hier wollte ich in Ruhe und Frieden mein Alter verbringen!»

Die beiden Frauen sahen sich an, sie sahen ihn an.

Der König griff nach den vergilbten Papieren, die auf dem Tische lagen und blätterte in ihnen.

Wilhelmine kannte diese Papiere. Bischofswerder hatte dem König einmal von der Lehninschen Weissagung gesprochen, von der merkwürdigen ‹Weissagung des seligen Bruders Hermann, weiland Lehniner Mönches der ums Jahr 1300 lebte und blühte›. Der König hatte das Ding sich aus dem Staatsarchiv kommen lassen, wo es schon zu vermodern drohte. Da lag es auf dem Tisch. Der König blätterte. Da waren die Verse der Weissagung über den Großen König; von dem konnte der selige Hermann 1300 doch nichts gewußt haben, aber in der Reihenfolge seiner Aufzählungen mußten die Worte auf ihn Bezug haben.

Der König las vor: «In Kurzem toset ein Jüngling daher, während die große Gebährerin seufzt . . .»

Der König sagte: «Das ist natürlich die Maria Theresia!»

Und las: «Aber wer wird vermögen, den zerrütteten Staat wiederherzustellen?»

Der König sagte: «Natürlich nur er . . .!»

Und las: «Er wird das Banner erfassen, allein grausame Geschicke zu beklagen haben!»

Der König sagte: «Alle die vielen Schlachten, die ihm nichts nützten!»

Und las: «Er will beim Wehen der Südwinde sein Leben den Festungen vertrauen!»

Der König sagte: «Er zog sich doch immer vor den Oesterreichern nach Schweidnitz zurück!»

Die beiden Damen schwiegen. Der König hatte ihnen schon mehrfach vorgelesen.

Jetzt runzelte er die Stirne, jetzt kam er selber dran: «Welcher ihm folgt, ahmt nach die bösen Sitten der Väter . . .!»

Der König sagte bedeutungsvoll: «Die Rosenkreuzer!»

Und las weiter: «Hat nicht Kraft im Gemüt noch eine Gottheit im Volke . . .!»

Der König sagte: «Das sagen doch alle von mir!»

Und las: «Wessen Hülf er begehrt, der wird entgegen ihm stehen.»

Der König sagte: «Wie wahr ist das!»

Und las: «Und er wird im Wasser sterben, das Oberste kehrend zu Unterst . . .»

Der König sah die beiden Damen bedeutungsvoll an. Die beiden Damen schwiegen.

Der König räusperte sich und sagte: «Und nun der Fritz!»

Und las: «Der Sohn wird blühen; was er nicht gehofft, wird er besitzen . . .»

Der König sagte: «Na also!»

Er las weiter: «Allein das Volk wird in diesen Zeiten traurig weinen; denn es scheinen Geschicke zu kommen sonderbarer Art . . .»

Der König sagte: «Sind schon da!»

Und las: «Und der Fürst ahnet nicht, daß eine neue Macht im Wachsen ist!»

Der König schob die Papiere zusammen und starrte vor sich hin. Dann sagte er: «Daß ich noch nicht abgedankt habe – das ist nur, weil ich nicht weiß, was aus euch beiden wird!»

Vom See her kam ein kalter Windhauch. Die Königin fuhr zusammen, sie schloß den Morgenrock enger um die Brust.

Der König keuchte: «Ich hab's schon lange satt! Es dankt einem ja keiner. Ich weiß doch, was die Leute über mich sagen. Der Onkel hat zuviel regiert – jetzt regiere ich den Leuten zuwenig. Der Onkel war geizig, jetzt beklagen sich die Leute, daß ich sein Geld in Umlauf gebracht habe. Der Onkel war ein Freigeist, jetzt stöhnen die Leute, weil ich die Gebote Gottes geachtet sehen will! Der Onkel hat das Blut seiner Untertanen vergossen, wegen dieses bißchen Schlesien! Jetzt halten sie mir vor, daß ich Südpreußen gewonnen habe – ohne große Verluste. Das sei keine Ruhmestat! Der Onkel hat alles, was er gewonnen, in den Staat gesteckt, ich habe es den Leuten gegeben – sie lachen mich aus. Ich habe es satt! Ich mag nicht mehr!»

Wilhelmine sagte: «Sie wissen, mein Herr und Gebieter – was Sie auch tun werden, ich werde Ihnen niemals im Wege stehen!»

Die Königin sagte sinnend: «Wär net schlecht – abdanke, sich zur Ruh setze! Ei, lasse Sie doch den Fritz sich abplage, er dut ja nix als drauf warte! Und wir könnte so schön unsre Hochzeitsreis nachhole ...!»

Der König lächelte: «Nach Italien! Das ist ja jetzt so Sitte geworden!

«Italien!» rief Wilhelmine aus. «All die schönen Ruinen!»

Der König dankte nicht ab. Der Friede zu Basel hatte den König wohl vom Krieg gelöst, aber nicht von den Folgen, die sich daraus ergaben. Man hatte nichts vorgesehen. Und in Südpreußen regierte nicht der König von Preußen, sondern der König Wirrwarr, wie des Königs Fronde sagte. Man hatte nichts vorgesehen. Praktisch konnte jedermann zugreifen, sich dort Beute zu holen, und viele, allzu viele taten es. Die keinen direkten Zugang fanden, das gleiche zu tun, sprachen von Günstlingswirtschaft. Die Fronde wuchs in allen Lagern.

Der König besprach mit Wilhelmine seine Sorgen, und sie beriet ihn. Ja, sie beriet ihn – ganz ohne die Stimmen der Geister.

Sie hatte in jener Nacht, als sie in Frankfurt der Sophie Bethmann von ihrer ‹Schuld› erzählte, durch eine Lüge auf den König einzuwirken, gedacht, sie sei betrunken, sie begebe sich in die Hand einer Feindin. Aber Sophie Bethmann war keine Feindin, sie war klüger als Wilhelmine; Sophie Bethmann hatte ebenso offen mit dem König gesprochen wie Wilhelmine mit ihr. Und der König hatte lächelnd erklärt, er wisse schon lange, daß die Stimme der Geister einzig die Stimme Wilhelminens sei. Aber so sei es eben die Stimme der Mutter des Anderchen, und diese also ein besseres Medium als irgend jemand anderes es sein könnte. Und der König war in seinen Briefen auf das Spiel eingegangen, das er in einem tieferen Sinne begriff als Wilhelmine ihre ‹Schuld›. Und Wilhelmine wußte dies nun; wenn sie mit ihm sprach, ihm riet, wo er sich ratlos dünkte, so war es ihr Geist und kein anderer – wo sie aber schrieb, da behielt sie wie der König das Spiel bei, niemand sonst als der König und sie selber vermochten die Anspielungen zu verstehen, die vielerlei Hinweise und Spekulationen, in allen ihren Graden – es war eben jene Geheimschrift, die Friedrich Wilhelm, als Wilhelmine in Dessau war, vorgeschlagen hatte. Diese Last also war Wilhelmine von der Seele genommen, es blieb die, für ihren Rat nun auch verantwortlich zu sein.

Die Baranius schadete der Gesundheit des Königs? Nun, ein Wort an Hannes Rietz, und die einleuchtenden Argumente des stattlichen und ehrenwerten Mannes ließen die Künstlerin schnell begreifen, wie sehr eine sichere Stellung einer unsicheren vorzuziehen sei.

Die Baranius wechselte das Quartier in Potsdam, das Haus des Kämmerers war schöner und reicher als das, was ihr der König hätte bieten können. Und bei den Konzerten des Königs strahlte der Sopran der Henriette Baranius herrlicher als je zuvor.

Doch der Gesundheitszustand des Königs verschlechterte sich. Er schien psychisch ebenso labil wie physisch. Im Schloß in Berlin begegnete er einer Silberschließerin, die auf den Vornamen Mine hörte. Der König interessierte sich für sie. Tout Berlin sprach bald mit belustigtem Augenzwinkern davon, daß nun auch Preußen eine ‹Silbermine› habe.

Der König klagte über kalte Füße. Wilhelmine pflegte ihn, so gut sie konnte. Er klagte, am ganzen Leib zu frieren. Wilhelmine erkundigte sich bei Dr. Heim, welche Wärmflasche er empfehle. Der beliebte Arzt der Berliner Gesellschaft lachte, klopfte mit der bergkrystallnen Krücke des Stokkes, den er vom dicken Schmits geschenkt bekommen hatte, in die linke Handfläche und scherzte: Als beste Wärmflasche dienten seiner Erfahrung und der Weisheit östlicher Geister nach sechzehnjährige Tscherkessensklavinnen . . .

Wilhelmine nahm dies in der Sorge um den König wörtlich, sie erkundigte sich bei der Baranius, welche ihr zwar keine Tscherkessin zu empfehlen vermochte, wohl aber die junge, wohlgestaltete und etwas dümmliche kleine Tänzerin Schulsky vom Ballett der Oper. Sie verfüge über eine heiße und trockene Haut. Der Herr von Bischofswerder, ebenso hinzugezogen, wußte von Abisag von Sunem zu berichten, welche dem König David beigesellt war, ihm die erstarrten Glieder zu wärmen. Wilhelmine nahm die Schulsky in ihren Haushalt auf und beorderte das mit der unvermuteten Wendung ihres Geschickes überaus glückliche Geschöpf nächtlich in des frierenden Königs Bett; beim Ballett hatte das unbegabte Kind bedeutend unangenehmerer Dinge gewärtig zu sein, mit bedeutend geringerer Aussicht auf eine ersprießliche Fortune. Und dem König bekam es außerordentlich gut. Er blühte geradezu auf; als er erfuhr, daß das vollblütige Geschöpf mit Vornamen auch Sophie hieß, nahm er dies sozusagen als ein zusätzliches Geschenk, von den guten Geistern gespendet.

Minette Horst sorgte für die Kinderschar, die Wilhelminens Pflege unterstand, sie sorgte so vortrefflich für sie, daß Wilhelmine Zeit genug fand, sich um die Verwaltung ihrer ‹Fortune› zu kümmern. Sie weilte oft und gern auf ihren Höfen Lichtenow und Roßwiese, die der König für Mariane bestimmt hatte, und sorgte sich um das ‹feter pfie›, um Küh und Schweine, und siehe da, das ‹teglich Geld› stimmte, die Einnahmen aus Eiern, Milch und Butter. Das Haus auf der Pfaueninsel wuchs, wenn auch zunächst nur in der Zeichnung und in den Grundrissen, an denen sie ständig zu ändern hatte, sie durchblätterte unzählige Vorlagen, die alle nicht ganz ihrem Geschmack genügten, wenn nicht ‹etwas Gotik› dabei war oder etwas von den ‹Ruinen in Italien›.

Der König lächelte, wenn sie ihm davon sprach, und eines Maimorgens, der König saß wohlgelaunt in der blassen Sonne, umhegt und umgeben von der Schulsky, Minettchen und Wilhelmine, überreichte er Wilhelminen eine sogenannte *carte blanche*, auf der die vornehmsten Bankiers von Mailand, Florenz, Livorno, Rom, Neapel und Pisa angewiesen waren, der Madame Rietz jede Summe vorzuschießen, die sie verlangen würde, und meinte, ob Wilhelmine ihre Bäder in Bad Pyrmont nehmen wolle oder lieber in Pisa . . .

Er geleitete sie am 13. Mai 1795, morgens um vier Uhr, in Charlottenburg selber zu ihrem Wagen, begleitet von seinem ‹schwarz Metgen›, der Schulsky, und seinem ‹blond Metgen›, Minettchen Horst, die hoch und heilig versprachen, den König und die Kinder zu pflegen, wie Wilhelmine es forderte – der König versprach, ihr bald nach Italien nachzufolgen, und bat sie, in Zürich diesen Lavater aufzusuchen, ‹man sagt, er soll wissen, wo der Stein der Weisen aufzufinden ist›.

Sie reiste in der besten Art, in der zu reisen war, als ‹Fremde von Distinction›, und recht gemächlich, um die Pferde zu schonen. Doch lenkte sie von ihrem Wagen aus den Viererzug – in zwei anderen Wagen folgten der Hofpoet Filistri de Caramondari, ein kenntnisreicher Mann, als Reisemarschall, die Chappuis als Gesellschafterin und einige Dienerschaft –, manchmal war sie weit voraus – sie besah sich überall, was zu besehen war; was ihr an den mancherlei Baulichkeiten auffiel, notierte sie sich eifrig, vielleicht konnte man es noch einmal benützen.

In Dresden schon hatte sie solche Sehnsucht nach ihren Kindern, daß ihr der König ‹Lellchen› nachsandte, etwas traurig, weil dies auf ihren Wunsch nach langer Abwesenheit schließen ließ.

In Augsburg erreichte sie ein Zettelchen des Königs mit dem Rat, in München nicht zuviel zu essen, ‹man bitte sich dort zu einem Brathühnchen wie bei uns zum Thee . . .› und sie sehnte sich nach dem König, schrieb aber fröhlich im Auftrage Alexanders: «Sage Vater, das, was er jetzt weiß, ist genug, mehr zu wissen ist schädlich.» In München lernte sie Lord Bristol kennen.

Lord Bristol, Bischof von Londonderry, verliebte sich auf den ersten Augenblick in Wilhelmine und machte ihr einen Heiratsantrag. Da er auf dem Weg nach Berlin war, lud sie ihn ein, in ihrem Haus Unter den Linden zu wohnen. ‹Wissen Sie wohl›, schrieb der amouröse Bischof, ‹daß ich heute morgen zwei Stunden lang damit verbracht habe, mit wahrem Entzücken Ihr superbes Theater, Ihr elegantes Bett, wo nichts als die Schläferin fehlte, um es vollkommen zu machen, und ganz besonders Ihren prachtvollen Salon zu betrachten? Alles trägt den Stempel des wahren Geschmacks, und nichts bleibt in diesem Feenpalast zu wünschen übrig, als die Gegenwart der Herrin!› Und dann verabredete sich dieser exzentrische Engländer mit ihr in Pisa, ein entschiedener Freigeist trotz seines hohen Kirchenamtes, falls sie es nicht vorzöge, mit ihm eine Reise nach Ägypten zu unternehmen. Wilhelmine, im Umgang mit exzentrischen Engländern durch den tollköpfigen Lord Templeton hinreichend erfahren, beharrte auf Pisa.

In Zürich suchte Wilhelmine, getreu dem Auftrag ihres geliebten Friedrich Wilhelm, den Lavater auf, einen Mann, der sich mit Physiognomik befaßte, einem Versuch, aus äußeren Kennzeichen Wissenschaft über den inneren Menschen zu gewinnen, befreundet mit den großen Geistern seiner Zeit und vom Drang beseelt, dem Rationalismus und der Aufklärung mit Träumen und Visionen über den Zustand nach dem Tod entgegenzutreten. Lavater war ungemein freundlich zur Maitresse des erhabensten Monarchen unter den ‹Rosenkreuzern›, ließ auch durchaus die Frage offen, ob er sich wirklich im Besitz der Kenntnis vom Stein der Weisen befände, war aber der Andeutungen voll, wie sehr wichtig es sei, den Schleier des Geheimnisses um diesen Stein niemals ganz zu lüften.

Wilhelmine verließ die Schweiz mit dem Gefühl, in diesem Land als Reisende zwar geachtet, als Madame Rietz hingegen eher wie ein rohes Ei weitergereicht zu werden – bis zur Grenze nach Italien.

Italien aber – nun Italien durchlebte Wilhelmine wie im Rausch. Bevor noch Lord Bristol sie in Pisa traf, zog bereits ein Schwarm von Anbetern, Verehrern und Freunden ihr nach, ein Kometenschweif von abenteuernden, ewig durchreisenden Großen der europäischen Gesellschaft folgte ihrer Spur – bis sie, leiser Mahnung des Königs folgend, nach Wien entfloh.

Sie genoß es, in Wien, in der Tat mit oesterreichischer Gasthof-Höflichkeit und ganz ohne irgend weitere Aufmerksamkeit aufgenommen zu werden. Die bekannt unermüdliche Polizei wußte natürlich, wer Madame Rietz war, man vermutete, die weiblichen Personen ihres Gefolges seien verkleidete preußische Offiziere, und sie habe den Auftrag, Beziehungen zu den ewig aufsässigen Ungarn herzustellen, und sorgte dafür, daß ihre Briefchen an den König von Preußen kopiert wurden, bevor sie weiterbefördert werden konnten. Rätselhafte Andeutungen im Zusammenhang mit dem Namen ‹Alexander› ließen gefährliche russische Einflüsse vermuten. Man erwog eine Teilmobilmachung an der russischen Grenze. Wien atmete auf, als Wilhelmine nach Salzburg fuhr und den Wunsch nicht erkennen ließ, Wien noch einmal zu besuchen.

Italien! Italien! Wilhelmine war zweiundvierzig Jahre alt und schön wie je. Die große Welt, und es war die große Welt, die sich diesen Namen beigelegt, gab sich in Italien ein Stelldichein. Aus allen Ländern Europas und Englands waren die Reisenden von Distinction nach Italien geströmt, dem Lande, wo vor romantisch-klassischer Kulisse noch einmal sich die große Eleganz entfalten konnte, der Lebensstil des galanten Zeitalters. Europa zitterte, seit sich in Frankreich das Volk erhoben hatte; fern war in Italien das benachbarte Frankreich, von dem nur verworrene, bestürzende Nachrichten nach Italien kamen – die letzte lautete, ein gewisser General Bonaparte sei, nachdem ihm gelungen war, in Paris einen Aufstand gegen das verhaßte Regime niederzuschlagen, nun zum Oberkommandierenden einer Armee ernannt worden, welche sich – das konnte doch wohl nicht stimmen – die ‹Italien-Armee› nannte.

Wilhelmine, Madame Rietz aus Preußisch-Berlin, trat auf wie eine Fürstin, und wie eine Fürstin wurde sie gefeiert, wohin sie kam. Was sie tat, was sie sprach, es wurde kolportiert, es wurde weitergereicht, die öffentliche Meinung war, was über sie von Mund zu Mund getragen wurde. Sie kaufte kleine Kunstwerke ein und bewies dabei einen ‹exquisiten› Geschmack. Sie küßte einen Mahagonistuhl, nur, weil er so schön war. Sie betrat jedes Museum, jede Gemäldegalerie, einen Schwarm von Begleitern um sich, sie sah alles, was zu sehen war, neugierig, harmlos, naiv bekennend, was sie sich dabei dachte. Die kleinen Wölfe, Romulus und Remus, die an den Zitzen der Wölfin saugten – Wilhelmine nannte das Tier hartnäckig eine ‹Levin› –, waren noch viel zu klein, als daß sie stehend hätten saugen können. Die Gänse, die das Kapitol retteten, sahen auf dem Prachtgemälde aus wie Enten – oh, sie kannte sich aus mit dem ‹feter pfie›. Sie fand das alte ‹ampphie teatter› den alten Römern würdig, und es erinnerte sie an die ‹vährgenklichkeit› weltlicher Dinge. Sie sah den Papst in Rom eine Messe zelebrieren: «Wenn Er Ein althar bestiegen fenkt das Kohr an zu singen und Er kniet nieder und bettet. Nach dem Er auf gestanden, gruesset Er mit Ein kleines gefes nach allen Ecken der Kirche ...»

Die ‹Große Welt› genoß den Zauber ihrer Naivität.

Sie lernte den Prinzen August von England kennen und den ‹Chvalge de Sachs›, und beide wurden ihre Anbeter, die ihr überallhin folgten, besuchte die großen Gesellschaften, «von wohl dreihunder persohnen, alles in galla, auch ich hatte mich geputz um dem Berliner geschmack keine schande zu machen, der nevö des Papst, Hertzog Brassil wies mir den gantzen abent das spiel kassino ... Die oper ist im gantzen schlecht, die Balletts mittel mehssig ... die fraus sint alle ausgekleidete yungs, den Vattikan habe angefangen zu sehen, die logen Raffael, aber so kalt, daß ich das zweitemal ein schnupgen bekam. Ehben komme vom Kapitohl, aber nicht gantz zufrieden, den platz wo zäsahr fiel, wollte kein Mensch ihn wissen.» Sie bestieg den Vesuv mit Lord Bristol, der eben die Straße zum Gipfel selber angelegt. Droben machte ihr Lord Bristol den zweiten Heiratsantrag, sie zählte derweil die fünf Öffnungen ‹wo die letzte Erupsyon› gewesen ist. Sie sammelte Heiratsanträge, den des preußischen Majors von Brenckenhoff, des schlesischen Grafen Colonna, des Großkanzlers Goldbeck, des Grafen Hoyns – sowie des Herrn von Schwartzkopf, der, nachdem Wilhelmine den ehrenvollen Antrag ebenso abgelehnt hatte wie die übrigen, das Fräulein Sophie Bethmann aus Frankfurt heiratete – es fügte sich alles zusammen.

Wilhelmine wurde von Angelika Kauffmann gemalt, vor einer Ruine, die merkwürdig dem Oberteil des Gebäudes auf der Pfaueninsel ähneln sollte, sie lernte Künstler kennen aus aller Welt, die treue Freunde wurden und blieben, sie gab Feste, sie machte mit Lord Bristol einen Besuch beim englischen Gesandten, Sir Hamilton, auf dessen Landsitz Caserte, sie stand plötzlich vor Lady Hamilton.

Die beiden Frauen fanden sich sofort in anmutigen Gesprächen, mit viel Gelächter, mit herzlichen Umarmungen, die beiden berühmtesten Maitressen, die heimlichen Königinnen der Liebe, der Schönheit und ihrer Zeit. «Sie ist ein Engel, nicht allein ihr Äußeres, welches schön ist, sondern ihre Seele, welche ganz dem Körper ähnlich ist; voller Talente, singt sie wie ein Engel, macht die schönsten und reizendsten Attituden, alle nach den Figuren, welche man in Herculaneum gefunden hat.»

Lady Hamilton setzte sich für einen Empfang Wilhelminens bei der Königin Caroline von Neapel ein, in deren Gemächern sie ihre ‹Attituden› zu produzieren pflegte.

Doch die Königin von Neapel war eine oesterreichische Erzherzogin, ‹so böse, daß der Name, eine Preußin zu sein, schon hinreicht, ihren Haß zu erregen›. Sie erklärte gegenüber der Lady Hamilton, sie könne jederzeit einer königlichen Maitresse, nicht aber einer bürgerlichen Madame Rietz die Hofehren bewilligen. Wilhelmine lachte und gab am Tag des Empfangs der Königin Caroline selber ein Fest, bei dem alles erschien, was gesellschaftlichen Rang und Namen hatte und noch einiges mehr; Wilhelmine führte die Polonaise an, Lord Bristol an der Seite, der ihr den dritten Heiratsantrag machte und vorschlug, Mariane solle seinen Sohn zur gleichen Zeit heiraten. Zum Empfang der Königin war niemand erschienen.

Lord Bristol war es auch, an seinen Projekten mit Wilhelmine und seinem und ihrem Anhang eifrig bosselnd, der ihr riet, dem König mitzuteilen, welch ein Affront ihr von der Oesterreicherin geboten worden war. Wilhelmine sandte ein Briefchen an den König: ‹. . . daß, wie Ew. Majestät wohl wüßten, daß sie für ihre Person keinen Werth auf die törichten Eitelkeiten der Hof-Etiquette lege, es sie aber doch in eine schiefe Stellung bringe, daß ihre Tochter in den Grafenstand erhoben sei, während sie noch selbst dem niederen Bürgerstande angehöre . . .›

Der König reagierte rasch und genau. Er veranlaßte sofort die gerichtliche Scheidung der Madame Rietz von Herrn Rietz – wobei sich mancherlei Schwierigkeiten herausstellten – und erhob Wilhelmine zur Gräfin Lichtenau mittels eines auf den 28. April 1794 zurückdatierten Diploms; dies Diplom erteilte ihr schlichthin vier Ahnen von väterlicher und mütterlicher Seite, Ebenbürtigkeit und Stiftsfähigkeit.

Und in das ihr gestiftete Wappen kam die Hälfte des preußischen Adlers und die königliche Krone.

So oft hatte der Herr von Bischofswerder den König gemahnt, war dieser unschlüssig, ob es recht sei, dies oder jenes zu tun: «Sind Sie der König – oder nicht?» Der Herr von Bischofswerder hatte Bedenken bei diesem Akt des Königs. Der König sagte nur: «Bin ich der König oder nicht?»

«Wir bekennen hiermit, daß Wir in Bezeugung Unser, der Mutter der Gräfin von der Mark zutragenden besonderen Zuneigung, Königlichen Huld und Propension, Wir allergnädigst resolviert haben, dieselbe unter dem Namen von Lichtenau in den Grafenstand zu erheben und sie der Schaar, Gesellschaft und Gemeinschaft Unserer und Unseres Erbkönigreiches Preußen Grafen und Gräfinnen zuzufügen, zuzugesellen und zu vergleichen, obene Gestalt und also, als wenn ihre Vorfahren in dem Gräflichen Stande von Alters her gewesen und den Namen und Titel davon beständig geführt hätten . . .»

Aber der Herr von Bischofswerder hatte recht mit seinen Bedenken. Erst die Erhebung der Madame Rietz zur Gräfin Lichtenau löste den Sturm aus, der sich schon lange angekündigt hatte und nun nicht mehr ruhen sollte.

Minettchen Horst schickte Wilhelmine ein Briefchen, tränennaß und voller Tintenflecke. Das gute Kind hatte erst bei Wilhelmine schreiben gelernt, und zuerst dachte Wilhelmine, es sei die Handschrift des Königs. Aber Minettchen hatte eine Flugschrift beigelegt, die durch die Straßen Berlins wirbelte.

Warnung an die Gräfin Lichtenau,
vor Zeiten Zitronen- und Kienäpfel-
Trägerin.
Flieh,
Buhlerin flieh!
Des Gerechten Donners Rache wird bald
Dein geiles, jetzt hochgeborenes Ohr erschüttern!
Schon türmt sich die furchtbar schwarze Gewitterwolke,
Deren Blitze
Dich, Vaterlandsschätze-Vergeuderin,
zerschmettern werden;
Entflieh
Der namenlosen Späher Augen!
Ihr dreimal beschworener Wahlspruch atmet
Tod und Verderben
Dir!
Die durch Lais' Künste
Nicht nur nackend auf schwarzen seidenen Sophas
Den Edelsten – als Mensch,
Nein,
Auch als Vater zu fesseln sich erfrecht.
Wahrheitsburg, im 17. Jahrtausend der Regierung
Philopatridis.

Wilhelmine empfing dies Pamphlet in Neapel in Gegenwart von Lord Bristol und Lady Hamilton, sie las es vor. Lange grübelte sie, wer oder was ‹Philopatridis› sei, aber ihre Freunde wußten es auch nicht. Schließlich meinte sie, dies sei ein Wurfgeschoß der Berliner Bäcker. Sie gab nichts darauf, sie fuhr nach Rom zurück und verlebte heitere Tage.

Dann aber kam ein Brief des Kaufmanns Greve aus Hamburg, der ihr sorgenvoll schrieb, er habe Kenntnis erhalten von einem finsteren Anschlag, der auf sie und auf den König geplant sei: Mit Giftpfeilen aus einer Armbrust wollten Verschwörer versuchen, im Theater das verhaßte Paar zu treffen ...

Sie erhielt diesen Brief, als sie gerade von Angelika Kauffmann gemalt wurde, sie sandte die monströse Warnung per Eilstafette an den König. Er antwortete nicht direkt, aber der Kardinalstaatssekretär des Papstes machte ihr unverhofft einen Besuch, versicherte ihr die Begierde des Heiligen Vaters, ihre Bekanntschaft zu machen – ‹die höchste Ehre, die der Vertreter des Papstes nach Zeremoniell und Sitte des Landes ihr erweisen konnte›, sie konnte vom Papst selber nicht empfangen werden, da er von einem Mordanschlag unterrichtet war.

Lord Bristol wiederholte unermüdlich seinen Heiratsantrag – er galt nicht nur als einer der exzentrischsten englischen Großen, er war auch einer der reichsten Männer des Inselreiches, und jedenfalls bedeutend häufiger auf Fahrten in allen Ländern der Kulturwelt als in seiner Diözese. Wilhelmine lachte ihn liebreich an und legte sich einen ebenso exzentrischen Deutschen zu, den armen Archäologen Hirt, der schwor, sie niemals zu verlassen und in der Tat jedesmal anzutreffen war, wenn Lord Bristol, in rasende Eifersucht versetzt, zu Wilhelmine kam, und Hirt kam stets mit Wilhelmine, wenn sie Lord Bristol in seinem wundervollen Haus auf dem Monte Pincio besuchte. Die Diözese Derry war die reichste in England und brachte dem Lord vier Millionen jährlich.

Sie fand den König viel kränker, als sie erwartet hatte, und sogar als er zugeben wollte. Er klagte, am ganzen Leib zu frieren, so daß er nicht schlafen könne. Wilhelmine legte sich zu ihm, sie wärmte ihn, besser als das nette, schwarze Metgen Schulsky, aber der König jagte Wilhelmine aus dem Bett, weil es ihn bedrückte, Wilhelmine so oft und so anhaltend in Anspruch nehmen zu müssen, sie sollte vielmehr für ihn immer fröhlich und unterhaltsam sein.

In ihrem Haus Unter den Linden fand sie zwölf Mahagony-Stühle vor, von der gleichen Art, deren sie einen in Castellamare geküßt hatte, nur weil er so schön war. Lord Bristol hatte sie vorausgesandt, er selber sagte sich als Gast in ihrem Haus an. Aloys Hirt, der Bauernsohn, entflohener Mönch und großer Archäologe, hatte sein Wort gehalten, er hatte sie nach Berlin begleitet. Der König lachte, als er dies hörte, sah es als einen guten Teil der Unterhaltung an, die er von Wilhelmine wünschte, und wies dem

Freunde seiner Geliebten eine Wohnung in einem der Häuser im Neuen Garten an, ernannte ihn zum Hofrath und Gouverneur des Prinzen Wilhelm, des vierten Prinzen, der ‹Neigung zu Altertümern› zeigte, sowie eine Pension von eintausendachthundert Thalern – was, als es bekannt wurde, neuen Anlaß gab, über ‹Günstlingswirtschaft› zu klagen. Dem Lord Bristol aber ließ der König ‹unverzüglich› mitteilen, er werde niemals in eine Heirat Seiner Lordschaft mit Wilhelmine einwilligen, er brauche ihre Pflege.

Wilhelmine packte den König zusammen und fuhr mit ihm nach Bad Pyrmont. Lord Bristol folgte.

Noch nie hatte Bad Pyrmont so prächtige Gesellschaft wie diesmal. Zwanzig Reichsfürsten allein drängten sich um die Gräfin Lichtenau, die im Fürstlich Waldeckschen Schlosse wohnte und dort einen armen, kranken Mann pflegte, der sich einen Grafen Hohenheim zu nennen beliebte... Hohenheim...! Hochheim! Oh, gloriöser Sieg, einst einem schmalen, dunklen Mädchen zu Füßen gelegt! «Sophie...» keuchte einmal der König. «Sophiechen...!» und als Sophiechen Schulsky herbeigeeilt kam, war sie nicht gemeint. Zwanzig Reichsfürsten huldigten der Gräfin Lichtenau, begierig, sie ‹nackend auf schwarzem, seidenem Sopha› zu sehen; sie sahen sie nackend, als der König einmal nach ihr verlangte, und sie aus dem Bade durch das ganze Schloß zu ihm eilte.

Sie ließ aus Hamburg eine Truppe französischer Schauspieler kommen, den König zu ergötzen, sie gab dem König Konzerte, bei denen die Baranius Mozart sang, sie massierte die erkaltenden Beine des Königs, sie fuhr mit einem großen Trosse aus, in ihrem Wagen verborgen der König, der sich nicht sehen lassen wollte in seiner Gebrechlichkeit, sie hörte sich lächelnd den Heiratsantrag des Fürsten von Waldeck an, in dessen Haus sie wohnte, und der es ihr ‹lebenslänglich› anbot, sie wäre beinahe Reichsgräfin geworden und sie trat unter die Reichsfürsten wie eine Fürstin, ja sie schien sich zu entfesseln zu immer exzentrischerem Auftreten, je mehr die Flut der Anwürfe gegen sie schwoll, in Berlin und in den Höfen ringsum. Lord Bristol mahnte, Lord Templeton eilte herbei, ihr seine Faust anzubieten. Wilhelmine lachte, sie trumpfte auf: Was scherte sie die Meinung der Welt? Was scherte sie ‹die Voß› und die Bäcker? Und sie sagte, von Lord Bristol immer mehr bedrängt: «Was mich trifft, soll den König treffen, und es trifft ihn nicht, wenn ich es auffange!»

Sie kehrte mit dem ‹Grafen Hohenheim› nach Berlin zurück, dem König ging es besser. Jetzt hörte auch er, was gegen Wilhelmine gesagt und geschrieben wurde. Auch er wußte, daß es von den Höfen ausging und diese sich in Gemeinschaft ‹mit den Bäckern› fanden. Als Wilhelmine vorhatte, wie es ihre Gewohnheit geworden war, ihren ersten Empfang in Berlin zu geben, entfalteten die Höfe, insbesondere die der lieben Oheims des Königs und der des Kronprinzen eine lebhafte Abwerbe-Tätigkeit; wer immer auch Lust bekundet hatte, zur neugebackenen Gräfin Lichtenau zu gehen wie früher zur ‹Madame Rietz›, wurde bearbeitet, dieser Lust nicht zu folgen, und Staatsmänner, Diplomaten, Offiziere, Gelehrte und Künstler hatten wohl Anlaß, die Ungnade der Höfe zu fürchten. Es war durch diese Frau ein ganz anderer Ton in die Gesellschaft gekommen, ebenso wie durch die Geselligkeit in den reichen, jüdischen Häusern, zu einer Annäherung der geistreichsten Leute aus den verschiedensten Ständen – gerade das mußte für die Höfe der Anlaß sein, diese Entwicklung mit äußerstem Mißtrauen zu betrachten. Ein Schlagwort fand sich willig ein: Was bei diesen Gesellschaften und insbesondere bei denen der ‹Person› zum Ausdruck kam, war ‹Jakobinertum›!

Den König kümmerte ‹Jakobinertum› nicht. Als er von dem geplanten Boykott gegen sein treues Linchen hörte, schickte er den Oberhofmeister der Königin, den Grafen Wittgenstein mitsamt der Gräfin Hacke, die er schicklich zur Oberhofmeisterin der Gräfin Lichtenau ernannte, in der gesamten Berliner und Potsdamer Gesellschaft herum und lud selber zu dem Empfang. Wilhelmine war von zwanzig deutschen Reichsfürsten und vielen ausländischen Granden und Lords gefeiert worden – und Berlin und Potsdam wollten das Genie der Gräfin Lichtenau nicht anerkennen?

Die Königin hatte bei der Einladung zum Empfang anläßlich des 43. Geburtstages der Gräfin Lichtenau ein wenig mit dem Kopf gewackelt, eine fliegende Hitze war ihr über den Busen geweht, dann aber hatte sie gesagt: «Ei, warum denn net?» Prinz Heinrich, der Kronprinz und die Kronprinzessin fügten sich voll Ingrimm, aber sie fügten sich dem einen Wort, das der König auf ihre Vorstellungen hin erhob: «Bin ich der König oder nicht?» Und so fügte es sich denn.

Das kleine Linchen aus der Kneipe ‹Zum kleinen Trompeter› in der Spandauer Straße zu Berlin stand in ihrem Palais Unter den Linden in einem großen Saal mit lauter Säulen aus Marmor und an den Wänden Purpurtuch. Neben ihr standen livrierte Lakaien und hielten Kerzenleuchter, und die Leuchter waren aus Gold, und Gold war überall, und die Lakaien hatten weiße, seidene Hosen und Strümpfe und Schnallenschuhe, und Linchen stand da und hatte ein großes Kleid an, mit Reifen drinnen und ganz offenem Hals, und am Hals, da trug sie lauter Klunkern und lauter Ringe an den Fingern, und einen Fächer hatte sie, in dem waren lauter Brillanten, und die eine Hand, die hielt sie vorgestreckt . . .

Der ganze Saal war voll von Fürsten und Grafen und vielen Damen, die waren angetreten wie zur Parade und dann kamen sie paarweise. Und dann küßten ihr die Herren die Hand . . . und die Damen machten einen großen Knicks . . . und dann wußte das Linchen mit einemmal: *Ich bin die Königin!*

Das hessische Liesschen stand hinter ihr und trug ein Kleid, das sich mit dem ihren nicht messen konnte, aber sie lächelte, und der König, der auf seinem bleichen Gesicht die Zeichen einer tödlichen Krankheit trug, lachte und warf Bonbons in die Loge, in der seine Kinder versammelt waren, die Grafen Ingenheim und Brandenburg und die Gräfin Mariane von der Mark und die kleine Gräfin Brandenburg – und ein gewisser Wilhelm Rietz war auch dabei.

Und da standen, mit himmlischen Roben angetan, etwas abseits Christiane von Schönberg mit ihrem stattlichen Gatten, die berühmte Sängerin stand da, die so volkstümlich war, daß sie nur ‹die Baranius› genannt wurde, da standen die Schulsky und die Minette Horst – und die Fürsten und Grafen, die Prinzessinnen und Hofdamen defilierten an Wilhelmine vorbei. Und der Erbgraf von Stolberg, der arme, aber stolze Schwiegersohn küßte ihr die Hand und lächelte gewinnend, er gewann den Verlust aller seiner Schulden.

Der Prinz Heinrich von Preußen nahte, der Bruder des ‹Alten Fritz› – ohne seine Gemahlin, aber immerhin –, er verneigte sich und sagte heiser: «Große Ehre fürwahr!»

Und es nahte der Kronprinz von Preußen und kippte auf eine seltsame Art vornüber und schnarrte: «Sehr erfreut!» Und es nahte die Kronprinzessin Louise, angetan mit einem Kopftuch und einer Binde, die ihren Hals verdeckte, aber in Schwarz, sie trauerte um ihren Schwager Prinz Ludwig, der kürzlich plötzlich verstorben war, sie bewegte die Lippen, als sie die gnädig dargereichte Hand der Gräfin Lichtenau ergriff, aber niemand konnte verstehen, was sie sagte – auch Wilhelmine nicht.

Und es nahte mit spitzbübischem Lächeln und keineswegs in Schwarz die Schwester der Kronprinzessin, die Friederike, die junge, lebenslustige Witwe des Prinzen Ludwig, die es nicht unterlassen konnte, bei ihrem übertrieben ausgeführten Knicks mit dem Prinzen Solms zu ‹äugeln› – was zu mancherlei berechtigtem Gerede Anlaß gab.

Ja, es nahte, majestätisch und pompös, die Frau Oberhofmeisterin von Voß, sie zischelte der Prinzessin zu: «*Contenance*, Friederike!» und reichte der Gräfin Lichtenau mehr die Hand, als diese ihr sie reichte, ohne sich enthalten zu können, dabei zum neben ihr stehenden König zu sagen: «Geht es Ihnen gut, *mon Chou-chou?*» Die Musik spielte dazu, das ganze große Hoforchester, der greise Elias Encke blies das Waldhorn.

Als im neuerbauten Theater des Palais in der Oper *Cleopatra* von Nasolini die Octavia sich in ihrer Arie über die Untreue ihres Marc Anton beklagte, wandten sich alle Augen der Königin zu, die mit dem Kopf wakkelte und zu weinen begann. Aber dabei tastete die Königin nach der Hand der neben ihr sitzenden Wilhelmine und flüsterte: «Mach dir nix draus, gelle? Der Marc Anton, der kann ebe net andersster!»

Der Kronprinz aber erhob sich abrupt und mit viel Geräusch und verließ den Theatersaal. Schmettau, der mit einer Hofdame, unmusikalisch wie er, im Halbdunkel eines Vorraumes saß, sah, wie der Kronprinz rasend vor Zorn den Degen zog und mit dem Ruf: «Töten! Die Kreatur! Auf der Stelle!» zum Aufgang zu den Logen eilen wollte.

Schmettau entwand ihm leicht die Waffe mit den Worten: «Nanu, Hoheit – Mord war bisher bei den Zollern doch nicht üblich!»

Nach der trotz der kleinen Zwischenfälle mit viel Beifall aufgenommenen Oper zerstreuten sich die höfischen Gäste neugierig in den Räumen des Hauses, von dessen intimen Reizen sie soviel gehört hatten, sie bestaunten besonders das Bad mit der marmornen Wanne und das Schlafzimmer, in welchem ein ‹Sopha›, mit schwarzer Seide überzogen keineswegs zu finden war. Sie musterten kritisch die Gemälde und Kunstwerke. Zum Prinzen Heinrich sagte Auguste, die junge Frau des Landgrafen von Hessen: «Die Statuen sind recht schön, ich möchte sie wohl haben!» Die Statuen waren von Schadow. Doch der Prinz, noch mehr zerknittert und unwirsch denn je, erwiderte: «Ich will nichts haben! Alles infam in dieser Boutique!» Er blieb aber bis zum Morgengrauen.

Die weniger höfischen Gäste hatten sich um das Kalte Buffet versammelt – Prinz Louis Ferdinand mit den jungen Damen Pauline Wiesel, geborene Caesar, und Rahel Levin wankte heran, auf die beiden Damen gestützt und gefolgt vom General Graf von Schmettau, der voll Stolz auf den geistvollen Prinzen blickte, um sich dann mit Verve zwischen den Prinzen Solms und die Prinzessin Friederike zu drängen, die lustige Witwe belehrend, daß Austern am besten schmeckten, wenn sie von Mund zu Mund gereicht werden.

Der Herzog von Gotha fragte, einen Kapaun verzehrend, den Herzog Karl August von Weimar, wie man es anstelle, zum preußischen General zu avancieren. Der Herzog von Weimar, mit einer Hummerschere beschäftigt, erwiderte: «Nichts leichter als das, mein Lieber, wenden Sie sich an Herrn Rietz, der kann bedeutend mehr als Kleider ausklopfen!»

Der Geheim-Kämmerer und Tresorier der Königlichen Schatulle verkündete unter dem Jubel der übriggebliebenen Gäste gegen Morgen seine Verlobung mit dem Berliner Liebling, ‹der Baranius›!

Die hohe Gastgeberin aber, die Gräfin Lichtenau, hatte ihren eigenen Geburtstagsempfang schon kurz nach der Oper verlassen, sie brachte, zusammen mit der Schulsky, den völlig erschöpften König nach Potsdam und zu Bett.

Auch eine zweite Reise des Königs nach Bad Pyrmont hatte nur den Erfolg einer kurzen Besserung seines Befindens – was der Herr von Bischofswerder auf seine Universaltinktur zurückführte, von der er Wilhelmine ein Pröbchen für den König zu überreichen nie vergaß. Wilhelmine gab die Fläschchen stets sofort an Dr. Heim weiter, der sie einfach wegwarf.

Lord Bristol schrieb an Wilhelmine: ‹Ich höre, daß der König so krank ist. Ich beschwöre Sie, achten Sie auf Ihre Interessen, daß das Versprechen, das Ihnen gegeben wurde, auch erfüllt wird. Ihre Sorglosigkeit beunruhigt

Ihre Freunde!›

Das Versprechen war schon erfüllt. Der König hatte ihr eine halbe Million in holländischen Gulden geschenkt, sie lagen der Sicherheit halber im Tresor des niederländischen Geschäftsträgers in Berlin. Und dort ließ Wilhelmine sie auch liegen.

Lord Bristol machte den letzten Versuch: ‹Meine liebe Freundin, die Herzogin von Devonshire würde Sie in London einführen, und wir würden zwölf Meilen von London in seligen Gefilden beständigen Vergnügens leben. Wir werden beide, wie in Bad Pyrmont, getrennte Häuser bewohnen, um uns durch die Trennung noch mehr Appetit aufeinander zu machen und auch, weil meine lieben englischen Landsleute von irrsinniger Delikatesse sind, die der Eifersucht vor dem Genusse ähnelt. Dort am Meeresufer werden wir im Bad wie im antiken Bagä tanzen und singen, und beim Jagen und Reiten werden wir uns ständig sehen . . .›

Wilhelminens Sinnen und Trachten lief nicht auf Baden und Tanzen und Jagen und Reiten hinaus. Sie beantwortete den Brief nicht, sie pflegte den König.

Als der König in Berlin abermals erkrankte und diesmal schwerer denn je, versicherte sich der Herr von Bischofswerder, den von nun an Wilhelmine so wenig zum Könige vorließ wie alle, die zu sehen nicht der ausdrückliche Wunsch des Königs war, eines Adepten seiner Geheimkunst, der Wilhelmine riet, den König die Ausdünstung ungeborener Kälber einatmen zu lassen. Von der Haut und den Gedärmen dieser Kälber wurden Polster und Kissen gemacht, auf denen der König liegend zubringen sollte. Wenn es nichts nützt, so kann es doch nicht schaden, meinte Dr. Heim – es nützte nichts. Der König wollte Dr. Heim nicht sehen, er wollte überhaupt keinen Arzt sehen, wie sein königlicher Oheim, an den und seine Krankheit der König immer wieder mit Ingrimm bis zur letzten Sekunde denken mußte. Dann kam, von Bischofswerder, dem Treusorgenden, gesandt, ein Professor und verfertigte unter geheimnisvollen Beschwörungen ‹Lebensluft› in der Küche des Marmor-Palais – sie sollte der König einatmen, es sei, meinte der Gelehrte, eine Luft, wie man sie auf Seereisen atmet oder zur Sommerzeit im Walde, wenn es geregnet hat und dann wieder die Sonne scheint. Dieser Mann wurde von Mutter Encke hinausgeworfen, die meinte, nichts sei gesünder als Küchendunst.

Wilhelmine sprach mit dem König. Er starrte vor sich hin, dann sagte er: «Zimmermann . . .!» Das war der Arzt, der den Großen König in seiner Krankheit behandelt hatte. «Er soll herkommen!» sagte der König. Aber der Herr von Zimmermann war vor zwei Jahren gestorben. Der König sagte: «Der andere – wie hieß er?» Wilhelmine wußte es nicht. Der König wurde ungeduldig: «Man schaffe mir den Arzt her, den ich in der Nacht, als mein Oheim starb, zu ihm schickte!»

Vor dem König erschien der alte Geheime Rath Dr. Selle.

Der König sagte: «Erzählen Sie mir – erzählen Sie von den letzten Stunden des vorigen Königs!»

Der Geheime Rath Selle senkte den Blick vor dem des Königs. Er sagte, im ruhigsten Erzählton: «Der Große König starb den 17. August, um 2 Uhr 20 Minuten früh. Und am 15., wo er wider seine Gewohnheit bis gegen 11 Uhr schlief, versah er noch die Arbeit seines Kabinetts bei größter Schwäche, aber ohne Ermangelung der Aufmerksamkeit, sogar mit Geistesgegenwart und mit einer Genauigkeit, die vielleicht bei jedem anderen Fürsten in voller Gesundheit selten sein möchte!»

Der Geheime Rath machte eine kleine Pause und sah den König aufmerksam an. Wilhelmine bewegte sich unruhig. Doch der König sagte: «Fahren Sie fort – ich kann viel vertragen!»

Der Geheime Rath Selle sagte: «Als mir Eure Majestät den Befehl schickten, ich solle mich so schnell wie möglich nach Potsdam begeben, weil der König – weil der Große Friedrich sich seiner fast schon seit dem vorgehenden Mittag nicht mehr bewußt sei und im Todesschlaf läge, war ich um 3 Uhr bei ihm und fand noch Feuer in seinem Auge, Fühlbarkeit in seinen Organen, und bemerkte noch so großes Bewußtsein, daß ich mich anfangs nicht traute, zu urteilen, daß jetzt alle Hilfe verloren wäre.»

Der Geheime Rath sah sinnend vor sich hin. Der König rührte sich nicht.

Der Geheime Rath setzte langsam fort: «Dann aber – nicht so sehr aus dem Todesgestank, der sich durch die Wunde verbreitete, sondern weil er zum erstenmal des ganzen Verlaufs seiner Regierung vergaß, daß er die Kabinettsgeschäfte nicht ausgefertigt hatte – sagte ich es ...!»

«Nun, nun», sagte der König: «Mich soll man also mit den Kabinettsgeschäften jetzt und für alle Zeit in Ruhe lassen.»

Die Kinder der Gräfin Dönhoff, deren Erziehung Wilhelmine übernommen hatte, spielten in dem Raum, in dem der König nun wie eingekerkert saß, im Salon, der Tag und Nacht von Wachskerzen in Alabastervasen erleuchtet war. Der König hatte die geschwollenen Füße in Pelzkissen gehüllt, er saß in einem Polsterstuhl, Federstuhl oder Streckbett, mit grünen Samtüberzügen; er atmete schwer, und seine immer etwas vorstehenden Augen, mit denen er zur Beunruhigung ihm mißliebiger Personen so tödlich zu starren vermochte, wirkten nun wie erstorben. Wilhelmine pflegte neben ihm zu sitzen, sie streichelte seine angeschwollenen Hände, sie war ihm behilflich, wenn er nach seiner Tasche tastete, um den Kindern Bonbons zuzuwerfen. Sie fütterte ihn wie ein kleines Kind mit den Speisen, die ihr Dr. Heim genannt hatte – Mutter Encke hatte sie genau nach des Arztes Anweisungen zubereitet.

Er empfing allwöchentlich einmal die Königin. Die Gesellschaft, die ihn umgab, war eine fremde – französische Freunde, deren geistreiche Liebenswürdigkeiten ihm wohltaten. Am 14. November 1797 äußerte er, aus einem unruhigen Schlaf erwachend, plötzlich den Wunsch, sein Vorleser, der Franzose Saint-Ygnon, möge ihm Molières Lustspiel *Le Malade ima-*

ginaire vorlesen.

Wilhelmine weinte auf. Der König sagte: «Nun, nun – willst du es vorle sen . . .? Oder sprich die Rolle der Louison . . . ich werde die des Arga sprechen!»

Als der Vorleser an die Szene der Louison kam, übernahmen der Köni und Wilhelmine ihren Part. Sie sprachen den französischen Text un konnten ihn beide noch auswendig.

Louison begann: «*Qu'est-ce que vous voulez, mon papa? Ma bell maman m'a dit que vous me demandez!*»

Und der eingebildete Kranke erwiderte: «*Oui. Venez çà. Avancez là Tournez-vous. Levez les yeux. Regardez-moi. Eh!*»

Wilhelmine tat alles, was ihr befohlen war: Sie kam her, trat näher drehte sich um, schaute ihn an, schlug die Augen auf.

Die Kinder Brandenburg und Ingenheim hörten zu spielen auf un schauten mit erstaunten Augen zu. Als der König rief, er wolle Wilhelmin mit der Rute schlagen, riefen sie: «Nein, nein . . .!» Und als Wilhelmin sich totstellte und der König in die Klage ausbrach: «*Ah! ma pauvre fille ma pauvre petite Louison!*» schrien sie auf und warfen sich weinend übe Wilhelmine, die am Boden lag.

Als Wilhelmine sich erhob: «*Là, là mon papa, ne pleurez point tant; j ne suis pas morte tout à fait!*» weinten die Kinder noch, aber Wilhelmin lächelte.

Der König blieb unbarmherzig, er spielte weiter bis zu dem Satz: «Ach es gibt keine rechten Kinder mehr . . .!» Da lief Wilhelmine weinend au dem Raum.

Die Chronik berichtet: Am 15. November nahm der König Abschie von dem Kronprinzen und der Königin. Der Kronprinz empfing kniend seinen Segen, die Königin vernahm die französisch an sie gerichteten Wort nur durch den Mund der Lichtenau, in deren Armen er wegen übergroße Schwäche gehalten wurde. Er winkte endlich der Gräfin, Gemahlin un Sohn ins Nebengemach zu geleiten. Hier fiel die Königin aus Schmerz un angeborener Gutmütigkeit ihrer Rivalin um den Hals und dankte ihr fü ihre unermüdliche Ausdauer in der Pflege ihres sterbenden Gemahls. De Kronprinz aber sah sie mit verachtenden Blicken an. Als die Gräfin wiede zum König eintrat, fragte dieser sie angelegentlich, was ihr der Kronprin gesagt habe. Die Gräfin erwiderte: «Keine Silbe.»

Entrüstet rief Friedrich Wilhelm: «Mein Sohn hat Ihnen kein Wort de Dankes gesagt?» und erklärte nun sehr heftig, daß er niemanden meh sehen wolle. Die Gräfin erhielt den Befehl, diesen Bescheid ins Vorzimme zu bringen. Die Königliche Familie entfernte sich 3 Uhr nachmittags i höchster Aufregung über die Gräfin, der die Schuld der Verweigerung de Vorlassung zugemessen wurde. Kaum hatte die Königliche Familie der Neuen Garten verlassen, brach Wilhelmine zusammen. Hannes Rietz holte den Geheimen Rath Selle. Der alte Herr brachte Wilhelmine zu Bet und beschwichtigte die Aufbegehrende, der König schliefe. Auch Wilhelmine bekam ein Schlafmittel.

Aber der König schlief nicht. Er konnte die letzte Nacht vor seinem Tod nicht schlafen. Er saß in der sogenannten blaulackierten Kammer in einem mit Leder ausgeschlagenen Streckstuhl, den ihm Wilhelmine hatte herrichten lassen, frühstückte nachts um 2 Uhr noch etwas Zwieback und trank einen Schluck Kaffee. Sogleich aber begann der Todeskampf.

Der König litt entsetzlich. Seine Finger umkrallten die Lehnen seines Stuhls, sie zerfetzten das Leder. Der König bäumte sich unter den Krämpfen auf, er stöhnte, keuchte, seine Augen suchten nach irgend etwas, sie fanden Rietz.

Einmal sagte der König, sich windend: «Habe ich solch einen schweren Tod verdient ...?»

Hannes Rietz mühte sich um ihn: «Gewiß nicht, Majestät!»

Einmal glaubte Hannes Rietz, der König sei schon gestorben, er lag völlig blutleer und starr. Dann aber belebte sich sein Gesicht wieder, es wurde plötzlich jung und glatt, es war mit einem Schlag das blühende Gesicht des jungen Prinzen von Preußen, das Hannes Rietz so gut kannte. Der König tastete nach Rietzens Hand.

Der König sagte: «Ich habe es doch immer gut mit dem Volk gemeint!»

Und dies waren seine letzten Worte.

Der König starb im vierundfünfzigsten Jahre seines Lebens an der Brustwassersucht wie Friedrich der Große. Seine Leiche ward wie die des Großen Königs nicht einbalsamiert, sie wurde im Dom zu Berlin beigesetzt.

Wilhelmine schlief, in einem dem Tod ähnlichen Schlaf. Erst als ihre Mutter und ihr Sohn, Wilhelm Rietz, an ihr Bett traten, erkannte sie, was vorgefallen war. Sie sprang aus dem Bett und eilte an das Fenster. Aus dem Fenster blickend, sah sie die Garde mit ihren weißen Stiefeletten in langsamen, feierlichen Schritten nach dem Schlosse ziehen, mit denen zu marschieren sie gehalten waren, um den Leichnam eines Königs zu bewachen.

Wilhelmine schrie auf und sank in die Knie. Ihre Mutter kniete neben ihr und begann zu beten.

In diesem Augenblick betraten der Oberst von Zastrow und der Major von Kleist das Zimmer. Wilhelmine erhob sich in ihrem Nachtgewande. Sie sah die Gesichter der beiden Offiziere, sie wußte, was ihrer harrte. Sie sagte langsam: «Zastrow ...! Kleist ...!» Sie sagte: «Kannten wir uns nicht schon, als Sie noch Junker waren, im Bataillon meines Herrn?»

Die beiden Offiziere standen mit starren Gesichtern.

Wilhelmine sagte: «Wird es mir wenigstens gestattet sein, an der Bahre meines Herrn von ihm Abschied zu nehmen?»

Die beiden Offiziere schwiegen.

Wilhelmine sagte: «Warum nicht?»

Der Oberst von Zastrow krächzte: «Befehl ist Befehl!»

AN EINEM FRÜHSOMMERTAG des Jahres 1820 strebte in Potsdam, vom Marmor-Palais kommend, ein junger Offizier des 1. Garde-Regimentes zu Fuß dem südlichen, schmalen Ende des Neuen Gartens zu. Er trug trotz der Wärme den langen Umhang und hatte die Feldmütze mit dem großen Schirm tief in das noch weiche, etwas rundliche Gesicht gedrückt. Nirgends war ein Mensch zu sehen, aber der Offizier schlug mit einer raschen Bewegung, die einen Augenblick lang die Rangabzeichen eines Obersten enthüllte, den breiten Kragen des Umhanges hoch, so daß nun sein Gesicht fast ganz verdeckt war.

Er ging schnell am Ende des Neuen Gartens über die Bechtler Straße auf ein breit hingelagertes Haus von schönen Proportionen zu. Der Giebel des Hauses war mit einem Relief geschmückt, die Vorderfront zählte neun große Fenster, hinter denen lange, geraffte, schneeweiße Vorhänge zu sehen waren – der Eingang lag zur Seite und war durch ein Pförtchen im Lanzengitter des Vorgartens abgesichert. Vom Hause aus konnte man über den Garten hinweg die weite Fläche des Heiligen Sees glitzern sehen.

An dem Pförtchen wandte sich der junge Oberst noch einmal um. Die Straße war leer. Er trat ein.

Vor der schlichten Eingangstür aus Mahagony-Holz schob der Oberst den Kragen des Umhangs zurück und musterte den Türklopfer. Das war ein sonderbares Ding: der bronzene Knopf trug die Königskrone, der Hammer den preußischen Adler, so daß, wenn der Klopfer in Tätigkeit trat, der Adler die Krone schlug.

Der junge Mann ließ den Adler auf die Krone fallen – es hallte eigentümlich laut im Innern des Hauses wider.

Wenig später waren schnelle Schritte zu hören – dann öffnete sich die Tür und eine stattliche ältere Dame erschien, mit einem lustigen und gesund geröteten Gesicht und grauem, reichem Haar, in einem schlichten Kleid, dessen Seide heftig raschelte.

Der junge Mann riß die Mütze vom Kopf und fragte mit einer angenehm leisen Stimme: «Habe ich die Ehre, mit der Gräfin Lichtenau zu sprechen?»

Die alte Dame lachte auf: «Nein . . .! O nein . . .!»

Dann aber sagte sie, ohne ganz ihr Gelächter einfangen zu können, munter: «Deswegen können Sie aber doch eintreten, immer hereinspaziert . . .! Oder muß man hereinmarschiert sagen . . .?» Sie wandte den Kopf über die Schulter und rief, daß es im kreisrunden Vestibül widerhallte: «Linchen . . .! Hoher Besuch! Der Enkel unseres Herrn», und bewegte sich auch schon elastisch auf eine Tür zu.

Die Tür öffnete sich, vor dem Kronprinzen Friedrich Wilhelm stand die Gräfin Lichtenau, unzweifelhaft sie – wie hatte er sich so irren können? Die alte Dame lächelte, streckte die Hand aus und sagte: «Königliche Hoheit . . .!»

Der Kronprinz stammelte mit rotem Kopf: «Bitte . . . ach, bitte, sagen Sie nicht Königliche Hoheit zu mir . . .!» und küßte die Hand. Die Gräfin schob ihren Arm unter den seinen, das war der berühmte Oberarm, den er da an dem seinen spürte, und er schien noch immer wunderbar geformt.

Die Gräfin wandte sich an der Tür zum Salon noch einmal zurück und rief: «Tee, Minettchen!»

Minette rief: «Na, gewiß doch!» und lachte. Sie hatte noch alle ihre Zähne, und diese waren perlweiß. Sie blinzelte vergnügt den Prinzen an und raschelte davon.

Der Prinz trat in den Salon ein, blieb aber stehen und fragte: «Minette . . .?»

Die Gräfin lächelte – auch ihre Zähne waren noch eine Pracht –, sie sagte: «Ja, Minettchen Horst – sie ist glückliche Witwe und leistet mir Gesellschaft!»

Bevor er es verhindern konnte, nahm ihm die Gräfin den Umhang ab, die Schließe vorn, die bei ihm immer hakte, bereitete ihr keine Schwierigkeiten, und plötzlich entsann sich der Prinz, daß Haken und Öse der Schließe auch Krone und Adler zeigten. Scheu und gehemmt stand er inmitten des Raumes, indes die Gräfin den Umhang auf einen Stuhl warf und die Mütze dazu.

Jetzt nestelte die Gräfin unbekümmert an seinem Degengehenke, sie sagte: «Sehen Sie sich nur um, Prinz, ich bin richtig stolz auf mein Zimmer, ich glaube, es ist mir geraten . . .!»

Das Zimmer ging durch die ganze Breite des Hauses, je zwei hohe Fenster mit weißen Spitzengardinen gingen zur Vorderfront und zum Garten hinaus. Über den eingebauten Schränken wiederholten sich Reliefgruppen, von der dezent gemalten Decke hingen kostbare Lüster mit hohen Kerzen, vor einem hohen Spiegel stand der Arbeitstisch der Gräfin, um einen runden Tisch gruppierten sich die dünnbeinigen Polsterstühle auf einem großen persischen Teppich über dem blanken, großgetäfelten Parkett. Zwischen den Schränken befanden sich hohe, halbrunde Nischen, in zartem Blau getönt, wo Statuen standen, in einer aber stand der schlichte, schönformige Kachelkamin auf dem der preußische Adler aus der Königlichen Manufaktur seine porzellanenen Schwingen hob.

Der Prinz rieb sich verlegen die Hände: «Schönstes Empire . . .!» sagte er.

Doch die Gräfin rief: «Oh, sagen Sie das nicht! Langhans hat dies Haus gebaut! Das haben wir uns lange vor dem Kaiserreich Napoleons ausgedacht. Langhans nannte es im Scherz: ‹Preußischer Zopf-Stil›!»

«Langhans», wiederholte der Prinz, er fügte wie entschuldigend hinzu:

«Ich gestehe, ich sehe dies Haus zum erstenmal mit Bewußtsein!» Dann zeigte er auf eine Statue in der Nische, vor der er stand. «Schadow?» fragte er.

Die Gräfin trat dicht an die Statue heran, sie sagte: «Ja, Schadow!»

Der Prinz trat näher. Die Statue stellte die Gräfin dar – unzweifelhaft –, ja, das war sie!

«Frau Gräfin . . .?» fragte der Prinz und wies auf die Statue.

«Nein», erwiderte die Gräfin schnell. «Das war noch die Madame Rietz – oder das Wilhelminchen Encke, wenn Sie es so lieber wollen!» Sie lächelte: «Vergleichen Sie ruhig – ich fühlte mich immer für jedes Alter schön!»

«Das ist wahr!» rief der Prinz und lächelte. Wilhelmine bedankte sich mit einem mädchenhaften Knicks für das Kompliment.

Der Prinz sah sich verlegen um. Er sagte: «Ich freue mich, daß . . . Sie wohnen so schön . . . das hat man Ihnen wenigstens gelassen!»

«O nein», rief Wilhelmine, ganz ohne Verlegenheit. «Das Haus hat Herr Rietz für sich bauen lassen!» Sie setzte erklärend fort: «Ich habe es ihm aber einrichten dürfen. Er ist ja nun schon neun Jahre tot, ‹die Baranius› zieht wieder singend in der Welt umher und hat es mir zum Wohnen überlassen – als ich von Glogau aus der Verbannung kam, hatte ich ja kein Heim!»

Der Prinz fuhr hoch: «Kein Heim! Ich frage mich: Wie war das möglich?»

Wilhelmine lachte: «Ach, mein Prinz, das ist ein Kapitel – davon wollen wir heute gewiß nicht sprechen!»

«Davon wollen wir heute gewiß sprechen», sagte der Prinz. «Ich wäre ja längst einmal zu Ihnen gekommen und hätte Ihnen gesagt . . .» Er verstummte. Wilhelmine half ihm nicht. Sie sah ihn an, sie begann zu lächeln. Sie wartete.

Schließlich sagte er: «Heute morgen – da erfuhr ich etwas . . . und sagte mir, jetzt will ich keinen Augenblick warten und will zu Ihnen, Frau Gräfin . . . und . . . und da bin ich!»

«Und da ist der Tee», sagte Minette und stellte das Tablett auf den runden Tisch. «Und vergessen Sie nicht, der Frau Gräfin gleich eine Liebeserklärung zu machen, das tun alle, die hierherkommen . . .» Und wandte sich zur Tür. «Und mir könnten Sie eigentlich auch eine machen, junger Herr – das vergessen die andern Herrschaften nämlich immer!»

Der Prinz machte augenblicks eine tiefe Verbeugung und sagte: «Göttliches Minettchen! Die Sekunde, da ich Sie kennenlernte, werde ich nie vergessen!»

«Ich auch nicht! Ich auch nicht!» rief Minette. «Gott, was habe ich gelacht vorhin!» Die Tür klappte hinter ihr zu.

Wilhelmine schenkte ihm Tee ein, sie bediente ihn: «Nehmen Sie von dem Gebäck – ich habe das Rezept zu den Plätzchen von meiner Mutter –,

ie liebte mein Herr und Gebieter besonders! Die Plätzchen! Und die Mut-
er auch!»

Der Prinz dachte, sie ist ganz anders, als ich sie mir gedacht habe. Sie st so sicher – schön ist sie eigentlich nicht, Mama war viel schöner –, aber ie Gestalt ist immer noch reizend, und sie ist hochgebildet, wahrhaftig, ine begabte Frau . . . und ich dachte, ich treffe eine alte Kokotte, die ihre ugend mit allen Mitteln vorzutäuschen sucht, mit Schminke und Pasten nd albern kindlicher Koketterie . . .

Wilhelmine sagte ruhig: «Es ist leicht zu erraten, was in Ihnen vorgeht, rinz!»

Der Prinz stammelte erwachend: «Frau Gräfin . . .»

Wilhelmine sagte: «Sie sagten, ich solle Sie nicht Hoheit nennen, genau ie gleichen Worte waren die ersten, die mein Herr und Gebieter an mich ichtete. Nennen Sie mich bitte nicht Gräfin, ich trage diesen Titel nur, weil r ihn mir schenkte – ich hätte ihn längst abgelegt, wenn . . . ja, wenn ‹die ichtenau› nicht ein Begriff geworden wäre, zwar kein schöner, der eliebte Gegenstand aller Pamphlete, die gegen die Regierung meines Ierrn gerichtet waren – und noch sind! Mein Prinz, ich habe mich meiner Iamen, meiner Herkunft, meines Lebens, meiner Liebe nie geschämt. Ich in ‹die Lichtenau› noch immer, weil die Pfeile, die gegen meinen Geliebten bgeschossen werden, an mir abprallen . . .! Aber Sie, sagen Sie getrost Vilhelmine zu mir – oder Linchen, wenn es Ihnen besser paßt!»

Der Prinz sagte: «Linchen! Wenn ich von Ihnen hörte, so war es Geflü-ter und Getuschel! Niemand wagte es mir zu sagen, was damals eigentlich eschah! Geflüster und Getuschel auch, wenn ich nach Großpapa fragte! Der Alte Fritz, freilich . . . wenn ich nach Großpapa fragte, dann fingen alle mmer an vom Großen König zu reden. Es ist, als hätten zehn Jahre preußi-cher Geschichte nicht existiert!» Und der Prinz setzte mit Emphase hinzu: «Und das alles nur, weil Großpapa Maitressen hatte . . .» und er erschrak ind sagte: «Oh . . . Linchen . . . verzeihen Sie mir!»

Wilhelmine sagte: «Ich war seine Maitresse! Und ich war es keine Sekunde, ohne stolz darauf zu sein! Es ist keine Prahlerei, wenn ich sage, aß unter tausend Geliebten der Fürsten vielleicht nicht eine ist, die sich nit mir vergleichen läßt. Sie können mich an Reizen des Körpers, an Vor-zügen des Geistes auch bei weitem übertroffen haben: aber ihr Geist war icht durch den Geliebten selbst gebildet!»

Sie sagte nach einer Weile: «Es ist wahr, daß ich einen so ziemlich richti-gen Geschmack, verfeinerte Sitten, einige Fertigkeit in den nötigen Spra-chen und endlich einige Kenntnisse der Malerei, Dichtkunst, der Architek-tur und der Musik habe, aber wem verdanke ich sie? Ich habe nie versucht, mehr und besser zu wissen als er, wir haben uns alles geteilt, mitgeteilt – und das einzige von dem, was er mir auch nicht übermitteln konnte – Men-schenkenntnis –, diese besaß ich leider nie . . .!»

Der Prinz wollte widersprechen, aber Wilhelmine sagte schnell: «Ich

weiß es! Ich dachte, seine Freunde müßten auch meine Freunde sein – abe
es hätte mir nie passieren dürfen, daß so viele Menschen, die sich an mich
wandten, und denen ich geholfen habe, später, als ich im Unglück war, di
ersten waren, die mich verrieten, die den Beschuldigungen, die gegen mich
und den König erhoben wurden, Nahrung gaben – aber lassen wir das!

«Warum ...» rief der Prinz, «warum haben Sie sich nicht gewehrt?»

Wilhelmine sagte ruhig: «Ihr Vater, mein Prinz, entließ mich aus de Gefangenschaft, weil ich ihm versprach, über den Prozeß zu schweigen der gegen mich geführt wurde.»

«Ich werde», rief der Prinz, «Sie von dem Versprechen entbinden sobald ich König bin!»

Minettchen trat ein, in den Händen ein Tablett. Sie sagte: «Sprechen Si von damals? Aber zuerst einmal hier, Spekulatius! Warm aus dem Ofen Das Rezept bekam ich von einem alten General aus dem Niederrhein – dafür durfte er mir einmal in die Backe kneifen!»

Minettchen lachte.

«*Contenance*, Minettchen!» sagte Wilhelmine.

Der Prinz kostete und sagte: «Vorzüglich, Minettchen!» Er verschluckte sich dabei und entschuldigte sich: «*Contenance, mon Chouchou*, sagte immer die alte Voß zu mir und ärgerte mich immer – was hatte ich von einem Kohlkopf an mir?»

«Die alte Voß!» rief Minettchen. «Warum hat sie denn nicht die Briefchen, die der König an das arme Julchen geschrieben hat, dem Gericht gezeigt? Die Briefchen an mich, die habe ich in einen Wäschesack gesteckt – die Wäsche, die hat unser Herr immer nur mir anvertraut, und wahrhaftig, das kann ich sagen, das gab es bei mir nicht, wie beim Alten Fritz, daß er zum Schluß kein sauberes Hemd mehr hatte, als er beerdigt wurde ...» Und Minettchen brach in Weinen aus.

«Nun aber wirklich *contenance*, Minettchen!» sagte Wilhelmine.

Minette aber schluchzte: «Ich wollte doch bloß sagen, im Sack mit der schmutzigen Wäsche haben sie doch nicht nachgeschaut, und ich dachte, die Briefe, die geb ich nicht eher her als ‹die Voß› ... und dann habe ich sie verbrannt.» Sie konnte vor Schluchzen nicht weiterreden.

Sie wollte aus dem Zimmer, doch der Prinz hielt sie am Arme fest: «Bleiben Sie, Minettchen!» bat er. «Erzählen Sie!»

Wilhelmine sagte: «In der Untersuchung wurde alles zusammengetragen, was mein Leben ...» sie unterbrach sich, «was unser Leben ausmachte ...»

«Ganze Wagen voll haben sie gesammelt», rief Minette, «für diesen verfluchten Prozeß!»

«Es war kein Prozeß», sagte Wilhelmine ruhig. «Es war eine von Seiner Majestät, dem neuen König, angeordnete Untersuchung! Und ich sträubte mich nicht gegen sie. Ihr Vater hatte ein Recht dazu, nach alledem, was gegen mich gesagt und geschrieben wurde, es war sogar seine Königliche

Pflicht! Und er hatte zur Untersuchung die besten Richter Preußens bestimmt, Männer, deren Namen ich kannte, es waren gute Namen und Männer von hohem Ansehen!»

«Ach was!» rief Minettchen. «Richtig gemein waren sie, besonders der Recke und der Kircheisen! Fallen haben sie mir gestellt! Und dabei immer so hinterlistig freundlich! Aber mich haben sie nicht reingelegt! Fragen Sie doch die olle Voß! habe ich immer nur gesagt. Ich habe unsern Herrn geliebt, sagte ich, und weiter nichts!»

Wilhelmine faßte nach Minettens Hand. «Nun ruhig», sagte sie.

Sie sagte zum Prinzen: «Ich war froh über diese Untersuchung, ich hatte Vertrauen zu diesen Männern. Sie haben mich acht Tage lang verhört, von morgens bis abends, in dem kleinen Kavalierhäuschen im Neuen Garten, das mir für die Untersuchung angewiesen war. Ich sah immer zum Marmor-Palais hinüber, zum Heiligen See, wo wir unsere schönsten Stunden verbrachten, ich war ganz ruhig. Sie hatten es ja auch nicht leicht, die Richter, sie ertranken fast in Bergen von Papier ...»

«Wagenladungen!» rief Minettchen.

«Es war ja nicht schwer, zu widerlegen, was gegen mich vorgebracht wurde: Hochverrat und Aneignung fremder Güter und Landesverrat gar und ... und Gaukelei ...! Es waren im ganzen fünfundvierzig Punkte, die zur Untersuchung standen.»

«Gaukelei!» rief Minettchen. «Mich haben sie auch danach gefragt! Und ich wußte gar nicht, was das ist! Und der eine, der freundliche, der Lützow war's, fragte mich, ob ich schon einmal Gespenster gesehen habe. Und da habe ich gesagt: Ich noch nicht, aber daß in Berlin im Schloß die weiße Frau umgeht, das weiß doch jedes Kind seit Jahrhunderten! Und da waren sie still!» Und Minettchen sah den Prinzen triumphierend an. Der Prinz senkte den Kopf.

Wilhelmine sagte: «Es war ja leicht, alles zu widerlegen – die Richter hatten ja die ganzen Briefe und Dokumente vor sich liegen, die Briefe meines Herrn an mich und die meinen an den König. Ich mußte ihnen freilich helfen, sie einzeln herauszusuchen. Nein, die Untersuchung war nicht schlimm, bis ... bis auf meine Schuld. Und die gab ich zu. Es stimmt, ich habe jahrelang meinem Herrn Botschaften aus dem Geisterreich zukommen lassen – Botschaften unseres Anderchens und ... und ... anderer Geister, die ich erfunden habe –, aber doch nur, um Bischofswerders Einfluß zu verhindern!»

«Bischofswerder!» rief der Prinz. «Warum hat man ihn nicht vor Gericht gestellt? Es muß ein Teufel gewesen sein!»

«Das war er nicht! Er diente meinem ... seinem Herrn, wie er es vermochte!»

«Durch Theater!» rief der Prinz. «Durch gewöhnliches Theater bis zuletzt! Oh, er war schlau! Bei der Beerdigung des Königs in der Gruft im Dom, da kam er plötzlich mit einer Fackel in der Hand und sprang mit dem

Sarg in die Gruft hinab! Das hat man mir erzählt, als ich drei Jahre alt war – es war eine schreckhafte Erzählung für mich!»

«Nun», sagte Minettchen. «Und dann ist er brav wieder herausgeklettert, und niemand tat ihm was!»

«Wir sind ungerecht», sagte Wilhelmine. «Tatsächlich blieb meine Schuld – ja, es war meine Schuld! – zuletzt doch der einzige Punkt, den ich den Richtern nicht erklären konnte. Sie verstanden mich nicht. Sie zeigten mir den Traum – den Traum, den ich erfunden habe, damals in der Dorotheen-Kirche, Schadow und der Laubfrosch waren dabei ... ich nannte ihn immer Laubfrosch, den Bischofswerder ... sie lasen den Traum vor, den ich für ihn geschrieben habe, damit er ihn dem König gibt. Ich ... ich war selber entsetzt von dem, was ich da geschrieben habe ...» Und jetzt begann Wilhelmine zu weinen.

Minettchen schlug ihr derbe auf die Schulter: «Das konnten sie freilich nicht verstehn, die Herren, sie haben eben unser Anderchen nicht gekannt!»

«Sie lasen ihn mir vor, und dann sagte der eine ...»

«Der Recke war es, der Staatsminister!» rief Minettchen.

«... der sah mich an und sagte: ‹Aber dieser mystische Stil ist Ihnen doch gar nicht eigen!› Und da sagte ich ... da sagte ich: ‹Ich hatte genug Gelegenheit, ihn aus den Briefen des Königs zu entlehnen ...› – und so hatte ich ihn doch verraten ...!»

«Ach was, verraten!» rief Minettchen. «So sprach er doch immer!»

«Es kommt noch schlimmer», sagte Wilhelmine. «Der Richter sagte: ‹Und solch Wust konnte den Herrscher trösten?› – und da habe ich nicht anders gekonnt, und habe gesagt: ‹Er verstand es nicht nur, sondern jede andere Art, mit ihm zu reden, hätte ihren Zweck verfehlt ...!›» Wilhelmine brach aus: «Und das steht nun in den Akten! Wie froh bin ich, daß sie geheimgehalten werden!»

Sie weinte eine Weile still.

Der Prinz sah sie betroffen an.

Wilhelmine sagte endlich: «Wie sollte ich diesen Männern erklären, wie der König war? Daß er ein Mensch war, der die Wahrheit suchte, und da sie ihm niemand sagen konnte, sie in den Wundern suchte, in den Geistern! Und er doch nicht allein! Alle doch in jener Zeit, denen nicht genügte, was ihnen die Bibel versprach, und selbst in der gab es doch eine Welt voll Geister und Wunder! Bischofswerder ... die ‹Rosenkreuzer› ... sie glaubten doch daran! Auch wenn sie zauberten, es war ihnen doch ein Weg zum Herzen des Königs ... und ich dachte, es könnte auch mein Weg sein, als ich sah, daß er bei mir nicht fand, was er suchte. Und wie froh war ich, daß er, als er wußte, als er von meiner Lüge wußte, den Weg zu ihm doch offenließ, und tat, was ich ihm riet – ich nahm dann immer nur die Geister zur Hilfe, wenn ich wollte, daß er meinen Rat ernst nahm!»

«So ist also doch wahr, was in den Akten steht», sagte der Prinz.

«Nein», sagte Wilhelmine. «Denn nun sagten die Richter, wenn also nicht die Geister, sondern ich geraten habe, so war dies Kriegshetze! Ich hätte den König zum Kriege gedrängt! *Den* Brief, der das bewiesen hätte, den konnten sie wahrlich nicht finden. Es stimmt, ich habe dem König geschrieben, das Anderchen habe gesagt: er wird den erretten, dem Gewalt geschieht. Aber er war doch schon lange entschlossen, den Ludwig in Paris zu befreien, das wollten doch alle. Und ich wollte, daß er es mit gutem Gewissen tut. Und dann habe ich, als es nicht gelang, ihm zum Frieden in Basel geraten. Weil er immer klagte, zwölftausend Preußen seien umsonst gefallen – nun, es sollten mit meinem Willen nicht noch mehr fallen –, was verstand ich von Politik? Daß es ein schmutziges Handwerk sei – ich bestärkte ihn immer nur in seinen edlen Gefühlen, so wenig Schmutz wie möglich sollte in seiner Politik sein! Aber dies konnte ich den Richtern nicht so erklären, daß sie befriedigt waren – in diesem Punkt ließen sie die Anklage fallen, weil sie nicht hinreichend bewiesen war – in allen anderen sprachen sie mich frei.»

«Frei!» sagte Minettchen. «Nach Glogau hat sie der König geschickt, Ihr Vater, Prinz! Das ist mir einer!»

Wilhelmine sagte scharf: «Minettchen, du bist einfach zu dumm! Mein Prinz! Ich sagte, ich bin froh, daß die Untersuchung geheim war. Das Gericht fällte gar kein Urteil, es gab eine Erklärung ab, ein Gutachten. Ihr Vater, Prinz, der König hatte das Recht, mich auch ohne das Urteil zu verbannen. So blieb das Ansehen meines Herrn geschützt, mich traf die Strafe, nicht ihn. Ich war froh darüber, ich war dem König dankbar dafür. Was machte mir Glogau aus? Ich hätte nirgendwo und nirgend anders leben können, da mein Gebieter tot war. Er ließ mir die Schuld, die ich tragen wollte, sonst hätte mein ganzes Leben, sonst hätte meine Liebe zu meinem Herrn keinen Sinn gehabt.»

Der Prinz sah Wilhelmine lange an, er sagte: «Mir aber geht es darum, der Wahrheit zum Recht zu verhelfen. Das allein kann meine Aufgabe als König sein, ich leide darunter, daß mein Vater sich davor scheut!»

«Sie sind noch sehr jung, mein Prinz! Die Wahrheit steht nicht in den Akten, die Untersuchung wurde gegen mich geführt, nicht gegen den König, meinen Herrn. Mir ist mein Recht geschehen!»

«Mein Vater hat Ihr Vermögen beschlagnahmt! Die Geschenke, die Ihnen Ihr Herr und Gebieter gab . . .!»

Der Prinz sah erstaunt auf Wilhelmine und Minettchen, die sich bei seinen Worten anblickten und belustigt lächelten.

Wilhelmine sagte: «Sie sehen mich erstaunt, mein Prinz! Der König mußte das tun, um des Rechtes willen! Was geschah dann, als er die Einziehung meines Vermögens verfügte? Der eine Richter, nicht der Rekke . . .»

«Der Kircheisen war es», rief Minette.

Wilhelmine setzte fort: «Also der Kircheisen, der protestierte sofort:

Ohne Gericht ginge das nicht, nicht ohne ein ordentliches Urteil! Und was also geschah? Es mußte durch Prozesse zuerst einmal festgestellt werden, was mein Vermögen eigentlich war. Ich hatte eine muntere Zeit in Glogau. Nicht ich prozessierte, aber ich hatte das Vergnügen, alles hübsch auseinanderzuklauben! Das fing damit an, daß ich Frau Rietz war und doch nicht Frau Rietz! Was hatte der König alles der Frau Rietz geschenkt, und was verschenkte sie weiter? Das Haus Unter den Linden, das gehörte mir nach dem Tode unseres Anderchen – zur Hälfte aber nur, denn die andere Hälfte gehörte dem Erbgrafen von Stolberg, der mein Marianchen geheiratet hatte, Lichtenow und Roßwiese . . .? Das sollte ebenso dem Stolberg gehören, dazu dienen, seine Schulden zu bezahlen. Nun, Rietz kaufte die Güter im Namen der Madame Rietz und nun besitzt sie ‹Lellchen› . . .»

«‹Lellchen› . . .?»

«Mein Sohn Wilhelm Rietz, Kanonikus am Hohen Domstift zu Cammin!»

«Ihr Sohn . . . und . . . und . .?»

Minettchen platzte heraus: «Na, wenn's nicht unser Herr war, vielleicht waren es die Geister . . .?»

Wilhelmine lächelte: «Sie sehen, mein Prinz, wohin es führt, wenn man die Wahrheit wissen will – die weiß ich allein, ganz allein, und . . . vielleicht die einzige Person, der ich einmal mein Leben gebeichtet habe, und die wird schweigen, dessen bin ich gewiß!»

Wilhelmine blickte schwermütig lächelnd vor sich hin, sie sagte: «Ihr Vater, mein Prinz, der König, verfitzte sich in endlose Prozesse um des Rechtes und der Wahrheit willen. Ich hatte ja nichts mehr, als mein Herr und Gebieter starb, was ich an Gütern und Liegenschaften besaß, das war doch für die Kinder bestimmt, für meine und die des Königs, die meiner Obhut anvertraut waren – was mir wirklich blieb, waren ein paar Klunkern . . .»

Sie hob die Hand, an ihren Fingern blitzte ein Ring mit einem großen Stein: «Dies ist der Ring dreier preußischer Könige, ich habe ihn nie aus der Hand gegeben – aber alles andere . . .? Ein paar Möbel besitze ich vielleicht noch . . .»

«Und einen Riesenschrank voll Handschuhe», sagte Minette, «so gut wie neu, alle aus Paskels Laden!»

«Und diese Prozesse, sie liefen noch, als in Preußen dem König gar nichts mehr gehörte als das, was Napoleon die Gnade hatte, ihm zu lassen. Mir schenkte der Kaiser – der arme, jetzt gehört ihm auch nichts mehr in St. Helena –, mir schenkte Napoleon alle meine Güter zurück. Ich habe mich mit Ihrem Vater geeinigt, alles, was strittig war, fiel in den Prozeßstand zurück! Begreifen Sie nun, daß ich die Gnade des Königs zu schätzen weiß, mehr als das Recht, das in jedem Punkt zweifelhaft ist? Und ich gab Ihrem Vater das Versprechen, über alles zu schweigen. Nicht an mir war es, zu untersuchen, wer wirklich schuld hatte an dem, was geschah, um

Preußen zu entmachten!»

«Es war an meinem Vater, ich verstehe», rief der Prinz.

«Sie verstehen nichts, mein Prinz», sagte Wilhelmine. «Ich gestehe, als ich vor Napoleon stand, glaubte ich, in ihm das Genie unserer Zeit zu sehen. An den Umständen, die diesen Mann schufen, ging Preußen zugrunde, an den gleichen Umständen, die diesen Mann fallenließen, richtete sich Preußen wieder auf! Was die Gnade Ihres Vaters, des Königs von Preußen, mir ließ, ist genug für mich zu leben, wie ich es mir wünschte. Ich habe immer so gelebt, wie ich es mir wünschte!»

Wilhelmine erhob sich und trat an ihren kleinen Arbeitstisch. Sie sagte, während sie die goldene Schnur löste, die um einen Packen Briefe geschlungen war: «Alle meine Briefe an meinen Herrn, alle Briefe meines Geliebten an mich wurden beschlagnahmt, sie liegen unter Staatssiegel, dies hier sind alles Briefe, die ich später erhielt.» Sie lächelte und blätterte den Packen auf: «Es sind dreiundzwanzig Heiratsanträge ... von den vorzüglichsten Männern unserer Zeit – und von den reichsten dazu ... Hier ... lesen Sie, mein Prinz! Ich habe alle Angebote abgeschlagen!»

Der Prinz nahm einen der Briefe. Er las halblaut: «Du, die Du an allen Eleganzen, würdig Deines eleganten Geistes und Deines gütigen Herzens gewöhnt bist – welche Mittel für Dich, liebe, allzu uninteressierte Freundin? Nun, in jedem Fall biete ich Dir mein Schloß in England, meine Schlösser Tutti quanti in Irland und meine Börse an, die ich gern mit einer Freundin teilte, welche die Alleinherrscherin meines Herzens und aller seiner Zuneigungen ist ...»

Der Prinz sah nach der Unterschrift: «Lord Bristol ...»

«Der Arme!» sagte Wilhelmine. «Er ist tot, die Franzosen haben ihn umgebracht! Der kam sehr in Frage, aber ich wußte, daß mein Geliebter eifersüchtig auf ihn war – und ich hätte ihn noch im Tod gekränkt!»

Der Prinz sagte: «Sie stehen wie ein Schild vor Friedrich Wilhelm II. – von dem ich nichts weiter weiß, als daß er Preußen zugrunde gerichtet haben soll ... Sie sagen: Die Umstände ...! Ich kann an die Umstände nicht glauben! Ich darf es nicht! Der König darf es nicht. Ich muß als König Preußen mehr lieben als Sie ...!»

Wilhelmine sah ihn lächelnd an: «Ich habe den König geliebt, immer nur ihn!»

Sie begleitete den Prinzen bis zu dem Pförtchen. Wieder spürte der Prinz die wundervollen Formen ihres Oberarms. Als er aus dem Pförtchen trat, zog er unwillkürlich den Kragen seines Umhanges hoch vor das Gesicht – da sah er in Wilhelminens Augen ein spöttisches Licht. Er ließ den Kragen wieder herunter und erwiderte den respektvollen Gruß zweier Offiziere vom Regiment Garde du Corps, indem er nach Art des Großen Königs nach seiner Mütze griff und sie lüpfte.

Dann wandte er sich noch einmal zu Wilhelmine. Er sagte: «Ich danke Ihnen! Ich kam heute zu Ihnen, weil mir mein Vater heute früh mitgeteilt hatte, er gedenke – es sind zehn Jahre her, seit unsere arme Mama gestorben ist – die Gräfin Harrach, seine Geliebte zu heiraten – morganatisch – zur linken Hand . . . !»

Wilhelmine blickte dem Jüngling lange nach, dem künftigen König von Preußen, der stärker sein wollte als die Umstände.

Wilhelmine starb wenige Tage später, am 9. Juni 1820, achtundsechzig Jahre alt.

Sie starb, ohne zu leiden – wie konnte es anders sein –, an einem Herzschlag.

Nachbemerkung des Autors

Die Akten über Aufstieg und Fall der Wilhelmine Encke, Madame Rietz, Gräfin Lichtenau sind seit über hundertfünfzig Jahren verschlossen und versiegelt gewesen. Die zeitgenössischen Quellen sind zum Großteil jene des fleißig blühenden Klatsches und frisierter Memoiren. Der Verfasser hat deshalb zum Zwecke der Wiedergabe des Flairs jener Zeit auch einzelne Details aus den Schriften bekannter Autoren eingebaut, so von Casanova und Theodor Fontane. Das Gespräch der Frau Rat Goethe mit ihrer Schwester entnahm der Verfasser einem überaus lesenswerten Buch: «Der Glücksoldat, Wahrheit und Dichtung oder Vierzig Jahre und noch fünfzehn Jahre aus dem Leben eines Toten» von Johann Konrad Friederich, erschienen 1920 im Georg Müller Verlag, München.

Erst 1938 gelang es Herrn Hase-Faulenorth, die Siegel der Akten zu brechen und Zugang zu den Dokumenten zu erhalten, die er in seinem Werk «Die Gräfin Lichtenau», erschienen im Verlag Bernard und Graefe, Berlin, veröffentlichte. Diese Dokumente und eine Anzahl bemerkenswerter Daten und Details verwandte der Verfasser sozusagen als Stützen der Konstruktion, auf das Prinzip hinarbeitend: «Alles Wahrscheinliche ist zu dichten, das Unwahrscheinliche zu belegen.»

Ernst von Salomon